D1984332

BLT
Mit der Welt
auf Buchfühlung

Rachael King, geboren 1970 in Neuseeland, wuchs in Auckland auf und ist die Tochter von Michael King, einem der wichtigsten Autoren Neuseelands. Sie arbeitete unter anderem für Radio und Fernsehen und spielte in ihrer eigenen Band, um schließlich in die Fußstapfen ihres Vaters zu treten. DER RUF DES SCHMETTERLINGS ist ihr erster Roman. Er wurde mit dem Lilian Ida Smith Award 2005/6 ausgezeichnet, rangierte im Heimatland der Autorin wochenlang weit oben auf der Bestsellerliste und wurde bislang in insgesamt sechs Sprachen übersetzt. Rachael King lebt mit ihrem Mann und ihrem Sohn in Christchurch, Neuseeland. Besuchen Sie auch die Homepage der Autorin unter www.rachael-king.com.

Rachael King

Der Ruf des Schmetterlings

Roman

Aus dem Englischen von
Maja Ueberle-Pfaff

BLT

BLT
Band 92320

1. Auflage: April 2009

Vollständige Taschenbuchausgabe

BLT in der Verlagsgruppe Lübbe

© 2006 by Rachael King
Titel der englischsprachigen Originalausgabe:
»The Sound of Butterflies«
Originalverlag: Black Swan, Random House New Zealand
Für die deutschsprachige Ausgabe:
© 2007 by Pendo Verlag GmbH & Co. KG,
München und Zürich
Für diese Lizenzausgabe:
© 2009 by Verlagsgruppe Lübbe GmbH & Co. KG,
Bergisch Gladbach
Umschlaggestaltung: Gisela Kullowatz
Titelbild: © Matthew Alan/CORBIS
© Jim Wehtje/getty-images
Autorenfoto: © Peter Rutherford
Satz: Textverarbeitung Garbe, Köln
Gesetzt aus der Perpetua
Druck und Verarbeitung: CPI – Ebner & Spiegel, Ulm
Printed in Germany
ISBN 978-3-404-92320-5

Sie finden uns im Internet unter
www.luebbe.de
Bitte beachten Sie auch: www.lesejury.de

Der Preis dieses Bandes versteht sich einschließlich
der gesetzlichen Mehrwertsteuer.

Dieses Buch ist
meinem Vater Michael King gewidmet.
Ich vermisse dich.

Kapitel 1

Richmond, England, Mai 1904

Nichts an dem Brief weckt in Sophie den Verdacht, dass ihr Mann als ein anderer nach Hause zurückkehren wird. Sicher, sie hat seit geraumer Zeit nichts mehr von Thomas gehört, aber sie weiß von seinem Agenten, dass er, wenn auch nicht glücklich, so doch in Sicherheit ist. Mr. Ridewells Brief kommt unerwartet und enthält die Nachricht, dass Thomas am Freitag um elf Uhr mit der Eisenbahn aus Liverpool eintreffen wird. Sie stößt alle Fenster im Haus auf, um die Frühlingsluft einzulassen, und erschreckt damit den Vikar, der, einen Regenschirm schwenkend und den Himmel nach Regenwolken absuchend, just in diesem Augenblick vorüberspaziert. Anschließend macht sie sich gemeinsam mit ihrer Zofe Mary daran, jede freie Fläche im Haus blank zu polieren, getrieben von einer wilden Energie, die sie schon lange nicht mehr gespürt hat. Als jedoch der Tag näher rückt, weicht ihre Vorfreude einer besorgten Anspannung. Sie muss sich der Tatsache stellen, dass sich etwas geändert hat, dass von ihrer einst so starken Bindung wenig mehr übrig ist als etwas, das einer Kette aus Gänseblümchen gleicht, von einem zum anderen reichend, verwelkt, brüchig, tot.

Der Zug aus Liverpool rumpelt in den Bahnhof und kommt seufzend zum Stehen. Zischend steigen Dampfwolken auf; Nebelblumen umkreisen Sophie und bleiben haften, bevor sie rasch wieder zerfasern und sich verflüchtigen. Sie erlebt einen Augenblick der Stille, in dem sie die Fenster absucht, dann öffnen sich die Türen, und auf dem Bahnsteig herrscht plötzlich geschäftiges Treiben. Unwillkürlich stemmt sich ihr Körper gegen die anbrandende Menschenmenge. Reisekoffer poltern zu Boden. Ein Träger schiebt einen Gepäckwagen so dicht an ihr vorbei, dass sie ihre Röcke raffen muss, damit sie sich nicht in den Rädern verfangen und mitgerissen werden. Ruckartig bewegt sie den Kopf und mustert die Gesichter – viele von ihnen sind von Hutkrempen verdeckt –, um ihren Mann zu erspähen. Sie ist sich nicht einmal sicher, ob sie ihn wiedererkennen wird.

Eine große Tasche stößt gegen ihr Bein, und um das Gleichgewicht zu wahren, streckt sie die Hand aus und ergreift einen Männerarm. Der Mann blickt überrascht auf, und sie zieht die Hand weg.

»Entschuldigen Sie«, murmelt sie.

Der Mann lächelt und legt grüßend einen dicken Finger an den Hutrand. Sie erwidert sein freundliches Lächeln, das von einem dichten kastanienbraunen Schnurrbart gekrönt wird, und der Mann dreht sich mit wehendem Mantel um und bellt Befehle. Der unglückliche Träger, den er anherrscht, balanciert mehrere Kisten und Koffer auf einem Wagen, den er gleichzeitig zu schieben versucht.

Erst als sich die Menge endlich verlaufen hat und das Poltern der Gepäckstücke und das Rascheln der Röcke und Mäntel verstummt ist, sieht sie ihn. Er ist allein. Eine schmale Gestalt in einem Umhang, voller Falten, als hätte er ihn gerade erst in Liverpool von der Stange gekauft. Der Umhang hüllt ihn vollständig ein, und doch scheint er zu frösteln. Sein Kopf ist unbedeckt, und in den Armen hält er eine große lederne Reisetasche.

Sie hat sich dieses Wiedersehen so oft vorgestellt: Sie würde auf ihn zulaufen, und er würde sie hochheben und küssen. In ihrer Phantasie hat sie sogar gespürt, wie seine Haut die ihre berührt – so sehr hat sie sich nach ihm gesehnt.

Aber so soll es nicht sein. Sophie spürt seinen Blick bis ins Mark, er gleitet über ihr Gesicht, über ihre Haare, aber ihr Mann macht nicht die geringsten Anstalten, sich ihr zu nähern. Seine Augenbrauen sind zusammengezogen und die Lippen zusammengepresst. Allerdings hatte Thomas' Gesicht schon immer so ausgesehen; seine kindlichen Züge, die ihn jünger als 27 erscheinen ließen, zeigten ständig einen besorgten Ausdruck.

»Mein Liebling.« Sie geht auf ihn zu, legt ihm die Hände auf die Schultern und küsst ihn auf die Wange. Die Haut fühlt sich rau an, sie ist fester geworden und vernarbt, und sein Schnurrbart ist drahtiger, dunkler. Seine Augen, auf einer Höhe mit ihren, sind weißblaue Blütenkränze unter schmalen goldenen Augenbrauen. Etwas in ihnen hat sich verändert. Sie sind schärfer, kälter und bilden einen harten Kontrast zu seiner gebräunten Haut. Seine Pupillen verengen sich, und er atmet in kurzen gepressten Stößen. Rote, schuppige Hände umklammern die Ledertasche und erwidern ihre Umarmung nicht.

So hatte sie sich das nicht vorgestellt. Ihre Hände liegen noch auf seinen Schultern, und sie möchte ihn schütteln. Ihn schütteln und sagen: Was hast du mit meinem Mann gemacht? Wo ist Thomas?

Hinter ihr ertönt eine Stimme.

»Mrs. Edgar.«

Sie wendet den Kopf, und neben ihr steht der Mann, an dessen Arm sie sich festgehalten hat, seine große braune Melone in den Händen. Er verbeugt sich so tief, dass Sophie seinen Scheitel sieht. Sein Kopf ist nur von einer dünnen Lage kupferfarbener Haare bedeckt. »Ich bin Francis Ridewell.«

Der Agent. Sie hatte sein Näherkommen nicht bemerkt und nicht einmal seine Schuhe auf dem harten Pflaster gehört. »Ja, natürlich«, sagt sie. »Danke, dass Sie meinen Mann nach Hause gebracht haben. Ihr Brief kam äußerst unerwartet.« Noch immer liegen ihre Hände auf Thomas' Schultern. Verwundert über sich selbst, zieht sie sie zurück, als wolle sie sie zurückfordern.

»Die Sache ist die, Madam …«

Der Mann verstummt. Mit einer Kopfbewegung deutet er auf den Sitz unter der Wagenplane. Er will, dass sie sich dort mit ihm hinsetzt. Sie wirft ihrem Mann einen Blick zu. Seine Augen sind geschlossen. Unschlüssig bleibt sie stehen, aber als Mr. Ridewell vorausgeht, folgt sie ihm.

Er wartet, bis sie Platz genommen hat, und setzt sich dann neben sie, und während er sich an seinem Überrock zu schaffen macht, fragt sie, ungeduldig geworden: »Geht es ihm gut, Mr. Ridewell? Ist etwas geschehen?«

Mr. Ridewell schüttelt den Kopf. »Ich weiß es wirklich nicht. Es ist höchst eigenartig. Ich erhielt von einem Mann aus Brasilien ein Schreiben, in dem er mir mitteilte, zu welchem Datum Mr. Edgars Schiff in Liverpool einlaufen würde. Als ich ihn am Anlegeplatz antraf, war er bereits in diesem Zustand. Es gelang mir, den Schiffssteward zu sprechen. Er sagte mir, er habe ihn zuerst für taub gehalten. Er habe auf keine Frage geantwortet, nicht einmal mit Ja oder Nein. Aber dann sahen sie, wie er den Kopf wandte, als es einmal an Bord zu einem kleinen Tumult kam, und als im Laderaum ein Feuer ausbrach, lief er mit allen anderen herbei, demnach musste er die Warnglocke gehört haben. Doch auch danach konnten sie ihm kein Wort entlocken.«

»Ich verstehe.« Sie war selbst überrascht, wie gefasst ihre Stimme klang. »Hat er den Verstand verloren?«

»Das wird der Arzt entscheiden müssen, Madam. Zunächst musste ich ihn unter meine Obhut nehmen. Als er in Liverpool von Bord ging, waren seine Kleider in Fetzen, und verzeihen Sie mir, wenn ich …«

»Sprechen Sie weiter.«

»Er roch. Ich nahm ihn mit zu mir und ließ ihn ein Bad nehmen und sorgte dafür, dass er frische Kleider anzog.«

Ihr Blick wandert zu Thomas, und sie sieht die ausgefransten Hosenbeine, die über glänzenden neuen Stiefeln hängen.

»Ich habe ihm einen Umhang – er fror entsetzlich – und ein Paar Schuhe gekauft.«

»Dafür werden wir natürlich aufkommen«, sagt Sophie. Es ist das Einzige, was ihr dazu einfällt. Sie ist diesem Mann etwas schuldig.

Er hebt die Hand, um sie zu unterbrechen. »Ich habe dafür gesorgt, dass der Träger alle seine Lattenkisten mit den gesammelten Insekten hergeschafft hat. Eine ist dem Brand zum Opfer gefallen. Die anderen könnten durch den Rauch beschädigt worden sein. Sie stehen am Haupteingang für Sie bereit.«

»Was könnte den Brand verursacht haben, Mr. Ridewell?«

»Das weiß ich nicht, Madam. Es tut mir sehr leid. Das Amazonasgebiet kann heikel sein, heißt es. Ich habe gehört, dass Männer dort ihren Besitz, ihren Glauben und ihre Tugend verloren haben. Aber ich habe noch nie von einem Menschen gehört, der seine Sprache verloren hat.«

Vor seiner Reise nach Brasilien hatte Thomas viele Stunden im Richmond Park verbracht, und in Sophies Augen war der Park gewissermaßen zu seiner Domäne geworden. Er durchkämmte jeden Quadratzentimeter, hob verrottete Holzstücke auf, hockte in nassen Laubhaufen und betrachtete Käfer oder wartete geduldig auf das Erscheinen von Schmetterlingen. Er nahm Sophie auf seine Expeditionen mit und versprach ihr Picknicks, aber letzten Endes saß sie immer mit klammen Röcken auf einer Decke und sah ihm zu, während sie die Ameisen abwehrte, die ihr die Knöchel hochkrabbelten. Bei einer dieser Gelegenheiten erzählte er ihr, dass er über hundert verschiedene Käferarten und dreißig Schmetterlingspezies gefunden hatte; diese trug er vorsichtig in Gläsern nach Hause und zog sich damit in sein Arbeitszimmer zurück, um mit ihnen was auch immer zu tun – jedenfalls war es eine Prozedur, die das Haus mit einem ekelhaften Gestank erfüllte.

Insekten bevölkerten sein Arbeitszimmer – meistenteils Käfer und Schmetterlinge, an den Wänden aufgehängt und in Schubladen verstaut. Ihr wurde übel, wenn sie den Raum nur betrat. Sie hatte den Eindruck, als wären alle lebendig, und sie konnte nicht zu dicht an der Wand stehen, aus Furcht, eines der Tiere könnte ihr in die Bluse fallen. Thomas neckte sie damit und bewegte die Finger wie winzige Insektenbeinchen an ihrem Rücken abwärts, bis sie quietschend, mit hochgezogenen Schultern und Gänsehaut am ganzen Körper flüchtete.

Nach seiner Abreise machte sie es sich zur Gewohnheit, im Park spazieren zu gehen, zuerst, um sich ihm näher zu fühlen, doch schon bald genoss sie die Bewegung an sich. Ihre Beine wurden kräftiger, was ihr unerwarteterweise Freude machte. Ihre rundlichen Wangen wurden schmaler, aber das versuchte sie auszugleichen, indem sie sich beim Dessert immer einen Nachschlag geben ließ. Wenn sie nach ihren Ausflügen in den Park Bekannten begegnete, sahen diese ihr, befremdet von ihrem geröteten Gesicht und den Schweißperlen auf ihrer Oberlippe, nicht selten nach, aber das kümmerte sie wenig.

Auf einem ihrer Spaziergänge sah sie einmal aus nächster Nähe ein Rehkitz. Sie war daran gewöhnt, Rot- und Damwild aus der Ferne zu beobachten, und achtete immer darauf, sich von brunftigen Hirschen fernzuhalten, aber dieses Tier hatte sie aufgescheucht, als sie sich von einer weichen Stelle im Farn erhob, an der sie sich ausgeruht hatte. Das Kitz blickte sie ein Weilchen aufmerksam an, die Ohren aufgestellt und die Beine leicht gespreizt. Dabei stieß es schimmernde Atemwölkchen aus. Sie rührte sich nicht – minutenlang, wie ihr schien. Dann sah sie es. Das Kitz weinte. Zwei dicke, ölige Tränen bildeten sich in seinen Augen und liefen sein Gesicht hinab. Es senkte den Kopf, wie um sie wegzuwischen, hob dann plötzlich den Vorderlauf und sprang auf den Wald zu. Nicht anmutig, wie man es von einem Reh erwartete, sondern sehr animalisch.

Ihre Freundin Agatha erklärte ihr, wenn man ein wild lebendes Tier von Angesicht zu Angesicht sähe, bliebe dessen Geist ein Leben lang bei einem und bewohne einen Teil der eigenen Seele. Lieber ein elegantes Reh, sagte sie, als ein Igel oder ein Wildschwein. Dann ließ sie sich auf die Knie fallen und ahmte einen Eber nach, der wild schnaubend mit imaginären Hauern an Sophies Röcken zerrte. Sophie musste so sehr lachen, dass sie mit dem Ellenbogen gegen ihre Teetasse stieß, die daraufhin klirrend zu Boden fiel.

Eine andere von Agathas Neckereien betraf Captain Fale, der Sophie mit seinen Besuchen sehr getröstet hatte. Oft begleitete er die beiden Damen bei ihren Stadtgängen, oder er leistete ihnen an regnerischen Nachmittagen Gesellschaft. Zunächst hatte Sophie geglaubt, er habe eine Schwäche für Agatha und sie diene als Anstandsdame während der zarten Anfänge einer Romanze, aber Agatha tat ihn als verzweifelt und einsam ab. »Außerdem, Bär«, sagte sie, »hofft er in Wahrheit, dass Thomas nicht aus dem Dschungel zurückkehrt. In dich ist er verliebt.« Sophie setzte sich mit einem Lachen über diese Bemerkungen hinweg. Er tat ihr leid, glaubte sie, wegen seines Beines und weil er nach all den Jahren in der Armee immer noch keine Frau gefunden hatte, obwohl er schon fast vierzig war. Und seine Gesellschaft war angenehm. Zuweilen konnte er etwas pathetisch werden, aber er war andererseits von einer Schüchternheit, die sie liebenswert fand.

Die meiste Zeit verbrachte sie in Gesellschaft von Agatha. Sie lasen, stickten, spielten Whist oder stellten sich den Regenwald vor und die Abenteuer, die er barg. Agatha sagte, sie würde ihn gerne erforschen, aber Sophie wand sich innerlich bei dem Gedanken an den feuchtwarmen Urwald, die schleimigen Insekten und die Eingeborenen, die – davon war sie überzeugt – noch keine rechten Christen sein konnten.

Jeden Morgen vor dem Frühstück saß sie in der kleinen Kapelle um die Ecke. Während sie den Duft des Bienenwachses und der dunklen Holzbeize in sich aufsog, schob sie die

Gedanken, die sie beunruhigten, weit fort und saß ganz still. Sie schloss die Augen und lauschte der Stille, die nur hin und wieder von dem Rattern einer vorbeifahrenden Pferdekutsche unterbrochen wurde.

Dann senkte sie den Kopf und betete.

Einmal, vor seiner Abreise nach Brasilien, hatte sie Thomas ganz in sich gekehrt in der vordersten Bank sitzen sehen. Sie war in eine Bank ein Stückchen hinter ihm geglitten und hatte ihn beobachtet. Das Nachmittagslicht war glitzernd durch das Buntglasfenster gefallen und lag in farbigen Tupfen auf seinem Körper. Wenn sie ihre Hände im Schoß öffnete, waren sie mit rotem Licht gesprenkelt. Die Sonnenstrahlen ließen sie aussehen wie mit Blut übergossen. Thomas betete so lange, dass sie schon glaubte, er sei eingeschlafen. Sie ging leise nach vorne und rutschte in seiner Bank nah an ihn heran. Da hob er mit einem Mal die gefalteten Hände vor die Brust und begann, sich hin und her zu wiegen. Er hatte die Augen immer noch geschlossen, und auf seinem Gesicht lag ein entrückter Ausdruck.

Diesen Ausdruck hatte sie bei ihm schon einmal im Wald gesehen. Damals war er wie in Trance. Sein Gesicht schien von innen her zu leuchten, als er wie ein Kind auf der modrig riechenden Laubschicht kauerte, die den Waldboden bedeckte, eine Pinzette mit einem Schmetterling in der einen Hand, eine Lupe in der anderen.

Sophie war an jenem Tag in der Kirche keineswegs überrascht gewesen, als er die Hände öffnete und ein kleiner roter Schmetterling zwischen seinen Fingern hervorflatterte und sich zur Kirchendecke erhob.

Sie will ihm aus der Kutsche helfen, als sei er ein Invalide, aber er beachtet ihre hilfreich ausgestreckte Hand nicht und springt heraus. Sein Gesicht wendet sich der Fassade des Hauses zu, das zu einer langen Reihe adretter zweistöckiger Gebäude gehört, und sein Blick gleitet über die Fenster und Türen und über die Pergola, um die sich eine Kletterrose rankt. Als er das Fenster ihres Schlafzimmers betrachtet, schluckt er mit springendem Adamsapfel. Sie treten durch das Tor, während der Droschkenkutscher die erste Kiste auf die Schulter wuchtet und ihnen folgt. Thomas streckt im Vorübergehen die Hände nach den Lavendelsträuchern aus, die den Gartenpfad säumen, erst zaghaft mit gekrümmten Fingern, dann kühner. Er streicht beim Gehen über den Lavendel, dessen Stängel sich leicht zitternd unter seiner Berührung biegen. Am Ende des Pfades angelangt, greift er nach einem Blütenkopf und bricht ihn ab. Er zerreibt ihn zwischen den Fingern und riecht mit geschlossenen Augen daran. Sophie kann seinen Gesichtsausdruck nicht deuten, vielleicht macht er sich nur wieder mit den Gerüchen Englands vertraut. Aber in seinen Bewegungen liegt etwas Gewalttätiges, und der enthauptete Lavendelhalm wirkt obszön, wie ein gebrochener Knochen.

Nachdem sie den Kutscher in Thomas' Arbeitszimmer geführt hat, wo er die Kisten in einer Ecke zu einem Block aufschichtet, entlohnt sie ihn, und dann ist sie allein mit ihrem Mann. Sie spricht absichtlich nicht, sondern wartet darauf, dass er das Schweigen bricht. Er steht unten an der Treppe, eine Hand am Geländer. In der anderen hält er seine Reisetasche. Er stellt einen Fuß auf die erste Stufe, wendet den Kopf und schaut sie an.

»Was ist?« – Sofort bereut sie, als Erste gesprochen zu haben. Er antwortet natürlich nicht, sondern beginnt langsam den Aufstieg. Sie folgt dicht hinter ihm, mit angespannten Armmuskeln, als sei sie darauf gefasst, ihn, sollte er fallen, auffangen zu müssen.

Sie hat das Schlafzimmer nach seiner Abreise nicht verändert: Seine Kleider hängen in dem schweren Eichenschrank und sind regelmäßig auf Motten untersucht worden; seine Schuhe wurden jeden Monat von Staub befreit und glänzen, seine Bürsten liegen auf der niedrigen Frisierkommode. Auf dem Bett liegt ausgebreitet das Nachthemd, und die Wärmflasche lehnt am Kopfkissen, bereit, gefüllt zu werden. Seine Pantoffeln lugen unter dem Bett hervor. Sie hatte erwartet, dass er viele dieser kleinen Dinge, die einem das Leben angenehmer machen, auf die Reise mitnehmen würde, aber er hatte auf leichtem Gepäck bestanden.

Der Raum lässt seine schmale Gestalt noch mehr schrumpfen. Die klaren Linien und waldgrünen Tapeten scheinen ihn mit ihrer selbstbewussten Gediegenheit zu verspotten. Er stellt die Tasche ab und setzt sich auf das Bett. Er stößt sich mit den Füßen ab und wippt mit dem ganzen Körper, der ihr so leicht wie eine Feder erscheint. Seine Mundwinkel verziehen sich zu einem zaghaften Lächeln, und er seufzt. Er ist froh, zu Hause zu sein, denkt sie. Ohne Zweifel.

»Thomas …«, setzt sie an, aber dann bleiben ihr die Worte im Halse stecken, und sie drückt sich mit ihrem dunklen Kleid gegen die Wand. Was immer sie sagen könnte, alles ist falsch – alles ist fehl am Platze, das weiß sie.

»Ich lasse dich jetzt allein, damit du dich ausruhen kannst«, erklärt sie schließlich. Sie zeigt auf die Waschschüssel auf der Anrichte, auf das frische Handtuch, das sie selbst dazugelegt hat, und geht hinaus, wobei sie die Tür hinter sich zuzieht.

Als sie sich kennengelernt hatten, hatte Thomas sie mit seinem Wissen über Insekten beeindruckt. Er zeigte ihr, wie sie einen Schmetterling zwischen den Händen halten konnte, einen roten Admiral, und erzählte ihr währenddessen etwas über den Lebensraum dieses Insekts und über die Tausenden von Schüppchen, aus denen seine Flügel bestanden und die wie Dachschindeln übereinanderlagen. Er bevorzugte den in England gebräuchlichen Namen *red admirable* – denn an diesem kleinen Wesen gab es viel zu bewundern. Aber sie hörte ihm kaum zu; sie spürte nur die Wärme seiner Hand auf ihrer und die Sommersonne auf ihren geschlossenen Augen, und sie wartete auf den Regen, denn fern am Himmel hatten sich Wolken zusammengeballt.

Als Brasilien ihn verschluckt hatte und die Briefe ausgeblieben waren, glaubte sie ständiges Donnergrollen hinter dem Horizont zu vernehmen. Auch jetzt, in ihrem hohen, weißen Bett liegend, spürt sie es wie eine unterschwellige Unruhe in ihrem Körper. Wie kann sie sich so allein und ausgeliefert fühlen, wo doch ihr Mann wieder zu Hause, im Nebenzimmer, ist? Sie hatte während der ganzen Zeit nachts nur ihre Zofe Mary bei sich gehabt, und immer war sie selbst aufgestanden, wenn es unerklärliche Geräusche gab. Erst letzte Woche hatte sie aus dem untersten Stockwerk ein Klappern gehört, war nach unten gegangen und hatte entdeckt, dass es einem Fuchs aus dem Park irgendwie gelungen war, ins Haus zu schleichen und nach Essen zu stöbern. Sie war so leise die Treppe hinuntergeschlichen, dass sie ihn überrascht hatte – aber sie sah nur die Augen, die im Lichtschein ihres Leuchters aufblitzten, dann jagte er davon, und seine Krallen schrappten über den Steinboden. Dieses Geräusch hatte sie endgültig hellwach gemacht. Deutlich nahm sie den Moschusgeruch des Fuchses wahr, der sie noch begleitete, als sie schon längst die Tür verriegelt hatte und wieder in ihr Zimmer hochgegangen war.

In der Dunkelheit scheint es ihr, als sei Thomas nie zurückgekehrt, als sähe sie ihn im Traum immer noch im Dschungel. Ihre Laken sind so kalt wie eh und je.

Doch ihr vertrocknetes Herz beginnt sich zu erweichen. Als sich ihre Blicke in seinem Zimmer getroffen hatten, war etwas in ihrer Brust geschmolzen, und sie hatte sich daran erinnert, dass Thomas schließlich kein Fremder war, auch wenn er sie so behandelte. Er war den Rest des Tages bis in die Nacht hinein in seinem Zimmer geblieben. Sie hatte unschlüssig vor seiner Tür gestanden, bevor sie zu Bett gegangen war, die Hand am Türknauf und das Ohr gegen das kühle Holz gepresst. Sie hatte seinen Atem gehört, er schnarchte leise. Sie nahm an, dass die Erschöpfung ihn überwältigt und dass ihn das Bett nach den quietschenden Hängematten und schmalen Pritschen der vergangenen Zeit mit seiner Bequemlichkeit eingelullt hatte.

Sie schreckt zusammen, als draußen vor dem Fenster ein Windstoß mit einem Geräusch wie dumpfes Hundegebell durch die Äste des Pflaumenbaums fährt. Durch einen Spalt im Vorhang nimmt sie draußen eine Bewegung wahr. Vorher war sie beim Anzünden der Lampe schon einmal von einem Geräusch aufgeschreckt worden, das sich angehört hatte, als klopfte jemand gegen die Fensterscheibe. Als sie den Vorhang zurückgezogen hatte, hatte sich ein dunkler, pelziger Nachtfalter gegen das Glas geworfen, als wolle er es zum Bersten bringen.

Manchmal wacht sie nachts mit einer Empfindung auf, als läge etwas auf ihr und drücke sie nieder. An anderen Tagen sinkt sie tief in die Kissen, wenn der Schlaf sie überwältigt, und heiße Hände zerren an ihr. Im vergangenen Sommer war es im August unerträglich heiß gewesen, und sie hatte die meisten Nächte wie Lady Godiva nackt auf dem Bett gelegen und die Vorhänge offen gelassen, damit sie beim ersten Tageslicht aufwachte und ihr Nachthemd überstreifen konnte, bevor Mary hereinkam. Nicht, dass es Mary in Verlegenheit gebracht hätte. Auch jetzt stört sie das steife, kratzige Nachthemd, aber sie kann es nicht ablegen, weil es so kalt ist und Thomas im Nebenzimmer liegt.

Sie dreht dem Fenster den Rücken zu und schließt die Augen. Sie schläft ein und träumt, dass sie einen Druck auf die Blase verspürt. Im Traum läuft sie durch die Straßen der Stadt, und Menschen bieten ihr Nachttöpfe an, die sie wie durch einen Zaubertrick mit triumphierenden Blicken unter ihren Mänteln hervorziehen. Um einen zu benutzen, müsste sie ihre schweren Röcke lüften und sich mitten auf der Straße hinhocken. Deshalb geht sie weiter, aber keiner der Sträucher am Wegesrand ist groß genug, um sie vor den Blicken der Öffentlichkeit zu verbergen.

Ihr Bedürfnis wird so dringend, dass sie einem Mann mit einem schlauen Gesichtsausdruck und zusammengekniffenen Augen den dargebotenen Nachttopf aus den roten, schrundigen Händen zerrt. Sie versucht, ihn zu benutzen, aber der Mann hat eine Reihe von Zuschauern zusammengerufen, und Sophie merkt, dass sie sich vor Publikum und vor dem Mann mit seinen winzigen Äuglein nicht erleichtern kann.

Der Druck in ihrem Unterleib weckt sie schließlich, und sie weiß, dass sie ihre Träume nur zur Ruhe bringen kann, wenn sie aufsteht. Sie langt nach dem Nachttopf und hockt sich darüber. Heiße Nadeln durchbohren ihre Füße, als sie sich bespritzt, und sie stößt einen Fluch aus. Sie schließt die Augen und seufzt erleichtert. Als sie die Augen wieder öffnet, ist es so dunkel, dass sie nur das grell violette Licht wahrnimmt, das gegen ihre Augenlider drückt. Etwas klopft gegen das Fenster, erst einmal, dann drängender ein zweites Mal. Sie springt auf – dieser Nachtfalter will sie einfach nicht in Ruhe lassen, er verspottet sie geradezu –, und flugs verfängt sich ihr Fuß in dem Nachttopf, und nach einem Augenblick schrecklicher Stille ergießt sich ihr Urin über den Boden.

Sie tastet nach ihrem Handtuch und beginnt zu weinen, während sie den Boden wischt, denn sie weiß, dass ein widerlicher Gestank zurückbleiben wird, dass die Flüssigkeit in die Bodenbretter sickern und sich noch lange halten wird, auch wenn die Bretter schon längst sauber gescheuert worden sind. Wieder hört sie das Klopfen am Fenster, aber als sie den Vorhang zurückreißt, sieht sie, dass es nicht die Motte ist, sondern ein kleiner Zweig des Pflaumenbaums, der im Wind schaukelnd sachte das Fenster streift, wobei seine Blüten die Scheiben küssen.

»Guten Morgen«, sagt Sophie zu ihrem Mann, als er den Salon betritt. Er setzt sich ihr gegenüber an den gedeckten Tisch, auf dem ein gekochtes Ei, eine Scheibe Toast und das beste Silberbesteck auf ihn warten.

»Tee?« Sie wartet auf seine Antwort, aber er hebt nur die Tasse hoch und hält sie ihr entgegen. Dabei sieht er sie erwartungsvoll an.

Sophie hebt die silberne Teekanne. Gemeinsam beobachten sie den dünnen Strahl, den sie mit einer wiegenden Bewegung ihres Handgelenks in seine Tasse lenkt. Kein Tropfen geht daneben. Er neigt den Kopf unmerklich, was sie als dankbares Nicken interpretiert, aber er könnte ebenso gut einen steifen Hals haben.

Sie ist befangen, deshalb redet sie über das Wetter, über die Reparaturen, die sie während seiner Abwesenheit am Haus hat vornehmen lassen – die Hintertür ist eines Tages praktisch aus den Angeln gekippt –, über den Fluss und wie er im letzten Frühjahr gestiegen ist und die Felder überschwemmt hat, über die Hochzeiten in der Nachbarschaft – »du wirst es nicht glauben, wen Miss Prym heiratet: den hochnäsigen Mr. Winchester!« –, über ihren Gesundheitszustand – alles in allem gut. Währenddessen schlürft Thomas seinen Tee und schlingt sein Ei hinunter. Er bekleckert den Ärmel mit Eigelb und entfernt den Fleck, indem er den Stoff ableckt. Seine kleine rosarote Zunge schnellt hervor wie die einer Katze. Als sie verstummt, bemerkt er ihren Blick und senkt, plötzlich rot vor Scham, langsam den Arm. Als er sein Frühstück beendet hat, sitzt er mit den Händen im Schoß da und starrt auf sie hinunter, als müsse er sie daran hindern, sich schlecht zu benehmen. Er sieht aus, als höre er ihr zu, so konzentriert verweilt sein Blick auf seinem Schoß, aber nichts, was sie ihm mitteilt, entlockt ihm auch nur die geringste Reaktion. Aus lauter Verzweiflung erzählt sie ihm von dem Missgeschick mit dem Nachttopf. Dabei schlägt sie den heitersten Ton an, zu dem sie sich durchringen kann: Sie will ihn zu irgendeiner Reaktion nötigen.

»Und weißt du, in meinem Zimmer hängt immer noch dieser Geruch, und ich habe mich nicht getraut, Mary darum zu bitten, dass sie die Bescherung aufwischt.«

Nichts. Er ist erstarrt, eiskalt wie ein See im Winter. Sie könnte ihre Schlittschuhe anschnallen und auf seiner Oberfläche Kreise ziehen.

Sie versucht es anders.

»Thomas, Liebster. Bitte sieh mich an.«

Das wenigstens hört er. Er hebt den Kopf. Sie entdeckt in seinen Augen denselben Ausdruck wie schon auf dem Bahnhof. Angst.

»Liebling. Willst du mir nicht sagen, was geschehen ist?«

Er starrt den Salzstreuer anklagend an, hebt seine Serviette vom Schoß und legt sie mit zitternden Fingern neben den Teller. Er schiebt den Stuhl zurück und beugt sich vor, als wolle er aufstehen.

»Nein«, sagt sie.

Er hält inne und starrt sie wie ein erschrecktes Reh an.

»Bitte geh nicht weg, Thomas.« Sie streckt den Arm aus und ergreift seine Hand. Er heftet seinen starren Blick auf ihren Ehering.

Aber was kann sie ihm schon sagen? Sie weiß nicht, wie sie ihn zum Reden bringen soll und ob Fragen ihn nur noch weiter in die Defensive treiben. Warum macht er es ihr so schwer?

»Warum hast du mir nicht mehr geschrieben?«

Wieder nichts. Seine Hand zittert leicht. Vielleicht sollte sie es mit einer leichteren Frage versuchen.

»Bist du froh, wieder zu Hause zu sein?« Sie hofft, dass diese Frage zumindest ein Nicken hervorrufen wird; vielleicht wird er seine andere Hand über die ihre legen, und sie wird etwas in seinem Gesicht finden, an das sie sich klammern kann und das ihr ein wenig Hoffnung gibt. Aber da ist nichts.

Sie hebt seine Hand ein Stückchen in die Höhe und lässt sie wieder fallen.

Ihr Stuhl kippt zu Boden, als sie aufspringt und aus dem Zimmer stürmt.

Im selben Moment, in dem Sophies Stuhl im Speisezimmer ein solches Getöse verursacht, schließt Captain Samuel Fale, der nur wenige Häuser entfernt in derselben Straße wohnt, das Gartentor der Edgars mit einem Klacken und summt dabei eine Melodie, die er nicht recht zuordnen kann: ta-tum-tum-ti-tum. Der Rhythmus ist höchst ungewöhnlich, und er weiß, dass er sie nicht erfunden hat, demnach muss sie ihm jemand in den Kopf gesetzt haben – ob mit Absicht oder durch Zufall, kann er nicht sagen.

Beim Treppensteigen verzieht er das Gesicht. Sein schlimmes Bein gehorcht ihm nicht, und sein Fuß knallt gegen die Stufen. Der Sturz vom Pferd hat seiner Armeekarriere ein Ende gesetzt, und jetzt hängt sein verdammtes Bein an ihm wie eine schwere Axt. Er wird nicht gerne an sein Gebrechen erinnert, aber diese verflixten Stufen schaffen es jedes Mal. Das ist der Preis für eine so angenehme Gesellschaft.

Mary öffnet die Tür und weicht seinem Blick aus. Sie führt ihn in den Salon, macht einen schlecht imitierten Hofknicks – unverschämt, dieses Mädchen! – und eilt wortlos davon, um ihrer Herrin Bescheid zu geben. Er war im vergangenen Jahr sehr oft hier, aber ihm fällt jedes Mal wieder unangenehm auf, wie nah die Wände beieinander sind. Sie scheinen sich fast zu berühren. Die schweren Samtvorhänge tragen zur klaustrophobischen Atmosphäre des Raumes bei. Doch das hat auch seine Vorteile – im Winter ist es warm wie in einem Backofen.

Er setzt sich auf einen schlecht gepolsterten Stuhl und verfängt sich sofort mit dem Ärmelknopf in dem zerschlissenen

Stoff der Armlehne. Ein lauter Fluch entfährt ihm, und er vergewissert sich durch einen raschen Blick über die Schulter, dass Sophie – Mrs. Edgar – nicht unbemerkt ins Zimmer geschlüpft und Zeugin seines schimpflichen Fauxpas geworden ist. Aber noch ist er allein. Er befreit seinen Knopf, der jetzt nur noch an einem Faden hängt, und lehnt sich zurück, um auf sie zu warten.

Hinter ihm öffnet sich die Tür. Er rückt seine Krawatte zurecht und erhebt sich.

Es ist nicht Mrs. Edgar, sondern ein Mann, wenn man ihn denn so nennen kann. Er wirkt eher wie ein nervöser Schuljunge. Seine Haut ist gebräunt wie die eines Landarbeiters, aber sein Körper scheint substanzlos, sein Gesicht zu schmal und sein Kopf zu schwer für den dünnen Hals, der aus dem Kragen ragt. Sein Nacken ist gerötet, als sei er nicht an so eng sitzende Kragen gewöhnt.

Am auffälligsten ist der Mund. Fale vermutet, dass eine Frau ihn anziehend finden könnte, für ihn jedoch verrät er Anmaßung. Die Unterlippe zwingt die Oberlippe zu einer scharfen Wölbung hinauf, die ihn an eine geschwungene Violine denken lässt. Die Lippen sind unanständig rot. Fale verlagert sein Gewicht auf das andere Bein, aber das erinnert ihn nur schmerzhaft an seine Verletzung. Er kann nicht aufhören, diese Lippen anzustarren. Er wartet darauf, dass sie sich bewegen, dass der Gentleman – denn das muss er wohl sein – etwas sagt. Aber sie bleiben, wie sie sind. Schnippisch.

Dann dreht sich der Mann auf dem Absatz um und geht hinaus. Verwirrt lässt sich Fale auf die Stuhllehne sinken. Er hat diesen Mann schon einmal gesehen, das weiß er, aber er kann ihn nicht einordnen. Ist er ein heimlicher Geliebter der Zofe? Kennt er ihn aus dem *Star and Garter*? Dann fällt es ihm ein. Er sinkt von der Stuhllehne auf den Sitz. Ein Hitzeschwall steigt in ihm auf, und er spürt, wie seine Achselhöhlen nass werden.

Sein Verdacht bestätigt sich, als Mary durch die Tür huscht und ihn wie eine Robbe mit den Armen rudern sieht. Verlegen stemmt er sich hoch.

»Was ist, Mädchen?«

»Verzeihen Sie, Sir …« Sie starrt beim Sprechen auf den Kamin. »Mrs. Edgar kann nicht herunterkommen. Sie hat Kopfschmerzen. Ich soll Ihnen ausrichten, dass sie sich mit Ihnen in Verbindung setzen wird.«

Kopfschmerzen, soso. Fale stülpt sich den Hut auf den Kopf, greift nach seinem Stock, der gefährlich nah an Marys Knie vorbeischwingt, und hinkt blindlings die Treppe hinunter auf die graue Straße.

Der verdammte *Edgar* ist wieder da.

Als Sophie wieder nach unten kommt – sie hat sich innerlich gegen die Begegnung mit ihrem Mann gewappnet –, findet sie Thomas im Wintergarten. Mary teilt ihr mit, dass er den ganzen Vormittag dort verbracht hat. Er hat seinen Stuhl zum Fenster gedreht, was ihm freie Sicht nach draußen erlaubt. Die schweren Regenwolken sind für kurze Zeit aufgerissen, und über dem Garten liegt ein Gespinst aus Sonnenlicht. Er sitzt sehr still mit im Schoß gefalteten Händen, als würde er für eine Fotografie posieren. Er blickt nicht einmal auf, als sie sich auf einen Stuhl in seiner Nähe setzt und ihr Stickzeug zur Hand nimmt.

Sie sticht die Nadel in den Stoff und zieht sie auf der anderen Seite heraus, während ihre Blicke zwischen der Stickarbeit und ihrem Mann hin und her schnellen. Unter ihren Fingern entsteht eine verwackelte Rose. Als sie mit dem Stiel beginnen will, wechselt sie den Faden.

Sie hat vergessen, den Fingerhut aufzusetzen, und sticht sich in die Fingerkuppe. In diesem Moment springt Thomas abrupt auf. Er klatscht die Handflächen gegen das große raumbeherrschende Glasfenster. Würde er Laute von sich geben, denkt sie kühl, hätte er jetzt aufgeschrien. Seine Haltung ist starr, und er fixiert etwas im Garten, das ihn erschreckt hat.

»Was ist denn?«, fragt Sophie. Sie reckt den Hals, um an ihm vorbei hinauszusehen.

Die Bewegung, in die das Fensterglas durch Thomas' Hände geraten ist, haben einen Schmetterling vom äußeren Fenstersims aufgescheucht, der ein paar Kreise beschreibt und dann zu einem entfernten Blumenbeet trudelt, das man von dieser Seite des Hauses nicht sehen kann. Nur ein einfaches kleines Insekt – vielleicht ein Kohlweißling –, aber das Einzige, was sich im Garten bewegt. Als er verschwunden ist, wendet sich Thomas von der Scheibe ab, die durch seinen Atem beschlagen ist, und schüttelt den Kopf, als wolle er sich selbst aufwecken. Er lässt sich wieder auf den Stuhl sinken. Seine Hände auf den Lehnen zittern. Sophie steht auf und stellt sich neben ihn: »Thomas. Was ist denn?«

Er schließt die Augen und scheint seinen Atem unter Kontrolle bringen zu wollen. Auf seinen Wangen erscheinen rote Flecken, auf denen eine dünne Schweißschicht glänzt. Er holt tief Luft, öffnet die Augen und sieht sie an. Sein Blick ist kalt und trotzig. Unwillkürlich weicht sie einen Schritt zurück und hält die Nadel fester. Wieder bohrt sich die Spitze in ihren Finger. Ein Blutstropfen bildet sich, und sie hebt den Finger zum Mund.

Doktor Dixon erscheint mit dem Nachmittagsregen. Er klopft seinen Hut ab und legt ihn auf die Garderobe. Seinen nassen Regenumhang überlässt er Mary, die ihn ausschüttelt und aufhängt.

Die Untersuchung findet in Thomas' Schlafzimmer statt. Die Vorhänge sind offen, der Regen trommelt gegen das Fenster, und das schwache Licht von draußen wird von den dunklen Wänden des Zimmers geschluckt. Sophie bleibt in der Tür stehen, in der Erwartung, gleich weggeschickt zu werden. Sie hofft, dass sie wenigstens einen Teil der Prozedur verfolgen kann. Thomas sitzt mit dem Rücken zu ihr im Halbdunkel, hält den Kopf gesenkt und widmet sich seinen Hemdknöpfen. Der Blick, mit dem sie ihn mustert, hat eine neue Schärfe gewonnen. Sie spürt ein Kribbeln im Körper, als ob Gefahr im Anzug wäre. Oder hat es damit zu tun, dass sie ihren Mann gleich ohne Hemd sehen wird? Als er es von den Schultern gleiten lässt, stockt ihr der Atem, und sie ballt unwillkürlich die Fäuste. Sein Rücken ist von kreisrunden roten Schwielen übersät. Die gezackten Schrammen auf seinen Armen sind böse entzündet, und sie hat bis zu diesem Moment nicht gewusst, dass Thomas an einem Arm einen Verband trägt. Doktor Dixon wird durch Sophies Reaktion auf sie aufmerksam, dreht sich mit der frisch gefüllten Lampe in der Hand um und ergreift mit der anderen den Türknauf.

»Ich glaube, wir sollten die Untersuchung unter vier Augen durchführen, Mrs. Edgar.«

Sekunden später starrt Sophie gegen das dunkel gefleckte Holz, und ihr heißer Atem schlägt ihr ins Gesicht zurück.

Der Arzt verkündet, dass er Thomas zu Bett geschickt habe, damit er sich ausruht. Er folgt Sophie in den Salon, wo sie sich hinsetzt und ihr Taschentuch zu engen Spiralen zwirbelt. Mary hat vorausschauend ein Feuer im Kamin angezündet, die Lampen jedoch noch nicht, denn schließlich ist es noch Tag.

Doktor Dixon versucht Sophie die Untersuchung zu erläutern. Die Abdrücke auf dem Rücken seien, soweit er dies ohne Mithilfe von Mr. Edgar beurteilen könne, Insektenstiche, die sich entzündet hätten. Die Kratzer wurden vermutlich von scharfkantigen Dschungelpflanzen verursacht. Keine der Wunden verheile gut.

»Für die schlechte Wundheilung mögen die Anstrengungen der Reise verantwortlich sein, aber …« Er beugt sich vor und stützt die Ellenbogen auf die Knie. »Ich vermute, es hängt eher mit dem Grund zusammen, der ihn auch am Sprechen hindert.«

»Das verstehe ich nicht. Warum will er nicht sprechen?«

»Tja, das weiß ich auch nicht. Er hat eine Beule am Kopf, die dazu beigetragen haben mag, aber ich habe noch nie gehört, dass jemand durch einen Schlag wie diesen das Sprachvermögen verloren hat. Er könnte eine Art Schock erlitten haben, vermute ich …« Er verstummt und starrt mit gerunzelten Brauen ins Feuer. »Ja«, fährt er leise fort, als spräche er zu sich selbst. Den nächsten Satz spricht er in sich hinein, so dass Sophie ihn kaum noch versteht.

»Wie bitte?« Sein Verhalten trägt nicht dazu bei, dass sie ihre Anspannung verliert.

»Verzeihen Sie.« Dr. Dixon hebt den Kopf und spricht laut und deutlich: »Ich sagte, dieser Schnitt unter dem Verband. Er war sehr schmutzig. Ich habe ihn gereinigt und neu verbunden. Glauben Sie, dass Sie den Verband selbst wechseln können? In etwa zwei Tagen? Ihr Mann sollte Bettruhe halten. Lassen Sie ihn viel ruhen.«

Sie nickt. »Und das Sprechen? Wird Bettruhe dabei helfen?«

»Das kann ich nicht sagen.«

»Bitte, Doktor Dixon.« Die Wärme des Feuers hat ihre Wangen gerötet. Tapfer versucht sie, die Tränen zurückzudrängen. »Mrs. Edgar, es tut mir leid, ich weiß es einfach nicht.«

»Aber was ist Ihre Meinung?«

»Meine Meinung?« Er schürzt die Lippen und senkt den Blick. Dann gibt er sich einen Ruck und lächelt sie an. Künstlich, denkt sie. »Meine Meinung ist, dass er, abgesehen von diesem einen Punkt, geistig vollkommen gesund ist. Ist Ihnen etwas aufgefallen, was auf das Gegenteil schließen ließe?«

Sie denkt nach. Ihr Mann wirkt wie ausgehöhlt, seine Augen sind leblos.

»Nein«, erwidert sie. »Obwohl es heute Vormittag einen Vorfall gab …« Sie erzählt ihm von dem Schmetterling auf dem Fensterbrett, von Thomas' zitternden Händen.

»Ich verstehe. Sind Sie sicher, dass es ein Schmetterling war, den er beobachtet hat?«

Sie nickt. »Ich bin mir sicher.«

»Warum sollte er so reagieren?«

»Es scheint weit hergeholt, ich weiß. Aber er ist besessen von ihnen. Er ist auf Reisen gegangen, um sie zu studieren. Er wollte Schmetterlinge sammeln, aber er hatte auch gehofft, einen ganz bestimmten zu finden.«

»So? Und welcher war das?«

»Das ist es ja. Er hat keinen Namen – er ist offiziell noch gar nicht entdeckt worden. Aber Thomas sind Gerüchte zu Ohren gekommen, und er war entschlossen, als Erster ein Exemplar zu fangen und nach England zu bringen. Er wollte ihn sogar nach sich selbst benennen, das heißt, ihm eine lateinische Version seines Namens geben.«

»Und hat er ihn gefunden?«

»In den Briefen, die ich von ihm bekommen habe, hat er nichts erwähnt. Aber dann kamen keine mehr …« Sie wendet den Blick ab. Die Röte steigt ihr in die Wangen, als sie erkennt, dass sie nicht nur Thomas den prüfenden Blicken des Arztes preisgibt. »Ich weiß nicht, ob er ihn je gefunden hat. Aber das hilft uns eigentlich auch nicht viel, nicht wahr?«

»Nein«, antwortet der Arzt. »Es tut mir sehr leid, Mrs. Edgar. Er scheint an einer Art nervösen Dyspepsie zu leiden. Ich würde Muße und Bettruhe verordnen. Und Geduld. Nein, bitte sorgen Sie sich nicht, Madam. Sie können ihn immer noch einweisen lassen, so dass …«

»Nein!« Sie lässt ihr Taschentuch fallen und hebt es mit abgewandtem Gesicht wieder auf. Das könnte sie nicht ertragen – es wäre ein Eingeständnis, dass ihr Mann geisteskrank sein könnte. »Das kann ich nicht«, wiederholt sie.

»Dann haben Sie Geduld«, sagt er. Sie sieht, wie seine Augen voller Mitleid auf ihr ruhen, und spürt ein flaues Gefühl im Magen. Diesen Blick hat sie schon häufiger gesehen und sich immer dagegen verwahrt. Er veranlasst sie, das Kinn ein Stück höher zu heben, und er weckt Groll in ihr, obwohl es die Menschen, die sie so ansehen, wahrscheinlich gut meinen. Sie kennt diesen Mann nicht; abgesehen davon, dass er im letzten Winter ihren Husten behandelt hat, weiß er nichts von ihr.

»Drängen Sie ihn nicht«, fährt er fort. »Lassen Sie ihn in Ruhe. Vielleicht braucht er nichts weiter als die Liebe einer gütigen Frau. Er hat ein Jahr im Dschungel verbracht, Mrs. Edgar, fern von den Bequemlichkeiten der zivilisierten Welt. Versuchen Sie, sanft wieder eine Verbindung zu ihm zu knüpfen. Wenn er sich etwas ausgeruht hat, lassen Sie ihn Dinge tun, die er liebt. Mag er Musik?«

Sophie nickt.

»Spaziergänge im Park? Etwas in dieser Art, Mrs. Edgar. Sie könnten ihn in ein Krankenhaus einweisen lassen, wenn Sie möchten, und seinen Kopf untersuchen …«

»Nein«, unterbricht sie ihn mit einem gezwungenen Lächeln. »Dieses Risiko will ich jetzt noch nicht eingehen. Vielen Dank, Doktor Dixon. Ich will versuchen, mich in Geduld zu üben, wie Sie mir raten. Ich bin sicher, wir werden einen Weg finden, uns zu verständigen.«

Kapitel 2

Belém, Brasilien, 18. Oktober 1903

Meine liebe Sophie,

endlich Gelegenheit, einen Brief zu schreiben. Meine Reise war kürzer, als ich sie mir vorgestellt hatte, aber zuzeiten kam sie mir unendlich lange vor. Als die See besonders rau war, verbrachte ich mehrere Tage in meiner Kabine. Ich kann das Gefühl nicht sehr gut beschreiben, man möchte lieber sterben, als den Rest seiner Tage in den Klauen einer solchen Übelkeit zu verbringen – und man meint allen Ernstes, das letzte Stündlein hätte einem geschlagen. Doch ein paar Tage bevor wir die Küste zu Gesicht bekamen, beruhigte sich die See, und ich fühlte mich erfrischt und konnte mich wieder unter Menschen wagen, war in der Lage, etwas Wasser zu trinken und sogar ein paar Bissen bei mir zu behalten.

Während der Überfahrt schloss ich Bekanntschaft mit meinen neuen Begleitern. Ich werde Dir ein wenig von jedem erzählen, aber sicherlich werde ich in den kommenden Monaten noch vertrauter mit ihnen werden. George Sebel ist stets wie aus dem Ei gepellt. Selbst am Morgen unserer Ankunft – als ich, wie ich gestehen muss, beim Überstreifen meiner Kleider die Weste vergaß und wie eine schäbige Vogelscheuche ausgesehen haben muss – hatte sich George, dem ich im Gang begegnete, die Zeit genommen, sich vor dem Verlassen seiner Kabine die Haare zu kämmen und zu pomadisieren. Mir fehlte dafür die Geduld, ich dachte nur daran, dass ich nun bald den Fuß auf einen neuen Kontinent setzen sollte! Während wir durch

Ernie Harris' Teleskop abwechselnd den Dschungel und den Fluss betrachteten, schien George eigentümlich unbeeindruckt und murmelte etwas von seiner Afrika-Expedition im Vorjahr. Er beugte sich sogar hinunter, um sich einen Schmutzfleck von der Schuhspitze zu wischen, und ignorierte den phantastischen Anblick des Waldes. Palmen und Platanen ragten daraus hervor, und wäre der Amazonas nicht von einem kränklichen Gelb gewesen, hätte ich erwartet, das Spiegelbild des Waldes im Wasser zu sehen. Inmitten des Dschungels befand sich eine Stadt, weiße Gebäude, manche mit Kuppeln und roten Dächern, drängten zwischen den Palmen in die Höhe. Doch gegenüber den riesigen Dampfern, die, zweifllos mit Kautschuk beladen, im Hafen ankerten und auf ihre Auslaufgenehmigung warteten, wirkten sie fast winzig. Meine anderen beiden Begleiter, Ernie, seines Zeichens Arzt und darüber hinaus ein dilettierender, aber erfahrener Ornithologe (das sind Vögel, meine Liebste!) und kenntnisreicher Tierpräparator, und John Gitchens, ein Pflanzensammler, schienen ebenso überwältigt wie ich. Der Steward wies uns auf die gigantischen Vögel hin, die über der Stadt kreisten, und als Ernie sein Teleskop auf sie richtete, geriet er in höchste Erregung. Er gewährte mir einen kurzen Blick auf sie – es waren Geier –, riss mir das Teleskop aber gleich wieder aus den Händen. Bei dem Gedanken an diese hässlichen Tiere schüttelte es mich, obwohl sie aus der Entfernung im Grunde recht elegant und anmutig aussahen.

Aber zurück zu George – er ist ein anständiger Bursche und hat in Cambridge Zoologie und Insektenkunde studiert. Er fungiert auf dieser Reise als offizieller Insektensammler. Ich schätze mich glücklich, dass ich trotz meines Amateurstatus mitfahren durfte. Das beweist doch, dass Freunde an der richtigen Stelle (ich beziehe mich natürlich auf Mr. Crawley aus Kew, der mich dem Agenten Ridewell vorgestellt hat) Wunder wirken können. George hat zugestimmt, dass ich Schmetterlinge sammeln und ihm assistieren kann – er wird mit den Ameisen und Käfern und Gott weiß welchem Getier, das in diesem Wald lauert, mehr als genug zu tun haben! Ich glaube, von Mr. Sebel kann ich viel lernen, sofern es mir gelingt, die harte Schale zu durchdringen, die er sich offenbar zugelegt hat.

Was die anderen betrifft, so kann ich gar nicht sagen, wie erleichtert ich bin, dass uns ein Arzt auf der Expedition begleitet. Obwohl er nicht viel helfen konnte, als es mir auf dem Schiff so schlecht ging (er war zur gleichen Zeit seekrank wie ich), beruhigt es mich sehr, dass er mit uns zusammen im Dschungel sein wird und mit allen erdenklichen Instrumenten und Arzneien ausgerüstet ist. Ich weiß nicht viel über die Krankenhäuser hier in Brasilien, aber es wird sicherlich Zeiten geben, in denen sie für uns unerreichbar sein werden, und Leiden wie die Malaria sind sehr verbreitet. Ernie ist ein tatkräftiger Mensch. Es fällt mir schwer, ihn Dr. Harris zu nennen, da er das ausgelassene Benehmen eines Schuljungen an den Tag legt, das ich abwechselnd charmant und irritierend finde. Er hat begonnen, George auf eine Weise zu necken, die ich mir nicht erlauben würde, aber er macht sich wohl nur Georges stoisches Temperament zunutze, um sich ein wenig Abwechslung zu verschaffen.

John Gitchens ist nach meinem Dafürhalten eine Art sanfter Riese. Er ist sehr ruhig und hat gewaltige, raue braune Pranken und einen langen Bart, der, wie George behauptet, völlig aus der Mode gekommen ist. John spricht überhaupt nicht über sich, aber Ernie hat mir erzählt, dass er mehr Abenteuer erlebt hat, als wir anderen uns in unserem ganzen Leben erhoffen können. Er ist der Älteste von uns, fast vierzig, und wenn er mich ansieht, habe ich das Gefühl, dass er jeden meiner Gedanken lesen kann. Er hat ungeheuer ausdrucksvolle, große braune Augen; der Rest des Gesichts ist hinter dem Bart verborgen. Wenn wir anderen uns während der Überfahrt abends unserer Lektüre zuwandten, setzte er sich vor ein Bullauge und betrachtete das Meer.

Wenn wir Karten spielen wollten, musste man ihm gut zureden, bis er beim Bridge den vierten Mann gab, und manchmal lehnte er rundweg ab, so dass wir den Kapitän – der uns sehr ehrerbietig als seine Gäste behandelte – oder einen der anderen Passagiere dazubitten mussten. Nachdem wir heute unser Haus bezogen hatten, verschwand John für einige Stunden im Wald. Als er zurückkehrte, war die Farbe in sein Gesicht zurückgekehrt, und er sah wieder lebendig aus.

Unseren Wohltäter Mr. Santos haben wir noch nicht zu Gesicht bekommen. Wir wurden am Hafen von einem seiner Männer erwartet, der uns zu unserer mehr als angemessenen Unterkunft am Stadtrand, in der Nähe des Waldes, brachte. In nur fünf Minuten ist man mitten im Wald und merkt kaum mehr, dass man sich in der Nähe der Zivilisation befindet. Davon später mehr.

Am meisten beeindruckt mich an dieser Stadt, dass sie mit dem Dschungel um jeden Quadratmeter zu kämpfen scheint. Überall ist es grün – Grün sprießt von den Fenstersimsen, wächst aus den Rissen der Gebäude –, und die Mangobäume, die blühenden Orangen- und Limonenbäume verströmen einen berauschend fruchtigen Duft. Es ist ein seltsames Gemisch. Auf allen Dächern und Balkonen wachsen Bananenpalmen mit üppigen, glänzenden Blättern. Die Fülle der Gerüche und der Reichtum der Natur stehen in starkem Gegensatz zu den armseligen Lebensumständen der Menschen. Selbst die prächtigsten Gebäude sind in einem baufälligen Zustand. Die Bevölkerung hat in jüngster Zeit stark zugenommen, und ich weiß nicht, wie die Stadt den Zustrom der Arbeiter aus dem Kautschukhandel verkraftet. Menschen jeder Hautfarbe schieben sich durch die Straßen – Weiße, Indianer, Neger und verschiedene Mischlinge, die alle einen eigenen Namen haben, als handle es sich um neue Rassen – Mamuluco (Weiße und Indianer), Mulatten (Neger und Weiße), Cafuzo (Neger und Indianer) und Caboclo (alle drei). Auf dem Dock drängte sich eine ungeheure Menschenmenge, und es war unglaublich heiß und stickig, als würde in der Nähe unablässig ein Feuer brennen. Wenigstens weht auf dem Fluss eine kühlere Brise – in der Stadt, zwischen den Gebäuden, geht nicht das geringste Lüftchen.

Du wirst nicht glauben, Sophie, welche Fracht unser Schiff geladen hatte, als es in Richtung Manaus fuhr, Hunderte von Meilen den Amazonas hinauf. Der Kapitän informierte uns, dass wir mehrere Flügel mitführten, Pflastersteine aus Europa, Hunderte von Kisten französischen Champagners und anderer Weine, Käse aus Devon, Pelzmäntel aus Paris (in dieser Hitze!) und viele andere extravagante Waren. Er berichtete uns von zahllosen Wäschesäcken, die von Manaus nach Lissabon zum Waschen geschickt worden waren. Offenbar trauen die Einwohner von Manaus dem Wasser des Amazonas nicht und schätzen die Kosten des Transports gering. Dekadent, zweifellos, aber auch sehr geduldig, würde ich sagen! Kapitän Tilly meint, dass wir Manaus mit eigenen Augen sehen müssen. Die Stadt ist vollkommen isoliert, nicht über Straßen zu erreichen, aber sie verfügt über ein vollständiges Trambahnnetz. Kürzlich wurde ein Opernhaus gebaut; auch lieben die Bewohner ausschweifende Feste. Die Menschen, die hier leben, sind durch den Kautschuk-Boom sehr reich geworden und haben mehr Geld, als sie ausgeben können. Zum Glück für uns hat Mr. Santos beschlossen, einen Teil davon in die Förderung der britischen Forschung zu investieren und seine Kontakte zu unserem Land zu festigen. Er sei einer der reichsten Männer überhaupt, heißt es, und besitze eine Gummiplantage, die sich über Tausende von Quadratmeilen entlang des Amazonas erstrecke.

Als wir unsere Unterkunft erreicht und uns etwas eingewöhnt hatten, wagten wir uns, auf Johns Spuren, ein Stück in den Wald hinein, aber wir fanden ihn nicht, und er kehrte lange nach uns zurück. Der Mann, den uns Santos geschickt hatte, kam mit, um dafür zu sorgen, dass wir uns nicht gleich auf unserem ersten Pirschgang verirrten. Die Straße, die zu unserer Unterkunft führte, mündete nach wenigen Metern in den Wald. Fast sofort sah ich verschiedene Morpho-Schmetterlinge (Du erinnerst Dich an die herrlichen blauen, die ich Dir damals im Museum gezeigt habe?) hoch oben in den Bäumen und ein paar andere Schmetterlingsspezies, die ich nicht ohne weiteres identifizieren konnte. Du kannst Dir vorstellen, wie das meinen Pulsschlag beschleunigte – wenige Minuten nach unserer Ankunft solch aufregende Entdeckungen! Ich habe ein sehr gutes Gefühl, was die Suche nach meinem Schmetterling angeht.

Wir waren gerade wieder am Haus angelangt, als der Himmel seine Schleusen öffnete und es in Strömen zu gießen begann. Ich konnte es kaum glauben – ich hatte nicht einmal Wolken aufziehen sehen. Wir freuten uns über diese willkommene Erfrischung; während des Spaziergangs hatte uns unser Führer schon darüber informiert, dass er gewöhnlich den heißesten Teil des Tages verschlief. Tatsächlich entdeckten wir in der Ferne einige unserer Nachbarn, die in ihren Hängematten auf den Veranden schaukelten.

Nun, meine kleine Sophie, ist meine Kerze niedergebrannt, und meine Hand schmerzt. Ich verspreche Dir, dass ich Dir so oft wie möglich schreiben werde. Du kannst mir über meinen Agenten Ridewell, dessen Adresse Du ja hast, Briefe schicken, und er wird sie regelmäßig an mich weitersenden. Die Nacht ist heiß hier, aber kalt ohne dich, mein Zuckerpüppchen.

Dein Dich liebender Mann
Thomas

Thomas versiegelte den Brief und umwickelte ihn – eine besondere Vorsichtsmaßnahme – noch mit einer Schnur. Ernie schlief bereits. Er lag auf dem Rücken, sein Mund stand offen, und bei jedem Ausatmen entfuhr seiner Kehle ein leises knallendes Geräusch. Aus Rücksicht auf seinen Zimmergenossen hatte Thomas bei Kerzenlicht geschrieben. Der Raum war spärlich möbliert. Auf jeder Seite hing eine Hängematte, daneben stand jeweils ein kleiner Schreibtisch. In der Ecke warteten wackelige Regale auf die Bücher aus den Reisetruhen und auf die gesammelten Insekten.

Langsam streifte sich Thomas das Hemd ab. Es war durchtränkt von Schweiß und klebte überall an seiner Haut. Er zog ein Nachthemd über den Kopf, das sich für ein paar Sekunden steif und kühl anfühlte, bevor es ebenfalls von Feuchtigkeit durchdrungen war. Nachdem er, auf den harten Fliesen kniend, ein kurzes Gebet gesprochen hatte, kletterte er in seine Hängematte. Das Hinlegen kostete ihn einige Mühe; zuerst versuchte er es mit den Knien voran, aber das verdammte Ding drehte sich immer wieder weg und warf ihn ab. Schließlich setzte er sich vorsichtig rückwärts darauf und ließ den Oberkörper, während die Füße noch den Boden berührten, zurücksinken. Dann zog er die Füße nach und stellte fest, dass er sehr bequem lag. Auf jeden Fall eine willkommene Abwechslung zu der harten Pritsche auf dem Schiff.

Nach vier Wochen auf See gewöhnten sich Thomas' Beine nur schwer ans Festland. Als er zum ersten Mal durch die Stadt lief, schienen die Gebäude um ihn her wellenförmig auf und ab zu wogen. Doch wenigstens war sein Magen nicht mehr in Aufruhr – abgesehen von der Aufregung, die an ihm nagte –, und er spürte, wie sein Appetit zurückkehrte, der ihn irgendwo auf dem Atlantik restlos im Stich gelassen hatte. Am ersten Abend an Land hatte er sich, als der Wolkenbruch gerade etwas nachgelassen hatte, heißhungrig auf das Essen gestürzt. John Gitchens war durchnässt und zufrieden lächelnd eingetroffen; er hatte sich einen halben Laib Brot gegriffen und war, eine Spur aus nassen Fußabdrücken hinterlassend, auf sein Zimmer gegangen, wo sie ihn bald energisch hantieren hörten.

In der Dämmerung war Thomas noch einmal nach draußen gegangen, um dem Zirpen der Zikaden und Grillen zu lauschen. Vom Boden war der Geruch nach nasser Erde aufgestiegen, der sich in seiner Kleidung festgesetzt hatte und an seiner Haut haften geblieben war. In der Luft hatte noch die Feuchtigkeit des heftigen Regens gelegen, er hatte sie auf Gesicht und Händen gespürt.

Als die Nacht anbrach, hob sich die schwarze Silhouette des Waldes von den zarten Farben des Abendhimmels ab. Er schien das letzte Licht in sich aufzusaugen. Thomas stand auf dem Balkon, den Dschungelgeräuschen lauschend und in einer ganz neuen Kakophonie von rhythmischen Lauten eingehüllt, von denen ihm das Quaken und Klacken der Kröten und Frösche am vertrautesten war.

Als sie durch den Dschungel marschiert waren, hatte ihn der Lärm begeistert. In England waren Wälder stille Orte – man hörte nichts außer dem Knirschen von Kiefernnadeln, wenn man darüberlief; Tiere blieben außer Sichtweite. Hier pulsierte die Luft vom Geschrei der Vögel und Affen, dem fernen Knacken fallender Äste und dem Rascheln von Tieren im Unterholz, die sich versteckten oder am Waldboden tarnten. Die Luft war getränkt von Hitze und Feuchtigkeit; er hatte das Gefühl, durch warmes Porridge zu waten.

Als er seine ersten *Morphos* erblickte, deren schimmernde blaue Flügel wie farbige Glassplitter aufblitzten, spürte er eine bekannte Regung in den Lenden. Das war etwas, für das er schon lange den Versuch aufgegeben hatte, eine Erklärung zu finden. Seit seiner Jugend reagierte sein Körper gelegentlich – nur gelegentlich – auf diese Weise, wenn er einen Schmetterling entdeckte oder fing. Wenn er allein war und durch die englischen Felder streifte, stellte dies für ihn kein Problem dar, denn es geschah nicht oft, gewöhnlich nur dann, wenn er eine besonders seltene Spezies jagte, aber in Gesellschaft war es, gelinde gesagt, lästig. Er nahm seinen Hut ab und hielt ihn mit beiden Händen vor den Unterleib, während er gleichzeitig den Druck seines Gliedes gegen die Hose genoss, als er einen weiteren *Morpho* erblickte und gleich darauf noch ein paar butterweiße *Pieridae.*

Ernie hatte sich endlich zur Seite gedreht und schnarchte nicht mehr. Das änderte allerdings wenig am nächtlichen Geräuschpegel, und Thomas fragte sich, ob er je würde einschlafen können. Er legte die Hand auf sein Geschlecht und dachte an Sophie. Seine liebe, süße Sophie. Wie ihre winzigen, zarten Nasenflügel sich in der Kälte röteten. Wie sie manchmal verärgert mit dem Fuß aufstampfte, aber immer ihre gute Laune behielt. Wie sich ihre Brüste angefühlt hatten, als sie sich zum ersten Mal geliebt hatten – nicht in ihrer Hochzeitsnacht, als sie ihn gebeten hatte, sie nur im Arm zu halten, sondern zwei Nächte später. Ihre Brüste waren schwer und weich, und die Brustwarzen fühlten sich kalt an. Bei jenem ersten Mal hatte sie gezittert, als er in sie eindrang, aber schon in der nächsten Nacht hatte sie ihn auf sich gezogen und ihr Nachtkleid hochgeschoben, um ihn schnell in sich aufnehmen zu können. Er erinnerte sich an das Viereck aus Mondlicht auf ihrem Haar, an die Augen, die wie dunkle Flecken in ihrem Gesicht lagen. Am Ende der Woche bewegte sie sich unter ihm, und ihr entfuhren leise Töne. Sie hatte angefangen, seine Hand an Stellen zu führen, deren Berührung ihr am meisten Lust bereiteten, und sie hatten sich gemeinsam erforscht, den eigenen Körper und den des anderen.

Einmal hätte er fast im Park mit ihr geschlafen, in einer stillen Nische des Waldes, in den sie ihn zum Schmetterlingssammeln begleitet hatte. Sie hatten sich ein Plätzchen zum Rasten gesucht, das vom Waldpfad nicht einsehbar war. Er hatte eine Decke mitgenommen, und sie hatten sich zusammen daraufgesetzt. Er erinnerte sich an die Küsse und das

Flattern ihrer samtigen Zunge, bei dem er an die Flügel der Schmetterlinge in den Gläsern denken musste, die neben ihnen standen. Mit einer Hand stützte er sich am Boden ab, und als er über den Waldboden wischte, stieg ihm ein würziger Pilzduft in die Nase. Er legte sich auf sie, und sie öffnete bereitwillig den Mund, aber als er ihr die Röcke hochschieben wollte, drückte sie ihn weg und setzte sich auf.

»Nicht hier, Thomas«, sagte sie.

»Keine Sorge«, flüsterte er, »es kommt niemand.« Aber als er ihr Gesicht mit gierigen Küssen bedecken wollte, machte sie sich los und stand auf. Von den kräftigen Buchen überragt, stand sie vor ihm, und ihre blonden Haare wehten um ihr Gesicht. Die Hände hatte sie in die Hüften gestemmt und glaubte zweifellos, dass sie dadurch abweisend wirkte, aber ihre Haltung erregte ihn nur noch mehr. Er wandte sich ab und beschäftigte sich mit seinen Sammelutensilien, während sie die Decke zusammenfaltete und sich mit der Hand die Röcke abbürstete.

Er stöhnte leise auf und drehte sich auf die Seite, wobei er die Hände aus dem Schoß nahm, wo sie ihn nur in Versuchung führten, und unter die Wange legte.

Aber er konnte nicht einschlafen. Nachdem es ihm gelungen war, seine Gedanken von seiner Frau loszureißen, richtete er sie auf den kommenden Tag, was neue Erregung in ihm auslöste. Ganz unbekümmert war er nicht – sicherlich würden sie in diesem Land auch mit Gefahren konfrontiert werden. Wenn nicht mit Schlangen und Riesenspinnen oder stechenden Ameisen und stacheligen Pflanzen, dann mit Moskitos oder Krankheiten. Und Alligatoren. Diejenigen, die vor ihm hier gewesen waren, hatten sogar mit den Menschen Ärger bekommen. Hatte nicht ein Forscher zufällig beim Belauschen der Indianer, die ihm doch eigentlich beistehen sollten, gehört, dass sie seine Ermordung planten? Nur die Kenntnis ihrer Sprache hatte ihn gerettet. Thomas schwor sich, so viele Sprachen zu lernen, wie er nur konnte. Zunächst einmal natürlich Portugiesisch, aber auch die gemeinsame Sprache der Indianer, die Lingua Geral, die alle Stämme verstanden. Aber wann sollte er das tun? Neben dem Sammeln, Präparieren und Studieren würde nicht viel Zeit bleiben. Er würde morgen mit den anderen darüber sprechen.

Morgen. Er rollte sich auf den Rücken und verschränkte die Arme hinter dem Kopf. Vor seinem geistigen Auge sah er wieder den Wald, die duftenden Bäume und die Schlingpflanzen. Er stellte sich vor, wie er selbst mit dem Fangnetz auf einer Lichtung stand, während eine Wolke von Schmetterlingen um ihn tanzte. Er erkannte sogar einige Spezies – einen vielfarbigen *Papilio machaon,* einen transparenten *Cithaerias aurorina* mit den rosaroten Flecken auf den Hinterflügeln – und da, inmitten der Wolke, war auch sein Schmetterling. Die linken Flügel waren von glänzendem Schwarz, die rechten schwefelgelb – eine verrückte Asymmetrie, die gegen alle Naturgesetze verstieß. Der Schmetterling war größer als alle anderen und schwebte in königlicher Einsamkeit zwischen ihnen.

Niemand hatte je einen solchen Schmetterling gefangen oder in ein Verzeichnis eingetragen. Thomas hatte von Peter Crawley in Kew Gardens von ihm erfahren. Eines Tages hatte er mit Peter im Palmenhaus in Kew Gardens gestanden. Er hatte die Jacke ausgezogen und sich mit einer Zeitung Luft zugefächelt; im Glashaus wurde auf eine hohe Luftfeuchtigkeit geachtet, damit die tropischen Pflanzen gedeihen konnten. Sie diskutierten einen Vortrag über südamerikanische Schmetterlinge, den sie beide am Abend zuvor im *Natural History Museum* gehört hatten. Er hatte Peter an ein Gerücht erinnert, das seit bald vierzig Jahren in Kew kursierte: Sowohl Alfred Russell Wallace als auch Richard Spruce, so hieß es, hätten auf ihren Reisen zum Amazonas einen riesigen, schwalbenschwänzigen Schmetterling gesehen. Die beiden großen Naturforscher hatten unabhängig voneinander von ihm berichtet, hinter vorgehaltener Hand, versteht sich, da sie keinen Beweis für ihre Entdeckung erbringen konnten, aber beide hatten übereinstimmend auf eine höchst ungewöhnliche Färbung hingewiesen – auf einer Seite seien die Flügel gelb gewesen, auf der anderen schwarz. Ein Schmetterling mit einer solchen Zeichnung war eigentlich nicht in der Lage zu fliegen, da die schwarzen Flügel mehr Hitze absorbierten als die gelben und ihn nach unten zogen. Wallace und Spruce gaben zu, womöglich einer optischen Täuschung zum Opfer gefallen zu sein, denn die langen Abendschatten im Dschungel beeinträchtigten die optische Wahrnehmung, so wie einem der Mond größer erscheint, wenn er über dem Horizont aufgeht. Letztlich hatten sie genug mit ihren eigenen neu entdeckten Spezies zu tun gehabt und konnten sich nicht auch noch um eine kümmern, die vielleicht gar nicht existierte.

Thomas erinnerte sich, wie Peters kleine runde Brillengläser beim Sprechen beschlagen waren und er vor Aufregung angefangen hatte zu lispeln, und an ein kleines Mädchen mit einem blauen Band im Haar, das hinter ihm gestanden hatte und gerade dabei gewesen war, eine zarte Blüte von einem stachligen Stängel abzureißen. Dann sagte Peter etwas, und Thomas wusste sofort, dass dies sein Leben für immer verändern würde.

»Dieser Bursche, dem ich dich vorgestellt habe. Ridewell. Er hat sich nach dir erkundigt. Man scheint eine Expedition nach Brasilien zu planen, bei der Insekten gesammelt werden sollen.

Irgendein Kerl da drüben, ein Gummibaron oder so etwas, ist ganz erpicht darauf, sich die britischen Teilhaber seiner Gesellschaft gewogen zu machen. Er finanziert über das *Natural History Museum* einer Gruppe von Forschern eine Reise. Ridewell war beeindruckt von deiner Bemerkung, wie wenig in England die Jagd auf Käfer und Schmetterlinge geschätzt wird. Er hat sich gefragt, ob dich eine kleine Herausforderung vielleicht reizen würde.«

Das Gerücht über den gelb-schwarzen Schmetterling ließ Thomas nicht mehr los. Von Peter und anderen Freunden bei der Entomologischen Gesellschaft ermutigt, beschloss er, nicht nur die Gelegenheit zur Erfüllung seines Traums vom Aufstieg zum berufsmäßigen Naturforscher zu ergreifen, sondern auch in die Geschichte einzugehen, indem er ein Exemplar dieser geheimnisvollen Spezies mit nach Hause brachte.

»Du wirst sehen, Liebling«, hatte er zu Sophie gesagt, »das ist meine wahre Berufung. Unser Leben wird nie langweilig sein!«

Sie hatte gelacht und ihm über die Stirn gestrichen. »Wenn du es so ausdrückst, wie kann ich dich dann hier bei mir behalten? Du musst gehen. Mach dir keine Sorgen um mich.«

Jetzt hielt Thomas im Geiste die Luft an, während er sich der Schmetterlingswolke vorsichtig näherte. Die anderen Schmetterlinge stiegen zu den Baumspitzen auf, während sein Schmetterling – sein *Papilio sophia,* wie er ihn nennen wollte – dicht über dem Boden schwebte. Er hob das Netz. Der Schmetterling zögerte einen Moment und stürzte sich dann hinein. Die Erregung über den Fang spürte er bis ins Mark.

Er musste eingeschlafen sein: Das Bild war zu vollkommen, zu echt. Als er aufwachte, spürte er etwas Klebriges zwischen den Beinen, und ein Vogelchor kreischte draußen vor den geschlossenen Fensterläden.

Aus der Ecke, wo Ernie lag, ertönte ein lautes Grunzen. Offensichtlich hielt sich das Interesse des Arztes an Vögeln am frühen Morgen in Grenzen. »Kannst du sie nicht zum Schweigen bringen?«, ächzte er und zog sich schlaftrunken die Decke über den Kopf.

Thomas' Rücken schmerzte. Nach der harten Pritsche auf dem Schiff protestierte sein Rückgrat gegen die gekrümmte Schlafhaltung, aber er wollte sich von dem dumpfen Pochen keinesfalls den ersten Sammeltag verderben lassen.

John und George saßen bereits schweigend am Frühstückstisch vor Brötchen und Kaffee, der sie in seinen Duft einhüllte. George hielt ihm die Kanne hin – eher aus Höflichkeit als aus Freundlichkeit, dachte Thomas unwillkürlich – und widmete sich dann wieder seinem Buch, das er auf Armeslänge von sich weg hielt. Er blinzelte durch seine Brille und blätterte ab und zu mit sauberen weißen Händen die Seiten um. Wie üblich trug er eine gediegene schwarze Weste, und die Manschettenknöpfe blitzten in den Strahlen der frühen Morgensonne. Thomas fragte sich, wie lange er wohl noch so frisch und adrett aussehen würde und ob seine Pomade in der Hitze zerlaufen würde.

Thomas schloss die Hände um die Tasse mit dem warmen Getränk und nippte daran. Es war dickflüssig und stark, ganz anders als die schwache, schlammbraune Brühe, die im *Star and Garter* in Richmond und von seiner Zofe zu Hause serviert wurde; als er den ersten Schluck nahm, entfuhr ihm unwillkürlich ein überraschtes Gurgeln, und als er den Blick hob, sah er, dass die anderen ihn anstarrten. John schob ihm lächelnd die Zuckerdose hin. Dankbar ließ Thomas drei Zuckerstückchen in seine Tasse fallen und rührte um. Jetzt war es ein belebender, süßer Trank, und er schenkte sich nach der ersten Tasse gleich eine zweite ein.

Ernie Harris erschien und setzte sich. Gähnend rieb er sich das Gesicht. Er fuhr sich durch die Haare, die nach allen Seiten abstanden, und versuchte sie mit den Händen zu glätten. Bisher hatte niemand ein Wort gesprochen, aber Ernie duldete keine Pausen in der Konversation.

»Konnte irgendjemand bei diesem Krach schlafen?«, fragte er. Er zwirbelte die Enden seines Schnurrbarts und langte quer über den Tisch nach der Kaffeekanne.

Die anderen wechselten Blicke. »Welcher Krach?«, fragte George.

»Die verdammten Insekten! Und Gott weiß was noch alles. Und dann diese Vögel heute Morgen. Wie auf den Cockney-Märkten, alle kreischen durcheinander.«

George grinste ihn an. Unvermittelt durchschnitt ein unheimlicher Schrei die Luft, so unheimlich, dass Thomas erschauerte.

»Du lieber Himmel!«, stieß Ernie hervor und ließ fast die Kaffeekanne fallen. »Versteht ihr jetzt, was ich meine? Was war das?«

»Brüllaffe«, antwortete John mit seinem weichen nordenglischen Akzent. Seine Stimme war erstaunlich leise für einen so großen Mann. Thomas hatte überrascht aufgehorcht, als er ihn zum ersten Mal hatte sprechen hören. Er hatte einen dröhnenden, von Tabak und Whiskey gegerbten Bass erwartet. Stattdessen klang Johns Stimme wie die eines ausgesprochen sanftmütigen Menschen – eines Menschen, der um keinen Preis wie ein Kinderschreck wirken will.

Der Arzt blickte John erstaunt an, als hätte er ganz vergessen, dass dieser mit am Tisch saß. Aber wie konnte er, dachte Thomas: Der bärtige Mann saß unübersehbar auf seinem Stuhl, der unter ihm winzig erschien, und stützte sich mit den Ellenbogen schwer auf den Tisch.

»Du solltest dich lieber schnell daran gewöhnen, Ernie, sonst wirst du nie ein Auge zutun.«

»Ich nehme an, durch deine Herkunft bist du an eine Menge Krach gewöhnt«, sagte Ernie. Thomas wusste nicht recht, was er damit meinte, aber während Ernie aus verquollenen Augen dem immer noch grinsenden George zuzwinkerte, starrte John stumm auf den Tisch und drehte seine Kaffeetasse zwischen den Händen. Dann stand er auf und verließ mit schweren Schritten den Raum.

Nach dem Frühstück holten die Männer ihre Ausrüstung und machten sich gut gelaunt mit klirrenden Gläsern und Sammelkästen auf den Weg. Paulo, ihr junger Führer, hatte am Morgen wartend vor der Tür gestanden. Der umsichtige George Sebel hatte Santos' Bediensteten Antonio darauf angesprochen, dass sie einen eigenen Führer brauchten, der ihnen beim Fangen der flinken Tiere helfen und ihre Ausrüstung tragen würde, und dieser Junge schien ihm zu gefallen. Er war ungefähr sechzehn, hatte bronzefarbene Haut, sanft gewellte Haare und lange, dünne Beine, die an die Läufe eines Rehs erinnerten. Er blickte sie scheu aus dunklen, von langen Wimpern umrahmten Augen an.

Selbst John schien seine Missstimmung vergessen zu haben, ging voraus und schwang summend die Machete. Sie machten beim Betreten des Waldes viel Lärm – der vermutlich sämtliche Lebewesen im Umkreis einer Meile vertrieb –, aber Thomas wusste, dass sie sich im Waldesinneren ruhig verhalten würden. Er war selbst überrascht, wie munter er mit den anderen schwatzte, er konnte sich kaum bremsen. Sie mussten einen seltsamen Anblick bieten – vier Weiße und ein dunkelhäutiger Führer. George Sebel und Ernie Harris trugen Flinten. Der bebrillte George in seinem Ensemble aus Weste und makellosem Hemd mit steifem Kragen wirkte unbeholfen und deplatziert. Wegen der Hitze trug Thomas ein einfaches, leichtes Baumwollhemd, darüber eine Fischerweste – praktisch zum Verstauen von Nadeln und Kästchen – und dazu einen weichen Filzhut. Die anderen schleppten Taschen mit allen möglichen Gegenständen – neben den Gläsern und Kästchen hatten sie Wattebäusche, Papier, Munition in verschiedenen Größen und Nadelkissen mitgenommen. Aus Erfahrung wusste Thomas, dass Nadeln aus dem Kissen springen und der Sammler sich versehentlich in den Finger stechen konnte, deshalb hatte er seine Nadeln in ein Stück Baumwolle gerollt und in eine seiner vielen Westentaschen gesteckt.

»Hast du denn nicht die Absicht, Vögel zu fangen und sie lebendig zurückzubringen, Ernie?«, fragte Thomas.

»Du liebe Güte, Mann, jetzt doch noch nicht! Ich habe keine Lust, mich um diese verdammten Dinger zu kümmern. Ist viel leichter, sie auf der Stelle zu erschießen und abzubalgen. Ich hoffe, unser Mann hier wird mir beim Tragen helfen.«

Paulo, der vor ihnen herging, hatte nicht bemerkt, dass sie über ihn sprachen.

»Hör mal«, sagte Ernie und klopfte ihm mit seinem Gewehrlauf auf die Schulter. Der Junge wirbelte herum, ließ sich zu Boden fallen und trat blitzschnell gegen Ernies Füße, so dass dieser stürzte.

»Verdammt noch mal!«, röhrte er. »Warum hat er das gemacht?«

»Er hat geglaubt, dass du ihn mit deinem Gewehr bedrohst, du Idiot«, sagte George und rückte die Brille zurecht, um den lang hingestreckten Arzt zu betrachten. »Du darfst es nicht einfach auf Menschen richten.«

»Verflucht, es ist doch nicht einmal geladen!«, maulte Ernie, während er keuchend aufstand. Er beugte sich vor, um ein Papier aufzuheben, das ihm aus der Tasche gefallen war.

Paulos aufgerissene Augen nahmen wieder ihre normale Größe an. Er sah von einem zum anderen, bemerkte, dass John stehen geblieben war und sich umgedreht hatte und ein Lachen unterdrückte. Paulo grinste breit. »Ele não vai me matar!«, sagte er.

»Não, o idiota não vai te matar«, erwiderte John, auf den Jungen hinabblickend.

Die anderen starrten ihn überrascht an.

»Was hast du zu ihm gesagt?«, fragte Ernie. Aber John war ihnen schon einige Schritte voraus und schwang mit seinen langen Armen die Machete.

»Du hast uns nicht erzählt, dass du Portugiesisch kannst, John«, sagte Thomas.

John blieb stehen und wandte den Kopf. »Ihr habt mich nicht gefragt«, erwiderte er kurz angebunden und ging weiter. Der junge Mann lief ihm hinterher, und Thomas hörte, wie er auf John einredete und hin und wieder eine leise Antwort erhielt.

Als sie die Straße verließen, traten sie aus dem klaren Morgen ins Dämmerlicht. Durch die dichten Baumkronen drangen nur spärliche Sonnenstrahlen. Niedrig gelegene sumpfige Stellen wechselten mit trockenen Flächen ab. Schmale Wasserläufe kreuzten ihren Weg, aber die meisten konnten sie mit einem Schritt überqueren; in anderen lagen ein, zwei Steine als Tritthilfen.

George Sebel kämpfte mit seiner Ausrüstung. Er hatte keine Hand frei, um den Hut abzunehmen und sich die Stirn abzuwischen, deshalb musste er immer wieder stehen bleiben. Schließlich sagte er: »Könnte mir einer von euch vielleicht zur Hand gehen?«

Thomas trat vor und nahm ihm seine Jagdtasche ab.

»Du schleppst wirklich eine lächerliche Menge Zeug mit dir herum, Sebel«, sagte Ernie. »Was willst du denn fangen?«

»Alles. Insekten, Schlangen, Frösche, Eidechsen und so weiter. Je mehr wir fangen, desto mehr bezahlt man uns. Ich will immer noch die *Coleoptera* studieren, nur beim Sammeln erweitere ich mein Spektrum.«

»Aber du willst doch nicht alles an einem Tag sammeln? Am *allerersten* Tag?«

»Man sollte keine Gelegenheit auslassen, Ernest«, antwortete George. »Das solltest du inzwischen wissen. Was, wenn Thomas seinen Schmetterling auf einem Spaziergang entdecken würde und er hätte nichts dabei, um ihn zu fangen? Ich habe aus Afrika nicht so viele Spezies mitgebracht, weil ich unvorbereitet war, musst du wissen.«

Georges Gesicht war verzerrt, als hätte er etwas Ekelerregendes gerochen, aber die einzigen Gerüche, die man wahrnahm, waren die scharfen, süßlichen Düfte des Dschungels und der sandigen Erde. Als sich George von ihm abwandte, brummte Ernie und zog hinter seinem Rücken eine Grimasse, die Thomas amüsierte.

Sie gelangten an eine unübersichtliche Weggabelung, und John drehte sich um: »Ihr drei nehmt Paulo mit. Ich gehe alleine weiter.« Er schlängelte sich zwischen den Bäumen hindurch und war bald außer Sichtweite.

»Bist du sicher, John?«, rief Thomas ihm nach, aber die Schatten hatten John verschluckt. Paulo wurde wieder still, da ihm die einzige Person abhandengekommen war, die seine Sprache verstand. Selbst der redselige Ernie war verstummt und lauschte den Vogelstimmen hoch oben in den Bäumen.

Bald darauf kamen sie zu einer kleinen Lichtung. In der Mitte stand, überwuchert von Schlingpflanzen, ein gemauerter Brunnen. Thomas stolperte und streckte die Hand aus, um sich an einem schleimigen Baumstamm abzustützen. Sofort war seine Hand von riesigen Ameisen bedeckt, die seine Ärmel hochkrabbelten und ihn kitzelten.

»Ameisen«, rief er erschrocken. Fluchend riss er die Hand weg und schüttelte beide Hände, als wären sie nass. Ameisen fielen auf den Boden wie schimmernde Edelsteine.

Ernie stand lachend daneben. »George könnte dir sicher genau erzählen, welche Ameisenart das ist, Tom.« Aber George war ein Stück hinter ihnen stehen geblieben und beugte sich tief hinunter, offenbar in dem Bemühen, ein Insekt zu fangen.

Ein schmerzhafter Stich unter der Manschette machte Thomas klar, dass er nicht alle Insekten losgeworden war. Schon erschien auf seinem Handgelenk ein hässlicher roter Fleck. Paulo kam und ergriff seine Hand, und Thomas ließ zu, dass er sie untersuchte.

»Não foi nada«, sagte der Junge und ließ die Hand gelangweilt fallen.

»Was?«, fragte Thomas. »Ernie, was hat er gesagt? Ist es gefährlich?«

»Er sieht nicht allzu besorgt aus. Es ist sicher nichts Schlimmes.« Nun warf auch Ernie einen Blick darauf. »Nur ein kleiner Stich. Nichts Besorgniserregendes. Wenn es juckt, kann ich dir später etwas geben.«

Die Ameisen hatten Thomas' Aufmerksamkeit völlig beansprucht, aber nach einer Weile bemerkte er, dass es auf der kleinen Lichtung von Schmetterlingen nur so wimmelte. Durch das einströmende Licht konnte er sehen, wie facettenreich der Urwald war. Im Dämmerlicht waren ihm die Baumstämme wie Schattensäulen erschienen, aber jetzt erkannte er die Form und Beschaffenheit jedes einzelnen; bei manchen war die Rinde geschuppt, bei anderen glatt oder grau, oder sie hatte tückische Stacheln. Ihre Wurzeln – über eine von ihnen war er gestolpert – schlängelten sich über den Waldboden, und um die Stämme ringelten sich Schlingpflanzen wie Riesenschlangen. Hoch über ihnen, noch über den buschigen Perücken der Aufsitzerpflanzen, überragten die Baumkronen die niedrigeren Pflanzen wie ein Kathedralendach aus grünem Glas. Die Umrisse waren scharf gezeichnet. Thomas legte eine Hand auf die Brust, um sein heftig pochendes Herz zu beruhigen.

Er nahm die Geräusche der Umgebung überdeutlich wahr: Zischen, Pfeifen, Schreie und alle paar Sekunden das Knacken eines fallenden Asts. Auf dem Boden wimmelte es vor Ameisen, und zwischen Baumwurzeln und verrotteten Früchten krochen Käfer in alle Richtungen. Eine braune Schlange verschwand geräuschlos in der dichten Vegetation.

Ein Vogel keckerte, und Ernie hob abrupt den Kopf, um herauszufinden, woher das Geräusch kam.

»Könnt ihr hier einen Moment auf mich warten?« Geduckt rannte er ins Waldesinnere.

Thomas nahm den Hut ab und fächelte sich, plötzlich von der hohen Luftfeuchtigkeit überwältigt, Luft zu. Das Hemd klebte ihm am Rücken. Paulo sah ihn fragend an. »Ja, geh mit ihm«, sagte Thomas. Er schnalzte mit den Fingern in Ernies Richtung. »Ich komme zurecht.«

Der Junge verstand und trabte Ernie hinterher. George klopfte sich die immer noch tadellosen Kleider ab und folgte, ohne Thomas eines Blickes zu würdigen.

Thomas wischte sich über die Stirn. Er fühlte sich seltsam wach. Sein Herz klopfte immer noch heftig – zu heftig für das gemächliche Tempo ihrer Exkursion. Er verspürte eine eigenartige Unruhe in den Gliedern und schüttelte Arme und Beine, um die Verkrampfung zu lösen.

Er ging zum Brunnen und lehnte sich, nachdem er keine Ameisen darauf entdecken konnte, gegen den Rand, um abzuwarten, welche Schmetterlinge sich ihm nähern würden. Ein oder zwei flatterten vorüber – ein stahlblauer *Morpho* und ein brauner *Calpodes ethlius,* dessen weiß gefleckte Flügel hin und wieder violett aufblitzten, wenn das Licht auf sie fiel. Sie machten kein Geräusch. Er konnte sich nicht dazu überwinden, die zirpenden Grillen oder Zikaden näher in Augenschein zu nehmen, diese großen, geflügelten Insekten, die an seinem Ohr vorbeisummten. Ein Schmetterling flatterte auf ihn zu; seine zarten Flügel verursachten beim Vorübergleiten nicht den leisesten Lufthauch. Er konnte ihn mit dem Netz einfangen und auf seine ausgestreckte Hand setzen; dort verharrte das Tier einen Moment lang reglos, wie betäubt, und taumelte dann auf die nächste Blume zu, ohne dass auf der Hand mehr als ein winziges Kribbeln zurückblieb.

Er liebte die Erregung der Jagd, das Warten auf das Heranflattern, wenn der Schmetterling noch außer Reichweite war, das leise Anschleichen mit dem gezückten Netz, wenn sich das Tierchen auf eine Blüte setzte. Er musste so still werden wie der Schmetterling, um ihn nicht zu erschrecken.

Er genoss das kurze Alleinsein ohne die lärmenden Wortkaskaden von Ernie und die knappen, angespannten Erwiderungen von George. Nur John schien seine Liebe zur Stille zu teilen – erstaunlich, dass ein so kräftiger Mann sich durch den Dschungel bewegen konnte, ohne dass ein Zweig knackte.

Die Sonne stieg höher; er sah sie durch die hohen Palmen blinzeln. Es wurde immer heißer. Der Schweiß rann ihm den Rücken hinunter, und er nahm einen Schluck Wasser aus seiner Flasche. Es schmeckte nach Metall. Irgendwo in der Nähe knallte ein Schuss. Der Anfang von Ernies Sammlung.

Ein zarter, cremefarbener Schmetterling – vielleicht ein *Endymion,* aber sicher war er sich nicht – flatterte träge an ihm vorbei, und die schillernden Flügel reflektierten das Licht. Thomas stieß sich vom Brunnenrand ab und schlich ihm nach. Als der Schmetterling sich auf eine gebogene Blüte setzte, in deren Kelch sich Flüssigkeit angesammelt hatte, hob Thomas sein Netz. Er holte Schwung; das Netz öffnete sich und nahm den Schmetterling in sich auf.

»Komm her, mein Kleiner«, flüsterte Thomas. Er schüttelte ihn sorgfältig in eines der Tötungsgläser, an dessen Wänden Gips klebte, dem ein paar Tropfen Zyanid zugesetzt waren. Der Schmetterling flatterte im Glas hin und her. Thomas wusste, dass er bald tot sein würde, und hoffte, er würde sich in der Zwischenzeit nicht verletzen. Als das Tier sich nicht mehr regte, öffnete er das Glas und holte es mit einer Pinzette heraus. Das mit Kork ausgekleidete Sammelkästchen lag geöffnet neben ihm. Er drückte vorsichtig den Thorax in die Kerbe im Kork und stach eine Nadel hindurch. Der Schmetterling schien sich mit einem Seufzen aufzubäumen und sank dann zurück. Thomas legte die Fingerspitze auf den weichen Flügel.

Wenn er einen Schmetterling tötete, durchzuckten ihn immer Schuldgefühle, und er hoffte, dass das Tier nicht litt. Es gab schließlich keine andere Möglichkeit, Schmetterlinge zu studieren. Er konnte sie in Gläsern aufbewahren, bis sie von allein starben, aber dann ging er das Risiko ein, dass sie sich verletzten. Wenn er sie dagegen auf diese Weise fixierte, blieben sie so perfekt, wie sie waren. Er konnte sie genau identifizieren, beschriften und nach England zurückschicken.

Innerhalb kurzer Zeit hatte er zehn Schmetterlinge gesammelt, unter anderem zwei *Helicopis endymion,* die er an der Unterseite eines herzförmigen Blattes entdeckt hatte, und einen schwalbenschwänzigen *Papilio.* Er lehnte sich an den Brunnen und betrachtete die riesigen *Morpho rhetenor,* die durch die Baumwipfel glitten. Wenn sie gelegentlich mit den Flügeln schlugen, erstrahlten diese in einem so durchdringenden Blau, dass Thomas sicher war, man würde sie in einem weniger dichten Wald wohl noch aus einem Kilometer Entfernung sehen. Ein leises Gefühl von Verlust beschlich ihn; sie würden nie nach unten kommen, und er würde sie nie erreichen können.

Ein lautes Krachen kündigte die Rückkehr von George und Ernie an. Harris trug mehrere in Papier gewickelte Päckchen. Blutflecken klebten an ihnen wie rote Tinte. Paulo hielt Thomas mit ernstem Gesicht eine Papiertüte hin, und er lugte hinein. Winzige kleine Vögel in leuchtenden Farben lagen darin übereinandergestapelt wie Süßigkeiten. Kolibris. Die Munition, die Ernie benutzt hatte, war so fein, dass man die Wunden kaum sah.

»Estão muertos.« Paulo blickte betrübt in sein kleines Tütchen.

»Er konnte nicht verstehen, dass ich sie abgebalgt habe«, sagte Ernie. »Ich glaube, er wollte, dass ich das Fleisch zum Essen mitnehme. Er war ganz fassungslos, als ich die Kadaver auf den Boden warf. Er hält das anscheinend für Verschwendung. Diese Ameisen werden kurzen Prozess mit ihnen machen. Ich wette, wenn wir jetzt zurückgehen würden, wären nur noch die Knochen übrig.« Er verstummte. »Also wirklich, alter Junge«, fuhr er dann fort, »freust du dich so sehr, uns zu sehen?«

Entsetzt begriff Thomas, dass Ernie mit amüsiertem Grinsen auf seine Leistengegend starrte. Er riss sich den Hut vom Kopf und hielt ihn vor sich hin. George wandte errötend den Blick ab und betrachtete angelegentlich irgendetwas im Unterholz. Er winkte Paulo zu sich.

»Ich weiß nicht, was du meinst«, sagte Thomas. Er ergriff die Gelegenheit, das Thema zu wechseln. »Aber seit diesem Ameisenbiss fühle ich mich ein bisschen seltsam.«

»In welcher Hinsicht?« Ernie stand jetzt vor ihm, stapelte die Vögel in seine Tasche und hängte sich die Schrotflinte über die Schulter.

»Alles kommt mir lauter vor, schärfer. Ich bin unruhig und ...«

»Und dein Herz scheint schneller zu schlagen?«

»Ja«, bestätigte Thomas. »Was ist das? Eine Art Gift?«

»Ich weiß nicht, was es mit dem zu tun hat, was da unten bei dir vor sich geht, aber ich würde sagen, du hast zu viel Kaffee getrunken! Ganz zu schweigen von ... wie viele Stücke Zucker hast du genommen?«

»Ungefähr drei. Er war so bitter!«

»Ha!« Ernie schlug Thomas auf den Rücken, so dass dieser vorwärtsstolperte. »Da hast du deine Antwort. Du trinkst nicht oft Kaffee, nehme ich an? Keine Sorge, trink einfach weiter, und bald wirst du nichts mehr merken. Ich empfehle dir eine weitere Dosis für morgen. Unangenehm war es nicht, oder?«

»Nein, das nicht. Nur ungewohnt.«

»Pass auf, du wirst noch süchtig werden! Besonders wenn es bei dir diesen Effekt hat!« Er senkte den Blick auf die Stelle, vor die Thomas immer noch den Hut hielt.

Thomas wäre am liebsten im Boden versunken. »Unsinn«, murmelte er.

Ernie wandte sich Paulo zu, der das Interesse an George und seinen Käfern verloren hatte. »Kaffee«, sagte er, führte eine imaginäre Tasse an seine Lippen und deutete auf Thomas. Dann fing er an, mit den Händen zu zucken, und wackelte mit dem Kopf. Paulo lachte.

»Ele beben café demais? Que engraçado!«

»Ganz recht«, sagte Ernie. »Hört mal, Jungs, ich denke, wir sollten umkehren. Es wird jetzt bald furchtbar heiß; ihr werdet feststellen, dass alle Vögel und Insekten abtauchen, und das sollten wir auch.«

Thomas warf einen letzten sehnsüchtigen Blick auf die blauen Falter, die durch die Wipfel schwebten, und machte sich mit seinen Begleitern auf den Heimweg.

Thomas wusste, dass diese ersten Tage im Dschungel in der Erinnerung immer die schönsten bleiben würden. Jede Unbequemlichkeit – die quietschende Hängematte, die drückende Schwüle, das fremdartige Essen, das der von Antonio angestellte schwarze Koch für sie zubereitete, und die erbarmungslosen Angriffe der Moskitos und anderer Stechmücken – trat hinter der umwerfenden Schönheit des Regenwaldes und all seiner Schätze zurück.

Rasch entwickelten sie eine Routine. Sie standen kurz nach Tagesanbruch auf, tranken Kaffee, den es im Überfluss zu geben schien, und spazierten dann durch den Wald, wo sie bis zwei oder drei Uhr nachmittags ihre zukünftigen Präparate sammelten.

Begeistert frönte Thomas seiner friedlichen Suche nach Schmetterlingen, bei der er stundenlang ohne Unterbrechung in den Dschungel und seine Tagträumereien eintauchen konnte. Er wich nie von den gebahnten Wegen ab, aber dennoch begegnete er manchmal den ganzen Vormittag über keiner Menschenseele. Gelegentlich passierte er eine Eingeborenenhütte am Fluss, und jedes Mal kamen Kinder herbeigelaufen, die sich in einer Reihe aufstellten und ihn anstarrten.

Selbst wenn George in der Nähe war, der in Bäumen bohrte oder, auf seine Kleidung bedacht, zimperlich im Unterholz hockte und nach Käfern Ausschau hielt, blieb die Harmonie erhalten. Ernie dagegen störte den Frieden regelmäßig, indem er freche Bemerkungen machte und mit seiner Flinte herumballerte, ohne darauf zu achten, wie viel Blut und Innereien an seinen Kleidern klebten. John sammelte lieber allein für sich, und die anderen waren oft den ganzen Tag unterwegs, ohne ihn zu sehen.

Am Nachmittag wurde die Hitze unerträglich, und während ihre Nachbarn die schlimmste Zeit verschliefen, ruhten sich Thomas und seine Begleiter im Schatten eines Sonnendachs auf der Veranda aus, unterhielten sich über die Ausbeute des Tages, tranken Kaffee und rauchten Zigaretten, womit auch Thomas begonnen hatte. Dafür war Ernie verantwortlich. Die ganze Sache hing mit Georges neuen Helfern zusammen, einer Gruppe dunkeläugiger Indianerjungen, die seine Ausrüstung trugen und für ihn auf Pirsch gingen. George bezahlte sie gut, und so klopfte es zu allen Tageszeiten an der Tür, und man hörte Rufe wie »Olha que flor bonita!« oder »Uns lagartos pra vocês!«, was, wie Thomas durch den täglichen Portugiesisch-Unterricht bei Antonio bald lernte, sie auf eine Blume oder eine Handvoll kleiner Eidechsen aufmerksam machen sollte, die die Jungen gefangen hatten. Eines Tages erschienen sie mit einer Boa constrictor in einem Käfig, und Thomas half George widerstrebend, sie auf die Veranda zu heben.

An den Türrahmen gelehnt und eine Zigarette rauchend, beobachtete Ernie ihre Bemühungen.

»Welch ein großartiges taxidermisches Projekt für dich, George«, sagte Ernie. Die rosaroten Lippen unter dem Schnurrbart kräuselten sich spöttisch. »Ich werde dir helfen.« George ignorierte ihn geflissentlich. Während Ernie ein Experte im Ausstopfen war, beherrschte George diese Kunst noch längst nicht vollkommen und wurde ungern an diese Tatsache erinnert.

»Zigarette?« Ernie hielt Thomas ein Päckchen hin.

»Du weißt doch, dass ich nicht rauche«, sagte Thomas verärgert, weil Ernie sich über sein Unbehagen lustig zu machen schien. Er hatte sich gerade vorgestellt, wie sich die Boa um seinen Brustkorb ringelte, und Beklemmungen bekommen.

Aus den Lungen der Kreatur drang ein dumpfes Pfeifen, fast ein Bellen, und sie schien ihn mit ihren Angst einflößenden Augen hypnotisieren zu wollen.

»Beruhigt die Nerven, mein Guter«, sagte Ernie. »Vertrau mir, ich bin Arzt.« Er nahm eine Zigarette aus dem Päckchen und hielt sie ihm hin.

Thomas nahm sie und rollte sie zwischen den Fingern. Ernie sollte nicht glauben, dass seine Nerven dem Anblick einer Schlange nicht gewachsen waren, aber der Arzt hatte schon ein Streichholz entzündet und hielt es ihm entgegen. Er legte die Zigarette versuchsweise an die Lippen und ließ zu, dass Ernie die Flamme an die Spitze hielt. Beim ersten Zug achtete er darauf, seine Lungen nicht durch sofortiges Inhalieren zu strapazieren. Die ersten Rauchwölkchen stiegen ihm in die Nase. Er nahm die Zigarette aus dem Mund und nieste.

Sie setzten sich alle hin, während George mit den Kindern, die in ihrer Aufregung kreischten und gestikulierten, über ihren Lohn verhandelte. Thomas atmete den Rauch zuerst vorsichtig ein, wurde dann aber kühner, als ein angenehmes Summen seinen Kopf erfüllte. Ernie hatte etwas an sich – wie er da mit gekreuzten Beinen, die Zigarette in der Hand, auf dem Boden saß, mit seiner wirren Frisur, die nie ordentlich aussah, seiner charmanten Lässigkeit –, das sich Thomas für einen Moment auch wünschte. Er kreuzte ebenfalls die Beine und beobachtete, wie Ernie die Zigarette hielt – nicht zwischen Zeige- und Mittelfinger geklemmt, sondern zwischen Daumen und Zeigefinger, die er wie eine Pinzette benutzte. Thomas tat es ihm nach und inhalierte tiefer. Der Rauch stieg ihm in die Augen, und er musste sie zusammenkneifen.

»Jetzt fehlt nur noch eines …« Ernie griff in die Jackentasche und holte einen silbernen Flachmann hervor. Er prostete Thomas damit zu – »Auf uns!« – und nahm einen kräftigen Schluck. Dann hielt er Thomas die Flasche hin.

Der Whisky brannte ihm in der Kehle, passte aber gut zu dem Geschmack der Zigarette, die bis auf ein kleines Stück

Papier und ein paar Krümel Tabak heruntergebrannt war. Er zupfte ein Fetzchen Papier von den Lippen und ein zweites von der Zunge. »Daran könnte ich mich gewöhnen«, sagte er.

»Das höre ich gerne«, sagte Ernie und klopfte ihm anerkennend auf den Rücken.

Im Lauf der Wochen ergingen sie sich zunehmend in Spekulationen über ihren Wohltäter. Sie hatten ihn noch nicht kennengelernt, und Antonio hatte ihnen noch keinen Hinweis gegeben, wann sie ihn treffen würden. Ernie stellte ihn sich als ungehobelten Flegel vor, der kein Englisch sprach und mehr Geld als Intelligenz besaß. Um seine Ansicht zu verdeutlichen, blies er die Backen auf und schlurfte grunzend über die Veranda. George erklärte, seines Erachtens sei Mr. Santos äußerst kultiviert: ein Mann, der den Regenwald liebe und seine Reichtümer mit dem Rest der Welt teilen wolle. Laut John taugte der Mann vermutlich nicht viel; er war der Meinung, Mr. Santos wollte sich mit ihrer Hilfe nur bei den britischen Direktoren seiner Gesellschaft einschmeicheln, damit sie nicht zu viele Fragen stellten. Thomas lachte über Johns Zynismus. Er schien schlecht zu seinem ruhigen Temperament zu passen, andererseits waren Johns Kommentare so trocken wie das Brot, das sie tagtäglich zum Frühstück bekamen, und Thomas gelangte allmählich zu der Erkenntnis, dass ihm Johns Gedankengänge verschlossen bleiben würden, ganz gleich, was dieser von sich gab.

Thomas selbst stellte sich Santos als freundlichen, sanftmütigen, wenn auch etwas provinziellen Mann mit einem gezwirbelten Schnurrbart vor, der dank der Explosion des Kautschukmarkts vor kurzem zu einer großen Summe Geldes gelangt war und es sinnvoll anlegte.

Ihre Hauptmahlzeit nahmen sie gewöhnlich um vier Uhr zu sich, und der Koch beschwerte sich regelmäßig in krächzendem Portugiesisch, dass er in den heißesten Stunden des Tages ihr Essen zubereiten musste. Die Mahlzeit bestand immer aus Rindfleisch, der einzigen Fleischsorte, die es zu geben schien, obwohl Thomas in den Straßen zwischen abgebrochenen Zaunpfählen Hühner und Schweine hatte frei herumlaufen sehen. Jedes Essen endete mit Bananen und Orangen, die immer reichlich vorhanden waren, und Thomas nahm sich auf seine Ausflüge oft ein paar Früchte mit, die er zwischen seine Ausrüstung in die Umhängetasche stopfte. Er fand heraus, dass schwarz gewordene Bananen, die man zerdrückt auf einem Holzstück liegen ließ, so dass sie ihr süßliches Aroma verströmten, bestimmte Schmetterlinge aus den höheren Sphären anzogen, die er bis dahin nur von unten hatte bewundern können.

An den Abenden präparierten sie ihre Sammelstücke und machten sich Notizen, während der an den meisten Nachmittagen niederprasselnde Regen nachließ. Sie erhielten regelmäßig Essenseinladungen von den anderen britischen Untertanen, die in Belém lebten, meistenteils Kaufleute, aber auch das britische Konsulat richtete ein offizielles Dinner für sie aus. In die Stadt gelangten sie über eine lange Allee, die von Kapokbäumen gesäumt war, deren kugelförmige rote Blüten wie Weihnachtsdekoration von den Ästen hingen. Viele der größeren Häuser waren verfallen; Stuck bröckelte von weiß getünchten Wänden, und rote Dachziegel lagen zerborsten am Boden, immer noch an derselben Stelle, an der sie heruntergefallen waren. Eine Atmosphäre verblichenen Glanzes lag über der Stadt. Thomas trank im Haus des Konsuls zu viel Wein und musste von Ernie ins Bett gebracht werden. An den Rückweg durch die sandigen Straßen von Belém, vorbei an niedrigen, fensterlosen Häusern, begleitet vom Spott und Gelächter der Bewohner, konnte er sich nur noch verschwommen erinnern. Am nächsten Tag wachte er mit schwerem

Kopf auf. Entsetzt stellte er fest, dass er sich in der Nacht erbrochen hatte. Schlimmer noch, Ernie lag missmutig in seiner Hängematte und beklagte sich über den Gestank.

Das kleine Haus verwandelte sich mit der Zeit in ein Museum. Ernies ausgestopfte Vögel hockten auf den Bücherregalen, andere lagen übersichtlich in den Kästen aufgereiht, die er mitgebracht hatte, mit ordentlich ausgerichteten Füßen, die schmalen Körper wie zum Sturzflug gestreckt. Die meisten kleineren Tiere bewahrte George in Gläsern mit Formaldehyd auf, aber einige Leguane und andere Eidechsen hatte er auch unbeholfen ausgestopft. Er hatte so viel Füllmaterial verwendet, dass sie dicker wirkten als vorher, und alle Falten waren geglättet, wie bei alten Frauen mit Babyhaut. Ernie bot an, George zu helfen, aber er lehnte ab und konzentrierte sich stattdessen auf seine Käfer.

Eines Morgens sah Thomas beim Aufwachen, dass seine erste Schmetterlingsserie von Ameisen übersät und von seinen einstigen Prachtexemplaren nicht mehr viel übrig war. Die anderen hatten bereits Probleme mit Ratten und Mäusen gehabt, und so tüftelten sie mit Hilfe von George, der schon früher viele Sammelobjekte verloren hatte, ein kompliziertes System von Fallen aus.

Sie hängten Trockengestelle an die Dachsparren und rieben die Seile, die sie hielten, mit bitterem Pflanzenöl ein, um die Ameisen abzuhalten. Das hielt allerdings die Mäuse nicht davon ab, die Seile hinunterzulaufen und alles, was sich in dem Gestell befand, anzunagen, deshalb hängten sie auf halber Höhe der Seile zusätzlich umgedrehte Schüsseln auf. Dadurch wurde die Rennstrecke der Ratten und Mäuse unterbrochen, und es blieb ihnen nichts anderes übrig, als wieder das Seil hinaufzuklettern.

Manchmal zogen die Männer die Tische ins Freie und arbeiteten in friedlichem Schweigen. Sie spießten Insekten auf oder fertigten detaillierte Zeichnungen von ihren Sammelstücken an. Der Garten war voller Blumen, von denen eine Art

Nektar tropfte; Kolibris sausten zwischen ihnen hin und her wie fette Hummeln; dunkelhaarige Mädchen mit goldenen Ohrringen pflückten am Straßenrand Blüten und winkten ihnen zu. George, der sich immer noch in Weste und Jackett zwängte, während die anderen schon längst in Flanellhemden am Tisch saßen, drehte den Frauen den Rücken zu, wenn sie vorbeispazierten, aber Ernie lächelte und zwinkerte ihnen zu. Selbst John, der sich nur an wenigen Abenden zu ihnen gesellte, rief ihnen ein paar Worte auf Portugiesisch zu. Thomas betrachtete sie nur, spürte, wie ihm die Wärme des Kaffees durch die Glieder rann und die Zigaretten ein angenehmes Prickeln auf dem Gesicht hinterließen. An solchen Nachmittagen konnte er sich nicht vorstellen, Belém je wieder zu verlassen.

Eines Abends überraschte sie der unvermeidliche Wolkenbruch im Freien, und sie waren wie von einer undurchdringlichen Regenwand umgeben. Sie suchten Schutz unter den Ästen eines niedrigen Baumes neben einer großen freien Fläche, die durch Brandrodung entstanden war; die Reste der verkohlten Baumstümpfe ragten wie von Krebs befallene Knochen aus der Erde. Thomas blickte stumm in den tosenden Regen und hoffte, dass alles Lebendige dieser Feuersbrunst entkommen war. Aber als der Regen nachließ, sah er einen kleinen roten Schmetterling, der zerfetzt in einer schwarzen Pfütze immer im Kreis herumtrieb.

Belém, 15. November 1903

Ich habe seit einigen Tagen nichts mehr in dieses Tagebuch geschrieben. Zwischen dem Sammeln, Präparieren und Dokumentieren bleibt wenig Zeit zum Schreiben, nicht einmal für Briefe. Die arme Sophie muss nach Neuigkeiten von mir dürsten, aber abgesehen von der Beschreibung meiner Sammlung, die sie, wie ich befürchte, langweilen würde, gibt es wenig zu erzählen. Ich habe ihr von der Boa constrictor berichtet, aber mein schändliches Erlebnis mit dem vielen Wein verschwiegen.

Es ist unbedingt erforderlich, dieses Tagebuch fortzuführen, das weiß ich, denn haben nicht alle großen Entdecker und Sammler peinlich genau über die entdeckten Spezies, aber auch über ihre persönlichen Erfahrungen am Amazonas Buch geführt? Vielleicht werden eines Tages auch meine Erlebnisse veröffentlicht werden. In bearbeiteter Form natürlich. Vielleicht wird man auch mich als Pionier der naturkundlichen Forschung betrachten. Aber nein. Ich darf nicht vielleicht sagen. Ich werde ein großer Forscher sein. Ich werde mir mit dieser Reise einen Namen machen – oder zu einem Leben ohne Bedeutung verdammt sein, das als einzigen Höhepunkt ein Stück Roastbeef am Sonntag bereithält. Ich bin nicht dumm. Ich kenne meine Lücken auf dem Gebiet der Wissenschaft. Aber sie werden nicht mehr zählen, sobald ich einen herrlichen Papilio sophia nach Hause gebracht habe.

Wir sind jetzt seit fast vier Wochen hier. Ich könnte gut und gerne ein Jahr bleiben – es gibt ungefähr siebenhundert verschiedene Schmetterlingsspezies in der Umgebung von Belém, in ganz England dagegen nur sechsundsechzig! Ich schätze, dass ich bisher etwa die Hälfte von ihnen gefangen und dokumentiert habe. Ich hatte mehr Glück mit dem Fangen von höher fliegenden Arten. Einer der Jungen, die sich uns angeschlossen haben und uns helfen, hat mir gezeigt, wie man den männlichen Morpho rhetenor mit einem bläulichen Lappen anlockt (seltsamerweise nicht das Weibchen!). Ich breite den Lappen über eine Pflanze, und der Schmetterling kommt neugierig herunter, woraufhin ich aus meinem Versteck trete – und voilà! Er gehört mir. Beim ersten Mal zitterten meine Hände so sehr, dass ich ihn verfehlte, so aufgewühlt war ich, weil ich ihn zum ersten Mal aus der Nähe sah.

Zudem habe ich ein Netz mit langem Griff konstruiert, aber es ist sehr unhandlich. Es ist über sechs Meter lang, und ich kann nicht durch den Wald laufen, ohne überall anzustoßen und mir blaue Flecke zuzuziehen. Das Schwenken bereitet mir Schwierigkeiten, aber immerhin konnte ich mit dem Netz ein, zwei träge weibliche rhetenor fangen. Wie langweilig sie sind, verglichen mit den Männchen! Kein irisierendes Blau, sondern ein schlammiges Braun. Für sich genommen, mögen sie als attraktiv gelten, aber neben einem so schönen Gefährten müssen sie sich fühlen wie die unansehnliche Ehefrau eines eleganten Dandy.

Als ich ankam, dachte ich, es würde mir nie gelingen, einen dieser erhabenen Spezies zu fangen. Jetzt, da ich erfolgreich war, begreife ich, dass alles in meiner Reichweite liegt. Alles!

John möchte weiterziehen. Gestern Abend fasste er in Worte, was wir alle im Grunde unseres Herzens wissen – Belém ist nicht der Regenwald. Wir sind zu nahe an der Zivilisation. Meine Pirschgänge werden oft durch die unübersehbare Gegenwart von Menschen gestört – sei es der lautstarke Streit von Nachbarn oder die abscheulichen Rodungen, durch die die Stadt immer tiefer in den schönen Wald vordringt. Obwohl John allein über 20 Spezies Palmen gefunden hat, die allesamt unterschiedliche einheimische Namen haben, steht er oft ganz still und blickt nach Nordwesten, als höre er aus den Tiefen der Wälder seinen Namen. Ich bin zwar nicht sicher, dass ich am oberen Flusslauf auch eine solche Fülle von Lepidoptera finden werde, doch ich weiß, dass mein majestätischer Schmetterling, wenn überhaupt, in der Nähe von Manaus gesichtet wurde, nicht hier an der Küste. Deshalb kann auch ich, so stimulierend der Aufenthalt hier für mich ist, es kaum erwarten, wieder aufzubrechen.

Auch Ernie beklagt sich darüber, dass die exotischsten Vögel nicht so nahe bei einer Stadt leben, obwohl er herausgefunden hat, wo es doch welche gibt. Nach unserer Ankunft hatte er zuerst nur die kleineren, gewöhnlicheren Vögel ge-

fangen. Jetzt bringt er exotische Papageien, Tukane und Aras mit. Er ist auf dem besten Wege zu einer beachtenswerten Sammlung.

Wir haben unsere erste Sendung an Mr. Ridewell zusammengestellt – bei der letzten Zählung hatten wir 323 Spezies Lepidoptera (meist Schmetterlinge – ich muss zugeben, dass Motten mich wenig interessieren und George die meisten sammelt), um die 400 Käfer, 32 verschiedene Arten Vögel, einige Eidechsen und Schlangen und neun Kisten, die Pflanzen, aber auch zahllose getrocknete Samen enthalten. Ernie plant, am Ende der Reise lebendige Spezies mitzunehmen. Er will sie begleiten und in verschiedenen Zoologischen Gärten unterbringen, mit denen er regelmäßig in Kontakt steht.

Niemand hat es bislang auf sich genommen, die Exemplare der zahlreichen großen Spinnen zu sammeln, die hier anzutreffen sind. Es gibt eine – ein schrecklich haariges Biest, die zu den Mygalomorphae gehört, von denen viele Arten existieren. Eine von ihnen webt ein dichtes Netz zwischen zwei Bäumen und fängt darin kleine Vögel. Ich habe hier zum ersten Mal einen toten Fink gesehen, der über und über von einer Art Gift bedeckt war. Ein anderer Vogel versuchte, sich zu befreien. Man will helfen, aber wir wissen, dass wir nicht in die Natur eingreifen dürfen; und wer weiß außerdem, in welchem Zustand sich der Vogel befunden hätte, wenn ich ihn befreit hätte? Mir wird jedes Mal übel, wenn ich diese Spinnen zu Gesicht bekomme, und dann kann ich abends lange nicht einschlafen. Ich habe mir angewöhnt, die Halteseile meiner Hängematte mit demselben Pflanzenöl einzureiben, das wir gegen die Ameisen verwenden. Ich habe über diese (wie mir bewusst ist, recht unvernünftige) Angst zu niemandem gesprochen, aber ich vermute, dass die anderen sie auch empfinden, denn warum sonst hat keiner von ihnen eine dieser Spinnen gefangen?

Als Antonio zu seinem Nachmittagsunterricht kam, sagten wir ihm, dass wir weiterreisen wollten. Er stimmte uns zu, dass es an der Zeit sei und dass wir nun bereit seien, unserem Wohltäter gegenüberzutreten. Nächste Woche brechen wir nach Santarém auf, wo wir endlich unseren Mr. Santos treffen werden, der in Manaus lebt, und danach werden wir in wenig bekannte Gegenden vorstoßen. Wir hätten Mr. Santos schon früher kennengelernt, erklärte Antonio, wäre er nicht am Oberlauf des Stroms von eingeborenen Kautschuksammlern und Unruhestiftern aufgehalten worden.

Ich spüre, dass es nur noch eine Frage der Zeit ist, bis mein schöner Schmetterling zu mir kommt. Ich werde ihn sanfter mit den Händen umfangen als eine Geliebte. Er wird mein Schlüssel zum Ruhm sein; und, was noch wichtiger ist, er wird mir gehören.

Kapitel 3

Richmond, Mai 1904

Nach dem Einfallswinkel der Sonnenstrahlen schätzt Agatha die Uhrzeit auf fast elf. Sie umfasst ihren Ellenbogen mit ihren behandschuhten Fingern, während sie ein letztes Mal an der Zigarette zieht, die sie anschließend in den dicht bepflanzten Teil des Blumenbeets schnipst, wo man sie nie finden wird. Der andere Handschuh steckt in ihrer Tasche; sie zieht ihn heraus und schlägt ihn kräftig gegen ihr Kleid, um den Tabakgeruch zu vertreiben.

Sie hat Sophie versprochen, sie heute zu besuchen, aber die Vorstellung, dabei auf Thomas zu treffen, ist ihr zuwider. Als sie ihn nach seiner langen Abwesenheit zum ersten Mal wiedersah, schien er an den Wänden entlangzukriechen. Seine neuerdings eher groben Gesichtszüge waren von einer erschreckenden Leere. Sie empfand das Bedürfnis, Sophie von der Quelle ihrer Pein fortzuholen.

Nein – sie ist grausam. Ihre Großmutter hätte gesagt, dass Thomas von Geistern besessen ist. Agatha hat schon früher von solchen Dingen gehört – Menschen wandeln über die Erde, als gehörten sie zu ihr, aber ihre Ohren und Herzen sind auf eine andere Sphäre gestimmt. Und auch Thomas sah aus wie einer, der nicht ganz von dieser Welt ist. Er starrte in eine Ecke des Zimmers, als gäbe es dort etwas zu sehen. Aber wenn sie sich einen Moment vergaß und einen kleinen Scherz wagte, suchte er für den Bruchteil einer Sekunde ihren Blick; er hatte sie durchaus gehört, aber irgendetwas hinderte ihn daran, auf die Außenwelt zu reagieren. Die arme Sophie hatte ein Gesicht gemacht, als würde sie gleich in Tränen ausbrechen.

In seinem Verhalten erinnert er sie an eine Schlange. Vielleicht war es wie bei diesem Reh im Park, von dem sie Sophie versichert hatte, dass es in ihr bleiben würde; vielleicht war Thomas im Dschungel einer Schlange begegnet. Sicher hatte sie seinen Pfad ohne Absicht gekreuzt – man konnte ihnen einfach nicht entgehen. Aber nein. Ihre Großmutter hatte ihr beigebracht, dass Tiere gute Geister sind, nicht bösartige Wesen, die einen Menschen seiner Sprache berauben und damit das Leben seiner Frau zerstören. Es sei denn, er hatte etwas getan, um das zu verdienen.

Diesen Gedanken schüttelt sie sofort ab. Thomas doch nicht! Er kann keiner Fliege etwas zuleide tun. Sie lächelt. Weil er sehr wohl Fliegen etwas zuleide tut. Und Käfern. Selbst den Schmetterlingen, die er angeblich so sehr liebt. Das Erste, was er tut, wenn er sie gefangen hat, ist ihre kleinen Körper zerquetschen oder sie in ein Glas mit Gift sperren, bis sie erstickt sind.

Sie seufzt und blinzelt in die Sonne, die immer heller strahlt. Sie hat Thomas immer gemocht, wenn auch nur, weil er Sophie so glücklich macht. Trotz seiner Mordgelüste gegenüber Insekten – sie ist nicht naiv, sie weiß, dass das alles im Namen der Wissenschaft geschieht – verhält er sich seiner Frau gegenüber zärtlich und liebevoll. Sie hat oft bemerkt, dass seine Hand auf Sophies Hüfte der Freundin etwas Beschwingtes gibt. Thomas weckt mütterliche Instinkte bei den Frauen seiner Umgebung, selbst bei Agatha. Sie war einmal dabei gewesen, als er auf der Straße stürzte, und hatte ihm einem Impuls gehorchend einen heilenden Kuss auf die Handfläche gedrückt. Thomas hatte ihre Geste falsch verstanden und in ihrem Blick nach unsittlichen Absichten gesucht; er war aufgesprungen und dunkelrot geworden. Sie hatte ihn ausgelacht; das hatte sie sich nicht verkneifen können.

Agatha versteckt das Zigarettenetui in ihrer kleinen Handtasche, rückt den neuen Hut zurecht, den sie selbst letzte Woche mit Seidenblumen dekoriert hat, und macht sich auf den Weg zu Sophie. Sie fühlt sich ein wenig schuldig, weil sie nicht lange bleiben will; sie hat Sophie als Alibi vorgeschoben, damit sie ausgehen kann, aber in Wahrheit will sie den Nachmittag mit Robert verbringen. Der kleine Betrug steigert den Reiz ihres Vorhabens.

Mary öffnet die Tür und führt sie in den Salon. Als Sophie aufblickt, erschrickt Agatha über ihre Blässe und fragt sich, wann sie wohl zum letzten Mal spazieren war. Sie trägt ihre unansehnlichste Bluse und einen Rock aus einem groben Baumwollstoff, der fast wie Sackleinen aussieht. Agatha nimmt an, dass sie gerade vom Kirchgang zurückgekehrt ist. Wahrscheinlich sind ihre Knie vom vielen Knien und Beten für ihren Mann schon ganz wund gescheuert. Ihr Haar ist zu einem unmodischen engen Knoten festgezurrt, wodurch sie wie eine grausame Schullehrerin aussieht. Agatha ist regelrecht schockiert; sie hat fast den Eindruck, dass ihre Freundin sich selbst bestraft.

Sophie ist so lethargisch, dass sie nicht einmal aufsteht und sie begrüßt. Agatha geht zu ihr und küsst sie auf die Wange, dann setzt sie sich ihr gegenüber und beugt sich neugierig vor. »Und wo ist er?«, fragt sie im Flüsterton.

»Er hält immer noch Bettruhe«, antwortet Sophie matt. »Abends steht er auf, und wir essen zusammen. Aber der Arzt sagt, er soll ein ruhiges Leben führen. Damit man sieht, ob …« Sie hebt die Hand und reibt einen imaginären Punkt an ihrer Stirn. »Damit man sieht, ob sich sein Zustand dadurch bessert.«

Agatha lässt sich in den Stuhl zurücksinken. Sophie ist so zerstreut! Sie hat sich noch nicht einmal zu ihrem neuen Hut geäußert. Gewöhnlich spöttelt sie über alles, was ihre Freundin trägt.

»Sophie, mein Bär. Mein Sophienbär …«

Als Antwort auf die unausgesprochene Frage nickt Sophie.

»Es geht mir gut. Bin nur ein bisschen müde, weiter nichts.« Sie bringt ein schwaches Lächeln zustande, das breiter und künstlicher wird, als Mary mit dem Teetablett eintritt. »Danke, Mary. Hierher, bitte. Ich gieße selbst ein.«

Mary zieht sich zurück. Sie hat offenbar beschlossen, sich so unauffällig wie möglich im Hintergrund zu halten, und es gelingt ihr. Agatha wirft ihr einen mitleidigen Blick zu und greift nach einer Tasse. »Was willst du jetzt machen? Hast du einen Plan?«, fragt sie.

»Dr. Dixon hat gesagt, ich sollte mich mit ihm verständigen, indem ich ihn Dinge tun lasse, die er mag. Ihn in den Park mitnehmen, zum Beispiel.«

»Da war er noch nicht? Aber früher ist er doch unentwegt …«

»Ja, das stimmt. Nein, er war noch nicht da.«

»Und was ist mit seinem Bruder? Mit Cameron?«

»Der ist verreist. Ich habe ihm geschrieben, aber es kam noch keine Antwort. Aber sieh mal, das hier ist gekommen.« Sophie zieht ein gefaltetes Blatt Papier aus ihrer Rocktasche. Agatha ist immer wieder verblüfft, was Sophie alles aus ihren Taschen holt: ein Taschentuch, einen Brief, ein Buch – einmal tauchte sogar ein Schirm wie aus dem Nichts auf, und Agatha vermutete, dass Sophie ihn in ihren Röcken versteckt hatte.

Diesmal ist es ein Brief. Sophie reicht ihn Agatha, die die enge, verkrampfte Schrift sofort erkennt. »Von deinem Vater«, sagt sie. »Hast du ihm gesagt, dass Thomas wieder da ist?«

Sophie nickt. »Das musste ich doch. Er hätte es sonst von jemand anderem erfahren. Ich habe ihm gleich geschrieben.«

»Und hast du ihm alles gesagt?«

»Nein! Du lieber Himmel, das doch nicht. Ihm etwas an die Hand geben, das er missbilligen kann? Puh. Das würde ich nicht ertragen.«

»Was hast du ihm dann geschrieben?«

»Dass ich aus deinem Haus ausgezogen bin natürlich und wieder hier wohne.«

»Ah ja. Die Notlüge.« Sie hatten sich die Version, dass Sophie bei Agathas Familie eingezogen sei, ausgedacht, damit Mr. Winterstone sich weniger Sorgen um sie machte. Der Gedanke, dass seine Tochter, von ihrem Mann allein gelassen, in ihrem eigenen Haushalt leben könnte, war ihm ein Gräuel. Doch Agatha und Sophie wussten beide, dass sie ihn nicht angelogen hätten, wenn es ihm wirklich nur um Sophies Wohlergehen gegangen wäre. Sophie war überzeugt, dass ihm der äußere Anschein der Dinge wichtiger war als alles andere. Die Vorstellung, seine Tochter könne ihr eigenes Haus führen, hätte ihn womöglich in Rage versetzt. Doch streng genommen war es nicht nur erlogen: Sophie verbrachte tatsächlich viel Zeit bei Agatha und ihrer Familie; sie hatte sogar Weihnachten mit ihnen gefeiert.

»Aber es gibt da ein Problem.« Sophie beugt sich vor und tippt auf den letzten Abschnitt des Briefes. »Er will zu Besuch kommen. Übermorgen schon.«

Agatha liest den Abschnitt laut vor. »Ich bin daran interessiert, mit Thomas über seine Expedition zu diskutieren.« Sie schaut auf. »Oh, Schande.« Sophie zuckt zusammen.

»Entschuldige«, sagt Agatha. »Und was willst du jetzt machen?«

»Ich weiß nicht. Ich hatte nicht erwartet, dass ich mich so schnell damit beschäftigen müsste. Er macht doch sonst nie Besuche. Kingston ist nur ein paar Meilen entfernt, aber er hat früher nie Zeit gehabt.«

»Und er spricht nie Einladungen an dich aus.«

»Genau.«

»Wie wird er reagieren?«

»Wenn Thomas immer noch nicht spricht?«

Agatha schweigt. Wie naiv Sophie manchmal ist, wie optimistisch. Dass sie immer noch eine Chance sieht, Thomas könne in zwei Tagen vielleicht wieder sprechen, weckt in

Agatha den Wunsch, aufzuspringen und sie in den Arm zu nehmen. »Ja«, erwidert sie.

»Nun, im schlimmsten Fall wird er anordnen, dass ich nach Hause komme, und darauf bestehen, dass Thomas in eine Heilanstalt eingeliefert wird. Aber andererseits wäre das nicht ein enormer Skandal? Dem würde er sich nicht aussetzen wollen. Vielleicht wird er das Problem ignorieren. Vielleicht wird er sich für immer von uns abwenden.« Sie nimmt Agatha den Brief aus der Hand und faltet ihn mit zitternden Händen in immer kleinere Vierecke zusammen. Ihre Wangen haben wieder etwas Farbe angenommen.

»Sei nicht gleich böse auf ihn«, mahnt Agatha. »Du kannst noch nicht wissen, ob er dich fallen lassen wird.«

»Das ist wahr«, gesteht Sophie zu. »Ich lasse meine Phantasie mit mir durchgehen. Sie ist manchmal zu lebhaft. Du hast recht. Vielleicht wird er doch noch nett zu Thomas sein.«

»Und was machst du bis dahin?«

»Doktor Dixons Rat folgen, natürlich. Ich habe vor, heute Nachmittag mit Thomas spazieren zu gehen.«

»Und du glaubst, das wird helfen?«

Sophie stößt einen tiefen Seufzer aus, der sich wie eine schwere Last auf Agathas Schultern senkt.

»Ich weiß es nicht, Aggie. Was meinst du?«

Agatha nippt an ihrem Tee und beißt in ihren Muffin. »Ich meine …«, nuschelt sie mit vollem Mund, »wie wäre es mit Tanzen?«

Das entlockt Sophie ein Lächeln. »Thomas konnte noch nie gut tanzen!«

»Na, siehst du!«, ruft Agatha erfreut, weil sie ein wenig Heiterkeit auslösen konnte. »Wahrscheinlich kann er es jetzt viel besser!« Sie streckt den Arm aus und legt Sophie kurz die Hand aufs Knie. »Wir werden ihn schon zum Sprechen bringen, mein Schatz, keine Sorge.«

»Ich weiß nicht, ob es nur darum geht, ihn zum Sprechen zu bringen, wie du sagst. Es gibt etwas, das ihn schweigen lässt, und ich muss herausfinden, wie ich ihn zurückbekommen kann. Wie ich meinen Thomas zurückbekomme.« Tränen steigen ihr in die Augen.

Agatha begreift, wie lieblos es von ihr war, Thomas mit einer Schlange zu vergleichen. Das alles ist nicht seine Schuld; der Mann ist sehr krank. Sie hat in ihm den Grund für Sophies Leid erkannt und unfair reagiert. Er gleicht eher einem Kind und ist dadurch eine Bürde für ihre arme Freundin. Sie muss helfen, so gut sie kann.

Aber nicht heute Nachmittag. Im Geiste läuft sie schon Robert entgegen, auf dem Geheimpfad durch den Park, den er ihr gezeigt hat. Er wird sie an der Mauer mit den hässlichen alten Krähen vorbei durch ein verfallenes Gatter in seinen Garten führen. Sie weiß, dass Sophie neulich in der Kirche den kurzen Wortwechsel zwischen ihnen mitbekommen hat, und hat darauf gewartet, dass sie ihn erwähnt oder ihr Fragen stellt. Dann hätte sie ihr womöglich alles erzählt. Aber jetzt hat ihre Freundin zu viel anderes im Kopf.

Außerdem herrscht im Salon eine drückende Atmosphäre. Nichts deutet darauf hin, dass der Morgen hell und sonnig ist; die Vorhänge sind fast vollständig zugezogen. »Kein Wunder, dass du so trübsinnig bist, Bär.« Agatha steht auf und geht ans Fenster. Sie zieht die Vorhänge zurück, und Licht flutet ins Zimmer. »Aber jetzt muss ich wirklich los. Ich habe Mutter versprochen, ihr beim Nähen zu helfen.«

Was sie auch tun wird. Später.

Sophie steht am Bett ihres schlafenden Mannes. Seine gebräunte Haut ist schon wieder blass geworden – zu blass, aber das könnte auch durch das Dämmerlicht im Schlafzimmer bedingt sein. Er liegt auf dem Rücken, Kopf und Schultern von einem Berg Kissen gestützt, so dass sein Rücken gekrümmt ist. Die Arme liegen auf der Bettdecke, und aus den Ärmeln seines Nachthemds ragen rote, schwielige Hände. Die Armwunde beginnt zu heilen. Bald wird Sophie ihm die Verbände ganz abnehmen können. Sein Kopf ist zur Seite gedreht. Selbst im Schlaf sind die Lippen geschürzt. Das Haar kräuselt sich schon über den Ohren, die weniger auffallen, seit sein Gesicht etwas runder geworden ist. Immerhin hat er den Appetit nicht verloren; er isst die Suppen, die sie ihm jeden Tag bringt, und hat zum Abendessen einen großen Teller voller Fleisch, Käse und Brot verschlungen. Dennoch wirkt er eingesunken, wie ausgehöhlt. Selbst im Schlaf geht eine Art Traurigkeit von ihm aus.

Sie vermisst ihn mehr als in der Zeit, in der er noch in Brasilien war. Wenigstens wusste sie damals, dass er an sie dachte – jedenfalls am Anfang –, und konnte sich vorstellen, wie er mit kraftvollen Schritten durch den Regenwald stapfte, das Gesicht vor Konzentration gefurcht. Als sie ihn zum Bahnhof gebracht hatte, hatte er sie in den Waggon gezogen und sie in seinem leeren Abteil umarmt; der Zug fuhr schon an, als sie die Tür aufriss und auf den Bahnsteig hinuntersprang. Ihr blieb der Geruch von Pfefferminz in den Haaren und der Anblick seines leuchtenden Gesichts im Abteilfenster.

Mit einem Ruck erwacht Thomas, und einen Moment lang glaubt sie, dass er sie anlächeln wird, aber seine Miene bleibt ausdruckslos und der Kopf liegt weiter auf dem Kissen. Nur die Augen huschen hin und her, als suche er nach anderen Menschen, die sie mit ins Zimmer gebracht haben könnte.

»Lass uns im Park spazieren gehen«, sagt sie. »Es ist ein herrlicher Nachmittag.«

Ihr Mann schlägt die Decke zurück, um aufzustehen. Seine dünnen Beine sind ebenfalls von hässlichen Insektenbissen verunstaltet. Die goldenen Härchen blitzen im Licht auf, das durch das Fenster fällt. Er hat keine Mühe, aufrecht zu stehen; der tägliche Rundgang vor dem Abendessen hält ihn bei

Kräften. Sophie will nicht, dass ihr stummer Mann auch noch ein Krüppel wird.

»Ich gehe jetzt, damit du dich anziehen kannst.«

Als sie durch *The Terrace* zum Parkeingang schlendern, wird Sophie ein anderes Problem deutlich, an das sie vorher nicht gedacht hatte. Mehrere Passanten nicken ihnen im Vorübergehen zu. Einige von ihnen wenden den Blick ab. Sie hofft inständig, niemandem zu begegnen, mit dem sie gut bekannt sind, wie zum Beispiel Mitgliedern der Kirchengemeinde. Da sind ihr diese höflichen Fremden noch lieber oder die Neugierigen, die von dem seltsamen, stummen jungen Mann gehört haben. Sie ist froh, dass sie in einer leidlich großen Stadt und nicht in einem winzigen Dorf lebt. So vergehen manchmal Tage, ohne dass sie einen Bekannten trifft. Am Wochenende strömen Scharen von Londonern nach Richmond, und sie fallen noch weniger auf als sonst.

Sie erreichen den Park, ohne ein bekanntes Gesicht gesehen zu haben. Thomas schiebt sich Schritt für Schritt vorwärts, er schlurft und schlenkert wie ein Faultier. Als sie, ohne sich zu berühren, nebeneinander durch das Eingangstor gehen, spürt Sophie eine kühle Brise auf der Haut, die sie belebt und aufmuntert. Sie dringt durch alle Poren, und sie hat das Gefühl, dass ein Finger in ihrem Unterleib langsame Kreise beschreibt. Behutsam führt sie Thomas den Pfad entlang zu einem schattigen Wäldchen, wo er früher gerne Käfer gesammelt hat und sie weniger Gefahr laufen, anderen Spaziergängern zu begegnen.

Thomas hat seinen Gang beschleunigt, und als sie sich bemüht, mit ihm Schritt zu halten, spürt sie ihre Beinmuskeln. Sie vermisst ihre Spaziergänge. Vorläufig möchte sie Thomas nicht längere Zeit allein lassen, denn wenn er sie braucht oder sich zum Sprechen entschließen sollte, wäre niemand bei ihm außer Mary. Auch frühmorgens verbringt sie immer nur wenige Minuten in der Kirche, bevor er aufwacht. Mary hat Anweisung, sie von dort zu holen, falls sich bei ihm irgendeine Veränderung zeigen sollte, aber bisher verliefen ihre Andachten ungestört.

Ich muss mit ihm sprechen, denkt sie. Worüber kann ich nur reden?

»Erinnerst du dich, Thomas, wie ich dich das erste Mal zum Käfersammeln begleitet habe?« Sie wartet nicht auf eine Antwort. »Und wie bitter ich mich beklagt habe! Du hattest mir ein Picknick versprochen, aber du warst so aufgeregt, weil du diesen Käfer gefunden hattest – was war es noch gleich, ein Hirschkäfer? Du hast das Essen vergessen und mich im Schatten sitzen lassen, bis mir ganz kalt war. Aber ich habe schnell gelernt, nicht wahr? Beim nächsten Mal habe ich ein Buch mitgenommen.«

Sie passieren eine Weggabelung, die in einer Richtung um eine alte Eiche herum zu der verborgenen Mulde führt, in der Thomas einmal versucht hatte, mit ihr zu schlafen. Sie legt ihm die Hand auf den Arm und steuert ihn mit leichtem Druck den Pfad entlang. Zweige knacken, und die modrige Laubschicht federt weich unter ihren Schritten. Sophie streicht über die rissige Rinde der Eiche. Ihre Finger finden winzige Schluchten und Flussbetten, eine Landschaft für tausend Insekten. An ihrem geheimen Platz angekommen, hält sie Thomas zurück. Als das Geräusch ihrer Schritte auf dem Waldboden verstummt ist, herrscht Stille. Thomas schließt die Augen und scheint sie durch die Poren absorbieren zu wollen. Unter den Bäumen ist es kühl, die Baumstämme ragen stark wie Säulen in die Höhe. Sophie begreift, dass sie die absolute Stille erreicht haben. Sonst gibt es immer etwas in ihrem Leben, das Geräusche produziert – das Klappern von Pferdehufen und Kutschen, das animalische Aufheulen eines Motors. Selbst auf den geschützten Wegen am Fluss hört man plätscherndes Wasser, das gegen die hölzernen Bootsstege schlägt.

Sie küsst Thomas auf die Wange. Das erinnert sie an die Zeit, als sie noch ein kleines Mädchen war und ihrem Vater einen Gutenachtkuss gab. Die Haut fühlt sich irgendwie schlaff an, aber das Fleisch darunter ist unnachgiebig und kommt ihren Lippen nicht entgegen wie bei einem Geliebten oder auch nur einer Freundin.

Ihr Kindermädchen brachte sie jeden Abend ins Studierzimmer ihres Vaters – es war ihr einziger Kontakt mit ihm während des gesamten Tages. Sie stand neben seinem Stuhl und erzählte ihm, was sie am Tag gelernt hatte, dann beugte sie sich mit ihrem warmen Atem vor und drückte ihren abendlichen Kuss auf seine wartende Wange. Anschließend drehte er ihr sofort wieder den Rücken zu, und das war das Signal für das Kindermädchen, sie an der Hand zu nehmen und wegzuführen. Jeden Abend hatte sie zurückgeschaut, weil sie hoffte, ihr Vater würde sich umdrehen, sie verstohlen anlächeln und ins Bett tragen. Aber jedes Mal sah sie nur die schroffe Bergwand seines Rückens vor dem Schreibtisch und eine wie besessen schreibende Hand. Die Tochter war vergessen.

Thomas hat sich seit einiger Zeit nicht rasiert; ein paar rötliche Stoppeln ragen aus seinem Kinn, das ansonsten von feinem Flaum überzogen ist. Einen richtigen Bart hat sie an Thomas noch nie gesehen. Als sie sich nach dem Kuss aufrichtet, weicht er ihrem Blick aus; er ist immer noch der neue Thomas – ein Frosch, kein Prinz. Aber er errötet leicht und ist für einen Augenblick wieder der schüchterne junge Mann, den sie bei einem Fest am Fluss kennengelernt hat. Im *Star and Garter* hatte damals ein Tanztee stattgefunden, bei dem er ihr zweimal während des Walzers auf den Fuß getreten war. Später am Abend war das Flussufer mit Lampen geschmückt gewesen, und er hatte sie um ein Wiedersehen gebeten. Die Lichter hatten sich im träge fließenden Wasser gespiegelt. Als er seine Hand auf ihre legte, fühlte sie sich so luftig und leicht an wie die chinesischen Lampions, die im Sommerwind schwankten und schaukelten.

Sie beschließt, ihn einen Moment allein zu lassen, und tritt auf die Lichtung, die ihr einen Blick ins Tal hinunter erlaubt. Genau hier stand sie einmal als kleines Mädchen, als ihr Kindermädchen mit ihr einen Ausflug nach Richmond machte. Dabei war sie aus Versehen verloren gegangen und an diese Stelle geraten, als die Sonne gerade hinter dem Windsor Castle versank. Sie hatte den Sonnenuntergang betrachtet und gewusst, dass sie zu Großem bestimmt war – sie würde einen Prinzen heiraten und in einem Schloss leben. Wie ein silbern glänzendes Band lag die Themse an jenem Tag unter ihr. Jetzt ist sie nichts weiter als ein Fluss, dessen Oberfläche von Ruderbooten gesprenkelt ist. Sie erkennt die Schornsteine der Wasserwerke von Sudbury und die Eel-Pie-Insel, wo – wie ihr das Kindermädchen erzählte – alle Aalpasteten Englands hergestellt werden. Zur Linken geht der Rauch über Kingston-upon-Thames, wo sie aufgewachsen ist, in den bläulichen Dunst der fernen Hügel von Surrey über.

Und jetzt kommt ihr Vater zu Besuch. Sie will nicht, dass er Thomas in diesem Zustand vorfindet; sie weiß, dass ihr Vater von ihr enttäuscht sein und sie wieder einmal als Bürde betrachten wird. Ihr Vater hat sich noch nie sehr für ihren Mann interessiert; er war erpicht darauf, sie unter die Haube zu bringen, hatte aber gehofft, sie werde Thomas' älteren Bruder Cameron heiraten, der das Familienvermögen erbte. Als zweiter Sohn eines leidlich wohlhabenden Mannes erhielt Thomas eine finanzielle Zuwendung, die ihnen ein bescheidenes, aber mehr als zufriedenstellendes Auskommen sicherte. Sophie wusste, dass ihr Vater die einzige Möglichkeit, sich all seiner Verantwortung zu entledigen, in ihrer Heirat mit einem Mann sah, dessen Geld es ihr erlauben würde, sich mit Dienstboten zu umgeben und jeder ihrer Launen nachzugehen.

Als sie sich umdreht, sieht sie, dass Thomas sich hingesetzt hat und mit geschlossenen Augen an einem Baumstamm lehnt. Als sie auf ihn zugeht, fällt ihr auf, dass seine Gesichtszüge zum ersten Mal entspannt wirken. Seine Mundwinkel kräuseln sich sogar ein wenig. Er ist geheilt, schießt es ihr durch den Sinn. Das ist alles, was er gebraucht hat – einen Spaziergang durch seinen geliebten Park.

Sie stürzt auf ihn zu, und durch das Rascheln ihrer Röcke und das Knacken der Zweige unter ihren Füßen aufgestört, reißt er die Augen auf und starrt sie so wütend an, dass sie erschrocken stehen bleibt. Er ist doch nicht etwa böse auf sie? Sie fühlt sich schuldig, weil sie seinen Frieden gestört hat. Sie ist in sein Territorium eingedrungen. Um die Situation zu entspannen, stellt sie sich möglichst aufrecht vor ihn und fragt mit betont munterer Stimme: »Geht es uns besser?« Sofort bereut sie ihre überhebliche Wortwahl. »Geht es dir besser, Thomas?«

Sie erwartet, dass er sich ihr, wie immer, entzieht. Doch nachdem er sie noch eine Weile angestarrt hat, wird sein Blick weicher. Und dann kommt es ihr so vor – auch wenn sie sich nicht sicher ist –, als nicke er unmerklich.

»Liebling!« Sie fällt neben ihm auf die Knie und legt ihm die Arme um den Hals. Sie erwartet, dass er sich an sie schmiegt. Seine Wange fühlt sich heiß an; sie hat vergessen, welches Feuer vom Körper eines anderen Menschen ausgehen kann. Aber er versteift sich, und Sophie erkennt zu spät, dass sie einen Fehler gemacht hat. Sie löst sich von ihm. Er ist rot geworden und wühlt in Rindenmulch und Erdbrocken. Er sagt nichts.

Aber es ist ein Anfang, sagt sie sich. Ist es nicht ein Anfang?

Zwei Tage später öffnet Sophie ihrem Vater die Tür. Charles Winterstone steht zugeknöpft und unnahbar auf der Schwelle. Trotz des warmen Wetters trägt er einen Mantel über seinem hellen Anzug und dazu Handschuhe. Er nimmt den Hut ab und grüßt mit einem Nicken.

»Sophie.«

»Vater. Bitte komm herein.« Sie tritt beiseite. Als er an ihr vorbei in den Flur geht, steigt ihr der Geruch nach Seife in die Nase, und sie sieht einen frischen Schnitt unter dem sorgsam getrimmten Bart, den er sich beim Rasieren zugefügt haben muss.

»Und wo ist Thomas?«, fragt er, während er den Hut auf die Garderobe legt. »Und dieses Mädchen?«

»Mary«, sagt Sophie. »Sie hat ihren freien Vormittag. Der Tee ist schon fertig.« Wie immer hätte sie die Uhr nach ihrem Vater stellen können. Es ist Punkt elf; sie hat noch nie erlebt, dass er zu spät oder zu früh zu einer Verabredung gekommen ist. Sie musste nicht befürchten, dass der Tee schon kalt sein würde.

Im Salon beantwortet sie endlich seine Frage.

»Leider habe ich schlechte Neuigkeiten, Vater. Thomas ist in dringenden Geschäften fortgerufen worden. Heute früh kam ein Telegramm für ihn, und er musste nach London fahren und mit einem Herrn vom *Natural History Museum* sprechen.«

»Oh, das ist sehr schade«, sagt Charles Winterstone. »Ich werde sicherlich für mehrere Wochen nicht wieder herkommen können.« Er sagt die Worte leichthin, aber sein Blick klagt sie an. Sie windet sich vor Unbehagen. Mehrere Wochen. Dann hat sie eine Weile Schonfrist.

»Und Agathas Vater? Wie geht es ihm?«

»Gut, nehme ich an.«

»Hast du dich bei ihm bedankt, dass er dich so lange bei sich wohnen ließ? Vielleicht sollte ich ihm selbst danken.«

»Das wird nicht nötig sein. Die Familie weiß, dass ich mich bei ihnen sehr wohl gefühlt habe.«

Das ist nicht nur gelogen. Das letzte Weihnachtsfest war eines der angenehmsten, an die sie sich erinnern kann. Das Haus strahlte die Wärme aus, die durch die herzliche Verbundenheit zwischen Agatha, ihren Eltern und ihren jüngeren Geschwistern entstand. Agatha neckte die Jüngeren erbarmungslos, und das Haus erzitterte unter ihrem Gekreisch und Gezeter. Mr. Dunne ermahnte sie unablässig, ruhiger zu sein, aber in seiner Stimme schwang niemals echter Ärger mit. Agathas Eltern hatten nie erwartet, dass ihre Tochter, nachdem sie in die Gesellschaft eingeführt war und Bewerber hatte, ihre ungestüme Art ablegen würde. Sophie weiß, dass viele Nachbarn Mr. Dunne, seine Frau, eine Halb-Zigeunerin, und ihre Bande ungebärdiger Kinder insgeheim ablehnen, aber sie sind zu reserviert, um sich direkt zu äußern, und müssen sich mit ihnen abfinden.

Mr. Winterstone muss sich damit begnügen, Sophie nach den Reisen ihres Mannes zu befragen. Sophie erfindet Geschichten, so gut sie kann, die sich auf Thomas' frühe Briefe stützen.

»Und hat er seinen Schmetterling gefunden? Den, der ihn berühmt machen sollte?« Ihr Vater beugt sich erwartungsvoll vor. Das Wort ›gierig‹ kommt ihr in den Sinn.

»Nein, das hat er nicht.«

»Aha«, sagt ihr Vater und lehnt sich zurück. Sein Hunger scheint gestillt. Niedergeschmettert begreift Sophie, dass er genau das von ihr hören wollte. Er hat darauf gewartet, dass ihr Mann auf irgendeine Weise versagt.

»Zumindest«, platzt sie heraus, »hat er mir nichts davon erzählt. Aber ich habe den Eindruck, dass die Geschäfte, die ihn nach London gerufen haben, irgendwie damit zusammenhängen. Er tut sehr geheimnisvoll. Vielleicht steht eine offizielle Ankündigung bevor, und er muss Stillschweigen bewahren.«

»Vielleicht.« Ihr Vater streicht sich den Bart und sieht ihr nicht in die Augen.

Sie erinnert sich an kalte Tage in Kingston, an denen sie einander auf Zehenspitzen umkreisten und die feste Hand des Kindermädchens sie von der Tür seines Studierzimmers fortzog. Sie hatte sich immer gewundert, wie eine so sehnige Frau so sanftmütig sein konnte. Sie hatte kaum einen Busen, aber wenn sie Sophie an sich zog, fügte sich der kleine Körper so gut an den größeren, als wäre er für ihn geschaffen.

Fast schweigend trinken sie ihren Tee aus. Der Vater sitzt dem Kamin zugewandt, und sein Blick wandert zu der einzigen Fotografie hoch, die Sophie von ihrer Mutter besitzt. Sie sieht darauf aus wie eine Frau, deren Lieblingsrosenstock gerade abgehackt wurde; sie beißt sich auf die Unterlippe, um nicht zu weinen, aber ihr Blick ist trotzig, voller Rachegelüste. Die einzige Erinnerung, die Sophie von ihrer Mutter geblieben ist, ist ein Wort: Sie weiß noch, wie sich das Wort ›Mama‹ auf den Lippen anfühlte, aber sie hatte niemanden mehr, auf den sie es anwenden konnte.

Schließlich hatte es jede Bedeutung verloren und war auch aus ihrem Wortschatz verschwunden.

Sophie versucht, das Gespräch in Gang zu halten, aber ihr Vater sitzt wie gepanzert hinter seinem Teetässchen. Es stellt ein unzulängliches Bollwerk dar, aber er verschanzt sich hinter ihm wie hinter einem großen, starken Schild. Auf keinen Fall darf etwas von Sophies Wärme zu ihm durchdringen. Sie unterdrückt den Impuls, sich durch lautes Gelächter Luft zu machen, und steht auf.

»Ich danke dir für deinen Besuch, Vater.« Auf seinem Gesicht malt sich Erleichterung ab.

»Ja, ja«, erwidert er und steht ebenfalls auf. »Ich muss mich noch verschiedenen Geschäften widmen.«

Dem Brandy, vermutet sie, oben im *Star and Garter*. Sie entlässt ihn aus seiner Befangenheit. Nein – sie entlässt sie beide.

Als er gegangen ist, steigt sie langsam die Treppe hoch; eine Hand hält die Teetasse, mit der anderen stützt sie sich schwer auf das Geländer. Thomas liegt im Halbdunkel und schläft. Sie zieht die Vorhänge auf und stellt den Tee neben ihn.

»Er ist weg«, sagt Sophie. »Danke, dass du so ruhig warst.«

Captain Samuel Fale steigt vor dem Eingang zum Hotel *Star and Garter* aus der Droschke. Er ist mit seinem alten Freund Sid Worthing verabredet, kommt aber absichtlich etwas früher, um ein, zwei verstohlene Whiskeys zu kippen, damit er Sids Gerede über sein wunderbares Leben besser erträgt. Nicht, dass Fale seinem Freund sein Glück missgönnen würde – Sid hatte Anteile an einer brasilianischen Kautschuk-Gesellschaft gekauft und genießt jetzt die Früchte des bemerkenswerten Kautschuk-Booms –, aber er muss sich nicht unbedingt anhören, wie er sich darüber auslässt. Darüber und über seine hübsche neue Ehefrau, eine stille Französin, die er auf einer seiner Reisen aufgegabelt hat. Sie ist ein herrliches Exemplar, keine Frage, mit dem niedlichen kleinen Gesichtchen einer Ringelblume, aber Fale hat noch nicht herausgefunden, warum sie so verdammt schweigsam ist. Sind nicht diese Frauen vom Mittelmeer sonst alle heißblütig und redselig? Das ist doch eigentlich das Reizvolle an ihnen. Nicht dass er selbst eine von ihnen wollte – sein Fall sind eher die wohlerzogenen englischen Mädchen –, aber er wundert sich doch, was Sid an ihr findet. Vielleicht ist die Zurückhaltung nur Fassade und die ganze Leidenschaft, die am Tag unterdrückt wird, bricht in der Nacht hervor.

Er gluckst leise, als er sich vorstellt, wie Sid – nicht gerade der Beweglichste, seit sein Wohlstand ihm in den Bauch gerutscht ist – unter den Bettlaken mit einer goldhaarigen Schönen rangelt. Welch eine Verschwendung!

Er bezahlt den Droschkenkutscher, der wegen der Kürze der Strecke von Fales Haus zum Hotel missmutig brummt. Der Captain spürt beim Davonhumpeln seinen unfreundlichen Blick im Rücken und übertreibt das Hinken, um dem groben jungen Kerl etwas Mitgefühl abzuringen. Jetzt muss er wohl einsehen, dass er mit dieser Verletzung nicht zum Hotel laufen kann. Er hört, wie der Kutscher sein Pferd durch ein Zungenschnalzen antreibt und das Gefährt sich in Bewegung setzt.

Der Speiseraum füllt sich allmählich, aber ist noch längst nicht voll besetzt. Am Wochenende, das ungewöhnlich warm für den Frühling gewesen war, haben hier an die sechshundert Menschen gespeist. Das *Star and Garter* ist das elegante Ausflugsziel der Londoner. Oft verbringen sie den Vormittag in Kew, fahren dann weiter nach Richmond, nehmen die Eisenbahn oder das Schiff zurück und sind zum Abendessen wieder zu Hause. Fale hat am Wochenende ausnahmsweise seinen Lieblingspark ausgelassen und gleich auf der Terrasse über dem Fluss, die er am hübschesten fand, seinen Tee genommen. Als er die Augen schloss, spürte er die warme Sonne auf den Lidern. Wenn er sie einen Spalt öffnete, nahm er Stilelemente der italienischen Vorrenaissance wahr, die die Fassade prägten, und konnte sich irgendwo an der italienischen Riviera wähnen, einem Ort, von dem er immer geträumt hatte.

Fale nimmt Platz und bestellt etwas zu trinken. Das Klirren des Bestecks und die leisen Gespräche drängen sich immer stärker in sein Bewusstsein. Beim Geruch nach Roastbeef läuft ihm das Wasser im Mund zusammen. Er nickt dem Mann am Nachbartisch zu, der zurückgrüßt und seine Aufmerksamkeit dann wieder der Zeitung zuwendet. Er scheint sehr groß zu sein, denn seine ausgestreckten Beine ragen unter dem Tisch hervor. Sein heller Anzug ist zerknittert, auf dem Tisch liegt eine schwarze Melone, und über der Stuhllehne hängt ein Mantel. Der Mann erinnert Fale an den Colonel, unter dem er einst diente, einen hünenhaften, bärtigen Mann mit einer gewaltigen Stimme, der unter den Hufen eines entlaufenen Pferdes starb, als er einen jungen Soldaten retten wollte und ihn zur Seite stieß. Die Erinnerung lässt in Fale Respekt vor diesem Fremden aufsteigen – irrational, wie er weiß –, und plötzlich ist es ihm ungeheuer wichtig, was dieser Mann von ihm hält. Er richtet sich kerzengerade auf und fährt sich mit dem Finger über den Schnurrbart, falls sich Krümel darin verfangen haben sollten.

Der Kellner bringt ihm sein Getränk und tritt danach an den Tisch des Fremden.

Während Fale an seinem Whiskey nippt, fragt der Kellner: »Darf ich Ihnen noch etwas bringen, Mr. Winterstone?« Der Mann bestellt einen Brandy. Fale ist enttäuscht, als er seine Stimme hört, die nicht dröhnt wie die seines Colonels und keinen Oberschicht-Akzent erkennen lässt – etwas, auf das Fale großen Wert legt.

Winterstone. Winterstone. Der Name kommt ihm bekannt vor, aber er kann ihn nicht einordnen. Fale betrachtet noch einmal die langen Beine, die ihn an einen Storch erinnern. Breite, aber elegante Schultern, wodurch er einen stolzen und aufrechten Eindruck macht. Und diese langen Beine …

Sophie.

Er lässt sich zurücksinken und nimmt eine Zigarette aus seinem silbernen Etui. Zerstreut klopft er sie zweimal auf die Tischdecke und zündet sie an. Erst als Winterstone aufblickt, fällt ihm auf, dass er ihn angestarrt hat. Ja, auch in den Augen zeigt sich die Ähnlichkeit. Sie blicken über halbmondförmige Brillengläser in Fales Herz und analysieren ihn. Fale empfindet ein merkwürdiges Bedauern, dessen Grund er nicht kennt. Er muss etwas sagen, um die eingehende Musterung seines Nachbarn zu rechtfertigen. Er stößt den Rauch aus seiner Lunge aus und spricht den Mann mit nonchalanter Beiläufigkeit an.

»Entschuldigen Sie, Sir.«

Winterstone sagt nichts.

Fale lässt sich nicht beirren. »Sind sie zufällig mit Mrs. Sophie Edgar verwandt?«

Der Mann faltet langsam und bedächtig seine Zeitung zusammen. Er legt sie akkurat auf die Ecke des Tisches, so dass die Ränder exakt mit der Tischkante übereinstimmen. Dann nimmt er die Brille ab.

»Sie ist meine Tochter«, erwidert er. »Und Sie sind?«

Fale beginnt zu seiner eigenen Verwunderung zu stottern. »V-verzeihen Sie, Sir. Ich habe ungewollt Ihren Namen gehört und daraus meine Schlüsse gezogen. Mein Name ist Fale, Captain Samuel Fale. Mrs. Edgar ist eine Bekannte von mir.«

»So, ist sie das? Sie meinen sicher ihren Mann, Mr. Edgar?«

Fale holt tief Luft. Er weiß, dass er sich zum Narren machen und Sophie gefährden könnte, wenn ihm ein falsches Wort entschlüpft. Er muss besonnen und mit Bedacht handeln. Und rasch.

»Ja, natürlich.« Er erinnert sich nicht an Edgars Vornamen. Wie hieß er noch? »Er ... er und ich sind alte Freunde«, lügt er. Zu spät erkennt er, dass er sich selbst eine Grube gräbt, und zwar mit beiden Händen. »Das heißt, wir kennen uns bereits seit einiger Zeit.« Das ist nicht völlig aus der Luft gegriffen, denn Fale ist Edgars Vater einmal begegnet, als Thomas – natürlich, Thomas heißt er! – noch ein Junge war. Der Junge hatte Mr. Edgar in die Stadt begleitet.

»Ich verstehe.« Der Mann blickt nicht mehr ganz so streng und greift nicht gleich wieder zu seiner Zeitung. »Würden Sie sich auf ein Glas zu mir setzen, da wir beide offenbar allein sind?«

»Nun, ich erwarte jemanden ...«

»Ich verstehe«, wiederholt Winterstone.

Fale ruft sich ins Gedächtnis, dass dieser Mann nicht sein robuster Colonel ist. Er hat ihn in Verlegenheit gebracht. Die Hände des älteren Mannes zittern leicht, als er wieder zu Glas und Zeitung greift. »Aber mein Bekannter wird erst in zwanzig Minuten eintreffen. Ich würde mich sehr gerne zu Ihnen setzen, Sir.«

Über das Gesicht des Älteren huscht ein Lächeln.

Fale erhebt sich, aber Winterstone entdeckt seinen Gehstock und das steife Bein und bittet ihn, sitzen zu bleiben. Mit dem Glas in der Hand gesellt er sich zu ihm.

Es stellt sich heraus, dass Winterstone, wann immer er als Rechtsanwalt in Richmond zu tun hat, im *Star and Garter* diniert. Die beiden Männer unterhalten sich über die Geschichte des Hotels; Winterstone kannte es schon als junger Mann, als es sich noch in einem anderen Gebäude befand, bevor es 1870 abbrannte. Er erinnert sich an seine Aufregung, als er zum ersten Mal ohne seine Eltern das Hotel aufsuchte. Captain Fale war zur Verlobung eines Offiziers eingeladen gewesen, der zum diamantenen Jubiläum der Königin aus Indien angereist war. Was er Winterstone nicht erzählt – er hat an jenem Abend damals diverse Anekdoten frei erfunden, unter anderem, dass seine Beinverletzung aus dem Burenkrieg stammt. Niemand hatte Anlass, ihm zu misstrauen.

»Dann besuchen Sie Ihre Tochter sicher häufig«, sagt Fale, »wenn Sie so oft nach Richmond kommen.«

Winterstone presst die Kiefer aufeinander.

»Nicht sehr häufig«, stößt er hervor. »Ich bin gewöhnlich zu beschäftigt.«

»Ah«, erwidert Fale. »Das ist schade.«

Der Mann lächelt dünn. »Heute habe ich sie allerdings gesehen. Heute Vormittag habe ich mit ihr Tee getrunken.«

Fale nickt. »Es ist ein Jammer, nicht wahr? Was ihren Mann betrifft, meine ich.«

Winterstone hebt ruckartig den Kopf. »Was meinen Sie damit, Sir?«

Fale horcht auf. Er entdeckt einen frostigen Unterton in der Stimme des Älteren. Er muss mit Bedacht vorgehen. »Haben Sie Mr. Edgar heute nicht gesehen?«

»Er ist in dringenden Geschäften nach London gerufen worden. Ich hatte gehofft, ihn zu treffen und mit ihm seine Reise an den Amazonas zu erörtern. Es war alles geplant, aber er musste im letzten Augenblick abreisen. Er wird einige Tage fort sein.«

Fale begreift, dass er einen Fehler gemacht hat, und vor seinem geistigen Auge fächern sich alle möglichen Deutungen auf: Mr. Winterstone weiß nichts von Edgars Zustand. Sophie hat ihn angelogen. Oder vielleicht ist Edgar genesen. Seit seiner Rückkehr hat sich Fale ferngehalten, aber Sophie hat sich ihm gerade noch anvertraut, als er ihr auf der Straße begegnet ist. Er sah ihr an, dass sie eine tapfere Miene aufsetzte; sie stand so aufrecht und kühn vor ihm. So schön. Sie hat ihn gebeten, es niemandem zu erzählen – jedenfalls noch nicht, und er hatte es ihr zuliebe versprochen. Aber hier bietet sich vielleicht eine Möglichkeit, etwas Gutes zu bewirken. Wenn ihr Vater über die Stummheit seines Schwiegersohnes Bescheid wüsste, würde er ihr helfen können. Vielleicht könnte er eine Betreuung in einem erstklassigen Krankenhaus arrangieren, irgendwo weit weg.

Plötzlich fällt ihm auf, dass er seit einer Weile kein Wort mehr gesprochen hat. Winterstone sieht ihn prüfend an. »Was genau wollten Sie über den Ehemann meiner Tochter sagen, Captain Fale?«

Ein wahrhaft eleganter Mann. Obwohl er argwöhnt, dass ihm etwas verschwiegen wird, bewahrt er Haltung und gerät nicht aus der Fassung. Wie rücksichtsvoll er sich verhalten hat, als er Fales Gehstock bemerkte. Ein wahrer Gentleman, denkt Fale, und er erkennt, welcher Art das Gefühl des Bedauerns ist, das ihn bewegt.

Diesen Mann hätte er gerne als Schwiegervater gehabt.

Kapitel 4

Santarém, 6. Dezember 1903

Meine liebste Sophie,

ich danke Dir für Deinen letzten Brief und dafür, dass Du mir meine geliebten Pfefferminzbonbons geschickt hast. Sie sind mir vor einer Woche ausgegangen, und ich habe hier in Belém keine finden können. Ich bin froh, dass Du ohne mich zurechtkommst, mein Lämmchen, aber ich mache mir doch Sorgen und bedauere es oft, Dich so lange allein gelassen zu haben. Ich vertraue darauf, dass Du Dich in guter Gesellschaft befindest.

Wir haben Belém verlassen, da wir unsere Reise den Amazonas hinauf fortsetzen mussten. Wir haben uns nach Manaus eingeschifft und wurden, wie vereinbart, in Santarém abgesetzt. Zum Glück herrscht derzeit ein Kautschuk-Boom, der unser Fortkommen auf dem Fluss erleichtert. Ich denke an die Zeiten, in denen Naturforscher wie wir ihre Ziele mittels kleiner, unzuverlässiger Handelsschiffe und Kanus ansteuern mussten, wer weiß welchen Schurken und Heiden auf Gnade und Verderb ausgeliefert! Wir werden möglicherweise auch noch ein solches Boot nehmen müssen, um weiter ins Landesinnere vorzudringen, aber vorläufig bin ich froh, dass uns dergleichen erspart bleibt.

Trotz unserer Ungeduld, mehr von diesem eigenartigen Land kennenzulernen und Mr. Santos zu treffen, waren wir alle etwas traurig, dass wir Belém verlassen mussten. Es würde mich nicht wundern, wenn unsere Zeit in Belém sich als

»Goldenes Zeitalter« unseres Aufenthalts erweisen sollte, denn trotz kleiner Unbequemlichkeiten war das Leben dort sehr unbeschwert. An jenem Ort habe ich begonnen, mich als wahren Sammler zu verstehen, nicht nur als Amateur, der durch die Landschaft mäandert und hin und wieder ein hübsches Insekt aufhebt.

Von unserer 400-Meilen-Reise den Amazonas hinauf habe ich nicht viel zu berichten. Nachdem wir Belém und den Zufluss, der zum Hauptstrom führt, hinter uns gelassen hatten, nahm die Zahl der Caboclos – jener Menschen also, die ein Gemisch aller Rassen Brasiliens sind – und ihrer Hütten allmählich ab. Ich hatte einige dieser Ansiedlungen bei meinen Pirschgängen in der Umgebung von Belém entdeckt. Die Caboclos bestreiten ihren Lebensunterhalt durch Sammeln im Urwald und den Fischfang und vom Ertrag kleiner Plantagen. Viele dieser Leute sind dazu noch Kautschuksammler, und die Männer werden von ihren Familien weggelockt, indem man ihnen gute Bezahlung und Alkohol verspricht. Die Frauen müssen für sich selbst sorgen. Ich war bestürzt, wie heruntergekommen die Plantagen sind. Überall sah man kleine Kinder, die zweifellos dringend etwas zum Essen bräuchten. Ein- oder zweimal hat mich, wie ich gestehen muss, das Mitleid übermannt, und ich habe den Kindern ein paar Münzen gegeben. Meistens starrten sie sie an, als wüssten sie nicht, was sie mit ihnen anfangen sollen. Ihre großen Augen fragten: »Sollen wir das etwa essen?«

An seinem Oberlauf wird der Fluss an manchen Stellen so breit, dass man das andere Ufer nicht sieht. Als wir uns an den Anblick gewöhnt hatten, erschien er uns bald monoton: ein ununterbrochener, aber nicht unansehnlicher grüner Vorhang über dem ockerfarbenen Fluss. Hin und wieder sahen wir eine Kreatur, die aus der Tiefe auftauchte. Die Crew warf Essensreste über Bord, um zu sehen, wer nach ihnen schnappen würde, und deutete auf Alligatoren und Pirarucu, eine der hiesigen Fischarten, die so groß wie kleine Delphine werden.

Als wir endlich in Santarém ankamen, waren wir herzlich froh darüber. Ich kann es kaum erwarten, wieder zu sammeln. Santarém ist ein hübsches Städtchen an der Mündung des Tapajós, der in den Amazonas fließt, liegt auf schräg abfallendem Gelände und hat weiß getünchte Häuser mit roten Dächern. Es wirkt auf liebenswerte Weise recht europäisch. Die Einwohner sind zumeist römisch-katholisch, und die Kirche, die auf einem großen, grasbewachsenen viereckigen Platz steht, ist von eindrucksvoller Größe, wie man sie wohl in Spanien oder Portugal vorfindet. Als ich das erste Mal durch die Straßen ging, hätte ich fast vergessen, dass ich mich auf einem anderen Kontinent befand, wären da nicht die drückende Hitze und der von allen Seiten vordringende Urwald gewesen. Der Wald sieht hier ganz anders aus als in Belém. Er ist lichter, und das hügelige Gelände ist von baumlosen Flächen mit klumpigem, vertrocknetem Gras durchsetzt. Die Trockenzeit ist auf ihrem Höhepunkt, erklären uns die Einheimischen, manche Woche vergeht ganz ohne Regenschauer.

Das Haus, in dem wir wohnen – für die Unterbringung hat wieder einmal Santos' Diener Antonio gesorgt –, liegt am Stadtrand unweit des Tapajós, an dessen breiten weißen Sandstränden hohe Astrocaryum-Palmen wachsen. Er führt dunkelgrünes Wasser, eine willkommene Abwechslung nach dem gelben Amazonas mit seinem dicht bewaldeten Ufer, an dem die Pflanzen bis ins Wasser hängen.

Wir sind erst einen Tag hier, und schon haben wir die Freuden des Schwimmens im Fluss entdeckt. Ich ziehe es vor, rasch hinein- und wieder hinauszurennen und dadurch allen möglichen hässlichen Kreaturen aus dem Weg zu gehen (Wasserschlangen, Piranhas und einem besonders tückischen winzigen Fisch, der sich an den intimsten Orten einnistet!), während ich gleichzeitig die erfrischende Wirkung des Wassers genieße. John ist ein guter Schwimmer und nutzt die Gelegenheit zu körperlicher Ertüchtigung, indem er mehrere hundert Meter mit kräftigen Zügen schwimmt, dann umkehrt und gegen eine recht starke Strömung (die uns übrigens vor Alligatoren bewahrt) wieder zurückschwimmt. Aber ich will Dir keine Angst machen, meine Liebe. Mir wird nichts geschehen, das versichere ich Dir! Ernie steht bis zur Hüfte im Wasser und raucht Zigaretten, und George geht überhaupt nicht hinein, zieht im äußersten Fall die Schuhe aus und taucht die Zehen hinein. Die Kinder der hiesigen Indianer, die in Strohhütten in der Nähe leben, kommen auch ans Ufer und legen sich ganz still in seichte Stellen. Ich wurde neugierig, als ich sie verhalten kichern hörte, und ging näher heran. Da sah ich, dass sich winzige Fischlein an ihnen zu schaffen machten, die sie am ganzen Körper zu küssen schienen. Antonio erklärte mir, dass die Kinder so still liegen, damit die Fische kommen und ihnen die Zecken, Flöhe und andere Parasiten abknabbern, die sich in ihre Haut eingegraben haben. Ich äußerte die Vermutung, dass die Kinder bei dieser Prozedur regelrecht gebissen würden, aber es scheint, dass es sie mehr kitzelt als schmerzt.

Das Haus ist recht ordentlich, wenn auch eine Stufe unter dem in Belém. Wieder schlafen wir in Hängematten (ich habe mich mit der Tatsache abgefunden, dass ich, solange wir uns auf brasilianischem Boden befinden, kein richtiges Bett mehr haben werde). Wir werden nur für eine Woche in der Stadt bleiben und hätten Mr. Santos treffen sollen, der uns nach Manaus begleiten wollte, aber er wurde noch einmal aufgehalten. Doch man hat uns stattdessen eine Exkursion ins Innere des Urwalds versprochen, wo wir so lange bleiben werden, wie es uns gefällt. Wir werden den Koch mitnehmen, den Antonio für uns gefunden hat; Antonio wird uns führen, da er die Gegend gut zu kennen scheint, und George gelang es, den jungen Paulo aus Belém zum Mitkommen zu bewegen, wenigstens bis hierher, wenn nicht weiter. So haben wir ausreichend Hilfe. Ich glaube, wir werden sogar mit dem Kanu fahren, und in diesem Fall ein oder zwei Indianer mitnehmen, die das Boot lenken und uns unser Essen fangen.

Ich habe Geschmack an dem einheimischen Kaffee gefunden, meine Liebste, von dem ich eine Probe beilege. Er ist äußerst belebend, wenn man ihn gleich am Morgen trinkt. Zunächst war er mir zu bitter, aber jetzt finde ich ihn aromatisch und stärkend. Ich rate Dir, ihn zuerst schwächer zuzubereiten und ihn dann mit der Zeit stärker zu trinken, wenn Du Dich an den Geschmack gewöhnt hast. Ich versichere Dir, er ist viel besser als der Kaffee, den wir zu Hause trinken. Ich freue mich darauf, in unserem Wohnzimmer zu sitzen, kleine Sophie, und diesen Genuss mit Dir zu teilen. Ich hoffe auch, mein Liebling, dass Du mir noch mehr Pfefferminzbonbons schicken kannst. Bis Du diesen Brief erhältst und sie bei mir eintreffen, können Monate vergangen sein. Wie quälend langsam Briefe doch befördert werden!

Ich denke immer an Dich, meine Liebste, und sehne mich nach dem Tag unseres Wiedersehens. Dann bin ich wieder

der Deine,
Thomas

Thomas stellte fest, dass er immer mehr auf seine Pfefferminzbonbons angewiesen war, um den Rauchgeschmack zu überdecken, wenn er zu Bett ging. Er genoss ihn, solange er seine Zigarette rauchte, aber danach bekam er einen fast metallischen Geschmack auf der Zunge – woher, wusste er nicht. Auf den Fingern hatten sich gelbliche Flecken gebildet, die er ab und zu mit viel Schrubben entfernte und die ihn an sein neues Laster erinnerten. Aber Ernie Harris hatte dieselben Flecken, und fast gegen seinen Willen betrachtete Thomas diese Flecken als Zeichen für eine Art Bruderschaft. Als ein Zeichen von Männlichkeit.

Er nahm das zusammengefaltete Päckchen mit dem gemahlenen Kaffee, legte es zu dem Brief und umwickelte beides mit braunem Papier und Paketschnur. Als er seine eigene

Adresse auf die Vorderseite schrieb, zitterte seine Hand leicht, nur in Momenten wie diesen, wenn er sich ein Gespräch mit Sophie vorgestellt und es niedergeschrieben hatte, schmerzte das Heimweh wie eine Wunde.

Auf der anderen Seite des Zimmers saß John Gitchens, sein neuer Zimmergenosse, der mit kratzender Feder die Sträucher zeichnete, die er an diesem Tag auf den Campos gefunden hatte. Hin und wieder gluckste es, wenn er einen Pinsel ins Wasserglas tauchte, um die Zeichnung zu kolorieren.

Das Haus war kleiner als das in Belém und hatte keinen Balkon, so dass sie entweder draußen in der prallen Sonne sitzen mussten oder drinnen, wo es dunkel war. Thomas hatte sich seine Zimmerecke eingerichtet, sobald sie angekommen waren, obwohl er wusste, dass sie vielleicht nicht lange bleiben würden. Das Haus stand ihnen auch während der Expedition zur Verfügung, damit sie den Teil ihrer Habseligkeiten, der entbehrlich und schwer zu tragen war, dort zurücklassen konnten. Er hatte einen zusätzlichen Holztisch bekommen, ebenso groß wie der in Belém, auf dem er seine Bücher und Zeitschriften stapeln und seine Werkzeuge ausbreiten konnte. Eine Fotografie von Sophie in einem silbernen Rahmen sah ihm beim Arbeiten zu.

Es machte ihm große Freude, seine Fundstücke zu katalogisieren, indem er sie zeichnete und malte. Das war seine große Stärke. Er hatte George bei seinen Malversuchen beobachtet. Dessen Farben liefen ineinander, und meistens endete alles in einer großen braunen Pfütze, aus der das Wasser vom Blatt auf Georges Hosen tropfte. Doch als er George Hilfe angeboten hatte, hatte der ihm eine schroffe Abfuhr erteilt.

»Man braucht mehr als ein bisschen Zeichentalent, um Wissenschaftler zu sein, Thomas. Natürlich freue ich mich sehr für dich, dass du in Notzeiten immer eine Arbeit als Künstler finden würdest.«

Thomas waren seine – mit George verglichen – äußerst mageren wissenschaftlichen Kenntnisse schon peinlich genug, ohne dass dieser ihn mitleidig und von oben herab behandelte. Er wusste, dass es nicht notwendig war, Studien von den Schmetterlingen anzufertigen – das hatten seine Vorgänger bereits ausgiebig getan –, aber es bereitete ihm Genugtuung, ein Tagebuch zu führen, durch das er den Überblick über die Vielzahl von Exemplaren behielt, die er Ridewell schicken wollte, damit dieser sie für ihn verkaufte. Jeder Sendung an Ridewell fügte er die Bitte bei, ihm einen Teil für seine eigene Sammlung zu reservieren.

Hinter ihm regte sich John, und Thomas drehte sich zu ihm um. Sein Zimmernachbar hatte sich zurückgelehnt und die Arme hinter dem Kopf verschränkt. Der Stuhl kippte gefährlich nach hinten, und Thomas befürchtete schon, er würde unter dem Gewicht des kräftigen Mannes zusammenbrechen, aber John streckte und räkelte sich nur genüsslich und ließ die Stuhlbeine geräuschlos wieder auf den Boden sinken.

Auch auf Johns Schreibtisch stapelten sich Bücher, und an der Wand waren Dosen aufgereiht, in denen er seine Samen aufbewahrte. Neben dem Schreibtisch stand seine Pflanzenpresse, und daneben lag ein Stapel braunes Papier, in das er die Pflanzen einschlug, bevor er sie presste. John schien sein Tagwerk beendet zu haben, deshalb wagte Thomas eine Frage. Ihm war aufgefallen, dass John keine Fotografien bei sich hatte. Selbst Ernie und George, die, wie er wusste, unverheiratet waren, trugen Bilder von ihren Eltern und Geschwistern bei sich.

»Sag mal, John, bist du verheiratet? Wenn ich fragen darf?«

John drehte sich zu ihm um und sah Thomas durchdringend an. Sein Bart wurde allmählich struppig, und seine Wangenknochen traten scharf hervor.

»Nein, ich bin nicht verheiratet. Du aber offensichtlich. Deine hübsche Frau ist nicht zu übersehen.« Wieder wunderte er sich über Johns leise Stimme mit dem nordenglischen Akzent, die zu einem so rauen Gesellen nicht zu passen schien. »Und wie lange bist du verheiratet?«

»Zwei Jahre«, antwortete Thomas.

»Es muss dir schwergefallen sein, sie zurückzulassen.«

Thomas nickte und wurde plötzlich von einer Empfindung erfasst, die er bestürzt als Schuldgefühle erkannte. Dass er sie so allein gelassen hatte. Sie hatte zwar gesagt, es mache ihr nichts aus, sie freue sich sogar für ihn, aber was, wenn er für sie nicht die notwendigen Vorkehrungen getroffen hatte? Wurde er seiner Verantwortung für sie gerecht?

»Deshalb konnte ich nie heiraten«, sagte John, als habe er Gedanken gelesen. »Jemand mit meinem Beruf. Das wäre einer Frau gegenüber nicht fair.« Er fuhr sich mit der Hand über das Gesicht. Seine Züge wirkten wie mit einem groben Meißel gehauen, überlebensgroß, statuenhaft. Er seufzte. »Wenn ich mich eines Tages verliebe, werde ich es vielleicht doch tun. Aber wer wird die hungrigen Mäuler stopfen, wenn ich im Dschungel umkomme?«

Thomas erschauerte. »An so etwas denkst du?« Ihm war eine solche Möglichkeit noch gar nicht in den Sinn gekommen; der Reiz der Unternehmung hatte alle Gedanken an seine Sicherheit verdrängt.

»Natürlich.« John stand auf und verdeckte für einen Augenblick das Licht der Lampe. »Aber das darf einen nicht am Leben hindern. Ich betrachte es als unvermeidlich, dass ich gehen werde, wenn meine Zeit gekommen ist. Ich wünsche mir nur, ich ende im Rachen eines Tigers und nicht in irgendeiner beschaulichen Ecke Englands.« Bei dem Wort »England« kräuselten sich seine Lippen verächtlich.

Thomas begriff, dass er dieses Thema besser nicht weiter verfolgen sollte, aber seine Neugier ließ ihm keine Ruhe. »Und was ist mit deiner Familie? Deinen Eltern?«

»Ich habe sie seit meiner Kindheit nicht mehr zu Gesicht bekommen. Ich sollte wie mein Vater im Bergwerk arbeiten.

Ich hätte gerne etwas gelernt, aber glaubst du, jemand wie ich hätte die Möglichkeit dazu gehabt?«

»Aber du weißt so viel, John.« Kannte sich John nicht bestens im Regenwald aus, und sprach er nicht fließend Portugiesisch?

»Aye«, bestätigte John. »Aber das kommt nicht vom Schuften im Bergwerk, das kann ich dir sagen. Ich bin abgehauen, sobald ich konnte. Ich ließ mich nach Liverpool mitnehmen und heuerte auf dem ersten Schiff an, das ich sah. Dann hab ich jemanden getroffen, einen Sammler, Botaniker. Der hatte Mitleid mit mir – sie wollten mich eigentlich am nächsten Hafen rausschmeißen – und nahm mich als Lehrling mit. Bin überall rumgekommen.«

»Wie wunderbar«, entgegnete Thomas matt.

Johns Augen lagen durch die vorspringenden Brauen im Schatten, aber das Funkeln in ihnen war trotz allem zu erkennen. Er schüttelte den Kopf.

»Wunderbar, furchtbar. Es ist alles das Gleiche. Ich habe tatsächlich einiges erlebt. Ich säße nicht hier, wenn es diesen Mann nicht gäbe.«

»Und wo ist er jetzt?«

»Fort.« John stand wieder auf und verzog den Mund, als wolle er ausspucken. Er ging zum Waschkrug und goss etwas Wasser in die Schüssel. Mit dem Rücken zu Thomas spritzte er sich Wasser ins Gesicht. Thomas beschloss, ihn ein paar Minuten allein zu lassen.

Die Geräuschkulisse, die ihn im Freien empfing, war leiser als in Belém. Eine leichte Brise fuhr angenehm kühlend über den Schweißfilm auf Gesicht und Armen. Blumenduft – John hätte ihm sagen können, um welche Pflanze es sich handelte – stieg aus dem Garten auf und verursachte ihm eine leichte Übelkeit. Er nahm den Tabaksbeutel aus der Tasche, drehte sich eine Zigarette und zündete sie an.

Er dachte über die Ereignisse der letzten Tage nach, darüber, was er Sophie geschrieben und was er ihr verschwiegen hatte. Auf dem Dampfschiff nach Manaus waren viele Damen gereist, die meisten von ihnen ohne Begleitung. Sie traten immer als Gruppe in Erscheinung, spielten am Abend Billard und viele lautstarke Runden Whist. Ihre Stimmen waren schrill wie die von Aras und schienen sich mit dem Rauch ihrer Zigaretten im Raum auszubreiten.

Diese Frauen waren trotz ihrer eleganten Kleidung von zweifelhafter Tugend, das wusste er. Eine hatte sogar versucht, ihn auf sich aufmerksam zu machen. Sie war eine hübsche Frau, und etwas an ihr erinnerte ihn an Sophie – ihre Größe vielleicht, oder ihre kräftigen Schultern. Aber sie hatte rote, keine blonden Haare, die sie zu einem raffinierten Nest auf dem Kopf aufgetürmt hatte. Sophie würde auf ihr Aussehen nie so viel Sorgfalt verwenden. Als Thomas einmal allein mit seinem Buch im Salon gesessen hatte, war er durch das Rascheln ihrer Röcke auf sie aufmerksam geworden. Sein höfliches Lächeln gefror, als sie sich neben ihn setzte und ihre behandschuhte Hand auf sein Handgelenk legte.

»Ich bin Lillie«, begann sie mit einem starken französischen Akzent. »Wie Lillie Langtry. Das heißt, mein Name ist nicht Langtry, aber ich habe denselben Namen wie die berühmte englische Schönheit. Sie sind Engländer, nein?«

Thomas entzog ihr seinen Arm und versuchte, sie loszuwerden, ohne allzu unhöflich zu erscheinen.

»Engländer, ja. Mein Name ist Edgar, Miss. Thomas Edgar.«

»Nun, Monsieur Ed-gar.« Sie zog die zweite Silbe in die Länge und rollte das ›r‹ tief in der Kehle. »Was halten Sie bisher vom Amazonas?« Sie beugte sich vor, wobei sie sich mit den Ellenbogen auf dem Tisch abstützte und mehr von ihrem Dekolleté entblößte als nötig. Durch die Haltung hoben sich ihre Brüste noch stärker, und er wunderte sich, dass sie in ihrem eng geschnürten Korsett überhaupt Luft bekam. Ihr Dekolleté war von ein paar Sommersprossen betüpfelt. Der Rand einer Aureole, einer Muschel von blassem Rosa, zog seinen Blick unwiderstehlich auf sich. Seine Kinnmuskeln erschlafften – eine physiologische Reaktion, wie er wusste, auf den Anblick der verborgenen Schönheiten von entblößter weiblicher Haut. Plötzlich hob sich ihre Brust, als habe sie die Luft angehalten, und Thomas senkte den Blick. Er spürte, wie ihm die Röte ins Gesicht stieg. Sie hatte ihm eine Frage gestellt. Gott würde ihm die Kraft verleihen, sie zu beantworten.

»Ja, ja, recht interessant, vielen Dank, Miss …«

»Lillie.«

»Miss Lillie, ja. Ich wünschte nur, meine Frau wäre hier, um das mitzuerleben.« So, jetzt war es heraus. Sicher würde der jungen Dame jetzt ein Licht aufgehen. Aber sie lachte nur leise.

»Ja, Ihrer Frau würde es hier sicher sehr gefallen, Monsieur Edgar. Es gibt für junge Damen in Manaus so viel zu sehen und zu tun, heißt es.« Und mit diesen Worten stand sie auf, grüßte anmutig, wobei ihr weißer Nacken vorteilhaft zur Geltung kam, und entschwebte zu ihren Freundinnen auf die andere Seite des Salons. Die jungen Frauen lehnten sich neugierig nach vorne, als Lillie sich setzte. Kaum hatte sie ein paar Worte gesagt, da kreischten sie auch schon vor Lachen und warfen ihm spöttische Blicke zu.

Gedemütigt drehte Thomas dem Spektakel den Rücken zu und versuchte sich auf sein Buch zu konzentrieren.

Nach ein paar Minuten hörte das Gekicher auf, und Thomas, der annahm, dass die Frauen gegangen waren, warf einen Blick zu ihrem Tisch hinüber. Dort stand Ernie Harris und gestikulierte lebhaft. Mehrere Frauen starrten ihn mit offenem Mund an, andere hatten die Hände vor die Brust gelegt. Ernie verbeugte sich leicht und winkelte einen Arm an. Lillie stand auf und hakte sich bei ihm ein.

Erschrocken stellte Thomas fest, dass sie auf ihn zukamen, und versteckte sich wieder hinter seinem Buch, aber die Worte krochen wie eine Reihe pelziger Raupen über die Seite.

»Ah, Thomas«, begrüßte ihn Ernie. »Lillie und ich wollen eine Runde auf Deck spazieren gehen. Danach komme ich her und trinke etwas mit dir.« Er blinzelte ihm zu. Lillie sah ihm einen Augenblick direkt in die Augen, dann wandte sie den Blick ab und spitzte die Lippen zu einem Kussmündchen, das zweifellos verführerisch sein sollte.

Das Paar verließ den Raum, und Thomas fixierte die Luke, in der Erwartung, dass sie jeden Moment vorübergehen würden. Draußen wurden die Decklampen angezündet, die Wolken von Insekten anzogen. Eine große Motte warf sich wie rasend gegen das Bullauge. Wie hartnäckig sie waren! Er starrte eine Weile durch das Fenster, aber Lillie und Ernie kamen nicht vorbei, und er nahm seine Lektüre wieder auf.

Nach etwa zwanzig Minuten erschien Ernie allein im Spielsalon. Er rückte den Kragen zurecht, indem er einen Finger hineinhakte und im Gehen den Hals vorreckte wie ein Huhn. Schwerfällig sank er auf den Stuhl neben Thomas und seufzte. Seine Wangen waren gerötet und seine Lippen feucht. Trotzdem fuhr seine Zunge immer wieder unter seinem adretten Schnurrbart hervor und befeuchtete sie erneut. Zufrieden stieß er eine Art ›Huiii‹ aus und klopfte sich gegen die Brust.

»Und wo ist Miss Lillie?«, erkundigte sich Thomas.

»Ach, sie hat sich nicht wohl gefühlt, deshalb habe ich sie zu ihrer Kabine zurückbegleitet. Draußen wurde sie von Moskitos überfallen; sie haben sich wie die Berserker auf das zarte junge Fleisch gestürzt, das so freigebig entblößt war. Ich habe ihr von der neuen Theorie erzählt, dass Moskitos Malaria verursachen, und sie wäre fast in Ohnmacht gefallen. Jetzt ruht sie sich aus.«

»Ich verstehe«, sagte Thomas. Ein Gefühl durchzuckte ihn, das er mit Entsetzen als Eifersucht erkannte und als Neid, weil Ernie tun und lassen konnte, was er wollte, und sich wenig um die Folgen scherte, in dieser oder der nächsten Welt.

»Was mich betrifft ...«, sagte Ernie und rieb sich die Hände, »so bin ich ziemlich erledigt, alter Junge. Denke, ich werde mich aufs Ohr hauen.«

Thomas war froh, in Santarém wieder festen Boden unter den Füßen zu haben. Er drückte seinen Zigarettenstummel mit dem Absatz in die Erde und nahm ein Pfefferminz aus der Tasche. Die kühlen Dämpfe breiteten sich in seinen Nebenhöhlen aus, und er spürte das angenehme Prickeln, das dem Niesen vorausgeht. Es verstärkte sich immer mehr, bis es sich in einer enormen Explosion entlud, die ihn nach vorne katapultierte. Das war einer der Nebeneffekte seines Pfefferminzkonsums, die ihm durchaus nicht missfielen.

»Gesundheit!«, ertönte eine Stimme aus der Richtung von Ernies und Georges Zimmer. Er lachte leise.

In Santarém gab es relativ wenig Moskitos, und wenn sich Ernies neue Theorie als richtig erwies, hatte er einen weiteren Grund, ihnen aus dem Weg zu gehen, ganz abgesehen von den heftigen Irritationen und dem Verdruss, die sie mit ihrem unablässigen Sirren und ihren unangenehmen Stichen hervorriefen, die seinen Arm rot anschwellen ließen. Natürlich gab es immer noch die gewöhnlichen Stechmücken, die Sandflöhe und Zecken, die einen schon genug quälten. Thomas stellte sich vor, wie er nackt im seichten Fluss lag, wie diese Jungen, deren Penisse sich wie Elritzen mit der Strömung bewegten. Das hatte er in seinem Brief an Sophie nicht erwähnt. Er selbst hatte sich in Brasilien mittlerweile an den Anblick des nackten menschlichen Körpers gewöhnt; vor allem Kleinkinder und ältere eingeborene Frauen mit hängenden Brüsten fielen ihm kaum noch auf. George, der nach Thomas' Ansicht wohl am hartnäckigsten an seiner Prüderie festhalten würde, verbrachte viel Zeit bei den Jungen am Wasser, übte mit ihnen sein Portugiesisch und schien sehr enttäuscht, wenn ihre Mütter sie fortriefen.

John legte sich gerade in die Hängematte, als Thomas in ihr gemeinsames Zimmer zurückkehrte. Die Seile ächzten, als er ihnen sein beträchtliches Gewicht anvertraute, aber die Haken hielten. Thomas lächelte ihm schweigend zu und ging zu seiner eigenen Hängematte.

John räusperte sich. »Thomas«, begann er. Er sah aus, als hätte er ihm etwas Wichtiges mitzuteilen. Er saß so aufrecht, wie die Hängematte es ihm erlaubte, und machte ein ernstes, konzentriertes Gesicht.

Thomas zog an seinen Stiefeln. »Ja, John?«

»Nun das ... worüber wir letzthin gesprochen haben...« Er seufzte, und die Hängematte ächzte. »Würdest du bitte den anderen gegenüber nicht erwähnen, wie ich zu dieser Arbeit gekommen bin? Das mit den Bergwerken.«

»Natürlich nicht, John. Nicht, wenn du es nicht willst.«

John schien mit dieser Antwort zufrieden und streckte sich aus. Doch er sprach weiter, die Augen auf die Zimmerdecke geheftet. »Nur, weil sie mich sowieso schon als minderwertig behandeln. Ich will ihnen keinen weiteren Grund dafür liefern.«

Thomas war verblüfft. Behandelten Ernie und George John tatsächlich schlecht? Er versuchte sich an ihre Gespräche zu erinnern, und dabei fiel ihm der erste Morgen in Belém ein, als Ernie eine Bemerkung über Johns Herkunft gemacht und dieser den Raum verlassen hatte. Niemand redete viel mit John, aber Thomas hatte angenommen, das läge daran, dass der Mann so düster und schweigsam wirkte, nicht an der bewussten Absicht, ihn zu brüskieren. Hatte er selbst ihn unbewusst mit Herablassung behandelt, um den Klassenunterschied zu betonen? Er wusste es nicht mehr. Aber sicher bedeutete Johns Bereitschaft, ihm von seiner Vergangenheit zu erzählen, dass er ihn für einen Verbündeten und nicht für eine Bedrohung hielt.

»Natürlich«, wiederholte er. »Es tut mir leid.« Er wusste nicht recht, warum er sich entschuldigte; John antwortete nicht, und Thomas sah im schwachen Licht der letzten noch brennenden Lampe, dass er die Augen geschlossen hatte. Thomas teilte das Zimmer gerne mit John, schon allein deshalb, weil er nicht so laut schnarchte wie Ernie. Die neue Paarung war viel harmonischer; Ernie nahm wenig Rücksicht auf andere. Thomas war eines Nachts sogar davon erwacht, dass Ernie sich selbst befriedigte. So indiskret wäre John nie, da war er sich sicher.

Er zog die restlichen Kleider aus, streifte sein Nachthemd über und kniete sich zum Gebet auf die Fußmatte. Als er fertig war, sah er plötzlich Lillie vor sich, wie sie sich nach vorne beugte. Die Aureole der Brust stand ihm vor Augen, zart wie der Flügel eines Falters, und er hielt den Atem an. Ein Schauern überlief ihn.

Und bitte, lieber Gott, mach mich stark im Glauben. Je weiter sie sich Manaus näherten und je mehr Thomas über die Stadt erfuhr, desto unbehaglicher war ihm zumute.

In der folgenden Woche betrieben die vier Männer gemeinsam ihre Forschungen im Urwald. Unter wolkenlosem Himmel standen sie um sechs Uhr auf. Während sie ihre Ausrüstung packten, bereitete der Koch in einer kleinen Hütte, die als Spülküche diente, ihr Frühstück zu. Dann machten sie sich mit Paulo und einem indianischen Führer, den wieder einmal Antonio aufgetrieben hatte, auf den Weg. Sie benutzten kaum erkennbare Pfade, die sie durch baumlose, von Felsen und niedrigem Gebüsch durchsetzte Campos und kleine Waldgebiete führten. An manchen Tagen wanderten sie kilometerweit an Flussufern entlang, wo es nicht an *Lepidoptera* mangelte. George setzte seine Jagd auf Käfer fort und fand darüber hinaus noch viele andere Insektenarten, die ihn in Atem hielten – Wespen und eine Art Mauerbiene, Grillen und Ameisen. Zudem hatte er sich vorgenommen, seine Sammlung von Schlangen und Eidechsen zu erweitern, und benutzte schließlich auch das Gewehr, das er immer mit sich herumtrug, um einen Goldteju zu schießen, eine fette Echse, die sich mit wenig Eleganz und viel Lärm fortbewegte. Thomas konnte sich nicht recht vorstellen, dass er Brasilien in ausgestopftem Zustand heil verlassen würde, und schmunzelte insgeheim. George bellte ihm immer noch Befehle zu, wenn er den Eindruck hatte, Thomas mache etwas falsch und gehe zu grob oder zu ängstlich mit einem Schmetterling um.

Oft trennten sie sich, wanderten in verschiedene Richtungen davon und trafen sich anschließend wieder in einem schattigen Waldstück, wo sie die heißesten Stunden des Tages verbrachten, auf dem Rücken liegend, Zigaretten rauchend, während die Kreaturen des Regenwalds über ihnen ihrem Tagwerk nachgingen. Blaue und schwarze *Morphos,* manche so groß wie Amseln, streiften durch das Blätterdach, und Thomas lag zufrieden auf dem Rücken und beobachtete, wie sie stiegen und sanken, und er verspürte kein Zucken in den Beinen, das ihn veranlasst hätte, aufzuspringen und ihnen nachzujagen oder sie zu sich herabzulocken. Er hatte ein Juwel gefangen, das ihn auf Tage hin glücklich machte – einen seltenen *Callithea sapphira*, dessen graue Hinterflügel schwarze Flecken zierten und auf dessen Vorderflügeln leuchtend orangefarbene Streifen prangten. Er hatte schon ein Weibchen gefangen, das niedriger als das Männchen flog, aber für das Männchen hatte er einen Baum erklimmen müssen, immer auf der Hut vor stechenden Insekten. Mit seinem improvisierten, langstieligen Käscher hatte er das schöne Wesen eingefangen, nachdem er fast eine Stunde gewartet hatte, bis es in Reichweite gekommen war. Selbst wenn er in Santarém keinen einzigen Schmetterling mehr fangen sollte, wäre er glücklich und zufrieden.

Von allen Seiten erschallten Vogelrufe, auf die andere Stimmen antworteten: glänzende schwarze Anús, helle, farbenprächtige Riesenanis. Ein Tukan kam ihnen gefährlich nahe. Thomas bestaunte seinen schweren, gebogenen Schnabel und war bestürzt, als Ernie zum Gewehr griff und ihn erschoss. Das Tier wankte einen Moment, und Thomas hätte schwören können, dass er ihn fixierte, bevor er nach hinten kippte und vom Ast fiel. Eine schreckliche Traurigkeit durchflutete ihn und breitete sich in seinem Inneren aus wie Tinte auf einem Tischtuch. Der Vogel war tot, als er wieder auf dem Boden landete und Ernie herbeistürzte, um seine Beute an sich zu nehmen. Thomas wusste, dass ihm ein Urteil nicht anstand – schließlich hatte auch er, wenn er einen schönen *Lepidoptera* sah, nichts Besseres zu tun, als ihn zu fangen und zu töten –, aber seinem Gefühl nach garantierte das Präparieren einem Schmetterling ewiges Leben. Ernies ausgestopfte Vögel dagegen wirkten auf ihn schrecklich verloren. Er hatte einmal eine von Ernies Schubladen aufgezogen, und da lagen die Vögel in einer Reihe, ausgestopft, wie im Sturzflug überrascht, mit angelegten Flügeln, geschlossenen Augen und nach hinten gestreckten Beinen. Es hatte ihn schockiert, wie tot sie aussahen: aufgereihte Kadaver, die darauf warteten, studiert zu werden. Was, wie er annahm, auch geschehen würde. Überhaupt nicht wie seine schönen *Lepidoptera*, die lebendig und wie zum Abflug bereit wirkten.

Auf dem Rückweg badeten sie gewöhnlich noch einmal im Fluss, und Thomas machte sich immer weniger Gedanken darüber, wie viel Zeit er im Wasser verbrachte. Paulo und ihr Führer zogen sich gewöhnlich aus, wenn sie die Stadt hinter sich gelassen hatten, und als Ernie und John dasselbe taten, schloss sich auch Thomas an. Beim ersten Mal legte er die Kleider zögerlich ab, während John seine von sich warf und ins Wasser rannte, mit einem eleganten Hechtsprung untertauchte und dann mit kräftigen Stößen hinausschwamm. Ernie lief munter in den Fluss, blieb aber stehen, als das Wasser ihm bis zur Hüfte reichte. Seine flachen, weißen Hinterbacken zitterten ein wenig, und dann sah Thomas, wie er sich einen Ruck gab. Er stieß einen scharfen Pfiff aus, brüllte: »Jesus, Maria und Josef!«, und drehte sich grinsend um. Er zog die Schultern hoch und strich mit der einen Hand über die Wasseroberfläche, in der anderen eine Zigarette. »Entschuldige, Thomas, ich wollte den Namen des Herrn nicht ... du weißt schon, aber warte nur, bis dir das Flusswasser an die nackte Kanone schwappt!«

»Kommst du, George?«, rief Thomas, als er zum Wasser lief. Paulo stand schon neben dem Liegenden, nackt, und versuchte, ihn auf die Füße zu ziehen.

»Ohne mich, Thomas! Du kennst mich doch. Ich hasse das Zeug!« Lachend scheuchte er Paulo fort. Sein Ton war jovialer als sonst. Santarém tat George offensichtlich gut.

Thomas rannte los und wurde erst langsamer, als das Wasser seine Beine umspülte und ihn bremste. Als das kalte Wassers seine unbedeckten Genitalien erreichte, schnappte er nach Luft, aber bald genoss er das Gefühl von Schwerelosigkeit, das ihm das Wasser gab.

Mit langsamen Zügen glitt er voran und nahm die friedliche Szene in sich auf: John schwamm ein Stück von ihm entfernt, Ernie rauchte, klaubte sich Tabakkrümel von der Zunge und blickte prüfend ins Wasser. Paulo und der Führer ließen sich auf dem Rücken treiben und riefen sich gelegentlich etwas zu. Paulo winkte George, und dieser winkte zurück. Flussabwärts am Ufer hatte sich ein Schmetterlingsschwarm niedergelassen. Er sah aus wie ein Narzissenbeet. Durch irgendeine Störung aufgeschreckt, hob er sich wie eine gelbe Wolke in die Luft. Es waren dieselben Schmetterlinge, die er vom Schiff aus beobachtet hatte. Einer der zartgelben Schwärme hatte bei seinem Flug von Norden nach Süden das Schiff gekreuzt, und plötzlich hatten sich Männer und

Frauen die *Lepidoptera* von den Hüten und aus den Gläsern gezupft; eine Art Schmetterlingshysterie hatte die Passagiere ergriffen, und Thomas hatte das Geschehen von seinem Liegestuhl aus amüsiert betrachtet.

Auf Thomas' Schultern breitete sich durch die heiße Sonne eine angenehme Spannung aus. Gemächlich ließ er sich unter die Wasseroberfläche sinken. Er hatte ganz vergessen, wie sich die Stille anhörte. Selbst im Urwald, den er inzwischen für einen ruhigen Ort hielt, kreischte immer irgendwo ein Vogel oder ein Brüllaffe. Wind rauschte in den Blättern, und zum Zerbersten reife Früchte fielen mit einem dumpfen Plopp auf den Waldboden. Die Stille unter Wasser war ganz und gar ungewohnt. Thomas öffnete die Augen, aber das Wasser war schlammig, und vor ihm trieben die Überreste faseriger Urwaldpflanzen. Er hörte auf, sich zu bewegen, und trieb mit angehaltenem Atem in der Wärme und Stille des Wassers, bis ihm die Brust schmerzte.

In Santarém stand ihnen gutes Essen in Hülle und Fülle zur Verfügung; es gab gute Brotbäcker, das Fleisch ging nie aus, und jeden Abend, wenn sie von ihrem Tagwerk zurückkehrten, labten sie sich an Wassermelonen. Dabei winkten sie ihren Nachbarn zu, die vor ihren Häusern beisammensaßen, rauchten, plauderten und Schach spielten. Immer nur Männer, fiel Thomas auf, die Frauen schienen in dieser Stadt in die Häuser verbannt zu sein.

Als es Zeit wurde, die Weiterreise auf dem Tapajós anzutreten, überkam Thomas ein plötzliches Hungergefühl. Er war sich sicher, dass sein Magen in den Tiefen des Regenwaldes, fern der Stadt, nicht auf seine Kosten kommen würde. Antonio hatte ihnen seine Begleitung zugesagt, da er sich in der Gegend gut auskannte. Er hatte einen schweigsamen indianischen Koch mitgebracht, den sie im Haus beschäftigten, und noch zwei andere Helfer, Joao, einen kleinen, aber zähen und kräftigen Mann von ungefähr dreißig, der Englisch sprach und sie in Santarém herumführte, und Paulo, der mit Begeisterung seine Rolle als »Mädchen für alles« übernahm. Er trug Vorräte und übernahm das Jagen und Fischen. Thomas hörte, wie Paulo Joao herumkommandierte und dessen knappe Antworten, die Thomas mit seinem begrenzen Portugiesisch als »Seit wann bist du mein Vater, Junge?« interpretierte. Mit etwas Glück und der Geschicklichkeit der Eingeborenen würden sie nicht hungern. Ernie sorgte vor, indem er seine Arzneivorräte auffüllte, vor allem mit Chinin. George hatte allen einen Schrecken eingejagt, als er eines Morgens mit leichtem Fieber erwacht war, aber am Ende des Tages ging es ihm wieder gut. Es war nur ein kurzer Fieberanfall gewesen. Als Vorsichtsmaßnahme schluckten sie nun alle täglich eine kleine Dosis Chinin.

Ihr Transportmittel war nun auch so schlicht, wie es Thomas von Anfang an erwartet hatte. Sie stiegen in zwei lange Kanus, die beide mit einer kleinen Schutzhütte ausgestattet waren, in denen Hängematten befestigt und Vorräte verstaut waren. Antonio erschien am Morgen ihrer Abreise mit Kisten voller Salz und Werkzeuge.

»Was denn«, sagte Ernie kopfschüttelnd, »brauchen wir so viel Salz? Wird es uns nicht unnötig beschweren?«

»Zum Tauschen«, grummelte Antonio. »Sie werden es mir danken, wenn Sie frische Hühnchen auf den Tisch bekommen.«

»Ich hatte mich eigentlich schon darauf gefreut, Fleisch aus dem Dschungel zu probieren«, erwiderte Ernie. Er stieß Thomas in die Rippen. »Faultier und Affe, Thomas. Sie sollen köstlich munden.«

Thomas zog eine Grimasse, und selbst George rang sich zu einem Lächeln durch.

»Ich wette, John hat sie alle schon probiert, oder nicht, John?«, sagte George.

John, der Paulo gerade half, die Kisten in die Kanus zu verladen, richtete sich auf. Er wischte sich mit dem Ärmel über die Stirn.

»Ein Faultier noch nicht, aber Affen habe ich gegessen, und Schlangen auch. An einem Ort wie diesem muss man nicht verhungern.«

»Ja«, gab George zurück, »ich nehme an, du bist es gewöhnt, alles aufzulesen und dir in den Mund zu stecken, was du findest.« Er wedelte mit seinem Taschentuch in Johns Richtung und legte es sich dann auf den Nacken. John wandte sich ab und nahm seine Arbeit wieder auf, aber Thomas sah, wie Ernie George einen amüsierten Blick zuwarf, der ein stilles Einverständnis ausdrückte, an dem Thomas nicht beteiligt sein wollte.

»Warte«, sagte er und bückte sich, um gemeinsam mit John eine große Bücherkiste hochzuheben. Sie gehörte George. Als sie sie über den schmalen Streifen Wasser zwischen Anlegestelle und Boot trugen, packte er fester zu, falls John beschließen sollte, sie fallen zu lassen. Ihre Blicke trafen sich kurz, und Thomas sah, dass der stämmige Mann Georges Bemerkung ignorieren wollte. Sein Hemd stand offen, und der Schweiß rann ihm vom Hals herab in das dunkle Haarbüschel auf seiner Brust, wo er sich sammelte und später vom Fluss weggespült werden würde. Plötzlich glaubte Thomas zu verstehen, was hinter Johns energischem Schwimmtraining steckte: So reinigte er sich von den negativen Gefühlen, und nur so konnte er jeden Morgen aufstehen und neben zwei Männern arbeiten, die ihn nicht respektierten.

»Danke, Thomas«, sagte John, als die letzten beiden Kisten in den Kabinen verschwunden waren. Sie blickten beide zu den zwei Männern hinüber, die sich auf dem Dock unterhielten. George verscheuchte gerade eine Mauerbiene, die sie umschwirrte, und Ernie zog, wie üblich, an einer Zigarette. Er blickte auf, als Thomas auf ihn zukam.

»Sind sie fertig? Ah, gut. Dann sind wir jetzt an der Reihe, nicht? Zeit zum Aufbruch?« Er ließ seinen Zigarettenstummel in den Fluss fallen und zog seinen silbernen Flachmann aus der Tasche. »Ein letzter Schluck zum Abschied?« Er nahm einen kleinen Schluck, gab die Flasche an George weiter, der sie, ohne etwas zu trinken, an Thomas weiterreichte.

Das Getränk verströmte einen ungewohnt kräftigen Geruch, der an Paraffin erinnerte, und als Thomas es die Kehle hinunterrinnen ließ, brannte es und hinterließ einen bitteren Nachgeschmack im Mund. Er verzog das Gesicht. »Was ist denn das?«

Ernie gluckste und griff nach der Flasche, ohne John, der ein paar Schritte weiter stand und flussaufwärts starrte, etwas anzubieten. »Das ist Cachaça, ein Schnaps von hier. Aus Zuckerrohr. Er brennt einem Löcher in die Magenwand, aber etwas anderes konnte ich nicht auftreiben. Die Indianer sind süchtig danach. Gib ihnen Cachaça, und sie tun alles für dich.« John knurrte ungehalten und stapfte davon. Ernie sah ihm versonnen nach und meinte: »Was ich habe, wird uns bis Manaus reichen, und dort bekommen wir den besten Brandy, den Europa zu bieten hat.«

Als die schwer beladenen Kanus an eine Ausbuchtung des nach Süden gekrümmten Flusslaufs gelangten, wurden sie von heftigen Windböen getroffen und bekamen gefährlich Schlagseite. Nur die Geschicklichkeit der Männer bewahrte sie vor dem Kentern und dem Verlust der kostbaren Sammlungen und Präparierausrüstung. Thomas versuchte, Ruhe zu bewahren, aber immer wenn das Kanu sich zur Seite neigte, schrie er auf und klammerte sich mit einer Hand an den Bootsrand, während er mit der anderen die Reisetasche an sich drückte, die seine Tagebücher und die Briefe von Sophie enthielt.

Sie beabsichtigten nicht allzu weit in den Urwald vorzustoßen. Antonio hatte ihnen eine Stelle genannt, wo ihnen eine verlassene Gummisammler-Siedlung zur Verfügung stehen würde. Sie lag keine zwei Tagesreisen von Santarém entfernt, und wenn alles gut ging, würden sie am Nachmittag des folgenden Tages dort sein. Wenn sie erfolgreich wären, würden sie nur zwei Wochen bleiben. Sollten sich Schwierigkeiten ergeben oder die Gegend für das Sammeln unergiebig sein, konnten sie Santarém leicht erreichen. Jeder Zufluss des Amazonas hatte andere Pflanzen und Tiere zu bieten, und die Männer waren dankbar für die Bandbreite, die sich ihnen bot. Wären sie gleich nach Manaus an den Rio Negro gereist, hätten sie viel weniger Spezies angetroffen.

Nachdem die schlimmsten Windböen überstanden waren, legten sie in der Nähe eines kleinen Dorfes an, um ihre Nerven zu beruhigen und sich eines Teils ihrer schweren Gepäckstücke zu entledigen. Thomas argwöhnte, dass Antonio absichtlich die Kanus überladen hatte, um mit den Waren, die sie mit sich führten, Profit zu machen, aber er behielt seinen Verdacht für sich und redete sich ein, der Mann habe eben nur nicht erwartet, dass die Sammelausrüstung so schwer sein würde.

Sie wurden von den Dorfbewohnern, Indianern und Mamelucos, interessiert beäugt. Die Aufsicht über die Siedlung führte ein gewisser Captain Arturo, ein portugiesischer Seemann, der vor zehn Jahren gekommen und nie wieder gegangen war. Er lud die Engländer zu einem Abendessen ein, das seine indianische Frau kochte. Vor ihren Augen marschierte eine Reihe goldhäutiger Kinder auf, um ihrem Vater gute Nacht zu sagen. Arturo schwenkte die Kleineren hoch in die Luft und drückte ihnen einen Kuss auf jede Backe. Die Älteren begnügten sich mit einem Kuss auf die Stirn und starrten die Besucher stumm an. Nach dem Essen holte der Captain eine Flasche einheimischen Schnaps hervor, der aus der Maniokwurzel hergestellt wurde. George und John zogen sich unter Entschuldigungen in ihre Kanus und Hängematten zurück.

»Ich bin froh, dass wenigstens ein paar echte Männer bei mir bleiben«, scherzte der Captain. »Obwohl Sie …« Er kniff die Augen zu und deutete mit dem Finger wie mit einem Gewehrlauf auf Thomas. »Sie sehen aus, als hätten Sie einen ordentlichen Drink und ein bisschen Spaß bitter nötig! Schauen Sie sich doch an – so jung und so unschuldig. Das Leben muss Ihnen erst noch sein wahres Gesicht zeigen, was? So ein zart besaiteter junger Mann!« Er lachte dröhnend, und Ernie stimmte ein. Thomas lächelte gutmütig. Der Captain sprach weiter. »Was hat Ihnen der Urwald bisher zugemutet? Waren Sie schon krank? Sie sehen aus, als wären Sie ziemlich anfällig für Krankheiten.«

»Nein«, antwortete Thomas. »Krank war noch keiner von uns.«

»Hmm«, brummte Arturo. »Noch nicht. Aber Sie wird es als Ersten erwischen, glaube ich!« Er klopfte Thomas auf den Rücken und vergoss dabei Alkohol über dessen Hände und den Tisch. Thomas zog ein Taschentuch hervor und wischte sich die Hände ab, während der Captain ihm das Glas auffüllte.

Thomas hob das Glas und schob den Gedanken an die Worte des Captains beiseite. Sie waren nicht böse gemeint, das wusste er, aber sie irritierten ihn doch ein wenig. »Auf den Amazonas«, sagte er mit, wie er hoffte, männlich kerniger Stimme. Die drei Männer hoben schwungvoll die Gläser, stießen klirrend an und leerten sie in einem Zug. Thomas spürte, wie die Flüssigkeit ihm warm, zärtlich und verheißungsvoll in den Magen rann.

Je betrunkener Arturo wurde, desto mehr verwischte sich sein ohnehin begrenztes Englisch zu genuscheltem Portugiesisch. Thomas verstand ihn zuerst noch einigermaßen, aber seine Aufnahmefähigkeit ließ mit zunehmendem Alkoholgenuss nach. Schließlich musste er die Hand über das Glas und den Kopf auf den Tisch legen, und die Worte kreisten in einem undurchschaubaren Wirbel um ihn.

Ernie stieß ihn an. »Hoffst du nicht auch, dass unser Senhor Santos genauso gastfreundlich ist wie unser Captain hier?«

»Was haben Sie gesagt?«, fuhr Arturo dazwischen. »Santos? Der Kautschuk-Baron?«

Thomas hörte den wütenden Unterton, konnte sich aber nicht mehr auf Arturos Gesicht konzentrieren.

»Ja«, bestätigte Ernie. »Er ist der Grund, warum wir überhaupt in diesem prächtigen Land sind, mein Bester.«

Thomas hörte nicht mehr, was als Nächstes gesprochen wurde, denn Arturo hieb so hart mit der Faust auf den Tisch, dass der Knall in seinen Ohren dröhnte. Eben noch hatte sein Kopf friedlich neben dem Glas gelegen, nun fuhr er durch den plötzlichen Lärm auf und war vorübergehend nüchtern genug, um zu sehen, wie Arturos Knollennase vor Wut zuckte.

Ernie starrte den Captain ungläubig an. Dann hob er beide Hände und nickte schwerfällig. »Zeit zu gehen, Edgar.« Er erhob sich schwankend und zog Thomas auf die Füße.

»Ja, geht doch zum Teufel!«, schrie Arturo, und dann folgte noch etwas auf Portugiesisch. Die Haustür schlug krachend hinter ihnen zu, und sie standen verdutzt auf der sandigen Straße, umgeben von den Geräuschen der Nacht.

»Hast du das kapiert?« Ernie stützte sich beim Gehen schwer auf Thomas, damit sie nicht beide umfielen.

Thomas' Zunge fühlte sich an wie ein dickes, schweres Stück Schinken. Er bemühte sich, Bilder heraufzubeschwören, die zu den Worten in seinem Kopf passten, und versuchte, Buchstaben um seine ungelenke Zunge herumzulavieren. »Weiß nich, Ernie. Lauf nich so schnell.«

Am nächsten Morgen stachen die Sonnenstrahlen durch Thomas' Augenlider. Sein Kopf schmerzte, und er konnte den Mund nicht schließen; die Lippen waren aufgesprungen, und die Zunge war wie ausgedörrt.

»'dammter Mist«, krächzte er. Das Fluchen hatte er von Ernie übernommen, aber er fühlte sich zu miserabel, um sich dafür zu schämen.

Das Kanu hatte bereits vom Land abgelegt, und an sein Gehör drangen das Plätschern der Paddel und die Rufe der grellbunten Vögel, die auf den Bäumen am Ufer des Flusses saßen. Inzwischen gelang es ihm, die Arten zu unterscheiden, aber jetzt konnte und *wollte* er nicht denken. Sie sollten nur endlich still sein.

Am nahen Ufer kreischte ein Affe wie eine Frau in höchster Not.

Thomas' Kopfschmerzen beruhigten sich, als er eine Menge Wasser getrunken hatte, und die anderen ließen ihn in Ruhe seinen Kater ausschlafen, nachdem sie ihn ein paar Mal angerempelt und sich ausgiebig über ihn lustig gemacht hatten. Ernie, der in dem anderen Kanu mitfuhr, schien keine Nachwirkungen zu spüren; wenn Thomas aus seiner Benebelung auftauchte, hörte er ihn manchmal lauthals singen.

Seine Träume waren beherrscht vom Ende des vorigen Abends. In einem Traum sagte der Captain, Santos habe seine Frau verführt; in einem anderen hatte er ihre Kinder gestohlen. In wieder einem anderen war Arturo wütend über ihre Verbindung zu Santos, weil er sie unbedingt auf ihrer Reise begleiten wollte und Santos es ihm verboten hatte. In diesem Traum setzte sich Arturo hin und weinte wie ein Kind.

Als sich die Kanus knirschend der Uferböschung näherten, fühlte sich Thomas in der Lage, die Hängematte zu verlassen. Ein behelfsmäßiger Landesteg ragte mit brüchigen, vernarbten Holzpflöcken aus dem Wasser. Ob sein Zustand auf Verwahrlosung oder Überbeanspruchung zurückzuführen war, konnte man nicht erkennen.

»Sind wir da? Sind wir angekommen?« Seine Stimme klang immer noch heiser.

»Ja, du Schlafmütze«, sagte George. »Wir sind da. Zeit, sich an die Arbeit zu machen, statt den ganzen Tag faul herumzuliegen.«

Thomas' Beine fühlten sich an wie nach der Überfahrt über den Atlantik; sie zitterten, als er den Landesteg betrat, und sein Körper schien nicht zu ihnen zu gehören. Das Problem wurde durch das Schwanken des Stegs verschärft, und als ein verfaulter Holzpflock unter ihm nachzugeben drohte, sprang er mit einem Satz ans sandige Ufer. Die Beine knickten unter ihm ein, und er fiel auf Hände und Füße. So blieb er eine Weile liegen und sammelte sich, während Ernie ihn mit Spott überschüttete und die anderen die Kisten auszuladen begannen. Der Sand zwischen seinen Fingern war feucht und schien zu leben. Er rann ihm über die Haut und kitzelte ihn. Plötzlich durchfuhr ihn ein heftiger Schmerz, und er riss die Hand weg. Ein zweiter Stich traf die andere Hand, und er sprang, schlagartig nüchtern geworden, mit einem Satz auf. Der Sand schien tatsächlich zu leben – er war über und über von roten Insekten bedeckt, die ihm über die Stiefel und die Hosenbeine hochkrabbelten. Schreiend stampfte er mit den Füßen auf, wie ein Kind, das einen Wutanfall hat. Seine Hände brannten, als hätte er sie in ein Kaminfeuer gehalten, und die Stiche waren im Nu rot und geschwollen. Seit sie am Amazonas sammelten, waren sie von Ameisen gebissen worden, aber diese Bisse waren anders. Mit zwei Sätzen rettete er sich auf den Steg. Antonio eilte ihm zu Hilfe und goss ihm einen Eimer Wasser über die Beine. Dann schlug er mit einem Lappen auf Thomas' Hosen und Stiefel ein.

Bei Thomas' Geschrei hatten sich alle Männer zu ihm umgedreht, und jetzt unterhielten sich Paulo und Joao, ihr Führer, in gedämpftem Ton miteinander, runzelten die Stirn und nickten bedächtig.

»Warte«, sagte George, kniete sich hin und versuchte, eine der Ameisen mit einer Pinzette zu fangen. »Feuerameisen. Sie sind nicht tödlich, Thomas, keine Sorge, aber du hast sicher große Schmerzen.« Er gab seine Fangbemühungen auf und schloss sich den anderen an, die mit den Stiefeln auf die Ameisen traten. Die meisten Insekten entkamen und krochen wieder auf den Sand zu. »Formiga de fogo«, sagte er zu den Männern. Antonio nickte grummelnd, während Paulo ihn anstrahlte. Zufrieden grinste George zurück.

»Warum werde immer ich gestochen?«, jammerte Thomas.

Ernie rollte die Augen. *»Warum immer ich?«*, imitierte er ihn mit weinerlicher Stimme. »Also bitte, Thomas, sei nicht so ein Jammerlappen.«

»Halt den Mund, Ernie«, meldete sich John zu Wort, und die anderen sahen ihn überrascht an. »Warte nur, bis dich etwas erwischt, mal sehen, wie es dir dann geht.«

Plötzlich verlor der Regenwald etwas von seinem Reiz, und Thomas fragte sich, ob das Gefühl, das ihn überkam, Heimweh war, nicht nach England, sondern nach der relativen Sicherheit von Belém oder Santarém. Vielleicht war er doch nicht so erpicht auf Abenteuer, wie er geglaubt hatte.

Eine enge, sandige, von hoch aufragenden Bäumen gesäumte Straße führte einige hundert Meter in den Urwald. Thomas kam es vor, als würden sie beobachtet – von kichernden Affen und hüpfenden, stets fluchtbereiten Vögeln, die die Eindringlinge im Auge behielten. Vielleicht gehörten einige der Augenpaare, die aus dem Halbdunkel glommen, auch Menschen. Nach dem grellen Licht, das der Fluss abstrahlte, schien sie der Wald mit Dunkelheit zu umhüllen. Obwohl sie vor der brennenden Sonne geschützt waren, war die feuchte Luft ohne den Wind fast unerträglich heiß. Der Schweiß rann Thomas in einem salzigen Strom zwischen den Schulterblättern hinab. Sein Fuß verfing sich in einer aus dem Boden ragenden Wurzel, und er fiel der Länge nach auf den weichen Waldboden. Er wappnete sich gegen einen erneuten Insektenangriff, aber starke Arme zogen ihn eilig auf die Füße. Die Männer sagten nichts, aber Thomas fühlte ihre Blicke wie Stiche im Nacken. Er hätte sich ohrfeigen können, und das Blut, das ihm in den Kopf stieg, verstärkte die Kopfschmerzen wieder. Als er sich das Gesicht mit den Händen abwischte, geriet Salz in seine Wunden, und er zuckte zusammen.

Der Anblick der Ansiedlung, die aus vier kreisförmig angeordneten Hütten bestand, setzte Thomas noch mehr zu. Eine behelfsmäßige Hütte in der Mitte, bestehend aus ein paar Palmwedeln, die von Pfosten gestützt wurden, diente als Küche. Einen Abtritt gab es nicht. Thomas' Bauch spannte, weil er seine Notdurft so lange zurückgehalten hatte, und in der letzten Stunde war der Druck allmählich unerträglich geworden. Er hatte absichtlich gewartet, bis sie das Lager erreichten, aber jetzt sah er, dass alles umsonst gewesen war – der Urwald musste ihm genügen, er würde sich auf den Boden hocken müssen, wer weiß wie vielen Gefahren ausgesetzt.

Die kleine Siedlung, einst Heimat auf Zeit für die Gummi-Sammler, war leidlich gut instand gehalten worden. Die Quartiere waren nichts weiter als einfache Schutzhütten mit Löchern als Türen. Immerhin war das Unterholz zurückgeschnitten worden, damit der Dschungel die Palmblätter und Pfosten, die das Baumaterial bildeten, nicht wieder zurückforderte. Zwei der Hütten hingen in gefährlicher Schieflage und erinnerten ihn an die Lachkabinette auf dem Rummelplatz.

»Vier Hütten«, freute sich Ernie, als er seine Tasche absetzte. Er streckte die Arme über den Kopf und ächzte behaglich. »Perfekt. Eine für jeden.«

»Und was ist mit den Trägern?«, fragte Thomas. Er sah die dunklen Flecken unter Ernies Armen und roch den säuerlichen Schweißgeruch. Und noch etwas anderes roch er. Sperma, dachte er plötzlich, und schüttelte sich.

»Ja, natürlich. Sie können eine haben, du und John eine andere, und George und ich bekommen jeder eine.«

George lächelte. Die Pomade in seinen Haaren war geschmolzen und lief ihm über die Stirn. Er wischte sich mit dem Taschentuch das Gesicht ab, dann hielt er es sich vor die Nase und rückte ein Stück von Ernie ab. John zuckte die Achseln.

»Ganz wie du willst, Ernie«, sagte Thomas. In Wahrheit war es ihm sogar lieb, die Hütte zu teilen, vor allem mit jemandem wie John, der ihm die Nachtgeräusche erklären und wissen würde, wann sie gefährlich nahe kamen.

»So ist's recht«, meinte Ernie. Er hob seine Tasche auf und marschierte los, um eine der Hütten zu inspizieren.

Thomas fegte seine Hütte mit einem Palmwedel aus, bis sie einigermaßen sauber war, und hängte einen Vorhang vor die Tür. John und er befestigten ihre Hängematten an den Deckenbalken. Antonio brachte ihnen Harz, mit dem sie die Seile bestrichen, damit keine Ameisen darüberkrabbeln konnten, während sie schliefen, und redete ihnen zu, die freien Hautpartien ebenfalls mit der faulig riechenden Flüssigkeit einzureiben. Die vorigen Bewohner hatten ein paar grob gezimmerte Möbelstücke hinterlassen, unter anderem zwei Fußschemel, damit ihre Füße beim Sitzen nicht den Boden berührten; die Stuhlbeine wurden mit derselben stinkenden Flüssigkeit bestrichen. Thomas malte sich aus, wie anstrengend es sein würde, wenn er nie ruhig stehen bleiben konnte, aber bald gewöhnte er sich daran und lernte, die sandigen Mulden zu umgehen, die auf Ameisennester deuteten. Zu Ernies Unglück befand sich eines der Nester vor seiner Hütte, und er war der Einzige, der regelmäßig gestochen wurde.

George war von den Insekten fasziniert und fing viele von ihnen – lebendige, die er mit Mehl und Essensresten fütterte, und tote. Er studierte die beachtlichen Kiefer der Ameisen, die sich in ihre Beute hakten, während sie vom hinteren Ende mit ihren Giftstacheln angriffen. In der Küche mussten die Männer die Vorräte als Bündel von der Decke hängen und die Seile ebenfalls mit dem bitteren Harz einreiben, damit die Ameisen nicht an das Essen gelangten.

Ameisen waren aber nicht das einzige Problem. Thomas verkroch sich jede Nacht unter sein Moskitonetz, weil sich die Insekten von den dünnen Hüttenwänden nicht abhalten ließen und sich auf ihn stürzten. Ernie hatte eines Nachts in seiner Hütte eine Vampir-Fledermaus gefangen und gestanden, er habe sich fast von ihr beißen lassen, um die Wirkung des Bisses zu erforschen. Bei jedem Regen stieg die Feuchtigkeit in Schwaden vom Boden auf, und die Seiten in Thomas' Büchern begannen zu schimmeln und sich zu wellen.

Dass sich so viele Gelegenheiten zum Sammeln boten, entschädigte Thomas etwas für die Unbequemlichkeiten des Alltags. Die Männer fanden wieder zu ihrer Routine zurück, aber sie nahmen immer ihre Führer mit und blieben häufiger als früher zusammen. Fern der Stadt fühlten sie sich weniger sicher und der Natur stärker ausgesetzt. Das Gelände um die Siedlung war von den Pfaden der ehemaligen Gummi-Sammler durchzogen. Die Hevea-Bäume standen weit auseinander; zwei- bis dreihundert Bäume waren durch Pfade von insgesamt sieben bis acht Meilen verbunden. Die glatten grauen Stämme waren von den Narben der Machetenhiebe überzogen, ein auffälliger menschlicher Eingriff in dem sonst so unberührten Regenwald. Die Schnitte waren tief und kontrolliert in regelmäßigen Abständen ausgeführt. An den Ästen hingen verrostete Blechbüchsen, die man zum Auffangen der tropfenden Milch verwendete, welche, wie Antonio erklärte, später geräuchert und von den Seringueiros, den Gummischneidern, gehärtet und schließlich verschifft wurden, um den Hunger der Welt nach Gummi zu stillen.

Als Thomas eines Morgens mit John und João den sandigen Weg am Fluss entlangspazierte, blieb der Indianer stehen und deutete auf die Erde.

»Rastro de Jaguar«, erklärte er.

Das verstand Thomas: Jaguarspuren. Er ließ sich neben ihnen auf die Knie fallen und untersuchte sie aus nächster Nähe. »Wie frisch sind sie?«, fragte er.

Auch John ging in die Hocke und musterte die Abdrücke, die wie wulstige Narben in dem vom nächtlichen Regen noch feuchten Sand saßen. Ohne den Regen hätten sie sie nicht bemerkt.

»Von heute Nacht, kein Zweifel, sonst wären sie vom Regen weggewaschen worden.«

Thomas sah sich um und versuchte, mit seinem Blick in die Tiefe des dämmrigen Waldes vorzudringen. Überall Schatten und verschwommene Konturen in den Baumwipfeln, auf dem Waldboden aber nichts, was die Gestalt eines Jaguars hatte.

»Vielleicht beobachtet er uns«, flüsterte er hoffnungsvoll. »Wird er angreifen?«

John lachte leise. »Er hat mehr Angst vor dir als du vor ihm, Thomas.«

Sie gingen weiter, aber Thomas warf unwillkürlich immer wieder einen Blick über die Schulter und fing an diesem Nachmittag keine Schmetterlinge.

Als er nachts in seiner Hängematte lag, drang unweit aus dem Dschungel ein unheimlicher Schrei.

»Das ist dein Jaguar, Thomas«, sagte John und drehte sich in seiner ächzenden Hängematte auf die andere Seite.

Es dauerte eine Weile, bis Thomas einschlief. Er lag unruhig in der Hängematte, lauschte auf den Jaguar, stellte sich vor, wie dieser mit elegant schwingenden Bewegungen auf schweren Tatzen geräuschlos durch den Wald streifte. Der Abdruck war handgroß gewesen, und er fragte sich, wie es wohl wäre, die samtige Pfote in der Hand zu halten. Im nächsten Brief musste er unbedingt Sophie davon berichten: Der schwarze Jaguar war so selten.

Obwohl er häufig an sie dachte, galten seine Gedanken doch immer mehr den Schmetterlingen – insbesondere einem. Er hatte Sophie vor ihrer Abreise aus Santarém nicht geschrieben, und jetzt hatte es keinen Sinn, ihr zu schreiben, bis sie wieder in der Stadt waren. Der Agent Ridewell hatte in seinem letzten Brief angemerkt, dass die erste Sendung eine ordentliche Summe eingebracht hatte, und Thomas hatte ihm Einzelheiten zu seinem Bankkonto mitgeteilt, damit Sophie während seiner Abwesenheit gut versorgt wäre. Dennoch überfielen ihn immer wieder diese Schuldgefühle, weil er Sophie verlassen hatte, aber auch, weil er manchmal kaum an sie dachte; ihr gemeinsames Leben in Richmond schien so weit weg. So unerheblich.

Ihre Briefe dagegen klangen alle fröhlich – sie schrieb von Diners, Freunden, Spielen, Spaziergängen im Park –, und das erleichterte ihn sehr. Er beneidete sie sogar ein wenig um die Zeit, die sie in seinem geliebten Richmond Park verbrachte. Den Park vermisste er, auch wenn er wusste, dass er ihn bei seiner Rückkehr kahl und ohne Insekten vorfinden würde.

Er erinnerte sich an seinen ersten Spaziergang im Park, bei dem er sein neues Schmetterlingsnetz umklammert hatte. Das war wenige Tage nach seinem fünften Geburtstag gewesen. Er hatte ein Reh entdeckt, das sich seinen Weg durch das Farnkraut bahnte. Sein Vater nahm ihn bei der Hand und steuerte rasch die Blumenbeete an, der raue Tweed seiner Jacke schlug Thomas beim Gehen ins Gesicht. Er musste rennen, um mit ihm Schritt zu halten, und sein erster Versuch, einen roten Admiral zu fangen, schlug fehl. Er war den Tränen nahe, als sein Vater seine große Hand auf die kleine Kinderhand legte und sie sachte lenkte. Sie fingen den Schmetterling zusammen, und Thomas sah, wie er lange mit dem dünnen Netz kämpfte und seine haarfeinen Beinchen in den winzigen Löchern hängen blieben.

Seinen Eltern war es nicht in den Sinn gekommen, dass sie mit ihrem harmlosen Geschenk eine brennende Leidenschaft auslösen könnten. Seine ganze Freizeit war mit Schmetterlingen angefüllt. Thomas war noch zu klein, um allein zu fangen, aber sein Vater wurde das Drängeln des Sohnes schnell leid und zerrte ihn in den Park, wo er Pfeife rauchend fünf Minuten herumstand und ihn dann nach Hause befahl. Thomas ließ sich davon nicht abschrecken. Er wünschte sich zu jedem Geburtstag Bücher über Schmetterlinge, und wann immer die Familie ein Picknick machte, nahm er seine Netze und Gläser mit.

Ältere Herren auf dem Weg zu ihren Picknickplätzen heuchelten Interesse. »Soso, wir gehen fischen?« Thomas schüttelte den Kopf, und die Männer schlenderten irritiert weiter. So ein ungezogener Junge! Er hatte doch ein Netz in der Hand, was wollte er denn sonst damit anfangen?

»Du liebe Güte, Thomas«, mahnte seine Mutter, wenn sie zusammensaßen und sie Tee einschenkte, »sitz doch still. Erst musst du ruhig hier sitzen bleiben und deine Brote aufessen, dann darfst du loslaufen und überall herumstöbern. Also wirklich«, wandte sie sich an ihren Mann, »ich wünschte, wir hätten ihm dieses dumme Netz nie geschenkt.«

Aber seine Mutter hatte vor Freude die Luft angehalten, als er ihr die erste Schmetterlingspuppe gebracht hatte, die dann zur Beobachtung auf seinem Fensterbrett lag. Gemeinsam hatten sie zugesehen, wie der Zitronenfalter sich aus seinem schlüpfrigen Bett befreite, gelb und glatt wie ein neugeborenes Kalb. Es geschah langsam und unspektakulär; durch Sprechen oder auch nur Atmen, so meinten sie, hätten sie die Verwandlung gestört und den Schmetterling in seinen Kokon zurückgeschickt. Wie von Tau bedeckt schlüpfte er aus, saß still, erprobte die Flügel, indem er sie vorsichtig öffnete und schloss und zum Trocknen auf den Wind wartete, den es im düsteren Schlafzimmer seiner Mutter nicht gab.

»Lass ihn jetzt hinaus, Tom«, sagte sie, und er spürte bei ihr dasselbe Widerstreben, diesem kleinen Wunder Lebewohl zu sagen, wie er es empfand. Er ging ans Fenster und öffnete es, dann setzte er das Glas mit dem kleinen Zweig auf das Fensterbrett. Der Schmetterling wartete noch eine Minute und schien sich zu sammeln, dann flog er von dem Zweig auf und wirbelte in den Garten.

»Er ist fort«, sagte seine Mutter und breitete die Arme aus. Er kletterte auf ihr Bett und wurde von einer Umarmung empfangen, wie er sie selten erlebt hatte. Sie roch nach Zimt, und er versank in einer Wolke aus warmer Luft und Liebe.

Sein Vater grummelte und beschwerte sich, aber er unterstützte die Vorliebe seines Sohnes. Als Thomas zwölf war, nahm er ihn mit nach London zu »Watkins & Doncaster, Naturforscherbedarf«. Bis dahin hatte Thomas die gefangenen Schmetterlinge unbeholfen zwischen Buchseiten gepresst, wo sie nur ein paar Monate überdauerten, bis sie von Insekten befallen wurden, schimmelten und zerbröselten. Bei Watkins & Doncaster geriet Thomas ins Schwärmen wie andere Jungen angesichts der Theke eines Süßwarenladens – Regale voller Gläser und Kästen, alles, was sich der ernsthafte Sammler nur wünschen konnte. Statt nach Lakritze und Brausepulver roch es nach tödlichen Chemikalien, Lorbeerblättern und Gips. Er durfte sich ein neues Netz, mehrere mit Kork ausgekleidete Sammelkästen und vor allem ein Fläschchen Zyankali aussuchen. Bis dahin hatte er seine Insekten nur mit Lorbeerblättern töten können. Der Mann hinter der Verkaufstheke, der einen gewaltigen Bauch und Wurstfinger hatte, beugte sich vor, bis sein Gesicht nur noch Millimeter von Thomas' Nase entfernt war, und sagte: »Hochgiftig, junger Mann. Wenn du das anfasst oder einatmest, wirst du sterben. Du darfst es nur benutzen, wenn dein Vater dabei ist und dich beaufsichtigt. Hast du verstanden?« Thomas nickte und wich rasch zurück.

Der Mann nickte befriedigt, weil er sich aller Verantwortung für einen eventuellen tödlichen Unfall entledigt hatte. Mr. Edgar packte Thomas im Nacken und drückte fest zu, damit sich die Warnung dem Jungen einprägte.

Das letzte Geschenk, das Thomas kurz vor Ende seines Studiums von seinem alten Vater erhalten hatte, war ein erstklassiger Satz Sammelkästen, die die berühmten Bradys aus Edmonton angefertigt hatten. Thomas verschlug es den Atem, als er sie sah: Es waren die kostspieligsten Holzkästen, die man mit Geld kaufen konnte. Und gewöhnlich konnte man sie mit Geld eben nicht kaufen. Die Bradys, Vater und Sohn, verkauften sie nicht jedem Dahergelaufenen, der sie haben wollte; man musste Brady Senior mit Beziehungen beeindrucken, dann bot er möglicherweise an, einen Satz Kästen zu bauen. Es war ein raffiniertes Spiel, bei dem viele potentielle Käufer die Geschäftsräume mit leeren Händen verließen, nachdem ihr Vorrat an bekannten Namen erschöpft und ihr Selbstvertrauen nachhaltig erschüttert war.

Und hier lagen sie nun: ein ganzer Satz Sammelkästen, nur für Thomas.

»Denke daran, dass ich immer stolz auf dich sein werde, Thomas, ganz gleich, was du tust.« Der alte Mann legte Thomas die Hand auf die Schulter und bekam feuchte Augen. Es war die ehrlichste Gefühlsäußerung, die Thomas je bei seinem Vater erlebt hatte, und in diesem Moment gelobte er sich, seinen eigenen Kindern seine Gefühle nicht so lange vorzuenthalten. Mr. Edgar starb einen Monat später. Der Arzt sagte, er habe ein schwaches Herz gehabt.

Die Traurigkeit, die in ihm aufstieg, als er in seiner Hängematte lag, überraschte ihn selbst. Er hatte lange nicht mehr an seinen Vater gedacht. Sein Magen zog sich zusammen, und ein plötzlicher Schmerz fuhr ihm zwischen die Rippen.

Sein Vater hatte den Park geliebt. Und jetzt entdeckte Sophie entzückt die schattigen Spazierwege und verborgenen Täler. In ihren Briefen erzählte sie auch von ihrer Freundschaft mit Agatha, die sie bestimmt bei guter Laune halten würde, dessen war er sich sicher – sie hatte die Gabe, Menschen zum Lachen zu bringen, Thomas eingeschlossen. Außerdem hatte Sophie einen Hauptmann a.D. erwähnt, den sie in der Kirche kennengelernt hatte. Ein freundlicher alter Witwer, nahm er an, der während der Abwesenheit von Ehemann und Vater Sophie ein wenig unter seine Fittiche genommen hatte.

Sein Schuldbewusstsein ließ zugleich mit den Magenschmerzen nach. Es wird ihr gut gehen, dachte er. Sie ist stark und liebt die Unabhängigkeit.

Beruhigt wandte er seine Gedanken dem großen schwalbenschwänzigen Schmetterling zu, den er zu fangen hoffte. Was, wenn er nur einen einzigen fand? Es würde ihm schwerfallen, ihn gleich zu töten, aber wenn er es nicht fertigbrächte, würde er sich womöglich verletzen und damit wertlos sein. Würde er ihn verkaufen? Oder ihn im Namen der Wissenschaft dem Naturkundemuseum schenken? Wissenschaft. Thomas erschauerte. Je mehr er sammelte, desto klarer wurde ihm bewusst, wie viel ihm noch zum wahren Wissenschaftler fehlte. Ernie und George führten ihm dies tagtäglich vor Augen – nicht immer mit Absicht. Er selbst musste seine Schmetterlinge immer wieder mit Hilfe von Büchern identifizieren. George dagegen erkannte mühelos viele, die ihm unbekannt waren. Thomas hatte im Museum Stunden vor den Kästen mit den *Lepidoptera* verbracht, hatte aber entmutigt feststellen müssen, wie schwer es ihm fiel, sich ihre lateinischen Namen zu merken. Er war immer noch ein Amateur, auch wenn er durch seine Verkäufe Geld verdiente.

Nein, seine einzige Chance, sich in der Welt einen Namen zu machen, war ein Erfolg als Naturforscher. Er würde seinen *Papilio sophia* nach Hause bringen, und die Welt würde sich seiner erinnern. Der Name seiner Frau wäre verewigt, und man würde ihn verehren. Er würde durch die Welt reisen und überall vor den entomologischen Gesellschaften Vorträge halten. Immer wieder würde er die abenteuerliche Geschichte des Fangs schildern, den Triumph, den er empfunden hatte, als der Schmetterling ihm ins Netz gegangen war, wie geschickt er dabei vorgegangen war.

Wieder jaulte der Jaguar auf, und Thomas krümmte sich unter einer erneuten Schmerzattacke. Vielleicht war es doch nicht der Kummer, der ihm so weh tat. Vielleicht war er tatsächlich krank. Je näher er seinem Schmetterling kam, desto bedrohlicher schob sich der dunkle Regenwald wie eine Wand zwischen sie. Morgen würde er mit Ernie sprechen.

Als die Männer am Nachmittag des folgenden Tages von ihrem Sammelausflug zurückkehrten – Thomas presste die Hände gegen den Leib, um den wellenartig auftretenden Schmerz im Zaum zu halten –, kam ihnen Antonio, der im Lager geblieben war, auf dem Pfad entgegen.

»Sie haben einen Besucher«, begrüßte er sie fast triumphierend.

»Wer ist es?«, fragte George, richtete sich auf und griff nach seinen Taschen.

»Ein Huthändler, Senhor Sebel. Ein Weißer, wie Sie.«

»Ein Engländer?« Harris machte einen entschiedenen Schritt in Richtung des Lagers.

»Ein Peruaner. Ich dachte, es würde Ihnen nichts ausmachen, wenn er die Nacht hier verbringt.«

Die Männer blickten sich unsicher an, wer darauf antworten sollte und wie. Thomas hatte keinen Grund, Antonio zu misstrauen, der ihnen sein breites Gesicht zugewandt hatte und auf Zustimmung wartete. Außerdem mussten sie keine Fremden fürchten, bisher hatten sie nur hilfsbereite oder gleichgültige Menschen getroffen – feindliche noch nie.

Thomas lächelte: »Nun, dann begrüßen wir ihn.«

Vor der Kochhütte saß ein Weißer von etwa fünfzig Jahren auf einem Stuhl, die Füße auf einen Schemel gestützt. Er stand auf und zog zur Begrüßung den Hut. Sein tadellos sitzender cremefarbener Anzug war bemerkenswert fleckenlos. Er trug einen auffälligen Schnurrbart, der mit Bartwichse in Form gebracht worden war, sein Haar war penibel frisiert und geölt. Irgendetwas an seinem Gesicht kam Thomas unnatürlich vor. Zuerst wusste er nicht recht, was es war. Erst als er dicht vor ihm stand, begriff er: Die Gesichtshaut war knochentrocken. Während sich die anderen alle den Schweiß von den schmutzigen Gesichtern wischten, wirkte dieser Mann so kühl wie ein englischer Frühlingsmorgen. Er gab ihnen mit einer kleinen Verbeugung die Hand, und seine Handflächen verstärkten den Eindruck. Sie fühlten sich an wie kaltes Glas, und die sauberen Fingernägel waren kurz und gerade.

»Es ist mir eine große Ehre, Sie kennenzulernen, meine Herren«, begann der Mann in fast makellosem Englisch. »Hat Ihnen Ihr Diener Antonio gesagt, wer ich bin?«

»Nur dass Sie ein Huthändler sind, mein Bester«, erwiderte George, der seine Überraschung als Erster überwunden und die Hände entspannt vor dem Bauch gefaltet hatte.

»Mein Name ist José«, erklärte der Besucher. »Bitte nennen Sie mich einfach José. Ich freue mich sehr, Ihre Bekanntschaft zu machen. Nein!« Abwehrend hob er die Hände, als Ernie ihn unterbrechen wollte. »Bitte sagen Sie nichts. Sie sind der Doktor, Ernest Harris?« Ernie nickte und zog die Augenbrauen hoch. Er folgte Josés Blick, der sich auf John geheftet hatte. »Und Sie … Sie müssen Mr. Gitchens sein, nehme ich an. Der kühne Pflanzenjäger.« John nickte, hob aber den Blick nicht vom Boden. Thomas spürte, dass er sich davonstehlen und in seiner Arbeit vergraben wollte.

Sein ganzer Körper schien auf die Hütte zuzustreben. »Und das hier muss der gelehrte Mr. Sebel sein. Und schließlich der junge Mr. Edgar.«

Thomas hatte den merkwürdigen Eindruck, als würden sie in ihrem eigenen Lager willkommen geheißen; es hätte ihn nicht verwundert, wenn der Huthändler ihnen mit ausgebreiteten Armen entgegengeeilt wäre. »Und woher wissen Sie so viel über uns?«, fragte er.

»Ah, das liegt an Ihrem Diener Antonio. Wir haben uns in Ihrer Abwesenheit gute zwei Stunden miteinander unterhalten. Sie hatten einen ergiebigen Tag beim Sammeln, hoffe ich doch?«

Ernie schlug vor, sich zu setzen. Sie reichten ihre Ausrüstung an Paulo weiter, der unter dem Gewicht schwankte.

»Was führt Sie nach Tapajós, Sir?«

»Hüte. Ich komme aus Manaus und dachte mir, ich könnte mir einen Umweg auf dem Tapajós gönnen, bevor ich von Santarém aus nach Belém aufbreche. Ich habe viele Hüte zu verkaufen.«

»Und woher stammen Sie?«

»São Paulo. Ich kam an den Amazonas, um in Manaus mein Glück zu machen. Das war vor zwei Jahren. Ich versuchte, meine Hüte zu verkaufen, aber niemand wollte sie haben. Ich versuchte es sogar mit niedrigeren Preisen, aber niemand wollte sie. Dann habe ich etwas gelernt. Wissen Sie ...« Er beugte sich vor, als wolle er ihnen ein Geheimnis mitteilen. »In Manaus ist alles sehr teuer. Die Menschen dort machen sich nichts aus Qualität, sie wollen nur das, was am meisten kostet, damit sie vor ihren Nachbarn damit prahlen können. Diese Kautschuk-Händler! Als sie meine Hüte nicht haben wollten, erhöhte ich den Preis um tausend Prozent. Innerhalb einer Woche waren alle ausverkauft. Alle wollten meine Hüte! Es waren die teuersten, verstehen Sie, und das bedeutete Prestige! Deshalb sehen Sie heute einen viel wohlhabenderen Mann vor sich als den, der São Paulo verließ.«

»Und einen gebildeten, Sir, nach Ihrem ausgezeichneten Englisch zu urteilen.«

»Ach, wissen Sie, das schnappt man auf.« Er lachte. »Darf ich mir die kühne Frage erlauben, ob wir etwas Tee bekommen können?«

Die vier wechselten Blicke. Die Angewohnheit, Tee zu trinken, hatten sie seit Belém abgelegt.

»Ich fürchte, wir haben keinen Tee, mein Guter«, sagte Ernie, und Thomas fragte sich, ob José ihm den Ausdruck übel nehmen würde. »Wir können Ihnen Kaffee anbieten. Bitte verzeihen Sie, dass wir nicht früher daran gedacht haben.«

»Kaffee?« José sah entsetzlich enttäuscht drein. »Aber Sie sind Engländer! Sie trinken doch sicher Tee?«

»Richtig, aber er war hier nicht ganz leicht zu bekommen. Und wir haben Geschmack am Kaffee gefunden.«

»Das macht nichts. Ich führe selbst einen Vorrat mit. Für mich ist das Teetrinken eine der charmantesten Sitten der Engländer – offenbar nehmen sie ihn zu jeder Tageszeit zu sich.«

»Waren Sie schon einmal in England, Mr. José?«, fragte Thomas.

»Nein«, entgegnete der Mann. Er wandte sich um und bellte: »Manuel!« Thomas fuhr zusammen; diese Lautstärke hatte er nicht erwartet.

Hinter der Kochhütte kam ein kleiner, muskulöser Indianer hervor. Seine Frisur glich dem traditionellen Rundschnitt, aber dazu trug er ein weißes Hemd, eine schwarze Weste und passende schwarze Hosen. Offenbar sollte er einen englischen Butler imitieren. Seine nackten Füße waren von Narben überzogen, und Thomas fragte sich, wie er mit den Feuerameisen zurechtkam.

»Manuel, bring mir von meinem Tee«, befahl José ihm auf Portugiesisch. »Genug für die Herren hier.«

Manuel nickte mit ausdrucksloser Miene. Wenige Minuten später – das Wasser musste schon gekocht haben – erschien er mit einer stilvollen Teekanne und fünf zierlichen Tässchen und Untertassen. Die Tasse, die er vor Thomas hinstellte, war am Rand etwas angeschlagen, aber ansonsten tadellos – ein ganz außergewöhnlicher Anblick an diesem Ort mitten im Dschungel.

»Obrigado, Manuel«, sagte John. »Vocî gosta de chá?«

Manuel beäugte John einen Augenblick, dann sah er mit fragendem Blick zu José, der ihn fortwinkte.

»Ich gratuliere Ihnen zu Ihrem ausgezeichneten Portugiesisch, Mr. Gitchens«, sagte José, als sein Diener sich entfernt hatte. »Aber Manuel kann nicht sprechen. Er ist stumm.«

»Aber nicht taub?«, fragte George.

»Nein. Er ist stumm, weil er keine Zunge hat. Sie sind entsetzt, meine Herren. Das ist eines der Risiken des Amazonas. Er hat sie bei einem Unfall verloren.«

»Mein Gott«, sagte Ernie. »Was für ein Unfall?«

»Ich möchte Sie nicht verstören, indem ich Ihnen das schildere«, sagte José. »Bitte verzichten Sie auf eine Erklärung.« Er hob die Teetasse zu den Lippen, indem er den winzigen Henkel zwischen Daumen und Zeigefinger klemmte und den kleinen Finger krümmte. Ein wohliges Seufzen entfuhr ihm, als er sie auf die Untertasse zurückstellte, die er auf dem Bauch balancierte. »Ich bevorzuge ihn mit Milch, aber fast ebenso gerne nehme ich ihn mit einer Scheibe Zitrone, Sie nicht auch, meine Herren?«

Thomas' Tee war zu heiß, so dass er blasen musste. Er konnte sich nicht erinnern, wann er zum letzten Mal Tee getrunken hatte; der vertraute Geruch durchströmte ihn wohlig, und er lächelte.

»Ich sehe Sie lächeln, Mr. Edgar«, sagte José. »Sie vermissen England, nehme ich an.«

»Ja, in der Tat«, erwiderte Thomas. »Das heißt, eigentlich nicht, aber gerade eben habe ich mich an das Teetrinken zu Hause erinnert, da haben Sie recht.«

»Ich an Ihrer Stelle würde England vermissen«, sagte José. »Es muss ein schönes Land sein. Ich würde gerne eines Tages dorthin reisen.«

»Wegen des Tees?«, fragte George.

»Das natürlich auch! Aber vor allem Ihre Dichter bewegen mich sehr, meine Herren. Besonders liebe ich Byron und Shelley. Und Wordsworth nicht zu vergessen! Durch sie kenne ich Ihre Landschaft. Und William Blake natürlich. Was für ein weiser Mann!«

»Sie sind wahrhaftig ein gebildeter Mann«, staunte George. »Wie ich vermutet habe.« Er hatte ein Bein über das andere geschlagen und offenbar die bedrohlichen Ameisen vergessen. Mit einer Hand verscheuchte er eine Fliege, mit der anderen hielt er seine Tasse.

»Wenn man lesen kann, Mr. Sebel, kann man sich bilden.«

»Sehr wahr, sehr wahr«, erwiderte George.

John stand auf und entschuldigte sich. »Ich muss noch etwas arbeiten, bevor es dunkel wird. Ich werde auf dem Zimmer essen und wünsche Ihnen deshalb jetzt schon eine gute Nacht.«

Er stand auf, und die Runde hatte nun eine Lücke. An einer Stelle war sie dem dämmrigen Urwald ausgesetzt.

»Wie ich höre, ist Senhor Santos Ihr Gönner«, sagte José. »Kennen Sie ihn?«

»Noch nicht«, antwortete Ernie. »Kennen Sie ihn denn?«

»Er ist mir bekannt, ja. Man kann wohl kaum in Manaus leben und ihn nicht kennen.«

»Was für ein Mensch ist er?«, fragte Thomas. Vor seinem geistigen Auge erschien das wütende Gesicht von Captain Arturo.

»Sie meinen, Sie wissen nichts über ihn? Sie haben nichts gehört?«, fragte José.

»Nein, nichts«, sagte George. »Wir wissen nur, dass er sehr freundlich zu uns war. Er hat uns Unterkunft und Transportmittel zur Verfügung gestellt, auch für die Reise hierher, und jetzt sind wir unterwegs nach Manaus, um ihn kennenzulernen. Er hätte uns schon in Santarém treffen sollen, aber er hatte Schwierigkeiten mit ein paar von seinen indianischen Kautschuksammlern am Oberlauf.«

»Ja, die Indianer können einem viel Verdruss bereiten, wenn man sie als Arbeiter beschäftigt. Es ist sehr schwer, unter den Indianern und Negern einen anständigen Mann zu finden. Seit die Sklaverei abgeschafft wurde, ist es noch schwieriger. So hat man mir erzählt. Sie sind zu stolz, um für Weiße zu arbeiten, und versuchen, sich allein durchzubringen.« Er trank seinen Tee aus und schenkte sich eine zweite Tasse ein. »Dann hat Ihnen noch niemand etwas über Santos erzählt?«

»Nein«, sagte George.

»Nun ja…«, sagte Thomas, bremste sich aber schnell. Er erinnerte sich nicht mehr genau, was Captain Arturo über Santos gesagt hatte. Vielleicht sollte er besser den Mund halten. Andererseits konnte José vielleicht Licht in die Angelegenheit bringen. Die anderen sahen ihn erwartungsvoll an, deshalb sprach er weiter. »Dr. Harris und ich hatten eine Begegnung mit einem Mann weiter unten am Fluss. Ich muss zu meiner Schande gestehen, dass wir ziemlich betrunken waren, deshalb erinnere ich mich nicht gut daran. Er hat Mr. Santos erwähnt, glaube ich.«

»Ah ja.« Interessiert beugte sich José vor.

»Ich bin mir nicht sicher … Als wir davon sprachen, dass wir unter der Schirmherrschaft von Mr. Santos stehen, ist er sehr zornig geworden und hat uns fast aus dem Haus geworfen.« Er sah Ernie nach Bestätigung heischend an, aber dieser zuckte nur die Achseln.

»Ich habe keine Ahnung, alter Junge«, erklärte er. »Meine Erinnerung setzt nach der Nachspeise aus. Spricht für den Rum, oder was immer das für ein Teufelszeug war, das wir getrunken haben.« Es war nicht ungewöhnlich, dass Ernie Dinge vergaß, die er im Rausch erlebt hatte, und es schien ihn wenig zu kümmern.

»Interessant«, meine José. Er strich sich seinen gigantischen Schnauzer. »Wie lautete doch gleich der Name des Mannes?«

»Arturo. Ein pensionierter Kapitän. Können Sie sich vorstellen, was ihn so aufgeregt haben könnte?«

»Schwer zu sagen.« Seufzend strich sich José die Jacke glatt, die über dem beträchtlichen Bauch spannte. »Einige der Portugiesen sind neidisch auf den Erfolg der Kautschuk-Barone. Es kann ein Anfall von blankem Neid gewesen sein. Ich würde es so schnell wie möglich vergessen.«

Thomas lächelte. »Ja, natürlich. Das werde ich. Ich weiß ja nicht einmal, ob ich mich richtig erinnere. Vielen Dank, Sir.«

»Wissen Sie, wie er ist?«, fragte Ernie.

»Santos?« José lächelte. »Ein guter Mann. Aber ein Mann, bei dem man vorsichtig sein muss. Er liebt es, mit Menschen zu spielen, sagt man. Sie sollten wachsam sein, aber ihn gleichzeitig mit Respekt behandeln. Und er wird es sicherlich ebenso mit Ihnen halten.«

Während des Gesprächs hatte sich die Nacht auf sie gesenkt. Thomas musste seine Schmetterlinge noch aufspannen und entschuldigte sich ebenfalls. John saß schon in ihrer Hütte.

»Ein interessanter Mann, nicht wahr, John?«

John saß am Schreibtisch und machte sich Notizen. »Ja«, antwortete er, ohne sich umzudrehen.

Seine Haltung lud nicht zum Gespräch ein, darum widmete sich Thomas seiner Ausbeute: mehrere Exemplare der flinken *Junonia lavinia* mit irisierenden grünen Flecken auf den braunen Hinterflügeln, die er an einer Schlammpfütze gefangen hatte; diverse männliche *Papilio torquatus* mit rosaroten und weißen Tupfen, und ein wertvolles Weibchen, das ihn mit ihren schwarzen und gelben Tupfen in die Irre geführt hatte. Er holte sie aus den Transportbehältern, in denen er sie mit Nadeln auf Korkstückchen gespießt hatte. Dann nahm er Stift und Kärtchen zur Hand, um die Etiketten zu beschriften –

Spezies, Fundort, seinen eigenen Namen und das Datum. Thomas war stolz darauf, dass er nicht in Büchern nachschlagen musste – er war sich bei ihren Namen so sicher wie bei seinem eigenen. Er dachte an den Ausspruch des Händlers: Wenn man lesen kann, kann man sich bilden. Thomas hatte nie in Cambridge Entomologie studiert wie George. Na und? Er hatte sich eine gute Allgemeinbildung erworben, und alles andere konnte er aus Büchern lernen. Alfred Wallace hatte auch nie ein entomologisches Studium absolviert und war dennoch von der Entomologischen Gesellschaft als Pionier ihres Fachs akzeptiert worden. Thomas nahm sich vor, mehr zu lesen und weniger Zeit mit Tagträumen zu verschwenden. Er hatte zwar alle Bücher in seinem Reisegepäck schon ausgelesen, aber er würde sie eben noch einmal lesen.

Neidisch machte ihn auch, wie leicht José zwischen dem Englischen und dem Portugiesischen wechseln konnte. Thomas' Portugiesisch war noch sehr begrenzt. Er konnte den Dienern ein paar grundsätzliche Anweisungen geben, aber ganze Sätze musste John für ihn übersetzen.

Als er einen *Cithaerias aurorina* auf sein neues Kärtchen setzte, rutschte ihm die Hand aus, und er zerriss einen seiner Flügel. Er stieß einen Fluch aus und hob den Kopf, um zu sehen, ob John ihn gehört hatte. Der Zimmergenosse reagierte nicht. Thomas hob den Schmetterling auf und fuhr mit dem Finger leicht über den Riss. Er war so fein, dass er ihn mit dem schwieligen Finger gar nicht spürte. Er legte den Flügel zwischen Daumen und Zeigefinger und rieb stärker, und da war sie, diese samtige Textur, die sich verführerisch seinen Fingern darbot. An seinen Fingerspitzen haftete Blütenstaub. Voller Bewunderung betrachtete er die Juwelenfarben des kleinen Tiers. Welche Frau brauchte noch Diamanten oder Saphire, dachte er, wenn sie einen Schmetterling als Schmuck hätte? Er begutachtete den ungewöhnlich kleinen *Morpho rhetenor*, den er aus Santarém mitgebracht hatte, weil er sich nicht dazu entschließen konnte, ihn zurückzulassen. Er würde ihn Sophie schenken, vielleicht in Harz fixiert, so dass sie ihn sich an Mantel oder Hut stecken konnte. Seine Flügel würden das Blau ihrer Augen reflektieren und die tiefschwarzen Konturen die Farbe ihrer Wimpern.

Er vertiefte sich in die Arbeit. Paulo stellte ihm das Abendessen auf den Schreibtisch, aber es wurde kalt. Als er schließlich blinzelnd aufschaute, war er überrascht, dass er immer noch am Schreibtisch saß. Er hatte alle Schmetterlinge des Tages aufgespannt und beschriftet. Dann hatte er in seinem Tagebuch Ort sowie Art und Weise des Fangs festgehalten, die Tiere gezeichnet, sie mit strategisch gesetzten Farbtupfern koloriert – ein rosafarbener Pinselstrich hier, ein roter Streifen da. Seine Farben konnten sich keineswegs mit den irisierenden Farben der Natur messen, aber dennoch betrachtete er sein Werk mit Befriedigung, als er sich nach der Arbeit zurücklehnte.

John hatte sich schon schlafen gelegt; Thomas hatte ihn nicht einmal gehört, so sehr hatte ihn die Arbeit gefangen genommen. Auf seiner Taschenuhr sah er, dass es weit nach Mitternacht war. Er räumte leise die Farben zusammen und ging nach draußen, um eine Zigarette zu rauchen. Als er den Vorhang zurückzog, stieß etwas Dunkles gegen sein Gesicht. Erschrocken hob er den Arm, und schleuderte ruckartig eine große Motte zu Boden. Sie flatterte benommen am Boden umher, sammelte ihre Kräfte, flog auf und steuerte Ernies Hütte an. Thomas atmete tief durch. Er spürte noch die Flügel auf seinem Gesicht, und auf Wangen und Augenlidern klebte Blütenstaub. Ihm schien, als habe er ihn eingeatmet, und unwillkürlich stieg ein Hustenreiz in ihm auf.

Hinter sich hörte er ein Geräusch. Als er sich umdrehte, stand John in Unterwäsche und mit abstehenden Haaren vor der Hütte.

»Was ist passiert, Thomas? Ich habe dich schreien hören.«

Hatte er geschrien? Wenn, dann ohne es zu merken. Der Angriff der Motte hatte ihn ganz in Anspruch genommen.

»Entschuldige. Es war nichts. Nur eine Motte. Sie hat mich erschreckt.«

John lachte glucksend. »Und du nennst dich Schmetterlingsforscher?«

»Nein, das tue ich nicht!«, stieß er hervor.

John entschuldigte sich hastig. »Mir ist aufgefallen, Thomas, dass du keine Nachtfalter sammelst. Gibt es einen Grund dafür?«

»Nein«, erwiderte Thomas allzu rasch. Er wandte das Gesicht ab, damit John nicht sah, dass er rot geworden war. »Entschuldige, dass ich dich geweckt habe. Es geht mir gut.«

John blieb einen Moment stehen, und das Schweigen zwischen ihnen war fast greifbar. Dann brummte er etwas und schloss den Vorhang. Thomas stand wieder in der fast vollständigen Dunkelheit. Die Motte war von einem Lichtstreif an der Tür angelockt worden und auf ihn zugeflogen, als Thomas den Vorhang zur Seite gezogen hatte. Als Angriff konnte man das nicht deuten. So ein ekelhaftes, hässliches Ding!

Er schüttelte den Kopf über seine morbide Phantasie und drehte sich eine Zigarette. Auf dem Lagerplatz war es still, man hörte nur die üblichen Waldgeräusche. Aus den anderen Hütten drang kein Licht mehr. Thomas hatte gehört, dass Ernie José angeboten hatte, die Hütte mit ihm zu teilen; sicher in der Hoffnung, einen neuen Saufkumpan gefunden zu haben. Bestimmt hatte Ernie ihn vor den Ameisen gewarnt. Josés Diener Manuel musste sich vermutlich mit einem Platz in der Hütte der anderen Diener begnügen.

Thomas sog den Rauch in die Lunge und spürte, wie das Nikotin sich in seinen Adern ausbreitete und bis zum Herzen gelangte, das nicht mehr so heftig klopfte. Er hatte nicht gewusst, dass das Rauchen so viel Genuss bereiten konnte, dass er geradezu danach gieren würde, wenn er verärgert oder auf andere Art aus dem Gleichgewicht geraten war. Ein Glas Schnaps wäre auch nicht schlecht, aber diesen Gedanken schob er schnell wieder von sich.

Während er reglos dicht vor dem Hütteneingang stand, ohne sich an die Wand zu lehnen – aus Furcht vor dem, was ihm ins Hemd krabbeln mochte –, hörte er ein Geräusch wie von leisen Schritten und sah, wie auf der anderen Seite des Lagers ein Schatten aus Georges Hütte schlüpfte. Genaueres erkannte er nicht. Die Gestalt blieb kurz stehen, und er hätte ihr fast etwas zugerufen. Um nicht alle aufzuwecken, verzichtete er darauf. Es musste George sein, der kurz vor die Tür ging, um sich zu erleichtern. Aber die Gestalt bückte sich, huschte zur Hütte der Diener und verschwand darin.

Thomas warf die Zigarette weg und lief zu Georges Hütte. Er klopfte gegen den Türrahmen. »George?«, flüsterte er.

»Was?«, kam von drinnen eine Stimme. »Wer ist da?«

Thomas zog den Vorhang zurück. »Ist alles in Ordnung?«, fragte er. »Ich dachte, ich hätte etwas gesehen.«

»Was? Was hast du gesehen? Natürlich ist alles in Ordnung.«

»Einer der Diener …«

»Hier sind keine Diener.«

»Ich dachte, du würdest schlafen. Ich habe gesehen, wie jemand aus deiner Hütte gekommen ist …«

»Unsinn, Mann. Ich war die ganze Zeit wach. Außer mir war niemand hier.« Er drehte sich in der Hängematte um und kehrte Thomas den Rücken zu. »Geh wieder ins Bett.«

Oberlauf des Tapajós, 2. Januar 1904

Wir nähern uns dem Ende unseres Aufenthalts an diesem gottverlassenen Ort. Ich muss zu meiner Schande gestehen, dass ich mich nach dem vergleichsweise bequemen Leben von

Santarém sehne, aber wer außer mir wird dieses Tagebuch lesen? Uns ist das Pökelfleisch ausgegangen. Die Diener fuhren mit den Kanus ein Stück flussaufwärts, um etwas zu tauschen, aber sie brachten nichts mit als ein mageres Hühnchen und etwas Obst. Ihre Versuche mit dem Fischfang haben wenig Erfolg gezeigt. Jetzt verstehe ich, warum die Bewohner von Captain Arturos Siedlung so dünn waren. Selbst Fische sind hier seltener zu finden als im Hauptfluss. Wir mussten uns zu acht einen Fisch teilen, und obwohl er groß war, hielt er nicht lange vor.

Ernie diagnostizierte meine Magenkrämpfe als Verstopfung, und das überrascht mich nicht. Es war mir so zuwider, mein Geschäft zu verrichten, dass mein Körper unbewusst rebelliert hat. Es bedurfte außergewöhnlicher Mittel, um das Problem zu kurieren. Man stelle sich mein Entsetzen vor, als João eines Nachmittags mit einem Affen erschien – einem niedlichen, langhaarigen Wesen mit weißen Händen – einem whaiápu-saí, wie die Einheimischen ihn nennen. João hatte den Anstand besessen, ihn zu töten, bevor er ihn ins Lager brachte, und so mussten wir uns nicht sein Geschrei anhören. Er trug ihn, indem er ihm den Schwanz um den Hals band und diesen als Griff benutzte. Als er sich zufrieden lächelnd dem Lager näherte, schien er eine Art Handtasche zu schwenken. Später am Abend legte er ihn vor das Feuer, um die Haare abzusengen, und ich musste den Lagerplatz verlassen. Als das Haar fort war, sah er noch mehr wie ein winziges menschliches Baby aus. Seine Hände waren so menschenähnlich, dass es mir schien, als halte er sie mir hin wie die Caboclo-Kinder, wenn sie nach Münzen betteln. Dieser Gedanke verursachte mir Übelkeit, und so hockte ich die nächste halbe Stunde im Gebüsch, fern von Lager und Affe und Ameisennestern. Wenigstens befreite mich das von meinen Leibschmerzen.

Ich konnte mich nicht dazu überwinden, von dem Affen zu essen; es wäre mir vorgekommen, als äße ich einen Säugling. Die Einheimischen halten diese Affen manchmal als Haus-

tiere – ich sah sie oft auf den Schultern der Dorfbewohner. Wie es aussieht, sind sie keine angenehmen Hausgenossen, denn sie sind nicht so verspielt, wie man annehmen könnte, und neigen zu launischem Verhalten. Für mich sind sie dadurch nur noch menschenähnlicher. Die anderen trieb der Hunger. Ernie machte mir Vorwürfe und sagte, ich müsse mich kräftigen, sonst würde ich krank, aber ich glaube nicht, dass mir ein paar Fastentage so sehr schaden werden. Es stimmt, ich habe an Gewicht verloren, seit wir in Brasilien sind – meine Kleidung sitzt lockerer –, aber das ist noch nichts Bedenkliches. Wir hatten in dieser Hinsicht bisher großes Glück, und ich weiß, es kann nicht so bleiben.

Es ist jetzt eine Woche her, seit José, der Huthändler, uns verlassen hat. Als wir am Morgen erwachten, war er fort. Selbst Ernie, der mit ihm die Hütte teilte, hatte ihn nicht aufbrechen hören, aber daran ist nichts Ungewöhnliches – er hatte vermutlich am Abend vorher getrunken und hörte nur noch sein eigenes Schnarchen. Erst als José fort war, fiel uns auf, dass wir keinen einzigen seiner Hüte gesehen hatten.

Morgen reisen wir nach Santarém weiter. Wir haben, was das Sammeln betrifft, die Möglichkeiten dieser Gegend erschöpft, zumindest insoweit es unsere körperliche Verfassung zulässt. Es ist eine Schande, ich weiß. Die großen Naturforscher vor uns verbrachten Monate an diesen Nebenflüssen, und wir haben es kaum zwei Wochen ausgehalten. Mir scheint dies am stärksten bewusst zu sein. Selbst George, der sich nur unter zivilisierten Menschen wohl zu fühlen scheint, hat nicht so viel geklagt wie erwartet.

Von meinem Schmetterling immer noch keine Spur – die Menschen hier in der Gegend haben noch nicht einmal von ihm gehört. Meine Hoffnung schwindet, und ich fürchte schon, dass mir meine Reise an den Amazonas am Ende nicht mehr einbringen wird als eine Sammlung hübscher Insekten und einen Körper voller Insektenstiche. Es ist mir nicht gelungen, den Stichen der verflixten Feuerameisen zu entge-

hen, und auch andere aus unserer Gruppe hörte man immer wieder aufschreien. Ernie wurde ins Gesicht gestochen, dicht neben der Nase, und sieht wie ein Clown aus. Ich gelobe mir hier und jetzt, dass ich mich einem weiteren Lagerplatz in der Nähe solcher Gefahren widersetzen werde. Alligatoren und Schlangen kann ich ertragen – es ist die unsichtbare Bedrohung durch die lauernden Insekten, die mir das Blut in den Adern gefrieren lässt.

Kapitel 5

Richmond, Mai 1904

Wenn ein Schmetterling, der sich vom Luftstrom tragen lässt und ihn mit einem winzigen Flügelschlag für sich nutzt, kein Geräusch verursacht – würde sich dann ein Schwarm Schmetterlinge ebenso lautlos fortbewegen? Thomas hat Sophie von gigantischen Schwärmen von Monarchfaltern erzählt, die sich von Zentralamerika aus in die ganze Welt verteilen. Und so stellt sie sich vor, sie stünde eines Tages auf einem Feld, hinter sich ein Schwarm Monarchfalter wie eine Gewitterwolke. Vollkommene Stille. Würde es in der Luft knistern wie vor einem elektrischen Sturm, wenn sich am Horizont ein schwarzes Ungetüm zusammenbraut und vor die Sonne schiebt? Oder würde sie die Schmetterlinge hören wie einen Windstoß, der rauschend, flüsternd an allem vorbeiweht, was ihm Widerstand bietet? Sie stellt sich den Schmetterlingsschwarm wie einen tiefen Seufzer vor, der hinter ihr anschwillt und sich entlädt, als die Monarchfalter um sie herumschwirren, sie teilen sich wie ein Strom an einem Felsen, öffnen sich und fließen wieder zusammen wie eine Flüssigkeit.

Aber der Flügelschlag? Auch wenn er für das menschliche Ohr im Allgemeinen nicht vernehmbar ist, muss er doch, um ein Tausendfaches multipliziert, ein Geräusch verursachen. Ähnlich vielleicht dem der Vogelschwingen oder dem gleichmäßigen Schnalzen von Spielkarten. Bleiben die Menschen in Mexiko mit nach oben gerichtetem Blick stehen, wenn ein dunkler Schmetterlingsschwarm über sie hinwegzieht? Stützen sie sich bei der Feldarbeit auf ihre Hacken, nehmen sie die Hüte ab und wischen sich die Stirn, heben sie die Hand gegen das Sonnenlicht, damit sie das Phänomen besser beobachten können?

All das geht Sophie durch den Kopf, während sie allein zum Gebet in der Kirche kniet. Ihre Gedanken sind von den geistlichen Dingen abgeschweift und haben sich wieder einmal Thomas zugewandt – und von ihm war es nicht weit bis zu den Schmetterlingen. Sie hat Glück, dass Thomas sein Wissen immer mit ihr geteilt, ihr alle kleinen Informationsschnipsel weitergegeben hat, die sie interessieren könnten. Diese Geschichten von den Monarchfaltern zum Beispiel und wie Menschen im Dschungel in Täler geraten waren, in denen jeder Baum, jedes Blatt, jede Blüte von ihnen bedeckt war wie mit einer schwarz und orangefarben gemusterten Tapisserie, und wo man die schönen Wesen beim Gehen unweigerlich zu Hunderten zertrat. So etwas würde sie gerne sehen, bevor sie stirbt, aber es wird wohl nicht geschehen.

Es ist jetzt über eine Woche her, dass sie Thomas am Bahnhof abgeholt hat, und neben einer gelegentlichen Kommunikation in Form eines Nickens oder eines Kopfschüttelns hat sie wenig Fortschritte mit ihm gemacht.

Das Tappen weicher Schuhsohlen reißt sie aus ihren Gedanken. Der Vikar schiebt sich in ihre Bankreihe. Sie fängt seinen Blick auf und erhebt sich.

»Es tut mir leid, Mrs. Edgar«, sagt er, »ich wollte Sie nicht stören.«

Sie streicht sich die Röcke glatt und überprüft ihre Frisur. »Das haben Sie nicht. Ich wollte gerade aufbrechen.«

»Und wie geht es Ihnen?«

Sie sinkt in die Bank zurück, und auch er lässt sich auf der Kante nieder. Wenn sie ihn sitzen sieht, wundert sie sich immer, dass seine Füße bis zum Boden reichen. Bei seinem ersten Hausbesuch hatte ihn der Sessel im Salon geradezu verschluckt, von da an hatte er sich immer auf einen harten

Stuhl mit gerader Lehne gesetzt. Seine geringe Körpergröße scheint ihn, auch wenn er es sich nicht anmerken lässt, sehr zu genieren. Sie fragt sich oft, ob er sich solche dicken Koteletten zugelegt hat, damit die Leute ihn nicht für ein Kind halten. Sein Gesicht erinnert sie an einen kleinen Mops.

»Es geht mir leider nicht sehr gut«, sagt Sophie. »Sie wissen, dass mein Mann zurückgekommen ist.«

Er zieht die Augenbrauen hoch. Dann lächelt er. »Nein, das wusste ich nicht. Wie wunderbar!« Er legt die Hand auf den Mund und wirft einen raschen Blick durch die leere Kirche. »Wunderbar«, wiederholt er etwas leiser.

Sophie sieht ihn nicht an.

»Oh, aber die Dinge stehen nicht ganz so wunderbar«, folgert er. Sein Gesicht nimmt wieder einen ernsten Ausdruck an. Er reibt sich das Kinn.

»Ich wollte es Ihnen schon erzählen, aber ich wusste nicht, wo ich anfangen soll. Ich hatte wohl gehofft, dass das Problem nicht von Dauer ist.«

Sie verstummt und zieht einen Holzsplitter aus der Bank vor ihr.

»Geht es Ihnen gut, Mrs. Edgar? Bitte sprechen Sie weiter. Ich höre zu.«

Sophie seufzt und erzählt ihm alles, was sich seit Thomas' Rückkehr zugetragen hat – das heißt alles, außer dass sie ihren Vater belogen hat. Sie überlegt lange. Wenn sie es dem Vikar nicht erzählt, belügt sie ihn damit auch? Sicher ist das eine schlimme Sünde? Nein. Sie trifft nur eine Auswahl. Unsinn, sie ist ein Feigling, denkt sie mit zusammengebissenen Zähnen. Sie weiß sehr wohl, dass sie es ihm nicht sagt, damit sie sich nicht in ein schlechtes Licht setzt. Selbstsüchtig, selbstsüchtig.

Der Vikar hört großmütig zu, ohne sie zu unterbrechen. So verhält es sich immer – er ermutigt die Menschen, ihre Probleme oder gar ihre ganze Lebensgeschichte vor ihm auszubreiten, bevor er Trost oder Rat spendet. Als sie fertig ist, legt er die Hände zu einem spitzen Dach zusammen und drückt das Gesicht gegen die Finger.

»Hmmm«, ist alles, was er sagt.

Sophie wartet geduldig. Eine kühle Brise streicht ihr über den Nacken; die Kirchentür hat sich einen Spalt geöffnet. Sie betrachtet das farbige Muster der Glasfenster auf dem Boden, das durch die an der Sonne vorüberziehenden Wolken dunkel und wieder hell wird.

»Es tut mir sehr leid, dass Sie Kummer haben«, sagt er schließlich. »Dies ist wahrlich eine Prüfung für Sie. Aber bisher ist noch nicht viel Zeit vergangen ... vielleicht wird er aus eigener Kraft wieder gesund. Sie werden ihn doch morgen zum Gottesdienst mitbringen?«

»Meinen Sie, ich sollte das tun? Um ehrlich zu sein ... ich hatte gehofft, ihn von neugierigen Blicken fernzuhalten, bis es ihm besser geht.«

»Ich verstehe Ihr Zögern. Aber wer weiß, welche Gelegenheiten er hatte, im Dschungel mit Gott zu kommunizieren? Vielleicht würde es ihm unendlich guttun, den Fuß in unsere kleine Kapelle zu setzen.«

Sophie nickt mit gesenktem Kopf.

»Es gibt nichts, dessen Sie sich schämen müssten, Mrs. Edgar, falls Ihnen das Sorgen macht. Ihr Mann ist krank, mehr nicht. Er muss sich erholen, wie von einer Lungenentzündung oder einem gebrochenen Bein. Immerhin ist er körperlich in der Lage, in die Kirche zu kommen.«

Sophie schweigt und denkt nach. Sie erinnert sich wieder an den Moment, als sie Thomas beim Gebet beobachtet hat. Er war wie verzückt. Er hat doch sicher nicht den Teil seines Inneren verloren, der so angerührt werden konnte? Doch dann fällt ihr der kleine Schmetterling ein, der seinen Händen entschlüpfte. Vielleicht waren es doch nicht Gott oder die Kirche gewesen, die ihn so angerührt hatten.

»Ich danke Ihnen, Herr Vikar«, sagt sie. »Ich werde über Ihre Worte nachdenken. Sie sind sehr freundlich.«

»Wie die Mitglieder unserer Gemeinde, Mrs. Edgar. Ich weiß, dass Menschen voreingenommen sein können, aber Sie werden feststellen, dass sie auch freundlich sein können und nur Ihr Bestes wollen.«

Hoffentlich hatte er recht.

Agatha steht am hinteren Ende von Robert Chapmans Garten, während Robert ihren Hals mit feuchten Küssen überzieht.

»Nein, ich muss gehen«, sagt sie und schiebt ihn weg.

»Du bist eine tapfere Frau, Agatha Dunne. Stell dir vor, jemand würde dich in meinem Garten beobachten. Ohne Anstandsdame!« Er nimmt ihr den Hut aus der Hand und rückt ihn auf ihrem Kopf zurecht.

»Mach dich nicht über mich lustig, Robert. Du weißt, ich achte darauf, dass mich niemand sieht.«

»Trotzdem sollten wir vorsichtiger sein. Wir wollen doch nicht, dass du als Gefallene gebrandmarkt wirst.«

»Hör auf, Robert. Hältst *du* mich denn für eine?«

»Aber Liebling!« Er zieht sie wieder an sich. »Natürlich nicht. Ich finde deine Offenheit aufregend. Und erfrischend«, fügt er hinzu, als sie sich von ihm losreißen will. Lachend hält er die widerspenstige Agatha fest, bis ihm ein »Au!« entfährt, als sie ihm auf den Fuß tritt.

»Ich warne dich!«, sagt sie und funkelt ihn drohend an, mit ihrem ›wilden Zigeunerblick‹, wie er ihn nennt. Sie kann nicht anders. Meistens genießt sie seine Berührung, aber hin und wieder hält er sie ein wenig zu fest, und seine Zunge ist ein wenig zu nass.

Er lacht und kann sich gar nicht beruhigen. Seufzend steckt sie eine Nadel durch den Hut und ringt sich zu einem Lächeln durch.

»Also gut«, sagt er versöhnlich. »Ich sehe dich morgen in der Kirche. Es dauert nicht mehr lange, meine Süße. Am

Ende des Sommers kann ich dir offiziell den Hof machen. Du weißt, es ist noch zu früh nach Nellies …«

»Ich weiß.« In Wahrheit weiß sie gar nicht, ob sie will, dass er öffentlich um sie wirbt. Das würde die Dinge zu … offiziell machen. Eine Verlobung würde zu einer Hochzeit führen, und sie ist sich nicht sicher, ob sie dazu bereit ist. Sie hat gesehen, was durch die Ehe aus ihren Freundinnen geworden ist, sie hat aus sorglosen, zu Scherzen aufgelegten jungen Mädchen ernsthafte Damen gemacht, die nur noch über Dienstboten und Gastgeberinnenpflichten plaudern. Nichts entlockt ihnen mehr ein Lächeln; der Ehestand ist offenbar ein ernstes Geschäft. Nur Sophie ist anders. Sie hat sich etwas von ihrer Unabhängigkeit bewahrt, aber auch nur, weil Thomas fortgereist ist und sie einfach so zurückgelassen hat. Agatha hatte sie immer ermutigt, nichts auf die Meinung anderer zu geben, aber ihr war gar nicht wohl zumute, wenn sie die missbilligenden Blicke sah, mit denen die ahnungslose Sophie auf der Straße bedacht wurde.

Robert begleitet sie durch den Garten bis zur hinteren Pforte, die in eine stille Ecke des Parks führt. Er küsst sie noch einmal, diesmal keusch und trocken auf die Wange, wirft ihr einen langen, sehnsuchtsvollen Blick zu und schließt hinter ihr die Pforte. Sie wird immer nervös, wenn er von ihrer gemeinsamen Zukunft anfängt, und sie fragt sich nicht zum ersten Mal, ob sie das Verhältnis nicht besser beenden sollte, bevor er eine öffentliche Erklärung abgibt.

Sie lehnt sich mit dem Rücken gegen die Pforte, während sie in der Handtasche nach ihren Zigaretten kramt. Als sie sie gefunden hat, registriert sie aus dem Augenwinkel eine flüchtige Bewegung. Im Schatten sitzt auf einem umgestürzten Baum eine Gestalt und blickt sie an. Sie flucht leise; sonst verirrt sich nie jemand in diesen verlassenen Winkel des Waldes, nur ab und zu ein Käfersammler, der zwischen den toten und verrottenden Baumstämmen herumstöbert. Sie geht einen Schritt auf die Gestalt zu, um zu erkennen, ob es sich um einen Bekannten handelt. Hat er den letzten Kuss gesehen?

Es ist Thomas Edgar. Gerade noch kann sie einen Laut des Erstaunens unterdrücken. Welch eine Überraschung! Er steht auf, als sie sich nähert, und ihr bleibt nichts anderes übrig, als ihn zu begrüßen. Was treibt er denn nur in dicsem schattigen, feuchten Winkel? Sophie hat ihr erzählt, dass er nicht ausgeht, dass er den ganzen Tag im Bett liegt und stumm vor sich hin starrt.

Er macht ein ebenso schockiertes Gesicht wie sie. Agatha fällt die Zigarette ein, die sie in der Hand hält. Zu spät, er hat sie schon bemerkt. Sie zuckt die Achseln und setzt sich auf den Baumstamm. Auch er lässt sich wieder schwer darauf fallen. Ungeschickt versucht sie, die Zigarette anzuzünden, ohne die Handschuhe auszuziehen. In ihrer Unruhe zerbricht sie das erste Streichholz und lässt das nächste fallen. Ihr entfährt ein nervöses Kichern, und die Röte steigt ihr in die Wangen.

Thomas nimmt ihr mit seinen braunen, schwieligen Händen die Streichhölzer ab, und sie sieht ihn überrascht an. Er blickt sie nicht an, sondern konzentriert sich und zündet geschickt eines an. Eine Flamme lodert auf. Langsam hebt er das Streichholz ihrem Gesicht entgegen, und sie neigt den Kopf und hält ihm die Zigarette hin. Dabei sieht sie ihm über die Schulter, um sich zu vergewissern, dass niemand in der Nähe ist. Hinter ihm erhebt sich eine Böschung; sie ist beruhigt – hier sind sie geschützt vor dem Wind und vor neugierigen Blicken.

Sie inhaliert mit zitternden Händen. Thomas hält das brennende Streichholz in der Hand und starrt es an, als enthielte die zuckende Flamme die Antworten auf alle Fragen dieser Welt. Er lässt es erst fallen, als er sich daran verbrennt, und steckt dann sofort den Daumen in den Mund. Als er ihn wieder aus dem Mund nimmt, ist er mit Speichel überzogen, und er leckt ihn ab, bevor er die Hände wieder in den Schoß legt. Agatha bemerkt, dass er den Blick nicht von der glimmenden

Zigarette abwenden kann, die sie zwischen die behandschuhten Finger geklemmt hat. Sein Blick folgt ihr gierig, als sie sie an die Lippen führt.

Er will eine, denkt sie. Sie hat nicht gewusst, dass er raucht.

Als sie ihm eine aus dem Päckchen schüttelt, greift er hastig zu und zündet sie gekonnt an. Er inhaliert den Rauch mit geschlossenen Augen und stößt anschließend nur ein transparentes Wölkchen aus. Das meiste scheint sein Körper absorbiert zu haben.

»Sitzen Sie schon lange hier, Mr. Edgar?«, fragt sie.

Er schüttelt den Kopf und widmet sich seiner Zigarette. Seine Miene ist fast heiter, so viel Genuss verschafft ihm das Rauchen. Sie hat immer noch keine Ahnung, ob er sie mit Robert zusammen gesehen hat.

»Fühlen Sie sich besser?«

Er nickt langsam, ohne sie anzusehen.

»Ich wollte die alte Mrs. Hatchett besuchen, aber ich habe mich wohl verlaufen. Ich war mir sicher, dass man durch diese Pforte da zu ihrem Haus kommt, aber ich habe mich getäuscht.«

Jetzt sieht er sie an und nickt noch einmal. Ist das ein Lächeln, das um seine Mundwinkel spielt?

»Mr. Edgar«, sagt sie, entschlossen, das Thema zu wechseln und ihn vom Grund ihrer Anwesenheit in diesem Teil des Parks abzulenken, »Sophie macht sich große Sorgen um Sie. Können Sie ihr nicht sagen, was los ist? Sie können doch noch schreiben, nicht wahr? Warum schreiben Sie es nicht für sie auf?«

Sein Lächeln verschwindet spurlos, und seine Augen werden groß und traurig. Wie klein er aussieht, denkt Agatha. Er hat jede Jugendlichkeit verloren, ist fast hager geworden. Mit zitternden Lippen nimmt er einen letzten Zug von seiner Zigarette und schnipst den Stummel mit einer überraschend kraftvollen Handbewegung weg.

»Ich würde sagen, Mr. Edgar, Sie sehen aus wie ein Mann mit einem Geheimnis.« Sie neigt den Kopf und bläst ihm eine Rauchwolke ins Gesicht. Im Flüsterton fährt sie fort: »Haben Sie ein Geheimnis, Thomas?«

Das entlockt ihm endlich eine Reaktion. Er steht auf, reckt sich in die Höhe und bewegt den Kopf auf eine Art, die man als zustimmendes Nicken, aber auch als ungeschickte Verbeugung interpretieren könnte. Damit scheint er sich verabschieden zu wollen. Dann dreht er sich um und marschiert davon. Die Arme hängen an ihm herab, als würden sie nicht zu ihm gehören

Agatha ist wie elektrisiert. Sie hat ins Schwarze getroffen. Was hat sie nur dazu bewogen, so etwas zu sagen? Etwas in seinem Gesicht hat es ihr verraten – er verbirgt etwas. Wenn es ans Licht kommt, spricht er vielleicht wieder. Aber er kennt nun vermutlich auch ihr Geheimnis. Dass sie vor ihm geraucht hat, bekümmert sie nicht – wenn er über Robert Bescheid weiß, dann kann er auch das wissen –, und er wird es schließlich niemandem erzählen, oder? Ihr Atem beruhigt sich, und sie kichert leise. Sie kann ihm jetzt alles sagen, nicht? Vielleicht wird er jetzt ihr unfreiwilliger Vertrauter. Gott weiß, dass Sophie allzu leicht zu schockieren ist.

Sophie liegt im Bett und sieht zu, wie sich das Sonnenlicht über den Fußboden voranschiebt. Als es sie erreicht, weiß sie, dass es Zeit ist, aufzustehen und zur Kirche zu gehen. Thomas hat ihr einmal erzählt, dass er als Kind im Frühling auch immer einen Sonnenstreifen beobachtet hat – und wenn er beim Aufwachen nicht da war, wusste er, dass es ein grauer Tag war und die Schmetterlinge sich verstecken würden. Schlimmer noch, bei Regenwetter würde er den Tag im Haus verbringen müssen, zusammen mit seinem Bruder Cameron, der ihn unweigerlich am Ohr ziehen oder umherschubsen würde, bis er weinte.

Sie wäscht sich und kleidet sich sorgfältig an. Mary schnürt das Korsett, wodurch ihr ohnehin schon beachtlicher Busen betont wird und ihr Rücken sich zu einem Hohlkreuz durchbiegt; zwei Unterröcke, eine hochgeschlossene Bluse mit Keulenärmeln und ihr bestes Sonntagskostüm – ein smaragdgrüner Rock mit einer kleinen angesetzten Schleppe und einem Bolerojäckchen, das sie mit Agatha ausgesucht hatte. Agatha hatte es langweilig genannt. »Aber wenn es für die Kirche ist, willst du wahrscheinlich etwas Langweiliges«, hatte sie geseufzt. Die starren Unterkleider werden ihr die Luft abschnüren und sie wund reiben, und sie wird mit den anderen Frauen aus der Gemeinde wie benommen herumtorkeln, um nicht durch die ungleiche Gewichtsverteilung vornüberzukippen.

Sophie nimmt sich Zeit für ihre Frisur. Sie türmt die Haare auf dem Hinterkopf hoch auf und überlässt es Mary, sie mit Nadeln festzustecken, die die Kopfhaut kratzen und stechen. Die dunklen Ringe unter den Augen versucht sie erfolglos mit Puder zu überdecken. Die blauen Augen wirken wir Magneten. Welch ein Kontrast – lange, dunkle Wimpern und blonde Haare. Sie gesteht sich ungern ein, dass sie sich mehr Mühe gibt als sonst, ganz so, als sei heute ein besonderer Tag. Aber so ist es ja auch. Sie wird Thomas der Öffentlichkeit aussetzen, nicht zum allerersten Mal zwar, aber zum ersten Mal in einem Kreis von Bekannten. Wenn sie tadellos und modisch gekleidet ist, kann sie vielleicht die Aufmerksamkeit von ihm ablenken. Hätte sie sich doch nur einen von Agathas aufwendigen Hüten ausgeliehen, die von Woche zu Woche größer und extravaganter werden.

Sie wirft einen letzten Blick in den Spiegel, kneift sich in die blassen Wangen und ist bereit.

Die Sonne hat in Thomas' nach Norden gelegenem Zimmer die Kanten des dicken Vorhangs noch nicht erreicht, so dass der Raum im Halbdunkel liegt. Leise drückt Sophie die Tür auf und lauscht einen Moment lang auf seinen rasselnden Atem. Es gab einmal eine Zeit, in der dieser Raum nur als Ankleidezimmer diente und sie jede Nacht gemeinsam im Bett lagen – in ihrer beider Bett, das jetzt nur noch ihres ist. Im trüben Licht kann sie seinen Arm erkennen, der über seinen Augen im Ärmel des weichen Baumwollnachthemds liegt. Sie setzt sich auf die Bettkante. Aus der Nähe sieht er aus, als hätte er Fieber. Haarsträhnen kleben an seinem schweißnassen Gesicht, und seinem Körper entströmt Hitze. Er schüttelt im Schlaf den Kopf und stöhnt. Ihr Magen krampft sich zusammen – das ist der erste Laut, den sie von ihm gehört hat. Wenn sie ganz still sitzt, wird er dann weiterschlafen und ein paar Worte sprechen – seinem Albtraum Laute verleihen?

Doch er schnappt nur nach Luft und reißt die Augen auf.

»Ich bin hier«, sagt sie rasch, um ihn nicht zu erschrecken. »Schsch. Du hast schlecht geträumt.«

Er blinzelt verwirrt und schließt erleichtert wieder die Augen. Mit dem Ärmel wischt er sich über die Stirn und schiebt die Decke von sich, damit die kühle Luft an seinen Körper gelangt. Sophie wartet einen Moment, bis er zu sich kommt, dann steht sie auf und öffnet die Vorhänge. Ein trüber Lichtschein verbreitet sich im Raum.

»Ich dachte, wir könnten zur Kirche gehen«, sagt sie. »Der Gottesdienst beginnt in einer Stunde. Genug Zeit für dich zum Baden und Anziehen. Mary wird dein Frühstück bald fertig haben.«

Thomas nickt nicht, wie erwartet, und macht auch keine Anstalten, aufzustehen. Er zieht die Decke wieder hoch und dreht ihr den Rücken zu.

»Thomas?« Sie legt ihm die Hand auf die Schulter und zieht sie sofort wieder weg, als hätte sie sich verbrannt. Seine Schulter fühlt sich an wie eine Ansammlung spitzer Knochen. »Liebling, bitte. Du musst in die Gesellschaft zurückkehren. Du hast das Haus kaum verlassen.«

Dass er das Haus verlässt, wenn sie nicht da ist, weiß sie sehr wohl, aber sie erwähnt es nicht. Gestern lag er zwar im Bett, als sie aus der Kirche kam, aber sie ist über seine Stiefel gestolpert, und an ihrem Rocksaum blieb lehmige Erde kleben. Als sie Mary danach fragte, sagte das Mädchen, der Herr habe ihrer Meinung nach den Morgen im Bett verbracht; sie habe ihm eine Tasse Tee gebracht, kurz nachdem Sophie das Haus verlassen hatte, und danach, während sie ihren Pflichten nachging, nichts mehr von ihm gehört.

Und jetzt weigert er sich, mit ihr zur Kirche zu kommen. Sie richtet sich auf und überlässt ihn ohne ein weiteres Wort seinen Launen.

In der Kirche ist es unerträglich heiß – die ersten Vorboten des Sommers. Die Menschen um Sophie herum fächeln sich mit Hüten und Bibeln Luft zu, erzeugen damit aber nur eine kraftlose Brise. Zwischen Sophies Oberschenkeln und in den Achselhöhlen rinnt der Schweiß, und ihr Korsett klebt am Körper. Der Vikar klammert sich mit beiden Händen an die Kanzel. Er steht auf einer Kiste und wirkt dadurch unnatürlich groß. Mit einschläfernder Stimme leiert er seinen Sermon über diese oder jene Sünde oder Tugend herunter, und Sophie hört zum ersten Mal, seit sie denken kann, nicht zu. Eine Schmeißfliege taumelt gegen das Fenster neben ihr. Die Worte der Predigt und das Rascheln des Insekts verschwimmen in ihrem Kopf zu einem einzigen Geräusch.

Agatha, die auf ihrer anderen Seite sitzt, ist in der dumpfen Atmosphäre schon eingenickt; Sophie kann sie gerade noch durch einen Rippenstoß am Schnarchen hindern. Hätte sie nur nicht das Wollkostüm angezogen, sondern ein leichtes Musselinkleid. Aber die Sommerkleider liegen sorgfältig zusammengefaltet in einer Truhe und warten auf freundlicheres Wetter.

Mit einem Mal merkt sie, dass ein Gesicht ihr zugewandt ist. Von der anderen Seite des Kirchenschiffs sieht Captain Fale zu ihr herüber. Er nickt ihr zu und wendet dann den Blick schnell wieder ab.

Nach dem Gottesdienst, an dessen Ende die Gemeinde durch die mitreißenden Hymnen wieder aufgeweckt wurde, schieben sich die Menschen träge nach draußen, der kühlen Brise entgegen, die mit einem kollektiven Seufzen begrüßt wird. Die hohen Kirchentüren öffnen sich wie Gefängnistore. Der Kerkermeister steht am Fuß der Treppe und schüttelt jedem Einzelnen die Hand. Auch Sophies Hand ergreift er, während er sich mit ernstem Blick und zuckender Nase vorbeugt.

»Sie haben Ihren Mann heute nicht mitgebracht, Mrs. Edgar?«

»Nein«, erwidert sie. »Er hatte heute früh Fieber. Ich glaube, er könnte ernsthaft krank sein.« Mehr Lügen, die übereinanderfallen wie tote Blätter.

»Ach, wie bedauerlich. Lassen Sie unbedingt den Arzt nach ihm sehen. Wir hoffen, ihn beim nächsten Mal bei uns zu haben.«

Und dann ist sie an ihm vorbei, und er schüttelt lächelnd Agatha die Hand, aber die beiden haben sich nichts zu sagen, und Mrs. Cotton, die hinter Agatha steht, kann es kaum erwarten, dem Pfarrer die Hand zu schütteln und ihm in neckischem Ton zu beteuern, wie entzückt, ja wirklich entzückt, sie von der Predigt war.

Agatha ergreift die Gelegenheit, um Sophie am Arm zu fassen und sie auf die Seite zu ziehen. »Was soll das heißen? Ich hatte noch keine Möglichkeit, dich zu fragen. Lad mich zum Tee ein.«

Sophie lächelt sie an. »Ja, natürlich.« Sie ist froh, dass sie sich ihrer Freundin anvertrauen kann. Agatha versteht sie besser als irgendjemand sonst.

»Mrs. Edgar.« Captain Fale tritt auf Sophie zu. Er trägt heute seine Uniform, die seinen kräftigen Körperbau betont.

»Ich freue mich sehr, Sie an diesem schönen Tag zu sehen. Ich dachte schon, die gesamte Gemeinde würde vor lauter Hitze in Ohnmacht sinken.«

Sophie fasst sich an die Wange und spürt die Wärme durch die Handschuhe hindurch. »Ja, es ist in der Tat heiß. Hier draußen weht allerdings eine angenehm frische Brise.« Sein Gesicht ist voller Schatten, denkt sie. Selbst beim Gottesdienst, für den er sich zweifellos sorgfältig rasiert hat, schimmert der Bart durch die Haut. Er kommt ihr vor wie ein Bär. Verglichen mit dem Körper ihres Mannes wirkt seiner dunkel und massig.

Sie wirft einen Blick zu Agatha, die von Robert Chapman mit Beschlag belegt wird. Sie stehen in respektablem Abstand voneinander, wie sie erleichtert feststellt, und scheinen höfliche Nichtigkeiten auszutauschen.

»Ich wollte Sie fragen«, sagt Fale, »wie die Dinge mit Mr. Edgar stehen? Als ich Sie zum letzten Mal sah, ging es ihm nicht so ... gut. Ist er zu krank, um zur Kirche zu kommen?«

»Das ist es nicht.« Die Worte sind ihr entschlüpft, bevor sie sich bremsen kann. *Verdammt.* Sie legt die Hand über den Mund, damit ihr der gedachte Fluch nicht womöglich noch in aller Öffentlichkeit entschlüpft. Captain Fale hat diese Wirkung auf sie. Er entlockt ihr genau das, was sie am liebsten für sich behalten möchte. Sie kann ihm trauen, oder etwa nicht? Er gibt ihr immer gute Ratschläge. Jetzt sieht er sie erwartungsvoll an, und sie spricht weiter. »Ich habe versucht, ihn zum Aufstehen zu bewegen, aber er hat sich geweigert.« Ihre Nase fängt an zu jucken, ein Zeichen, dass sie den Tränen nahe ist. Sie legt ihre Hand an die Nase und drückt sie leicht, wobei sie ihren Mund bedeckt.

»Was meinen Sie, warum das so ist?«

»Ach, es hängt sicher mit den vielen Menschen zusammen. Er scheint die Ruhe zu schätzen, und in seinem gegenwärtigen Zustand will er sich sicher nicht den Menschen mit ihren Fragen und ihrem gut gemeinten Geplauder aussetzen. Wissen Sie …« Sie will ihm die Hand auf den Arm legen, widersteht aber dem Impuls. »Niemand weiß etwas davon, Samuel. Ich wäre Ihnen dankbar, wenn Sie es niemandem erzählen würden.«

Ein Anflug von Röte steigt in Captain Fales dunkle Wangen. Er öffnet den Mund, als wolle er etwas sagen. Dass sie ihn beim Vornamen genannt hat, muss ihn entwaffnet haben. Wie konnte sie sich dazu hinreißen lassen? Andererseits fühlt es sich richtig an.

»Natürlich nicht, Mrs. Edgar«, erklärt er endlich, mit der Betonung auf ihrem Nachnamen. »Aber sind Sie sicher, dass es die Besorgnis wegen der vielen Menschen war, die Ihren Mann am Kommen gehindert hat?«

»Ja, ich bin mir sicher. Ich werde ihn später herbringen, wenn niemand mehr da ist. Warum? Haben Sie eine andere Vermutung?«

»Nur dass …« Er stützt sich unbehaglich auf seinen Stock. »Meinen Sie, er könnte … wie soll ich es ausdrücken? Vielleicht hat er sich etwas … ich meine, vielleicht ist im Dschungel sein Glauben … auf die Probe gestellt worden.«

Sophie ist entsetzt. »Was um alles in der Welt meinen Sie damit, Sir?«

»Bitte, Madam«, versetzt er rasch, »ich wollte Sie nicht kränken. Bitte vergeben Sie mir. Ich meinte nur, dass er vielleicht einige seiner … Pflichten vernachlässigt haben könnte.«

»Wollen Sie damit andeuten, dass mein Mann eine Art Heide geworden ist?« Sie hat so laut gesprochen, dass Agatha und Mr. Chapman ihre Unterhaltung unterbrechen und zu ihr herüberschauen. Auch die anderen Grüppchen geraten in Unruhe, behandschuhte Hände legen sich über Lippen, man flüstert und nickt in ihre Richtung. Sie wissen Bescheid, denkt sie. Sie wissen es alle. Kein Wunder, dass niemand mit ihr gesprochen hat, als sie kam; es ist ihr zuerst nicht aufgefallen, aber jetzt erinnert sie sich daran, dass Mrs. Cotton ihr den altersgebeugten Rücken zugedreht hat und dass Mr. und Mrs. Deighton ihr rasch ausgewichen sind.

»Bitte verzeihen Sie mir«, wiederholt Captain Fale. »Ich habe nichts dergleichen gemeint. Bitte vergessen Sie, dass ich überhaupt etwas gesagt habe.«

Sophie zittert, und um es zu verbergen, wendet sie sich von ihm ab. »Wir müssen gehen«, murmelt sie. »Guten Tag.«

Stirnrunzelnd löst sich Agatha sofort und nimmt Sophies Arm. Gemeinsam machen sie sich hügelan auf den Heimweg.

Töricht, töricht. Wir konnte er nur so töricht sein? Der Captain schleppt sich mühsam nach Hause. Wenn ihn etwas umtreibt, quält ihn sein Bein immer besonders. Normalerweise würde er sich geschlagen geben und eine Droschke rufen, aber heute will er sich bestrafen. Seine Selbstvorwürfe passen sich dem schleppenden Gang und dem rhythmischen Klacken seines Stocks an.

Idiot. Tap. Schuft. Tap.

Nach der aufgeheizten Kirche ist sein Haus trotz der geschlossenen Fenster bemerkenswert kühl. Aber das ist es eigentlich immer. Sogar im Hochsommer lässt er nachts den Kamin anfeuern, damit sich die Räume etwas erwärmen. Er führt dies auf die spärliche Möblierung zurück; die Innenausstattung lag ihm nie sehr am Herzen. Keine Frage, dem Haus fehlt die liebevolle Hand einer Frau. Mrs. Brown putzt und kocht für ihn, sicherlich, aber sie wohnt nicht im Haus. Sie geht ihren Pflichten nach und kümmert sich ansonsten nicht um das Haus; nie bietet sie ihm an, ein Kissen für das harte Sofa im Salon zu besticken, nie schmückt sie den Kaminsims mit einem Blumenstrauß aus dem Garten. Nicht, dass sie draußen viele Blumen fände. Abgesehen von dem sauber getrimmten Rasen und ein paar Rosenbüschen, die ein Gärtner gelegentlich pflegt, ist der Garten so leer wie das Haus. Eines Tages, denkt er. Eines Tages wird es sich mit blühenden Blumen und vielleicht sogar Kindern füllen, die auf Steckenpferden oder mit Trödelreifen hin und her laufen, oder womit Kinder heutzutage spielen.

Wenn er eine Ehefrau hätte, könnte er wenigstens seinen Freundeskreis erweitern und müsste nicht seine gesamte Zeit mit anderen Junggesellen und seinen alten Armeekameraden verbringen, die nur aus Mitleid die Verbindung zu ihm halten. Er ist nicht der einzige Krüppel in seiner Bekanntschaft – Jack Burroughs hat im Krieg einen Arm verloren, aber ihn bemitleidet niemand, weil er den leeren Ärmel mit seinen verdammten Medaillen dekoriert hat. Jack hat bald nach seiner Rückkehr geheiratet; die Frauen umschwärmten ihn, und seine Frau verhätschelt ihn über alle Maßen. Aber diese Männer stellen ihn nie den jüngeren Schwestern ihrer Frauen oder ihren eigenen Schwestern vor, ganz so, als wäre er nicht gut genug für sie. Kein Wunder, dass er keine zum Heiraten gefunden hat. Die Männer suchen seine Gesellschaft. Mit einem Brandy und einer Zigarre in der Hand diskutieren sie mit ihm über Politik, aber wenn sie anfangen, über den Krieg und die verfluchten Buren zu reden, rücken sie leicht von ihm ab, bis jemand ihn wieder zur Kenntnis nimmt, sich räuspert und das Thema wechselt. Schließlich ist es nicht seine Schuld, dass er ihn verpasst hat. Das verflixte Pferd war schuld. Er hätte das Biest erschießen lassen sollen. Lieber wäre er im Krieg gestorben, als dieses hohle Gefühl zu ertragen, das sich manchmal in seinem Inneren ausbreitet.

Erschöpft fällt er in den Sessel am Kamin. Es ist erst elf Uhr, und schon macht sich sein Magen bemerkbar. Zumindest bleibt ihm noch eine ganze Stunde bis zu seiner Esseneinladung, in der er seine Nerven wieder in den Griff bekommen kann.

Ja, kein Zweifel, er hat es ungeschickt angefangen. Wie süß Sophie aussah, als sie ihm davon berichtete, wie sie ihren Mann zum Aufstehen bewegen wollte. Ihre zarten Nasenflügel hatten sich mit einem liebenswerten Rosarot überzogen, bis sie die Hand darübergelegt und die Fassung wiedergewonnen hatte. Als sie ihn gebeten hatte, niemandem etwas davon zu erzählen, hatte er kurz befürchtet, sie wisse von der Begegnung mit ihrem Vater im *Star and Garter* – und er war gleich noch verlegener geworden, weil sie ihn in diesem Zustand gesehen hatte. Aber er hatte ihrem Vater nichts von dem Befinden ihres Mannes erzählt. Vorläufig.

Es stimmte ihn tieftraurig, dass sie sich so verärgert von ihm abgewandt hatte. Warum hatte er nur den Mund aufgemacht? Er greift nach der Whiskeyflasche, die er immer hinter dem Sessel stehen hat, und nimmt einen Schluck. Sie ist wütend auf ihn, aber könnten seine Worte nicht dennoch einen winzigen Zweifel in ihr gesät haben? Sie scheint eher nachdenklich zu sein; vielleicht wird sie nach Hause gehen und über das Gesagte nachgrübeln, hier und da Zeichen deuten und herausfinden, dass ihr Mann tatsächlich ein … Heide geworden ist. Ein Ungläubiger.

Aber er darf sich ihr Vertrauen nicht verscherzen. Gleich morgen wird er ihr eine Karte mit einer Entschuldigung schicken. Er muss sehr langsam und behutsam vorgehen. Vielleicht ist es sinnvoll, Mr. Winterstone noch einmal zu kontaktieren. Als Rechtsanwalt hätte er sicher die richtigen Verbindungen, die das weitere Vorgehen erleichtern würden.

Er nimmt einen zweiten Schluck aus der Flasche. Ja, dieser Raum ist zu kahl. Was er braucht, sind ein paar von diesen Zierdeckchen aus Spitze, die Frauen so gerne über Rückenlehnen hängen. Oder eine neue Tapete, etwas mit Blumen. Verliert er jetzt ganz den Verstand? Sophie würde nie an Scheidung denken. Andererseits … sie haben keine Kinder. Wäre die Geisteskrankheit ihres Mannes nicht ein perfekter juristischer Grund, um den Weg zu bahnen zu der einzigen

Frau, die er begehrt? Sie bräuchten nichts als einen guten Rechtsanwalt, der sie berät.

Als Agatha gegangen ist, bleibt Sophie noch lange sitzen und schaut in den Garten, in dem die Blumen durch das milde Frühlingsklima zu sprießen beginnen. Die Rosen haben sozusagen über Nacht ausgetrieben und zeigen feste, kleine Knospen, die bald aufspringen werden. Narzissen nicken mit den Köpfen. Krokusse drängen sich in dem hinteren Blumenbeet aneinander wie Schmetterlinge an einer Pfütze, neben ihnen stehen die hübschen kleinen Veilchen und Stiefmütterchen, die sie erst letzten Monat angepflanzt hat. Der Flieder und der Falsche Jasmin am Gartenpfad stehen in Blüte, und durch das Fenster weht ein Duft wie nach Orangen.

Aber Sophie friert. Thomas ist nicht heruntergekommen, und sie kann sich nicht dazu überwinden, zu ihm zu gehen. Wahrscheinlich hat er sich, während sie und Mary in der Kirche waren, heimlich auf eine seiner Geheimexpeditionen geschlichen, von denen er mit schmutzverkrusteten Stiefeln zurückkehrt und, wie sie auch entdeckt hat, mit Taschen voller Walderde.

Geheimnis. Das ist das Wort, das Agatha benutzt hat. *Ich glaube, Thomas hat ein Geheimnis, Sophie. Du solltest versuchen herauszufinden, was es ist.* Sie hat diesen neuen Verdacht nicht begründet, aber Sophie ist keineswegs überrascht. Nicht nach dem, was Captain Fale in der Kirche gesagt hat.

Und wenn er recht hat? Wenn sie Thomas in die Augen sieht, ist das Licht, das einmal darin brannte, erloschen. Seine Gesichtsmuskeln wirken wie gelähmt, ausdruckslos. Und wenn er seinen Glauben verloren hat? Was wäre dann noch der Sinn des Lebens? Würde er dahinsiechen mit einer dürren, verwelkten Seele, bis er eines Tages stirbt und dann nirgendwo mehr hin kann als in die Hölle?

Sie beginnt zu weinen. Zuerst schluchzt sie leise und diskret, aber als ihr einfällt, dass Mary ausgegangen ist und Thomas oben hinter drei geschlossenen Türen liegt, versinkt sie in ihrem Kummer wie in einem Brunnen, einem tiefen, schwarzen Brunnen mit bemoosten Backsteinwänden, die nach Schimmel riechen.

Danach geht es ihr besser, aber jetzt nagt ein neues Gefühl an ihr. Wie viel ihr Thomas genommen hat! Als er fort war, hatte sie sich zum ersten Mal im Leben wahrhaft unabhängig gefühlt. Sie hatte niemanden um Rat gefragt, wie sie ihr Leben führen sollte. Alle Entscheidungen hatte sie selbst getroffen, kein Mann hatte sich über ihre Wünsche hinweggesetzt oder die Führung übernommen – ihr Vater nicht und Thomas nicht und auch nicht Agathas Vater. Wenn sie durch den Park geschlendert war, hatte sie im Geist immer wieder die Worte geprobt, mit denen sie es Thomas nach seiner Rückkehr erklären würde: Sie wollte nicht, dass er auf sie aufpasste oder sie wie eine Invalidin oder ein Kind behandelte oder wie jemanden, der zu keinem eigenständigen Gedanken oder Tun imstande war. Das war das Los vieler Frauen. Sie hatte vorgehabt, ihm zu sagen, dass sie mehr Unabhängigkeit in ihrem Leben brauchte.

Aber dieser Möglichkeit hatte er sie beraubt. Jetzt muss sie die Starke sein, sie hat gar keine andere Wahl. Ihr sind wieder die Hände gebunden, und Thomas diktiert ihr, wie ihr Leben zu verlaufen hat.

Sie steht auf und wirft ihr durchnässtes Taschentuch zu Boden. Der Teufel soll ihn holen! Wenn er ein Geheimnis hat, wird sie es lüften.

Der Flur liegt im Dunkeln. Da alle Türen zu den Zimmern geschlossen sind, fällt kein Licht in die knarrenden Dielenecken. Thomas' Arbeitszimmer liegt unter der Treppe, und die Tür ist geschlossen, seit der Droschkenkutscher Thomas' Kisten am Tag seiner Ankunft hierher getragen hat. Noch nicht einmal Thomas hat das Zimmer seitdem betreten.

Als sie die Vorhänge aufzieht, flutet Licht auf die tanzenden Staubkörnchen. Die Atmosphäre ist erdrückend: eine Mischung aus abgestandener Luft und den Chemikalien, die Thomas benutzt, um seine kostbaren Insekten zu töten und zu präparieren. Sie niest, schiebt das Fenster hoch und saugt die frische Luft mit tiefen Atemzügen in sich ein. Damit stört sie eine Drossel auf, die eine Schnecke im Schnabel hält. Als der Vogel merkt, dass von Sophie keine Gefahr ausgeht, macht er sich wieder daran, die Schnecke gegen einen Stein zu schlagen.

Die Kisten stehen noch da, wo der Kutscher sie hingestellt hat – in einer Ecke unter einer Landkarte von England, auf der Thomas mit Fähnchen die Stellen markiert hat, an denen er diesen oder jenen seltenen Schmetterling gefangen hat. Daneben stehen die wertvollen Transportkästen, in denen er seine besten Exemplare aufbewahrt.

Sie sind zugenagelt, aber sie findet ein Metallwerkzeug, mit dem sie die Deckel aufhebeln kann. Das Knirschen von Holz und Nägeln kommt ihr sehr laut vor. Sie hält einen Moment inne und lauscht angespannt, ob Thomas' Schritte auf der Treppe zu hören sind. Aber das einzige Geräusch ist das regelmäßige Klacken, mit dem die hartnäckige Drossel die Schnecke traktiert.

Vorsichtig hebt Sophie den Deckel und legt ihn auf den Fußboden. Ihre Handflächen sind rußig geworden – dies muss eine der Kisten sein, die vom Schiffsbrand betroffen waren. Ein stechender Geruch schlägt ihr entgegen, und sie drückt den Handrücken gegen Mund und Nase und lehnt sich zurück. Die Chemikalien sind vermutlich notwendig, denkt sie, damit die Schmetterlinge nicht von Pilzen, Parasiten oder anderen Schädlingen befallen werden. In der Kiste liegen dicht nebeneinander mehrere Schachteln, und als sie eine öffnet, kommen wieder neue, mit Watte und Sägemehl ausgepolsterte Behälter zum Vorschein, die ebenfalls unangenehm riechen. Als sie einen davon in die Hand nimmt und schnuppert, entdeckt sie als Grundnote Kampfer. In den kleineren Schachteln – hauptsächlich Zigarrenkisten und Keksdosen – liegen kleine Papierpäckchen mit hochgebogenen Ecken. Sie hebt eines heraus und faltet es auf. Zum Vorschein kommt etwas, das sie zuerst für ein Schmuckstück hält – das wunderbarste Geschöpf, das ihr je vor Augen gekommen ist: ein Schmetterling, dessen Flügel wie von Blütenstaub gesprenkelt sind. Zwei glänzende, hellrote Flecken scheinen erst heute früh aufgemalt worden zu sein, so lebendig und frisch wirken sie. Durch die transparenten Flügel kann sie ihre Hand sehen. Auf der Innenseite des Umschlags steht in Thomas' akkurater Handschrift: *Cithaerias aurorina,* Tapajós, Brasilien. Sie wendet den Schmetterling hin und her und hält seine Flügel gegen das Licht.

Danach öffnet sie noch mehr Schachteln und Umschläge. In den stabilsten Kisten liegen die Schmetterlinge in Reihen aufgespießt, und darunter stehen auf winzigen Papierstreifen Name und Herkunft. Bei manchen sind die Flügel angerissen. Aus einer Schachtel fallen nur noch Klümpchen und Krümel heraus. Hastig wischt sich Sophie die Röcke ab, als ein halbes Insekt darauf fällt, von dessen Flügeln nur noch Fetzen übrig sind. Doch die meisten Exemplare sind makellos: große und kleine Schmetterlinge, manche in atemberaubenden, leuchtenden Primärfarben, andere mit komplizierten, wie gezeichneten Mustern, und alle vollkommen symmetrisch. Wenn sie es nicht besser wüsste, würde sie vermuten, dass sie von Menschenhand hergestellt sind, dass Thomas sie aus Seide und Ölfarben selbst geschaffen hat. Aber nein – wenn sie von etwas zeugen, dann von dem künstlerischen Talent eines gütigen Gottes. Eine Welle von Stolz steigt in ihr hoch.

Sie öffnet noch eine Kiste, und da liegt ganz oben eine kleine Dose mit ihrem Namen. Sie zögert. Soll sie sie aufmachen? Ihr Name steht darauf, aber sollte sie nicht warten, bis Thomas ihr die Schachtel zeigt? Ihre Hände kribbeln und zittern und fassen wie von selbst nach der Dose, hantieren ungeschickt mit dem Deckel, nehmen ihn ab. In einem Bett aus schneeweißer Watte liegt ein dunkelblauer Schmetterling mit schwarz geränderten Flügeln. Sie starrt ihn an; sie spürt seinen Lockruf, sie könnte sich in diesen Flügeln verlieren. Es ist der schönste von allen. Sie sucht die Beschriftung. Auf der Innenseite des Deckels stehen die Worte: »Sophie. Er erinnert mich an deine Augen. In Liebe, Thomas.«

Thomas, denkt sie, und das Bild vor ihren Augen verschwimmt. *Mein Thomas. Was ist mit dir geschehen, mein Liebster?*

In diesen Kisten wird sie keine Hinweise finden, denkt sie, nur Schmetterlinge, so reizend sie auch sein mögen. Er hat ihr in seinen Briefen berichtet, dass er ein Tagebuch führt. Wo würde sie das finden? Energisch kneift sie die Augen zu und drückt die letzten Tränen heraus. Plötzlich sieht sie Thomas vor sich, wie er am Tag seiner Ankunft am Bahnhof steht, zitternd wie ein neugeborenes Kälbchen, und Angst vor ihr zu haben scheint. Seine dünnen Arme umklammern die Reisetasche.

Sorgfältig schließt sie alle Deckel wieder und klopft sich die Kleidung ab. Ihre Hände haben auf den Röcken schwarze Streifen hinterlassen, und als sie am Flurspiegel vorbeigeht, erschrickt sie über sich selbst: Die Augen sind weit aufgerissen, und die Tränen haben auf ihren rußverschmierten Wangen Schlangenlinien hinterlassen. Die Haare, die sie am Morgen so gewissenhaft frisiert hat, haben sich aus den Haarnadeln gelöst. Sie bleibt stehen und steckt sie fest.

Oben hört sie Thomas regelmäßig atmen und stößt die Tür ein Stück auf. Die Tasche steht da, wo er sie hingestellt hat, gleich neben der Tür. Ohne ihren schlafenden Mann aus den Augen zu lassen, greift Sophie nach der Tasche und schließt die Tür leise hinter sich. Sie geht über den Flur in ihr eigenes Zimmer und stellt die Tasche ab. Als Erstes wäscht sie sich Gesicht und Hände am Waschbecken. Das Wasser wird trüb wie Tinte. Wohin mit der Tasche? Das Bett ist zu weiß und unberührt, sie will keine Flecken riskieren, deshalb setzt sie sich mit der Tasche auf dem Schoß auf den kleinen Stuhl, auf den sie über Nacht ihre Kleider legt. Der Stuhl zittert unter ihrem Gewicht.

Der Verschluss der Tasche gibt nur schwer nach. Ruß rieselt ihr in die Hände, anscheinend hat Thomas die Tasche lange nicht mehr geöffnet. Zuoberst erkennt Sophie ihre eigene Schrift. Da liegen ihre Briefe, mit dem blauen Samtband, das sie mit dem ersten mitgeschickt hat, eng zu einem Bündel verschnürt. Sie befühlt sie und hebt das Bündel aus der Tasche. Es ist ein ansehnliches Päckchen, sie hatte ihm offenbar viel zu sagen, als er weg war, selbst dann noch, als von ihm keine Briefe mehr gekommen waren.

Gleich unter den Briefen findet sie das, was sie gesucht hat. Als sie die Tasche auf den Kopf stellt, fallen vier Tagebücher und einige seiner Lehrbücher heraus: *Das Handbuch für Sammler, herausgegeben vom British Museum, Schmetterlinge Südamerikas, Elf Jahre am Amazonas.* Sie nimmt das am stärksten beanspruchte Tagebuch in die Hand; die Kanten seines roten Umschlags sind weiß geworden. Es ist mit Schnur umwickelt und bläht sich dick und unförmig auf. Zwischen den Seiten ragen getrocknete Blätter hervor, und es riecht nach den Blumen, die darin gepresst wurden. Sophie knüpft die Schnur auf. Die erste Seite trägt die Überschrift *Auf dem Atlantik, Mai 1903* – sein Bericht über die Überfahrt ins Ungewisse.

Sie klappt das Buch wieder zu. Will sie das wirklich? Was gibt ihr das Recht, in seinen Privatpapieren zu stöbern? Aber sie möchte ihm doch helfen. Er kann nicht für sich selbst sprechen, deshalb werden es diese Tagebücher für ihn tun. Schließlich sind sie doch verheiratet – gibt ihr diese Tatsache nicht das Recht dazu? Und dennoch. Es gibt ein gewaltiges Dennoch. Wenn er gewollt hätte, dass sie sie sieht, hätte er sie ihr gezeigt. In ihrem Kopf formt sich nebelhaft der Gedanke, dass ihr das, was sie gleich liest, vielleicht nicht gefallen wird und dass es besser wäre, die Tagebücher nicht anzurühren. Aber gleichzeitig ist ihr, als würden sie nach ihr rufen, danach verlangen, dass die Worte herausgelassen würden wie gefangene Insekten. Sie kann nicht anders. Sie rückt hinter sich ein Kissen zurecht, schlägt das Buch auf und beginnt zu lesen, während das Nachmittagslicht langsam aus dem Raum sickert.

Kapitel 6

Santarém, Manaus, 6. Januar 1904

Sophie,

ich weiß, ich habe lange nicht geschrieben, aber ich wollte Dich nicht mit meinen Klagen beunruhigen. Und natürlich bot sich auch am Oberlauf des Flusses keine Gelegenheit, einen Brief abzuschicken. Ich halte mich kurz, meine Liebe – ich bin zu müde, um viel zu schreiben, aber ich wollte Dich wissen lassen, dass es mir gut geht. Ich fühle mich nicht mehr so kräftig wie bisher, aber jetzt, da wir in die Zivilisation zurückgekehrt sind, werde ich sicher bald wieder vollkommen gesund und munter sein. Ich begnüge mich mit der Feststellung, dass wir am Tapajós eine anregende Zeit erlebt haben. Wir haben unterwegs interessante Menschen getroffen, sind aber auch mit einigen der unerfreulicheren Aspekte des Lebens am Amazonas in Berührung gekommen. Sorge Dich nicht, meine Liebe. Mir ist nichts geschehen. Es gab auch traurige Tage für mich – ein Mann, den wir am Tapajós trafen und der mich einen Abend lang bewirtete, starb nicht lange nach unserer Weiterreise. Sein Haus geriet in Brand, und er kam zu Tode, als er seine sieben Kinder retten wollte, von denen zwei mit ihm ums Leben kamen. Wir versuchen dieses Erlebnis auf unserer Fahrt flussaufwärts nach Manaus nun hinter uns zu lassen. Ernie freut sich schon sehr auf die Stadt. Ich fürchte, das Leben dort wird sehr teuer sein, und wie ich erfahren habe, wird es wenig zu sammeln geben. Aber wir sind nun mal von Mr. Santos, unserem Gönner, gerufen worden, und da wir seine Gastfreundschaft schon so lange genießen, sind wir verpflichtet, eine Zeit lang bei ihm zu wohnen, bevor wir in das nächste Lager weiterreisen, das er für uns am Rio Negro vorbereitet hat.

Ich schließe jetzt, weil es vom Deck aus viel zu sehen gibt und ich mich etwas schwach fühle. Ein kleines Unwohlsein, das ein Aufenthalt an der frischen Luft gleich kurieren wird. Danke für Deinen letzten Brief. Ich bin froh, dass Du neue Freunde gefunden hast. Das Wetter in England müsste jetzt kühler werden. Ich bin ein wenig neidisch, muss ich gestehen, da es vor der stickigen Hitze hier kein Entkommen gibt.

Thomas

Er schob das zusammengefaltete Blatt in den Umschlag. Schuldbewusst sah er, wie dünn der Brief war. Mit der Absicht, einen Steward zu suchen, der den Brief für ihn aufgeben konnte, steckte er ihn in die Brusttasche, wo er ihn überhaupt nicht mehr spürte. Es stimmte, dass er sie nicht mit Geschichten über Feuerameisen, Jaguare und Diarrhö beunruhigen wollte, aber ihr letzter Brief hatte ihn auch ein wenig aus dem Konzept gebracht. Offenbar verbrachte sie ihre freie Zeit häufig mit Captain Fale, der durchaus nicht so alt war, wie Thomas ihn sich vorgestellt hatte. Und sie traf ihn nicht nur in Gesellschaft, sie lud ihn sogar zu sich nach Hause ein. Sie hatte erwähnt, dass der Captain einen Kommentar über den Zustand ihres Salons abgegeben und gefragt hatte, ob er seine Einkünfte aus der Expedition für dessen Renovierung aufwenden werde. Die Anwesenheit einer anderen Person hatte sie nicht erwähnt.

Thomas hatte ihr vorgeschlagen, bei ihrem Vater zu wohnen, obwohl er wusste, dass sie dort unglücklich sein würde. Wann immer er an den aufrechten Mr. Winterstone dachte, erinnerte er sich an dessen unübersehbare Enttäuschung, als

Thomas erklärt hatte, er wolle seine Tochter heiraten. Sein Bruder Cameron wäre in den Augen von Sophies Vater ein viel besserer Bewerber gewesen – der ältere Bruder, der Mann, der den Großteil des väterlichen Vermögens erben würde, während Thomas nur ein bescheidenes Einkommen zu erwarten hatte. Damals hatte es Thomas heftig empört, dass dieser Mann, dessen Haus nicht größer war als das, in das Thomas nach der Heirat mit Sophie einziehen wollte, ihm nicht zutraute, für seine Tochter zu sorgen. Er war ihr ein guter Ehemann gewesen und würde es weiterhin sein. Und vor allem liebte und schätzte er sie mehr, als er Geld oder gesellschaftliche Stellung je schätzen würde. Vielleicht bedeutete sie ihm sogar mehr als sein Wunsch, ein großer Sammler zu werden, mehr als seine geliebten Schmetterlinge.

Sophie hatte nicht bei ihrem Vater wohnen wollen, und Thomas war insgeheim erleichtert gewesen. Mr. Winterstone sollte nicht die Genugtuung haben, anzunehmen, dass Thomas seine einzige Tochter gewissermaßen verlassen hatte, während die Tinte auf der Eheerlaubnis noch feucht war. Aber wie starrsinnig Sophie sein konnte! Sie bestand darauf, allein in ihrem Haus zu wohnen, ungeachtet der Meinung aller anderen, und jetzt lud sie gar noch einen Mann zu sich ein. Allein. Was würden die Leute denken? Er schüttelte den Kopf und schob den Gedanken stirnrunzelnd möglichst weit fort in den hintersten Winkel seines Kopfes, hinter ein Türchen, das er schloss, damit nicht mehr nach vorne rutschen konnte.

Nachdem er dem Steward den Brief gegeben hatte, stellte sich Thomas neben John, der auf Deck an der Reling lehnte und sein Gesicht in den Fahrtwind hielt. Er wirkte vollkommen konzentriert, als lausche er einem leisen Geräusch. Als er Thomas' Blick auffing, entspannten sich seine Züge vorübergehend zu einem flüchtigen Lächeln.

»Wir nähern uns dem Rio Negro«, sagte der Pflanzensammler. »Ich möchte dir etwas zeigen.«

Thomas beugte sich wie John über die Reling und spähte flussaufwärts. Das Schiff pflügte durch ockerfarbenes Wasser. Vor ihnen, quer über dem Fluss, lag ein gekräuseltes Band, das sich von einem Punkt aus immer mehr verbreiterte, bis es zu einem breiten Streifen wurde. Zuerst sah es aus wie eine Öllache, weil es glänzte und zu rotieren schien, aber als das Schiff näher kam, sah Thomas einen Wasserstreifen von dunklerer Farbe, der immer dicker und kräftiger wurde, bis der Dampfer die Linie durchschnitt, an dem sich die beiden Farben mischten.

»Welch ein Anblick!«, rief Thomas aus und spürte seine Energie zurückkehren. »Das Wasser des Rio Negro, nehme ich an? Es macht seinem Namen alle Ehre! Was glaubst du, wie weit es noch bis Manaus ist?«

»Ungefähr fünfzig Meilen. Da drüben beginnen sie sich zu vermischen. Schau.« John sah jetzt zum südlichen Ufer und deutete auf das trübe Wasser. Durch die Fluten schwamm ein Lebewesen, das Thomas zunächst für einen nackten Mann hielt, aber als die Gestalt einen Moment lang ganz auftauchte, erkannte er seinen Irrtum.

»Ist das eine Seekuh?«

»Delphin.«

Thomas sah genauer hin. Das konnte nicht sein. Delphine waren schlanke Tiere mit glänzender graphitfarbener Haut. Dies hier war rosarot und gummiartig und sein Äußeres so formbar wie Lehm. »Ein Flussdelphin?«, sagte Thomas. »Was für ein merkwürdiges Wesen!« Es hatte keine Rückenflosse, nur einen unansehnlichen Buckel und über den Augen einen fleischigen Höcker.

»Ja, der Bouto. Er schwimmt da, wo die Wasser der beiden Flüsse aufeinandertreffen, weil er dort leichter die Fische findet, von denen er sich ernährt. Ich habe welche gesehen, als ich an der Mündung des Tapajós geschwommen bin.«

Schweigend beobachteten sie das Tier. Ein zweites kam hinzu, und die Delphine jagten verspielt durch den Fluss, wobei sie ein merkwürdiges Keuchen und Seufzen von sich gaben.

»Was für ein melancholisches Tier!«, bemerkte Thomas. »Sein Seufzen klingt so traurig.«

»Die Caboclos glauben, dass sie eine Art Wassergeist sind, die alles mögliche Unheil anrichten.«

»Zum Beispiel?«

»Der männliche Bouto, heißt es, nimmt menschliche Gestalt an und kommt ans Ufer, um mit Menschenfrauen Umgang zu pflegen. Damit erklärt man sicher so manche unerklärliche Schwangerschaft und Krankheit.«

Thomas lächelte.

»Und das Weibchen soll die Gestalt einer schönen Frau annehmen können, die Männer in den Fluss lockt, wo sie umkommen.« John beugte sich weiter über die Reling und murmelte: »Kein schlechter Tod, von einem schönen Geist ertränkt zu werden.«

»Glauben nur die Caboclos daran?«

»Sie sind von allen Brasilianern die abergläubischsten. Vielleicht haben sie ihren Aberglauben aus ihren verschiedenen Kulturen mitgebracht. Soviel ich weiß, glauben die Indianer nicht daran.«

Die Delphine sprangen noch einmal hoch und ließen sich dann hinter das Schiff zurückfallen.

»Das ist noch nicht alles. Jeder, der Bouto-Öl zum Anzünden einer Lampe verwendet, bei deren Licht er arbeitet, wird erblinden. Wenn ein Fischer einen Bouto tötet, wird ihm das Glück beim Fischen abhandenkommen, und er wird schließlich verhungern.«

»Und woher weißt du das alles, John?«

John lächelte. »Ganz einfach, Thomas. Das ist kein Geheimnis. Ich spreche mit den Leuten. Du solltest es mal versuchen. Du kannst dir von Menschen viel Vertrauen erwerben, wenn du ihnen zuhörst. Ich habe bei meinen Spaziergängen einmal einen Mann getroffen, einen Gummisammler, der bei einem Unfall seine Hand verloren hatte. Er erzählte mir von seinem Bruder, der einen Bouto tötete, weil dieser ihm Fische gestohlen hatte. Er hatte sechs Kinder, die am Ende alle arbeiten mussten, weil ihr Vater einfach keine Fische mehr fing. Er starb an einem Fieber. Es klang nach Malaria, wenn du mich fragst, aber der Mann, den ich traf, war überzeugt, dass ihm das Töten des Delphins Unglück gebracht hatte.«

Thomas hatte sich tatsächlich wenig Mühe gegeben, Einheimische kennenzulernen. Das lag teilweise an seinen mangelnden Sprachkenntnissen, aber auch an seinen Hemmungen. Wenn er einem Indianer oder einem der Mischlinge begegnete, einem der Mameluken oder Caboclos mit ihrer sonnenverbrannten Haut, fühlte er eine fast physische Barriere, die er nicht überwinden konnte. Bei den Europäern war es anders: Die Männer und Frauen aus Belém und Santarém schätzten helle Haut über alles, und alle blickten auf Paris als den Nabel der eleganten Welt. Sie versuchten mit aller Gewalt, die unseligen Franzosen zu imitieren, die sich in ihre Stadt verirrt hatten. Nur mit wenigen seiner neuen Bekannten verstand er sich wirklich. Captain Arturo war eine Ausnahme gewesen. Obwohl er sich als barscher Trunkenbold gebärdete, hatte er, wenn er die Gesichter seiner Kinder küsste, eine Wärme und Zärtlichkeit ausgestrahlt, die Thomas berührte und ihn glauben ließ, dass er mit den brasilianischen Menschen Beziehungen knüpfen könnte.

Aber Arturo war tot, verbrannt. Thomas ließ den Kopf hängen, die Delphine waren vergessen. Sie hatten an dem Dorf Halt gemacht, um bei Antonio die letzten Vorräte einzutauschen, und hatten die Menschen unter Schock vorgefunden. Still und mit ernsten Gesichtern liefen sie durch das Dorf. Man hatte sie zu dem verkohlten Gerippe des Hauses geführt; der Tisch, an dem sie sich betrunken hatten, lag umgestürzt unter den Überresten der Möbel, seine Beine waren nur noch verkohlte Stümpfe. Die Tür, durch die sie hinausgejagt worden waren, existierte nicht mehr. Ein seltsamer Geruch lag in der Luft – nach verbranntem Holz und vielleicht auch verbranntem Fleisch. Bei dem Gedanken daran war es Thomas übel geworden. Er hatte es nicht einmal zu einem abgelegenen Eckchen geschafft und erbrach sich würgend in aller Öffentlichkeit, umringt von gaffenden Zuschauern. Wenigstens überdeckte der Geruch nach Erbrochenem den Gestank des Todes.

Auf dem Rückweg nach Santarém waren alle, selbst Ernie, in sich gekehrt und schweigsam gewesen. Bei ihrer Ankunft hatte Antonio verkündet, Santos habe Bescheid gegeben, dass er sie in Manaus erwarte.

Das Schiff stampfte weiter voran, und die beiden verschiedenfarbigen Flusshälften wetteiferten weiter miteinander um die Vorherrschaft. Manaus rückte näher, und Thomas war trotz seiner Vorbehalte froh, Senhor Santos endlich kennenzulernen. Erst dann wäre die Reise für ihn vollständig, wie die Vereinigung der beiden Ströme, schwarz und gelb.

Das Letzte, was Thomas erwartet hatte, war, dass er in der brütenden Amazonashitze in einem Geschäft für Herrenbekleidung stehen und einen Abendanzug anprobieren würde. Aber nun stand tatsächlich ein Schneider vor ihm – ein kleiner, drahtiger Mann mit welligem, von Pomade gebändigtem Haar und einem dünnen Schnurrbart, der an den Enden zu einem Kringel hochgezwirbelt war – und überprüfte den Sitz des Jacketts, indem er mit geneigtem Kopf und kritisch gespitzten Lippen an den Aufschlägen zog.

»Non, non«, flötete er. »So geht das nischt.« Als Franzose war er zweifellos der teuerste und gesuchteste Schneider in ganz Manaus. Antonio hielt sich im Hintergrund und beobachtete das Geschehen. Er hatte bei ihrer Ankunft erklärt, er sei instruiert worden, die Herren als Erstes beim Kauf von Abendanzügen, Zylindern und neuen Stiefeln zu begleiten, deren Kosten Mr. Santos übernehmen würde. Ernie und George waren von Monsieur Pompadour bereits ausgiebig malträtiert worden, hatten die Prozedur aber mit mehr Gleichmut über sich ergehen lassen als John Gitchens, der neben Thomas stand und vornübergebeugt sein Spiegelbild mit finsteren Blicken bedachte, während der Assistent des Schneiders vor Verzweiflung quietschte.

Nachdem sie eine Stunde lang Hosen an- und wieder ausgezogen und sich in zehn verschiedene Frackjacken gequält hatten – Thomas sah verstohlen auf die Preisschilder, rechnete die Währung um und kam auf das Zehnfache der Londoner Preise –, verließen die Männer den Laden und wurden zu einer wartenden Droschke geleitet. Als er sich in die gepolsterten Sitze sinken ließ, fragte sich Thomas, wie die Pferde nach Manaus gelangt sein mochten, da es keine Zufahrtsstraßen gab und alles auf dem Wasserweg transportiert werden musste. Andererseits war ein Pferd noch winzig, verglichen mit den aufwändigen Baumaterialien und den Tramschienen, ganz zu schweigen von den Trambahnen selbst, die ebenfalls per Schiff gekommen sein mussten. Manaus war der reinste Vergnügungspark inmitten des Dschungels; fast erwartete er, die Bauten würden sich als Theaterkulissen entpuppen und bei einem Blick hinter die Fassaden sähe er flache, von Balken gestützte Holzwände.

Vor Senhor Santos' Haus erstreckte sich eine große Rasenfläche, dahinter begann gleich der dichte Wald. Thomas hatte schon in Santarém phantastische Rosengärten gesehen, aber eine so tadellos gepflegte Grünfläche war ihm in ganz Brasilien noch nicht untergekommen. Krockettore schlängelten sich über den Rasen wie die Höcker einer kleinen Seeschlange.

»Du meine Güte«, staunte Ernie, aus der offenen Droschke gelehnt, »das sieht ja aus wie bei meiner Tante Ethel. Wo sind die Pfauen?« Wie auf Kommando ertönte das Gekreisch eines Pfaus, und ein Exemplar der Gattung stolzierte mit seiner langen Federschleppe ins Blickfeld. Lachend fiel Ernie auf die Sitzbank zurück.

Vor einem zweistöckigen, stuckverzierten Haus, das von zwei Steinlöwen bewacht wurde, trat ihnen ein Butler entgegen, ein großer, dünner Mann, der, angetan mit einem steifen, weißen Hemd, einem schwarzen Frack und weißen Handschuhen, heftig schwitzte.

»Guten Tag, meine Herren«, begrüßte er sie in sorgfältig einstudiertem Englisch und verbeugte sich. »Senhor Santos erwartet Sie im Haus.«

Am Himmel hatten sich dunkle Wolken zusammengeballt, und als sie auf das Haus zugingen, brach der nachmittägliche Regenschauer los. Der Wind trug den Geruch des Flusses zu ihnen herüber, und sie wurden von Fliegen umschwärmt. Trotz der heimatlichen Anmutung war Thomas immer bewusst, dass er sich am Amazonas befand. Irgendwo in der Ferne brüllte ein Affe.

Der Butler führte sie über eine Steintreppe zur geöffneten Haustür und weiter in ein kühles Foyer mit einem Marmorfußboden. Umgeben von Palmen in Blumenkübeln und schweren Samtvorhängen standen über den Raum verteilt klassische Statuen weißer, nacktbusiger Frauen mit sittsam verdrehten Körpern. An den Wänden hingen Ölgemälde in vergoldeten Rahmen.

Der Butler hieß sie warten und stieg eine geschwungene Treppe hinauf. Sie vertrieben sich die Zeit, indem sie die Statuen betrachteten, und Thomas sah besorgt zu, wie zwei junge Männer auftauchten und im Regen um ihre Kisten und Koffer stritten. Er war froh, dass sie den Großteil ihrer Sammlungen schon von Santarém aus zu Ridewell zurückgeschickt hatten.

Die anderen Männer waren ungewöhnlich still, und auch Thomas merkte, wie unsicher und angespannt er sich fühlte. Endlich würden sie ihren Wohltäter treffen. Antonio stand mit gekreuzten Armen im Hintergrund. Sein Gesichtsausdruck ließ sich nur als Grinsen deuten.

»Gentlemen!«

Thomas fuhr herum und sah zum oberen Ende der Treppe. Dort stand, eingehüllt in die Rauchschwaden einer Zigarre, ein Mann. Er trug einen teuren schwarzen Anzug und hatte die Arme in einer Geste des Willkommens ausgebreitet. Auf seinem gut gepolsterten Bauch glänzte eine goldene Taschenuhr. Sein Gesicht, in dem ein dichter, gewachster Schnurrbart prangte, war zu einem breiten Lächeln verzogen.

»So trifft man sich wieder.«

»Der Teufel soll mich holen!«, murmelte Ernie.

Wie vom Donner gerührt standen die Männer nebeneinander, während Santos die Stufen hinabtänzelte. Die Zigarre klemmte zwischen den Zähnen, und aus seiner Brust drang ein kehliges Lachen.

»Sie sollten Ihre Gesichter sehen!«, gluckste er, als er vor ihnen stand.

Thomas brachte nur mit Mühe ein Lächeln zustande. Vor ihnen stand José, der Huthändler, der hier in Santos' Haus – der Santos war. Was hatte der Mann im Wald zu ihnen gesagt? *Er liebt es, mit Menschen zu spielen.*

Santos' Gelächter steigerte sich zu einem Crescendo, und Ernie klopfte dem pikierten George auf den Rücken und stimmte als Erster ein. John schüttelte bedächtig den Kopf und verzog den Mund zu einem Lächeln, das den Respekt vor einem brillanten Trick verriet, als habe jemand ihn um seine gesamten Ersparnisse gebracht und er müsse ihn dennoch wegen seines ausgeklügelten Plans bewundern. Antonio wandte den Blick nicht von Santos, und sein Lachen folgte den Höhen und Tiefen seines Arbeitgebers.

»Oje«, ächzte Santos, ein Taschentuch hervorziehend, mit dem er sich die Augen wischte. »Vergeben Sie mir, Gentlemen, dass ich Ihnen einen Streich gespielt habe. Aber Ihr Gesichtsausdruck war die Sache wert. Aber, aber, Mr. Sebel, Mr. Edgar. Wo ist Ihr Humor geblieben? Sie werden doch einen kleinen Scherz vertragen.«

Thomas brachte vor Schüchternheit kein Wort heraus und sah George an, in der Hoffnung, dieser würde für sie beide sprechen.

»Wir sind überaus amüsiert, Mr. Santos«, sagte George. »Bitte verzeihen Sie uns. Wir sind nur müde. Es war eine lange Reise und ein langer, heißer Tag.«

»Ah ja«, sagte Santos. »Sie haben die Anzüge gekauft? Ich hoffe, Sie verübeln mir meine Eigenmächtigkeit nicht, aber wir wollen heute Abend ein wenig feiern, und ich dachte mir, dass Sie Ihre Gesellschaftsanzüge vielleicht nicht mitgebracht haben. Habe ich nicht recht?«

Sie stimmten zu und sprachen ihm gemeinsam ihren Dank aus. Nur George Sebel hatte einen Abendanzug im Gepäck, aber er hatte nicht protestiert, als Antonio ihm einen neuen gekauft hatte.

»Sie müssen in der Tat müde sein. Bitte folgen Sie mir ins Speisezimmer. Wir werden Tee und Sandwiches zu uns nehmen, und dann wird mein Butler …« – bei diesem Wort strahlte er in die Runde – »Ihnen Ihre Zimmer zeigen, und Sie können sich ausruhen.«

Thomas lag dösend auf dem Rücken in einem trockenen Raum mit hoher Decke. Über seinem Kopf drehte sich träge ein Ventilator, zog die warme Luft nach oben und verteilte sie. Er wollte nie wieder von hier weg – er lag in einem richtigen Bett, das so stabil war wie seines zu Hause, auf kühlen Baumwolllaken und Federkissen. Erstaunt hatte er festgestellt, dass es hier, in dieser Stadt mitten im Dschungel, Elektrizität gab. Nicht einmal zu Hause in England hatte er welche. Beim Betreten des Zimmers war er lange an der Tür stehen geblieben und hatte immer wieder den Lichtschalter betätigt. Natürlich kannte er elektrisches Licht, aber er musste einfach immer wieder eigenhändig den Mechanismus in Gang setzen, um sicher zu sein, dass er nicht träumte.

Verglichen mit dem, was er vom Rest des Hauses gesehen hatte, wirkte sein Zimmer eher bescheiden. Die Tapete aber war übersät mit aufspringenden Blütenknospen, und die Fenster waren von dichten Samtvorhängen umrahmt – was er nicht verstand, denn Vorhänge waren doch eigentlich dazu da, die Wärme zu halten. Als Schlafstätte diente ein prächtiges Himmelbett. Der Raum machte einen etwas überladenen Eindruck auf ihn, er war so, wie er sich ein Zimmer im Bordell vorstellte. Aber Mr. Santos hatte nun mal Geld und wollte partout damit protzen.

An der Wand hing ein präraffaelitisches Gemälde von einer Frau, die vor einer offenen Truhe kniete. In einer der oberen Ecken des Bildes schien ein Schwarm Nachtfalter aus dem Rahmen hervorzubrechen. Die Gesichtszüge der Frau verrieten Angst, aber auch Reue. Ein schwarz-gelber Farbtupfer lenkte Thomas' Blick auf ihr Handgelenk, auf dem ein schwalbenschwänziger Schmetterling von einer ihm unbekannten Art saß, leicht wie ein zartes Schmuckstück.

Er hatte eine Abbildung von Pandora vor sich, wie er schnell begriff, und die Nachtfalter repräsentierten die Übel, die Pandora durch ihre Neugier ungewollt in die Welt entlassen hatte. Der Schmetterling symbolisierte die Hoffnung, die den Sorgen hinterhergeschickt worden war, damit die Menschheit nicht in Verzweiflung versinken würde. Wie sehr dieser Schmetterling in Farbe und Form, wenn auch nicht in der Zeichnung, dem Schmetterling ähnelte, den er suchte! Er lächelte. Würde er an solche Dinge glauben, würde er das hier für ein Zeichen halten.

Er schlief wieder ein und erwachte, als draußen irgendwo eine Frau lachte; der Klang verwob sich mit einem Wachtraum von Sophie. Sein Glied wurde hart, als er zu spüren meinte, wie sie leise in sein Ohr lachte und ihr Atem seinen Hals streifte. Seine wache Hälfte fragte sich, was sie wohl gerade tat und ob sie ähnliche Träume hatte. Dieser Gedanke war ihm unerträglich. Er presste die Hand fest gegen seine Erektion und spürte, wie eine Art Stromstoß seinen Körper durchzuckte. Kurz vor dem Orgasmus zog er die Hand fort und setzte sich schwer atmend und mit gerötetem Gesicht im Bett auf. Er musste mehr Willensstärke entwickeln; die Hitze und der luxuriöse Raum hatten ihn verführt.

Er stand auf und wusch sich. Danach rasierte er sich mit dem Rasiermesser, das das Zimmermädchen für ihn bereitgelegt hatte. Es war einige Zeit her, dass er sich zuletzt genauer in einem Spiegel betrachtet hatte; in seiner Schiffskabine hatte es einen Spiegel gegeben, aber sie war unzureichend beleuchtet gewesen, und er hatte immer nur ein paar Zentimeter Haut gesehen. Seine Haare waren gewachsen, seit George sie mit einer Hundeschere zum letzten Mal gestutzt hatte. Über der Stirn hatte sich eine dichte Locke gebildet, die zwei große himbeerfarbene Moskitostiche verdeckte. Seine Lippen waren trocken und brannten ständig; durch die Hautreizung war die Farbe seiner ›süßen erdbeerfleckigen Lippen‹, wie Sophie sie immer genannt hatte, einen Ton dunkler geworden. Thomas lächelte. Sein Gesicht erinnerte allmählich an eine Obstschale. Die Wangenknochen zeichneten sich scharf unter der gebräunten Haut ab; ihm war, als stünde ihm eine neue Person gegenüber – nein, keine Person, ein *Mann*. Er spülte den Schaum vom Rasiermesser und lächelte sich zufrieden zu. Ein neu gewonnener Schwung beflügelte seine Gesten: Er hatte sich entschieden, diese Reise anzutreten, und sie hatte ihn weit gebracht. Was wäre sonst aus ihm geworden? Ein verwöhnter, rundlicher Müßiggänger wahrscheinlich, den das beschauliche häusliche Dasein mit der Zeit gelangweilt hätte.

Santos wollte sie am Abend zum Dinner in seinen Club ausführen, und zu diesem »besonderen Anlass« hatte er sie gebeten, den Abendanzug anzulegen, den er ihnen gekauft hatte. Thomas nahm die Kleidungsstücke in die Hand, die er nach dem Tee in seinem Zimmer ausgebreitet vorgefunden hatte. Zuerst stieg er in die steife Hose und zog ein Baumwollhemd mit gestärkter Hemdbrust über, das ihn auf der Haut kratzte. Der Geruch überwältigte ihn schier. Wann hatte er zum letzten Mal so frische Kleider gerochen? Seit langem hatte er sich damit abgefunden, dass seine Kleidung nach den eigenen Ausdünstungen roch. Diese neuen Stücke erinnerten ihn an die Hochzeitswäsche, und einen Moment lang überkam ihn die damit verbundene freudige Erregung. Als Nächstes steckte er die Arme in eine einreihige, tief ausgeschnittene Satinweste mit funkelnden Kristallknöpfen, die perfekt zu den Manschettenknöpfen passten, die wie glänzende Käfer auf dem Kleiderstapel lagen.

Als er zu den Schuhen kam, schwitzte er schon wieder. Warum konnte man nicht wenigstens hier auf die Förmlichkeiten verzichten? Was bewog die Menschen, unter den miserabelsten Umständen noch auf Etikette zu beharren? Ihm selbst lag inzwischen nicht mehr viel an solchen Äußerlichkeiten, und er wäre ohne weiteres auch in der Unterwäsche herumgelaufen, solange keine Damen anwesend waren.

Das war ein Anblick, den er in Brasilien wirklich nicht erwartet hatte – seine neuen Oxfords glänzten wie frisch poliert. Aber bald würden auch sie vom Straßenstaub bedeckt sein. Er knöpfte die Gamaschen zu und betrachtete sich in dem langen Spiegel.

Er hatte noch nie einen so gut sitzenden Anzug getragen. Die langen, eng anliegenden Hosen betonten seine schlanke Gestalt. Er hätte gerne etwas breitere Schultern gehabt, aber alles in allem war er ein recht ansehnlicher Bursche. Wenn nur Sophie ihn jetzt sehen könnte! Sie würde ihm helfen, den Kragen zuzuknöpfen und die kleine weiße Fliege zu befestigen, die noch auf dem Bett lag. Nachdem er es selbst erledigt hatte, merkte er, dass der letzte Schliff fehlte. Ja, hier neben dem Waschbecken lag ein Döschen Pomade. Sie war in der Wärme geschmolzen und troff wie Honig von seinen Fingern. Er befürchtete zwar, damit ganze Horden von Dschungelinsekten anzulocken, aber daran durfte er jetzt nicht denken. Er kämmte sich die Pomade ein. Ein Mittelscheitel sah lächerlich aus; wenn er seine ungebärdige Locke teilte, flatterten die Teile wie zwei Engelsflügel über den Ohren. Er versuchte es mit einem Seitenscheitel, der laut George ohnehin der letzte Schrei war. Thomas war in solchen Dingen nicht bewandert. Doch, so sah es schon besser aus. Mit schief gehaltenem Kopf legte er letzte Hand an seine Frisur. Früher war ihm nie aufgefallen, wie ähnlich er seinem lieben alten Vater inzwischen sah. Er hob eine Augenbraue, um die Ähnlichkeit zu verstärken.

Die Kutsche fuhr mit ihnen über einen langen, von Bäumen gesäumten und mit makellosen Steinen gepflasterten Boulevard. Thomas wusste, dass Manaus nicht überall so blitzblank war – unten am Fluss stank es nach Kloake, und am Randstein sammelte sich der Abfall. Aber hier waren die Straßen sauber, und es roch nur nach den frischen Pferdeäpfeln, die eines der Pferde nach ihrer Ankunft vor dem Club fallen gelassen hatte. Die Pferde waren zur Feier des Tages wie Karussellponys mit riesigen roten Federbüschen herausgeputzt, die bei jeder Kopfbewegung wippten. Aus einer Gasse lief ein kleiner Mann mit Silbereimern herbei und gab den Tieren zu trinken.

»Heute ist ein Festtag!«, erklärte Santos überschwänglich. Dann flüsterte er seinem Pferdepfleger etwas ins Ohr. Der Mann verbeugte sich tief, und während die Männer ausstiegen, eilte er ins Haus und erschien gleich darauf mit einer Flasche Champagner wieder.

»Dom Perignon, Senhor Santos«, krächzte er.

»Ausgezeichnet!« Santos nahm die Flasche und ließ den Korken knallen, aber statt ihn seinen Gästen anzubieten oder selbst davon zu trinken, goss er ihn in die Wassereimer der Pferde. Die Pferde schnaubten und prusteten, als ihnen die Luftbläschen in die Nüstern stiegen. »Und jetzt lassen Sie uns hineingehen, Gentlemen.«

Santos ging voraus. Die Männer wechselten vielsagende Blicke. Ganz offensichtlich wollte er sich vor ihnen mit seinem Reichtum brüsten. Thomas taten vor allem die Pferde leid. Er bildete mit John, der sich wegen seines Zylinders beim Betreten des Gebäudes bücken musste, die Nachhut. In seinem Abendanzug erinnerte John an einen Bären im Hotelpagenkostüm, den Thomas einmal im Zirkus gesehen hatte. Der Bär war auf einem winzigen Fahrrad gefahren, und diese Demütigung hatte Thomas lange beschäftigt. John bemühte sich nach Kräften um ein elegantes Erscheinungsbild, er sprach jetzt weniger Dialekt, hatte sich gekämmt und den Bart gestutzt, aber sein Nacken starrte immer noch von Schmutz, und sein schöner weißer Kragen hatte schon wieder gelitten.

Im Inneren glich der Club jedem beliebigen Herrenclub in London. Die Eingangshalle schmückten Palmenkübel. Das amüsierte die englischen Besucher, denn Palmen waren in England ihrer Exotik wegen in Mode, hier dagegen wuchsen sie zu Tausenden in der unmittelbaren Umgebung der Stadt, und noch dazu schönere als diese Exemplare, die dringend Wasser brauchten. Die Blätter waren braun und an den Rändern gebogen. Der Fußboden bestand aus großen schwarzen und weißen Fliesen, und in dunklen Winkeln standen üppige Ledersofas und Sessel. Männer in weißen Jacken hasteten an ihnen vorüber.

»Ihre Pistolen, wenn ich bitten darf, Gentlemen«, sagte Santos. »In meinem Club trägt man keine Pistolen.«

Auf einem Tisch neben der Tür stapelten sich bereits die Pistolen, kleine silberbeschlagene, wie sie eine Dame heimlich im Strumpfband tragen mochte, und daneben große schwarze langläufige. Santos legte seine Waffe dazu.

»Wir haben keine Waffen«, sagte Ernie. »Nur Flinten für die Vogeljagd, und wo sollten wir die verstecken?«

»Brauchen wir sie hier?«, erkundigte sich George leicht beunruhigt.

Santos zögerte. »Nein, eigentlich nicht, obwohl jeder eine trägt. Sie sorgen in einer Stadt wie dieser für Frieden. Aber Sie haben nichts zu befürchten. Man wird annehmen, dass Sie eine mit sich führen.«

Ein unterwürfiger junger Mann trat auf sie zu. Er verbeugte sich fast bis zum Boden und hieß sie auf Portugiesisch willkommen.

»Wir sprechen heute Englisch, Mr. Reis, zu Ehren meiner englischen Gäste.«

Das Gesicht des Mannes wurde puterrot; offensichtlich konnte er kein Englisch. So murmelte er ein ums andere Mal »Danke sehr«, führte sie zu ihren Plätzen in der Lounge und zog sich unauffällig zurück. Thomas lächelte ihn aufmunternd an und flüsterte ihm ein »obrigado« zu, aber er achtete darauf, dass Santos seinen Dank nicht hörte. Irgendwie schien es unangemessen.

Sie versanken in unergründlich tiefen Sesseln. Thomas konnte sich nicht erinnern, wann er zum letzten Mal so unbeschreiblich bequem gesessen hatte. Er seufzte vor Behagen.

Santos bestellte Brandy für alle und bot Zigarren an. Ernie und John griffen zu, und Thomas tat es ihnen nach.

»Die besten Zigarren, Gentlemen, aus Kuba. Jede einzelne handgerollt.«

»Dieser Club, Mr. Santos«, sagte George, »ist wirklich erstaunlich. Er gleicht meinem Club in London fast aufs Haar.«

»Ja, das war die Absicht.«

»Waren Sie an seiner Einrichtung beteiligt?«, fragte Ernie. »Er gehört mir, Dr. Harris. Dies ist mein Club. Diese Leute sind alle meine Angestellten.«

»Aber Sie waren noch nie in einem Londoner Club?«, fragte George. »Das ist bemerkenswert.«

»Im Gegenteil, Sir«, sagte Santos. »Ich war durchaus in einem. Für den kleinen Streich, den ich Ihnen im Wald gespielt habe, muss ich mich entschuldigen. José der Huthändler war nie in England, aber ich war es.« Er legte den Kopf in den Nacken und lachte.

George schmunzelte und schüttelte den Kopf. »Das hätte ich mir denken können. Sie beherrschen das Englische viel zu gut und kennen sich hervorragend aus. Ich habe mich ganz und gar hinters Licht führen lassen.«

»Ja, und natürlich war ich in England, um mich mit den englischen Direktoren meiner Gesellschaft zu besprechen. Ich habe in vielen Clubs wie diesem gespeist.«

»Ein wunderbarer Club, Sir«, lobte Thomas. Er beugte sich vor und ließ sich von Santos die Zigarre anzünden. Das hatte er sich von Ernie abgeschaut, und wie dieser zog er ein paarmal an der Zigarre, ohne den Rauch zu inhalieren.

»Vielen Dank, Mr. Edgar. Ah, da ist unser Brandy.«

Ernie sah aus, als wäre er im Paradies angekommen. Er hatte sich mit geschlossenen Augen zurückgelehnt und seufzte restlos zufrieden. Santos begann mit ihm ein Gespräch über seine Londoner Praxis.

Thomas hatte einen Moment nicht aufgepasst und atmete aus Versehen Zigarrenrauch ein, der sofort seine Lungen reizte und ihn zum Husten brachte. Der Husten verstärkte das Kratzen im Hals, und er krächzte verlegen eine Entschuldigung.

»Keine Ursache«, beschwichtigte Santos. »Das passiert jedem Neuling, nicht wahr, Dr. Harris?«

Santos und Ernie wechselten einen Blick wie zwei Verschwörer, und Thomas versteckte seine Verlegenheit hinter einem Schluck Brandy. Der Alkohol stieg ihm in die Nase und trieb ihm das Wasser in die Augen. Oder war doch die Zigarre schuld daran?

»Heute Abend«, verkündete Santos, »bieten wir Ihnen alle Genüsse, die Manaus aufzuweisen hat!« Er hob theatralisch die Hände, als wolle er ein Orchester dirigieren.

George räusperte sich und beugte sich vor. Neben Santos saß Ernie, und den beiden gegenüber, durch einen Tisch getrennt, räkelten sich Thomas, George und John in ihren Sesseln.

»Ich möchte diese Gelegenheit ergreifen, Sir, Ihnen für Ihre außerordentliche Gastfreundschaft und Ihre großartige Unterstützung zu danken. Die britische Wissenschaft dankt Ihnen, und wir tun es ebenfalls.«

»Sie sind sehr freundlich, Mr. Sebel. Es ist mir ein Vergnügen.«

»Und wir hoffen, etwas über Ihre Kautschukgeschäfte zu erfahren. Allem Anschein nach waren Sie in Ihren Bemühungen sehr erfolgreich. Ich gratuliere Ihnen. Würden Sie uns davon berichten?«

»Oh, da gibt es nicht viel zu sagen. Ich würde Sie nur langweilen. Ich habe da ein paar Pflanzungen, insgesamt einige Tausend Quadratmeilen. Sie befinden sich hier in der Gegend, am Rio Negro, einige auch am Tapajós, aber der Großteil liegt fern von hier in der Nähe von Peru.«

»Und wie viele Menschen arbeiten für Sie?«

»Oh, das kann ich nicht sagen. Tausende. Ich beschäftige Neger aus Britisch-Guyana – das scheint mir aufgrund meiner britischen Teilhaber angemessen, und sie sind sehr ordentliche Vorarbeiter. Und natürlich viele Brasilianer. In Peru arbeiten am Putumayo ganze Indianerstämme für mich, aber sie machen mir ständig Ärger. Ich brauche sie, um auf die nötige Anzahl zu kommen, aber sie sind ein fauler, betrunkener Haufen. Und die meisten von ihnen schulden mir Geld.«

»Wie kann das sein?«, fragte John. Er meldete sich zum ersten Mal zu Wort.

»Ich gebe ihnen Unterkunft und Lohn und dazu Kleidung und Angelhaken, aber sie vertrinken ihren Lohn und müssen sich Geld leihen, um Nahrung zu kaufen. Und da sie sonst schwach und für mich nutzlos wären, gebe ich es ihnen.«

»Das ist sehr großzügig von Ihnen«, sagte Ernie. »Aber ich sehe, Sie sind von Natur aus ein großzügiger Mann.«

»Ich versuche es, Dr. Harris, ich versuche es. Aber sie sind undankbar. Es bleibt mir auch kaum eine Wahl. Ich brauche Arbeiter für meine Pflanzungen, oder der Gummi wird nicht gesammelt, und die Nachfrage kann nicht befriedigt werden. Sie sind sicherlich keine Anhänger der Sklaverei, Gentlemen?«

Thomas schüttelte den Kopf, die anderen ebenfalls.

»Nun ja«, fuhr Santos fort, »seit die Sklaverei hier abgeschafft wurde – das ist noch keine zwanzig Jahre her –, ist es sehr schwer, anständige Arbeitskräfte zu bekommen. Die Neger sind heute zu stolz, unter Bedingungen zu arbeiten, die sie früher klaglos hätten akzeptieren müssen. Sie strömen in die Städte und betteln jetzt auf der Straße. Die Regierung hat ein Gesetz erlassen, nach dem sie sich als Berufsbettler eintragen oder die Stadt verlassen müssen. Können Sie sich das vorstellen? Berufsbettler! Aber was ich damit sagen will, ist Folgendes: Die Sklaverei ist ein natürlicher Zustand und für den Herrn wie für den Sklaven von Nutzen.«

Thomas rutschte unbehaglich auf seinem Sessel hin und her und fragte sich, wie Santos diese Aussage wohl begründen würde. Er fixierte den Ventilator, der sich träge in der Raummitte drehte.

»Die Rolle des Sklavenhalters ist im Wesentlichen die eines Vaters; die Sklaven sind die Kinder. Sklaven haben dieselben Rechte wie Kinder – das heißt, sie müssen tun, was der ›Vater‹ ihnen sagt. Sie können kein Eigentum besitzen, sie können nicht wählen. Im Gegenzug erhalten sie ein Dach über dem Kopf und Schutz. Als Sklavenhalter wäre ich ebenso wie ein Vater verpflichtet, meine Sklaven zu beschützen, und sie wären an mich als ihren Ernährer gebunden. Nun, da die Sklaverei abgeschafft ist, sind wir gezwungen, Indianer zu beschäftigen, die, wie ich hinzufügen möchte, seit geraumer Zeit keine Sklaven mehr sind. Es gab eine Art ›Protektion‹, wie die Monarchie es gerne ausdrückte. Die Indianer fühlen sich durch das Naturgesetz, das die Beziehung von Vater und Kind prägt, nicht gebunden. Die Tatsache, dass sie entlohnt werden, vermittelt ihnen ein falsches Gefühl von Unabhängigkeit, das an Dreistigkeit grenzt. Obwohl sie nicht ohne meinen Lohn leben können, genießen sie auch nicht meine Protektion. Ich wiederum fühle mich ihnen nicht verpflichtet, weil ich sie gegen Bezahlung beschäftige und nicht aus Verantwortungsgefühl. Drücke ich mich verständlich aus, Gentlemen?« Thomas fand, dass Santos' Ansicht auf merkwürdige Weise tatsächlich verständlich zu sein schien. Sollte er etwa diesem Mann beipflichten, dass Sklaverei nichts Verwerfliches sei? Er würde darüber nachdenken müssen.

»Bei allem schuldigen Respekt, Sir«, wandte John ein, »welches Naturrecht gibt es, das Sie zum Herrn und die anderen zu Sklaven macht?«

»Oho, Mr. Gitchens, haben wir hier einen Sozialisten unter uns? Demnach glauben Sie, dass alle Menschen gleich geschaffen sind?«

»Das glaube ich tatsächlich.« John leerte sein Glas mit einem Zug, und sofort war ein Kellner zur Stelle, der es wieder auffüllte.

»Hören Sie nicht auf ihn«, sagte Ernie. »Natürlich ist er Sozialist. Die niederen Klassen haben das Recht, an solcherlei Dinge zu glauben. Das hält sie vermutlich bei Verstand.«

»Und Sie, Dr. Harris?«

»Ich gestehe, selbst Johns Ansichten in gewisser Weise zu teilen, mein Bester. Aber ich verstehe Ihren Standpunkt. Ich müsste etwas länger über Ihre Worte nachdenken. Ich war nie in einer Position, in der Sklaven meinem Befehl unterstanden. Ich meine nicht, dass ich es mir wünsche, aber ich könnte erst dann mit Bestimmtheit etwas darüber sagen, wenn es so wäre.«

George schnaubte. »Ernest, die Briten versklaven seit Jahrhunderten Völker. Das Britische Weltreich hätte sich andernfalls nie so weit ausgedehnt. Du wärst vermutlich nicht da, wo du heute bist.«

»Wie kommst du darauf?«

»Aber, aber, Gentlemen. Mr. Sebel, Sie erwähnen da einen interessanten Punkt. Das britische Weltreich war in der Tat sehr mächtig. Wäre Portugal doch nur halb so mächtig gewesen! Was haben wir geleistet? Nicht annähernd so viel, wie wir einst dachten. Waren Sie jemals in Portugal? Einst ein so stolzes Land – voller Hoffnung und Zuversicht! Nun scheint es wie von Trauer eingehüllt. Und von Enttäuschung. Es ist nie so groß geworden, wie es einst zu werden glaubte. Die Briten dagegen …« Er versank in Grübeleien und zog heftig an seiner Zigarre.

Thomas machte der Rauch schwindelig, und er legte seine Zigarre im Aschenbecher ab.

»Sie sind sehr still, Mr. Edgar«, sprach Santos ihn an. »Wir langweilen Sie doch nicht, hoffe ich?«

»Oh nein, Sir!«, entgegnete Thomas. Alle Augen waren auf ihn gerichtet, und er errötete. »Ich interessiere mich außerordentlich für dieses Gespräch. Leider bin ich noch nicht weltgewandt genug, um daran teilzunehmen.«

»Wie alt sind Sie, wenn ich fragen darf?«

»Siebenundzwanzig, Sir.«

»Ah! So jung! Jung genug, mein Sohn zu sein. Genau betrachtet sind Sie alle jung genug, meine Söhne zu sein … abgesehen von Ihnen vielleicht, Mr. Gitchens. Wie glücklich würde ich mich schätzen, drei so prächtige Söhne wie Sie zu haben!«

Thomas war befangen wie ein Schuljunge, der von seinem Lieblingslehrer gelobt wird. Er sah, wie Ernie und George sich in die Brust warfen.

»Und haben Sie auch Söhne?«

»Nein«, erwiderte Santos kurz. Seine Miene verfinsterte sich. »Ich habe keine Kinder. Meine erste Frau starb kinderlos, und meine zweite Frau und ich sind noch nicht mit Kindern gesegnet.«

»Wir haben die Bekanntschaft Ihrer Gattin noch nicht gemacht«, sagte George.

»Clara. Sie werden sie morgen kennenlernen. Sie ist eine reizende junge Frau, Portugiesin. Sie würde sich gerne mit Ihnen unterhalten, Mr. Gitchens.«

John fuhr zusammen und sah sich um, als sei er gerade aus einem Traum erwacht.

»Mit mir, Sir?«

»Ja. Sie interessiert sich für Botanik. Ich habe sie immer ermutigt, ihre Interessen zu pflegen, bis unsere ersten Kinder geboren werden. Pflanzen sind ihre Liebhaberei. Immer steckt sie die Nase in botanische Bücher. Ich muss sie daran hindern, allein in den Wald zu laufen und sie anzuschauen – es wäre zu gefährlich. Aber wenn sie Sie gelegentlich bei einer Ihrer Pflanzenexpeditionen begleiten könnte, wäre sie sehr glücklich.«

»Natürlich«, antwortete John und lächelte zum ersten Mal an diesem Abend.

Nach dem Essen, als dessen Abschluss Portwein aus Oporto und Käse aus Cork gebracht wurde, wie Santos stolz betonte, führte er sie weiter ins Innere des Gebäudes, das unendliche Tiefen zu haben schien. Sie traten durch einen Vorhang am hinteren Teil des Restaurants und dann noch einmal durch eine schwere Tür. Als sie sich öffnete, schlug ihnen lautes

Stimmengewirr entgegen. Thomas hatte während des Essens Männer den Speisesaal durchqueren sehen, aber dass es so viele waren, überraschte ihn doch. An die hundert Männer, alle in Abendanzügen, standen an langen Tischen, saßen an kleinen, runden Tischen oder lehnten mit Gläsern in der Hand an der Bar. Der Zigarrenrauch hing wie eine Gewitterwolke über ihren Köpfen.

»Und nun zum vergnüglichen Teil des Abends, Gentlemen«, sagte Santos. Er reichte jedem eine Rolle Banknoten und wies in den Raum. Thomas ging ein paar Meter weiter und sah, dass an den Tischen Roulette und Karten gespielt wurde. Glücksspiel.

Mit der Zeit konnte er aus dem Gewirr einzelne Geräusche heraushören, ähnlich wie am ersten Tag im Regenwald: das Klicken des Rouletterads, das Schnalzen der Spielkarten, das Gelächter der Männer, die eine oder andere ärgerlich erhobene Stimme. Aus der Ecke drang Pianolamusik, und jemand pfiff die Melodie mit; irgendwo zerbrach klirrend ein Glas. Im Raum befanden sich auch Frauen, die den Männern beim Spielen über die Schulter schauten und dabei ihr Dekolleté präsentierten. Eine Frau glitt, ohne Thomas eines Blickes zu würdigen, in einen Pelzmantel gehüllt an ihm vorbei. Ihr Gesicht war hochrot, aber sie hielt den Mantel dennoch fest vor der Brust zusammen. Sie schwankte ein wenig beim Gehen, und Thomas ging der Gedanke durch den Sinn, dass er sich nicht wundern würde, wenn sie demnächst vor Hitze ohnmächtig würde.

»Ich habe in dieser Ecke einen Tisch für uns, Gentlemen, wenn Sie sich lieber setzen und eine Weile zusehen wollen.« Santos deutete auf eine breite, gepolsterte Bank, die einen runden Tisch einrahmte. Thomas nickte dankbar und steuerte mit den anderen die Bank an. Nur Ernie war bereits in der Menge verschwunden.

Auf dem Tisch stand ein Eiskübel mit einer Flasche Champagner. Santos ließ mit großer Geste den Korken knallen und goss die schäumende Flüssigkeit in ihre Gläser. Thomas war durch das üppige Essen und den Alkohol schon leicht benommen, aber aus Höflichkeit akzeptierte auch er ein Glas. John nahm einen kräftigen Schluck und wischte sich die Lippen. Thomas hatte ihn noch nie so viel trinken sehen.

»Ein Toast auf Ihre Expedition, Gentlemen!« Gläser klirrten, und das Lächeln, mit dem Santos Thomas bedachte, war so herzlich, dass es ihn von innen her erwärmte. Er nahm sich ein Beispiel an seinem Gastgeber und leerte das Glas in einem Zug. Als Santos es wieder gefüllt hatte, wurde er mutig.

»Noch ein Toast auf unseren gütigen Gastgeber!« Die ungewollte Alliteration brachte ihn zum Lachen.

George schloss sich mit einem aufrichtigen, wenn auch etwas förmlichen Nicken an und leerte ebenfalls in einem Zug sein Champagnerglas.

Eine schöne Frau in den Vierzigern trat an den Tisch, und Santos stand auf, ergriff ihre Hand und beugte sich zum Handkuss.

»Senhora da Silva«, sagte er, »Sie sehen heute Abend ganz bezaubernd aus. Wollen Sie sich nicht einen Moment zu uns setzen?«

Unter dem leisen Geraschel ihres schwarzen Kleiderstoffs setzte sie sich und taxierte die Männerrunde mit einem wachen Blick. »Das müssen Ihre englischen Gäste sein, Senhor Santos? Deshalb sprechen Sie Englisch mit mir.«

Santos stellte ihr alle mit Namen vor, und der Kopfschmuck der Dame – eine lange Feder, die Thomas an die Kutschenpferde erinnerte, die sie hergebracht hatten – wippte bei jedem neuen Namen. Beim Sprechen wurden ihre großen, spitzen Zähne sichtbar, aber wenn sie lächelte, hielt sie den Mund beharrlich geschlossen.

»Soll ich ein paar meiner Mädchen herüberschicken, damit sie den Herren Gesellschaft leisten?«

»Warum nicht?«, sagte Santos. »Bitten Sie Ana und Maria zu uns.«

Senhora da Silva erhob sich unter erneutem Rascheln, nickte ihnen höflich mit halb geschlossenen Lidern zu und entfernte sich mit wippenden Röcken.

Thomas stellte fest, dass seine Hände zitterten, und fragte Santos, ob er eine Zigarette habe, da er seine im Haus gelassen hätte.

»Nun ja, Mr. Edgar, ich habe eine Zigarette, aber vielleicht nicht eine von der Art, an die Sie gewöhnt sind. Es ist eine einheimische, aus einem anderen Tabak hergestellte Zigarette. Sie besteht aus der getrockneten Rinde der Ayahuascapflanze. Wollen Sie sie probieren?«

Thomas nickte. Aus dem Augenwinkel sah er, wie sich zwei Frauen ihrem Tisch näherten; das mussten Ana und Maria sein. Santos griff in die Jackentasche und holte eine Zigarette hervor; Thomas hob sie rasch an die Lippen und zündete sie an. Der erste Zug brannte wie Feuer in den Lungen, und er hustete. Der holzige Geruch war ungewohnt, er erinnerte ihn an ein Kaminfeuer.

Santos lachte. »Ja, man muss sich erst daran gewöhnen, fürchte ich. Sie enthält aber auch gewöhnlichen Tabak. Bald wird sie Ihnen schmecken.« Er zwinkerte ihm verschwörerisch zu.

Thomas kam nicht zum Antworten, da die jungen Damen alle Aufmerksamkeit beanspruchten. Santos hieß sie willkommen, und sie drückten sich in die Bank; eine setzte sich neben George, weil Santos Maria an sich vorbeigelassen hatte, bevor er sich wieder gesetzt hatte, und die andere neben John. Thomas saß zwischen George und John. Die Mädchen sprachen kein Englisch, deshalb stockte das Gespräch immer wieder. Santos ignorierte sie bald und befragte George nach dessen Leben in London. Georges Tätigkeit für das *Natural History Museum* schien ihn zu interessieren, aber vor allem beneidete ihn Santos um seine engen Kontakte zur Londoner Gesellschaft.

»Gehen Sie häufig in die Oper?«, fragte er.

»Ja, gelegentlich«, erwiderte George. »Ich bevorzuge das Theater, aber die Oper hat ebenso Gutes zu bieten. Nicht lange vor unserer Abreise sah ich eine Vorstellung von Puccinis Tosca. Hervorragend!« Maria saß dicht neben George und starrte ihm bewundernd ins Gesicht, während er sprach. Ihr kleines rundes Gesicht trug ein verzücktes Lächeln, als warte sie gespannt auf jedes Wort. Thomas nahm an, dass sie schauspielerte; sie konnte ihn doch unmöglich verstehen. George versuchte, ihren Blicken auszuweichen, indem er das Gesicht abwandte und ein Stück von ihr wegrückte.

»Puccini!«, rief Santos aus. »Wie wunderbar! Sie wissen, dass wir hier in Manaus ein Opernhaus haben, Mr. Sebel?«

»Ja, ich habe davon gehört. Das ist einer der Gründe, warum ich herkommen wollte. Es soll großartig sein.«

»Ja, das ist es«, strahlte Santos voller Stolz. »Wissen Sie, ich war am Bau beteiligt. Ich bin einer der Förderer.«

»Wie oft finden Aufführungen statt?«

»Leider nicht so oft, wie wir gerne hätten. Einige der Künstler sind am Gelbfieber gestorben, und es war schwierig, talentierte Sänger aus Europa zum Herkommen zu bewegen.«

»Das ist schrecklich«, murmelte George mit einem Auge auf Maria, die sich jetzt an ihn anlehnte – an ihn ankuschelte, wäre das bessere Wort gewesen – und versuchte, aus seinem Glas zu trinken.

Thomas drückte seine Zigarette aus. Ana, die neben John saß, lächelte ihn schüchtern an, als er nach seinem Glas griff, und er erwiderte ihr Lächeln. Überrascht stellte Thomas fest, dass er eine echte Zuneigung zu ihr empfand. John unterhielt sich leise mit ihr auf Portugiesisch. Anas Körpersprache war nicht so ungeniert wie die von Maria, und die beiden erinnerten Thomas eher an Vater und Tochter. Der Altersunterschied hätte dafür ausgereicht. Die junge Frau hatte die Augen niedergeschlagen, und John schien sie liebevoll zu ermahnen. Er legte seine kräftige Rechte auf ihre kleinen Hände, die in zarten, rosaroten Handschuhen steckten, und richtete seine schwermütigen Augen auf Santos.

»Wenn Sie nichts dagegen haben, Sir, würde ich jetzt gerne nach Hause gehen. Ich bin sehr müde und möchte noch einige Arbeiten erledigen, bevor ich zu Bett gehe. Ich danke Ihnen für Ihre ungemein großzügige Gastfreundschaft.«

»Mr. Gitchens, Sie enttäuschen mich. Sie und Ana scheinen sich doch blendend zu verstehen. Aber gut, ich will mich nicht zwischen einen Mann und seine Arbeit drängen. Mein Kutscher wartet draußen, er wird Sie fahren.«

George sprang auf und stieß dabei an Maria, die erschrocken aufkreischte.

»Ich komme mit, John.«

»Mr. Sebel ebenfalls! Sie haben sich noch nicht einmal an einem der Tische versucht. Oh, Sie enttäuschen mich, meine Herren!«

Thomas wäre gerne an diesem Punkt auch aufgebrochen – sein Kopf fühlte sich immer merkwürdiger an –, aber er empfand es als seine Pflicht, ihren Gastgeber nicht noch mehr zu enttäuschen.

»Ich hoffe, wir haben Sie nicht gekränkt, Mr. Santos«, entschuldigte sich George und funkelte John böse an, weil er ihm zuvorgekommen war. Offensichtlich hatte George schon länger geplant, sich möglichst unauffällig davonzustehlen.

»Nein, Mr. Sebel, Sie haben mich nicht gekränkt.« Santos lächelte ihn breit an, um seine Worte zu unterstreichen, und klopfte ihm auf den Rücken. »Sie hatten einen langen Tag; es wird noch viele Gelegenheiten geben, uns zu amüsieren, solange Sie hier sind.«

Bei dieser Aussicht verkrampfte sich Georges Kinnpartie sichtlich, aber er brachte ein schwaches Lächeln zustande. »Vielen Dank für Ihr Verständnis.« Er nahm die beschlagene Brille ab und wischte sie mit dem Taschentuch ab, dann bog er die Bügel um die Ohren und setzte sich die Gläser auf die Nase.

»Vielen Dank für das hier.« John legte das Geldbündel vor Santos, der es mit einem Nicken entgegennahm. George hob zögernd die Hand zur Brusttasche, um ebenfalls sein Geld herauszuziehen. Er sah es einen Moment an, als warte er darauf, dass es ihn anflehe, es doch lieber zu behalten, und legte es dann widerstrebend auf den Tisch.

Nachdem die beiden gegangen waren, entließ Santos auch die Mädchen, und Thomas war zum ersten Mal allein mit ihrem Gastgeber.

»Wie fühlen Sie sich, Mr. Edgar?«

»Sehr gut, besten Dank.«

Santos beugte sich vor und blickte ihn forschend an. »Sind Sie sicher? Möchten Sie noch eine Zigarette?«

Thomas hatte das Gefühl, unter diesen Umständen nicht ablehnen zu dürfen, da es unhöflich wäre, die Gastfreundschaft ihres Gönners zu verschmähen. In Wahrheit fühlte er sich alles andere als wohl. Sein Kopf fühlte sich so leicht an, als würde er sich jeden Moment von den Schultern lösen und davonfliegen. Immer wieder fuhr er zusammen, weil ihn Geräusche aus dem Saal erschreckten: Ein Glas zerbrach, aber als er herumfuhr, stellte er fest, dass das Klirren von der anderen Saalseite kam. Seine Sinneseindrücke schienen wie verzerrt. Es war Zeit, mit dem Trinken aufzuhören – er wollte keinesfalls die Kontrolle verlieren, nicht an einem Ort wie diesem.

»Noch eine Zigarette. Ja, bitte.« Er schob sein halb volles Glas zur Seite. »Und könnte ich etwas Wasser bekommen?«

»Wollen Sie nicht ein Spielchen wagen? Ihre Freunde sind fort, nun gut, aber es gibt keinen Grund, warum Sie sich nicht ein wenig vergnügen sollten. Ich beobachte Dr. Harris seit einer Weile, er scheint sich gut zu amüsieren.«

Thomas wand sich vor Unbehagen. Er schnipste Asche in den Aschenbecher und klopfte mit dem Finger immer weiter, auch als es längst nichts mehr abzuklopfen gab.

»Mr. Santos ...« Er holte tief Luft. »Bitte nehmen Sie es mir nicht übel, aber ich habe meinem Vater in jugendlichem Alter versprochen, mich nie auf Glücksspiele einzulassen.«

Santos nickte verständnisvoll, aber er beugte sich über den Tisch und tätschelte Thomas' Arm. »Hören Sie, Mr. Edgar. Wir werden es niemandem verraten. Wer sollte es erfahren?«

Thomas lächelte. Sehr leise sagte er: »Gott wird es erfahren, Sir.« Er zog sein Geldbündel aus der Tasche und legte es vor Santos, der es zu ihm zurückschob.

»Nein, behalten Sie es, Sir. Ich bewundere Männer mit Prinzipien. Bitte behalten Sie es, und kaufen Sie etwas Schönes für Ihre Kinder. Haben Sie Kinder?«

»Noch nicht.«

»Ah, Sie werden sicher bald mit Kindern gesegnet sein. Es gibt nichts Wichtigeres auf der Welt, als Kinder zu zeugen. Ich sage Ihnen viele voraus. Nun, dann eben für Ihre reizende Frau. Sie ist zweifellos reizend, und sie vermisst Sie. Kaufen Sie ihr etwas. Versprechen Sie es mir.«

»Das werde ich, Sir.« Er konnte es nicht ablehnen. »Ich danke Ihnen.«

Bevor Santos antworten konnte, stolperte eine hochgewachsene Gestalt aus der Menge auf sie zu und stieß hart gegen den Tisch. Es war Ernie Harris, der die Arme um eine blau gekleidete Frau mit verblüffend roten Haaren geschlungen hatte. Er trug keine Jacke mehr, und auf dem weißen Hemd zeichneten sich unter den Achselhöhlen gelbliche Flecken ab. Schweißperlen standen ihm auf der Stirn, und die Wangen waren rot gefleckt. Sein pomadisierter Schnurrbart, der dem seines Gastgebers glich, wenn auch in Miniaturformat, hing schlaff über seinen nassen Lippen.

»Seht mal«, stieß er keuchend hervor, »wen ich da gefunden habe.«

Die Frau in seinen Armen – die sich loszumachen versuchte, um ein wenig Haltung wiederzugewinnen – war Lillie, ihre Reisebekanntschaft von dem Schiff, das sie in Santarém abgesetzt hatte. Auf ihrem Kleid funkelten Perlen, und um den weißen Hals lag ein Diamantenhalsband. Thomas starrte es an wie gebannt, bis er sie sprechen hörte.

»Guten Abend, Mr. Edgar. Ich freue mich, Sie wiederzusehen.« Sie streckte die Hand aus, und er ergriff ihre Fingerspitzen, die in makellos weißen Handschuhen steckten.

»Sir«, sagte Ernie zu Santos, »darf ich Ihnen Miss Lillie vorstellen. Sie ist Französin.« Unaufgefordert ließ er sich neben Thomas auf die Bank fallen. Lillie blieb stehen und wartete.

»Enchanté, Mademoiselle«, säuselte Santos im Aufstehen und drückte ihr einen Kuss auf die Hand. »Bitte setzen Sie sich zu uns.« Er behielt ihre Hand in seiner und rückte zur Seite, so dass sie sich neben ihn setzen musste.

»Ein großartiger Abend, vielen Dank, Sir.« Ernie fächelte sich mit einem unsichtbaren Fächer Luft zu. »Aber verdammt noch mal, ich habe Ihr ganzes Geld verloren.« Die Augen fielen ihm zu.

»Machen Sie sich keine Sorgen, Dr. Harris. Es stand Ihnen zur Verfügung, und Sie konnten damit verfahren, wie Sie wollten.«

Ernie nahm Thomas die Zigarette aus der Hand und zog daran. Er verzog das Gesicht und hustete. »Du lieber Gott. Was ist das denn für ein Zeug?«

»Schsch, Ernie«, flüsterte Thomas, aber Mr. Santos war ganz in seine französische Unterhaltung mit Lillie vertieft. »Das ist einheimischer Tabak von Mr. Santos. Du kannst sie zu Ende rauchen. Ich fühle mich nicht ganz auf der Höhe.«

»Kein Stehvermögen, das ist dein Problem, Tom.« Ernie zog noch einmal und sah sich beim Inhalieren die Glut an.

Lillie hatte eine Hand auf die Brust gelegt und nickte energisch. Sie machte einen völlig gefesselten Eindruck. Santos war dicht an sie herangerückt und berührte sie häufig – mal die Schulter, dann den Arm, sogar einmal ihr Gesicht. Seine perfekt manikürten Finger beschrieben einen winzigen

Kreis auf ihrer Wange. Thomas verstand nicht, was er zu ihr sagte, aber sie senkte lächelnd den Blick und nickte heftiger denn je.

Plötzlich wurde ihm der Raum unerträglich. Er legte die Hände über die Ohren, aber dadurch hallten die Geräusche nur noch mehr. Ernie saß unangenehm dicht neben ihm. Er sprach, aber Thomas verstand nicht, was er sagte. Sein schweißnasses Gesicht war riesig, und seine Augen quollen hervor, als ob ihn jemand würgen würde.

»Geht es Ihnen gut, Mr. Edgar?«, ertönte eine Stimme, die aus dem Inneren einer Kathedrale zu kommen schien; sie prallte wie ein Echo an seinem Kopf ab und kam immer wieder. Santos hatte seine Aufmerksamkeit von Lillie abgewandt, und beide sahen ihn besorgt an.

»Muss ... nur an die Luft.« Thomas stand auf. Er verlor das Gleichgewicht und klammerte sich an die Tischkante. »Geh spazieren.«

Santos protestierte nicht; er deutete auf eine Tür an der gegenüberliegenden Saalseite, durch die Thomas auf eine Gasse hinausgelangen würde. »Geben Sie acht«, sagte er. »Bleiben Sie auf gut beleuchteten Straßen. Bleiben Sie da, wo andere Menschen sind.«

Nickend stürzte Thomas in Richtung Tür. Er wich dicken Männern im Frack aus, die in Grüppchen zusammenstanden und mit angeberischen Stimmen den Geräuschpegel zu übertönen versuchten. Einer fiel ihm wegen seiner breiten, geröteten Stirn besonders auf. Als Thomas an ihm vorbeistolperte, zündete er gerade mit einer Banknote eine Zigarre an und zwinkerte ihm zu. Thomas schnappte Bruchstücke der portugiesischen Unterhaltung auf und verstand alles, als sprächen die Leute englisch.

»Meine Frau hat in Frankreich einen Flügel bestellt und ihn nicht angerührt, seit er gekommen ist. Sie starrt ihn nur den ganzen Tag an.«

»Ich habe zwei davon. Sehr elegant.«

»Ich habe zwei Löwen aus Afrika importiert. Sie sind zahm, solange man sie gut füttert.«

Hinter den Männern stand eine Gruppe Leute um eine Badewanne herum, in der zwei junge Frauen saßen, die extravaganten Schmuck und sonst nichts trugen. Zwei Männer – für ihn sahen alle Männer im Saal gleich aus – leerten unter dem Gekreisch der Frauen Champagnerflaschen in die Wanne. Eine der Frauen lächelte Thomas zu, und er stellte fest, dass auch er stehen geblieben war und sie anstarrte. Ihre kleinen Brüste glänzten feucht. Eine Stimme in seinem Kopf sagte: »Treten Sie näher, Senhor Edgar.« Erschrocken wich er einen Schritt zurück, aber die Frau sah schon wieder weg und ihre Lippen hatten sich nicht bewegt.

Das ist ein Sündenpfuhl, dachte er. Der Schweiß rann ihm in die Augen und nahm ihm vorübergehend die Sicht. Er schmeckte ihn auf den Lippen und leckte ihn ab. Er verlor das Zeitgefühl und wusste nicht mehr, wie lange er da gestanden hatte. Sein Körper drängte ihn fort. Mit einer letzten Anstrengung erreichte er die Tür und hastete auf die Straße.

Eine kühle Brise trug den erdigen Geruch von Fluss und Wald zu ihm heran. Er nahm hundert Eindrücke gleichzeitig wahr: den beißenden Moschusgeruch der Affen, das Rauschen der Palmen, das Zwitschern der Delphine, den Gestank der faulenden Fische, das schweflige Aroma des männlichen *Morpho rhetenor*. Er stellte sich in den Wind und ließ sich das schweißnasse Gesicht trocknen. Der Wind streichelte und beruhigte ihn. Sein Atem wurde wieder normal.

Er stand auf einer engen Gasse unter einer Laterne, nicht weit von der Hauptstraße entfernt. Musikfetzen wehten an ihm vorüber, die immer lauter wurden. Jetzt, da er allein war, fühlte er sich wieder besser: Warmes Wasser rann durch seine Adern, und die Haut an seinen Armen kribbelte. Er holte tief Luft und stellte sich vor, er atme die Musik ein.

Mit knirschenden Schritten bewegte er sich auf die Hauptstraße zu. Hinter den Schleiern der Musik erahnte er ein geschäftiges Treiben, das noch durch eine Hausecke verdeckt war. Leichtfüßig glitt er darauf zu. Als er um die Ecke bog, war er plötzlich umringt von Farbe und Bewegung, Musik und Tänzern. Er war in eine Art Straßenkarneval geraten, bei dem maskierte Männer und Frauen zu den Klängen einer Musikgruppe tanzten, deren Mitglieder in bunte Fetzen gekleidet waren. Thomas lachte, als die Gruppe ihn in die Mitte nahm; Hände flirrten, Bänder flatterten, Fähnchen und Konfetti erfüllten die Luft. Er verspürte das unbändige Bedürfnis, seine Füße zu der Musik zu bewegen; wenn er die Augen schloss, drangen Klänge in seinen Körper ein und nahmen seine Glieder gefangen. Hände streckten sich nach ihm aus, um ihn zu berühren, und er ließ es zu. Maskierte Gesichter lachten mit ihm. Das musste der Himmel sein.

Da huschte etwas am Rand der Tanzenden vorbei. Als Thomas genauer hinschaute, war es verschwunden. Aber nein – da war es wieder. Er kämpfte sich durch die tanzenden Leiber hindurch. Jemand packte ihn an der Hand und wirbelte ihn herum; seine Füße drehten sich auf dem Straßenpflaster, und er stürzte fast, konnte sich aber wieder fangen. Inzwischen war der Schatten davongehuscht. In welcher Richtung hatte er ihn gesehen? Da – da war es wieder – rechts von ihm. Stolpernd nahm Thomas die Verfolgung auf, und ihm stockte der Atem, als er sah, was es war.

Im Licht der flackernden Taschenlampen und der Gaslaterne schwebte ein Schmetterling über der Menge. Thomas stand nur einen Meter von ihm entfernt und bestaunte atemlos seine Schönheit. Er stand in der Luft wie ein Kolibri und wartete auf ihn. Thomas griff sich an die Brust. Es konnte doch nicht … so weit war er gereist, und nun fand er ihn hier. Jeder der Flügel, die in einem Schwalbenschwanz endeten, einer schwarz, einer gelb, war so groß wie seine Hand. Der schwarze Flügel war von dem tiefsten Schwarz, das er je gesehen hatte, und gleichzeitig flirrten sämtliche Farben auf ihm, wenn das Licht ihn traf. In dem gelben Flügel sah Thomas seine Zukunft. Er ging darauf zu, aber der Schmetterling tanzte von ihm fort und mischte sich unter die anderen. Niemand sonst sah ihn an, alle Augen waren auf Thomas gerichtet, der nach seinem Schmetterling rief. Immer wieder schien dieser innezuhalten und auf ihn zu warten, und wenn er ihn fast erreicht hatte, entschwebte er wieder.

Er war jetzt allein mit ihm; die Nachtschwärmer waren zurückgeblieben. Er hätte Verzweiflung empfinden müssen, weil das schöne Wesen immer wieder floh, aber stattdessen spürte er die bekannte schmerzhafte Wärme in den Lenden – dies war die Jagd in ihrer äußersten Intensität. Die Erregung erfasste seinen ganzen Körper, sogar seine Ohren prickelten.

Der Schmetterling verweilte am Eingang zu einer Gasse und verschwand, als er ihn fast erreicht hatte, im Dunkeln. Thomas keuchte. Er bog in die Gasse ein. Wenn sie nicht zu steil anstieg, würde er ihn schon zu fassen bekommen. Er wusste nicht, was er dann mit ihm tun würde, wie er ihn mit bloßen Händen fangen sollte, aber er würde ihm gehören.

Als er ein paar Schritte gelaufen war, entfuhr ihm unwillkürlich ein Schrei. Der Schmetterling hatte im Dämmerlicht riesenhafte Ausmaße angenommen, er war so groß wie ein Mensch. Zwei Hände schlängelten sich unter den Flügeln hervor und winkten ihm. Das Wesen schwebte nicht mehr, sondern stand auf menschlichen Füßen fest auf dem Boden. Thomas näherte sich, und die Gestalt floh nicht. Er streckte die Hand aus und berührte Haut, bemalte Haut, die seine Hände schwarz färbte. Der Schmetterling lachte und umhüllte ihn mit den Flügeln. Er drückte sich an die Schmetterlingsfrau, und sie küsste ihn mit ihrer Nektarzunge. Er sog diese Süße in sich ein, ließ sie davon kosten. Seine Hände glitten über ihren Körper, fanden ein ausladendes Gesäß und Flügel aus schimmernder Seide, die kühl über sein Gesicht streiften. Finger machten sich an seinen Hosenträgern zu schaffen, an seinem Hosenbund. Sein Glied schnellte heraus, stieß gegen sie. Beine schlangen sich um seinen Körper, als er sie gegen die Wand drückte, und er wurde von einer Wärme umfangen, die ihn erschauern ließ. Immer wieder drang er ein, zog sich zurück. Sie wimmerte dicht an seinem Ohr, und er bog den Kopf zurück, um sie anzusehen. Durch den Nebel in seinem Kopf klang eine Stimme, die sagte: *Ein Schmetterling macht kein Geräusch.*

Der Nebel lichtete sich. Er stieß immer härter zu, aber etwas fehlte noch zum Höhepunkt. Ihr Gesicht nahm Konturen an. Jetzt waren es die Züge einer Frau. Ihre Arme umklammerten seinen Hals, und unter der schwarzen Farbe kam goldene Haut zum Vorschein. Ihre dunklen Augen bohrten sich in seine, und sie schrie auf. Das Geräusch war ganz verkehrt. Er versuchte, sich von ihr loszureißen, aber sie hatte sich an ihm festgesaugt. Ihr Gesicht war ein Dreieck, das auf der Spitze balancierte, und das entsprach der Form eines Schmetterlingskopfes über dem Mittelleib. Er stieß sie von sich, und sie landete auf den Füßen. Er tastete nach seinen Hosen, die albern auf seinen Knöcheln hingen, und zog sie hoch.

»Senhor«, flüsterte sie und legte die Hand an seine Wange.

Sie war kein Schmetterling. Aus weit auseinanderstehenden Augen blickte sie ihn flehentlich an. Behutsam beugte sie sich vor, und er gewährte ihr einen letzten Kuss. Dann blickte sie an sich hinunter, sah, dass die Farbe von ihrem nackten Körper verschwunden war, und kreuzte schamhaft die Flügel. Wie hatte er nur dieses behelfsmäßige Kostüm für die Flügel seines kostbaren Schmetterlings halten können?

Die Frau bewegte sich nicht, und Thomas versuchte, sie allein durch Willenskraft dazu zu bewegen, dass sie fortging und ihn seiner Schande überließ. Sie wartet auf etwas, dachte er. Er wischte sich die Stirn mit einer schwarz verschmierten Hand, fasste in seine Hosentasche und holte das Geldbündel heraus, das Santos ihm gegeben hatte. Er hielt es ihr hin. Die Sache wäre nicht ganz so schlimm, dachte er, wenn er sie für ihre Dienste entlohnte.

Sie hob die Hand, aber als sie sah, was es war, erstarrte sie. Traurig schüttelte sie den Kopf und schlug ihm das Geld aus der Hand. Dann drehte sie sich um und floh, und ihre Flügel flatterten hinter ihr her.

Thomas stolperte auf die Straße hinaus. Der Karneval war weitergezogen – oder vielleicht hatte es ihn nie gegeben? Er hätte es nicht sagen können. Die Straßen kamen ihm jetzt erschreckend wirklich vor, und die Absätze seiner Schuhe klackten auf dem Straßenpflaster. Er erkannte Santos' Kutsche und schwankte auf sie zu.

»Senhor Edgar«, begrüßte ihn der Fahrer, eine dunkel aufragende Gestalt mit Melone. Thomas konnte sein Gesicht nicht erkennen. »Tudo bem com você?«

Thomas sah, dass an seinen Händen schwarze Farbe klebte. Er hatte die Jacke verloren, und die elegante weiße Weste und das Hemd waren zerdrückt und fleckig. Er erhaschte einen Blick auf sein Spiegelbild im Kutschenfenster; sein Gesicht hätte einem Kaminfeger alle Ehre gemacht. Eine plötzliche Übelkeit ergriff ihn, und er erbrach sich in die Gosse.

»Bitte«, sagte er zu dem Fahrer, »bringen Sie mich nach Hause. Para casa.«

Die Helligkeit im Zimmer nahm zu, und Thomas' Kopf dröhnte. Er schmiegte sich an Sophies Rücken, legte die Wange an ihr warmes, raues Baumwollnachthemd. Wie gut es tut, wieder zu Hause zu sein, dachte er – im eigenen Bett. Seine Lider hoben sich, und er erwartete, die Kommode und die rosafarbene Tapete in Sophies Zimmer – ihrer beider Zimmer – zu erkennen. Aber etwas stimmte nicht. Die Wände waren dunkel und von Mustern bedeckt. Anstelle der Kommode stand ein dick gepolsterter Stuhl, über dessen Lehne jemand ein schmuddeliges Hemd und eine Hose geworfen hatte.

Als er Sophies Taille drückte, gab sie unter seinen Händen nach wie Pudding. Er hob den Kopf und sah sich blinzelnd um.

Er war keineswegs zu Hause. Die Gestalt in seinen Armen war nichts weiter als ein Kissen mit Baumwollbezug. Bitter enttäuscht schloss er die Augen wieder.

Als er sich mit schmerzenden Gliedern in das weiche, luxuriöse Bett zurücksinken ließ, stiegen die Bilder der vergangenen Nacht plötzlich vor ihm auf, und er schlug aufstöhnend die Hände vors Gesicht. Was hatte ihn nur dazu getrieben? Zu viel getrunken hatte er nicht, und als er den Club verlassen hatte, musste er das schwere Essen doch längst verdaut haben. Es konnte nur an den merkwürdigen Zigarretten gelegen haben, die Santos ihm aufgedrängt hatte. Eine Art Giftwurzel. Er schob den Gedanken von sich, dass er die seltsamen neuen Empfindungen eine Zeit lang durchaus genossen hatte – nein, er musste sich vergegenwärtigen, zu welch unaussprechlichen Dingen sie ihn verleitet hatten.

Sophie. Meine arme Sophie, dachte er. Er hatte sein Heiratsgelübde gebrochen und würde sicherlich bestraft werden.

Jemand klopfte beharrlich an die Tür. Hatte ihn dieses Geräusch geweckt? Wer immer auf der anderen Seite stand, musste lange gewartet haben.

»Herein«, krächzte Thomas.

Santos' Butler kam rückwärts mit einem Tablett ins Zimmer, auf dem Tee und frisch gebackene Brötchen angerichtet waren. Er trug immer noch seinen Pinguinanzug – ein lächerlicher Anblick in dieser Hitze.

»Guten Morgen, Sir. Haben Sie gut geschlafen?«

»Danke«, erwiderte Thomas unverbindlich. »Wie spät ist es?«

»Fast Mittagszeit, Sir. Zwei Ihrer Freunde sind schon seit langem wach. Sie lesen auf dem Balkon. Senhor Santos ist zu Geschäften in der Stadt.«

Thomas brauchte nicht zu fragen, welche beiden. Wenn Ernie letzte Nacht seine Zigarette zu Ende geraucht hatte, musste es ihm mindestens so schlecht gehen wie ihm selbst.

Der Butler begann, seine Kleider vom Boden aufzuheben – Unterwäsche, Gamaschen und Schuhe. Als er zum Stuhl kam, hielt er inne und hob das Hemd mit spitzen Fingern auf, als sei es mit Exkrementen statt Farbe verschmiert.

»Ich lasse dies für Sie reinigen, Sir«, sagte er.

Thomas entließ ihn mit einer Handbewegung.

Unten fand er Ernie in Gesellschaft von John und George vor. Sie saßen im Schatten und tranken Kaffee. Thomas goss sich sofort eine Tasse ein.

»Thomas, du siehst ja furchtbar aus«, sagte George. »Irgendwie … gelblich. Habe ich nicht recht, Ernest?«

»Du siehst aus wie Pisse«, sagte Ernie, hochzufrieden mit seinem gelungenen Vergleich.

Thomas schlürfte den Kaffee, der in der Kanne kalt geworden war. »Und was ist mit dir, Ernie? Wie fühlst du dich?«

»Ausgezeichnet, Sir. Nichts, was eine ordentliche Mütze Schlaf nicht kurieren könnte. Und etwas Koffein.«

»Und ist … irgendetwas Ungewöhnliches passiert? Nachdem ich fort war, meine ich?«

»Nicht, dass ich wüsste. Mr. Santos hat recht zärtliche Gefühle für unsere Lillie entwickelt, aber das war alles.«

»Wer ist ›unsere Lillie‹ ?«, fragte George.

»Nur einer der schönsten Nachtfalter in Manaus, George. Mach nicht so ein Gesicht.«

George schnaubte ungehalten.

»Sie ist vielleicht deine Lillie«, sagte Thomas, »meine ist sie jedenfalls nicht.«

»Schon gut, schon gut, mach mal halblang«, sagte Ernie. »Es ist nur so ein Ausdruck. Oder nicht, John?«

John blickte von seinem Buch auf. »Wie du meinst, Ernie.«

»Herrgott, was ist denn heute mit euch allen los? So was von empfindlich.« Ernie schnalzte mit der Zunge und griff zur Zeitung.

Thomas lehnte sich zurück und schlug nach den Fliegen, die sich auf Armen und Gesicht niedergelassen hatten. Der Wald war nur durch eine Mauer vom Garten getrennt, und an manchen Stellen war er durch die Steine gebrochen und hatte sich einen Weg ins Innere des Gartens gebahnt. Es musste ein ständiger Kampf sein, der Vegetation Einhalt zu gebieten. Er sehnte sich danach, diese neue Gegend zu erforschen, in der die veränderte Zusammensetzung des Bodens den Fluss so schwarz färbte, dass er nach seiner Farbe benannt wurde. Sicher gab es hier eine Fülle neuer Insektenarten. Irgendwo da draußen wartete sein Schmetterling auf ihn. Wer weiß, vielleicht waren die Schrecken der vergangenen Nacht sogar ein Zeichen gewesen, dass er alles tun müsse, um ihn zu finden.

Als Santos von seinen Geschäften zurückkehrte, schlug er ihnen für den Rest des Nachmittags eine Besichtigungstour durch Manaus vor. Die erste Station war das Opernhaus, Santos' ganzer Stolz. Doch die düstere Stimmung, die Thomas nicht abschütteln konnte, nahm ihm etwas von seinem dekadenten Glanz. Bei dem Bau hatte man offensichtlich keine Kosten gescheut. Santos prahlte mit den sechsundsechzigtausend blauen und goldenen Dachziegeln, die aus dem Elsass importiert worden waren und die vergoldete Kuppel schmückten. Thomas meinte in der Nachmittagssonne Tausende von *Morphos* zu erkennen und wartete darauf, dass sie auffliegen würden und darunter etwas weit Dunkleres zum Vorschein käme. Das Gebäude war nach florentinischem Vorbild erbaut, und die Steine waren aus Italien herbeigeschafft worden. Eine wahrhaft schwere Last für jeden Ozeandampfer, dachte Thomas. Im Inneren des Gebäudes zeigte ihnen Santos extravagante Lüster aus Venedig, Säulen aus Carrara-Marmor und große Vasen aus Sèvres-Porzellan. Sophie wäre begeistert gewesen. Thomas wünschte sich inständig, er hätte dies alles mit ihr zusammen erleben können. Wäre sie bei ihm gewesen, wäre die Tollheit der vergangenen Nacht nie geschehen.

»Sie müssten das Haus während einer Vorstellung erleben«, schwärmte Santos. »Dann tritt sein Glanz erst richtig zum Vorschein. Es ist prächtiger als jedes andere Gebäude in ganz Europa!

Mit diesem Opernhaus haben wir bewiesen, dass wir eine wahrhaft elegante Stadt sind. Sind Sie nicht auch dieser Ansicht, Gentlemen?«

Die Männer nickten wie benommen und schwiegen. Sie dachten alle dasselbe: Dieses Bauwerk war im Dschungel so fehl am Platze wie ein Elefant im Ritz. Angesichts all dessen, was Thomas vom Urwald und seinen Bewohnern gesehen hatte, machte seine Großartigkeit Thomas fast beklommen.

Als er an jenem Abend zum Essen nach unten ging und den Salon betrat, tranken die anderen bereits ihren Brandy.

»Ich habe heute Abend einen besonderen Genuss für Sie vorbereitet«, kündigte Santos an. »Musik. Mögen Sie Musik?«

»Natürlich«, erwiderte George. »Seit wir in diesem Land sind, haben wir bei weitem nicht genug Musik gehört.«

»Dann versichere ich Ihnen, Mr. Sebel«, erklärte Santos, »dass diese Musik anders sein wird als alles, was Sie zuvor gehört haben.«

Er nahm die Glocke zur Hand, die neben ihm auf dem Kaminsims stand, und läutete. Wie seltsam, dachte Thomas, ein Kamin in einem solchen Klima.

Gefolgt von zwei Männern betrat eine kleine, rundliche Frau den Salon. Einer der beiden war Santos' Diener Manuel, der die Zunge verloren hatte. Die beiden trugen Gitarren und setzten sich auf zwei Stühle, während sich die Frau zwischen sie stellte. Sie legte sich einen schwarzen Schal um die Schultern und hatte die Augen geschlossen. Geschickte Finger zupften traurige Gitarrenklänge. Die beiden Musiker ergänzten einander gekonnt, die Noten verwoben sich zu einem Klangteppich.

Immer noch mit geschlossenen Augen begann die Frau leise mit dunkler, kehliger Stimme zu singen. Mit der Zeit wurde sie lauter und öffnete die Augen. Sie sang auf Portugiesisch. Thomas schloss die Augen und versuchte, die Worte zu verstehen. Es war ein melancholisches, sehnsuchtsvolles Lied. Er verstand, dass die Sängerin um ihre verlorene Heimat Oporto klagte und dass es dort einen großen Fluss gab. Das Lied sprach von Wein und langsamen Tänzen. Als Thomas die Augen öffnete, sah er, dass alle Anwesenden von ihrem Gesang gefesselt waren. Santos' trauriges Lächeln war unter dem großen Schnurrbart kaum auszumachen. In den Augen der Sängerin glitzerten Tränen. Sie blickte an ihnen vorbei in eine Ecke des Zimmers, als durchdringe ihr Blick die Wände und schweife über den Ozean in ihr Heimatland. Das Gesicht mit der goldenen Haut, dem kleinen Kinn und den großen braunen Augen brachte etwas in Thomas zum Klingen. Als das Lied auf einer letzten, endlos lang gezogenen Note endete, huschte ihr Blick zu ihm, und ihre Augenbrauen zuckten. Das Blut stockte ihm in den Adern, und er hielt die Luft an, als würde er in einen tiefen Abgrund stürzen.

Als das Lied zu Ende war, applaudierten die Männer hingerissen. Thomas' klatschte mechanisch mit. Die Frau verbeugte sich tief, aber im Schwung ihres Kleides war etwas Kraftvolles, Herausforderndes. Sie öffnete den Fächer, der von ihrem Handgelenk baumelte, und verbarg ihr Gesicht dahinter. Die beiden Männer nahmen ihre Gitarren und verließen den Raum.

»Sehr schön, meine Liebe«, sagte Santos. Er wandte sich den Männern zu. »Diese Musik heißt Fado, Gentlemen. Die Musik der Portugiesen, die sich nach ihrer Heimat sehnen. Diese Dame ist die beste Fado-Sängerin in Manaus.«

Sie hatte den Blick gesenkt, und ihre dunklen Wimpern waren über dem Fächer gerade noch sichtbar. Santos hielt ihr die Hand hin. Sie trat auf ihn zu und ergriff sie.

»Darf ich Ihnen meine Frau Clara vorstellen.«

Die Männer erhoben sich. Thomas war einer Ohnmacht nahe und musste sich an Georges Stuhllehne abstützen. Als Santos von einem zum anderen ging, um die Männer einzeln vorzustellen, sah sie Thomas nicht an.

»Und das ist Mr. Edgar.«

Santos wandte sich einen Moment ab, um etwas zu Ernie zu sagen, der an den Kamin getreten war. Clara winkelte den Fächer ab und sah Thomas direkt in die Augen. Dann legte sie ihren schwarz behandschuhten Zeigefinger an die Lippen.

Thomas nickte stumm, und der Raum versank um ihn.

Manaus, 7. Januar 1904

Ich bin nur ein Mann. Ein Mann ist seit jeher der Sklave seines Körpers – wie konnte ich annehmen, dass ich anders sei?

Ich habe zwei Menschen verraten – meine Frau und meinen Gönner. Ein Teil von mir sagt mir, das müsse ein Irrtum sein, aber ich weiß, dass es keiner ist. Wie kommt eine Frau, die Gattin eines der wohlhabendsten Männer von Manaus, dazu, sich zu verkleiden und sich einem Straßenkarneval anzuschließen? Weiß Santos, dass sie solche nächtlichen Streifzüge unternimmt? Sein Verhalten ist nicht gerade angemessen, aber bei Männern ist ein solches Betragen viel üblicher, oder nicht? Vielleicht bin ich naiv. Ich weiß nichts von dieser

Stadt und ihren Sitten. Vielleicht sind ihre Bewohner ungezügelt und wild. Mit ihrer stummen Geste beschwor sie mich, Stillschweigen zu bewahren, und sie hat keinen Grund zu der Annahme, dass ich ihre Wünsche nicht respektieren werde – denn andernfalls würde ich auch mich selbst preisgeben. Ich werde schweigen und inständig hoffen, dass sie es auch tut. Dieses Tagebuch wird von nun an vor neugierigen Blicken geschützt werden müssen.

Sophie, wirst du mir jemals vergeben?

Kapitel 7

Richmond, Mai 1904

Sophie zuckt zusammen, als wäre sie laut angesprochen worden, als säße ein zerknirschter Thomas neben ihr. Das ist es also. Sie liest den letzten Eintrag in diesem Tagebuch und spürt seine Verzweiflung, kann aber kein Mitgefühl aufbringen. Auf der Seite gegenüber, der letzten vor dem Einband, ist eine farbige Zeichnung des gelb-schwarzen Schmetterlings. Sie ist mit so vielen liebevollen Details geschmückt, dass Sophie sie gegen ihren Willen bewundern muss. Sie fragt sich, ob er ein lebendes Modell hatte. Das Bild ist sehr schön. Soll ihr das Hoffnung machen, nach all dem, was sie gerade gelesen hat?

Der Raum ist jetzt dunkelgrau, voller Schatten, ein Wunder, dass sie überhaupt ein Wort lesen konnte. Wieder und wieder nimmt sie die letzten Sätze in sich auf und versucht, so viel aus ihnen herauszulesen wie nur möglich, alles, was gemeint sein könnte, zu verstehen. Aber im Moment drängt sich ihr nur eine Bedeutung auf. Sie ist nicht dumm, sie weiß, dass Männer solche Dinge tun, aber sie hätte schwören können, dass Thomas anders ist als die anderen.

Sie steht auf und schleudert das Buch gegen die Wand. Dabei stürzt der Kerzenständer um, der auf dem Nachttisch steht, und fällt zu Boden. Eine Hand gegen den Bauch gepresst, hebt sie das Buch wieder auf und sieht es an. Der Buchrücken hat sich gelöst und biegt sich wie ein Stoffband. Sie starrt auf das Buch in ihrer Hand, als könne es ihr die Fragen beantworten, die sie ihrem Mann ins Gesicht schleudern will. Angewidert wirft sie es in die Tasche zurück und schiebt das Fenster auf. Jetzt braucht sie dringend frische Luft. Der Himmel im Osten reflektiert die sinkende Sonne; aufgeblähte Wolken liegen schwer von Regen am Horizont. Alles ist in lavendelfarbenes Licht getaucht; sie meint, den Lavendel in der Luft fast riechen zu können. Sie hat diesen Anblick oft in sich aufgenommen, aber jetzt hat sich die Welt verändert. Ihre Ränder sind dunkler geworden.

Was kann sie tun? Sie fährt sich mit den Fingern durch die Haare und kratzt sich gereizt die Kopfhaut. Ein Anflug von Kopfschmerzen drückt von innen gegen ihre Stirn. Es gibt kein Zurück mehr. Sie wollte es wissen, und jetzt weiß sie es.

Gebückt hebt sie auch die anderen Tagebücher auf, die wie Laub auf dem Boden verstreut liegen, legt sie in die Tasche und lässt den Verschluss zuschnappen. Danach öffnet sie leise die Tür zum Zimmer ihres Mannes und schiebt die Tasche geräuschlos hinein.

Unten in der Küche fällt das letzte Abendlicht schräg durch das Fenster auf die Sitzecke. Mit schnellen Bewegungen schneidet sie Brot, Schinken und Käse auf. Zu schnell – das Messer rutscht ab und fährt ihr in die Fingerspitze. Sie spürt den Widerstand noch vor dem Schmerz. Ihr Stöhnen durchschneidet die Stille, Blut tropft auf Thomas' Abendessen. Sie drückt ein Tuch gegen die Wunde und ist kurz versucht, das Essen so stehen zu lassen, wie es ist, aber dann wirft sie das besudelte Brot doch lieber in den Abfalleimer und schneidet eine neue Scheibe ab.

Thomas setzt sich im Bett auf, als sie mit einem Tablett eintritt, und räkelt sich ausgiebig. Er kommt ihr vor wie ein kleiner Junge, der von seiner Mutter geweckt wird, doch dann fällt ihr ein, wozu er fähig ist, und sie schiebt diesen Gedanken weit von sich.

Wortlos stellt sie das Tablett vor ihn aufs Bett. Er muss es abstützen, weil es bedenklich ins Rutschen gerät, und als sie sich umdreht und aus dem Zimmer marschiert, spürt sie seine fragenden Blicke im Rücken.

Im unteren Stockwerk bleibt sie vor dem Flurspiegel stehen, um sich zu frisieren. Sie steckt die losen Strähnen fest und versucht, nicht daran zu denken, was sie gleich tun wird. Als sie mit sich zufrieden ist, setzt sie sich ihren besten Hut so auf den Kopf, dass er ihr Gesicht am besten zur Geltung bringt – leicht nach vorne geneigt, damit die Stirn bedeckt ist und die Augen geheimnisvoll darunter hervorblitzen. Sie holt tief Luft. An ihrem Kleid sind immer noch Schmutzspuren sichtbar, aber sie hat jetzt keine Zeit, sich umzuziehen. Lieber zieht sie einen leichten Mantel über, einen, den sie an einem so warmen Abend nicht wird ablegen müssen. Sie tritt auf die stille Straße, in der die Lampenanzünder gerade ihre abendliche Runde begonnen haben.

Captain Fale erwartet keine Besucher, und als die Türglocke läutet, schrickt er ein wenig zusammen. Er muss eingeschlafen sein, denn er sitzt im Dunkeln. Hastig greift er nach seinem Gehstock und stemmt sich hoch. Wahrscheinlich eine Nachricht von Ed Worthing, dass er die morgige Verabredung nicht einhalten kann. Aber an einem Sonntag? Wie lästig, dass er an Mrs. Browns freiem Tag Besucher empfangen muss.

Als die Tür aufschwingt, hat er das plötzliche Bedürfnis, sich über die Haare zu streichen, aber es ist zu spät. Auf der Schwelle steht Sophie und blickt unter der tiefen Krempe ihres hübschesten Hutes zu ihm auf.

»Mrs. Edgar«, sagt er. »Welch eine Überraschung.«

Die Worte *und welch eine Freude* verkneift er sich. Sie kommt ihn besuchen! Ist das Begehren in ihrem Blick? Kaum wagt er zu hoffen, dass sein Plan aufgegangen ist – dass sie zu ihm gekommen ist. Vielleicht hat sein Hinweis, ihr Mann könnte seinen Glauben verloren haben, ins Schwarze getroffen. Er möchte die Tür weit aufstoßen und sie zu sich hineinziehen. Seine Arme sehnen sich danach, sie zu umschlingen.

Blitzartig taucht ein Bild vor ihm auf: Sophie sinkt aufseufzend in seine Arme, und er spürt ihr Gewicht an seiner Brust. Aber etwas daran stimmt nicht. Sie hat ihre Handschuhe vergessen, und um einen Finger ist ein Stück Stoff gewickelt, durch das Blut sickert und kleine Tupfen bildet wie Rubine auf einem Ring. Der Anblick ihrer nackten Hände treibt ihm die Röte ins Gesicht, er kommt ihm bemerkenswert intim vor. Sie tritt von einem Fuß auf den anderen und wirkt angespannt. Hin und wieder wirft sie einen Blick über die Schulter.

»Samuel«, sagt sie, »darf ich hereinkommen?«

»Ich …« Was soll er darauf antworten? Schon sind mehrere Passanten am Haus vorübergegangen und haben sie neugierig angesehen – Leute, die er aus der Kirche kennt. Er weiß genau, was sie denken: Was macht eine schöne, junge, verheiratete Frau bei einem vertrockneten, alleinstehenden alten Gentleman wie ihm? Bei Anbruch der Dämmerung? Er darf seinem Impuls, sie hereinzuziehen, nicht nachgeben. Er tritt unentschlossen zurück, und ein plötzlicher Schmerz durchzuckt sein Bein.

»Mrs. Edgar …«, setzt er erneut an. Sie hat ihn wieder Samuel genannt. Und jetzt steht sie vor seiner Haustür und will eingelassen werden. »Mrs. Edgar, ich glaube nicht …«

Sie reibt sich nervös die Hände und schüttelt sie, als wären sie nass. Als sie einen Schritt nach vorne macht, weicht er überrascht zurück.

»Bitte, Samuel.« Sie steht so dicht vor ihm, dass er ihr Rosenwasserparfum riechen kann. Es steigt ihm in die Nase und steigert seine Verwirrung. Nichts wäre ihm lieber, als sie einzulassen – wer weiß, wozu das führen würde, in ihrer Verfassung? Aber er rührt sich nicht von der Stelle, obwohl sie fast schon gegen ihn stößt.

Keine Frage, etwas hat sie sehr aufgeregt. Ihr Gesicht ist tränenverschmiert und fleckig, als hätte sie zu nahe an einem rauchenden Feuer gestanden. Sie starrt ihn entschlossen an, und einen Moment lang erregt ihn der Machtkampf, der sich zwischen ihnen abspielt. Er will seine Gefühle nicht preisgeben, und sie ist offenbar entschlossen, sich über seinen Widerstand hinwegzusetzen. Doch schließlich gibt sie seufzend nach und tritt eine Stufe zurück.

»Es tut mir leid«, sagt sie. »Sie haben recht. Das ist äußerst unschicklich.« Ihre Stimme ist so leise, als spräche sie mit sich selbst.

»Ich kann Ihnen morgen einen Besuch abstatten, wenn Sie wünschen«, schlägt er vor, aber sie winkt ab.

»Nein, Captain Fale. Das wird nicht nötig sein.« Ohne ein Wort des Abschieds dreht sie sich um – von kalter Wut getrieben, wer weiß? – und läuft die Straße hinunter.

Er schließt die Tür und lehnt sich mit dem Rücken dagegen. Das Holz an seinem Hinterkopf ist kühl. Mit zitternden Händen fasst er sich an den Hals. Ihre Absichten hätten ihn in Entzücken versetzen sollen, aber nach dem ersten Schock und der ersten Freude ist er nur noch verwirrt. War es die richtige Entscheidung, sie nicht einzulassen? Ja, er ist sich seiner Sache sicher. Es wäre ganz falsch, wenn er zuließe, dass sie jetzt ihren Ruf ruiniert. Jetzt, da er dem Ziel so nahe ist.

Es regnet die ganze Nacht. Der Regen trommelt auf die Dächer und schlägt gegen die Fenster, die Tropfen sind so groß wie fette Kaulquappen. Am Morgen kann niemand aus dem Haus gehen, ohne dass es ihm den Schirm umdreht und den Mantel gegen die Beine schlägt. Das Wasser läuft in die Krägen und durchnässt die eben noch trockenen Unterröcke. Agatha blickt vom Wohnzimmerfenster auf die Straße, während ihre Schwester Catherine mit kraftvollen Fingern im Rhythmus der Regentropfen auf das Klavier hämmert und ihr Bruder Edwin mit seinem neuen Kätzchen spielt. Er geht sehr sanft mit dem Tierchen um, zu sanft für einen Jungen seines Alters, denkt Agatha, und hält es so ungeschickt, als wäre es aus Sand und könne ihm durch die Finger rinnen.

Catherine hat es beim Klavierspiel weit gebracht. Sie ist erst fünfzehn und hat mit ihrer Fingerfertigkeit Agatha schon längst überflügelt. Agatha fehlt die Geduld, Tonleitern zu üben, und sie hatte nach ihrer Klavierstunde nicht selten geschwollene Fingergelenke, bis ihr Vater herausfand, wie es dazu kam, und Mrs. Rogers, die Lehrerin, in Tränen aufgelöst vor die Tür setzte. Keine seiner Töchter würde man schlagen wie ein gemeines Tier, sagte er, und drückte seine Tochter an sich. Sie umschlang seine ausladende Körpermitte und grinste in seine Weste. Catherine dagegen kann stundenlang am Klavier sitzen und Tonleitern üben, bis jemand kommt und sie bittet, endlich damit aufzuhören. Sie scheint in Trance zu fallen und ist weit, weit weg; in den Tonleitern hört sie den Klang der Wellen am Strand, die in endlos wiederkehrenden Zyklen auf- und abschwellen. Dieses Talent hat sie von ihrer Großmutter geerbt, die jedes Instrument spielen konnte, das man ihr gab.

Agatha schnaubt verstimmt und steigt mit einem großen Schritt über Edwin hinweg, der jetzt auf dem Rücken liegt, das Kätzchen auf dem Bauch balancierend. Sie kann nicht widerstehen und beugt sich blitzartig zu ihm hinunter, um ihn zwischen den Rippen zu kitzeln. Er kreischt auf wie ein kleines Mädchen.

»Mami!«, ruft er, und sie richtet sich angewidert auf.

»Mami kann dich nicht hören, *Edwina.*« Sie stößt ihn mit der Fußspitze, und das Kätzchen purzelt miauend auf den Fußboden. Impulsiv beugt sich Agatha noch einmal hinunter und reißt ihren Bruder rasch an sich, bis er zappelt wie ein kleines Tier. Sie drückt ihm einen Kuss auf die dunklen Locken und spaziert gelangweilt aus dem Zimmer, die Treppen hinauf.

Unter ihrem Bett liegt, verborgen vor neugierigen kleinen Augen und Fingern, das Ouijabrett, das ihr die Großmutter kurz vor ihrem Tod geschenkt hat, als Agatha fünfzehn war. Nona hat lange am Leben festgehalten, als wolle sie mit dem Sterben warten, bis Agatha Hüften und Brüste hatte und sie damit sicher sein konnte, dass sie sie ins Frausein begleitet hatte und die Gaben ihrer Enkelin voll entwickelt waren. Sie hatte immer gesagt, ein Mädchen in der Pubertät sei für Geister zugänglich, und Agatha hatte sich natürlich für Spiritualismus interessiert, aber als sie älter wurde, hatte dieses Interesse nachgelassen. Das alte Brett hatte sie ein paar Mal im Beisein von Freundinnen hervorgeholt und wieder weggelegt, als sie sah, dass es nicht mehr so leicht zum Leben erwachte wie früher.

Es ist der Gedanke an Thomas, der sie hergeführt hat. Sie ist versucht, das Ouijabrett zu Sophie mitzunehmen und dort noch einmal auszuprobieren. Was, wenn er von Geistern besessen ist? Wenn ein Teil von ihm auf die andere Seite gegangen und nicht wiedergekehrt ist? Die jüngere Agatha hätte blind daran geglaubt, aber die erwachsene Agatha steht diesem Gedanken irgendwie im Weg. Sie setzt sich auf das Bett und streicht über das kühle Holz. Nona hätte gewusst, was zu tun ist. Sie hätte sich nicht abspeisen lassen. Sie hätte Thomas wieder zum Sprechen gebracht.

Nona war eine Roma, die das Leben auf der Straße aufgegeben und einen Engländer geheiratet hatte. Sie passte nicht in das Klischee von der Zigeunerin – sie trug keine Schals und goldene Ohrringe –, aber ihre Haut hatte die Farbe von starkem Tee, und ihr Akzent war nicht zu überhören. Und sie hielt an vielen ihrer Glaubenssätze und geistigen Gaben fest. Die Musik gab sie an Catherine – Nona nannte sie Katerina – weiter, den Geisterglauben an Agatha. Sie brachte ihr auch bei, sich nie den Konventionen zu beugen, und das war derjenige ihrer vielen Ratschläge (die nach Meinung ihrer Enkel auch eine Menge abergläubischen Unsinn enthielten), den Agatha immer beherzigte. Er begleitete sie Tag für Tag und gab ihr die Kraft, ihren Überzeugungen treu zu bleiben.

»Kümmere dich nie darum, was die anderen von dir halten, Kind. Du bist nur dir selbst und Gott Rechenschaft schuldig. Nur diesen beiden. Und Gott liebt dich, was immer du tust.«

Nona hatte Agatha erklärt, dass es Tiergeister gibt, die sich in Menschen einnisten. Agatha war einmal als kleines Mädchen ins Ohr gestochen worden, und ihr Gehör trug einen bleibenden Schaden davon. Hin und wieder begann es in ihrem Kopf zu summen. Nona sagte, dass die Biene einen Teil von sich in ihrem Kopf zurückgelassen hatte, als sie starb, und ihr Geist war dageblieben, um sie zu leiten.

Vielleicht wird sie Sophie vorschlagen, dass sie das Ouijabrett zusammen ausprobieren. Sophie wird sich zweifellos weigern. Sie ist der Meinung, es sei unchristlich, mit Geistern in Verbindung zu treten.

Agatha hatte es einmal mit automatischem Schreiben versucht und war rasch mit zwei Geistern in Kontakt gekommen, die sich in ihrer Nähe aufzuhalten schienen. Doch sie hatten nie etwas Interessantes mitzuteilen und benahmen sich wie zwei zänkische alte Tanten. Einer der beiden meldete sich oft ungebeten zu Wort und widersprach dem anderen, aber es ging immer nur um banale Dinge wie das Entfernen von Teeflecken, und Agatha fragte sich mit der Zeit, ob es nicht vielleicht an ihrer eigenen kümmerlichen Phantasie lag, die weder Geister zuwege brachte, die einen grauenhaften Tod gestorben waren, noch welche, die eine Antwort auf alle Probleme kannten.

Sie greift nach dem Ouijabrett und wappnet sich gegen den Regen.

Sophie sitzt zurückgelehnt mit einem feuchten Waschlappen auf der Stirn im abgedunkelten Salon. Sie hat in der vergangenen Nacht kaum geschlafen und ein entsprechend flaues Gefühl im Magen. Schon allein beim Gedanken an Essen wird ihr übel. Seit sie Thomas am Abend sein Tablett gebracht hat, ist sie nicht mehr bei ihm gewesen. Sie traut sich selbst nicht über den Weg, fürchtet, sie könnte auf ihn losgehen und mit aller Kraft auf ihn einschlagen. Jetzt schmerzt ihr der Kopf, so sehr muss sie sich im Zaum halten, und ihr Körper fühlt sich an, als wäre er an den Stuhl genagelt.

Ihr Mann war ihr untreu. Der liebe, sanftmütige Thomas, der vor ihr noch keine Frau angerührt hatte. Als er sie zum ersten Mal küsste, hatte er gezittert, und als er sie an sich zog, fühlte sie seinen unnatürlich schnellen Herzschlag. Seine Pfefferminzlippen hatten sie nur flüchtig gestreift, als wäre sie ein zerbrechliches Wesen.

Sie hat unangenehme Gedanken schon immer gut beiseiteschieben können und hält das sogar für einen Vorzug. Sie könnte auch diesmal das Übel ignorieren, es Thomas gegenüber nie erwähnen und selbst nicht daran denken. Warum nicht? Vielleicht verflüchtigte sich die Angelegenheit von alleine, und wenn es Thomas besser ginge, könnten sie wieder normal leben.

Sophie greift nach dem Glas Brandy, das sie sich aus einer Laune heraus eingeschenkt hat. Die Flüssigkeit brennt ihr in der Kehle und löst einen Hustenreiz aus. Wie ein heißes Rinnsal bahnt sich der Alkohol seinen Weg in den Magen und erwärmt sie innerlich.

Soll sie ihn verlassen? Ist es das, was man tut, wenn man eine Affäre entdeckt? Wie wenig sie über solche Dinge Bescheid weiß! Sie kennt Frauen, die die Affären ihrer Ehemänner tolerieren, solange sie nicht in der Öffentlichkeit zur Schau gestellt werden, aber diese Männer sind erfolgreiche Geschäftsleute, die bei jeder Gelegenheit zu Dinnereinladungen oder Besprechungen nach London fahren; sie hat sogar von manchen gehört, die vom König zu Festlichkeiten eingeladen wurden und tagelang von zu Hause weggeblieben sind. Aber diese Männer sind nicht Thomas.

Und doch sind solche Frauen nicht unglücklich. Dem Anschein nach jedenfalls nicht, trotz der Seitensprünge ihrer Männer. Ist sie naiv gewesen? War auch ihre Welt schon immer bedroht? Hat sie nur das Unvermeidliche freigesetzt, wie einen Schwarm Nachtfalter? Klammert sie sich an eine überholte viktorianische Moral, obwohl ein neuer König – und manche sagen, ein neues Zeitalter – das Zepter übernommen hat?

Wie aus weiter Ferne hört sie die Türglocke. Das Haus ist von dichtem Nebel eingehüllt, nur das dumpfe Prasseln des Regens dringt herein, und mit dem Waschlappen über dem Gesicht hat sich Sophie in ihrer eigenen Welt verloren. Sie will jetzt keine Besucher.

»Miss Dunne, Ma'am«, sagt Mary, und mit großen Schritten eilt eine völlig durchnässte Agatha auf Sophie zu. Sie trägt diesmal keinen Hut, und die Haare hängen ihr in nassen Strähnen ums Gesicht. Sie keucht, als ob sie gerannt sei, und ihre Wangen sind gerötet. Von ihren Röcken tropft Regenwasser auf den Teppich.

Sophie zieht sich den Waschlappen vom Gesicht. »Großer Gott, Aggie, was ist denn mit dir los?«

Agatha blickt an sich hinunter und lacht. Trotz ihrer Kopfschmerzen und ihrer Erschöpfung klingt das Gelächter wie Musik in Sophies Ohren.

»Ich bin zu Hause fast verrückt geworden«, sagt Agatha. »Ich musste raus. Cat und Edwin haben mich zur Weißglut getrieben. Was machst du?«

Sophie versteckt den Waschlappen. »Nichts. Ich habe nur nachgedacht.«

»Lass es sein«, sagt Agatha und zieht die Handschuhe aus. Unter ihrem Arm klemmt ein großer, viereckiger Gegenstand. »Das ist kein Wetter zum Denken.« Sie lässt sich auf einen Sessel plumpsen und legt Sophie das Ouijabrett auf den Schoß.

»Agatha!« Sophie ignoriert das Brett; es ist Agathas Lieblingsspielzeug, aber wenn sie es nicht erwähnt, wird ihre Freundin vielleicht vergessen, dass sie es mitgebracht hat. »Du bist tropfnass! Gehen wir nach oben, du musst aus diesen nassen Sachen heraus. Dann soll Mary ein Feuer machen.«

»Aber es ist zu warm für ein Feuer, Bär.«

»Ich will kein Wort mehr hören. Komm.«

Erleichtert verlässt Sophie den dunklen Raum, der ihr plötzlich zu klein für zwei Personen vorkommt. Die Erinnerung an die fröhlichen Abende vor dem Kamin mit Thomas verflüchtigt sich allmählich, und sie sieht nur noch die abgenutzten Möbel und zerschlissenen Vorhänge, die die Farbe von Blutergüssen haben. Selbst die getrockneten Rosen auf dem Kaminsims sehen aus wie in Blut getaucht. Sie wird verrückt, wenn sie den Rest ihrer Tage in diesem Haus verbringt. Sie ist froh, dass sie etwas zu tun hat – sich um Agatha kümmern, dafür sorgen, dass die Freundin sich nicht erkältet und nicht das Mobiliar ruiniert.

Oben hilft sie Agatha, die Oberkleidung abzulegen, und gibt ihr einen Bademantel, dann geht sie wieder die Treppe hinunter und überreicht der verwunderten Mary ein tropfendes Kleiderbündel.

»Zünde bitte ein Feuer an, Mary, und sorge dafür, dass diese Kleider trocknen.« Sophie versprüht Geschäftigkeit, und ihre Kopfschmerzen lassen nach.

»Und wie steht es mit Du-weißt-schon-wem?«, fragt Agatha, als Sophie zurückkommt. Sie sitzt auf Sophies Bett und trocknet sich die Haare. »Hast du sein Geheimnis gelüftet?«

Sophie hebt den Finger an die Lippen und schließt die Tür, nachdem sie sich vergewissert hat, dass unter Thomas' Tür kein Lichtstreifen zu sehen ist. Der Flur liegt im Dunkeln.

»Nein«, antwortet sie. »Das heißt, vielleicht doch.«

Agatha setzt sich und schaut sie neugierig an. »Tatsächlich?« Sophie lässt sich neben sie auf den Bettrand sinken. »Ich bin deinem Rat gefolgt. Ich habe gewühlt. Ich habe seine Sachen durchforstet. Zuerst habe ich das gefunden.« Sie nimmt die Schachtel mit dem blauen Schmetterling von der Kommode. »Wie schön!«, staunt Agatha. »Etwas ganz Besonderes. Wo kann ich auch so einen bekommen? Hatte er noch mehr?«

»Na ja, er hat Kisten voll davon.«

»Sähe der auf einem Hut nicht hinreißend aus? Was meinst du?« Sie hält ihn sich an die Frisur, aber Sophie nimmt ihn ihr in einem Anfall von Eifersucht aus der Hand.

Agatha bleibt die Luft weg. Sophie entschuldigt sich nicht. Wie reizbar sie heute ist!

»Also gut«, sagt Agatha. »Entschuldige. Ich meinte nur, es würde sehr gut aussehen. Ich frage mich, ob er mir einen als Hutschmuck verkaufen würde.«

»Er ist zu zart«, murmelt Sophie. »Er würde weggeweht und Risse bekommen.« Kann sie nicht endlich über etwas anderes reden?

»Na, vielleicht hat er ja noch andere Sachen gesammelt! Stopfen sie nicht bei diesen Expeditionen auch Vögel und Säugetiere aus?« Ein kleiner Vogel würde ihr gefallen. Mit einem winzigen Nest. »Was für ein phantastischer Hut das wäre.«

Sophie muss lächeln. Sie kann Agatha nicht lange böse sein. Versöhnlich tätschelt sie ihrer Freundin die Hand. Sie legt mit dem Rücken zu Agatha den Schmetterling vorsichtig auf die Kommode zurück. »Du und deine Hüte«, flüstert sie. »Da ist noch etwas anderes.« Kaum hörbar.

»Was?«

Sophie holt tief Luft und stützt die Arme aufs Bett. »Ich habe sein Tagebuch gelesen.«

»Nein!« Aufgeregt reibt sich Agatha die Hände. »Was steht drin?«

Sophie weiß nicht recht, ob sie es erzählen will, aber Agatha sieht sie so gespannt an. Und es wird ihr guttun, darüber zu reden. »Am meisten hat er über den Schmetterling geschrieben, den er finden wollte. Nur Alltägliches eigentlich, aber vieles davon hat er mir in den Briefen nicht erzählt. Von den Gefahren, zum Beispiel. Feuerameisen und Jaguare und Piranhas!« Sie lacht leise, als Agatha gebührend beeindruckt ist. »Ich nehme an, dass er mich nicht beunruhigen wollte. Dann waren da auch Bilder von den Schmetterlingen, die er gefangen hat. Am Anfang ganz einfache Skizzen, aber später sehr gekonnte Zeichnungen. Ich war überrascht.« Sie schweigt. Sie weiß, dass sie Zeit schindet. »Dann ein paar Bilder von dem Schmetterling, den er unbedingt fangen wollte – er ist auf der einen Seite gelb und auf der anderen schwarz. Ein Schwalbenschwanz, weißt du noch?«

Agatha nickt aufgeregt. »Dann hat er ihn also doch gefangen?«

»Das dachte ich zuerst auch, aber darüber geschrieben hat er nichts … jedenfalls nicht, soweit ich gelesen habe. Ich denke, er war nur einfach besessen davon und hat ihn deshalb immer und immer wieder gezeichnet.«

»Und das ist alles? Das hast du herausgefunden?«

Heraus damit. »Ich glaube, es gab da eine Frau.«

Agatha hebt ruckartig den Kopf. Eine Frau, formen ihre Lippen, während sie die Augen aufreißt. Wie schön sie ist, denkt Sophie. Ihre dunklen Augen bilden einen herrlichen Kontrast zu der weißen Haut, weiße Zähne blitzen über einer vollen Unterlippe, die immer glatt und rot ist. Das ist die Zigeunerin in ihr.

»Du meinst …« Agatha schafft es nicht, die Worte auszusprechen, aber Sophie weiß, was sie meint.

»Ich bin nicht ganz sicher. Der Eintrag war nicht explizit, aber ich habe es so verstanden.« Sie spürt, wie sich ihr Mund unwillkürlich verzerrt.

»Nicht Thomas!«, sagt Agatha entgeistert. »Aber er liebt dich doch!«

Sophie kann nicht mehr sprechen. Ihre Augen brennen.

»Sophie, mein Schatz …« Agatha legt ihr die Hand auf den Arm. »Solche Dinge kommen vor. Du darfst dir keine Schuld geben.«

»Das tue ich nicht!«, stößt Sophie hervor. »Ich gebe ihm die Schuld! Und ihr!« Unwirsch reibt sie eine Träne fort und versucht sich zu fassen.

»Und was willst du jetzt tun?«

Sophie überlegt einen Moment, ob sie Agatha von ihrem impulsiven Besuch bei Captain Fale erzählen soll. Was hat sie dazu getrieben? Rachedurst? Sie weiß nicht mehr, was ihr durch den Kopf gegangen ist – die Erinnerung ist verschwommen, als habe sie sich wie ein Automat bewegt, ohne Gedanken und Gefühle, als sei das alles einem anderen Menschen zugestoßen. Gott sei Dank hatte er sie nicht eingelassen. Wahrscheinlich hätte sie es auch nicht über sich gebracht, etwas wirklich Schlimmes zu tun. Sie wollte wohl nur einen Versuch machen. »Ich weiß nicht. Glaubst du, dass er deshalb nicht spricht?«

Agatha schnaubt. »Kaum. Männer tun ihren Frauen ständig so etwas an. Das würde ihnen keine schlaflose Nacht bereiten und ihnen schon gar nicht die Sprache verschlagen. Es erklärt vielleicht, warum er dir nicht in die Augen schauen kann, aber er redet ja mit niemandem. Und er liegt den ganzen Tag im Bett. Wo ist seine Leidenschaft geblieben? Er hat keine Leidenschaft.«

Sophie wendet sich peinlich berührt ab. Wie kann Agatha von der Leidenschaft ihres Ehemannes sprechen? Manchmal ist sie wirklich vulgär.

»Du musst weiterlesen.«

»Puh. Das kann ich nicht. Jedenfalls nicht gleich.«

»Sophie.« Agatha ergreift ihre Hand. »Sieh mich an. Sieh mich an. Er liebt dich. Schau her.« Sie steht auf und holt den Schmetterling von der Kommode. »Das ist der Beweis. Das ist Hoffnung. Du kannst ihn für das hassen, was er dir angetan hat, oder du kannst weitermachen und herausfinden, was mit ihm los ist. Ich weiß, es ist schwer, aber du hast nun entdeckt, dass auch er nur ein Mensch ist … Und jetzt, da es an den Tag gekommen ist, wirst du in Zukunft damit leben müssen.«

Sie hat natürlich recht. Agatha hat so oft recht, selbst wenn Sophie ihr zunächst nicht zustimmt. »Aber ich muss nicht unbedingt mehr erfahren. Es ist schon schlimm genug. Was ist … wenn es noch schlimmer wird?« Sie bringt die letzten Worte kaum über die Lippen.

»Ja, so ist das nun mal. Die Welt ist nicht ganz so, wie du gedacht hast.«

Sophie schüttelt kläglich den Kopf, während Agatha sie um die Schulter fasst. Ihre Hand zittert leicht – sicher ist ihr kalt, wie sie da in ihrer feuchten Unterwäsche sitzt, nur in einen Bademantel gehüllt.

»Willst du nicht hinübergehen und die Tagebücher holen?«, schlägt Agatha sanft vor. »Wir können sie zusammen ansehen. Ich bleibe hier bei dir.«

Sophie gehorcht ohne Widerrede. Sie steht auf und bewegt sich wie auf Rädern zur Tür und in den Flur hinaus. Aus Thomas' Zimmer dringt kein Laut. Sie öffnet die Tür einen Spalt. Er liegt auf der Seite, und sie merkt erschrocken, dass seine Augen geöffnet sind und er sie anschaut. Sie hatte erwartet, ihn wie üblich schlafend vorzufinden. Vielleicht hält ihn das Trommeln des Regens wach. Oder er kann einfach nicht mehr schlafen. Er muss sich langweilen, immer nur im Bett. Wenn es aufhört zu regnen, muss ich daran denken, ihm beim Aufstehen zu helfen. Woher ist dieser Gedanke mit einem Mal gekommen? Sie ist doch wütend auf ihn, und jetzt macht sie sich schon wieder Sorgen, dass er Abwechslung braucht, als wäre er ein kleines Kind.

Sie verlässt den Raum und bemerkt dabei, dass die Reisetasche nicht mehr an ihrem Platz neben der Tür steht.

»Die Tasche ist weg«, sagt sie, als sie wieder in ihrem Zimmer ist.

»Ach, wie ärgerlich«, erwidert Agatha. »Er hat sie sicher versteckt. Aber du wirst nach ihr suchen, nicht? Versprich es mir.« »Ich weiß nicht«, sagt Sophie. Und sie weiß es wirklich nicht.

Am nächsten Tag sieht Sophie zu, wie Thomas sich mit dem Rücken zu ihr anzieht. Sie weiß, es wäre höflicher, ihn dabei allein zu lassen, aber es bereitet ihr eine gewisse Genugtuung, ihn in Verlegenheit zu bringen. Die Wunden auf seinem Rücken heilen gut – das ist kein schlechter Anfang –, und sie hat den Verband von seinem Arm abgenommen. Die Schnitte sind zu glänzenden Narben geworden, die auf Berührungen empfindlich reagieren – er zuckt zusammen, wenn sie mit dem Finger darüberstreicht, aber sie sind geschlossen und trocken.

Sie gehen nebeneinander den Hügel hinab durch die Gärten auf die Stadt zu. Sie hat ihn der Leute wegen leicht untergehakt, aber in ihr brodelt der Gedanke, dass sie ihm den Arm brechen könnte, wenn sie wollte, ihm den dünnen Hals umdrehen, und niemand würde es je merken. Als sie einen Moment lang den Weg verlässt, gibt die weiche, vom gestrigen Regen getränkte Erde unter ihren Füßen nach wie ein Schwamm.

»Warum packst du deine Schmetterlinge aus Brasilien nicht aus?« Ihre Stimme durchschneidet die feuchte Luft, und aus dem Gebüsch fliegt erschrocken ein Rotkehlchen auf. »Warum tust du nichts? Den ganzen Tag im Bett herumliegen kann dir nicht bekommen. Ja, ich weiß, ich weiß.« Sie reagiert, als ob er einen Einwand gemacht hätte. »Der Doktor hat Bettruhe verordnet, aber sie wirkt ja nicht, oder, Schatz? Willst du überhaupt, dass es dir besser geht?« Sie bleibt stehen und lässt seinen Arm los. Er zieht ihn an sich und reibt ihn mit der anderen Hand, als hätte sie ihn gequetscht. Hat sie ihn zu fest gedrückt? Seine Knochen sind dieser Tage so zerbrechlich. Sanft umfasst sie den Arm wieder, und sie gehen weiter.

Auf dem Rasenplatz wird Kricket gespielt; weiß gekleidete Gestalten stehen gelangweilt umher und warten darauf, dass der rote Ball in ihre Richtung fliegt. Sie versteht dieses Spiel nicht. Thomas hat in der Schule Kricket gespielt, aber ohne großes Interesse. Er gönnt dem Spiel keinen Blick. Aber er interessiert sich zurzeit ja für überhaupt nichts, nicht einmal für seine geliebten Schmetterlinge. Wahrscheinlich denkt er an sie. Sophie schiebt diesen Gedanken sofort weit von sich. Er würde sie sonst wahnsinnig machen.

Richmond ist ein geschäftiges Städtchen. Am Wochenende strömen Londoner Ausflügler herbei, die von den Terrace Gardens und im Sommer von den Bootsfahrten angelockt werden. Sogar unter der Woche rangieren Ruderboote unter der Brücke, Liebespaare hängen die Hände ins Wasser, Jungen veranstalten Wettrennen. Wenn der heutige Spaziergang ihm hilft, denkt Sophie, wird sie Thomas als Nächstes nach Kew mitnehmen. Er hat dort einen Freund ... wie hieß er gleich? Peter irgendwas. Crawley, richtig. Der Name erweckte in ihr die Vorstellung von krabbelnden Insekten, und immer, wenn Thomas ihn erwähnte, sah sie unwillkürlich zu den Käfern an der Wand. Sie sieht ihn fast vor sich, mit einem harten Panzer und zupackenden Kiefern oder wenigstens einem glänzenden schwarzen Anzug und einem herabhängenden Schnauzer. Vielleicht wird sie Peter schreiben. Ein freundliches Gesicht könnte genau das sein, was Thomas jetzt braucht.

Thomas wartet vor dem Laden des Tuchhändlers, während sie hineingeht, um Stoff für ein neues Sommerkleid zu kaufen – sie hat beschlossen, sich etwas Gutes zu tun.

»Mrs. Edgar«, ruft Molly Sykes. Sie trägt ein auffällig blaurot gemustertes Kleid, hat brüchige Fingernägel und raue Hände. »Habe Sie hier ja ewig und drei Tage nich gesehn. Ist das nich Mr. Edgar da draußen? Dann ist er also zurück von seiner Reise?«

Sophie beißt sich auf die Lippe. Jetzt ist es passiert. Mrs. Sykes ist die schlimmste Klatschbase der Stadt. Wenn sie ihr etwas erzählt, wird es im Handumdrehen die Runde machen. Aber wie kann sie es verhindern?

»Ja, Mrs. Sykes, er ist zurück. Es ist nur so …« Sie tritt an die Ladentheke und senkt die Stimme. Sie sieht förmlich, wie die Ohren der Mädchen, die im Hinterzimmer arbeiten, wachsen und sich ihr zuwenden. »Er ist krank. Sehr krank.«

»Wirklich? Von hier aus sieht er mir aber ganz gesund aus. Was hat er denn?«

Naseweise Person. »Er hat einen schweren Schock erlitten. Er spricht nicht. Wir versuchen, ihm viel Ruhe zu gönnen.«

»Er spricht nicht?«, ruft die Frau und ringt in vorgetäuschtem Entsetzen die Hände, kann aber ein fasziniertes Funkeln in den Augen nicht verbergen. Bis morgen Abend wird ganz Richmond davon erfahren haben. Was soll nur daraus werden?

Während Mrs. Sykes Sophie hilft, den Kleiderstoff auszusuchen – ein leichter Musselin mit winzigen Kornblumen –, wirft sie immer wieder verstohlene Blicke durch das Fenster zu Thomas. Er steht mit dem Rücken zur Straße und sieht Sophie beschwörend an. Mrs. Sykes winkt ihm neckisch zu wie einem Kleinkind. Er reagiert nicht, sondern scheint zunehmend in Verzweiflung zu geraten, wie ein Hund, der auf sein Herrchen wartet.

Als sie vom Tuchhändler kommend in die George Street einbiegen, stoßen Sophie und Thomas fast mit Captain Fale zusammen. Er weicht erschrocken zurück, als er das Paar erkennt, fasst sich aber gleich wieder und lüftet den Hut.

»Mrs. Edgar, Mr. Edgar.«

Sophie nickt ihm zu; beim Gedanken an ihr Benehmen vor zwei Abenden steigt ihr die Röte ins Gesicht. Sie will weitergehen, aber Thomas, bei dem sie sich wieder untergehakt hat, steht wie erstarrt. Er fixiert den Captain mit vorgeschobenem Kinn, und sein Atem geht stoßweise.

Captain Fale spürt Thomas' Anspannung und tritt rasch auf die Straße, um ihnen Platz zu machen. In diesem Moment rattert laut hupend ein Automobil vorbei. Erschrocken weicht der Captain aus, schwankt und lässt seinen Stock los, wobei sein Hut in den Rinnstein fällt, der durch den Regen noch nass und voller Schlamm ist.

»Samuel«, sagt Sophie und hebt schnell den Hut auf. Er nimmt ihn entgegen, ohne sie anzusehen, und hinkt davon, so schnell er kann. So schnell, dass sein Körper wie ein aufgezogenes Spielzeug hin und her schwankt. Auf der anderen Straßenseite hat sich ein Grüppchen Zuschauer eingefunden, die die Szene beobachten. Sophie richtet sich kerzengerade auf und ergreift den Arm ihres Mannes. Seine Lippen kräuseln sich, und sie glaubt, ein leises Lachen zu vernehmen, aber es könnte auch das Rumpeln einer vorüberfahrenden Kutsche sein.

Der Gedanke, dass sie den Eintrag in Thomas' Tagebuch missverstanden haben könnte, nimmt immer mehr Raum ein. Doch das kann sie nur wissen, wenn sie die Tasche wiederfindet. Während Thomas im Garten sitzt, durchsucht sie hastig sein Schlafzimmer und das Arbeitszimmer. Sie stellt fest, dass die unterste Schublade seines Brady-Kastens abgeschlossen ist, ist sich aber unsicher, ob das immer so war. Rasch zieht sie die oberste Schublade auf und begutachtet den Inhalt - Käfer, die er im Park gesammelt hat. Mühsam entziffert sie die Etiketten mit den unbekannten Worten: *Stenus kiesenwetteri, Anchomenus sexpunctatus* (sie war dabei, als er ihn am Teich nahe der Windmühle fing), *Lamprinus saginatus und Stenus longitarsus.* Die Worte klingen in ihren Ohren wie die Litanei eines Mönchs.

Aus dem Augenwinkel nimmt sie eine Bewegung wahr. Als sie den Kopf dreht, sieht sie Thomas im Türrahmen stehen. »Ich habe gerade deine Sammlung bewundert«, sagt sie.

Er blickt auf die Lattenkisten neben ihr, und seine Hand krallt sich um den Türrahmen.

»Sie liegen hier nur nutzlos herum, Thomas.«

Er starrt auf die Schrammen im Holz, die beim Aufstemmen des Deckels entstanden sind.

»Ich habe nur zwei geöffnet, um zu sehen, was sie enthalten, mehr nicht. Es sind schöne Exemplare, Thomas. Ich bin sicher, sie würden einen guten Preis erzielen. Ich habe Mr. Ridewell geschrieben. Er kommt morgen Vormittag um elf Uhr.«

Einen Moment lang sieht es so aus, als wolle er näher kommen, aber dann reißt er sich vom Anblick der Kisten los und zieht sich stumm in den Flur zurück. Mit wenigen, polternden Schritten ist er die Treppe hinunter.

Obwohl er schwitzt, hat Francis Ridewell seine Handschuhe noch an, als die Droschke vor dem zweistöckigen Backsteinhaus hält. Seinen Mantel hat er bereits ausgezogen, am liebsten würde er auch auf den Hut verzichten. Er nimmt ihn ab, um sich noch rasch die Schweißperlen von der Stirn zu wischen, bevor er Mrs. Edgar entgegentritt.

Die hübsche kleine Haushälterin führt ihn in den Salon, wo Mrs. Edgar schon auf ihn wartet.

»Bitte behalten Sie doch Platz«, fordert er sie auf, als sie zu seiner Begrüßung aufstehen will. »Ich freue mich sehr, Sie wiederzusehen, Mrs. Edgar. Vielen Dank für Ihren Brief.« Über seine schweißnassen Haare streicht ein wohltuend kühler Luftzug.

Er begreift sofort, warum sie ihn zu sich gebeten hat. Das Zimmer, in dem sie sitzen, wirkt deprimierend und schäbig. Obwohl Edgar, wie er weiß, sehr wohl sein Auskommen hat, könnte Mrs. Edgar sehr gut noch etwas Geld gebrauchen. Er hofft, es ihr bieten zu können: Die ersten beiden Lieferungen aus Brasilien haben bei einer Auktion einen anständigen Preis erzielt. Seine eigenen Bemühungen sind durch die Provision mehr als reichlich entgolten. Die Menschen sind immer noch verrückt nach naturkundlichen Erkenntnissen, auch wenn die Blütezeit, die im vergangenen Jahrhundert lag, zu Ende ist. Bei den Dinnerpartys, die er besucht hat, wussten sogar die Damen erstaunlich gut über die Naturwissenschaften Bescheid und konnten eine Liste von Seeanemonen und ihren Habitaten abspulen; fast jeder Reiche hat ein Faible für seltene und exotische Insekten.

Auch für die Artikel, die Edgar möglicherweise über die brasilianischen *Lepidoptera* vorbereitet hat, hat er schon Verleger gefunden. Ob er den Hauptgewinn auch in die Finger bekommen wird – den Bericht über Edgars Jagd nach dem berühmt-berüchtigten Schmetterling –, wird sich noch zeigen. Vor allem aber muss er unbedingt wissen, ob er ihn wirklich gefunden und mit zurückgebracht hat. Er war versucht gewesen, einen Blick in die Kisten zu werfen, die mit ihrem stummen Besitzer in Liverpool ankamen, aber der Respekt vor seinem Klienten gebot ihm zu warten, bis dieser bereit sein würde, sie ihm zu zeigen. Vielleicht war die Zeit jetzt gekommen.

»Wird Mr. Edgar sich uns anschließen?«, fragt er hoffnungsvoll.

»Er ist immer noch sehr krank, Mr. Ridewell. Er hütet das Bett. Ich habe ihn über Ihren Besuch informiert, und er wird sich sicher zu uns gesellen, wenn er kann.«

»Ah so. Und er weiß, dass ich gekommen bin, um mir seine Sammlung anzuschauen?«

»Ich habe es ihm gesagt.«

»Ist die Zeit gekommen, sie zu verkaufen?«

»Ich denke schon.«

»Aber wie denkt Ihr Mann darüber, Mrs. Edgar?«

Die Dame errötet. Sie senkt den Blick und zupft lose Fäden aus der Armlehne ihres Stuhls. »Woher sollte ich das denn nur wissen, Mr. Ridewell?« Ihre leise Stimme wird von dem düsteren Raum verschluckt. »Er hat, wie Sie wissen, bisher noch kein Wort mit mir gesprochen.«

»Ja, natürlich, Madam. Es tut mir leid.« Das kompliziert die Dinge. Wenn er sich nicht sicher sein kann, dass Edgar nach ihm geschickt hat, kann er nicht guten Gewissens etwas mitnehmen. »Sollen wir sie uns wenigstens ansehen?«

Sie scheint erleichtert, dass das höfliche Geplauder beendet ist, und erhebt sich heftig nickend. Sie ist eine gutaussehende Frau, groß und kräftig gebaut. Sie erinnert ihn an seine älteste Tochter, die jetzt respektabel verheiratet ist und auf dem Land lebt. Die Finger, die an der Lehne zupften, sind langgliedrige Künstlerfinger. Gut geeignet zum Klavierspielen, denkt er, aber ein rascher Blick in die Runde verrät ihm, dass nirgendwo ein Piano steht. Vielleicht musste sie es verkaufen, als ihr Mann fort war, und solche Opfer bringen, und jetzt steht er, Ridewell, ihren Plänen im Weg. Entschlossen schüttelt er seine Schuldgefühle ab: Schon wieder geht seine Phantasie mit ihm durch. Wahrscheinlich spielt sie nicht einmal Klavier. Sie führt ihn durch den dunklen Flur zu einer Tür unterhalb der Treppe.

»Hier hindurch«, sagt sie und dreht den Türknauf. Als sie eintreten will, stößt sie mit dem Körper gegen das Holz und sieht sich erstaunt zu ihm um. Sie hatte erwartet, dass die Tür nachgeben würde, stattdessen bildet sie eine Barriere zwischen ihr und dem, was auf der anderen Seite ist. Sie rüttelt noch einmal kräftig am Knauf.

»Verschlossen«, sagt sie, als könne er etwas dagegen tun.

»Haben Sie den Schlüssel?«

»Nein«, sagt sie. Sie starrt eine Weile das Holz an, dann klopft sie an die Tür. »Thomas, Liebling, bist du da drinnen?«

Es kommt – natürlich – keine Antwort, aber man hört ein Schlurfen und Kratzen wie von Holz über Holz; jemand verschiebt einen Stuhl. Mrs. Edgar tritt zurück und blickt erwartungsvoll auf die Tür, aber sie bleibt geschlossen. Ridewell hüstelt. Mrs. Edgar lässt den Kopf hängen. Sie reibt sich mit den langen Fingern übers Gesicht und seufzt nicht zum ersten Mal in der letzten Woche, das scheint ihm gewiss. Er nimmt sie am Ellenbogen und schiebt sie sachte in Richtung Salon zurück.

»Wie wäre es, wenn wir jetzt einen Tee trinken? Sie haben mir gar keinen Tee angeboten, Mrs. Edgar.« Ridewell versucht, seiner Stimme einen jovial-scherzhaften Klang zu geben.

»Ja«, erwidert sie mit schwachem Lächeln. »Tee wäre jetzt schön. Verzeihen Sie mir. Nach Ihrer langen Reise. Woher kommen Sie doch gleich?«

»Russell Square. In der Nähe des Museums.«

Das Mädchen bringt ihnen Tee, und sie plaudern über das Wetter. Mrs. Edgar erwähnt den Zustand ihres Mannes nur ganz beiläufig – dass er sich den Gottesdienst entgehen lässt und stattdessen im Bett bleibt –, und Ridewell versucht herauszuhören, ob sie einen Hinweis auf den Grund seines anhaltenden Schweigens bekommen hat. Er vermutet eine unüberlegte Handlung, denn Edgar hat in einem seiner Briefe eine seltsame Formulierung gebraucht, nachdem sich Ridewell in Mrs. Edgars Namen erkundigt hatte, warum er ihr nicht schrieb. *Das ist eine Angelegenheit zwischen mir und meiner Frau,* hatte er geantwortet, als vertrete Mrs. Edgar eine Partei in einem Streit, wo sie doch, in diesem Punkt war sich Ridewell sicher, keine Ahnung hatte, um was es ging. Aber diese Unüberlegtheit hat wohl kaum etwas mit seiner Stummheit zu tun; viel wahrscheinlicher ist, dass er einen Schock erlitten hat.

Er spürt, wie er sich in Sophies Anwesenheit allmählich entspannt. Der Sessel ist zwar zerschlissen, aber bequem und passt sich seiner Körperform ausgezeichnet an. Schließlich wagt er doch einen direkten Vorstoß.

»Mrs. Edgar, haben Sie einen Anhaltspunkt, was mit Ihrem Mann passiert sein könnte?«

Sophie beißt sich auf die Lippen und schüttelt den Kopf. Er hat sie überrumpelt, und sie zieht sich in sich selbst zurück.

»Verzeihen Sie mir«, sagt er, »ich bin ebenso besorgt wie Sie. Ihr Mann und ich haben eine Zeit lang eine sehr herzliche Korrespondenz geführt, müssen Sie wissen. Bis …«

»Bis?«, fragt sie gespannt.

Er zuckt die Achseln. »Es tut mir leid, Madam. Bis er nach Manaus kam, wo seine Briefe etwas …«

»Ja? Mr. Ridewell, davon haben Sie mir überhaupt nichts mitgeteilt. Ich habe überhaupt keine Briefe aus Manaus bekommen. Ich bin für jeden Hinweis dankbar, den Sie mir geben könnten. Hat er zufällig eine Frau erwähnt?«

Aha! Er räuspert sich. »Nein, nicht dass ich wüsste.« »Aber seine Briefe schienen …?«

»Nun, sie wirkten auf mich wie von einem anderen Menschen geschrieben. Er hat sich immer mehr darauf versteift, diesen schwarz-gelben Schmetterling zu finden, von dem er immer sprach, und offen gesagt …« Er bricht ab. Dass er glaubt, Edgar habe sich zum Narren gemacht, sollte er besser für sich behalten. Und auch, wie unwahrscheinlich es ist, dass ein solcher Schmetterling mit Flügeln in zwei verschiedenen Farben existiert. Also wirklich! Das verstößt gegen alle Regeln der Natur und der Symmetrie in der Welt der *Lepidoptera.* Er würde nicht einmal fliegen können – das Gewicht der Flügel und ihre Dichte wären zu unterschiedlich.

Er versucht es anders. »Viele seiner Briefe kamen mir irgendwie … fiebrig vor. Als wäre er krank. Manche schienen mir sogar ein wenig … paranoid.«

Sie schlägt die Hand vor den Mund. »Paranoid? Was meinen Sie damit?«

»Ach, nichts Beunruhigendes«, beschwichtigt er sie. »Er hat in seinen Briefen nur erwähnt, dass er über manche Dinge nicht mehr verlauten lassen könne und glaube, jemand versuche ihn am Schreiben zu hindern. Mir war, als sei er auf etwas gestoßen, das er unbedingt mitteilen wollte, aber nicht konnte. Drücke ich mich verständlich aus?«

Sie nickt, und ihr Blick verschwimmt, als lausche sie einer Stimme von jenseits des Meeres.

»Danke für Ihre Offenheit, Mr. Ridewell. Sie haben mir geholfen.«

Nein, das habe ich nicht, denkt er. »Was hat der Arzt gesagt?«

»Dass er eine Beule auf dem Kopf und vielleicht eine Art Schock erlitten hat.«

»Und haben Sie den Eindruck, dass er sich erholt?«

»Ein wenig, ja.« Zum ersten Mal lächelt sie von Herzen und nicht nur aus Höflichkeit. Nur ein kleines Lächeln, aber immerhin. »Ich glaube, es ist nur eine Frage der Zeit. Kleine Schritte, wissen Sie, Mr. Ridewell.«

Er nickt. »Ich verstehe.« Er denkt an seine Frau und welchen Schmerz es ihr verursachen würde, wenn ihm etwas Derartiges zustieße. Er könnte es nicht ertragen. Zwei seiner Kinder wohnen noch zu Hause, die Töchter sind verheiratet, die Söhne in guten Berufen untergebracht, und sein Francis lernt bei ihm und wird in seine Fußstapfen treten. Kein Zweifel, Mrs. Edgar ist eine tapfere Frau.

»Noch Tee?« Sie hebt die Teekanne.

»Nein, danke. Ich sollte mich auf den Weg machen. Wenn Ihr Mann ...« Wie sollte er es ausdrücken?

»Entschuldigen Sie, Mr. Ridewell. Sie sind von so weit her ge-kommen.« Sie erhebt sich und richtet sich auf. »Wir können wenigstens auf dem Weg hinaus noch einmal am Arbeitszimmer vorbeigehen und versuchen, ob sich dieTür öffnen lässt.«

Doch das ist unnötig, denn die Tür steht einen Spalt offen. Ridewell riecht den vertrauten Geruch von Chloroform und Naphtalin, den Chemikalien, mit denen man Insekten vor der Feuchtigkeit der Tropen schützt. Mrs. Edgar drückt leicht gegen die Tür, die geräuschlos aufschwingt.

Edgar sitzt vornübergebeugt an seinem Schreibtisch. Zwei der Kisten stehen offen, Seidenpapier und Sägemehl liegen auf dem Boden. Über den ganzen Schreibtisch verteilt sind Papierkärtchen mit Schmetterlingen. Mitten unter ihnen kritzelt Thomas wie wild in sein Tagebuch. Erst als Mrs. Edgars Schuhe auf dem Sägemehl knirschen, blickt er auf. Sein Gesicht ist grau und wie versteinert, aber seine Augen sind klar und lebendig.

Kapitel 8

Manaus, Januar 1904

Er konnte nicht an Sophie schreiben. Wie sollte er auch? Jedes Mal, wenn er zur Feder griff, war sein Kopf wie leer gefegt, und seine Hand zitterte und zuckte. Worüber hätte er ihr auch schreiben sollen? Claras Gegenwart füllte seine Tage und viele seiner Nachtstunden. Er hatte nicht mehr gesammelt, sondern war wie benebelt durch die Straßen von Manaus geirrt, an der Hafenmauer entlang, wo sich die Anlegestege mit dem Regen hoben und senkten. Wenn er sich in den Urwald wagte, dann nur wenige Schritte. Die Schmetterlinge waren, im Vergleich zu Belém und Santarém, rar geworden, oder vielleicht hatte er sie auch einfach nicht bemerkt, weil er den Blick starr auf den Boden geheftet hielt. Aber nein – auch Ernie und George hatten sich beklagt, dass sie weitere Wege auf sich nehmen mussten, um neue Spezies zu finden. Zwar bedeutete der Mangel an Insekten auch, dass sie vor den Plagegeistern Ruhe hatten, die sie am Amazonas gequält hatten, aber mehr konnten sie dieser Tatsache nicht abgewinnen.

Thomas ging Gesprächen mit Clara aus dem Weg, und sie ihrerseits unternahm auch nichts. Jeden Abend saß sie neben John Gitchens und unterhielt sich während der Mahlzeit angeregt mit ihm. Nur John war zufrieden mit den Ergebnissen seiner Ausflüge in die unmittelbare Umgehung. Die Blattpflanzen unterschieden sich von denen des Rio Negro, wo entlang des Hauptflusses die hohen Palmen das Bild prägten; in Manaus war die faserige Parapiassavapalme kaum zu finden. Santos sah ihnen wohlwollend zu, da sie offensichtlich über Botanik diskutierten, das Hobby, zu dem er seine Frau ermutigte. Am ersten Abend hatte sie nur einmal zu Thomas aufgeblickt, aber schon nach diesen wenigen Sekunden war ihm das Blut in den Kopf gestiegen. Er hoffte, dass die anderen es nicht bemerkt hatten. Wenn niemand ihn ansah, folgte er ihr manchmal mit den Blicken und versuchte, das Bild des freien, anmutigen Schmetterlings mit der Frau in Einklang zu bringen, die sich durch den Raum bewegte. Ein Teil von ihm versuchte sich einzureden, dass er sich irrte, aber er wusste genau, dass sie es gewesen war. Sie war nicht schön im konventionellen Sinne, eher apart. Sie war sehr klein, dabei drall und breithüftig, und ihre Augen waren zu groß im Verhältnis zu der kleinen Nase und dem kleinen Kinn. Beim Gehen watschelte sie ein wenig, wie eine alte Frau, obwohl Thomas sie auf höchstens fünfunddreißig schätzte.

Bei ihrem vierten Abendessen brachte Ernie das Thema zur Sprache, das ihnen allen auf der Seele lag:

»Wir fühlen uns hier außerordentlich wohl, Sir, aber wir haben entschieden, dass wir gerne weiterreisen würden. Wenn Sie damit einverstanden sind.«

Santos kaute gemächlich einen großen Bissen, schluckte ihn hinunter und nickte. »Aber sicher«, erwiderte er und räusperte sich. »Entschuldigen Sie. Ich wollte Ihnen schon dasselbe vorschlagen. Ich habe bemerkt, dass Sie nicht so viel gesammelt haben, wie ich dachte.«

»Um ehrlich zu sein, Sir«, sagte George, »gibt es hier nicht so viel zu sammeln wie in Belém oder sogar in Santarém. Insekten sind Mangelware.«

»Ich verstehe. Mr. Edgar? Sind Sie auch dieser Ansicht, was Ihre kostbaren *Lepidoptera* betrifft?«

Thomas nickte. »Ja, Sir. Ich bin besonders daran interessiert, einen bestimmten Schmetterling zu fangen, den es Gerüchten nach hier in der Gegend geben soll. Man hat ihn nördlich von hier am Negro gesichtet. Ich würde sehr gerne nach ihm suchen.«

»Gerüchten nach? Sie meinen, er ist noch nicht gefunden worden?«

»Nein. Es ist eine sehr ungewöhnliche Art. Bisher hat ihn niemand gefangen oder beschrieben, man hat nur davon erzählt. Ich weiß nicht einmal, ob er existiert. Es gibt nur Gerüchte und Hörensagen.«

»Und wie sieht er aus, dieser geheimnisvolle Schmetterling?«

»Er ist groß und gehört zur Familie der *Papilionidae,* der Ritterfalter. Er ist höchst ungewöhnlich gefärbt, denn auf einer Seite soll er gelbe, auf der anderen schwarze Flügel haben. Diese Farben deuten in der Regel darauf hin, dass das Tier giftig ist – die gelb-schwarze Färbung dient den Raubtieren als Warnung.«

»Mir kommt diese Färbung nicht wahrscheinlich vor«, sagte George. »Schmetterlinge sind von Natur aus symmetrisch, und dieser würde gegen die Regel verstoßen. Aber wir haben dir dein Pläsierchen gelassen, nicht wahr, Thomas?«

Thomas biss die Zähne zusammen. Musste er ihm ausgerechnet jetzt die Meinung sagen? Wollte George ihn demütigen? »Ja, George, das habt ihr. Aber ich bin entschlossen, ihn zu finden. Die Quelle der Gerüchte ist sehr geachtet.«

»Ja, aber es kommt einem vor wie bei der Stillen Post, nicht wahr, alter Junge?«, meldete sich Ernie zu Wort. »Wer weiß schon, was Wallace oder Bates, oder wer immer es war, gesagt hat? Sie haben es nicht aufgeschrieben.«

»Spruce«, erwiderte Thomas. »Es waren Alfred Wallace und Richard Spruce.«

»Wissen Sie, Mr. Edgar«, sagte Santos, »ich glaube, ich habe von jenem Schmetterling reden hören. Er ist nicht nur groß, sondern geradezu gigantisch. Die hiesigen Indianer haben einen Namen für ihn, an den ich mich leider nicht genau erinnere. Auf Portugiesisch heißt er ›o beleza gigante‹. Sie erscheinen angeblich nur bei Sonnenuntergang. Die Legende besagt, dass es ein Tal im Norden gibt, in dem man sie zu Tausenden findet.«

»Und doch hat nie jemand einen gefangen?«, fragte George mit kaum verhohlenem Hohn.

»Das ist richtig. Die Indianer haben keine Verwendung für gefangene Schmetterlinge.«

Thomas warf George einen triumphierenden Blick zu. Das würde ihm die Spöttelei austreiben. George war zu blasiert, zu selbstsicher.

Santos fuhr fort: »Sie halten uns Europäer für seltsam, weil wir Schmetterlinge fangen; schließlich kann man sie nicht essen. Sie erklären es sich so, dass wir die hübschen Muster auf unsere Stoffe kopieren wollen. Warum um alles in der Welt sollten wir sonst etwas töten, was uns nicht von Nutzen ist?«

Thomas empfand ein angenehmes Kribbeln im Leib. Santos' Worte erfüllten ihn mit neuer Hoffnung. Dann hatte er also doch recht. Es gab sogar eine Legende!

»Das sind in der Tat gute Neuigkeiten, Sir. Dürfen wir uns demnach auf den Weg nach Norden machen?«

»Natürlich«, entgegnete Santos. »Ich habe etwa hundert Meilen von hier ein Lager, das Ihren Bedürfnissen bestens entspricht. Vielleicht werde ich Ihnen sogar Gesellschaft leisten. Meine Frau ebenfalls.«

Clara hob den Kopf. Ihre Augen schimmerten wie Onyxperlen. Eine Sekunde lang huschten sie zu Thomas, aber er wandte rasch den Blick ab. Wusste sie etwas über den Schmetterling? Sie hatte sich an jenem Abend wie einer gekleidet. Er versuchte sich an ihr Kostüm zu erinnern, aber es gelang ihm nicht; er konnte nur an seine Halluzination denken, die ihm eingegeben hatte, dass sie der Schmetterling sei. Wenn er sich anstrengte, konnte er noch sehen, wie sie sich von ihm gelöst hatte und dass ihre Arme von schwarzem Stoff verhüllt gewesen waren. Sie hatte eher einem Nachtfalter geähnelt. Er erschauerte und hörte, wie sie sich räusperte.

»Das wäre wunderbar!« Ihre Stimme war voll und weich wie Sahne; der portugiesische Akzent setzte ihrem ausgezeichneten Englisch Glanzlichter auf und ließ die Worte funkeln. Ihre Stimme war überraschend laut für eine so kleine Frau.

Jetzt ergriff John das Wort. »Ihre Gattin hat Interesse an meiner Arbeit bekundet, Sir. Vielleicht wäre es für sie eine gute Gelegenheit, etwas über Botanik zu erfahren. Sie könnte mir sogar das eine oder andere erläutern. So hat sie mir beispielsweise schon erklärt, dass die schwarze Farbe des Rio Negro auf die Nährstoffe des reichen Waldbodens in diesem Teil des Landes zurückzuführen ist.«

»So, hat sie das?« Santos klang belustigt. »ich wusste nicht, dass sie das weiß. Du überraschst mich jeden Tag aufs Neue, meine Liebe.«

»Und du überraschst mich, mein Lieber.« Ein schelmisches Lächeln umspielte ihren Mund, und sie griff nach einer weiteren Scheibe Fleisch. Diese Frau hatte einen erstaunlichen Appetit; Thomas' Teller war noch halb voll, und er war schon fast satt.

»Ja, Mr. Gitchens«, fuhr Santos fort, »ich wäre sehr froh, wenn Sie sich meiner Frau und ihres Hobbys freundlicherweise ein wenig annehmen würden. Ein Toast, Gentlemen. Auf Ihre neue Expedition! Auf Mr. Edgars Schmetterling und auf meine reizende Frau.«

Als sie die Gläser hoben, trafen sich die Blicke von Thomas und Clara erneut, und diesmal schlug keiner von beiden die Augen nieder.

Thomas bestieg das kleine Dampfschiff, das sie flussaufwärts bringen sollte, mit einem Gefühl, das über die übliche Erregung beim Aufbruch hinausging. Alle Scham über die Affäre mit Clara war vergessen und von Vorfreude überlagert. Er spürte sie förmlich, die Nähe seines *Papilio sophia*. In der Nacht zuvor hatte er wieder von ihm geträumt. Er hatte gespürt, wie die samtigen Flügel leise zitternd über seine Haut strichen, und die Anspannung, die in ihm aufgestaut war, hatte sich wie ein Seufzer entladen.

George lief nervös hin und her, als die Träger seine Ausrüstung an Bord brachten. Zu Antonio, ihrem ständigen Begleiter, gesellten sich noch Manuel, der stumme indianische Diener, und ein knochiger Junge, der nicht älter als zwölf oder dreizehn sein konnte. Der Koch, ein tatkräftiger Caboclo namens Pedro, packte ungefragt mit an und schnaufte wie ein dicker Schuljunge beim Fußball, wobei er fröhlich und laut vor sich hin sang.

Auf dem Wasser glänzte das Morgenlicht. Als er ans Ende des Piers trat, musste Thomas die Hand über die Augen halten, um in die Tiefe zu blicken. Aus dem Wasser sah ihm sein Spiegelbild entgegen. Das Spiel der Schatten auf dem Wasser gab seinem Gesicht etwas Gespenstisches, und er wich zurück. Es wurde schon wieder heiß. Das frische Hemd, das er am Morgen angezogen hatte, kratzte auf der schweißnassen Haut. Er schaute in die Richtung, in der ihn der *Papilio sophia* erwartete. Wenn er ihn fand, würde alles gut werden. Es drängte ihn mit aller Macht flussaufwärts, als wüsste sein Körper von ganz allein, wo er ihn finden würde. Er musste nur seinen Instinkten folgen, und der Schmetterling würde ihm gehören. Er würde ihn nach seiner Frau nennen, und das würde alles wiedergutmachen. Sein Leben wäre endlich vollständig.

»Wo ist Ernie?« George stand neben ihm, die Hand mit dem neuen Spazierstock auf die Hüfte gestützt. Die Tage, die sie in Manaus verbracht hatten, waren ihm offensichtlich gut bekommen. Obwohl er auch im Dschungel sehr auf sein äußeres Erscheinungsbild geachtet hatte, hatten ihm dort die Hitze und die Insekten, ganz zu schweigen von dem Schmutz, erheblich zugesetzt. Nun aber war sein makelloses Aussehen wiederhergestellt. Er hatte sich neue Kleider gekauft, die seine aufrechte Haltung betonten. Thomas fragte sich, wie lange der neue Hut wohl seine schneidige Form behalten würde, bevor er durchsacken und in sich zusammenfallen würde wie eine achtlos gepflückte Mohnblume.

»Er ist letzte Nacht nicht nach Hause gekommen«, sagte John. »Ich bin heute sehr früh an seinem Zimmer vorbeigegangen. Sein Bett war unbenutzt.«

In diesem Moment schlenderte Ernie auf sie zu. Er sah frisch und ausgeruht aus und unterbrach sein Pfeifen nur, um sich mit dem Taschentuch den Schweiß von der Stirn zu wischen.

»Guten Morgen, Gentlemen«, grüßte er. »Wunderbarer Morgen. Bereit zu neuen Abenteuern?«

»Wo bist du gewesen?«, fragte George.

»Geht dich einen feuchten Kehricht an, mein Guter. Und ich würde die fragliche junge Dame ungern in Verruf bringen. Aber ich muss schon sagen, du siehst schmuck aus.«

George warf sich in die Brust, und sein Ärger über Ernie war verflogen. Er streichelte seinen Bauch und atmete tief durch die Nase ein.

»Wo ist denn deine ganze Ausrüstung, Ernie?«, flüsterte Thomas.

»Dieser Butler – wie heißt er doch gleich? Er hat sie. Ich habe ihm letzte Nacht gesagt, dass ich vielleicht nicht zum Schlafen zurückkomme. Alles arrangiert. Hat er jedenfalls behauptet. Ah, da sehe ich eine von meinen Taschen.« Er trat zu den Männern, die das Gepäck einluden, und legte die Hände unter die Tasche, als wolle er Pedro helfen, doch er berührte das Gepäckstück gar nicht.

Thomas saß auf Deck und betrachtete den smaragdgrünen Wald, der sich ins Wasser zu ergießen schien. Hier war die Vegetation dichter und dunkler und verschmolz mit dem schwarzen Wasser.

Von der anderen Seite des Schiffs sah man kein Ufer; wäre die Luft salzhaltig gewesen, hätte sich Thomas auf hoher See gewähnt.

Regenwolken zogen herauf; er spürte, wie sein Kreislauf absackte. Auch die Bewegungen der Männer, die sich auf dem Boot zu schaffen machten, waren schleppend und schwerfällig. Er verstand inzwischen, dass das ganz normal war, bevor sich die Wolken öffneten und ihr Wasser auf die Erde entleerten. Er hatte gelernt, den Zustand zu akzeptieren, sich mit geschlossenen Augen zurückzulehnen und die Empfindung zu genießen: das Kribbeln der elektrisch aufgeladenen Luft auf der Zunge, die dichte Atmosphäre, die seinen Körper umschloss. Kurz vor dem Wolkenbruch erhob sich ein kühler Wind. Wenn er ihn auf der Haut spürte, wusste er, dass es bis zum Regenguss nur noch Minuten dauern würde.

Eines war erfreulich: Auf diesem Fluss fehlten die Moskitos. Er konnte im Freien sitzen, ohne von ihnen belästigt zu werden; das Boot hallte nicht wider von unablässigem Klatschen und Fluchen wie auf dem Amazonas. Und doch saß er als Einziger auf Deck. Mrs. Santos hatte ihre eigene Kabine, in der sie sich aufhielt, seitdem das Schiff abgelegt hatte. Auch Santos blieb für sich, und Thomas sah, wie der Junge ihm ununterbrochen Tabletts mit Tee brachte. Er balancierte vorsichtig und erinnerte Thomas mit seinen dünnen Beinen an einen Reiher im Sumpfland. Mit weißen Fingern umklammerte er das Tablett, so groß war seine Angst, einen Tropfen zu vergießen. Die Augen hatte er auf die Teekanne geheftet, während die Zunge vor lauter Konzentration zwischen den Zähnen hervorlugte und sich auf seiner Stirn der Schweiß sammelte.

Thomas blieb während des Nachmittagsregens unter dem Sonnendach auf Deck sitzen. Er war zu aufgeregt, um sich ins enge Innere des Schiffes zu zwängen, und wandte den

Blick kaum vom Ufer, als müsse er dort jeden Moment seinen Schmetterling träge zwischen Bäumen und Wasser dahinflattern sehen. Er drehte sich Zigarette um Zigarette und sah dem Rauch nach, wie er sich im Regen auflöste.

Als gegen Abend der Regen nachließ, steuerte der Kapitän das Schiff an eine Anlegestelle. Ein beißender Geruch wie von brennendem Abfall lag in der Luft. Thomas rümpfte die Nase, und George hielt sich ein Taschentuch vors Gesicht.

»Puh!«, machte Ernie. Er deutete auf die dünnen weißen Rauchsäulen, die über den Bäumen aufstiegen.

»Das ist der Kautschuk«, sagte Antonio, der neben sie getreten war. »Die Seringueiros räuchern die Ernte des Tages im Feuer der Attalea-Palme. Sie werden es sehen, wenn wir das Lager erreichen.«

Auf dem kurzen Weg zum Lager wurde der Geruch noch stärker, aber Thomas gewöhnte sich daran und fand ihn fast stimulierend.

Als die Gummizapfer Antonio sahen, der die Gruppe anführte, sprangen sie rasch auf, und als sie Santos erkannten, fielen sie in einer Geste demütigen Flehens wieder auf den Boden. Santos murmelte Antonio etwas zu, woraufhin dieser den Männern Befehle zubellte. Sie sollten offenbar das Lager räumen. Thomas fühlte sich unwillkürlich schuldig. Wohin sollten sie denn gehen, jetzt, da die Nacht anbrach?

Diese Männer waren die Seringueiros, von denen er gehört hatte – Männer gemischter Abstammung, aus dem Amazonasgebiet und sogar aus Nordbrasilien rekrutiert –, nicht die Indianer, die Santos in Peru beschäftigte.

Nur die Männer an den Feuerstellen unterbrachen ihre Arbeit nicht. Einem von ihnen liefen durch den beißenden Rauch die Tränen über das glatte Gesicht. Auf dem Feuer – mehr Rauch als Feuer – türmten sich Palmwedel. Der Mann drehte eine Stange, an der sich der Gummi sammelte, bis er zu einem großen, schweren Ball geworden war.

Die Arme des Arbeiters waren von nässenden Geschwüren übersät, die er immer wieder aufkratzte, wodurch seine Haut von Blut und Eiter verschmiert war.

»Ich habe es Ihnen versprochen, nicht, Sirs?«, sagte Antonio, als die Männer wie gebannt vor dem Feuer standen. »Dass Sie sehen würden, wie Gummi hergestellt wird. Ein bemerkenswerter Anblick, nicht?«

Thomas sah sich um. Ernie und George standen mit leuchtenden Augen neben ihm, während John sich im Hintergrund hielt. Auf seiner Miene spiegelte sich mehr Mitleid als Faszination, und als Thomas seinen Blick auffing, schüttelte er leicht den Kopf.

Santos sprach mit einem Schwarzen. Zu Thomas' Verblüffung unterhielten sie sich auf Englisch. Der Mann, der ein leichtes, langärmliges Hemd, ein um den Hals geknotetes Taschentuch und einen Filzhut trug, stand mit dem Gewehr über der Schulter neben Santos und nickte vehement. Obwohl er selbst Autorität ausstrahlte, verhielt er sich in Santos' Gegenwart betont ehrerbietig. Santos ist ein Mann, der Achtung gebietet, dachte Thomas.

Clara stand neben ihrem Mann und hatte sich bei ihm untergehakt. Sie trug ihre Stadtgarderobe, was Thomas wunderte; er hätte sie für verwegener gehalten. Das zarte Schirmchen, das sie geistesabwesend über der Schulter drehte, sah im Licht der schräg einfallenden Sonnenstrahlen unter dem dichten Dach des Regenwalds regelrecht lächerlich aus.

Die Diener liefen geschäftig hin und her und luden den Seringueiros ihre Habseligkeiten auf den Rücken, damit die Hütten frei wurden. Das Lager war größer als das am Tapajós. Mehr als zehn Hütten standen im Kreis, ein Stück entfernt gab es eine Kochhütte. An den Pfosten hingen Gaslampen; als ein Mann sich danach ausstreckte, um sie abzunehmen, bellte Antonio ihm zu, er solle sie hängen lassen.

Thomas' Stimmung verdüsterte sich, als er seine Hütte betrat. Sie war zwar größer als die vorige, die er mit John geteilt hatte, aber auch hier würde er wieder mit einer Hängematte als Bett vorliebnehmen müssen. Der Innenraum, der aus Furcht vor Überflutungen etwas erhöht lag, hatte Holzbalken als Fußboden und war ansonsten leer. Er enthielt weder einen Schreibtisch noch Regale für seine Bücher.

»Ist alles in Ordnung, Sir?« Antonio stand hinter ihm.

»Ja, danke, Antonio.«

»Wir lassen Möbelstücke für Sie bringen. Sie werden in zwei Tagen ankommen.«

Thomas wurde es leichter ums Herz. »Vielen Dank. Das ist sehr hilfreich.«

Der Raum roch nach elementar Menschlichem – er glaubte, alten Schweiß und andere Absonderungen wahrzunehmen –, aber eine kurze Musterung der Hütte sagte ihm, dass er sich täuschen musste. Es war einfach nur ein Raum mit vier Hängematten, in dem vier Männer schwer gearbeitet und fest geschlafen hatten, denen feine gesellschaftliche Umgangsformen gleichgültig waren oder die sie nicht kannten.

Als er seine Tasche auf einer sauberen Stelle in der Ecke abstellte, bemerkte er aus dem Augenwinkel eine Bewegung an der Wand. Er hatte etwas aufgestört. Ein Insekt? Nein, eine Spinne. Mit einem Satz sprang er von der Wand weg und schalt sich gleich selbst wegen seiner Angst. Du meine Güte, er war doch schließlich Naturforscher. Die Spinne war kompakt und groß und hatte Beine wie breite, faserige Schnüre. Eine Tarantel.

Antonio steckte den Kopf durch die Tür. »Ist alles in Ordnung? Ich habe einen Schrei gehört.«

Hatte er geschrien? Es schien allmählich eine Gewohnheit zu werden, dass er seine eigenen Schreie nicht hörte.

»Nichts passiert«, wiegelte Thomas ab. »Nur eine Spinne. Ich werde sie töten.« Er beugte sich vor, um einen Stiefel auszuziehen.

»Nein!« Antonio trat eilig in die Hütte. »Sie dürfen sie nicht töten, Mr. Edgar. Sie wirft dann alle Haare an den Beinen ab, und die sind gefährlicher als der Spinnenbiss. Sie sind dünn wie Nadeln und giftig.«

»Was soll ich dann mit ihr machen?« Anfassen wollte er das Ding auf keinen Fall. Er schämte sich wegen seiner Zimperlichkeit, aber andererseits wusste Antonio ohnehin schon, dass er ein Feigling war.

»Lassen Sie sie in Ruhe, Sir. Sie wird Ihnen nichts tun. Am Morgen ist sie verschwunden. Sie werden sehen.«

Er hätte natürlich George rufen können, aber ein plötzlicher Impuls riet ihm, dem Forscher die Tarantel vorzuenthalten. George schien sich nicht sehr für Spinnen zu interessieren und würde ihm nur einen Vortrag halten.

Alle zogen sich früh zurück, um sich vor dem anstehenden langen Sammeltag gut auszuschlafen. Santos war ungewöhnlich still, und Clara ließ sich ihr Abendessen in die Hütte bringen. Zuerst konnte Thomas die Tarantel in den schwarzen Schatten, die die Lampe warf, nicht erkennen, aber als er in seiner Hängematte lag, sah er sie über sich die Dachsparren entlangkrabbeln. Das Licht ließ er brennen, weil er befürchtete, die Spinne könne auf die Halteseile seiner Hängematte laufen. Immer wenn sich die Tarantel bewegte, überlief ihn ein Schauer. Doch an seiner Anspannung war nicht nur die Spinne schuld; immerhin trennten ihn nur ein paar dünne Wände aus Palmwedeln von Clara. Er war es nicht gewohnt, hier draußen im Dschungel die dunkle, leicht heisere Stimme einer Frau zu hören, die mit ihrem Mann sprach; ihr Klang floss mit dem Zirpen der Grillen und dem Kreischen der Nachttiere zusammen. Immer wieder schallten die Stimmen von Vögeln durch die Nacht, die nach den Tönen benannt waren, die sie von sich gaben – der Murucuturú, eine Art Eule, und der Jacurutú , und endlich schlief Thomas ein, während die Spinne ein Netz durch seine Träume wob.

Am ersten Tag machte sich Thomas beschwingt auf den Weg. Die Farben schienen ihm kräftiger, die Vögel und Affen in den Bäumen lauter. Santos begleitete sie, was ihnen eher ungelegen kam. Die Männer waren es gewohnt, schweigend auf die Pirsch zu gehen, er dagegen schien entschlossen, sich pausenlos zu unterhalten.

»Es kommt mir seltsam vor«, begann er, »dass Sie diese Wesen, die Sie sammeln, so verehren – Sie insbesondere, Mr. Edgar. Doch sobald Sie sie in ihrem wilden, natürlichen Zustand und all ihrer Pracht finden, kommt Ihnen nichts anderes in den Sinn, als sie zu *töten*.«

»Nun, wir sind in erster Linie Wissenschaftler«, antwortete Ernie, den die Ablenkung nicht zu stören schien, obwohl sie ihm die Vögel verjagte. Grellbunte Flügel stoben in alle Richtungen davon, aber Ernie richtete seine Aufmerksamkeit ganz auf Santos.

»Oh, ich meine nicht Sie, Dr. Harris«, erwiderte Santos. »Ich möchte behaupten, dass Sie für diese Tiere überhaupt keine Gefühle aufbringen.«

»Moment mal«, sagte Ernie und blieb stehen. Das Urteil seines Gönners schien ihn tatsächlich zu treffen. »Ich fühle mich manchmal schuldig, weil ich sie umbringe.«

»Warum tun Sie es dann?«

»Verzeihen Sie, wenn ich es erwähne, Mr. Santos«, griff George ein, »aber Sie haben doch für all das bezahlt. Haben Sie kein schlechtes Gewissen deshalb?«

»Ich bin ein Heuchler, Mr. Sebel, das gebe ich freimütig zu. Außerdem liebe ich Tiere nicht. Ich liebe es, sie zu essen, aber ich finde sie bestenfalls lästig, und für Insekten habe ich noch weniger übrig. Sie jedoch … Ich habe mit eigenen Ohren gehört, wie sehr Sie Ihren geliebten Ameisen und Käfern zugetan sind. Und Sie, Mr. Edgar, Ihren Schmetterlingen.«

Thomas legte sich seine Antwort sorgfältig zurecht. Santos hatte da ein Thema angeschnitten, das er aus seinem Denken verbannt hatte. Er wusste, dass er sich nicht klar genug ausdrücken würde. »Ich liebe die Tiere, weil sie das Wirken Gottes bezeugen, Sir. Es ist unsere Pflicht als Wissenschaftler« – an diesem Punkt glaubte er George leise schnauben zu hören – »als Wissenschaftler«, wiederholte er lauter, »das wunderbare Wirken Gottes zu studieren. Wie exquisit diese Geschöpfe sind, wie alle Einzelheiten präzise aufeinander abgestimmt sind, wie alles ineinandergreift, komplexer als jede Maschine …«

»Ja, ja, Mr. Edgar, das ist alles sehr bewundernswert, aber Sie haben mich leider nicht überzeugt.« Santos ließ sich ein paar Schritte zurückfallen und setzte das Gespräch mit George fort. Thomas gab sich geschlagen und schwieg. Mit brennenden Wangen und pochendem Herzen ging er vor den anderen her.

Bald stand die Sonne am höchsten, und Thomas erinnerte sich an Santos' Worte, dass der riesige Schmetterling meist in der Abendkühle erscheine. So beschäftigte er sich den Nachmittag über mit Katalogisieren und Lesen.

Clara und John waren in der Nähe des Lagers geblieben, und John schien sich auf den Unterricht zu konzentrieren und selbst wenig zu sammeln. Sie saßen Seite an Seite im Schatten vor Bergen von Blättern, die sie zeichneten, kolorierten und beschrieben. Obwohl er Clara immer noch aus dem Weg ging, versetzte ein Gefühl von Eifersucht Thomas einen Stich, als er ihr entspanntes Miteinander sah. Wäre nicht das geschehen, was zwischen ihnen nun einmal geschehen war – benennen konnte er es nicht, nicht einmal in Gedanken –, hätte er sich in ihrer Gegenwart entspannen und sie vielleicht sogar in ein Gespräch verwickeln können, denn sie schien eine kluge und intelligente Frau zu sein.

Als die Sonne sank, wagte sich Thomas noch einmal in den Urwald und nahm Ernie mit, da er in dem unbekannten Gelände nicht gern alleine unterwegs war. Bei jeder Bewegung in den Bäumen fuhr er auf, aber es waren immer nur Affen, die sich vorbeugten, um die beiden Männer zu inspizieren, oder schwerfällige Vögel, die von Ast zu Ast hüpften. Kein Schmetterling zeigte sich – sie hatten sich alle bei Anbruch der Dunkelheit ein Versteck gesucht. Obwohl der Himmel oder das, was man durch die Baumkronen von ihm erkennen konnte, noch blau war, wurde es am Fuß der Bäume schon dämmrig. Sie würden umkehren müssen.

»Keine Bewegung!«, zischte Ernie plötzlich, der hinter ihm ging. Thomas blieb stehen, als er hörte, wie ernst Ernies Stimme klang.

»Was ist denn?«, flüsterte er, aber eine Antwort erübrigte sich. Vor ihm auf dem Pfad stand ein großes schwarzes Tier, nur schwach erkennbar vor dem dunklen Hintergrund des Waldes. Es hatte sie gesehen, und der neugierige Blick wich einem misstrauischen Blitzen. Mit angelegten Ohren und eingeknickten Hinterläufen nahm es eine kauernde Stellung ein. Es war bereit zum Sprung, wenn es sein musste.

»Ich kann ihn von hier aus erwischen«, sagte Ernie leise hinter ihm.

Thomas wandte langsam den Kopf und sah seine Befürchtung bestätigt. Ernie hatte die Flinte von der Schulter genommen und war dabei, sie anzulegen. Thomas vergaß die Warnung, sich nicht zu bewegen, packte den Lauf der Flinte und richtete ihn nach oben. In diesem Moment drückte Ernie ab. Ein ohrenbetäubender Knall hallte in Thomas' Ohren.

»Was machst du da?«, schrie Ernie, aber Thomas war schon herumgewirbelt und hielt nach dem Jaguar Ausschau. Er hatte sich fast lautlos mit einem Satz ins Unterholz geflüchtet und war verschwunden. Thomas hörte nichts außer dem Dröhnen des Schusses.

»Idiot«, sagte er. Seine Hände zitterten, und da die Gefahr jetzt vorüber war, fand er seine Beherrschung wieder. »Ein so schönes Tier zu erschießen. Bist du verrückt? Und mit Schrot. Schrot, Ernie. Du hättest es nur verwundet und rasend gemacht. Du hast Glück, dass es dir nicht den Kopf abgerissen hat!«

Ernie starrte ihn benommen an und senkte das Gewehr. »Du hast recht, mein Alter«, gab er endlich zu. »Mann, du hast es mir ordentlich gegeben!«

Er sah Thomas mit neuem Respekt an, und Thomas begriff, dass er einen kühlen Kopf bewahrt hatte, während Ernie in Panik geraten war. Der Urwald wurde Thomas allmählich zur natürlichen Umgebung.

In jener Nacht lag er in der Hängematte und dachte an den Jaguar. Das Tier hatte ihm in die Augen gesehen und, so schien es ihm, tief in seine Seele hinein. Ernie hatte ein Loblied auf Thomas gesungen, als sie ins Lager zurückgekehrt waren, und es war ihm, als sei er ein Stück gewachsen. Doch bei aller Aufregung machte ihm die Enttäuschung zu schaffen. Kein Schmetterling. Die Wunschvorstellung, er werde plötzlich bei Sonnenuntergang auftauchen, kam ihm mit einem Mal grotesk vor, und er gelangte zu der Überzeugung, dass sich Santos geirrt haben musste. Er musste sich in Geduld üben, sich weiter bemühen, und wenn die Zeit reif war, würde der Schmetterling erscheinen.

Eine Woche verging, und Thomas sah nicht die geringste Spur von seinem Schmetterling. Er sammelte eine Menge anderer Exemplare. Die Ausbeute war nicht so groß wie in Belém, aber doch etwas besser, als wenn sie in Manaus geblieben wären. Ihm fiel auf, dass die Männer bei jeder Erwähnung von Belém nostalgisch wurden, und begriff, dass sie alle – er selbst eingeschlossen – ihr dortiges bequemes Leben für selbstverständlich gehalten hatten. Alles war neu und aufregend gewesen, und dazu hatte es Essen in Hülle und Fülle gegeben, eine üppige Vegetation und Freunde. Angenehmer konnte man sich das Erdendasein kaum vorstellen. Er vermisste ihre Plaudereien auf dem Balkon des komfortablen Hauses, umgeben von Blüten, zwischen denen summende Bienen und Kolibris hin und her flogen. Dorfmädchen hatten ihnen zugewinkt und hin und wieder ein paar Worte zugerufen. Er vermisste sogar die Jungen, die George als Helfer angestellt hatte, ihr Zahnlückenlächeln und ihr Gelächter. Auch wenn er es sich selbst ungern eingestand, machte ihn Santos' Gegenwart immer ein wenig nervös. Er achtete unablässig auf seine Umgangsformen, und Santos versuchte regelmäßig, ihn in intensive Gespräche zu verwickeln, denen er sich nicht gewachsen fühlte. Und was Clara betraf … es fiel ihm immer schwerer, ihr aus dem Weg zu gehen.

Santos nahm jeden Tag pünktlich um elf und um sechzehn Uhr seinen Tee ein, ganz gleich, ob sie in ihren Hütten saßen und auf das Ende des Regens warteten oder durch den Wald stapften. Manuel war gezwungen, ein Feuer anzufachen, den Teekessel aufzusetzen und das kostbare Porzellan auszupacken. Die Männer fühlten sich verpflichtet, sich dem Ritual anzuschließen, und Santos nutzte die Gelegenheit, ihnen Diskussionen über Kunst und Philosophie und insbesondere über die englischen Dichter aufzunötigen. Thomas beobachtete ihn dabei: Santos balancierte die Untertasse auf dem ausgestreckten Handteller, während er die Teetasse mit gespreizten Fingern geziert zu den Lippen hob. Der gigantische Schnurrbart glänzte vor Feuchtigkeit. Santos rezitierte Gedichte, und George stimmte mit leuchtenden Augen in die *Ode an eine griechische Urne* oder *Khubla Khan* ein. Daraufhin unterhielten sich die beiden angeregt über die Poeten, ihr Leben und Werk, während Thomas und John zuhörten und Ernie mit den Füßen scharrte und ein Gähnen unterdrückte. Santos war besonders angetan von William Blake. Einen Visionär nannte er ihn. Thomas hatte Blake in der Schule gelesen, aber seine Lehrer hielten dessen prophetische Werke für eine zu gewagte Lektüre.

»Aber haben Sie sie wirklich gelesen, Mr. Edgar?«, fragte Santos, als Thomas ihm davon erzählte.

»Das habe ich, Mr. Santos, und ich muss gestehen, dass ich den Mann für verrückt halte.«

»Verrückt? Wie kommen Sie darauf?«

»Dieses ganze Gerede über den Himmel als einen Ort, an dem die Menschen ein qualvolles Dasein führen. Seine Widerlegung Swedenborgs, der wiederum eindeutig ein Visionär war.«

»Aber verstehen Sie, was Blake sagen wollte?«

»Er hat gesagt, dass die Hölle dem Himmel vorzuziehen sei. Dass wir absichtlich sündigen sollen, um dahin zu gelangen.«

Santos lachte. »Oje, Sir, das hat Ihnen ein Priester oder Lehrer eingeprügelt, nehme ich an.«

Thomas errötete. Ein Bild tauchte vor ihm auf, wie sein alter Lehrer über dem Pult hing und mit Speichelfäden im Mundwinkel über Blake herzog.

Was hatte Blake genau gesagt? »Eher ein Kind in der Wiege morden als Wünsche hegen und sie nicht ausführen.« Claras Gegenwart weckte Wünsche in ihm, das musste er sich endlich eingestehen. Nicht weil er sie schön fand, eher das Gegenteil. Es war ihre Gewöhnlichkeit, die ihn erregte, die heisere Stimme, die zu laut war für eine Dame, der enorme Appetit, mit dem sie aß und trank. Die Vernunft sagte ihm, dass er sich von ihr abgestoßen fühlen sollte, aber wenn er seine Gedanken auch nur für einen Moment von der Leine ließ, erinnerte er sich an ihre Begegnung in der dunklen Gasse, den süßen Geschmack ihrer Küsse, und wurde erregt. Er gewöhnte sich an, eine seiner Stecknadeln immer bei sich zu tragen, und wenn sich ein anstößiger Gedanke anschlich, stach er sich kräftig in den Finger. Am Ende der Woche war sein Zeigefinger blutig und geschwollen, und er musste beim Schreiben den Stift zwischen Daumen und Mittelfinger klemmen.

Nachts suchten ihn erotische Träume heim von dem Schmetterling und Clara. Ernie hatte ihn gewarnt, dass die Einnahme von Chinin zu lebhaften Träumen führen könnte, deshalb nahm er keines mehr, in der Hoffnung, die Bilderflut einzudämmen. Er blieb so lange wie möglich wach und dachte an sein Leben in der englischen Heimat, an die kalten, sterilen Räumlichkeiten im Londoner *Natural History Museum*. Seine Gedanken wanderten zu den ausgestellten Schmetterlingen im Insektensaal, die er voller Faszination im Dämmerlicht der Öllampen und nackten Gasbrenner studiert hatte. Damals hätte er sich nicht träumen lassen, dass er selbst jemals ein so schönes Wesen fangen würde. Bis dahin war das exotischste Tier, das ihm ins Netz gegangen war, ein Großer Schillerfalter, Jahre zuvor während eines Urlaubs in Kent.

Bei diesem Fang war ihm ein ungewöhnlicher Bundesgenosse zu Hilfe gekommen. Sein Bruder Cameron, zwei Jahre älter als er, war ein dickes und zorniges Kind. Erst als Erwachsener verstand Thomas, dass Cameron im Internat unbarmherzig gehänselt worden war. Wenn er nach Hause kam – und besonders, wenn er einen Freund mitbrachte –, ließ er seine gesamte aufgestaute Wut und Enttäuschung an Thomas aus. Es gab Blutergüsse, Grasflecken an den aufgeschrammten, dreckverschmierten Knien, kaputtes Spielzeug und zerrissene Bücher. Aber Thomas verpetzte ihn nie. Zum einen drohte Cameron, ihn zu verprügeln, wenn er es täte, zum anderen begriff er, dass der rundliche Bauch und die hängenden Schultern seines Bruders von einer schrecklichen Traurigkeit zeugten, die er unbedingt lindern wollte. Vielleicht, dachte er, würde es seinem Bruder etwas von seinem Schmerz nehmen, wenn er die Strafaktionen willig ertrug.

Er war zwölf, als er und Cameron einen Sommer bei ihrer Tante verbrachten. Auf ihrem Anwesen befand sich ein kleiner Teich, der von langem, wehendem Gras umgeben war. Thomas verbrachte seine Tage damit, Kaisermantel-Schmetterlingen aufzulauern, während sein Bruder im Teich schwamm oder sich auf dem Holzsteg sonnte. Cameron hatte vor kurzem einen Wachstumsschub erlebt; der weiche Bauch war straff, seine Beine waren dunkel und haarig geworden.

»Komm«, sagte er eines Nachmittags zu Thomas. »Wir rennen auf dem Rückweg um die Wette.«

Widerstrebend suchte Thomas seine Netze und Gläser zusammen. Er wusste, dass er gegen seinen Bruder keine Chance hatte. Er wollte gerade protestieren, als er einen Farbtupfer wahrnahm. Als er sah, was es war, entfuhr ihm ein leiser Schrei, dabei hatte er den ganzen Vormittag über versucht, so leise wie möglich zu sein. Der Schillerfalter flatterte hoch über ihnen um die Äste einer Eibe und ließ sich vom Luftstrom tragen.

»Ich kann noch nicht weg«, sagte er zu seinem Bruder. »Ich muss diesen Schmetterling kriegen.« Er hatte erst einmal ein Exemplar dieser Art gesehen, zwei Jahre zuvor. Damals hatte er versucht, ihn mit einem verwesenden Kaninchen, das er in einer Falle gefunden hatte, zur Erde zu locken, aber der Schmetterling hatte den Geruch nicht aufgefangen oder war einfach nur nicht interessiert, und seine Tante hatte ihm einen Klaps gegeben, weil er nach verfaultem Fleisch stank, als er nach Hause kam.

Er erwartete, dass Cameron ihn kneifen und zur Eile antreiben oder ihm gar das Netz aus der Hand reißen und damit fortlaufen würde. Doch sein Bruder folgte dem Schmetterling gebannt mit den Augen. Dabei lag ein seltsamer Ausdruck auf seinem Gesicht, als habe er gerade eine wissenschaftliche Entdeckung gemacht. Als der Schillerfalter über ihnen schwebte, änderte sich seine Haltung. Wie bei einer großen Katze spannten sich alle Muskeln an. Er ließ den Schmetterling nicht aus den Augen. Als das ahnungslose kleine Tier schließlich in Reichweite kam, schwang Cameron zielsicher wie eine Spinne sein Handtuch und traf ihn damit. Benommen taumelte der Schmetterling zu Boden.

Entsetzt kniete sich Thomas vor ihn hin. Oh nein, dachte er, sicher sind seine Flügel zerrissen, und der Körper ist zerquetscht. Er war drauf und dran, seinen Bruder endgültig zu hassen.

Aber der Schmetterling war unverletzt. Ungläubig hob Thomas ihn auf und legte ihn in ein Glas. Er blickte zu seinem Bruder auf, und Cameron sah, von der Sonne umstrahlt, mit dem freundlichsten Gesichtsausdruck auf ihn herab, den Thomas je erlebt hatte – voller Stolz und Mitgefühl. Thomas war sicher, dass von nun an alles zwischen ihnen anders würde, aber im folgenden Herbst schubste ihn Cameron in den eiskalten Teich, um Bertie Whitehead, dem Klassentyrannen, zu imponieren.

Eines Morgens kündigte Santos an, er werde in geschäftlichen Angelegenheiten nach Manaus reisen.

»Ich habe zu viel Zeit im Urwald verbracht«, sagte er. »Ich habe Ihre Gesellschaft außerordentlich genossen, aber die Pflicht ruft. Ich habe mit meiner Frau gesprochen, und sie würde sich ungern von diesem Ort trennen, solange sie so viel lernen kann. Ich hoffe, Sie haben nichts dagegen, Sirs, dass ich sie Ihrer Obhut anvertraue. Nur für wenige Tage. Danach werde ich kommen und sie abholen.«

Santos machte sich mit Antonio und dem Schiffskapitän auf den Weg, und Antonio versprach, mit frischer Verpflegung zurückzukehren. Sie hatten schon auf Agutis, eine Art Meerschweinchen, zurückgreifen müssen, die trockenes, zähes Fleisch hatten, und der Koch drohte, ihnen demnächst Faultier zu servieren.

Clara verschwand für den Rest des Tages mit John.

»Vielleicht bringt ihr John nicht nur Botanik, sondern auch Biologie bei«, meinte Ernie süffisant, als sie sich am Nachmittag ausruhten.

»Halt den Mund, Harris«, sagte Thomas und schlug auf die Ameisen ein, die seinen Stiefel hochkrabbelten.

»Ja, halt den Mund«, bekräftigte George. »Sogar John hat bessere Manieren, als dass er mit den Sachen des Gastgebers herumspielen würde.« Das kameradschaftliche Gefühl gegenüber George, das sich bei Thomas für einen Moment eingestellt hatte, verflüchtigte sich sofort wieder. Er bekam einen heißen Kopf und stand auf, um mit dem Rücken zu den Gefährten in seiner Tasche zu wühlen.

Clara nahm das Abendessen in ihrer Hütte ein. Thomas wünschte, er könne ihr das Gefühl vermitteln, dass sie in ihrer Runde willkommen war, aber er wusste, dass sich Ernie und George kaum um sie kümmern würden. Ernie hatte erwähnt, dass er sie ausgesprochen unattraktiv fand, und Thomas hatte inzwischen begriffen, dass Ernie eine Frau, mit der er nicht flirten wollte, ungerührt links liegen ließ. George seinerseits zeigte ihr gegenüber dieselbe Blasiertheit wie gegenüber allen Frauen. Im Grunde war Thomas sogar sehr erleichtert, dass sie sich nicht zu ihnen setzte und er dafür seinen Begleitern die Schuld geben konnte; womöglich würde sie in Abwesenheit ihres Mannes ihm ihre Aufmerksamkeit zuwenden, und er wusste nicht, wie er darauf reagieren sollte. Selbst eine zufällige Berührung unter dem Tisch würde ihm wahrscheinlich die Röte ins Gesicht treiben und einen Schauer über den Rücken jagen.

Nach dem Essen holte Ernie eine Flasche Brandy, die Santos ihm gegeben hatte, und ein Päckchen Spielkarten. Die Männer hockten in Ernies Hütte auf Kisten und spielten Rummy bis tief in die Nacht, während Insekten gegen die Lampe schlugen. Sogar John schloss sich an, damit das Quartett vollständig war, und bald waren sie in eine Wolke von Zigarettenrauch gehüllt.

»Und was haltet ihr von unserem geschätzten Gastgeber?«, fragte Ernie, während er gekonnt die Karten mischte. Thomas hatte schon gewisse Schwierigkeiten, die Zahlen und Farben auseinanderzuhalten.

»Ein sehr intelligenter Mann«, bemerkte George. »Wie ich schon früher vermutet habe – er ist tatsächlich gebildet. Er hat in England studiert, was wohl seine Liebe zu allem Englischen erklärt.« Er nahm die Karten auf, die Ernie ausgeteilt hatte, und fächerte sie in seiner Hand auf. »Ich bin mir nicht sicher, ob er aus gutem Hause ist oder nicht. Ich nehme an, er gehört zu den Neureichen. Wie die meisten Kautschuk-Barone. Wobei das Wort Baron etwas in die Irre führt.«

»Woher er wohl das Geld hat, mit dem er sein Unternehmen aufgebaut hat?«, fragte Ernie.

George schüttelte den Kopf, und Thomas zuckte die Achseln, während er seine Karten ordnete.

»Seine Frau«, sagte John. Er hatte sich im Urwald das Pfeiferauchen angewöhnt und saugte gedankenverloren am Mundstück, bevor er weitersprach. Die anderen sahen ihn überrascht an. Selbst beim Kartenspielen schwieg er meistens und schien nur aus Höflichkeit daran teilzunehmen und nicht etwa, weil ihm etwas an ihrer Gesellschaft lag.

»Hat sie dir das erzählt?«, fragte George.

»Ja. Wir müssen ja über das eine oder andere reden, während wir durch den Dschungel wandern, oder?«

Ernie schnaubte, und John warf ihm einen giftigen Blick zu, der ihn sofort verstummen ließ.

»Er war tatsächlich eine Zeit lang Huthändler«, sagte John. »Genau wie er uns an jenem Tag am Tapajós erzählt hat. Er ist nach Portugal gegangen, um dort sein Glück zu versuchen, und hat sich bei Senhora Santos' Vater in Oporto eingeschmeichelt. Der alte Mann starb kurz nach der Heirat, und sie erbte das Familienunternehmen. Portwein. Es wurde für einen Haufen Geld an einen Engländer verkauft, und Santos nutzte den Mammon, um Land zu erwerben.«

»Vom Tellerwäscher zum Millionär, was?«, witzelte Ernie.

»Nicht ganz. Ich glaube, er stammt aus guten Verhältnissen, aus einer Mittelschichtfamilie wie auch Mrs. Santos. Sie hatten nur einfach Glück im Geschäftsleben, sowohl beim Port als auch beim Kautschuk.«

»Ich jedenfalls finde ihn recht charmant«, sagte George. »So angenehm, wenn man in einer Kolonie jemanden findet, mit dem man sich über die wichtigen Dinge des Lebens unterhalten kann. Mir ist sein gesellschaftlicher Rang egal.«

Thomas konnte sich eine Erwiderung nicht verkneifen. »Das ist ja ganz was Neues.«

George sah ihn überrascht an, und Ernie fing an zu lachen. »Immerhin hat er Geld«, fuhr Thomas fort. »Und das bedeutet, dass er in Ordnung ist?«

»Und er ist gebildet. Das zählt schließlich auch.«

Thomas wünschte sich, er hätte den Mund gehalten. John warf die Karten auf den Tisch und verließ so hastig die Hütte, dass er mit dem Kopf gegen den Türrahmen stieß.

»Immer mit der Ruhe, ihr beiden!«, versuchte Ernie zu beschwichtigen. »Verflixt, jetzt haben wir unseren vierten Mann verloren.«

Thomas konnte nicht einschlafen und lag angezogen in seiner Hängematte. Immer, wenn er die Augen schloss, drehte sich der Raum, aber wenigstens war ihm nicht übel. Er brauchte etwas, auf das er seine Aufmerksamkeit richten konnte, deshalb stand er wieder auf und setzte sich auf die Türschwelle, von wo aus er die Lampe sehen konnte, die die ganze Nacht über in der Mitte des Lagerplatzes brannte. Wegen der nachtaktiven Insekten, die die Lampe wie rasend umschwirrten, schien ihr Licht unruhig zu flackern. Er drehte sich mit alkoholmüden Fingern eine Zigarette. Zum ersten Mal seit Tagen konnte er seinen verletzten Zeigefinger wieder benutzen – ob er verheilte, weil er seine Gedanken besser unter Kontrolle hatte, oder ob er einfach vom Alkohol betäubt war, wusste er selbst nicht.

Das übliche Stimmengewirr erfüllte die Nacht. Ein Wunder, dass wir überhaupt schlafen können, dachte er, bei diesem Lärm. Die Luft war immer noch feucht und drückend; auch nach all den Monaten hatte er sich noch nicht daran gewöhnt.

Er sah sie erst, als sie ihn schon fast berührte. Er hörte seinen Namen, wie von einer Geisterstimme geflüstert, und dann stand sie vor ihm, eine weiß gekleidete Gestalt.

»Thomas«, wiederholte sie, nicht um seine Aufmerksamkeit zu erregen, sondern eher als Bekräftigung, dass dies sein Name war.

»Ja«, antwortete er unglücklich, denn er wusste, dass das Unvermeidliche nun geschehen würde.

Sie hatte die Arme um sich geschlungen, als ob ihr kalt sei, und unter dem Nachtkleid lugten nackte Füße hervor.

»Mrs. Santos, ich …«

»Clara«, unterbrach sie ihn. »Du musst mich Clara nennen.« Er zog an seiner Zigarette, um Zeit zu gewinnen, und starrte auf den Boden. Dann erhob er sich schwankend.

»Ich glaube nicht, dass wir so miteinander sprechen sollten«, sagte er.

»Aber ich muss mit dir reden«, flüsterte sie. »Wir haben überhaupt noch nicht miteinander gesprochen.«

»Nein.« Tiefe Niedergeschlagenheit überkam ihn, und er hielt sich am Türrahmen fest, um nicht wieder zu Boden zu sinken. Bring es hinter dich, sagte er sich. Was wollte sie?

»Es tut mir leid«, brachte er schließlich hervor. »Was geschehen ist. Ich war nicht ich selbst …« Die Stimme versagte ihm, und er konnte ihr immer noch nicht ins Gesicht sehen.

»Du brauchst dich nicht zu entschuldigen. Mein Mann hat mir gesagt, dass er dir eine seiner Zigaretten gegeben hat.«

»Ja?« Hatten sie über ihn gesprochen?

»Mach kein so entsetztes Gesicht«, sagte sie amüsiert. »Er hat es nur beiläufig erwähnt. Hast du dich in der Nacht eigenartig gefühlt?«

»Eigenartig, ja. Ich habe … Dinge gesehen.«

»Das war Caapi. Eine Droge. Aus der Wurzel der Ayajuasca. Die Indianer verwenden sie, um mit den Göttern zu kommunizieren. Gewöhnlich mischen sie die Substanz mit

Speichel und bereiten aus der Paste ein Getränk zu, aber man kann sie auch trocknen und rauchen. Mein Mann nutzt es zur Entspannung.«

Er ließ ihre Worte auf sich wirken und die Erinnerungen an jene Nacht an sich vorüberziehen.

»Du warst nicht du selbst. Du musst dich nicht schuldig fühlen.«

»Ich verstehe.« Die drückende Last seiner Schuldgefühle hob sich von ihm. Er war nicht er selbst gewesen.

»Gibst du mir eine Zigarette?« Erschrocken stellte er fest, dass sie näher getreten war und sich zu seinen Füßen auf die Türschwelle gesetzt hatte. Er hatte keine andere Wahl, als sich zu ihr zu setzen. Er gab ihr Tabak, aber sie drehte den Beutel unschlüssig hin und her und reichte ihn zurück. Sie wollte, dass er ihr eine Zigarette drehte.

Er drehte gleich zwei und sah zu, wie Clara die Haare über die Schulter fielen, als sie den Kopf neigte, um ihre Zigarette an dem Streichholz anzuzünden, das er ihr hinhielt. Danach zündete er seine eigene an. Die Anspannung ließ nach, dem Brandy sei Dank.

Der Rücken ihrer kleinen weißen Hand, mit der sie die Zigarette hielt, hob sich ihm entgegen, und sie blies Rauch über seinen Kopf. Sie berührten sich jetzt fast, aber er rückte nicht von ihr ab.

»Deine Freunde mögen mich nicht, glaube ich.«

»Nein«, erwiderte er. »Das heißt, Sie – du täuschst dich, Clara. Das ist sicher nicht der Fall.«

Sie hob die Schultern. »Es ist mir egal. Senhor Gitchens ist sehr nett zu mir. Und du bist mir aus dem Weg gegangen, aber ich spüre nicht denselben Groll wie bei den anderen beiden.«

Thomas fiel keine Erwiderung ein. Sie hatte recht.

»Dieser Dr. Harris ist nichts weiter als ein betrunkener Idiot.«

Er musste lächeln. Wieder richtig.

»Und dieser Senhor Sebel. Nun, das ist auch klar, nicht?«

»Was ist klar?«

»Er mag Frauen nicht.«

»Oh, das stimmt nicht. Er hat eben seltsame Vorstellungen von den Menschen. Er ist ein Snob, das stimmt wohl.«

»Nein, ich meine, er mag keine Frauen. Frauen sind ihm zu alt. Und das falsche Geschlecht.«

Thomas schwieg schockiert.

Sie lachte. »Was machst du für ein Gesicht! Das musst du doch bemerkt haben. Ist dir nicht aufgefallen, wie er den jungen Diener anschaut? Ich bin überrascht, dass er sich dir nicht anvertraut hat.«

Er wusste, dass sie recht hatte, aber er hatte versucht, nicht darüber nachzudenken. Georges Beziehung zu den Jungen in Belém, die Thomas zuerst als väterlich eingestuft hatte. Die Nacht am Tapajós, als er gesehen hatte, wie eine Gestalt aus Georges Zimmer geschlichen war. Dann natürlich Paulo, der so traurig gewesen war, als sie Santarém verließen, und sie angefleht hatte, ihn mitkommen zu lassen. Antonio hatte es verboten. George hatte ihm einen Beutel Geld gegeben.

»Ich will nicht darüber sprechen«, sagte er schließlich.

»Ich habe dich in Verlegenheit gebracht.« Clara legte ihm eine Hand auf den Arm, und er zog ihn nicht weg. Wärme durchströmte ihn.

»Weiß dein Mann Bescheid?« Er meinte über George, aber sie missverstand ihn.

»Natürlich nicht! An jenem ersten Abend beim Dinner sind du und ich doch übereingekommen, es geheim zu halten, oder nicht?«

»Dein armer Ehemann. Meine arme Frau.«

»Mein armer Ehemann!«, fauchte sie. »Entschuldigung, Mr. Edgar, ich kenne deine Frau nicht. Aber mein Mann verdient kein Mitleid. Was glaubst du, warum er nach Manaus zurückgekehrt ist?«

»Ich dachte, es ging um Geschäfte.«

»Ja, Geschäfte. Geschäfte mit einem der vielen Bordelle in der Stadt. Hast du gewusst, Thomas, dass jedes dritte Haus in Manaus ein Bordell ist?«

»Nein, das wusste ich nicht.«

»All diese Frauen, die aus Europa gekommen sind, um zu Geld zu kommen. Und sie verdienen ein Vermögen, glaub mir. Ein Mädchen muss nur einen höheren Preis für sich verlangen als die anderen, dann wird sie schlagartig besonders begehrenswert. Diese Männer versuchen sich gegenseitig auszustechen, wo es nur geht.«

»Das tut mir leid, Mrs. Santos. Clara. Wenn ich dein Ehemann wäre, könnte ich nicht …«

»Nein, vielleicht könntest du nicht. Aber er hat das Interesse an mir verloren. Er hat mich seit Monaten nicht angerührt. Ich fürchte, du hast mich in jener Nacht für sehr entgegenkommend … nun, ich war auch nicht ich selbst. Ich habe nicht erwartet, dich wiederzusehen.«

Warum sprach sie so offenherzig mit ihm? Er hatte es weder provoziert noch gewünscht. Und doch merkte er, dass er darauf brannte, mehr zu erfahren. »Aber warum hat dein Mann dich nicht angerührt?« Die Frage entfuhr ihm ungewollt.

»Hast du das nicht erraten? Hast du ihn nicht unablässig über die Bedeutung der Familie reden hören? Wir können keine Kinder bekommen. Ich kann ihm keine Kinder schenken. Er findet mich nicht begehrenswert, und für ihn besteht kein Grund, das Bett mit mir zu teilen.«

»Aber er scheint dich zu respektieren, ja, zu verehren.«

»Oh, er erträgt mich. Die Familie ist ihm heilig. Unsere Heirat war der Wunsch meines Vaters. Mein Mann hat mir versprochen, das Geschäft meines Vaters nach dessen Tod weiterzuführen, aber er hat es nicht getan. Er hat es bei der ersten Gelegenheit verkauft.«

»Das tut mir leid.«

»Ich habe mich damit abgefunden. Manaus ist nicht so schlecht.«

»Du lügst. Das höre ich deiner Stimme an.«

Sie biss sich auf die Lippe und senkte den Blick auf ihre erloschene Zigarette. Nachdenklich betrachtete sie die Asche und warf den Stummel weg. Dann bedeckte sie das Gesicht mit den Händen und begann zu weinen.

Sie lehnte sich an ihn, und sein Arm legte sich wie von selbst um ihre Schulter. Er zog sie an sich.

Ihr Haar roch nach Beeren und verströmte Wärme. Er legte seine Wange dagegen und küsste sie auf den Scheitel. Ihre Schluchzer wurden leiser, und die Schultern bebten nicht mehr so heftig. Sie legte ihm die Arme um die Taille und drückte ihn. Wie lange hatte er auf jegliche Zärtlichkeit verzichten müssen! Er spürte einen Kloß im Hals, schluckte und hustete. Sie löste sich von ihm und wandte ihm das Gesicht zu. An ihren dunklen Wimpern hingen Tränen wie Tautropfen, und ihr Gesicht war gerötet. Die kleinen Lippen zitterten, und ihre Augen suchten seinen Mund.

Er konnte nicht anders. Er hatte gewusst, dass er nicht widerstehen würde. Als sie sich küssten, schob sich seine freie Hand in die Tasche und stach die Nadel tief ins Fleisch, bis das Blut floss.

Dass Clara und er diskret waren, milderte seine Schuldgefühle etwas. Er suchte nach Entschuldigungen für sein Verhalten. Da war die Einsamkeit und dass er so viele Monate nicht im Angesicht Gottes gelebt hatte; überdies akzeptierte die heutige Gesellschaft Ehebruch schon fast, solange er sich im Verborgenen abspielte und nicht zur Schau gestellt wurde. Er selbst hatte ihn nie gebilligt, aber er brüstete sich schließlich nicht damit.

Etwas anderes kam hinzu: Je länger die Post von seiner Frau auf sich warten ließ, desto sicherer war er sich, dass er in Bezug auf Captain Fale recht hatte. Er stellte sich vor, wie der hochgewachsene Captain selbstbewusst mit seinem Degen an der Seite durch seinen Salon stolzierte und Sophie in seine Arme riss, um sie dann sanft auf den Fußboden zu betten und vor dem Kamin zu nehmen. Er sah den verzückten Ausdruck auf ihrem Gesicht, als er in sie eindrang, und den Widerschein des flackernden Feuers in ihren Augen. Der abwesende Ehemann war vergessen.

Gleichzeitig begann er sich und seinen Mangel an Willenskraft zu hassen. Aber vor allem hasste er seinen Körper. Er ekelte ihn an. Wie sein Glied sich regte, wenn Clara auf ihn zukam. Selbst seine normalen Körperfunktionen flößten ihm Übelkeit ein. Dass er seine Exkremente vergraben musste, und wie sie rochen – aus irgendeinem Grund hier draußen im Wald in Verbindung mit dem Lehmboden noch schlimmer als zuvor. Auch sein Schweiß roch beißend, und auf seinem Gesicht sprossen grobe Haare, wo vorher weicher, zarter Flaum gewachsen war.

Clara entdeckte die Nadel in seiner Tasche, als er die Hand herauszog und Blut auf ihren Rock tropfte. Sie brachte ihn dazu, sie wegzuwerfen, indem sie ihn durch ein paar ins Ohr gehauchte Worte davon überzeugte, dass er ein Anrecht auf ein wenig Vergnügen hätte, dass es ungesund und unklug wäre, darauf zu verzichten. Er begann, ihr zu glauben. Schließlich hatte er es einmal getan und sich schrecklich gefühlt – der Schaden war schon angerichtet. Die Vorstellung, dass er unrecht tat, und die Angst entdeckt zu werden steigerten seine Erregung noch.

Sie liebten sich wie Tiere – nein, Liebe war es nicht, denn er liebte sie ja nicht, aber der Geruch ihres Körpers unter den Röcken machte ihn verrückt. Clara hatte es gerne ein bisschen brutal, und sie ermunterte ihn, hart zuzustoßen. Er hatte die Augen geschlossen oder auf den Pfad gerichtet, damit er sehen würde, wenn jemand kam. Eine so animalische Lust kannte er von sich sonst nicht. Bei Sophie war er zärtlich, die Umarmung war ein Ausdruck seiner Liebe zu ihr, und er hatte nicht gewusst, dass es andere Arten gibt. Dass er Clara nicht liebte, machte es ihm leichter, denn dadurch betrog er Sophie nur körperlich, nicht mit seinem ganzen Wesen. Mit ihr hatte das hier nichts zu tun. Nur mit Thomas, seiner Zeit im Regenwald, einer Zeit, in die er nie zurückkehren würde. Sie konnte ihren Captain haben, er seine Clara, und sie würden nie darüber sprechen.

Als sie eines Nachmittags gemeinsam zum Sammeln gingen, nahm er Clara von hinten, während sie sich vor ihm bückte. Sie grunzte wie ein Schwein, und er war gezwungen, ihr die Hand über den Mund zu legen, als ihm ein Knacken auf dem Pfad ankündigte, dass sich jemand näherte. Er konnte gerade noch seine Hose schließen, als Ernie um die Ecke bog, triumphierend, als hätte er das große Los gezogen. Er schwenkte einen Schirmvogel.

»Ich habe einen Freund gefunden«, sagte er, blind gegenüber dem, was er gerade unterbrochen hatte. Er schien kaum zu bemerken, dass Thomas nicht allein war.

Ein zweiter Vogel lief Ernie wie ein Hundchen hinterher. Sein Rumpf war etwa so groß wie der eines Fasans, aber durch die langen Beine und den gestreckten Hals ähnelte er insgesamt eher einem Kranich.

»Trompetertaube«, sagte Ernie. »Sie nennen ihn Agami. Das verdammte Vieh lässt mich nicht in Ruhe. Ich hatte nicht das Herz, es zu erschießen. Hab ihm Obst gegeben, und jetzt werde ich es nicht mehr los.«

»Was wirst du machen?« Thomas war schweißgebadet. Es war ihm völlig gleichgültig, was Ernie mit ihm anstellen würde, aber er bemühte sich aus Kräften um einen unbekümmerten Ton. Er warf einen Seitenblick auf Clara. Ihre Wangen waren hochrot und ihre Lippen geschwollen.

»Die Eingeborenen halten sie als Haustiere. Senhor Santos glaubt, dass ich mir nicht das Geringste aus Tieren mache. Ich werde ihm das Gegenteil beweisen. Werde ihn wohl behalten.« Er bückte sich und versuchte, den Vogel hochzuheben, aber dieser wich zurück und breitete die Flügel aus.

»Dann hau doch ab.« Ernie trat nach dem Vogel, der geschickt auswich. »So, ich werde mich jetzt diesem Schätzchen widmen«, fuhr er fort, während er den Schirmvogel in die Höhe hielt. »Wir sehen uns dann im Lager.« Er marschierte los, und der Agami rannte ihm nach. Dabei gab er einen Ton von sich, der weniger einer Trompete als einem gedämpften Rumpeln glich.

Damit kein Verdacht aufkam, begleitete Clara auch weiterhin John auf seinen Morgenexkursionen, und nachdem sie bei Ernie mit knapper Not einer Entdeckung entgangen waren, hielt Thomas Clara davon ab, sich ihm allzu häufig anzuschließen. Wenn sie mitkam, half sie ihm beim Schmetterlingssammeln und fing sogar selbst ein paar Exemplare, aber sie wollte sie nicht töten und steckte sie lieber in Gläser, die sie in ihrer Hütte aufbewahrte. Thomas brachte es nicht übers Herz, ihr zu sagen, dass sie ihnen damit nichts Gutes tat, denn letzten Endes würden die Schmetterlinge auch so sterben. Er vermutete allerdings, dass sie die Tiere ohnehin wieder freiließ.

Nachmittags regnete es jetzt täglich, und in dieser Zeit arbeiteten die Männer allein oder gelegentlich auch gemeinsam in ihren Hütten. Thomas trank schon am Nachmittag, um das flaue Gefühl im Magen zu betäuben, das, wie er wusste, von Schuldgefühlen herrührte, und die Methode funktionierte. Bei Anbruch der Nacht war er gelöst und entspannt, und seine Gelenke fühlten sich an wie weiche Butter, wenn er in Claras Hütte huschte und unter ihr Moskitonetz kroch.

Hier machte sie ihn mit einem neuen Genuss vertraut. Sie wollte zuerst nicht mit der Sprache herausrücken und erzählte ihm erst auf sein Drängen hin, warum sie behauptet hatte, in jener Nacht nicht ganz bei sich gewesen zu sein.

»Das hier ist es«, sagte sie und zeigte ihm einen Beutel mit weißem Pulver, von dem sie eine kleine Menge in einem

Glas Tee verrührte. »Ich nehme es gegen meine Kopfschmerzen. Trink etwas mit mir«, forderte sie ihn auf. Er trank, weil er sich daran erinnerte, dass das Caapi ihm ein angenehmes Wärmegefühl verschafft und ihm die Vision des Schmetterlings eingegeben hatte.

In dieser Nacht liebten sie sich nicht, sondern lagen nur nebeneinander auf Claras Bett. Es schwankte nicht und war stabil – ganz anders als seine Hängematte – und hatte von drei Männern vom Schiff in die Hütte getragen werden müssen. Eine süße Wärme überkam Thomas. Er fühlte sich mit Clara durch das gemeinsame Erlebnis eng verbunden und war gleichzeitig zufrieden mit dem Für-sich-Sein, blickte in das vom Licht erhellte Netz, das wie ein Schleier über ihnen lag, und lauschte den Nachtgeräuschen. Sein Körper fühlte sich an wie in Licht gebadet. Es kam ihm vor, als ginge das Licht von seinem Herzen aus und verteile sich in pulsierenden Wärmeströmen bis in seine Fingerspitzen. So muss sich Gott anfühlen, dachte er, endlich habe ich Gott gefunden. Alles wird gut werden.

Clara stieß mit dem Fuß gegen ihn und weckte ihn damit aus seinen Träumereien. Sie rollte sich auf den Rücken und hob leise stöhnend einen Arm über den Kopf. Dabei stieß sie gegen zwei Gläser, die auf dem Stuhl neben dem Bett standen. Sie zersplitterten auf dem Hüttenboden, und die darin gefangenen Schmetterlinge blieben ein paar Sekunden wie benommen sitzen. Schließlich erhoben sie sich schwerfällig in die Luft. Sie wurden von dem Moskitonetz angezogen wie von einem Käscher. Clara setzte sich auf und schob die Hände durch das Netz. Die Schmetterlinge – sie gehörten zu der Art *Morpho menelaus*, deren Farbe im Kerzenlicht von Blau zu Rosarot changierte – krabbelten ihr auf die Finger. Sie brachte sie zu sich herein und begann, ihnen mit tiefer, melancholischer Stimme etwas vorzusingen. Thomas sah, dass er ihr unrecht getan hatte. Sie war schöner als alle Frauen, die er bisher gesehen hatte. Ihr ausdrucksvoller Kopf schien sich wieder in den eines Schmetterlings zu verwandeln, und die Schmetterlinge, die ihr den Arm hochkrochen, schienen ihre vibrierende innere Schönheit zu spüren.

»Wunderschön«, flüsterte er, legte den Kopf auf das Kissen zurück und schlief ein. Die süßen Klänge des Fado verwoben sich mit seinen Träumen.

Ein Sonnenstrahl traf seine Augen. Neben ihm regte sich Clara. Er setzte sich auf und sah, dass das Licht schon viel zu hell war. Er hatte verschlafen. Er hätte vor Tagesanbruch in seine Hütte zurückkehren müssen, und jetzt stand die Sonne schon hoch am Himmel, und der Vormittag war weit fortgeschritten.

»Verdammt, verdammt«, stieß er zwischen zusammengebissenen Zähnen hervor, während er hastig die Stiefel überzog. Er war immer noch vollständig bekleidet; wenigstens hatte ihn niemand nackt überrascht.

»O que é? Was ist?«, fragte Clara. Haarsträhnen hatten sich aus ihrem Knoten gelöst und lagen wie Tang über ihrem Gesicht.

»Es ist spät«, sagte er und schob das Moskitonetz zur Seite. Zu spät merkte er, dass die Schmetterlinge sich auf dem Boden niedergelassen hatten – vielleicht waren sie sowieso schon halbtot – und er auf einen getreten war. Er hob den Stiefel und sah, dass er am Absatz klebte. Die blauen Flügel waren zerrissen, der Körper zerquetscht.

Vorsichtig spähte er aus der Tür. Nur der Koch war zu sehen, aber er hatte ihm den Rücken zugewandt und wusch das Frühstücksgeschirr ab. Thomas duckte sich und huschte möglichst unauffällig über den Hof zu seiner eigenen Hütte. Die anderen waren anscheinend schon unterwegs. Er konnte nur inständig hoffen, dass sie glaubten, er sei vor ihnen aufgestanden und in den Urwald aufgebrochen. Das würde er jedenfalls behaupten. Aber was war mit John? Er hatte sicher erwartet, dass Clara ihn begleiten würde, es hatte doch niemand an die Tür geklopft, oder doch? Vielleicht hatte John eine Weile auf sie gewartet und sie dann schlafen lassen. Oh bitte, lieber Gott, lass es so gewesen sein.

Thomas hatte Kopfschmerzen, und seine Glieder waren bleischwer. Bald würde sich diese Schwere in einen pochenden Schmerz verwandeln. Er kannte die Vorboten einer Grippe; wenn sie im Anzug war, fühlte er sich genauso.

Heute ist der Tag, dachte er, an dem ich meinen Schmetterling finden werde, weil ich es nicht länger aushalte. Die Regenzeit rückte rasch näher. Es regnete schon jeden Nachmittag, und bald würden die Regengüsse sich auf den ganzen Tag ausdehnen, und die Schmetterlinge würden ihre Verstecke aufsuchen. Er würde zusehen müssen, wie seine Kollegen ihre Arbeit fortsetzten, während er selbst nichts zu tun hatte.

Mit zitternden Händen griff er nach der Whiskeyflasche, die er im Koffer aufbewahrte. Er goss sich einen Fingerbreit ein, trank ihn in einem Zug und nahm dann noch einen großen Schluck aus der Flasche. Das wird die Krankheit vertreiben, dachte er. Schon Minuten später fühlte er sich besser und nahm zur Sicherheit noch einen Schluck. Was immer Clara ihm am Abend zuvor gegeben hatte, hatte ihm Kräfte geraubt, aber für eine gewisse Zeit hatte er sich großartig gefühlt. Er durfte nicht vergessen, dass die Empfindung nicht echt war … und doch – konnte ein so gutes Gefühl falsch sein? Im Dschungel hatte sein Körper die Herrschaft übernommen. Einen Abend lang hatte er seinen Körper weit hinter sich zurücklassen und seiner Seele etwas Gutes tun können.

Um keinen Verdacht zu erregen, hielt er es für das Beste, ohne Clara aufzubrechen. Als er das Lager verließ, kehrte John gerade zurück. Thomas senkte unwillkürlich den Blick. Was, wenn er ihn in Claras Hütte gesehen hatte.

»Wo bist du gewesen?«, fragte John ohne Umschweife.

»Ich bin früh aufgestanden.« Die Lüge ging ihm nur schwer über die Lippen. »Aber ich hatte etwas vergessen, deshalb bin ich noch mal zurückgekommen. Behälter, die ich gestern Abend vorbereitet habe.«

Da er John nicht ansah, konnte er auch dessen Reaktion nicht abschätzen.

»Senhor Gitchens.« Clara trat zwischen sie. »Verzeihen Sie mir. Ich habe verschlafen. Es ging mir nicht gut.«

Thomas nutzte die Ablenkung, um einen verstohlenen Blick auf John zu werfen, der von einem Moment auf den anderen völlig verändert wirkte. Er fuhr sich immer wieder über die Haare und sah mit einem seiner seltenen Lächeln auf Clara hinunter. Sie stand dicht vor ihm und lächelte ebenfalls breit. Thomas trat einen Schritt zurück und drehte sich auf dem Absatz um.

»Einen guten Tag«, rief er noch rasch über die Schulter und ging, ohne eine Antwort abzuwarten. Sollte John einen Verdacht gehegt haben, so war er durch Claras Ankunft völlig unerheblich geworden. Thomas hätte auch unsichtbar sein können.

Trotz seiner immer heftiger schmerzenden Glieder beschloss er, weiter zu wandern als bisher, denn die Zeit wurde knapp. Er wusste, dass das ohne ortskundige Helfer wie Manuel oder den Jungen unklug war, aber er musste sich unbedingt weiter vom Lager entfernen. Hin und wieder knackten links und rechts von ihm Zweige. Immer, wenn er aus dem Augenwinkel eine Bewegung wahrzunehmen glaubte und den Kopf wandte, sah er nur schwankende Zweige, die aussahen, als hätte sich gerade ein großes Gewicht von ihnen gehoben. Er konzentrierte sich auf die Markierungen an den Kautschukbäumen, die die Seringueiros hinterlassen hatten, und überprüfte die Richtung immer wieder auf seinem Kompass.

Eine Stunde lang lief er auf einem neu angelegten Pfad, ohne etwas zu fangen. Nach einer Weile beschrieb der Pfad eine Kurve und führte wieder ins Lager zurück. Thomas entschloss sich, in Richtung Norden weiterzugehen, denn im

Norden sollte laut Santos der Schmetterling zu finden sein. Der Wald wurde dichter, und er musste immer wieder von seiner Richtung abweichen, weil ihm dichtes Gehölz den Weg versperrte. Das Gelände stieg immer steiler an, aber er ließ sich nicht von seinem Kurs abbringen. Norden, Norden, immer nur Norden. Endlich musste er sich auf die Hände abstützen und mehr kriechen als gehen, denn der Waldboden stieg zu einer steilen Böschung an.

Oben angekommen, blieb er gebückt stehen, um wieder zu Atem zu kommen. Seine Lungen rasselten, und seine Arme und Beine schienen ihm wie mit Wasser gefüllt. Seine durchnässten Kleider klebten ihm am Körper. Er ließ sich auf die Knie fallen und schaute in das enge Tal, das unter ihm lag.

Er war auf eine Lichtung geraten, die mit einer üppig rankenden Kletterpflanze bewachsen war, deren gelbe Blüten von Ästen herabhingen und den Waldboden bedeckten. Ein kleines Flüsschen wand sich ostwärts zum Rio Negro und rauschte über mineralisch glänzende, mit smaragdgrünem Moos bewachsene Steine, bevor es mehrere Meter in die Tiefe stürzte. Er wartete darauf, dass die Brise, die über die Blumen strich, auch ihn erreichte, aber seine Kleider blieben feucht und klebrig. Mit zusammengekniffenen Augen versuchte er herauszufinden, was die Blüten so schwanken und wogen ließ. Erst fixierte er eine Blüte, dann eine zweite. Diese löste sich von der Ranke und schwebte auf einem Luftstrom in die Höhe. Aber es war keine Blüte, es war ein Schmetterling, der da träge auf ihn zuflatterte, gelb auf einer Seite, schwarz auf der anderen. Er richtete sich langsam auf, mit dem Handrücken wischte er sich den Schweiß von der Stirn. Die Schmetterlinge bildeten auf dem Waldboden einen dichten Blütenteppich, und auch um die Wasserpfützen drängten sich unzählige Falter. Alle Geräusche des Dschungels waren verstummt. Das Tal war in Schweigen getaucht, nicht einmal das Flüsschen plätscherte, als habe die Gegenwart der Schmetterlinge es verstummen lassen.

Er machte einen Schritt nach vorne. Daraufhin wirbelte wie ein kleiner Tornado eine Wolke aus Schwarz und Gelb auf, begleitet von einem leisen Geräusch, das wie ein Rauschen im Laub an einem Herbstmorgen oder wie das Umblättern sehr dünner Buchseiten klang. Die Schmetterlinge erfüllten die Stille mit einem Klang. Das hätte er sich nie träumen lassen. Die Wolke stob auseinander, die Tiere verteilten sich paarweise auf den Ranken, die sich unter ihrem vereinten Gewicht bogen. Jeder Schmetterling war so groß wie seine ausgestreckte Hand.

Er wollte schreien, sich auf den Boden werfen und mit Fäusten und Füßen auf die glückliche Erde schlagen, er wollte, dass die *Papilio sophia* ihn wie ein Tuch zudeckten, während er sich nicht rührte und den Atem anhielt. Stattdessen kreuzte er die Arme vor der Brust und starrte vor sich hin. Schließlich hob er das Netz und schwenkte es sachte durch die Luft. Sofort fing er einen der Schmetterlinge. Was sollte er mit ihm machen? Ratlos blieb er auf der Erde sitzen. Er atmete flach, und sein Kopf pochte zum Zerspringen. Es widerstrebte ihm, das Tierchen in ein Tötungsglas zu legen. Jetzt, da er es endlich hatte, wusste er, dass er es nicht umbringen konnte. Aber hier tummelten sich Tausende, wenn nicht Millionen Exemplare der Art – niemand würde ein einzelnes vermissen. Er betrachtete seinen Fang durch das Netz hindurch, die exquisite Form des Schwalbenschwanzes, die schwarzen, samtigen Flügel, die zarten buttergelben. Er legte sich auf den Rücken, hielt sich das Netz dicht vor das Gesicht und küsste den Schmetterling. Nur ein dünner Stoff trennte ihn von seinem Herzenswunsch. Das Netz mit dem Gefangenen neben sich auf der Erde, schloss er die Augen, und als er spürte, wie sich die *Papilio sophia* einer nach dem anderen auf ihm niederließen, fiel er in einen sanften Schlaf.

Der Regen weckte ihn. Riesige Tropfen prasselten auf seine Lider und in den offenen Mund. Er hob die Hand schützend vor das Gesicht, aber es dauerte eine Weile, bis er sich zurechtfand. Zuerst glaubte er, das Dach seiner Hütte sei undicht geworden, aber nach und nach wurde er der Dschungelgeräusche gewahr und hatte das Gefühl, hundert Anakondas hätten sich in seinem Kopf eingenistet. Er versuchte sich aufzusetzen, aber jeder Muskel tat ihm einzeln weh. Stöhnend rollte er sich auf die Seite. Dicht vor seiner Nase war eine Ameisenprozession unterwegs zu seiner Tasche, die einen halben Meter von ihm entfernt offen auf dem Boden lag, und eine zweite Reihe kam mit Obstbröckchen wieder zum Vorschein. Hin und wieder fiel ein Regentropfen in die Parade und versprengte die Ameisen wie eine Bombe. Aber die Insekten schüttelten sich nur und schlossen sich ungerührt wieder ihrer Armee an.

Er stemmte sich hoch. Neben ihm lag das Fangnetz, und Thomas überkam das Wissen, dass er etwas vergessen hatte. Er sah sich um. Er saß auf einer Lichtung mit einem kleinen Wasserfall, Regen trommelte auf ein Flüsschen und beugte die Palmwedel und Epiphyten. In den Baumkronen kreischten Vögel und Affen. Der Klang bohrte sich tief in seine Gehörgänge und verstärkte das Hämmern in seinem Kopf. Trotz des Regens glühte er. Ich habe Fieber, dachte er. Ich bin erledigt.

Mit Mühe kam er schwankend auf die Füße, aber es bereitete ihm ungeheure Schwierigkeiten, aufrecht zu stehen. Er versuchte, sich zu orientieren. Hinter ihm lag eine Anhöhe, und er erinnerte sich vage, dass er auf sie hinaufgeklettert war …

Dann fiel ihm auch das Übrige ein. Verstört blickte er sich um: keine Blüten, keine Schmetterlinge. Kein *Papilio*. Nicht ein einziger. Er sackte neben seinem Netz zu Boden und hob es mit zitternden Händen auf. Es war leer.

Er schrie auf. Vögel flogen erschrocken auf und antworteten mit wildem Geflatter. Außer sich vor Enttäuschung wühlte er im Schlamm und beschmierte sich damit die Wangen und die schmerzende Brust.

»Wer hat das getan?«, schrie er in die Baumkronen. Das war die einzig denkbare Erklärung: Jemand hatte die Schmetterlinge verjagt und dann das eine Exemplar gestohlen, das er gefangen hatte.

Eine halbe Stunde blieb er im strömenden Regen sitzen, zu erschöpft, zu zornig, zu verängstigt, um sich zu bewegen. Aber er wusste, dass die glühende Hitze, die von seinem Körper ausströmte, und das Pochen in seinem Leib nicht von Enttäuschung, sondern von Krankheit herrührten, und dass er ins Lager zurückmusste, solange er sich noch bewegen konnte.

Wie durch ein Wunder fand er den Pfad. Er stolperte eine halbe Stunde südwärts, bis sich dunkle Ränder um sein Gesichtsfeld legten und er auf die Knie fiel. Irgendwann – er wusste nicht, wie lange es gedauert hatte – hoben ihn starke Arme auf, und er wurde gewichtslos, schwang sich durch die Bäume in die Höhe empor, ließ sich von einer leichten Brise davontragen und erreichte mit einem Flügelschlag den Aufwind.

Er wurde getragen – von John, wie sich herausstellte – und sanft in seine Hängematte gelegt. Undeutliche Gestalten standen um ihn herum. Ernie tupfte ihm die Stirn und murmelte ihm zu: »Nur ein Anflug von Schüttelfrost, alter Junge, kein Grund zur Sorge.«

Auch Clara und George waren da. Hinter ihnen ragten zwei dunkle Gestalten auf, die sich auf Portugiesisch unterhielten. Antonio und Santos. Santos ist zurück. Der Raum begann sich zu drehen, und eine Welle von Übelkeit überkam Thomas. Es war Santos, er musste es sein. Er war ihm ins Tal der Schmetterlinge gefolgt. Er hatte gewartet, bis er eingeschlafen war, und ihm dann diesen grausamen Streich gespielt. Er wollte ihn für sein Verhältnis mit Clara bestrafen.

»Ich hatte ihn«, keuchte er. »Er hat ihn genommen.«

Um ihn herum erhob sich ein Gemurmel. *Wovon redet er da? … Er hat Halluzinationen … Gebt ihm Wasser …*

Thomas fühlte Santos' undurchdringlichen Blick auf sich ruhen. Dann wurde alles dunkel.

Kapitel 9

Richmond, Mai 1904

Sophie steht vor Thomas' Arbeitszimmer und lauscht. Stille. Sie klopft leise an und öffnet die Tür.

»Ich habe dir Tee gebracht«, sagt sie, als bräuchte sie eine Entschuldigung, um einzutreten. Außerdem ist durch die Tasse in ihrer Hand offensichtlich, was sie tut.

Er blickt von seiner Arbeit auf, nickt und beugt sich gleich wieder mit der Lupe über einen Schmetterling. Sophie stellt die Tasse neben ihn und bleibt unschlüssig stehen. Sie hat geweint und hätte nichts dagegen, wenn er ihre geschwollenen Lider bemerken würde. Soll er doch wissen, wie weh er ihr tut. Kein Zweifel, er hat sich verändert: Seine Wangen haben wieder Farbe bekommen, seine Schürfwunden heilen gut, und er scheint sich insgesamt aufrechter zu halten. Sein ganzer Körper ist robuster geworden.

Aber er spricht immer noch nicht mit ihr.

Nach dem Besuch des Agenten am Dienstag – vor zwei Tagen – hat sie noch einmal versucht, seine Tagebücher zu finden, und als sie keinen Erfolg hatte, war sie versucht gewesen, ihn zu fragen. Nein, lieber ein andermal. Es ist noch nicht der rechte Zeitpunkt.

Mr. Ridewell sprach von Geheimnissen und Dingen, die ihn an der Arbeit gehindert hätten, von einem Fieber. Aber wenn ihr Mann beim Abendessen am Tisch sitzt und mit niedergeschlagenen Augen kleine Bissen ordentlich zum Mund führt, kommt er ihr ganz und gar undurchschaubar vor.

Er wirft einen Blick über die Schulter, als wolle er sagen: Bist du immer noch da? Mit verschränkten Armen tritt sie näher.

»Ich habe den blauen Schmetterling gefunden, Thomas.« Er erstarrt. Zwar hat er den Blick immer noch auf den Schmetterling vor sich geheftet, aber sein Rücken hat sich sichtlich versteift. »Ich wollte mich bei dir bedanken. Er ist wunderschön.«

Er nickt, und sein Körper entspannt sich.

»Hast du auch den *Papilio* gefunden, Liebster?«

Er legt die Lupe zur Seite, hebt die Faust vor den Mund und hustet. Es klingt, als rasselten kleine Kieselsteine in seiner Kehle. Es ist eines der wenigen Geräusche, das sie von ihm gehört hat, und es kommt ihr ohrenbetäubend laut vor. Er zuckt die Achseln.

Wieso weiß er nicht, ob er ihn gefunden hat oder nicht? Plötzlich ist sie wütend über seine ewigen Ausweichmanöver. Immer hat er ihr den Rücken zugedreht oder den Blick gesenkt. Als er noch reglos im Bett lag, konnte sie sehen, wie krank er war, aber jetzt hat sein Schweigen etwas Halsstarriges. Jetzt, da er Tag für Tag in seinem Arbeitszimmer sitzt und ordnet, katalogisiert und schreibt, findet sie keine Entschuldigungen mehr für ihn. Er könnte ihr wenigstens ebenso viel Aufmerksamkeit zukommen lassen wie diesen dummen Schmetterlingen. Oder dieser Frau in Brasilien. Vielleicht würde ihm ein vorübergehender Aufenthalt in einem Krankenhaus doch guttun.

Was denkt sie da? Sie schüttelt den Kopf, als wolle sie den Gedanken abschütteln, und nimmt eine benutzte Teetasse vom Tisch. Nein, der nächste Schritt muss sein, dass sie so normal leben, als wäre nichts geschehen. Lassen Sie ihn Dinge tun, die er liebt. Heute werden sie ins Theater gehen. Sie wird dafür sorgen, dass er sie wieder zur Kenntnis nimmt.

Es ist lange her, dass sich Sophie zum Ausgehen am Abend so herausgeputzt hat, und sie nimmt sich Zeit dafür. Sie wählt das Kleid, das Thomas ihr vor seiner Abreise gekauft hat und in dem er sie noch nie gesehen hat. Der lavendelfarbene Chiffon, der ins Kupferfarbene changiert, umspielt ihre Figur vorteilhaft mit seinem weichen Faltenwurf. Sie hatte sich zuerst Gedanken gemacht, ob das Kleid nicht zu frivol sei – es hat ein tiefes Dekolleté, und der Stoff über den Schultern ist durchbrochen –, aber jetzt spielt das keine Rolle mehr. Thomas muss sich bei der Auswahl mit Agatha beraten haben. Diesen Schnitt, zu dem ihr Agatha immer geraten hat, könnte sie sich gut an der Freundin vorstellen, die in Modedingen immer auf der Höhe ist. Sie wagt kaum daran zu denken, wie viel das Kleid gekostet haben mag; die Details sind zauberhaft – die elegante Miederbluse, der geflochtene Gürtel aus geblümtem Liberty-Satin, die am Oberarm gebauschten Ärmel aus mit Satin eingefasster Gaze. Wenn Sophie sich bewegt, ist sie von einem Schimmer umgeben, denn die Pailletten und der Besatz reflektieren auch noch den schwächsten Lichtstrahl.

Sie steckt sich die Haare zu einer Pompadour-Frisur hoch und befestigt an der Stirn eine seidene Blüte. Ein passender lavendelfarbener Fächer und ein funkelndes Strass-Collier vervollständigen die festliche Garderobe.

Thomas' Abendanzug hat sie schon früher bereitgelegt, während er noch im Arbeitszimmer saß. Sie hatte ihn beim Auspacken seiner Koffer entdeckt. Alles andere war zerschlissen und schmutzig. Als sie an der zerrissenen Sammelkleidung schnupperte, glaubte sie den Dschungel zu riechen. Seine alten Stiefel, in deren Sohlen Steinchen und tote Blätter klebten, waren schlammverschmiert. Er hatte unabsichtlich mehr aus dem Wald mitgebracht, als ihm lieb sein konnte. Inmitten der zerlumpten, verdreckten Fetzen – die sie später wegwarf – lag ein nagelneuer schwarzer Anzug mit dem dazugehörigen Hemd, einer Krawatte und sogar Gamaschen.

Wann konnte er den getragen haben? Sie hielt ihn an die Nase und roch daran. Er roch leicht nach Zigarrenrauch.

Heute Abend wird er Schutz brauchen, so viel ist sicher: vor dem Gaffen der Leute, vor all jenen, die ihn in ein Gespräch verwickeln wollen, und anderen, die ihn genauestens mustern werden, ob sie Anzeichen von Wahnsinn an ihm entdecken. Sie kann es sich selbst kaum eingestehen und hat um der eigenen Seelenruhe willen den Gedanken aus dem Kopf verbannt, dass es diese Symptome des Wahnsinns sind, die sie am meisten beunruhigen: sein stures Schweigen, seine unruhig flackernden Blicke, und wie er zitternd aufsprang, als der Schmetterling gegen das Fenster flog. Sein heimliches Verschwinden. Was, wenn Thomas sich heute Abend merkwürdig benimmt und jemand ihrem Vater davon berichtet? Er würde Thomas sofort einweisen lassen und Sophie für den Rest ihres Lebens in seine Obhut nehmen. Und jeden Tag müsste sie seine »Ich-hab's-dir-ja-gesagt«-Miene ertragen.

Möglicherweise wird auch Dr. Dixon heute im Theater sein. Er hat eine große Vorliebe für Komödien, das hat er ihr selbst erzählt. Wenn er merkt, dass es Thomas nicht besser geht ... Sie ruft sich zur Ordnung. Nein, Thomas geht es eindeutig besser, seit der Arzt ihn damals untersucht hat. Sie wird das alles jetzt vergessen und sich nur noch amüsieren – und dafür sorgen, dass ihr Mann das auch tut. Und wenn ihm *diese Frau* immer noch im Kopf herumspukt, wird sie dafür sorgen, dass er sie vergisst.

Als sie in sein Zimmer hereinschaut, sitzt er fertig angezogen auf dem Bett. Er springt auf, als er sie sieht, und macht den Mund auf, als wolle er etwas sagen, aber dann klappt er ihn wieder zu. Sein Blick sagt alles. Hoffnung durchströmt sie wie warme Milch.

Die Besucher haben sich in der warmen Abendluft vor dem Eingang des Theaters versammelt. Als sich die drei Neuankömmlinge in dichter Formation nähern, werden sie von dem Summen angeregter Gespräche und hellem Gelächter begrüßt. Sophie und Agatha haben Thomas in die Mitte genommen und scheinen ihn beschützen zu wollen, anstatt unter seinem Schutz zu stehen. Sophie umklammert seinen linken Arm, und Agatha geht so dicht neben dem Paar, dass Sophie den überwältigenden Duft ihres Veilchenparfums riechen kann. Die Wartenden weichen aus, um ihnen Platz zu machen. Sophie erwartet, dass die Menschen sie meiden oder ihnen den Rücken zukehren wie in der Kirche. Aber sie lächeln ihr und Thomas mitfühlend zu. Hat sie sich die Szene in der Kirche nur eingebildet?

Jetzt ist sie froh, dass sie sich Mrs. Sykes anvertraut hat. Zuerst hatte sie bedauert, dass sie ihr Privatleben nicht für sich behalten hatte, aber jetzt macht wenigstens niemand Anstalten, mit ihnen sprechen zu wollen, und sie werden alle vor einer schrecklich peinlichen Situation bewahrt. Eine beschämende Szene könnte sie nicht ertragen.

Robert Chapman allerdings eilt sofort auf Agatha zu, die sich daraufhin von Thomas ab- und ihrem Liebhaber zuwendet. Ihr Blick gleitet anerkennend über seinen eleganten Anzug und wird mit ebenso viel Bewunderung erwidert. Die beiden geben sich keine Mühe, ihre Gefühle zu verbergen. Aber Robert tut des Guten zu viel, indem er Sophie und nicht Agatha als Erste begrüßt.

»Mrs. Edgar«, sagte er, ihre Hand ergreifend. »Und Mr. Edgar. Ich freue mich sehr, dass Sie von Ihrer Reise zurückgekehrt sind.« Agatha muss ihn vorgewarnt haben, denn er stellt Thomas keine Fragen, und Sophie spürt an Thomas' Arm, wie die Anspannung aus seinen Muskeln weicht.

»Oh, da ist auch Captain Fale«, sagt Mr. Chapman. Er winkt ihm zu. Nach einem Moment des Erschreckens fasst dieser sich und winkt zurück, ohne einen Schritt in ihre Richtung zu machen. Sophie klammert sich fester an Thomas' Arm, um ihnen beiden Halt zu geben. Sie muss alles so normal wie möglich aussehen lassen. Nur so kann sie Thomas helfen. Und sich selbst.

»Ich habe gerade mit Mr. Slater vom Stadtrat gesprochen«, berichtet Robert Agatha. »Sie bauen noch ein Armenhaus, es ist kaum zu glauben.«

»Das ist doch wunderbar«, sagt Agatha. »Was meinst du, Sophie?«

»Mhm.« Sophie fragt sich, wohin dieses Gespräch führen soll. Thomas verkrampft sich schon wieder und starrt wie gebannt zu Boden.

»Pardon, meine Damen«, sagt Robert, »aber ich bin da anderer Ansicht. Richmond ist geradezu überlaufen von diesen unglückseligen Menschen.«

»Was genau meinen Sie mit unglückselig?«, fragt Sophie.

»Die nicht für sich selbst oder ihre Familien sorgen können.«

Wie wir, denkt sie, er meint uns. Ist das die Meinung der Leute über sie? Sie starrt ihn trotzig an. »Würde es Sie nicht beruhigen, wenn Sie wüssten, dass, falls Sie – Gott behüte – in eine Situation gerieten, in der Sie ein Armenhaus brauchen, eines für Sie da wäre?«

»Das wird niemals geschehen. Doch die Tatsache, dass in einer Stadt fünf Armenhäuser vorhanden sind, könnte all jene anlocken, deren Scheitern schon abzusehen ist, und so Richmond zu einer Stadt fehlgeschlagener Unternehmungen machen. Bald wird es überhaupt keine Geschäfte mehr geben, und ganz Richmond wird in Armenhäusern leben. Dann werden sie noch viele bauen müssen!«

»Du willst nur provozieren, Robert, und du verärgerst damit Sophie. Hör sofort damit auf.«

Robert lacht und wirft die Hände in gespielter Unterwürfigkeit in die Luft. »Schon gut, meine Damen. Sie können sich darüber freuen, dass Armenhäuser wie Pilze in die Höhe schießen und wir Herren der Schöpfung dafür sorgen müssen, dass Sie nie in einem enden. Nicht wahr, Edgar?« Er zwinkert Thomas zu, der ihn ausdruckslos anstarrt, als sei er taub und wisse nicht, dass er angesprochen wurde. Robert wird ernst und wendet sich verlegen ab. Um die Lage zu entspannen, flüstert er Agatha etwas ins Ohr. Sie kichert leise und errötet. Sie sollte wirklich vorsichtiger sein, denkt Sophie. Und lacht Robert jetzt etwa über sie und steckt Agatha damit an?

Aber sie ist nachdenklich geworden. Wenn es mit Thomas so weitergeht, werden sie dann irgendwann auf die Wohltätigkeit anderer angewiesen sein? Ihr Vater würde sie sicher nicht verhungern lassen, und Thomas' jährliche Zuwendung wird sie durchbringen, aber was würde ihr das nützen, wenn jemand beschließt, dass er in eine Anstalt gehört? Sie würden den Rest ihres Lebens getrennt verbringen – ein stumm dahinsiechender Thomas und eine Frau, die ihn am Sonnabend und zu besonderen Anlässen besucht. Sie hätte nicht herkommen und Thomas nicht mitnehmen sollen. Sie hat sie beide den Blicken und Urteilen der Öffentlichkeit ausgesetzt.

Als sie auf die Treppen zugehen, um ihre Sitze einzunehmen, neigt sich Agatha ihr zu.

»Bitte Mr. Chapman zu uns«, flüstert sie.

»Oh, Agatha«, antwortet Sophie verstimmt. Sie hat gar keine Lust, überhaupt hierzubleiben, aber wie kann sie jetzt gehen und Agatha im Stich lassen – mit einem erst so kürzlich verwitweten Mann? Ihre Freundin kann es sich nicht leisten, ihren guten Ruf zu verlieren.

»Bitte, Bär. Mir zuliebe.« Widerstrebend wendet sich Sophie Mr. Chapman zu. »Wollen Sie sich uns nicht anschließen? Das heißt, falls Sie nicht von anderer Seite erwartet werden.«

»Vielen Dank, Mrs. Edgar. Mit Vergnügen.«

Sie setzen sich in die Loge, und Sophie inspiziert die Menschen im Parkett und auf den Seitenrängen. Man beobachtet sie von allen Seiten. Ventilatoren wirbeln die warme Luft auf. Als die Lichter ausgehen, sieht Sophie zu Thomas hinüber. Er starrt auf seine Hände und scheint seine Umgebung nicht wahrzunehmen.

Das Stück, das sie sehen, ist eine sehr moderne Gesellschaftskomödie, die im 19. Jahrhundert spielt. Das Publikum lacht häufig, aber Sophie entgehen die Scherze, denn die Schauspieler liefern ihre Dialoge in schneller Folge ab und sie kann sich nicht auf die Worte konzentrieren. Ab und zu schockiert der Inhalt die Damen unter ihr – sie legen dann ihre behandschuhten Hände über den Mund, aber darunter verbirgt sich ein Kichern. Thomas scheint eingeschlafen zu sein. Das hat sie nun davon, dass sie ihn Dinge tun lässt, die er liebte. Er scheint noch mehr in sich zu versinken, statt darin eine Anregung zu finden.

Sie denkt an das, was Mr. Ridewell über Thomas' Briefe gesagt hat. Er habe Geheimnisse für andere bewahrt. Was hatte er gesehen? Und die Tagebücher. Sie hätte an jenem Tag weiterlesen sollen, statt die Bücher an die Wand zu werfen und aufzugeben. Aber was sie gefunden hatte, war ihr so durch und durch gegangen, dass sie den Gedanken daran nicht mehr ertragen hatte. Sie war in den Tagen danach wie in Trance herumgelaufen, hatte gegrübelt, sich gequält und sich krank gefühlt. Sie weiß nicht, ob sie ihm je vergeben kann. Die Verletzung hat sich in ihren Leib gebohrt wie ein Schraubenschlüssel. Aber sie kann sich bemühen, auch weiterhin nach vorne zu blicken, in ihre gemeinsame Zukunft.

Letzte Nacht hat sie geträumt, Thomas sei in einen klebrigen Film eingewickelt. Sie sah ihn darunter, er schlief, und sie begriff mit Schaudern, dass er eine Insektenpuppe war. Dann war er im Traum erwacht, hatte sich in seinem Kokon geräkelt und gestreckt, und der Stoff war zerrissen …

Agathas kreischendes Gelächter reißt Sophie aus den Gedanken. Anscheinend hat sie einen besonders lustigen Moment verpasst. Irritiert stellt sie fest, dass Agatha mit Mr. Chapman Händchen hält. Dummes Mädchen. Sie glaubt, diskret zu sein, aber wenn sie so weitermacht, wird es bald die ganze Welt wissen. Von ihr wird es allerdings niemand erfahren, darauf kann sich Agatha verlassen. Sophie rückt näher an ihren Mann heran. Vielleicht sind sie und Thomas doch nicht so anders.

Als die Vorstellung vorbei ist, lassen sich die vier mit den anderen Besuchern die Treppen hinunter ins Foyer treiben. Auf halber Treppe gibt es eine Stockung. Hinter ihnen drängen die Menschen rücksichtslos vorwärts.

»Was ist da los?«, ruft ein Mann neben Sophie mit lauter Stimme. Sie zuckt zusammen und reibt sich übertrieben das Ohr. Als sie die Finger wegnimmt, sind ihre Handschuhe feucht. Der Mann hat sie in seiner Rage mit Spucke bespritzt.

»Es regnet«, tönt die Antwort von unten. »Sie sind alle an der Tür stehen geblieben.«

»Sagen Sie ihnen, sie sollen sich bewegen!«, bellt der Mann.

Die Menge hinter ihnen gerät in Bewegung, und der Mann fällt schwer gegen Sophie, aber er entschuldigt sich nicht. Sie verliert das Gleichgewicht und rutscht schmerzhaft auf die nächsttiefere Stufe hinab, wobei sie sich den Knöchel leicht verstaucht. Thomas ergreift ihren Arm und hält sie fest. Sie dreht sich zu ihm um, bereit, ihn anzulächeln. Die Geste hat sie überrascht, und sein Griff fühlt sich fest an. Aber Thomas sieht an ihr vorbei. Er fixiert den Mann, der sie angespuckt hat, mit einem Blick, aus dem Mordlust spricht.

»Was haben Sie für ein Problem, Mister?«, fragt der Mann. Thomas starrt ihn schweigend an. Er hat einen roten Kopf und atmet stoßweise.

»Hat's Ihnen die Sprache verschlagen?«

Robert kann Thomas gerade noch zurückhalten, als dieser sich auf den Mann stürzen will. Plötzlich wendet sichThomas ab, lässt Sophie los und boxt sich mit den Ellenbogen den Weg frei. Die Menschen haben sich gegen den Regen gewappnet und strömen allmählich auf die Straße, aber Thomas überholt sie alle. Sophie sieht zu, wie er unten an der Treppe verschwindet.

Der unhöfliche Mann lacht.

»Das ist nicht lustig«, faucht sie ihn an. Sie ballt die Hände und muss sich mit Gewalt daran hindern, ihm selbst einen Schlag zu versetzen. Dieser Mann wird noch alles ruinieren. Schon drehen sich die ersten Köpfe zu ihr um, man flüstert hinter ihrem Rücken, zupft an der festlichen Garderobe, die Thomas auf seinem Weg zum Ausgang in Unordnung gebracht hat. Sie werden ihn alle für verrückt halten, denkt sie.

Der Mann zuckt die Achseln. »Wie Sie meinen, Madam.« Er bleibt stehen und wird von der herabströmenden Menge verschluckt.

Sie reckt sich und späht suchend ins Foyer hinunter. Thomas ist sicher inzwischen nach draußen gelaufen. Er ist nicht mehr zu sehen, dafür entdeckt sie Captain Fale, der sie anstarrt, und ihr Magen zieht sich zusammen. Hätte sie nur ein etwas anständigeres Kleid angezogen! Sein Blick gibt ihr das Gefühl, nackt zu sein.

»Bitte warten Sie hier auf mich«, sagt Captain Fale zu dem Kutscher. »Es wird nicht lange dauern.«

Auf seinen Stock gestützt, steigt er mühsam aus dem Wagen, der in einer ruhigen Straße hält, die zum Fluss führt. Eine große Eiche steht im Vorgarten von Mr. Winterstones Haus und erinnert ihn an den Baum, auf den er als Junge geklettert ist. Jetzt ist es aus mit dem Auf-die-Bäume-Klettern, das hat er dem verdammten Bein zu verdanken.

Er hielt es für ein Gebot der Höflichkeit, an Mr. Winterstone zu schreiben, bevor er ihn aufsucht, aber auf eine Antwort hat er nicht gewartet. Die Nachricht war in einfachen Worten abgefasst: Ich habe etwas Dringendes mit Ihnen zu besprechen. Ich werde morgen Vormittag in Kingston sein und würde Ihnen um die Mittagszeit gerne einen Besuch abstatten. Natürlich ist er nur in Kingston, um mit dem Mann zu reden. Sollte er gefragt werden, wird er irgendetwas von einem Schneider erfinden.

Eine alarmierend dicke Haushälterin öffnet die Tür und blickt ihn missmutig an. Sie bewegt sich überraschend flink für ihre Fülle, und Fale befindet sich im Handumdrehen im Salon. Er will sich nicht setzen, sondern wartet lieber stehend am Kamin. Der Raum riecht stark nach Zigarrenrauch und ist mit makellos gepflegten Ledersesseln möbliert. Über dem Sims hängt die Fotografie einer jungen Frau, die vor langer Zeit aufgenommen worden sein muss. Ihr Gesichtsausdruck jagt ihm Angst ein, die gekräuselten Lippen scheinen ihn für sein Kommen zu tadeln. Aber die Augen blicken sanft. Es muss sich um Sophies Mutter handeln, auch wenn er abgesehen von den blonden Haaren wenig Ähnlichkeiten entdeckt. Darunter steht in einem Silberrahmen eine zweite Fotografie: Sophie in jüngeren Jahren, fast noch ein Mädchen, sitzt auf einem Stuhl, und hinter ihr steht Mr. Winterstone, der sie weit überragt. Beide machen grimmige Gesichter, das ist nichts Ungewöhnliches bei dieser Art von Aufnahmen, aber ihre Haltung lässt auch jede innere Verbundenheit vermissen. Winterstone steht wie angewurzelt und lässt die Arme hängen. Jeder Fotograf würde ihn gebeten haben, sie auf Sophies Stuhllehne zu legen. Gerade als Fale sich von den Bildern abwendet, betritt Winterstone den Raum und kommt ihm mit ausgestreckter Hand entgegen.

»Ihre Nachricht hat mich angenehm überrascht«, sagt er. »Ich habe unser kurzes Gespräch im *Star and Garter* genossen. Womit kann ich Ihnen helfen, Sir?« Er bietet ihm einen der Ledersessel an, der leise quietscht, als Fale sich schwerfällig hineinsinken lässt.

»Ich hoffe eigentlich, dass ich Ihnen helfen kann, Sir.«

»So?« Winterstone steht auf und tritt an eine Vitrine. »Etwas zu trinken?« Er hält einen Brandy-Decanter in die Höhe, und Fale nickt.

»Es betrifft den Gatten Ihrer Tochter.«

Winterstone reicht ihm das Glas. Seine Miene ist unergründlich, nur sein Blick ist wachsam. Er setzt sich, schlägt die langen Beine übereinander und bedeutet Fale mit einer eleganten Handbewegung, fortzufahren.

»Sind Sie sich dessen bewusst, Sir, dass sich Mr. Edgar seit seiner Reise an den Amazonas sehr verändert hat?«

»Verändert? Inwiefern? Ich habe noch nicht mit ihm gesprochen, aber ich bin natürlich an seinen Berichten interessiert.«

»Er ist etwas … verstört.«

Winterstone schluckt vernehmlich.

»Das heißt, er spricht nicht.«

»Was soll das heißen, er spricht nicht? Meinen Sie, mit meiner Tochter? Haben sie sich entzweit?«

»Es betrifft nicht nur Ihre Tochter. Er spricht mit niemandem. Er scheint, nun ja, *stumm* geworden zu sein.«

»Stumm?«, ruft Winterstone. »Hat er den Verstand verloren?«

»Diese Frage erhebt sich in der Tat, Sir, und aus diesem Grund bin ich hier. Nach unserem Treffen neulich hielt ich es für meine Pflicht, Ihnen dies mitzuteilen, da Mrs. Edgar es Ihnen offensichtlich verschwiegen hat.«

»Sie hat sicher ihre Gründe dafür«, murmelt Winterstone.

»Gründe, ja«, erwidert Fale. »Vielleicht hat sie noch vor, es Ihnen zu sagen. Schließlich weiß inzwischen die ganze Stadt Bescheid.«

»Woher?«

»Sie wissen doch, wie die Leute klatschen. Ich selbst habe es niemandem erzählt, obwohl Mrs. Edgar mir das Problem anvertraut hat.«

Winterstones Augenbrauen schießen in die Höhe.

»Mir als einem guten Freund von Mr. Edgar. Thomas.« Fale holt tief Luft. Er muss vorsichtiger zu Werke gehen mit seinen Lügen. »Und dann besuchten sie am Sonnabend das

Theater, und ein Bekannter von uns, Mr. Chapman, musste ihn davon abhalten, sich auf einen Kerl zu stürzen, der ihn nur angerempelt hatte. Ich fürchte, er ist regelrecht gewalttätig geworden, und ich mache mir Sorgen, Sophie könnte in Gefahr sein.«

»Guter Gott. Sophie.« Winterstone schweigt nachdenklich.

»Er ist mit ihr zur Kirche gegangen, und, um ehrlich zu sein, er sah nicht so aus, als wäre er gerne dort. Er stimmte in keines der Lieder und Gebete ein.«

Sein Gegenüber hebt ruckartig den Kopf. »Das wäre ja wohl nicht verwunderlich, Sir.«

»Ja, natürlich.« Idiot. Er hatte gedacht, Edgars offenkundiger Mangel an Frömmigkeit würde seiner Sache nützen, aber er hat es falsch angepackt. »Er ist jedem Kontakt mit den Gemeindemitgliedern aus dem Weg gegangen, obwohl viele ihm gerne ein paar freundliche Worte gesagt hätten.«

Winterstone hat sich nicht gerührt, aber sein Glas ist leer, und er trommelt rhythmisch auf die Sessellehne. Er starrt auf den Boden. Fale wartet.

»Und warum erzählen Sie mir das?«, fragt der Ältere schließlich. Er misstraut meinen Motiven, denkt Fale. Jetzt oder nie.

»Ich dachte nur, Sir, dass wir vielleicht dem unglücklichen Paar helfen könnten. Ich weiß, Mrs. Edgar würde ihren Mann nur sehr ungern in ein Krankenhaus oder eine Anstalt einweisen lassen. Vielleicht könnten Sie Ihren Einfluss geltend machen und juristische Schritte einleiten. Schließlich kann es Ihrer Tochter nicht guttun, mit einem Mann verheiratet zu sein, der stumm ist wie ein Stein.« Ein hohes, mädchenhaftes Lachen bricht aus ihm heraus, das er sofort unterdrückt. »Mit einem Mann, der dazu noch zu Gewalttätigkeiten neigt. Wie kann man erwarten, dass er für Ihre Tochter sorgt, wenn er selbst zu einer Last oder gar Gefahr geworden ist?«

»Captain Fale«, sagt Mr. Winterstone. »Als ich Sie das letzte Mal sah, haben Sie eine Andeutung gemacht. Ich habe Sie direkt gefragt, was Sie damit meinten. Sie sagten in etwa, mit ihm sei etwas ganz und gar nicht in Ordnung. Warum haben Sie mir nicht gleich die Wahrheit gesagt, statt diese Geschichte von Ausschlägen und Kratzern zu erfinden?«

»Ich wollte Sie nicht beunruhigen. Und ich kannte Sie kaum.«

»Sie kennen mich jetzt auch nicht besser.«

»Ich weiß. Ich weiß. Aber jetzt handle ich, wie ich glaube, zum Besten Ihrer Tochter.«

Winterstones Blick bohrt sich in ihn. Die Dinge laufen nicht so, wie Fale es geplant hat. Er und Winterstone hatten sich doch im *Star and Garter* so gut verstanden! Aber jetzt ist er der Überbringer schlechter Nachrichten, und sein Gegenüber steht offensichtlich unter Schock. Plötzlich werden Winterstones Züge milder, und er lächelt traurig.

»Sie haben recht, Sir. Es ist für meine Tochter eine sehr unerfreuliche Situation. Ich werde sehen, was ich tun kann. Lassen Sie mir Ihre Karte hier, ich werde mich mit Ihnen in Verbindung setzen.«

Das ist Fales Stichwort – er muss gehen und Winterstone die neuen Informationen erst einmal verdauen lassen. Im Aufstehen sagt er: »Ich muss Sie um einen Gefallen bitten, Sir. Sagen Sie Mrs. Edgar bitte nicht, dass ich es war, der Sie informiert hat. Es ist eine heikle Angelegenheit, denn sie sind beide meine Freunde. Ich möchte nicht, dass sie glauben, ich hätte gegen sie konspiriert. Obwohl«, fügt er hastig hinzu, »ich aufrichtig überzeugt bin, zu ihrem Wohl zu handeln.«

»Natürlich. Ich werde es nicht erwähnen. Leben Sie wohl.«

»Aber woher weißt du, dass es echte Geister gibt?« Agathas kleiner Bruder liegt mit weit aufgerissenen Augen warm eingepackt im Bett.

»Weil ich mit ihnen geredet habe«, sagt Agatha. »Nona sagt, ich habe ein großes Talent.«

»Sind hier im Haus auch Geister?«, wispert Edwin.

»Sie sind überall«, erwidert sie und kitzelt ihn am Hals. »Aber hier haben wir noch keine gesehen. In Richmond gibt es allerdings ziemlich viele.«

»Wo zum Beispiel?«

»Zum Beispiel ... im *Ham House*. Du warst schon da. Sie sagen, dass die Besucher manchmal einen Hund sehen. Immer wenn sie gerade denken, wie komisch es ist, dass hier ein Hund im Haus herumlaufen darf ...«

»Was dann?« Edwin hat sich tief unter seiner Decke vergraben.

Agatha beugt sich über ihn und senkt ihre Stimme zu einem dumpfen Grollen: »Dann verschwindet er.«

Edwin kichert nervös und zieht sich die Decke über den Kopf. »Mehr«, tönt es dumpf darunter hervor.

»Warte mal«, sagt Agatha. »Hast du von Torweg-Annie gehört?«

Er lugt über die Decke und schüttelt den Kopf, obwohl er die Geschichte schon oft gehört hat.

»Im Fenster des Bogengangs vom Alten Palast erscheint den Leuten, die unten vorbeigehen, eine Frau. Sie ist sehr traurig, und die Leute hören sie weinen. Aber niemand hat sie je gesehen, immer nur durchs Fenster.«

Edwin quietscht. »Warum weint sie?«

»Ihre Familie ist ermordet worden – ihre Mutter, ihr Vater und ... ihr kleiner Bruder!« An dieser Stelle kitzelt sie ihn unbarmherzig, bis er kreischend um Gnade fleht.

»Was ist denn hier los?« Agathas Mutter steckt den Kopf durch die Tür. »Aggie, setzt du dem Jungen wieder Unsinn in den Kopf?- Also wirklich. Er bekommt davon die schlimmsten Albträume!«

Agatha lacht und flüstert ihrem Bruder ins Ohr: »Du bist groß und stark und kannst die Geister verjagen, nicht, mein Süßer?«

Edwin nickt tapfer und macht ein entschlossenes Gesicht. Agatha küsst ihn auf die Wange und dreht den Lampendocht herunter.

»Gute Nacht, mein Schatz.«

Sie beschließt, früh zu Bett zu gehen. In ihrem Zimmer setzt sie sich an die Frisierkommode und beginnt, ihr volles Haar zu lösen. Wie Taue fallen ihr die Locken über den Rücken, und sie greift zur Bürste, um sie mit energischen Bewegungen zu zähmen.

Sie hat Sophie heute nicht gesehen, aber sie macht sich immer noch Sorgen um sie. Der Abend im Theater scheint ihre Stimmung überhaupt nicht gebessert zu haben, was sicher an dem Vorfall auf der Treppe lag. Thomas hatte draußen auf sie gewartet, und sie waren schweigend nach Hause gegangen. Sophie war sehr angespannt gewesen. Als Agatha ihr die Hand drücken wollte, hatte sie sie weggezogen, als sei sie wütend auf sie beide, nicht nur auf Thomas.

Immerhin hatte sie nicht aufgegeben, sondern Thomas am nächsten Tag zur Kirche mitgebracht. Agatha wusste, dass die Gemeinde ihnen wohlgesonnen war, aber dennoch! Sie benahmen sich alle so verklemmt, niemand war auf sie zugekommen. Nicht einmal ein paar mitfühlende Worte oder eine Bemerkung über das Wetter hatten sie sich abgerungen! Sie hatten ihnen mitleidige Blicke zugeworfen, die Sophie nicht halfen, und Thomas schon gar nicht! Nach Agathas Meinung musste man ihn nur eine Weile ganz normal behandeln. Die Leute müssten ihn mit Fragen bombardieren, damit er zum Sprechen gezwungen wäre. Sie hat es Sophie nicht verraten, aber insgeheim hatte sie gehofft, dass irgendjemand auf ihn zumarschiert und sagt: »Was ist los, Mr. Edgar? Hat es Ihnen die Sprache verschlagen?« Nun, ihr Wunsch hat sich neulich Abend erfüllt und ihn durchaus zu einer Reaktion provoziert. So schlecht konnte das doch nicht sein?

Sie lacht leise vor sich hin, bis sie an einen Knoten in ihren dichten Haaren gerät und das Gesicht schmerzhaft verzieht.

Sophie sagt, dass Thomas' Tagebücher verschwunden sind, aber sie hat auch zu schnell aufgegeben. Als wolle sie im Grunde nicht herausfinden, was genau geschehen ist. Sie hat die Büchse der Pandora geöffnet und ist schockiert von dem, was zum Vorschein gekommen ist. Jetzt hat sie Angst vor dem, was noch folgen könnte. Wie heißt es in dem Mythos? *Bedachte mit düsteren Sorgen die Menschheit* – Pandora hatte sich nicht zurückhalten können und Prometheus' Büchse geöffnet. Alle Übel der Welt waren herausgequollen in Gestalt von Nachtfaltern –, alles, was die Menschen quält und unglücklich macht. Pandora hatte sie schnell wieder zugeklappt, aber es war zu spät gewesen. Als aus dem Inneren ein Klopfen erklungen war, hatte sie sie noch einmal geöffnet, und heraus war ein wunderschöner Schmetterling geflogen. Die Hoffnung.

Diese Tagebücher enthalten den Schlüssel, dessen ist sich Agatha sicher. Ihm ist etwas zugestoßen, und er hat darüber geschrieben, denn warum sonst hätte er die Tagebücher versteckt? Wer weiß, vielleicht findet Sophie sogar etwas, das ihr Hoffnung gibt.

Sie starrt ihr Spiegelbild an, das durch den Lichtschein der Lampe wie von einer hellen Aura umgeben ist. Die verschiedensten Möglichkeiten für Thomas' Verhalten gehen ihr durch den Kopf. Sie sieht immer noch seine Zunge vor sich, mit der er sich die Lippen geleckt hat. Er raucht und hat das verlebte Aussehen eines Mannes, der zu viele Gelage besucht hat. Aber das ist sicher nur die Folge des Dschungellebens. Etwas ist mit ihm passiert. Hat er einen Geist gesehen? Diese indianischen Kulturen sind berühmt für ihre Geister und alles Mögliche. Ein wildes Tier? Vielleicht hat er – bei diesem Gedanken schlingt sie die Arme um sich –, vielleicht hat er etwas Unaussprechliches getan. Versehentlich bei der Jagd einen Mann getötet. Oder womöglich mit *Absicht?*

Agatha steht auf und beginnt sich auszuziehen, zuerst schnell, aber als sie zur Unterwäsche kommt, immer langsamer. Als sie das Korsett aufschnürt und ihren Körper befreit, betrachtet sie sich dabei im Spiegel. Ich bin präraffaelitisch, denkt sie. Jemand sollte mich malen. Sie knöpft sich das Hemd auf und entblößt ihre Brust. Dabei stellt sie sich vor, sie wäre Robert und sähe sich so, wie er sie heute Nachmittag gesehen hat – nur eben im verschwommenen Tageslicht hinter geschlossenen Vorhängen und nicht bei weichem Lampenschein. Er bestand auf geschlossenen Vorhängen, und als sie nackt und gut sichtbar ans Fenster trat, ging unten gerade Mrs. Grimshaw vorbei. Agatha wusste, dass sie sich eigentlich verstecken sollte, aber sie ließ sich Zeit, bis Robert sie aufforderte, sich zu beeilen, und in diesem Moment sah Mrs. Grimshaw zufällig nach oben, ihr direkt in die Augen, woraufhin sie die Hand gegen den Mund presste und davonhastete.

Kapitel 10

Rio Negro, Brasilien, Februar 1904

Lieber Mr. Ridewell,

Sie werden mittlerweile auf eine neue Lieferung von uns warten. Ich weiß nicht, was die anderen Ihnen berichtet haben, aber meine Arbeit ist durch Krankheit und äußere Umstände in Verzug geraten. Ich war sehr krank, müssen Sie wissen. Malaria, hieß es. Inzwischen gibt es wieder Stunden, in denen ich aufstehen und herumlaufen und sogar Briefe wie diesen schreiben kann, aber jede körperliche Tätigkeit schwächt mich noch sehr, und ich ermüde leicht. Ich habe seit zwei Wochen nichts als Orangensaft und Cashewnüsse zu mir genommen. Ich danke Ihnen für Ihren Brief, der mich erreichte, als das Fieber am höchsten war, und für Ihre Sorge um meine Frau. Diese Angelegenheit betrifft nur meine Frau und mich. Ich werde ihr schreiben, sobald ich dazu imstande bin, aber sagen Sie ihr vorläufig bitte nicht, dass ich krank bin, da ich sie keinesfalls beunruhigen will.

Ich werde von Träumen heimgesucht, in denen ich zu Hause ein normales Leben führe – die Morgenzeitung lese, durch den Richmond Park spaziere, zur Kirche gehe –, und bin sehr betrübt, wenn ich aufwache, obwohl ich mir eine Rückkehr nach Hause andererseits nicht vorstellen kann, denn ein normales Leben wird für mich dort, wie ich fürchte, nicht mehr möglich sein.

Bei Nacht werde ich in meinen Träumen von Nachtfaltern verfolgt. Sie fliegen gegen meine Lampe, gegen die Türen und das Dach und versuchen sich Einlass zu verschaffen; mit ihrem klebrigen Rüssel und ihren pudrigen Flügeln wollen sie mir in den Rachen eindringen und mich ersticken. Es sind ekelhafte Tiere, verglichen mit meinen sanften Schmetterlingen, und ich kann kaum glauben, dass beide zur Gattung Lepidoptera gehören. Ich bin hier in Brasilien meinen Zielen so nahe gekommen, aber der Dschungel und seine Bewohner haben sich gegen mich verschworen. Dieser Brief wird für mich zur Post gebracht, deshalb kann ich nicht zu offen sprechen. Aber ich bin sehr nahe daran, Mr. Ridewell, und wenn ich die Schwierigkeiten meistere, werden wir beide davon profitieren. Einstweilen möchte ich Ihnen für Ihre Geduld danken. Ich stelle zurzeit meine nächste Sendung an Sie zusammen, aber ich bin noch nicht bereit, sie abzuschicken.

Mit besten Grüßen,
Thomas Edgar

Thomas versiegelte den Umschlag und ließ ihn auf dem Tisch liegen, damit Antonio ihn bei seiner nächsten Fahrt in die Stadt mitnehmen konnte. Anschließend legte er sich erschöpft in die Hängematte. Er ermüdete nicht nur leicht, sondern wurde auch immer wieder von Fieberschüben geschüttelt, durch die er frierend im Dunkeln aufwachte. Eines Nachts merkte er, dass er alle Decken und Kleidungsstücke abgeworfen hatte und nackt und fieberglühend in seiner Hütte lag. Eine Gestalt beugte sich über ihn und betupfte ihm mit einem kühlen Tuch die Stirn.

»Sophie?«

»Nein, Lieber, ich bin es. Clara.«

»Dein Mann«, murmelte er und tastete nach dem Laken. »Psst«, flüsterte sie. »Ich kümmere mich mit seinem Einverständnis um dich. Es wird dir bald besser gehen.«

Als er aufstehen konnte, erfuhr Thomas, dass George bald nach ihm krank geworden war, die anderen dem Fieber jedoch entgangen waren. Ernie meinte lakonisch, sie hätten eben Pech gehabt – in diesem Teil des Dschungels gab es zwar wenige Moskitos, aber die, die es gab, übertrugen fast alle die Malaria. Thomas hatte das Chinin abgesetzt, weil er danach schlecht träumte, aber George behauptete fest, er habe seines weiterhin genommen.

Eines Morgens lag Thomas in der Hängematte, während der Regen auf das Dach trommelte und den Hof nach und nach unter Wasser setzte. Jetzt würde er kaum noch Gelegenheit haben, Schmetterlinge zu jagen. In der Regenzeit zogen sie sich zurück und waren nur selten zu sehen. Er hatte seine Chance verpasst.

Es klopfte an der Tür, und Santos trat ein. Thomas richtete sich mühsam auf, und die Hängematte schwankte so sehr, dass er fast hinauskippte.

»Bleiben Sie liegen, Mr. Edgar«, sagte Santos. Er zog sich den Stuhl von Thomas' Schreibtisch heran und setzte sich zu ihm. In der Hand hielt er eine kleine Schachtel.

Seit Thomas wieder einen einigermaßen klaren Kopf hatte und das Fieber ihn seltener überfiel, war er überzeugt, dass das Tal der Schmetterlinge eine Halluzination gewesen war. Santos war erst am Abend jenes Tages ins Lager zurückgekehrt, deshalb konnte er es nicht gewesen sein, der seinen *Papilio* gefunden und freigelassen hatte. Aber wie sehr er sich auch dafür schalt, an den Schmetterling geglaubt zu haben – er wurde ein nagendes Gefühl nicht los. Er wollte daran glauben, dass er existierte. Und so war es auch, er existierte *wirklich.*

Durch den strömenden Regen war es in der Hütte dunkel geworden, und die Luft war drückend und schwül.

»Ich habe etwas für Sie«, sagte Santos. »Ich glaube, Sie werden sich sehr freuen.«

Er legte die Schachtel auf den Schoß und öffnete den Deckel. Dann hielt er sie Thomas hin, der sie nahm und im Dämmerlicht zu erkennen versuchte, was sie enthielt. Vor ihm lag, ungeschickt aufgespannt und mit einem gebrochenen Bruststück und einem schiefen Flügel, der *Papilio sophia* tot in der Schachtel. Tränen stiegen ihm in die Augen, und er blinzelte, um klarer zu sehen.

»Sie haben ihn gefunden.«

»Ja«, gluckste Santos vergnügt.

»Ist es ... meiner?«

»Ihrer, Mr. Edgar? Aber ja. Ich habe ihn gefangen, als ich heute mit Dr. Harris unterwegs war. Ist er nicht wundervoll? Er ist mein Geschenk an Sie. Ich bin mir sicher, Sie werden ihn angemessen benennen.«

Thomas starrte ihn an. Er brachte kaum ein Wort heraus.

»Angemessen? Aber ich habe schon einen Namen für ihn ausgesucht.« Seine Stimme war schwach und in der stickigen Luft der Hütte kaum zu hören, während der Regen draußen strömte.

»Vorausgesetzt, Sie hätten ihn gefunden. Aber jetzt habe ich ihn gefunden.« Santos sprach nüchtern, ohne jede Emotion. Wenn er überhaupt zu einer fähig war.

Er klopfte Thomas auf die Schulter. »Ich überlasse Sie jetzt Ihrem Prachtstück«, sagte er. »Wenn ich Sie wäre, würde ich mir den Namen gut überlegen. Mein Vorname ist José, wie Sie wissen. Falls Ihnen das bei Ihren Überlegungen hilft.« Er stand auf und war mit zwei langen Schritten aus der Tür.

Thomas sank mit der Schachtel in der Hand zurück und starrte an die Decke. In meinem Kopf herrscht Nebel, dachte er. Ich kann nicht klar denken. Die Verwirrung in ihm löste sich nicht, deshalb konnte er seine Gefühle nicht identifizieren und sortieren. Er hatte den Schmetterling. Und er hatte ihn auch nicht. Santos hatte ihn gestohlen. Wenn nicht dieses Exemplar, dann doch seinen Ruhm. Thomas überließ sich diesem Gedanken, und er traf ihn bis ins Mark.

Ohne diese Entdeckung war sein Leben sinnlos, ohne Perspektive. Er würde mit nichts zurückkehren als einer Sammlung von Insekten, die er an dicke reiche Männer verkaufen konnte, die einen *Papilio* nicht von einem *Morpho* unterscheiden konnten.

Er hatte zur Untermauerung der Legende, die ihn hierher getrieben hatte, nichts weiter vorzuweisen als diesen Schmetterling. Und er konnte ihn nicht einmal nach seiner Frau nennen. Die Namensgebung war das Einzige gewesen, was ihn vor den allzu brennenden Schuldgefühlen bewahrt hatte, und jetzt hatte man ihm auch das genommen. Sophie war betrogen worden, und es würde keine Entschädigung für sie geben, nur einen Ehemann, der versagt hatte. Eine Träne rann ihm aus dem Augenwinkel und kitzelte ihn im Ohr. Er lachte bitter auf. Und noch dazu war dieser Schmetterling nicht einmal ein perfektes Exemplar. Er hielt ihn hoch und betrachtete ihn genauer. Der schwarze Flügel war zerrissen, der Körper fast in zwei Teile gebrochen. Er sah aus, als wäre Santos auf ihn getreten, um ihn zu fangen, oder hätte ihn mit einem Stock aus der Luft geholt. Noch etwas stimmte nicht: Er war viel kleiner, als er ihn in Erinnerung hatte. Er war nicht einmal halb so groß wie seine Handfläche. Das Exemplar, das er im Wald gefangen hatte, war – selbst wenn er sich die ganze Episode nur eingebildet hatte – zwar nicht gerade ein Riese, aber doch sehr groß für einen Schmetterling gewesen. Den Gerüchten nach musste er imposant sein, und … noch etwas war falsch. Dieser hier gehörte nicht einmal zu den *Papilionidae,* er war aus einer ganz anderen Familie. Anstelle der aufwendigen Zeichnung auf dem Schwalbenschwanz wies er nur eine einzige Farbe auf. Das Gelb war blass, fast weißlich, und das Schwarz …

Thomas schwang die Beine aus der Hängematte. Einen Moment war ihm schwindelig, als das Blut aus dem Kopf strömte, und er glaubte das Rauschen von Flügeln zu hören, so als ob etwas an ihm vorbeiflattern würde. Er presste die Fingerspitzen auf die Lider.

Das Schwarz war stumpf und wässrig, nicht irisierend. Es hätte wie ein Ölfleck glänzen müssen: schwarz an der

Basis und darüber ein schimmernder Wirbel aus Grün- und Blautönen. Die schwarzen Flügel hingen tiefer als die auf der anderen Seite, als seien sie schwerer. Er sah genauer hin und zog die Nadel heraus, die das Tier hielt. Die Hälfte des Schmetterlings fiel ab, aber das kümmerte Thomas schon nicht mehr. Am Boden der Schachtel, unter den schwarzen Flügeln des Schmetterlings, waren zwei Schmierflecken. *Tinte.* Die Flügel des Schmetterlings waren in chinesische Tusche getaucht worden, und derjenige, der das Tier so grob aufgespießt hatte, hatte nicht einmal abgewartet, bis sie getrocknet waren.

Mit einem wütenden Aufschrei warf er die Schachtel gegen die Wand.

Der Regen hatte nachgelassen, und Thomas stolperte benommen ins Licht des Tages. Ernie stand vor der Tür seiner Hütte, warf einen Blick auf Thomas' Gesicht und krümmte sich vor Lachen. Thomas marschierte auf ihn zu. Sein Kopf fühlte sich ganz leicht an, seine Beine wie Luft, und er hatte die Hände zu Fäusten geballt.

»Es war nur ein Scherz, mein Guter«, sagte Ernie und wischte sich die Augen. »Es war Santos' Idee.«

Thomas stand schweigend vor ihm und fühlte, wie sein Zorn verrauchte und abstarb.

Einer nach dem anderen kamen die Männer aus ihren Hütten. George musste sich festhalten, sein Gesicht war durch die Krankheit bleich und spitz geworden. John füllte den Rahmen aus und schirmte die Augen gegen das Licht ab, so dass sein Gesicht im Schatten lag. Selbst Pedro, der Koch, stand vor der Kochhütte und trocknete sich die Hände an einem Tuch ab. Nur Santos lächelte. Clara stand wie ein Schatten neben ihm und blickte Thomas an, ihr Gesicht eine Maske des Kummers.

Die Regenzeit war endgültig angebrochen. Der Fluss war angeschwollen, und viele Bäche, über die sie gesprungen waren, waren zu tiefen Wasserläufen geworden, die sie mit einem Boot überqueren oder umwandern mussten. Das Wasser rann in den Urwald und überschwemmte die Baumstämme und niedrigen Äste. Wo Affen gesessen hatten und Jaguare umhergeschlichen waren, entstand jetzt ein neuer Lebensraum für Delphine und Fische. Thomas stellte sich manchmal vor, wie er im Flussbett saß, während sie durch die Baumstämme auf ihn zuschwammen.

Das Insektensammeln war mühsam geworden, vor allem die Schmetterlinge versteckten sich vor dem Regen. Aber auch George beklagte sich über einen Mangel an Käfern. Nur John hatte noch genug zu tun, denn die Pflanzen gediehen im Regen prächtig.

Thomas und George waren von einer lustlosen Trägheit befallen, die sie der gerade überstandenen Krankheit zuschrieben, doch sie wussten beide, dass ihre Lethargie von zu wenig Arbeit herrührte. Thomas verschlief den Vormittag, den Clara in Gesellschaft von John verbrachte. Wenn Santos sich nicht in Manaus aufhielt, war er mit Ernie unterwegs oder blieb im Lager und unterhielt sich mit George und gelegentlich mit Thomas. Aber auch wenn er für längere Zeit in Manaus blieb, ging Thomas Clara wieder aus dem Weg, weil ihn der Gedanke, Santos könne herausgefunden haben, was zwischen ihnen geschehen war, zu sehr bedrückte. Er nutzte die Zeit, um sich in Gedanken wieder seiner Frau zuzuwenden. Er schrieb Briefe an Sophie, was sich für ihn wie ein Spaziergang im Schlamm anfühlte, und brachte es nicht über sich, sie abzuschicken.

Außerdem beschloss er, Johns Rat zu folgen und mit den einheimischen Helfern Bekanntschaft zu schließen. Doch Antonio wich Santos nicht von der Seite, und Manuel und der junge Joaquim dienten immer denjenigen als Führer und Assistenten, die zu Sammelexpeditionen aufbrachen. So blieb nur Pedro, der Koch.

An ihm übte Thomas sein Portugiesisch.

»De onde a sua familia è?«, fragte er.

»De todo lugar«, antwortete Pedro mit einer weit ausholenden Geste. Seine Familie stammte von überall her.

Als Thomas ihn fragte, ob er ihm eine Weile beim Arbeiten zusehen dürfe, starrte Pedro ihn an, als sei er verrückt geworden, nickte aber. Leicht hinkend machte er sich in seiner Kochhütte zu schaffen, und bei einem genaueren Blick sah Thomas, dass dem Koch am rechten Fuß eine Zehe fehlte. Obwohl er die Frage selbst als unhöflich empfand, deutete er auf den Fuß.

»Como ... dedo ... ferir?« Pedro lächelte breit über sein Kauderwelsch. Er beantwortete die Frage, aber Thomas verstand nur einzelne Worte. Anscheinend hatte Pedro seine Zehe beim Fischen verloren. Eine Unterart, der große schwarze Piranha, war gefährlich, aber ein köstlicher Speisefisch, und einer war im Boot vom Haken gesprungen und hatte in Sekundenschnelle seine Zehe abgebissen.

Thomas machte ein entsetztes Gesicht, woraufhin Pedro laut lachte. Seine beiden Brüder hatten ihre Zehen auf dieselbe Weise eingebüßt. Anscheinend waren Piranhas es wert, dass man ihretwegen die Zehen riskierte.

Thomas fragte ihn, ob er gerne für Santos arbeite, und Pedro zuckte die Achseln, ohne ihn anzusehen. Thomas war aufgefallen, dass Pedro all seine Befehle von Antonio erhielt, sich aber ganz anders verhielt, wenn er Santos bediente. Er bewegte sich viel vorsichtiger, und manchmal zitterten seine Hände, wenn er ihm Fleisch auf den Teller legte. Santos schien es nicht zu bemerken oder ignorierte es.

Eine Woche lang saß Thomas täglich eine Stunde oder länger bei Pedro und ließ sich von ihm Portugiesisch beibringen. Am Ende der Woche nannte Pedro ihn ›magro‹, weil er so dünn war, und bewarf ihn beim Kochen ab und zu mit kleinen Brocken vom Essen, denen Thomas auswich, wenn er konnte, oder sich lächelnd aus dem Gesicht wischte, wenn er zu langsam reagierte. Thomas' Sprachkenntnisse verbesserten sich, und er überraschte Clara und John eines Abends damit, dass er an ihrer Unterhaltung teilnahm. John klopfte ihm anerkennend auf den Rücken, aber Clara starrte ihn nur an. Ihre Augen schienen ihn einzusaugen, und die Luft zwischen ihnen flirrte. Als er sich losriss, hatte John mit der Gabel in der Hand aufgehört zu essen und blickte zwischen ihnen hin und her. Thomas senkte mit brennenden Wangen den Blick auf den Teller. Er fühlte sich, als habe ihn ein gestrenger Wildhüter beim Wildern von Fasanen erwischt.

Er stand auf. »Entschuldigen Sie mich«, sagte er. »Es geht mir nicht gut.«

Am folgenden Morgen schlief Thomas lange. Er wurde von Antonio geweckt.

»Senhor Santos bittet Sie zum Tee, Senhor Edgar, bevor es zu regnen anfängt.«

»Ich komme gleich«, erwiderte Thomas. Antonio ging hinaus, und er blieb noch etwas liegen und starrte die Decke an. Er hatte es bisher vermieden, mit Santos allein zu sein. Vermutlich waren die anderen beim Sammeln, und der Mann brauchte einfach jemanden zum Reden. Er rollte sich aus der Hängematte und zog sich mit zitternden Händen an.

»Ah, Mr. Edgar.« Santos saß in einer schattigen Ecke des Hofs vor einem niedrigen Tischchen. Neben ihm wartete ein leerer Stuhl. Überall stand das Wasser in lehmigen Pfützen, und die feuchte Luft ließ noch mehr Regen erwarten. Manuel fächelte Santos mit einem großen Bananenblatt Luft zu. Wie immer wirkte dieser ausgesprochen frisch. Thomas hatte sich inzwischen an die feuchte Hitze gewöhnt. Das Gefühl, in einem warmen Bad zu liegen, gefiel ihm sogar, vorausgesetzt, er konnte gegen Ende des Tages schwimmen gehen oder in kaltem Wasser baden. Seine Hemden hatten inzwischen alle dieselben gelblichen Flecken unter den Armen, aber er hatte es aufgegeben, sich darüber zu ärgern. Santos' Hemden dagegen waren immer sauber und gestärkt, als trüge er jeden Tag ein neues.

»Ihre Genesung macht Fortschritte, hoffe ich?«

»Ja, ich fühle mich besser. Aber ich werde immer noch schnell müde.«

»Ja, das ist so üblich. Ich hatte auch schon Malaria. Man kann sie nie wieder ganz abschütteln, wissen Sie.«

»Nein?« Thomas fühlte sich plötzlich alt. Er hatte eine Schwelle überschritten und konnte nicht mehr zurück.

»Machen Sie kein so niedergeschlagenes Gesicht, Mr. Edgar! Auf lange Sicht wird es Sie kräftiger machen. Ein Scharmützel mit dem Tod ist gut für den Charakter.«

»Ich fürchte, mein Charakter ist nicht mehr derselbe.« Er murmelte die Worte, halb hoffend, dass Santos sie nicht verstehen würde. Was bezweckte er damit? Wollte er herausfinden, ob Santos wusste, dass er unehrenhaft gehandelt hatte?

»Unsinn, mein Lieber. Ich habe Sie beobachtet …«

Thomas' Magen krampfte sich zusammen.

»… und festgestellt, dass Sie reifer geworden sind. Sie fühlen sich nur zurzeit angegriffen und vielleicht ein wenig nutzlos.« Mit schief gelegtem Kopf betrachtete er Thomas, wie man ein trotziges Kind ansieht. »Habe ich recht? Ich glaube, ja. Aber ich habe gesehen, wie im Dschungel Ihr Selbstvertrauen gewachsen ist. Vielleicht haben Sie es ja selbst nicht bemerkt. Sie sind auf dem Weg, ein wahrer Wissenschaftler zu werden.«

»Wissenschaftler?«, wiederholte Thomas verächtlich. War der Mann blind? »Ich bin kein Wissenschaftler, Mr. Santos. Ich bin nichts weiter als ein Amateur. Ich weiß die Hälfte der Zeit nicht einmal, was ich hier tue. Nein, die meiste Zeit.« Er fuhr sich mit der Hand durch die Haare und fühlte Klümpchen darin. »Sie wissen, dass ich keinerlei Qualifikationen besitze? Es wundert mich, dass Sie mich haben mitkommen lassen. Schmetterlinge waren für mich immer nur ein Hobby.«

»Nein, Mr. Edgar. Sie stellen Ihr Licht unter den Scheffel. Sie haben das Studium der Insekten nicht zu Ihrem Beruf gemacht, aber Sie besitzen etwas viel Wichtigeres. Sie besitzen

Leidenschaft. Ich sehe in Ihnen ein Feuer. Es ist während Ihrer Krankheit matter geworden, aber als ich Ihnen meinen kleinen Streich gespielt habe, ist es in tausendfacher Stärke zurückgekommen.«

»Sie haben das absichtlich getan?«

»Mm, ja und nein. Es tut gut, wütend zu werden, Mr. Edgar. Ich denke, ich habe Sie wohl auf meine Weise auf die Probe gestellt. Und Sie haben sie glänzend bestanden.«

»Ich habe den Schmetterling gesehen, wissen Sie. Kurz bevor ich ohnmächtig wurde und mich John gefunden hat.«

»Oh, das würde mich wundern. Sie waren sehr krank. Sie haben vermutlich nur geglaubt, ihn zu sehen. Es ist nicht ungewöhnlich, dass man bei Malaria Dinge sieht, die es nicht gibt. Als ich krank war, sah ich sogar einmal meine erste Frau mit einem Baby im Arm. Sie erklärte mir, das sei mein Sohn, und als ich aufwachte, waren beide fort.«

»Sie haben wahrscheinlich recht. Ich wollte so gerne daran glauben.« Er versuchte, in Santos' Miene zu lesen. Der Mann hatte die Möglichkeit, dass der Schmetterling existierte, viel zu schnell von sich gewiesen. Konnte es sein, dass er log? Konnte er wissen, dass Thomas die Wahrheit sagte?

»Ich habe die Fotografie von Ihrer Frau gesehen. Wie heißt sie?«

»Sophie.«

»Ja, Sophie.« Santos ließ sich den Namen auf der Zunge zergehen. »Sie ist sehr schön, nicht wahr? Und so jung.«

Worauf wollte er hinaus? Thomas wollte nicht über Sophie mit ihm reden. Irgendwie beschmutzte sie das.

»Wie ist sie?«, wollte Santos wissen.

»Wie? Ich weiß nicht, sie ist ...« Thomas verstummte und versuchte, sich ihr Bild vor Augen zu rufen, lächelnd, im Garten. Dann sah er sie unter sich, im Park, als er mit ihr schlafen wollte. Ein Schauer überlief ihn.

»Keine Ausflüchte, Mr. Edgar. Sie kennen doch wohl Ihre eigene Frau?«

»Ja, natürlich. Sie ist wunderbar. Ganz wunderbar.« Seine Stimme war nur noch ein Murmeln. Wenn er ganz leise sprach, würde sie nicht vom Dschungel befleckt werden, wie es ihm passiert war. »Ich könnte mir keine bessere Gefährtin wünschen.«

»Und Kinder? Möchte sie Kinder?«

»Ja, das möchte sie.« Ihn durchfuhr die Erkenntnis, dass sie lange nicht mehr über Kinder gesprochen hatten. Hatte er es versäumt, das Thema anzuschneiden? Hatte er sie entmutigt?

»Ausgezeichnet. Das freut mich sehr für Sie. Sie ist so jung. Sie hat noch viele fruchtbare Jahre vor sich. Nicht wie meine Frau. Ich fürchte, ihre Zeit ist vorüber. Sie ist jetzt vierunddreißig und hat keine Kinder geboren. Ich beneide Sie. Es gibt nichts, was ich mir mehr wünsche, als viele Kinder zu zeugen, damit mein Name über Generationen erhalten bleibt.«

Bei der Erwähnung von Clara spürte Thomas, wie er rot wurde. Er setzte seine ganze Willenskraft dagegen ein, aber dadurch wurde es nur schlimmer. Er hoffte sehr, Santos würde es nicht bemerken.

»Ich habe Sie in Verlegenheit gebracht. Ich entschuldige mich. Das tue ich ständig. Immer mische ich mich in die Privatangelegenheiten anderer Menschen ein.«

»Aber nein, ganz und gar nicht«, versicherte Thomas erleichtert.

»Wie auch immer. Sie werden sicher einmal eine prächtige große Familie haben. Sie dürfen nicht zu lange fortbleiben. Sie sind nicht wie andere Männer, die keine Familie und keine Bindungen haben. Diese Männer sind nur mit sich selbst und ihrer Arbeit verheiratet. Das ist selbstsüchtig von ihnen. Sie könnten im Dschungel verschwinden – und wer würde sie vermissen? Aber Sie, Thomas, Sie müssen zu Ihrer hübschen Frau zurückkehren.«

»Das werde ich, wenn es so weit ist.« Wollte Santos ihn loswerden?

»Aber ich bewundere Sie, Mr. Edgar. Sie haben Leidenschaft, und mit Leidenschaft können Sie alles erreichen. Es war immer meine Absicht, Menschen wie Sie zu unterstützen, die sonst keine Gelegenheit hätten.«

»Und die anderen?«

»Dr. Harris ist ein Amateur wie Sie. Aber er ist ein geschickter Präparator. Selbst ich kann das sehen. Seine Leidenschaften drängen nach außen und fließen in weniger, wie soll ich sagen, tugendhafte Betätigungen ein.«

Thomas lächelte. Die ungewohnte Mimik gab ihm das Gefühl, als sei seine Haut zum Zerreißen gespannt.

»Und Mr. Sebel«, fuhr Santos fort, »braucht meine Unterstützung für diese Reise nicht. Ihm stehen alle Türen offen. Er ist gebildet, Mr. Edgar, aber ich betrachte ihn nicht eine Sekunde lang als Ihnen überlegen. Ich setze großes Vertrauen in Sie.«

»Vielen Dank, Sir, obwohl ich wünschte, ich könnte dasselbe von mir sagen. Und was ist mit Mr. Gitchens? Wie passt er in das Bild?«

»Ah, Mr. Gitchens, ja. Ein faszinierender Mann. Sehr schwer zu durchschauen. Er ist mir ein wahres Rätsel. Nur in einem bin ich mir sicher.«

Santos schwieg, und Thomas tat, was von ihm erwartet wurde. »Und was ist das?«

»Dass er in meine Frau verliebt ist. Ah, unser Tee.«

Thomas hatte nicht gemerkt, dass Manuel verschwunden war, bis der Diener mit einem Teetablett zurückkehrte. Dankbar begrüßte er die Ablenkung, denn Santos' Bemerkung über John hatte ihn aus der Fassung gebracht. Er konzentrierte sich ganz auf Manuels Hände und versuchte, sich durch einige tiefe Atemzüge wieder unter Kontrolle zu bringen.

Während Manuel den Tee in die winzigen Tässchen goss, wurde er durch ein Insekt abgelenkt, das sich auf seinen Nacken gesetzt hatte. Er schlug danach und versuchte gleichzeitig, die Teekanne auf das Tablett zurückzustellen. Thomas sah das Malheur kommen, aber er konnte es nicht mehr verhindern. Die Teekanne fiel Manuel aus der Hand, drehte sich im Fallen und fiel auf den Boden. Dabei stieß sie an eines der Tischbeine.

»Vorsicht!«, rief Thomas, aber das Unglück war schon geschehen. Die Kanne zerbrach, und heißer Tee ergoss sich über die Hosenbeine von Santos' hellem Anzug.

Manuel erstarrte. Santos hatte die Augen geschlossen und atmete heftig durch die Nase. Thomas hielt ihm sein Taschentuch hin. Es wehte wie ein Fähnchen im Wind, während er darauf wartete, dass es der Diener nahm oder der Herr es sehen würde. Schließlich öffnete Santos die Augen. Kalte Wut stand in seinem Blick. Thomas senkte das Taschentuch.

»Antonio!«, rief Santos.

Manuel produzierte mit seinem zungenlosen Mund Geräusche, die klangen, als wolle er sich entschuldigen, aber es entstand nur ein Ton wie von einem blökenden Kalb. Den Blick auf Santos gerichtet, schüttelte er langsam den Kopf. Antonio stolzierte in den Hof, warf einen Blick auf die Teekanne und packte Manuel am Arm. Stumm ließ sich dieser abführen.

»Was wird er mit ihm machen?«, fragte Thomas ängstlich.

Santos lächelte und zog sein eigenes Taschentuch hervor. »Das braucht Sie nicht zu kümmern«, sagte er und betupfte sein Hosenbein. Die Wut war verflogen, getrocknet wie Wäsche an einem heißen Tag. »Zucker?«

Das Geräusch, das Manuel ausgestoßen hatte, verfolgte Thomas. Bis zum Abend sah er ihn nicht mehr, und Santos – der nun keine Kanne für seinen geliebten Tee mehr hatte – ließ ihn nicht zu sich rufen.

Da es ihm widerstrebte, den anderen von dem Vorfall zu erzählen, wandte er sich an die einzige Person, die ihm sonst noch einfiel.

»Ich weiß nicht, was mit ihm passiert ist«, sagte Pedro auf Portugiesisch. Thomas verstand ihn jetzt besser, und Pedro bemühte sich, möglichst langsam und deutlich zu sprechen und einfache Worte zu benutzen. Thomas sah ihm an, dass er log. Er schwitzte mehr als üblich, und seine Hände zitterten beim Umrühren. »Aber Mr. Santos war sehr wütend. Er kann ohne seine Kanne keinen Tee trinken.« Er hob den Deckel vom Topf, verbrannte sich dabei die Finger und ließ ihn mit einem Schrei fallen. Ein paar Tropfen von dem Eintopf waren zischend in die Flamme gespritzt, aber viel war es nicht. Seine Erleichterung war ihm deutlich anzumerken. Er drehte Thomas den Rücken zu, als dieser seine Hände sehen wollte. »No foi nada«, wehrte er ab.

»Pedro …« Thomas legte ihm die Hand auf die Schulter.

»Ich weiß nichts«, wiederholte der Koch auf Englisch, als hätte er diesen Satz auswendig gelernt.

Am frühen Abend ließ der Regen nach, und Thomas machte einen Spaziergang, um sich die Situation in Ruhe durch den Kopf gehen zu lassen. Er hoffte, den Pfad zu finden, der ihn in das Tal der Schmetterlinge geführt hatte, aber er blieb verborgen. Pedro schien entsetzliche Angst vor Santos zu haben, so viel war sicher, und er wusste, was aus Manuel geworden war, wollte es ihm aber nicht verraten. Clara konnte er nicht danach fragen, noch nicht. Er würde warten müssen, bis Santos wieder fort war; vorläufig konnte er ihre Nähe nicht ertragen. Santos durfte von seinen Gefühlen für sie nichts ahnen, schon gar nicht nach dem Vorfall mit Manuel und dem Aufblitzen seiner Wut, die er meistens klug verbarg, die aber zweifellos in ihm lauerte.

Unterwegs fiel ihm auf, dass keine Schmetterlinge zu sehen waren. Da, wo sie früher immer wieder seinen Weg gekreuzt hatten und, wenn er lange genug still stand, sogar auf seiner

Schulter gelandet waren, hatte der Regen sie vertrieben – wohin, wusste er nicht.

Und was war mit John? Santos hatte sich in eindeutiger Weise über dessen Bewunderung für seine Frau geäußert. Thomas wollte es nicht glauben, aber tatsächlich konnte man nicht leugnen, dass John sie auf eine besondere Art ansah, auch wenn seine Blicke nicht mit der gleichen Intensität erwidert wurden. Er musste ihn warnen. Aber er wollte auf keinen Fall, dass John oder sonst jemand misstrauisch wurde. Nein, lieber behielt er die Sache für sich.

Es wurde allmählich dämmrig, deshalb machte Thomas kehrt, um vor der Dunkelheit wieder im Lager zu sein. Er war noch nicht weit gekommen, als er eine Bewegung im Unterholz bemerkte und im schwindenden Licht George erkannte, der den jungen Joaquim an der Hand in den Wald zog; der Junge war an seinem kurzärmeligen weißen Hemd leicht zu erkennen. Thomas wusste nicht recht, ob er sich bemerkbar machen sollte oder nicht. Er entschied sich dagegen und folgte ihnen in sicherer Entfernung, jedoch nah genug, um sie nicht aus den Augen zu verlieren.

Aber er hatte keine Mühe, ihnen zu folgen. Im Gegenteil – plötzlich standen sie dicht vor ihm. Hinter einem Baumstamm verborgen sah Thomas, wie George vor dem Jungen kniete, dessen Shorts auf den Knöcheln hingen. Joaquim wirkte weniger ängstlich als traurig, er hatte die Augen geschlossen, und seine Unterlippe zitterte, als erdulde er etwas, das hoffentlich bald ausgestanden sein würde. George hatte beide Hände auf die Hinterbacken des Jungen gelegt und knetete sie, während er den Penis des Jungen in den Mund nahm. Dabei machte er ein Geräusch, als wolle er ein aufgeregtes Vögelchen beruhigen.

Thomas hatte sich nicht mehr unter Kontrolle und reagierte so, wie er es vor Jahren nicht gekonnt hatte. Er stürzte auf die beiden zu, packte George am Kragen und zog ihn von dem Jungen weg. George gurgelte erschrocken, als ihm der Kragen die Luft abschnürte. Thomas hatte noch nie jemanden geschlagen, aber jetzt versetzte er George mit der geballten Faust einen Hieb auf die Nase und stieß ihn dann zu Boden.

»Du widerlicher Dreckskerl!«, schrie er George an, der schniefend auf dem Boden saß. Joaquim hatte die Hosen hochgezogen und rannte in Richtung Lager zurück. »Er ist doch noch ein Kind!«

»Nicht, Thomas.« George wischte sich das Blut ab, das ihm aus der Nase lief.

Thomas zielte mit dem Bein auf seine Rippen, aber nicht mit voller Kraft; er verspürte den überwältigenden Wunsch, ihm Angst einzujagen, nicht ihn zu verletzen. George sprang auf und tastete in seinen Taschen nach einem Taschentuch.

»Erzähl es keinem«, wimmerte er. »Bitte, Thomas, ich will alles tun.«

»Lass ihn nur einfach zufrieden«, sagte Thomas. »Und geh um Himmels willen zum Arzt.«

George wischte sich das blutverschmierte Gesicht ab. »Zum Arzt? Ja, du hast recht. Ich bin krank. Ich brauche Hilfe. Hilf mir, Thomas.« Er lachte nervös.

Thomas trat einen Schritt auf ihn zu, und das Lachen verstummte. »Soll ich es Harris erzählen? Oder Santos?«

»Nicht.« George hob die Arme. An seiner Hand baumelte das Taschentuch wie eine weiße, vom Krieg in Mitleidenschaft gezogene Fahne. »Es ist unser Geheimnis. Bitte, Thomas. Ich werde es nicht wieder tun.«

»Du bist erbärmlich«, sagte Thomas. Er spuckte vor George auf den Boden. Er sah ihm an, dass er sich seines Stillschweigens sicher war.

Er ließ George in der rasch hereinbrechenden Dunkelheit stehen und machte sich auf den Rückweg zum Lager. Ein unterdrücktes Schluchzen zerrte an seinen Eingeweiden. Die Tränen kamen mit dem Abendregen.

Thomas war damals noch ein Junge gewesen, auch wenn er sich schon fast wie ein Mann gefühlt hatte. Seither weckte das Geräusch von Schritten auf hölzernen Dielen sofort die Erinnerung an Jungenstimmen, die durch einen Flur hallten, der immer kalt war und nach Bohnerwachs roch. Als er später ins College ging, erlebte er alles noch einmal, aber die Stimmen waren tiefer, beherrschter und deshalb weniger aufwühlend. Vorsichtiger.

Sein Lateinlehrer, Mr. Lafferty, hatte ihn in die Praxis des »Zuckermachens« eingeführt. In der ersten Nacht erlaubte ihm der Direktor, vier Jungen aufbleiben zu lassen, und er wählte nur seine Lieblingsschüler aus. Thomas gehörte nicht dazu. Thomas war nicht besonders gut in Latein, saß nicht mit den anderen dreien in der ersten Reihe, aber der Lehrer wusste aufgrund der Zeichnungen in seinem Übungsbuch, dass Thomas Schmetterlinge liebte, und lud ihn zusätzlich ein.

Zuerst gingen sie in die Räume des Lehrers, die nach süßen Bonbons rochen, und die anderen Jungen – Marcus mit seinen ständig aufgeschürften, grindigen Knien, Henry, der Klassenbeste, dem die lateinischen Vokabeln wie Nektar von der Zunge flossen, und der schüchterne David, den Thomas außerhalb des Unterrichts nie ein Wort reden hörte – standen als Grüppchen beisammen wie Kälber und konnten sich vor Stolz kaum fassen, weil sie die heiligen Hallen betreten durften. Das innerste Heiligtum .

»Kommt herein, Jungs«, forderte sie der Lehrer auf. »Erst mal etwas zu trinken.« Gleich darauf standen vier Gläser Limonade vor ihnen auf dem Tisch, und die Jungen stürzten sich mit neugierig aufgerissenen Augen gierig darauf.

»Und jetzt der Zaubertrank.« Der Lehrer führte sie in ein enges Kämmerchen mit einem kleinen Öfchen, vor dem sie hintereinander antreten mussten, während sich der Lehrer an seinen Apparaturen zu schaffen machte, und »für die hinteren« – das hieß Thomas – Erläuterungen abgab.

Das Feuer wurde entzündet, eine Flamme schoss in die Höhe, und ein Topf klapperte.

»Zuerst schwarze Melasse.«

Thomas stellte sich auf Zehenspitzen und versuchte einen Blick auf die Flüssigkeit zu erhaschen, die zischend in den erhitzten Topf gegossen wurde. Marcus vor ihm tat dasselbe. Dessen Nacken verunstaltete ein großer Pickel, der sich rot und entzündet immer wieder in Thomas' Blickfeld schob.

»Brauner Barbadoszucker. Von weit her, aus Jamaika. Den rühren wir jetzt ein.« Henry, der ganz vorne stand, bekam einen Holzlöffel in die Hand gedrückt, und die anderen drängten sich eifersüchtig hinter ihn.

»Genau so«, sagte der Lehrer. »Rühr nur immer weiter, bis die Zuckerkristalle alle geschmolzen sind. Ich drehe die Flamme etwas niedriger, damit es nicht kocht. Wir wollen ja nicht, dass heißer Zucker auf euch spritzt.« Dabei sah er Thomas an und zwinkerte ihm zu. Mr. Lafferty hatte ein freundliches Gesicht mit einer breiten, weichen Nase und großen Augen, die feucht wurden, wenn er eine besonders poetische Verszeile vortrug. Sein Gesicht war Thomas gleich bekannt vorgekommen. Nach einer Weile fiel ihm ein, dass es ihn an seinen Cockerspaniel Goldie erinnerte. Mr. Lafferty hatte sogar dieselben welligen kupferroten Haare.

Die Wohnung roch immer mehr nach Süßem, und Thomas schloss die Augen, um den Duft in sich aufzusaugen. Er schob die Zunge ein Stück zwischen die Lippen, um zu sehen, ob man den Zucker vielleicht schon schmecken konnte.

»Gut gemacht, Henry. Ich übernehme. Wir gießen es jetzt …«, der Lehrer machte eine Pause, während er sich ganz auf sein Tun konzentrierte, »… in die Pfanne und fügen dann…«, die Pfanne knallte in den Spülstein, »… schnell zwei Tropfen alten Jamaikarum hinzu. Perfekt. Jetzt nur noch einmal kurz rühren, Henry. So ist es recht.«

Der Rum vermischte sich mit dem Zuckeraroma und erinnerte Thomas blitzartig an das Arbeitszimmer seines Vaters am Abend. Auch da war ihm oft dieser beißende Geruch in die Nase gestiegen.

»Und das war's. Kehrt Marsch, Männer.«

Grinsend drehten sich die Jungen um, und Thomas hatte unvermittelt drei erhitzte Gesichter vor sich.

»Du auch, Edgar«, murrte Marcus, der Thomas nicht leiden konnte. Sein saurer Atem wehte Thomas ins Gesicht, und er drehte sich schnell um und marschierte als Erster aus der Kammer.

Es war ein warmer Frühlingsabend, an dem sich kein Lüftchen regte. Sie wanderten am Sportplatz vorbei in ein Wäldchen. Jeder hielt eine noch nicht entzündete Laterne, ein Netz und ein Tötungsglas in den Händen. Thomas wusste, dass er als Einziger schon Sammelerfahrung hatte. Die anderen waren nur als Lateinschüler dabei, weil sie ihrem Lehrer gefallen wollten, und dieses Wissen stärkte ihm den Rücken.

Der Himmel war von einem satten Indigoblau, und um die Bäume lag eine Aura aus malvenfarbenem Licht. Aufgeschreckte Kaninchen stoben davon, und eine Fledermaus huschte fiepend über ihre Köpfe hinweg.

Mr. Lafferty blieb bei einer Lärche stehen. »Das reicht«, sagte er. »Seid jetzt alle still.«

Die Jungen, die ohnehin geschwiegen hatten, hielten sich die Fäuste vor die Lippen, um ja nichts zu sagen.

Der Lehrer tauchte einen Pinsel in die Büchse mit der Zuckermischung und bestrich damit ein großes Stück Baumrinde. Dann ging er zum nächsten Baum und tat dasselbe, und danach zum übernächsten.

»Das sollte genügen«, sagte er.

»Was tun wir jetzt?«, flüsterte Henry.

»Wir warten«, sagte Thomas, und Mr. Lafferty nickte lächelnd und zerzauste ihm anerkennend die Haare.

»Ich wusste doch, warum wir dich mitgenommen haben«, sagte er, und die anderen bedachten Thomas mit mörderischen Blicken. Aber Thomas kümmerte das nicht.

Aus der Dämmerung wurde Nacht. Ganz in der Nähe kreischte eine Eule und stürzte sich mit wehenden Schwingen auf eine Maus. Die Umrisse der Lärche verschwammen und verschmolzen mit der Dunkelheit.

»Wir haben lange genug gewartet«, sagte Mr. Lafferty. »Haltet eure Lampen hoch.« Er zündete eine nach der anderen an, und sie näherten sich dem ersten Baum.

Die klebrige Paste leuchtete im Lampenschein. Auf dem Stamm klebte ein buntes Sammelsurium von Insekten: Bohrasseln, Tausendfüßler, Käfer und riesige Schnecken, die, wie Thomas bei einem näheren Blick feststellte, von Hunderten winziger Milben bedeckt waren, die auf ihrem Wirt hin und her liefen.

Die anderen Jungen stießen Laute des Ekels aus, nur Thomas schob sein Gesicht so dicht wie möglich an den Baumstamm heran. Inmitten des Durcheinanders saß ein großer Totenkopffalter. Der markante Schädel auf seinem Thorax starrte Thomas aus leeren Augen an, und sein Herz machte einen Satz.

Den ganzen Frühling hindurch bis in den Sommer wurden diese Ausflüge fortgesetzt. Die anderen Jungen wurden mutiger und fanden bald fast ebenso viel Vergnügen an der Schmetterlingsjagd wie Thomas. Mr. Lafferty zeigte ihnen, wie auch große und scheinbar ungraziöse Tiere zart schimmerten, so wie der Mittlere Weinschwärmer mit seiner rosa und olivgrün irisierenden Färbung und der roten Randbinde auf den Hinterflügeln.

Eines Nachts forderte Mr. Lafferty die Jungen auf, sich zu trennen. »Damit wir eine größere Vielfalt in einem ausgedehnteren Gebiet entdecken können. Ich pfeife, wenn wir wieder zusammenkommen.«

»Ganz allein, Sir?«, fragte Henry.

David, der nie ein Wort sagte, schien bei dieser Aussicht zu erschrecken und schlang die Arme um sich.

»Euch wird nichts passieren, Männer«, versicherte ihnen Mr. Lafferty. »Entfernt euch nur nicht von dem Wäldchen, dann könnt ihr euch nicht verirren. Folgt dem Klang meiner Pfeife.«

Thomas fürchtete sich nicht. Das dichte Gehölz, in dem sie sich befanden, war relativ klein. Er hatte noch nie nach Anbruch der Dunkelheit draußen sein dürfen und freute sich über die Gelegenheit, verstohlen wie ein Fuchs durchs Unterholz zu streifen.

Als das letzte Licht vom Himmel wich, verteilten sie sich. Jeder nahm etwas von der Zuckermischung, ein Netz und ein Tötungsglas mit. Thomas lief los, bis der Pfad nach ein paar Minuten zu dunkel wurde, und blieb dann stehen, um ein paar Stämme zu bestreichen. Danach wartete er.

Als er vier schöne Exemplare gefangen hatte, löschte er seine Laterne. Er tat so, als wäre er ein Fuchs, und schlich tief gebückt durch den Wald, wobei er versuchte, allein mit seinen Sinnen die Hindernisse zu erspüren. Er schnüffelte, konnte aber nur die Melasse und den Rum in seiner Büchse riechen. Die Falter raschelten in seinem Glas; er spürte die kleinen Erschütterungen an seinen Fingern. Vielleicht war nicht genug Zyanid darin, um sie alle zu töten. Seine Ohren, die er in seiner Phantasie wie ein Tier lauschend aufgestellt hatte, fingen ein Knacken zu seiner Rechten auf. Er blieb stehen und duckte sich noch tiefer. Seine Augen hatten sich an die Dunkelheit gewöhnt – er war schließlich ein Fuchs und bei Nacht einer Beute auf der Spur. Lautlos bewegte er sich auf das Geräusch zu. Als er näher kam, hörte er neben dem Knacken ein leises Stöhnen und Schniefen. Wenige Meter vor ihm stand eine große Gestalt.

Er zündete ein Streichholz an. Im Licht der Flamme sah er Mr. Lafferty. Er stand aufgerichtet, während ein Junge – David, der arme, stille David – vor dem Lehrer kniete und die Hände um seinen Penis gelegt hatte, den er rhythmisch massierte. Der Junge sah Thomas erschrocken an. Sein Gesicht war nass von Tränen und Rotz. Mr. Laffertys Hände lagen auf Davids Kopf und streichelten über seine Haare. Im plötzlichen Lichtschein riss er die Augen auf. Das Glas mit den Faltern fiel Thomas aus der Hand und zerbrach an einer Baumwurzel. Riesige Flügel umflatterten ihn. Die Falter flogen auf das Licht zu und trafen Thomas' Gesicht. Er scheuchte sie weg, aber sie kamen immer wieder, stießen gegen seine Augen, seine Ohren, seinen Mund. Das Streichholz fiel auf den Boden und erlosch, und Thomas rannte blindlings los, bis er die Pfeife seines Lehrers hörte, die ihn zurückrief. Er zögerte einen Moment, dann rannte er weiter, zurück in die Schule, in die Geborgenheit seines Betts.

»Und was ist aus dem Jungen geworden?«, fragte Clara. Sie war in sein Zimmer gekommen, als er auf die Falter einschlug, die sich um seine Lampe drängten. Er war in Tränen ausgebrochen und hatte sich an ihre Brust gelehnt, bis sie ihn gebeten hatte, ihm von den Faltern zu erzählen. Über George konnte er mit ihr noch nicht sprechen, noch nicht.

»David hat mich nie mehr angesehen oder ein Wort mit mir gewechselt. Die anderen Jungen sind noch ein paar Mal zum Zuckermachen gegangen, aber als es kalt wurde, hörte das alles auf. Mr. Lafferty hatte im nächsten und übernächsten Jahr eine neue Jungengruppe. Ich sah es ihnen an den Augen an, immer gegen Ende August. Aber ich habe nie etwas unternommen.«

»Was hättest du unternehmen sollen?«

»Ich hätte es jemandem sagen können. Eltern. Einem Lehrer.«

»Nein, Thomas. Du darfst dir nicht die Schuld geben.«

»Ich hätte Lafferty damit konfrontieren müssen. Ihm drohen, dass ich es erzähle.«

»Du warst noch ein Junge.«

»Ja.« Aber jetzt war er kein Junge mehr. Wenigstens diesmal musste er dieser Sache Einhalt gebieten, diesen einen Jungen retten. Aber hatte er wirklich dafür gesorgt, dass George Joaquim in Ruhe ließ? Was wäre mit dem nächsten Jungen und dem übernächsten?

»Und die Falter?«

»Wenn ich sie sehe, steigt die Erinnerung sofort in mir auf. Ich ekle mich vor ihnen. Ich spüre es sogar körperlich. Ein Kribbeln auf der Haut. Mir wird schlecht, wenn ich sie sehe.«

Clara wollte ihn umarmen, aber er wehrte ab. »Was ist mit deinem Mann? Du solltest gar nicht hier sein.«

Sie zischte nur verächtlich. »Er ist sternhagelvoll. Er und Dr. Harris haben sich den ganzen Nachmittag betrunken. Er wird erst morgen früh wieder zu sich kommen.«

»Trotzdem, Clara. Mir ist nicht wohl dabei. Nicht nach …« Er wollte ihr erzählen, was mit Manuel passiert war und dass er sich große Sorgen um ihn machte. Aber die Worte kamen ihm nicht über die Lippen. Clara wurde von ihrem Mann schon schlecht genug behandelt, da wollte er sie nicht noch mehr beunruhigen.

»Dich quält doch etwas«, sagte sie. »Erzähl mir, was du hast.« Sie nahm sein Gesicht zwischen die Hände.

Thomas ergriff ihre Handgelenke und führte sie vor ihre Brust. »Das kann ich nicht. Es ist nichts. Bitte, Clara, ich muss allein sein. Ich muss schlafen.« Traurig betrachtete er die Falter, die sich gegen die Risse in den Wänden warfen und um die Lampe schwirrten.

»Hier«, sagte sie. Er ließ ihre Hände los, und sie griff in die Rocktasche. »Nimm das. Es wird dir helfen zu schlafen.« Noch mehr weißes Pulver. Beim letzten Mal war er am Tag darauf krank geworden. Hatte er nicht im Urwald seinen *Papilio* gesehen, nachdem er dieses Pulver mit ihr genommen hatte? Er musste Halluzinationen gehabt haben, dessen war er sich fast sicher; der Schmetterling, falls er existierte, entglitt ihm immer mehr.

»Findest du nicht, dass es genug ist?«, fragte er sie. Sie war in den Wochen seiner Krankheit blass geworden. Ihre Augen waren stumpf und die Pupillen klein wie Stecknadelköpfe. Dunkle Ringe lagen unter ihren Augen, und die Haut hatte eine gräuliche Färbung.

Sie missverstand ihn. »Natürlich nicht. Man kann es sehr leicht bekommen. Antonio bringt mir immer welches mit, wenn er aus Manaus zurückkommt. Diese Schiffe, die den Kautschuk wegbringen, müssen auf der Fahrt hierher mit etwas beladen werden. Das ist die beste Qualität, die es gibt, und ich kann so viel haben, wie ich will.« Sie trat dicht vor ihn hin, und zum ersten Mal reagierte sein Körper nicht sofort. Ihr Atem roch nach Algen. Er schob sie von sich, aber sie klammerte sich an seine Arme.

»Bitte geh, Clara«, sagte er. »Geh zurück zu deinem Mann.«

Sie ließ ihn los und ging zur Tür. »Er hätte am liebsten, dass ich tot wäre.«

Als Thomas erwachte, lag die Schwermut wie eine lastende Decke auf seinem Gemüt. Nichts schien an diesem Tag von Bedeutung, weder der Druck in seiner Blase noch das Geschrei der Affen noch das fahle Licht, das unter der Tür hereinfiel und sich in den Wasserpfützen unter den Holzbalken spiegelte. Er zwang sich zum Aufstehen und schob die Füße in die Stiefel. Sicher würde sich wieder alles mögliche Getier an ihm festsaugen, falls der Hof überflutet war. Er hatte schon Blutegel und Moskitostiche über sich ergehen lassen, ganz zu schweigen von den Feuerameisen. Sein Körper war von dicken, knubbeligen Narben und frischen, entzündeten Stichen übersät.

Ernie und Santos standen ins Gespräch vertieft auf dem Hof. Ernie hatte die Arme verschränkt, und Santos strich sich den gigantischen Schnurrbart. Sie standen auf feuchter Erde, aber nicht im Wasser; die Wassermassen versickerten rasch im Boden.

»Ah, Mr. Edgar«, begrüßte ihn Santos. »Wir haben gerade überlegt, ob wir hierbleiben oder nach Manaus zurückkehren sollen. Es besteht die Möglichkeit, dass es zu weiteren Überschwemmungen kommt, wenn wir hierbleiben, aber Dr. Harris meint, er habe seine Arbeit noch nicht beendet. Was meinen Sie?«

Thomas fühlte sich benommen und willenlos. Seine Lider waren schwer, und er blinzelte. »Ja. Das heißt, ich würde gerne aufbrechen, ja.«

»Angst vor ein bisschen Wasser?«, spöttelte Ernie.

»Nicht deshalb.« Er seufzte. Das Sprechen fiel ihm heute schwer. Seine Zunge gehorchte ihm nicht. »Meine Arbeit hier ist zu Ende.«

»Zu Ende?«, fragte Santos. »Aber was ist mit Ihrem Schmetterling, Senhor? Sie werden doch nicht aufgeben?«

»Nein. Ja. Ich weiß nicht.« Mit zitternden Händen schob er sich die Haare aus der Stirn. Ein neuer Insektenstich fing an zu jucken. Was war los mit ihm? Der Urwald sah aus, als sei alle Farbe aus ihm gewichen; er sah in ihm nicht mehr ein fruchtbares Habitat für seine geliebten Schmetterlinge, sondern ein heißes, unansehnliches Pflanzenwirrwarr voller Schlangen und bissiger Insekten. Er sehnte sich nach einer kühlen Brise, nach der leichten Berührung von Sophies Hand auf seinem Nacken. Seine Beine gaben unter ihm nach.

»Sachte, sachte!« Ernie bekam ihn gerade noch zu fassen und zog ihn wieder hoch. »Ich habe den Eindruck, du bist noch nicht ganz gesund, Tom, mein Freund.«

Nicht gesund? Oder einfach von Enttäuschung überwältigt? Thomas konzentrierte sich darauf, aufrecht stehen zu bleiben.

»Ich schlage vor, Sie kehren nach Manaus zurück«, sagte Santos. »Nehmen Sie sich Zeit für eine vollständige Genesung.«

»Eine gute Idee«, stimmte Ernie zu. »Ich werde dich nicht mehr weiter hänseln. Es ist vermutlich am besten so. Hör auf deinen Doktor.«

George Sebel tauchte neben ihnen auf, seine Stiefel schmatzten im Schlamm.

»Um was geht es?«, fragte er.

»Wir schicken Mr. Edgar zur Erholung nach Manaus«, erklärte Santos. »Und Sie, Mr. Sebel? Sind Sie noch krank?«

»Ich glaube nicht«, antwortete er. Er wich Thomas' Blick aus und schaute abwechselnd die beiden anderen Männer an.

»Antonio wird Sie begleiten«, sagte Santos. »Sie brauchen ein richtiges Bett in einem kühlen Zimmer. Etwas wie zu Hause.«

»Zu Hause?« Die Worte hingen in der Luft, zum Greifen nah.

»Aber nein, Mr. Edgar. Ich meine nicht England. Sie dürfen jetzt nicht aufgeben. Wollen Sie mit leeren Händen nach Hause zurückkehren?«

Thomas schüttelte langsam den Kopf. Wie ein Esel, ging ihm durch den Kopf.

»Das meine ich aber auch. Was Sie brauchen, ist etwas Ruhe.«

»Kann ich ...« Er holte tief Luft und fuhr dann fort: »Kann ich Joaquim mitnehmen?« Seine Stimme klang heiser, als habe er nicht genug Luft in den Lungen. George wich kaum merklich zurück, und eine fast greifbare Spannung machte sich zwischen ihnen breit.

»Joaquim?«, fragte Santos. »Den Jungen? Ich denke schon, wenn die anderen Herren ihn entbehren können, bis Antonio zurück ist. Mr. Sebel? Sind Sie fertig mit unserem jungen Freund?«

War das ein anzüglicher Blick, den Santos George zuwarf? George nickte und senkte den Kopf. Seine Ohren glühten, aber das konnte auch am Sonnenbrand liegen.

»Und wer soll mir helfen?«, maulte Ernie. »Ich muss alle möglichen unhandlichen Biester tragen.«

»Ich helfe dir«, sagte George. »Bei diesem Regen gehen mir langsam auch die Insekten aus. Ich kann dir beim Präparieren helfen.«

»Gott bewahre«, sagte Ernie.

»Manuel kann Sie führen«, schlug Santos vor.

Wie auf ein Stichwort erschien Manuel in der Tür der Kochhütte. Er schlurfte über den nassen Boden, die Augen auf die schlammverkrusteten Füße gerichtet. Auf den ersten Blick wirkte er unverändert, aber er ging steifbeinig, und sein ganzer Körper schien sich dem Boden zuzuneigen. Was hatte Santos nur mit ihm angestellt? Der Diener bewegte sich, als trüge er ein Stützkorsett.

Thomas entschuldigte sich, murmelte als Erklärung, er habe Hunger, und machte sich auf die Suche nach Pedro.

»Sag mir, was Antonio mit Manuel gemacht hat«, verlangte er auf Portugiesisch, kaum hatte er die Hütte betreten.

Pedro warf ihm einen erschrockenen Blick zu und legte einen Finger auf die Lippen, aber Thomas wusste, dass niemand in Hörweite war.

»Nicht mehr, als zu erwarten war«, flüsterte er. Er humpelte zu Thomas und legte den Mund an dessen Ohr. »Wir müssen sehr aufpassen. Aber Manuel kann dankbar sein, dass er ein Diener ist und kein Gummizapfer.« Er verstummte, als habe er schon zu viel gesagt.

»Was meinst du damit?«, fragte Thomas. »Und warum geht ihr beide nicht weg, wenn ihr so viel Angst habt, Fehler zu machen?«

Pedro lachte ein hohles Lachen, das klang wie eine Wespe in ihrem Nest. »Weggehen? Unmöglich.«

»Warum?«

Pedro drehte ihm den Rücken zu und begann, Wegerich klein zu hacken. Jetzt erst sah Thomas den toten Brüllaffen, der wie eine Stola über den Tisch drapiert war. Ameisen hatten seine Augen ausgefressen, und die leeren Höhlen schienen ihn anzustarren. »Ich habe eine Familie, Senhor Edgar. Wie soll ich sie ernähren?«

»Du könntest dir eine andere Arbeit suchen.«

Pedro schüttelte stumm den Kopf.

»Was ist mit den Gummizapfern passiert?«

Pedro sagte nichts.

»Pedro?«

Der Koch wirbelte herum. Sand knirschte unter seinen Füßen. »Stellen Sie mir keine Fragen mehr, Senhor Edgar, wenn Sie mich als Freund betrachten.«

Von der Strömung getragen, glitt das Schiff auf Manaus zu. Regen peitschte die tiefschwarzen schäumenden Wellen. Thomas hätte nirgendwo anders sein wollen, außer vielleicht zu Hause in Sicherheit, aber der Gedanke, mit leeren Händen zurückzukehren, war ihm unerträglich. Aber was tat er? Er fuhr in die Gegenrichtung, nicht dahin, wo sein geliebter Schmetterling, ob Einbildung oder nicht, gesichtet worden war.

Andererseits konnte man sich auf Santos als Informationsquelle nicht verlassen. Er konnte die Geschichte ebenso gut erfunden haben. Was hatte er bei jenem Abendessen in Manaus gesagt? *Die Legende besagt, dass es ein Tal im Norden gibt, in dem man sie zu Tausenden findet.* Er hatte ihn ›*o beleza gigante*‹ genannt. Nun, Thomas hatte das Tal gefunden, aber vielleicht war ihm die Idee auch bei jenem Abendessen in den Kopf gesetzt worden, und seine Phantasie hatte den Rest erledigt.

Nein, Santos durfte man nicht trauen.

Er dachte an seine Begleiter, die sich im strömenden Regen in ihren Hütten verkrochen. Clara hatte sich beim Abschied an ihn geklammert, und er musste sich mit Gewalt von ihr losreißen, bevor ihr Mann oder jemand anderer sie dabei überraschte, wobei er sie versehentlich am Kinn getroffen hatte. Ihr kleiner Mund hatte gezittert, und sie war weggelaufen und hatte nach John gerufen. Thomas hatte sich gefragt, wie weit sie auf dem Waldpfad wohl kommen würde, bevor sie umkehren und eine ihrer täglichen »Ruhestunden« einlegen musste. Johns Gesicht hatte aufgeleuchtet, als sie seinen Namen rief, und sie waren zusammen in den Wald aufgebrochen. Clara hatte Thomas einen letzten Blick zugeworfen und dabei die Hand auf Johns Arm gelegt.

Thomas schüttelte die Erinnerung ab, aber er war zufrieden mit sich, dass er der Macht, die Clara über ihn hatte, nicht mehr ausgeliefert war. Er versuchte sich auf sein Buch zu konzentrieren. Joaquim ging ihm aus dem Weg, und wenn Thomas ihm auf Portugiesisch etwas Freundliches sagen wollte, knallte der Junge den Teller mit seinem Essen auf den Tisch und lief weg. Thomas hörte, wie Antonio ihm Befehle zuraunzte; der englische Gentleman mochte seine Gesellschaft wünschen, aber das hieß noch lange nicht, dass er faulenzen durfte. Später fand Thomas seine Stiefel geputzt und seine Kabine sauber gefegt vor.

Obwohl er Antonio seit mehreren Monaten kannte, hatten sie nur wenige Worte miteinander gewechselt. Wenn es um die Planung der Expedition ging, hatte sich Thomas lieber an seine erfahreneren Kollegen gewandt. Antonio war eine stete Präsenz in ihrer aller Leben, er stand gewissermaßen immer hinter ihnen und erleichterte ihnen den Alltag, so gut es ging. Thomas hatte aber auch immer den Eindruck gehabt, dass er sie genau im Auge behielt.

Allein mit ihm fühlte er sich nicht so sicher. Antonio sprach beim Abendessen wenig und trank häufig aus einer Flasche mit einem klaren, würzig riechenden Schnaps. Nach dem Essen bot er Thomas davon an, der aus Höflichkeit nicht ablehnte und das feurige Getränk als angenehm beruhigend für seine angegriffenen Nerven empfand. Durch den Alkohol kühn geworden, versuchte er, ein Gespräch anzufangen. Vielleicht konnte er sich sogar Klarheit verschaffen über etwas, das ihn in letzter Zeit so beunruhigt hatte.

»Arbeiten Sie auch mit den Seringueiros zusammen, Antonio? Mit Senhor Santos' Gummizapfern?«

»Manchmal«, antwortete Antonio. »Aber ich ziehe das Stadtleben vor. Außerdem hat Senhor Santos bestimmte Anforderungen an die Gummizapfer.«

»Was meinen Sie damit?«

»Ich habe als Aufseher angefangen, aber als die Briten Anteile an seinem Unternehmen kauften, begann er Männer aus Barbados zu importieren. Sie sind britische Untertanen. Und die Zapfer ...«

»In manchen Pflanzungen beschäftigt er Indianer.«

»Das stimmt. Senhor Santos findet die Indianer ... fügsamer. Alles in allem haben sie doch zu seinem Erfolg beigetragen.«

»Alles in allem?«

»Das Lager am Tapajós, zu dem ich Sie geführt habe ...«

»Es war verlassen.«

»Ja, der Stamm der Mundurukú glaubte, die Gegend gehöre ihnen und sie könnten den Kautschuk zapfen, wie es ihnen passt.«

»Was ist mit ihnen?«

»Die meisten sind weggelaufen, in den Dschungel.«

»Und der Rest?«

»Sie versuchten zu kämpfen. Senhor Santos gehören dort noch andere Lager, aber er ist nicht willkommen. Als er Sie dort besuchte, hatte er Glück, dass er keinen Pfeil in den Hals bekam. Aber sie haben vermutlich Angst vor ihm. Seine Männer, die Aufseher, lieben ihre Arbeit.« Er grinste mit fleckigen Zähnen.

Thomas dachte an Captain Arturo und seinen Pulk braunhäutiger Kinder. An die Frau mit den sanften Augen. Vielleicht kannte ihn Santos sogar. Ein schrecklicher Gedanke kam ihm, gefolgt von einem zweiten: Er selbst war es gewesen, der Santos über Arturos Feindseligkeit aufgeklärt hatte.

Thomas setzte die Flasche an die Lippen und trank. »Und wie kam es zu dem Feuer? Im Dorf?«

»Welches Feuer?«, fragte Antonio, und seine Augen verengten sich zu Schlitzen.

Sein Gesichtsausdruck ernüchterte Thomas sofort und hielt ihn von weiteren Fragen ab. Er meinte, den Gestank des verbrannten Hauses zu riechen, den Gestank nach verkohltem Holz und Fleisch. Er griff nach seinem Tabak und drehte sich eine Zigarette. Der Schwefelgeruch des Streichholzes war ein willkommener Schutzwall für seine Phantasie.

Am ersten Tag in Santos' Villa blieb Thomas auf seinem Zimmer und raffte sich lediglich dazu auf, ein paar Schluck Wasser zu trinken. Ein elektrischer Ventilator drehte sich über ihm, saugte die warme Luft an und verschaffte ihm die ersehnte Kühlung. Er hielt die Vorhänge geschlossen und konnte für eine Weile in eine Welt des traumlosen Schlafs entfliehen. Seine Gliedmaßen waren auf dem Bett ausgebreitet und schienen mit der weichen Decke zu verschmelzen.

Am zweiten Tag fühlte er sich schon etwas besser. Der Druck auf Nacken und Schultern hatte nachgelassen, und der Gedanke ans Aufstehen ermüdete ihn nicht mehr so wie im Lager.

Antonio bot an, ihn auf einem Spaziergang durch die Stadt zu begleiten, aber Thomas lehnte ab und erklärte, er werde Joaquim als Führer mitnehmen. Daraufhin zuckte Antonio ungerührt die Achseln, wie um zu sagen, er solle doch tun, was er wolle, und Thomas war froh, dass er ihn nicht weiter bedrängte.

Joaquim ging Thomas nicht mehr aus dem Weg, aber er wirkte wie von einer Frostschicht eingehüllt, und sein Blick war der eines erwachsenen Mannes. Schweigend ging er neben Thomas her. Thomas wollte ihn nicht nach der Sache mit George fragen – um dem Jungen, aber auch sich selbst die Verlegenheit zu ersparen, denn immer, wenn er an den Vorfall dachte, wäre er am liebsten im Boden versunken. Er wusste, dass die Welt ein grausamer Ort sein konnte, aber er hatte immer geglaubt, er selbst werde diese Grausamkeit nicht so direkt erleben müssen. Er hätte wissen müssen, dass der Amazonas das alles ändern würde.

Auf den Straßen glänzten die vom Regen sauber gewaschenen Pflastersteine und die blank gefegten Rinnsteine. Ohne die Hitze hätte man meinen können, man befände sich in Lissabon, nicht mitten im Dschungel. Der Anblick der vorbeiratternden Trambahn und der Geruch ihrer Bremsen waren nach den Wochen im Urwald mehr als ungewohnt. Frauen, die Thomas auf der Straße entgegenkamen, sahen ihn neugierig – fast hungrig – an. Er tippte an den Hut, ging weiter und erinnerte sich dabei an Claras Worte, dass jedes dritte Haus in Manaus ein Bordell sei. Kein Wunder, dass die Frauen ihn so anstarrten; sie hofften, ihm Geld zu entlocken. Nach allem, was er erfahren hatte, hätte er sie sich nicht leisten können, selbst wenn er gewollt hätte.

Aus einem Laden drang der Geruch nach frisch gebackenem Brot. Thomas schloss genüsslich die Augen, dann nahm er den Hut ab und trat geduckt in die Bäckerei, während Joaquim draußen auf ihn wartete.

Innen war es unerträglich heiß, und Thomas musste dem Impuls widerstehen, seine Jacke auszuziehen. Der arme Bäcker, in einen weißen Anzug mit Schürze gezwängt, schwitzte so heftig, dass Thomas die Lust, ihm etwas abzukaufen, schon fast verging. Aber ein Blick auf Joaquims an die Scheibe gepresstes Gesicht beseitigte seine Zweifel. Er kaufte zwei runde Sahnetörtchen, gelb wie frische Malfarbe, die ihn mehr kosteten als ein Essen im *Star and Garter* zu Hause. Eines gab er dem fassungslosen Joaquim, in das andere biss er sofort hinein. Der Teig zerschmolz fast auf der Zunge, er hatte genau die richtige luftige Konsistenz, und die Füllung war süß, aber nicht zu süß. Himmlisch. Sie standen kauend auf der Straße, während Frauen mit schmalen Taillen und enormen Busen und Hintern um sie herumtrippelten und ihre Schirme hoben, um Thomas den Hut nicht vom Kopf zu stoßen. Männer in weißen Anzügen mit gestärkten Hemdkragen und auffällig großen Schnurrbärten warfen ihm verständnislose Blicke zu, als hätten sie noch nie gesehen, wie sich ein Mann und ein Junge gemeinsam über etwas freuen.

Aus einer Laune heraus beschloss Thomas, eine Flugschrift zu kaufen, um sein Portugiesisch zu üben.

»Ich kann Ihnen nur eine alte aus Belém geben«, sagte der Ladenbesitzer, ein winziges Männchen mit hochgerollten Ärmeln und einer schmutzigen Schürze. »Die hiesige Zeitung gibt es neuerdings nicht mehr.«

»So?« Thomas nahm das Blatt entgegen und reichte ihm ein paar Münzen. »Wie kommt das?«

»Die Druckerpresse ist vor zwei Wochen abgebrannt.«
»Wie schrecklich. Wie ist das geschehen?«

»Ich weiß es nicht. Ich nehme an, sie haben etwas Falsches gedruckt. Ein Unfall war es nicht.«

»Was haben sie gedruckt?«

»Machen Sie Witze?« Der Mann kreuzte ärgerlich die Arme. »Wollen Sie, dass mein Geschäft auch abbrennt?«

»Wer würde denn so etwas tun?«

Der Mann kniff die Augen zusammen. »Ich weiß nicht«, sagte er. »Woher soll ich das wissen?« Er zog theatralisch die Schultern hoch und drehte die Handflächen nach oben, als wolle er beweisen, dass sie leer waren und er nichts zu verbergen hatte. Thomas sah zu Joaquim hinaus. Er hat Angst vor mir, dachte er. Er glaubt, ich treibe ein falsches Spiel mit ihm. Aber welches?

»Der Artikel …«

»Auf Wiedersehen, Senhor«, unterbrach ihn der Mann, drehte sich um und begann, die Regale abzustauben.

»Joaquim«, sagte Thomas, als er aus der Tür trat, »weißt du, wo das Druckhaus für die Zeitung ist?«

Joaquim nickte.

»Führst du mich hin?«

Sie schleppten sich in immer brütenderer Hitze durch enge, gepflasterte Sträßchen. Die Bewohner suchten das kühle Innere ihrer Häuser auf, und die Straßen leerten sich.

Als Joaquim das verbrannte Skelett des Lagerhauses sah, stieß er einen lang gezogenen Pfiff aus.

»Hast du davon gewusst?«, fragte Thomas.

»Nein, Senhor«, antwortete Joaquim.

Thomas trat in das zerstörte Gebäude. Bei jedem Schritt erhoben sich Rußwolken und legten sich als dünner Film auf seine Hosen. Er wanderte ziellos durch den Schutt, trat knirschend auf gesplittertes Holz und stieg über verbogenes Metall. Wonach suchte er?

»O que você quer?« Die Stimme klang gut vernehmlich, aber wie von Rauch gedämpft durch die Trümmer.

Thomas zog den Kopf ein, als habe man ihn beim Stehlen ertappt. Nun ja, unbefugtes Betreten war es schließlich auch. Er ging auf den Besitzer der Stimme zu, einen kahlen Mann in den Vierzigern, der sich den Schweiß von der Stirn wischte. Seine Haut war schlaff, als hätte er kürzlich an Gewicht verloren, sie hing faltig unter seinem Kinn, und die Hosen an den Hosenträgern waren lasch wie Segel bei Flaute. Thomas fühlte sich an ein Faultier erinnert, das George mit zu wenig Füllmaterial ausgestopft hatte.

»Você fala Inglês?«, fragte Thomas. Ihm widerstrebte es, sich in seinem mangelhaften Portugiesisch zu unterhalten.

Der Mann verdrehte die Augen zur nicht mehr vorhandenen Decke. Er seufzte. »Ja. Was wollen Sie? Das hier ist Privatbesitz, verstehen Sie.«

»Was ist hier passiert?«

»Wie Sie sehen, ist das Gebäude abgebrannt.«

»Sind Sie der Besitzer?«

»Und wer sind Sie?«

»Verzeihen Sie. Mein Name ist Thomas Edgar. Ich habe gehört, was geschehen ist.«

»Dann muss ich es Ihnen nicht erklären«, sagte der Mann.

»Wissen Sie, auf wessen Konto das geht?«

»Natürlich. Auf das Konto eines Mann, dem nicht gefallen hat, was ich in meiner Zeitung gedruckt habe.« Er lachte bitter auf. »Sehen Sie, wozu es gut war. Jetzt habe ich gar keine Zeitung mehr.«

»Eine Frage, Sir. Könnte der Mann ... José Santos gewesen sein?«

»Nicht er selbst. Aber einer der vielen Männer, die er beschäftigt. Sie können in dieser Stadt keinen Schritt tun, ohne auf jemanden zu stoßen, der von Santos bezahlt wird.« Der Mann brach ab. Seine Hand fuhr an die Hüfte. Thomas begriff, dass er dort wahrscheinlich eine Pistole trug. »Warum fragen Sie mich das alles? Sie arbeiten auch für ihn, habe ich recht?«

»Nein, Sir, das kann ich Ihnen versichern. Ich bin mit Mr. Santos bekannt, aber ich arbeite nicht für ihn. Er hat eine Gruppe von Naturforschern finanziert, die Tiere und Pflanzen sammeln und nach England mitnehmen wollen, aber wir wissen überhaupt nichts über die Geschäfte dieses Herrn. Man sagt uns nichts. Ich bin nur in letzter Zeit selbst misstrauisch geworden und würde gerne, nein muss mehr herausfinden, Sir.«

»Hm. Sie sind Engländer? Das wird Ihnen in seinen Augen Respekt verschaffen. Woher soll ich wissen, dass er Sie nicht geschickt hat?« Sein Blick wanderte zu Joaquim, der das Interesse an dem für ihn unverständlichen Gespräch verloren hatte und sich in dem Durcheinander zu schaffen machte. Seine Hände waren schwarz, und sein sauberes Hemd hatte Flecken bekommen.

Thomas überlegte angestrengt, wie er beweisen konnte, dass er kein Feind war. Aber er hatte nichts zu bieten, keinen Beweis für seine Vertrauenswürdigkeit. »Ich gebe Ihnen mein Wort als Christ«, sagte er schließlich.

»Als Christ!«, wiederholte der Mann lachend. »Nun gut, wahrscheinlich hat das für manche Menschen noch eine Bedeutung.«

»Und außerdem … habe ich kürzlich amTapajós einen Freund von mir verloren. Ein gewisser Captain Arturo. Ich bin mir nicht ganz sicher, aber ich glaube, dass Santos für seinen Tod und den seiner Familie verantwortlich gewesen sein könnte. Sein Haus ist niedergebrannt.«

Etwas an seinem Gesichtsausdruck musste den Mann berührt haben. Seine Schultern entspannten sich, und er nickte traurig.

»Also gut, Senhor Edgar. Gott weiß warum, aber ich will Ihnen helfen, so gut es geht. Mir gefällt Ihr Gesicht. Es wird sicher mein Ruin sein.« Er zog eine Grimasse und streckte Thomas die Hand entgegen. »Mein Name ist Rodrigues. Benedito Rodrigues. Kommen Sie lieber von der Straße weg in mein Büro.«

Während Rodrigues sprach, stand Thomas am Fenster und starrte auf den Fluss. Wolken ballten sich am Himmel, die ersten Nachmittagsschauer zogen über die Stadt. Die Geier, die eine Stelle am Dock umkreist hatten, brachen ihr Karussell ab und flogen davon. Im Hafen lag ein mächtiges Dampfschiff, von dem die Arbeiter, unter ihrer sperrigen Bürde schwankend, in aller Eile Lasten entluden, um dem nahenden Regen zu entgehen.

Im Zimmer wurde es dunkel. Rodrigues lehnte sich zurück und legte die Stiefel auf den Tisch. Er verschränkte die Hände hinter dem Kopf. Unter seinen Achselhöhlen erschienen zwei dunkle, tellergroße Schweißflecke.

Er erzählte Thomas von einem Mann, einem Amerikaner, der ihn aufgesucht und gebeten hatte, eine Anzeige in die Zeitung zu setzen, in der er nach Zeugen für die Behandlung der von Santos beschäftigten Indianer am oberen Flusslauf bei Iquitos suchte. Anscheinend standen dort alle in Santos' Sold, und niemand wollte mit ihm sprechen. Der Mann, er hießt Roberts, war hergeschickt worden, um den Bau einer Eisenbahnstrecke durch das Amazonasgebiet zu beaufsichtigen; der Schienenweg verlief quer durch Santos' Land, und in Iquitos hatten er und ein Begleiter sich mit einem von Santos' Männern angefreundet. Der Mann hatte sie in den Urwald mitgenommen und ihnen die Arbeitsweise der Zapfer am Putumayo gezeigt. Dort hatten sie die schrecklichsten Gräueltaten an indianischen Arbeitern erlebt. Als sie sich ihr Entsetzen darüber anmerken ließen, wurden sie ausgeraubt, verprügelt und eingesperrt. Selbst die Polizei stand unter Santos' Einfluss.

Thomas krampfte sich beim Zuhören der Magen immer mehr zusammen. Als Rodrigues die Inhaftierung der Männer erwähnte, riss er sich vom Anblick des Flusses los.

»Ja, Mr. Edgar, Sie müssen sehr, sehr vorsichtig zu Werke gehen. Wenn Santos von den Fragen, die Sie gestellt haben, Wind bekommt, sind Sie in großer Gefahr.«

»Aber nein«, widersprach Thomas. »Er würde es nie wagen, mir Schaden zuzufügen. Die britische Regierung würde das nie zulassen.«

»Und dennoch lässt sie zu, dass Tausende von Indianern verstümmelt und ermordet werden. Sie wissen nicht, wozu er fähig ist. Die Männer, die er beschäftigt … er lässt sie Amok laufen. Sie erhalten keinen Lohn, sondern eine Provision vom Kautschuk, deshalb treiben sie die Indianer unbarmherzig an und bedrohen sie. Sie sind blutrünstig. Ich wollte Ihnen die Einzelheiten ersparen, aber vielleicht ist es besser, dass Sie sie kennen.«

Thomas holte tief Luft. »Ja. Fahren Sie fort.«

»Mr. Edgar. Sie binden sie an Bäume und schneiden ihnen die Gliedmaßen ab. Dann lassen sie sie verbluten. Die Frauen werden vor den Augen ihrer Kinder vergewaltigt. Babys werden ihren Müttern weggenommen und ihre Köpfe gegen Bäume geschmettert. Die Handelsgesellschaft erklärt, die Indianer seien Angestellte, aber sie sind Sklaven. Sie werden mit Gewalt zum Arbeiten gezwungen, und dann machen sie sie zu Schuldnern, indem sie ihnen Essen und Unterkunft geben und ihnen mehr dafür in Rechnung stellen, als sie verdienen. Wenn sie wegzulaufen versuchen, werden sie zum Zeitvertreib gejagt und gefoltert.«

»Aber das ist ja grauenhaft!«

»Ja, so ist es. Und Ihr Senhor Santos hat das alles zu verantworten.«

Thomas zerrte an seinem Kragen. Wie heiß es im Zimmer geworden war! Er stieß das Fenster auf und hielt seinen Kopf in den Regen. Er hatte gewusst, dass Santos mächtig war, aber er hatte geglaubt, die Menschen respektierten ihn wegen seines Wohlstands und nicht aus Angst.

Schließlich zog er den Kopf wieder zurück. Ein Gemisch aus Wasser und Schweiß lief ihm aus den Haaren, und als er sich das Gesicht trocken reiben wollte, brannten ihm die Augen.

»Warum können sie sich das erlauben?«

»Die Hälfte der Kautschuk-Barone sind nicht weniger üble Gesellen, und die anderen haben zu viel Angst vor Santos, um etwas zu unternehmen.«

»Warum dann die Anzeige?«

»Roberts versprach mir den Schutz der amerikanischen Regierung.« Er spuckte auf den Boden. »Er überzeugte mich davon, dass ich das Richtige tat. Sehen Sie, wie leichtgläubig ich bin? Ich dürfte nicht einmal mit Ihnen darüber reden.«

»Senhor Rodrigues. Ich schreibe an die britischen Direktoren von Santos' Firma; sie müssen erfahren, was hier vor sich geht!«

Rodrigues lachte. Das bedeutete, wie Thomas inzwischen wusste, keineswegs, dass er sich amüsierte. »Und Sie glauben tatsächlich, dass die nicht längst Bescheid wissen? Denken Sie darüber nach, Senhor. Indianer! Billige Arbeitskräfte! Sie werden dabei schließlich immer reicher. Glauben Sie wirklich, die Herren wollen so etwas von Ihnen hören?«

»Dann sage ich es der Regierung.«

»Sie wollen einfach nicht verstehen, Mr. Edgar. Sie sind tot, bevor Sie irgendetwas weitersagen können. Santos kontrolliert alles in dieser Stadt. Jeder Brief, der an die englischen oder amerikanischen Behörden adressiert ist, wird abgefangen. Man wird Sie umbringen. Das Einzige, was Sie tun können, ist den Mund halten, bis Sie diese Stadt weit hinter sich gelassen haben.«

»Und was ist mit Ihnen? Haben Sie keine Angst?«

»Natürlich habe ich Angst. Sie haben mich ruiniert. Das war nur eine Warnung. Wenn ich irgendetwas anderes versuche – oder Santos auch nur kritisiere –, bin ich Futter für die Piranhas. Aber sehen Sie dieses Schiff dort? In drei Tagen läuft es aus – mit mir. Ich fahre nach Portugal.«

»Und dieser Roberts? Sie sagen, er und sein Freund wurden verhaftet?«

»Ja. Sie haben sie nicht umgebracht. Das können sie noch nicht riskieren; die Eisenbahn ist für sie zu wertvoll. Im Moment kann man zwischen Santos, dem Raubüberfall und der Verhaftung noch keine Verbindung herstellen. Roberts ist es gelungen, sich durch Bestechung freizukaufen – fragen Sie mich nicht, wie –, und er hat gedacht, dass er in Manaus Beweise gegen Santos sammeln könnte. Aber alle, mit denen er sprach, weigerten sich, vor einem Anwalt etwas Schriftliches zu unterzeichnen. Und die Anwälte hier stehen vermutlich auch auf Santos' Lohnliste.«

»Aber er hat Leute gefunden, die mit ihm geredet haben? Wissen Sie, wen?«

»Er hat ihnen Vertraulichkeit zugesichert, deshalb kann ich Ihnen nicht helfen. Ich weiß nur von einem Zimmermann namens Assis, der eine Zeit lang in Iquitos für Santos gearbeitet hat. Aber ich weiß nicht, wo Sie ihn jetzt finden würden.«

»Und Roberts? Wo ist er jetzt?«

»Ich habe ihm davon abgeraten, aber er ist nach Iquitos zurückgekehrt, um seinen Kollegen zu befreien.«

»Ist das klug?«

»Er wird dort nicht lebendig ankommen.«

Die Sonne brannte vom Himmel, und ihr grelles Licht wurde von dem nassen Straßenbelag zurückgeworfen. Thomas, der mit langsamen Schritten in seine Unterkunft zurückging, hielt sich schützend die Hand vor die Augen. Was konnte er tun? Mehr als alles in der Welt wollte er seinen Schmetterling, bevor er zurückkehrte. Manchmal schien er zum Greifen nahe, manchmal sank er ins Reich der Gerüchte oder gar der Legenden zurück. Aber heute schämte er sich seiner kleinlichen Besessenheit. Santos war der Schlüssel zur Entdeckung des Schmetterlings, aber wie konnte er sich einem Mann verpflichten, der solche Verbrechen auf dem Gewissen hatte? Hatte damit nicht auch er, Thomas, Blut an den Händen? Doch was konnte er dagegen unternehmen? Santos oder Antonio zur Rede stellen war gefährlich. Konnte er sich einfach davonstehlen? Das erste Schiff nach Europa nehmen? Die Vorbereitungen dazu würden eine gewisse Zeit dauern, denn er hatte nicht genug Geld bei sich und würde sich in England eine Fahrkarte beschaffen lassen müssen. Und was würde er mit seiner Flucht erreichen? Er konnte zur Regierung gehen und sie über die Behandlung der Indianer informieren, aber welche Beweise hatte er denn? Und würden sie ihn überhaupt ernst nehmen? Vor nicht allzu langer Zeit hatten die Briten alle möglichen Eingeborenen in ihren Kolonien versklavt. Sie würden ihn als wichtigtuerischen Weltverbesserer abstempeln, als Wissenschaftler, der sein Ziel verfehlt hatte.

Er konnte nur eines tun: ins Lager zurückgehen und die anderen davon überzeugen, dass es Zeit war, nach Hause zurückzukehren, ohne seine Gründe zu verraten. Wenn einer von ihnen Santos gegenüber Thomas' Ängste erwähnte, waren sie wahrscheinlich alle erledigt.

Joaquim, der neben ihm lief, passte sich seinem langsamen Tempo an. Er hatte sich die mit Ruß beschmierten Hände an den Shorts abgewischt, und das sah man ihnen auch an. Thomas streckte den Arm aus und legte dem Jungen eine Hand auf die Schulter. Joaquim zuckte zusammen, wich aber nicht aus, und Thomas nahm die Hand nach einem freundschaftlichen Klaps wieder weg.

Vor einem Hotel sah er eine bekannte Gestalt, die gerade die Treppe zur Straße herunterkam – Miss Lillie. Sie wurde nicht von einem, sondern gleich von drei Männern begleitet, die ihr alle behilflich sein wollten. Einer hielt ihr den Sonnenschirm über den Kopf. Thomas versuchte, ihr unauffällig auszuweichen, aber Lillie entdeckte ihn sofort.

»Monsieur Edgar!«, rief sie. »Welch eine erfreuliche Überraschung! Schon so bald von Ihren Reisen zurück?«

Thomas heuchelte Wiedersehensfreude. »Miss Lillie. Wie schön, Sie zu sehen.«

Sie hielt ihm die Hand hin, und er ergriff sie, unsicher, ob er sie schütteln oder küssen sollte. Schließlich drückte er sie leicht und verbeugte sich.

»Und Ihre Begleiter? Dr. Harris? Ist er bei Ihnen?«

»Nein, ich bin allein zurückgekommen.«

»Senhor Santos?«

»Auch noch oben am Fluss. Ich muss Sie enttäuschen.«

»Oh nein«, versicherte sie, aber ihr Lächeln wirkte gezwungen. Ihre drei Begleiter standen stumm daneben und sahen Thomas von oben herab an. Lillie musste Thomas' Nervosität bemerkt haben, denn sie drehte sich zu den Männern um und sagte: »Würden Sie uns einen Moment entschuldigen, Gentlemen?«

Die drei murmelten etwas Zustimmendes und entfernten sich ein paar Schritte.

»Man scheint Sie hier sehr zu schätzen«, sagte Thomas, so herzlich er konnte.

»Das habe ich Senhor Santos zu verdanken. Er hat mich mit seinem Schutz beehrt, und jedermann in dieser Stadt will, was Senhor Santos hat. Ich bin nun das gesuchteste Mädchen in Manaus.«

Und das teuerste, möchte ich wetten, dachte Thomas. Das Sonnenlicht brachte ihr rotes Haar vorteilhaft zum Leuchten, und auf ihrem blassen Gesicht zeigten sich noch mehr Sommersprossen als zuvor, eine Auswirkung der tropischen Sonne vermutlich. Ihre Nasenspitze war leicht gerötet.

Sie bat Thomas um eine Zigarette. Zum Anzünden zog sie ihren Handschuh aus, und er bemerkte zwei pfenniggroße braune Male auf ihrem Handrücken.

»Haben Sie sich verbrannt?«, fragte er.

Lillie wandte den Blick ab, und Thomas machte sich Vorhaltungen. »Verzeihen Sie.«

»Nein, es ist schon gut. Diese Flecken waren einfach eines Tages da, ich habe sie auch anderswo.« Mit der freien Hand zog sie ihr Kleid am Hals ein Stückchen nach unten und entblößte eine weitere Stelle. »Ein Spitzenkragen in dieser Hitze! Ich bin töricht, ich weiß, aber ich kann mich doch so nicht sehen lassen.«

»Waren Sie bei einem Arzt?«

»Nein. Wenn ich ehrlich bin, habe ich Angst davor. Wenn etwas mit mir nicht stimmt, möchte ich es lieber nicht wissen. Es gibt hier so viele Todesfälle, Monsieur Edgar. Niemand spricht davon. Man führt ein so angenehmes Leben, alle tun, als wären sie glücklich. Aber dieser Ort stinkt nach Tod. Madame da Silva ist vor zwei Wochen gestorben. Cholera.«

Thomas erinnerte sich an Senhora da Silva, die scharfzüngige Frau im Club, und an ihre raschelnden Röcke. Unwillkürlich wich er einen Schritt zurück. Lillie lachte leise.

»Sie werden sich ganz gewiss bei mir nicht anstecken.« Sie inhalierte tief und langsam. Der Rauch quoll aus ihrem Mund und legte sich wie ein Schleier vor ihr Gesicht. Sie wedelte ihn weg. »Ich würde von hier weggehen, aber was soll ich in Paris? Hier werde ich wie eine Königin behandelt. Dort war ich nur eine Kurtisane. Oh, ich bringe Sie in Verlegenheit.«

Thomas musste ihr recht geben. Er war es nicht gewohnt, dass eine Frau so offenherzig über diese Dinge sprach. Andererseits war gar nichts in seinem Leben mehr, wie es einst gewesen war.

»Werden Sie Dr. Harris bald wiedersehen?«

»Ja, schon bald, nehme ich an.«

»Würden Sie ihm Grüße von mir bestellen? Sagen Sie ihm …« Sie errötete. »Sagen Sie ihm, er kann sich glücklich schätzen, Senhor Santos zum Freund zu haben. Und dass wir uns bald sehen werden.«

Thomas verschränkte die Hände hinter dem Rücken. »Warum sagen Sie das?« Wie viel wusste sie?

Lillie lachte. »Dr. Harris ist verliebt in mich, Monsieur Edgar. Das haben Sie doch sicher gewusst.«

Er hatte es in der Tat gewusst, aber der Gedanke war ihm unangenehm gewesen, denn Frauen wie sie liebte man nicht. Er war sich nicht einmal sicher, ob Ernie zu einem so erhabenen Gefühl überhaupt fähig war. Der Doktor war so sehr eins mit seinem Körper, missbrauchte ihn, nahm ihn als Mittel zum Genuss – und achtete nicht einmal darauf, ob jemand ihn dabei sah. Liebe war das, was Thomas für Sophie empfand, nicht das, was ein Mann wie Ernie für eine Frau wie Lillie fühlte. Ihn überlief ein Schauder. Er hatte Ernie in ihrer ersten Zeit in Brasilien so bewundert und sich von ihm vielleicht zu sehr beeindrucken lassen.

»Monsieur? Geht es Ihnen gut?«

»Ja, ich … ich hatte nicht darüber nachgedacht. Aber was hat das mit Mr. Santos zu tun?«

Sie legte den Kopf schief und musterte ihn. Ihre Augen lagen im Schatten der ausladenden Hutkrempe. »Ohne Senhor Santos könnte sich Ihr Freund mich niemals leisten.«

Sie schnipste den Zigarettenstummel in den Rinnstein und zog den Handschuh wieder an.

»Es war sehr nett, Sie zu sehen«, sagte sie. »Au revoir.«

Thomas erreichte das Haus mit Joaquim gerade noch rechtzeitig, bevor der Regen wieder einsetzte. Er ging sofort auf sein Zimmer und legte sich hin; er wurde immer noch schnell müde, aber heute hatte ihm außerdem die Hitze zugesetzt, und er brauchte Ruhe, um zu verdauen, was er erfahren hatte.

Sein Blick folgte dem trägen Kreisen des Ventilators. Vor ihm tauchten Bilder von verkrüppelten Gliedmaßen auf; er dachte an die Narben, die ihm bei zwei Arbeitern im Lager am Rio Negro aufgefallen waren. Damals hatte er sich über sie gewundert und gehofft, sie seien Bestandteil eines Stammesrituals, aber jetzt kannte er die Wahrheit. Er hatte die mit vernarbten Wülsten überzogenen Rücken gesehen – wie viele waren nicht geheilt, sondern brandig geworden?

Und Santos. Der Mann hatte Thomas seine grausame Ader sehen lassen, aber vorläufig war kein Schaden entstanden. Am oberen Flusslauf geschahen so viele schreckliche Dinge. Und doch – wie ließ sich die Großzügigkeit seines Gönners gegenüber Thomas und seinen Kollegen mit den Grausamkeiten vereinbaren, die er sich nur vorstellen konnte?

Er sollte seine Vermutungen aussprechen, Santos zur Rede stellen. Seine britische Staatsbürgerschaft würde ihn bestimmt schützen. Aber wenn nicht?

Ich bin ein Feigling, dachte er.

Ein leises Klopfen an der Tür holte ihn aus seinen Überlegungen. Antonio trat mit einem Teetablett ein. Das war ungewöhnlich, denn er bediente sonst nie, sondern gab in der Regel Befehle.

»Sie hatten einen guten Morgen, hoffe ich?« Er stellte den Tee auf den Schreibtisch.

»Ja«, erwiderte Thomas argwöhnisch.

»Und was haben Sie gemacht?«

»Gemacht? Oh, ich bin nur etwas spazieren gegangen, habe mir das Opernhaus angesehen und Ähnliches.«

»Großartig, nicht wahr, Sir?« Antonio goss Tee in eine Tasse und reichte sie Thomas. »Haben Sie jemanden gefunden, mit dem Sie sich unterhalten konnten?«

»Nur eine junge Dame. Eine Freundin von Dr. Harris.«

»Ah ja. Ich dachte mir schon, dass ich Sie gesehen habe. Vor dem Hotel.« Thomas verbrannte sich beim ersten Schluck die Lippen. Interessant. Antonio war ihm also gefolgt. Er sah zu ihm hinüber, und ihre Blicke trafen sich.

»Ja, das kann sein«, sagte Thomas nach einer Weile. Er hielt Antonio die Tasse hin, selbst überrascht, wie ruhig seine Hand war. »Könnte ich noch etwas Milch bekommen?«

»Wissen Sie«, sagte Antonio, während er die Tasse zurückreichte, »Sie sollten sich gut überlegen, mit wem Sie sprechen.«

»Ah?« Thomas versuchte, den Anschein zu erwecken, als konzentriere er sich ganz auf seinen Tee. Er würde sich nicht aus der Deckung wagen. Wenn Antonio wusste, dass er mit Rodrigues gesprochen hatte, würde er es sich nicht anmerken lassen, dass er ihn durchschaute.

»Ich meine nur ...« Antonio lachte glucksend. »Diese Frauen. Sie nehmen Ihnen all Ihr Geld ab, wenn Sie nicht aufpassen.«

»Danke, ich glaube, das wird mir nicht passieren, Antonio. Vielen Dank für den Tee.«

Antonio verbeugte sich leicht. Seine Augen waren kalt.

Zum ersten Mal fiel Thomas auf, wie schwarz Antonios Augen waren, schwarz wie Teer. Zwischen Pupille und Iris war kein Unterschied auszumachen. Der Brasilianer ließ seine Zunge wie ein Messer hervorschnellen und fuhr sich über die Lippen. »Das Abendessen wird um vier Uhr serviert, Sir.«

Am nächsten Tag wusste Thomas, was er zu tun hatte. Er schrieb einen Brief an Mr. Roberts, den Amerikaner, von dem Rodrigues gesprochen hatte. Unschlüssig, wie er ihn formulieren sollte, sah er lange in den Garten hinaus, wo zwei Schwarze hockten und Unkraut jäteten, das sie in einer Schubkarre wegbrachten. Schließlich entschloss er sich zu möglichst einfachen Worten. *Ich würde gerne mit Ihnen sprechen und die Möglichkeiten erörtern, wie ich Ihnen bei Ihrer Untersuchung helfen kann.*

Danach ging er nach unten ins Speisezimmer, wo das Frühstück auf ihn wartete, traf aber niemanden an. Mit einem Brötchen in der Hand, das er unterwegs essen wollte, machte er sich auf den Weg.

Den Weg zum Druckhaus fand er ohne Schwierigkeiten. Er hatte ihn sich gut eingeprägt, und als er in die Nähe kam, wehte ihn der Geruch nach Asche und Ruß an. Vielleicht würde Rodrigues wissen, wie er Roberts den Brief zukommen lassen konnte. Natürlich musste er darauf gefasst sein, dass er Roberts nicht mehr helfen konnte, denn womöglich war der Amerikaner inzwischen wieder im Gefängnis oder tot.

Die Tür zu Rodrigues' Wohnhaus stand offen. Thomas nahm einen Geruch wahr, den er nicht einordnen konnte – widerlich süß, mit Spuren von etwas Metallischem und Kerzenwachs. Beim Hochsteigen ließ er die Finger über das Treppengeländer gleiten und fühlte körnigen Staub. Er nahm die Hand weg; sie war schwarz vom Ruß, der aus der Ruine jenseits der Straße hereingeweht war.

Oben angekommen, klopfte er an die geschlossene Tür. Nichts. Er klopfte lauter. Das Geräusch schien anzuschwellen und gleich darauf von den Wänden verschluckt zu werden. Die Tür war nicht verriegelt, deshalb stieß er sie auf und ging hinein.

Rodrigues lag mit dem Gesicht nach unten auf dem Fußboden vor seinem Schreibtisch. Er trug noch dieselbe Weste mit Seidenrücken wie gestern, deren Muster wie ein Wasserzeichen schillerte. Um ihn verstreut lagen Papiere und ein zerbrochenes Tintenfass. Er war nicht kampflos gefallen.

»Senhor Rodrigues?«

Der Mann bewegte sich nicht, und Thomas trat zögernd näher. Ihm war übel. Er trat in die Tinte, und ein Blatt Papier klebte an seinen Sohlen fest. Ein Teil von ihm wollte nur noch weglaufen, aber er zwang sich zu bleiben. Er ging in die Hocke und berührte Rodrigues' Hand, die zusammengerollt wie eine verwelkte Blume am Boden lag. Kalt. Thomas zog abrupt die Hand weg. Auf dem Daumen des Mannes war ein dunkler Fleck zurückgeblieben. Thomas schloss die Augen. Er sollte lieber verschwinden. Rodrigues war tot, daran ließ sich nichts mehr ändern. Er konnte nichts mehr für ihn tun. Und dennoch veranlasste ihn irgendetwas – ein innerer Drang? Anstand? Morbide Neugier? – dazu, die Augen wieder zu öffnen und sich dichter über den Körper zu beugen.

Auf den Blättern unter Rodrigues' Gesicht sah er Blutflecken. Und noch etwas, das aussah wie blasser Honig, der hart geworden und kristallisiert ist. Thomas erkannte den Geruch von vorhin: Bienenwachs. Er hörte sich einen erstickten Schrei des Entsetzens ausstoßen. Das Wachs war aus den Ohren gelaufen und über das Gesicht auf den Boden getropft. Thomas kratzte an einem geronnenen Tropfen. Ein Stückchen Wachs blieb unter seinem Fingernagel hängen.

Wer hatte das getan? Jemand hatte Rodrigues heißes Wachs in die Ohren gegossen, hatte ihn gefoltert und ihm dann eine Kugel in den Kopf gejagt. Noch etwas an seinem Gesicht war seltsam. Thomas fasste an Rodrigues' Stirn und drehte den Kopf. Der Kopf war schwer wie ein Anker und das Gesicht von Tinte verschmiert. An den Wangen klebte Blut, das aus vielen kleinen Stichwunden um Rodrigues'

Mund gesickert war. Jemand hatte ihm Zwirn kreuz und quer über die Lippen genäht, um ihm den Mund zu verschließen.

Thomas ließ den Kopf abrupt los und rannte aus dem Zimmer. Die Übelkeit übermannte ihn, und er erbrach sich in einem Schwall, der ihm über Brust und Bauch lief.

Kapitel 11

Richmond, Juni 1904

Die Nachricht von Agathas und Robert Chapmans indiskretem Benehmen hat sich binnen Tagen in der ganzen Stadt verbreitet. Sophie hört, wie Nancy Sutton es Mrs. Silver weitererzählt, und als Agatha ihren Besuch ankündigt, überlegt sie, wie sie das Thema anschneiden könnte. Als hätte sie mit Thomas noch nicht genug Sorgen! Aber Agatha ist ihr wichtig. Sie darf sich ihren Ruf nicht ruinieren und riskieren, von der ganzen Stadt geschnitten zu werden, nicht in dieser Phase ihres Lebens. Vielleicht ist es noch nicht zu spät, und sie kann ihre Freundin zur Vernunft bringen.

Als sie im Garten sitzen, plaudert Agatha über ihre Idee, einen Hutsalon zu eröffnen und die phantastischsten Hutkreationen zu entwerfen. Die Damen werden den weiten Weg aus London nicht scheuen – alle Welt wird über sie reden. Sie hat Sophie nicht einmal gefragt, wie es Thomas geht. Selbstsüchtiges Mädchen. Selbstsüchtiges, verantwortungsloses, dummes Mädchen. Sie hat es tatsächlich geschafft, dass alle Welt über sie redet, aber nicht wegen ihrer Hüte. Agatha scheint Sophies Schweigen und ihre unfreundlichen Gedanken nicht zu bemerken und erzählt munter weiter, und Sophie muss dem Impuls widerstehen, ihr die Hand über den Mund zu legen, damit sie endlich nur noch das Rauschen des Windes im Pflaumenbaum und den Gesang der Amseln hört.

Doch dann ist Agatha plötzlich still und steht auf. Sie schließt die Augen und hält das Gesicht genießerisch in die Mittagssonne. In dieser Haltung spricht sie weiter.

»Du errätst es nie!« Sie öffnet die Augen, schaut aber Sophie nicht an, die schweigend wartet. Aber Agatha hat den Kopf gesenkt und lächelt verlegen.

»Und?« Sophies Ungeduld ist kaum noch zu übertreffen; sie ist nahe daran, ihre Freundin wegzuschicken.

»Robert hat mir einen Antrag gemacht.«

Sophies Hand fährt zur Brust. Das hat sie nicht erwartet. »Aber Aggie, das ist ja wunderbar!« Jetzt wird alles wieder gut werden. Er wird sie heiraten, und ihre Ehre ist wiederhergestellt.

Agatha verzieht das Gesicht und lässt sich schwer auf die Bank fallen.

»Na ja, ich mag ihn, aber das heißt noch nicht, dass ich ihn auch heiraten will.«

»Warum nicht, um Himmels willen?«

»So sehr mag ich ihn nun auch wieder nicht.«

Sophie packt Agatha mit beiden Händen am Arm. Am liebsten würde sie sie schütteln. »Aber wenn du mit ihm verlobt wärst, würden die Leute … deine Situation … leichter akzeptieren.« Begreift sie das nicht? Warum ist sie so stur?

»Unsere Affäre, meinst du? Du musst nicht um den heißen Brei herumreden, Sophie, wir sind beide erwachsen.«

Sophie streicht sich ihre Röcke glatt. Unbesonnenes Mädchen. Sie muss irgendwann heiraten, und wenn sie Robert mag, kann es ebenso gut er sein. Sie steht auf. Für so etwas hat sie keine Zeit – sie hat eigene Sorgen. Von Lügen und Geheimnissen hat sie genug.

»Du missbilligst mein Verhalten, nicht wahr?«

Sophie seufzt. »Ja, das ist wohl manchmal so.«

»Ich wusste es. Neulich Abend im Theater warst du wütend auf mich.«

»Ich weiß nicht. Nein. Ja. Doch, schon. Mr. Chapman hat über uns gelacht. Und du hast es nicht für nötig befunden, deine Gefühle für ihn zu verstecken.«

»Über euch gelacht? Das stimmt nicht.« Zornig stampft Agatha auf. »Manchmal kannst du so …«

»So … ? Ich höre?« Sophie steht so dicht vor ihr, dass ein Schatten über Agathas Gesicht fällt.

»Egozentrisch sein. Und überempfindlich.«

»Ich bin nicht egozentrisch! Um *dich* habe ich mir Sorgen gemacht! Jeder weiß jetzt über euch beide Bescheid. Ganz Richmond tratscht über dich. Was hast du dir bloß gedacht?«

»Ach, zum Teufel damit, was die anderen denken!«, sagt Agatha. »Wenn ich mit jemandem verheiratet wäre, würde sich niemand etwas daraus machen, dass ich eine Affäre habe. Man würde es von mir erwarten. Aber nein. Alle sind völlig …« Sie hebt in gespieltem Entsetzen die Hände und fächelt sich mit einem imaginären Fächer Luft zu.

»Es geht nur um Diskretion«, sagt Sophie.

»Lügen meinst du? Geheimnisse haben? Wie Thomas und seine Geliebte?«

»Wie kannst du es wagen, so von ihm zu sprechen! Wie kannst du es wagen, sie auch nur zu erwähnen!«

»Warum? Damit du so tun kannst, als wäre nichts passiert?«

»Er ist mein Mann. Das geht dich nichts an.«

»Aber du gehst mich etwas an. Schau dich doch an! Du sitzt da wie ein Trauerkloß. Werde wütend auf ihn! Weine! Tu was! Wenn du es nur beiseiteschiebst und so tust, als wäre nichts, wirst du wie all die anderen Frauen enden, die verheiratet und unglücklich sind und keine Luft bekommen und ihre Tage damit verbringen, sehnsüchtig aus dem Fenster zu starren! Du wirst Gesellschaften geben, und ihr beide werdet kein Wort mehr miteinander sprechen. Und ihm wird es sicher nicht besser gehen.«

»Wie kannst du das behaupten? Ich versuche doch alles. Ich … versuche … alles.« Jetzt kommen die Tränen, und sie sinkt auf der Bank zusammen. Agatha legt ihr die Hand auf die Schulter, aber sie schiebt sie mit einem heftigen »Nein!«

weg, als sei Agatha das Problem, als habe sie ihr das Herz zerrissen. Aber Agatha gibt nicht auf, lässt sich nicht wegschieben. Als sie es noch einmal versucht, lässt sich Sophie in ihre Arme fallen und schluchzt, bis ihr die Brust schmerzt und Agathas Kleid und Haare nass sind. Aber sie weiß, dass Agatha ihr das nicht übel nimmt.

Diesmal weint sie um sich selbst, um Thomas' Untreue, sein Schweigen und was das für sie bedeutet. Sie weint um das Leben, das sie für selbstverständlich gehalten hat und das ihr genommen wurde. So bleiben sie minutenlang sitzen, bis Sophie spürt, wie das Brennen in ihr nachlässt und ihr Atem sich beruhigt. Auch von Tränen hat man nur eine begrenzte Menge, denkt sie. Wenn man noch länger so verzweifelt weinen würde, könnte der Körper irgendwann explodieren. Und Agatha hat recht, sie ist in eine Art Starre verfallen, genau wie er. Seine Krankheit droht sie aufzusaugen und auch ihr Leben in dunkles Grau zu tauchen, und das darf sie nicht zulassen.

Sie löst sich von der Schulter ihrer Freundin und wischt sich die Augen. Als sie zum Haus hochschaut, sieht sie, wie sich hinter Thomas' Fenster ein Schatten bewegt. Soll er es ruhig sehen, denkt sie.

Sie bleiben noch eine Weile ruhig sitzen, dann drückt Agatha ihr die Hand.

»Mein Liebling, es tut mir leid. Ich wollte solche schrecklichen, verletzenden Dinge nicht sagen, aber du warst …«

»Schon gut«, unterbricht Sophie ihre Entschuldigung. »Ich weiß. Ich habe über dich geurteilt, dabei sollte ich selbst einen Blick in den Spiegel werfen. Mir tut es auch leid. Dieses Gerede über Diskretion. Es ist unwichtig, was die Leute denken.« Dabei fällt ihr ein, wie sie an jenem Tag zu Captain Fale gelaufen ist, und sie windet sich innerlich. Sie war alles andere als diskret gewesen.

Aber sie war außer sich, war nicht sie selbst. Wie leicht es ist, das eigene Verhalten zu entschuldigen.

»Ich weiß, dass es dir schwergefallen ist, Thomas mit in die Öffentlichkeit zu nehmen«, sagt Agatha. »Und dieser Zwischenfall auf der Treppe…«

»Oh. Erinnere mich nur nicht daran.« Sophie schlägt die Hände vors Gesicht.

»Aber verstehst du nicht, wie gut das war, Bär? Es ist gut, dass er so wütend geworden ist. Robert hat später gesagt, dass er gedacht hatte, Thomas würde dem Mann einen Kinnhaken verpassen.«

»Und du glaubst, das ist gut? Jetzt ist es noch schlimmer geworden! Die ganze Stadt glaubt, dass er verrückt ist. Mein Vater wird davon erfahren und in Kürze hier auftauchen, um Thomas in eine Anstalt für gefährliche Geisteskranke einweisen zu lassen.«

»Ach was. Thomas würde keiner Fliege etwas zuleide tun.«

»Das weiß ich. Aber andere Leute nicht. Sie glauben, dass er nicht für mich sorgen kann.«

»Du musst aufhören, dich um die Meinung der Leute zu kümmern. Er kann immer noch arbeiten, und deshalb kann er auch weiter für dich sorgen.«

Sophie verschränkt die Arme. »Immer noch arbeiten? Er kann nur arbeiten. Er sitzt den ganzen Tag in seinem Zimmer. Manchmal verschwindet er in den Park – wahrscheinlich sollte ich froh sein, dass er dazu wieder kräftig genug ist, aber mir kommt es vor, als lebe ich mit einem Geist. Das stelle ich mir nicht unter Für-mich-Sorgen vor.«

Aber Agatha hat wie üblich recht. Sie sollte aufhören, sich um die Meinung der Leute so viele Gedanken zu machen. Das lenkt sie nur von der Beschäftigung mit den wirklich wichtigen Fragen ab: Thomas' Krankheit, seine Untreue und ob sie ihm so von Herzen verzeihen kann, dass sie bereit ist, ihm zu helfen.

»Du hast sicher recht«, sagt Agatha. »Aber es war trotzdem richtig, dass du ihn mitgenommen hast. Wirst du es wieder tun?«

»Ich weiß nicht, ob ich das ertrage. Die mitleidigen Blicke in der Kirche waren schon schlimm genug. Aber ich habe eine neue Idee, wohin ich ihn bringen könnte. Hoffentlich hilft es.«

»Gut! Siehst du, es ist viel besser, wenn du ihm zu helfen versuchst, als wenn du ihn im Bett verrotten lässt. Was hast du vor?«

»Ich habe an seinen Freund aus Kew geschrieben, er heißt Mr. Crawley. Die Antwort ist heute früh gekommen. Wir werden ihn heute Nachmittag treffen.«

»Viel Glück«, sagt Agatha. »Ich muss zu Robert und mit ihm über diesen albernen Antrag reden. Sind wir noch Freundinnen?«

Sophie lächelt. Der Optimismus ihrer Freundin ist entwaffnend. »Natürlich sind wir das.«

Liebe Mrs. Edgar,

Ihr Brief hat mich schockiert. Bisher hat mir niemand vom Zustand Ihres Mannes berichtet. Ich wusste nicht einmal, dass er überhaupt schon zurückgekehrt ist. Ich habe Mr. Ridewell seit einiger Zeit nicht mehr gesehen und auch nicht gehört, ob Thomas' Begleiter wieder da sind. Kommen Sie mich unbedingt mit ihm besuchen. Ich würde ihn sehr gerne sehen. Wir könnten mit ihm ins Palmenhaus gehen, wo er sich zu Hause fühlen wird – man findet, wie Sie wissen, in England keinen Ort, der dem Regenwald ähnlicher ist. Das Erlebnis könnte ihm vielleicht helfen, und wir könnten herausfinden, was mit ihm geschehen ist, und ihn wieder zum Sprechen bringen. Ihre Nachricht hat mich sehr traurig gemacht. Ihr Gatte ist ein kluger und interessanter junger Mann, dessen Bekanntschaft mir sehr am Herzen liegt. Bitte besuchen Sie mich heute um 14 Uhr. Kommen Sie einfach an das vordere Tor, ich werde Sie dort abholen.

Peter Crawley

Thomas lässt kein Widerstreben erkennen, als sie ihm von ihrem Plan erzählt, und sie fasst Mut. Er wirkt nicht gerade begeistert, aber er legt seine Gerätschaften hin wie ein gehorsames Kind und erlaubt ihr, ihm in Mantel und Hut zu helfen.

Sie gehen den Hügel hinunter zur Bahnstation und nehmen den Vorortzug nach Kew. Es ist ein Weilchen her, dass sie zusammen Zug gefahren sind, und der Geruch der Bremsen und die stickige Luft im Abteil erinnern Sophie an die erste Zeit ihrer Bekanntschaft. Sie ergreift Thomas' Hand, aber die fühlt sich an wie eine leblose Qualle. Dennoch lässt sie sich nicht entmutigen, sondern fährt mit den Fingern die glänzenden Schwielen und Narbenhöcker nach. Dabei blickt sie aus dem Fenster auf die Welt, die an ihnen vorüberzieht. Alles sieht so normal aus: Passagiere, die aus den Omnibussen aussteigen, junge Frauen beim Einkaufen mit ihren Müttern, Männer mit Strohhüten und gestreiften Jacketts.

Peter Crawley sieht ganz anders aus, als sie ihn sich vorgestellt hat, er hat nichts von einem Käfer. Er hat schmale Schultern und spindeldürre Arme und Beine, aber unter den Knöpfen seiner Jacke wölbt sich ein Bäuchlein, das Sophie an Fotografien von Eingeborenen in fernen Ländern erinnert, deren durch Unterernährung aufgeblähte Bäuche in einem fast komischen Missverhältnis zu ihrem restlichen Körper stehen. Sein schütteres Haar fällt in braunen Locken um ein scharf geschnittenes Gesicht; Nase und Kinn sind auffällig nach unten gebogen. Hinter einem Drahtgestell mit runden Brillengläsern funkeln kleine schwarze Augen. Mr. Crawley hat die Zähne zusammengebissen und verzieht die Lippen zu einem gezwungenen Lächeln, das seine Sorge um Thomas nicht kaschieren kann.

Mühsam reißt er den Blick von Thomas los und begrüßt Sophie.

»Mrs. Edgar.« Er nickt ihr zu, schüttelt ihr aber nicht die Hand. Stattdessen ergreift er Thomas' Hand und legt ihm die andere auf die Schulter. »Mein guter Freund«, sagt er. »Was ist aus dir geworden, hm? Was haben sie nur mit dir gemacht?«

Sophie ist bestürzt über seine Direktheit, aber auch froh darüber. Zu lange haben die Leute – sie selbst eingeschlossen – Thomas mit Samthandschuhen angefasst und das Problem nicht direkt angesprochen, als würde es aufhören zu existieren, wenn sie es nur ignorierten. Aber sie hätte nicht überrascht sein dürfen. Peter ist ein guter Freund von Thomas. Sie kannte ihn nicht persönlich, aber Thomas hatte immer mit großer Wärme und Bewunderung von ihm gesprochen.

Thomas kann seinem Freund nicht in die Augen sehen.

»Kann er mich hören?«, fragt Mr. Crawley Sophie.

»Ja, er kann Sie hören. Sie werden nur kaum eine Reaktion bekommen. Aber bitte versuchen Sie es.«

»Gut.« Mr. Crawley reibt sich die Hände. »Treten Sie ein.« Er führt sie durch das Tor. »Ich habe genau den richtigen Ort für uns.«

Über ihnen glänzt ein hoher, weißer Himmel. Das Palmenhaus wölbt sich vor ihnen wie der umgedrehte Rumpf eines Ozeandampfers. Männer und Frauen promenieren über die geschwungenen Wege; die Frauen lassen bunte Sonnenschirme kreiseln, und die Männer schwingen überflüssige, aber modische Spazierstöcke.

Alle drei hüllen sich in Schweigen, und Sophie verspürt den Wunsch, es mit Gewalt zu brechen. Aber sie tut es dann doch auf sanfte Weise, indem sie sich an Mr. Crawley wendet.

»Ich freue mich so, Sie endlich kennenzulernen«, sagt sie. »Thomas hat mir so viel von Ihnen erzählt. Wie freundlich Sie zu ihm waren und wie Sie ihn ermutigt haben. Ohne Sie hätte er die Reise nach Brasilien nicht antreten können.« Sie merkt, dass ihre Stimme härter klingt, als sie will. Sie gibt Mr. Crawley nicht die Schuld an Thomas' Zustand, aber die spürbare Anspannung des Treffens führt dazu, dass die Worte aus ihr hervorschnellen wie harte Getreidekörner.

»Mrs. Edgar«, erwidert Mr. Crawley, »wenn ich geahnt hätte, dass er so wiederkäme, hätte ich ihn nie für die Expedition vorgeschlagen.«

Sophie versucht ihn zu unterbrechen und ihm seine Bedenken zu nehmen, aber er spricht weiter.

»Ich glaube im Ernst, dass Thomas eine große Eignung zum Wissenschaftler besitzt. Er hatte mir voller Bedauern erzählt, dass er nur ein paar Käfer und Schmetterlinge aus dem Park fangen konnte. Ich habe wirklich angenommen, dass es eine einmalige Chance für ihn wäre. Es tut mir nur leid, dass es sich für ihn so anders entwickelt hat ...«

Wir reden über ihn, als ob er nicht da wäre, denkt Sophie. Sie wirft einen Seitenblick auf ihren Mann. Er hält zwar mit ihnen Schritt, aber er lässt den Kopf hängen, und seine Füße schlurfen über den Boden, als ob er sich schämen würde. Sie reden über ihn, als wäre er ein Versager.

»Im Gegenteil. Es war eine einmalige Chance für ihn, das lässt sich nicht leugnen. Ich weiß nicht, ob Sie die Schmetterlinge gesehen haben, die er mitgebracht hat. Sie sind außergewöhnlich. Man hat ihm eine hübsche Summe dafür bezahlt. Bitte glauben Sie nicht, dass sein Leben für immer ruiniert ist ...« Sie ergreift Thomas' Arm und drückt ihn beruhigend. »Dieser Zustand ist nur vorübergehend, nicht wahr, mein Lieber?«

Schon während sie diese kühne Behauptung aufstellt, weiß Sophie, dass sie damit nicht nur Thomas, sondern vor allem sich selbst beruhigen will. Wenn sie ehrlich ist, glaubt sie, dass dieser Zustand noch lange anhalten wird, bis in ferne Zukunft, eine freudlose, staubige Zukunft, in der sie beide zu Fremden werden und sie für ihren Lebensunterhalt ganz auf ihren Vater angewiesen ist. Immerhin ist ihr Zorn vorläufig verraucht.

Vor ihnen ragen die gebogenen Glaswände des Palmenhauses auf. Sophie war als Kind und später mit Thomas schon einmal hier, aber die Architektur hat für sie nichts von ihrem

Zauber verloren. Im Inneren des Gebäudes werden sie von schwüler Wärme verschluckt. Thomas ringt nach Luft. Sophie versucht sich vorzustellen, was es für ihn bedeutet hat, diese feuchte Hitze monatelang zu ertragen. Hier wird die Wärme von einer Dampfheizung unter dem Fußboden produziert, und sie fragt sich, wie gut die Atmosphäre wohl den tatsächlichen tropischen Verhältnissen entspricht.

Thomas hat das Gesicht zur Decke gewandt, wo die Palmen fast den Himmel zu berühren scheinen. Es herrscht eine gedämpfte Atmosphäre im Palmenhaus, die anderen Besucher unterhalten sich leise murmelnd wie in einem Museum. Sophie erinnert sich an Thomas' Briefe, in denen er die überwältigende Geräuschkulisse des Urwalds beschrieb, das Kreischen der Vögel und Affen, der Frösche und Insekten. Hier drinnen muss es ihm sehr unbelebt vorkommen.

»Thomas«, beginnt Mr. Crawley und legt ihm die Hand auf den Arm. »Sprich mit mir, mein Freund. Wie ähnlich ist dieser Ort dem echten Regenwald, hm?«

Thomas schüttelt langsam den Kopf.

»Nicht ganz dasselbe, wie? Sicher fehlen dir die Insekten.«

Thomas' Blick folgt in Zickzackbewegungen einem imaginären Schmetterling vom Blätterdach hinab bis zum Boden. Auf seiner Stirn bildet sich ein Schweißfilm, aber er wischt ihn nicht weg.

»Und was ist hiermit?« Peter führt sie einen Pfad entlang bis unter eine Wendeltreppe, auf der eine Frau mit gerafften Röcken gerade nach oben steigt. Die Frau hält sich krampfhaft am Geländer fest und kichert nervös, während ihr Mann hinter ihr steht und sie stützt, ja geradezu schiebt. Aus den Kübeln und Beeten steigt der Geruch nach nasser Erde auf, und einmal weht sie ein süßer Duft an. Über ihnen hängen an einer Ranke Früchte, die Sophie noch nie gekostet hat. Sie stellt sich vor, wie sie über sich greift und eine pflückt, hineinbeißt und ihr der Saft über Kinn und Hände rinnt.

Stolz steht Mr. Crawley vor einer großen, jungen Pflanze mit fingerähnlichen Blättern. »Hevea brasiliensis«, erklärt er.

Thomas nickt und starrt die Pflanze an. Mit ausgestrecktem Arm berührt er ihren glatten Stamm.

Crawley lächelt über Sophies fragenden Blick. »Das ist der Kautschukbaum, Mrs. Edgar. Thomas wird ihn sehr gut kennen, nehme ich an, denn es war der Kautschuk, durch den ihre Expedition finanziert wurde.«

Thomas zieht die Hände zurück und steckt sie in die Hosentasche, wie um sie unter Kontrolle zu haben.

»Du hast diese Bäume sicher mit den Narben der Macheteschnitte gesehen. Diese hier sind nicht zur Kautschuk-Produktion gedacht. Sie führen ein nettes, ruhiges Leben in Gefangenschaft.«

Sie schweigen, und Sophie glaubt von irgendwoher das Geräusch tropfenden Wassers zu hören. Ihr Nacken und ihre Achselhöhlen sind schweißnass. Ihre Schenkel kleben fast aneinander. Sie macht den Mund auf, um vorzuschlagen, dass sie wieder hinausgehen.

»Natürlich«, sagt Mr. Crawley, Sophies Gedanken unterbrechend, »warst du genau zur richtigen Zeit da, Thomas. Inzwischen werden in Ostindien Pflanzungen angelegt. Diese Kautschukbäume stammen aus brasilianischen Samen, die, wie ich gestehen muss, vor einigen Jahren von einem Mann namens Wickham aus Brasilien herausgeschmuggelt wurden. Wir haben sie hier zum Wachsen gebracht und eine Tonne Sämlinge nach Asien verschifft. Sie werden in hübschen, ordentlichen Reihen angepflanzt, nicht wie in Brasilien, wo die Bäume meilenweit auseinanderstehen. Das hat das Zapfen sehr erschwert, könnte ich mir denken. Die gesamte Kautschuk-Industrie wird revolutioniert. Der Markt im guten alten Brasilien wird vollkommen einbrechen, muss ich leider sagen. Dieser Mann – wie hieß er noch gleich?« Er sieht Thomas an. Offenbar hat er vergessen, dass er von ihm keine Antwort bekommen wird, deshalb mischt sich Sophie ein.

»Mr. Santos.«

»Santos, ja. Sein Wohlstand wird wohl nicht von Dauer sein. Tut mir leid, wenn das schlechte Nachrichten sind, mein Freund. Und sag mir, hast du je diesen Schmetterling gefunden, nach dem du suchen wolltest? Bitte sag ja. Was wäre das für ein Durchbruch!«

Sophie ist von Crawleys Ausführungen so fasziniert, dass sie Thomas fast vergessen hat, der ein Stück hinter ihr steht. Nach Mr. Crawleys Frage entsteht ein Schweigen, und der eben noch so lebhafte Mann sieht plötzlich besorgt aus.

Sophie dreht sich zu ihrem Mann um. Er hat sich die Fingerknöchel in den Mund gesteckt und beißt heftig darauf. In seinen Augen stehen Tränen.

»Falsche Frage. Es tut mir so leid.«

Thomas nickt mit geschlossenen Augen. Dann schlägt er um sich, als würden ihn Insekten quälen, und stöhnt auf.

»Willst du draußen auf uns warten, Thomas?«

Auf diese Frage scheint er nur gewartet zu haben. Sich an den Händen kratzend, läuft er hastig ins Freie.

»Ich wollte ihn nicht so aus der Fassung bringen«, sagt Mr. Crawley. »Ein wunder Punkt?«

Sie seufzt. »Ich weiß es wirklich nicht.«

»Vielleicht hat ihn die Nachricht von dem bevorstehenden Bankrott seines Freundes so sehr getroffen. Ich hätte taktvoller sein müssen.«

»Sie konnten es nicht wissen.«

»Ich wünschte, er hätte mir von unterwegs geschrieben. Ich habe Post von einem seiner Begleiter, einem Mr. Gitchens, bekommen.«

Sophie beugt sich vor. »Tatsächlich? Welcher ist das?«

»Er war unser Pflanzensammler. Er hat uns viele Samen und Pflanzenproben geliefert. Ein sehr anständiger Bursche. Aber seine Briefe sind immer kurz. Er macht nicht viele Worte.«

Sophie ist enttäuscht. »Oh. Dann hat er die Gründe für Thomas' Verfassung nicht aufklären können.«

»Nun, ich könnte ihm natürlich schreiben. Ich habe eine Adresse in Manaus, c/o Mr. Santos. Ich habe seit einiger Zeit nichts mehr von ihm gehört, aber soviel ich weiß, ist er noch dort.«

»Könnten Sie das tun? Oh, Mr. Crawley, Sie ahnen nicht, wie viel mir das bedeuten würde.«

»Sie dürfen nicht zu viel erwarten. Die Briefe sind sechs Wochen unterwegs, und es kann noch länger dauern, bis sie ihn erreichen. Wir werden monatelang ohne Nachricht sein.«

»Bis dahin geht es ihm sicher besser, und er kann uns alles selbst erzählen. Aber nur für den Fall …«

Mr. Crawley schließt die Augen und senkt den Kopf wie ein schüchterner Junge. »Ich verstehe, Madam. Sollen wir …« Er deutet auf die Tür.

Draußen schlendern die Menschen paarweise und in Gruppen durch den Park. In keinem Winkel steht eine einsame Gestalt, auf keiner Bank hockt zusammengesunken ein Mensch. Thomas ist verschwunden.

Als Sophie nach Hause kommt, regnet es. Während Mary ihr den Tee serviert, starrt sie aus dem Fenster. Sie versucht, sich keine Sorgen zu machen. Wahrscheinlich hat er nur den Heimweg für einen Spaziergang durch den Park genutzt. Sie sind in letzter Zeit oft gemeinsam dort gewesen, er kennt sich gut aus. Aber er wird schrecklich nass werden. Sie malt sich aus, wie er irgendwo unter einer Eiche kauert, während der Regen gegen das Laub peitscht.

Eine Stunde später hört der Regen auf, und eine schwere graue Wolkenschicht liegt über der Stadt. Die Haustür öffnet sich, und Thomas steht tropfend auf den Fliesen. An seinen Hosenbeinen klebt Matsch, und er hat schmutzige Hände, aber er wirkt ausgeglichen. Sogar heiter.

»Thomas, du zitterst ja vor Kälte«, sagt Sophie. »Komm, ich bringe dich nach oben.«

Er geht vor ihr her und hinterlässt lehmige Abdrücke auf dem Teppich, aber sie achtet nicht darauf.

»Du hättest dich nicht einfach so davonstehlen dürfen. Ich habe mir Sorgen gemacht.« Sie steht hinter ihm und hilft ihm aus der Jacke. »Ehrlich, Thomas, du benimmst dich manchmal wie ein kleiner Junge.«

So, sie hat es ausgesprochen. Thomas dreht sich verblüfft zu ihr um, sein Gesicht ist ihrem nahe. Er hebt die Hand und legt sie an ihre Wange. Seine Finger sind eiskalt. Dann knöpft er sich mit gesenktem Blick die Weste auf. Sophie braucht einen Moment, um seine Geste zu verkraften. Seine Berührung hat sie wie ein Stromschlag durchzuckt, das haben sie beide gespürt. Sie hält noch seine nasse Jacke über dem Arm, und er legt die Weste und dann das Hemd darüber. Als er das Unterhemd auszieht, sieht sie, bevor er sich von ihr abwendet, die feinen Härchen auf seinen Unterarmen. Er hat eine Gänsehaut auf dem glänzenden, nassen Rücken, und sie nimmt seinen Geruch wahr, den Geruch, den sie sich so oft in Erinnerung gerufen hat, als er fort war. Er riecht nicht mehr nach Pfefferminz, sondern nach Thomas, so wie sie ihn kennt. Sie spürt ein Prickeln auf den Armen, das sie als Begehren erkennt.

Als Nächstes entledigt er sich der Stiefel und Hosen, aber seine langen Unterhosen lässt er an.

»Geh ins Bett, du zitterst vor Kälte.«

Er tut wie geheißen, und sie nimmt die schmutzigen Kleider und die schweren Stiefel und verlässt damit den Raum.

Später schickt sie Mary mit Thomas' Abendessen hinauf – eine heiße Suppe, die ihn aufwärmen soll. Sie versucht, stillzusitzen und ein Buch zu lesen, aber der Stuhl fühlt sich an wie mit Nadeln gespickt und die Wörter auf der Seite springen wild durcheinander. Immer wieder steht sie unten an der Treppe und schaut zu Thomas' geschlossener Tür hoch.

Schließlich redet sie sich ein, dass es spät genug ist, um zu Bett zu gehen.

Sie zieht sich rasch aus, denn es ist kalt in ihrem Schlafzimmer, und greift nach dem Nachthemd. Dabei erhascht sie einen Blick auf ihr Spiegelbild. Selbst im karamellfarbenen Schein der Lampe ist ihr Körper weiß wie Mehl. Ihr Bauch ist nicht mehr so weich gerundet, und die Wangen sind schmal geworden; ihre Hüftknochen treten deutlich hervor. Sie sollte längst Kinder haben. Bei diesem Gedanken müsste sie sich eigentlich jünger fühlen, weil ihr diese Erfahrung noch bevorsteht, aber stattdessen fühlt sie sich wie eine vertrocknete alte Jungfer.

Mein Herz und mein Schoß passen großartig zusammen, denkt sie verzagt.

Das Gespräch mit Agatha fällt ihr ein. Man muss etwas tun, hatte sie gesagt, und das Problem nicht nur ignorieren, in der Hoffnung, dass es sich dann in Luft auflösen würde. Diese Spaziergänge mit Thomas, diese übergroße Vorsicht, mit der sie ihn behandelt, bisher hat alles nichts gefruchtet. Sie hat zu viel Kraft darauf verwendet, Agatha zu verurteilen, aber ist es nicht gerade deren unkonventionelle Seite, die sie als Freundin so wertvoll macht? Vielleicht hat sie sie schon immer wegen und nicht trotz ihres Benehmens gemocht, und ein Teil von ihr wünscht sich, sie könne ihr Leben ebenso frei von kleinlichen Erwägungen und einengenden Anstandsformen gestalten wie Agatha. Schließlich hat sich Thomas verändert, vielleicht sogar unwiderruflich. Vielleicht muss sie sich auch verändern, und dann – erst dann – werden sie Fortschritte machen können.

Sie streicht sich über die noch vollen, runden Brüste mit den kalten Brustwarzen. Sie denkt an ihren nur mit Unterhosen bekleideten Mann. An seinen Geruch, seinen nackten Rücken. Was würde Agatha jetzt tun?

Thomas' Zimmer ist dunkel und riecht leicht nach Rinderbrühe. Sein Atem geht gleichmäßig, aber angestrengt. Sie tritt leise an sein Bett, zieht die Decke zurück und schlüpft zu ihm hinein. Als ihre Hand auf seine Brust gleitet, wacht er ruckartig auf.

»Schsch«, flüstert sie. »Ich bin es nur.«

Sie glaubt zu spüren, dass er erschrocken ist, aber sie hofft, dass ihre zärtlichen Finger seine Angst fortstreicheln können.

»Alles wird wieder gut.« Ihre Finger beschreiben Kreise auf seiner Brust, um seine Brustwarzen, streicheln seine Hände. Sie wagt sich tiefer zu seinem Bauch vor und berührt das gekräuselte Haar über dem Rand seiner Unterhose. Ein Schauer überläuft ihn. Sie beugt sich über ihn und küsst seinen Hals, dann die Wange und schließlich den Mund. Ein paar Sekunden bleibt er passiv, dann teilen sich seine Lippen, und sie lässt ihre Zunge dazwischengleiten. Er reagiert, erst mit dem Mund, dann mit den Händen, die ihren Rücken umfassen, als sie sich auf ihn legt. Sie liegt mit ihrem ganzen Gewicht auf ihm und schiebt mit beiden Händen seine Unterhose weg. Sie hat die Situation unter Kontrolle und spürt eine Welle von Macht und Erregung. Sie stützt sich auf und streicht mit ihren Brüsten über seine Haut. Mit einer Hand führt sie ihn in sich.

Er stöhnt auf. Kann sie ihm auch ein Wort entlocken?

»Sag meinen Namen«, flüstert sie, aber er schweigt. Sie bewegt sich auf und ab, bevor sie spürt, wie er sich unter ihr anspannt. Sie legt ihre Hand so, dass sie sich bei jeder Bewegung selbst berühren kann, und als sein Griff um ihr Gesäß fester wird, durchflutet sie wieder eine Woge von Kraft, diesmal warm und prickelnd, schießt durch ihren Unterleib bis hoch zur Kopfhaut und an den Armen entlang. Ihr Schrei durchbricht sein Schweigen, und sie fällt erschöpft auf die schweißnasse Brust ihres stummen Mannes.

Sie erwacht mitten in der Nacht, nachdem sie geträumt hat, sie läge in einem tiefen Brunnen. Sie streckt die Hand aus – Thomas ist fort. Nachdem sie sich geliebt hatten, hatte er ihr seinen kalten Rücken zugedreht, und ihr Glücksgefühl war in sich zusammengefallen. Er liegt nicht mehr im Bett, er ist überhaupt nicht mehr im Zimmer. Ihr Körper pulsiert, ihre Arme und Beine sind geschmeidig, ihre Knochen wie verflüssigt. Aber in ihrem Inneren bildet sich schon wieder ein Riss des Zweifels. Sie hat das Gefühl, als läge ein harter, runder Stein in ihrem Bauch. Wie lange soll das so weitergehen? Dieses Hin und Her zwischen Hoffnung und bitterer Verzweiflung. Sie will – nein, sie muss – ihm zuliebe optimistisch bleiben, aber nicht endlos die Hoffnung nähren und dann immer wieder erleben, wie sie ihr vor die Füße geworfen wird.

Hör auf, ruft sie sich zur Ordnung. Wir haben Fortschritte gemacht. Vor drei Wochen hätte sie es nie gewagt, in sein Bett zu kriechen. Sein Körper war damals brüchig wie trockenes Gras, jetzt ist er wieder kräftiger, und die Wunden sind verheilt. Sie spürt immer noch die Wärme seiner vernarbten Hand auf ihrem Rücken, die aufgesprungene Haut der Finger, die an ihrem Rückgrat entlangfuhren. *Es geht ihm besser.* Es geht ihm besser. Er hat Töne von sich gegeben, oder nicht? Es ist nur eine Frage der Zeit, bis sich sein Stöhnen in Worte verwandeln wird.

Sie setzt sich auf und lauscht, aber es herrscht vollkommene Stille und Dunkelheit. Thomas hat die Decke auf seiner Seite zurückgeschlagen. Das Laken ist kalt und feucht. Sie steht auf und schlingt eine Decke um sich.

Geräuschlos tappt sie die Stufen hinunter. Auch der Rest des Hauses liegt im Dunkeln, nur unter der Tür zu Thomas' Arbeitszimmer leuchtet ein schmaler Lichtstreif hervor.

Sie stößt die Tür auf, und tatsächlich, da sitzt ihr Mann am Schreibtisch, über seine Arbeit gebeugt. Die Wanduhr in der Ecke sagt ihr, dass es halb zwei ist.

»Thomas? Liebling? Es ist so spät.« Sie reibt sich die Augen. Er dreht sich nicht um.

Sie tritt hinter ihn und legt ihm die Hände auf die Schultern, aber er reagiert immer noch nicht. Einer seiner Brady-Kästen liegt vor ihm auf dem Tisch, zur Hälfte mit Schmetterlingen gefüllt. Sie gehören anscheinend alle zur selben Familie, denn sie unterscheiden sich nur wenig in Größe und Färbung. Unter jedem Exemplar liegt ein Etikett, auf das Thomas den Namen geschrieben hat, und gerade hebt er mit einem Skalpell ein Etikett unter einen eben aufgespannten Schmetterling. Sophie kann den lateinischen Namen in dem schwachen Lichtschein nicht lesen. Sie sehen ohnehin alle gleich aus. Warum nur braucht er von einer Art so viele Exemplare? Sie steht hinter ihm, bereit, ihm durch ihre Hände Wärme und Liebe zu geben, aber er kehrt ihr beharrlich den Rücken zu und gibt ihr nicht einmal zu erkennen, ob er ihre Gegenwart überhaupt registriert. Seine gesamte Aufmerksamkeit gilt einer Schublade voller Insekten. Er hat sogar ihr gemeinsames Bett verlassen, nachdem sie sich ihm hingegeben hatte, nur um mit diesen schrecklichen Kreaturen zusammen zu sein.

Sie stößt sich vom Stuhl ab, wodurch ihm das Etikett aus der Hand fällt. Aber er lässt sie immer noch nicht an sich heran, hebt es nur einfach auf und platziert es an die richtige Stelle. Sophie geht langsam auf die Tür zu. Sie gibt ihm noch eine letzte Chance, etwas zu tun oder zu sagen. Als nichts geschieht, steigt sie fröstelnd die Treppe hoch und legt sich in ihr eigenes Bett.

Sie schläft unruhig, wacht immer wieder auf und nimmt die nächtlichen Geräusche wahr – die Äste des Pflaumenbaums, die an ihr Fenster klopfen – und endlich auch das fahle Licht des Tagesanbruchs, aber zwischendurch wird sie von Gedankenfetzen heimgesucht, die ihr fast absurd vorkommen. Ein Bild von Thomas' Rücken vor dem Schreibtisch, der sich in den Rücken ihres Vaters verwandelt, die knochige Hand des

Kindermädchens, die sie festhält. Schmetterlinge flattern ihr um die Ohren und verschwinden wieder. Sie spürt Thomas' Hand auf dem Rücken, aber sie ist nicht sie selbst, Sophie, sondern ist eine andere, und Thomas ist zärtlich zu ihr, wie er es nur zu seiner Frau sein sollte. Sie grübelt über kleine Hinweise nach, die ihr Thomas gegeben hat, die Tagebücher, die Aussagen des Agenten bezüglich der Briefe, die er bekommen hat. Aber im Halbschlaf entgleiten ihr die Gedanken und werden fortwährend von neuen abgelöst. Nur einer kehrt immer wieder: *Er liebt die Schmetterlinge mehr als mich.*

Kurz vor Tagesanbruch hört sie Thomas die Treppe hochkommen und in sein Zimmer gehen. Als das aschgraue Tageslicht durch die Vorhänge dringt, fühlt sich ihr Inneres an wie verknotet durch all die Wachträume. Sie rollt sich auf die Seite und wieder auf den Rücken und kann nicht mehr einschlafen, keine Lage ist bequem, ihre Haut juckt, und die Körperteile scheinen sich gegenseitig im Weg zu sein. Sie könnte ebenso gut auf der harten Erde schlafen, wo die Ameisen über sie krabbelten. Vielleicht würde Thomas sie dann zur Kenntnis nehmen.

Sie beißt sich auf die Hand und zieht sich die Decke über den Kopf. Irgendwie muss sie die unerträgliche Spannung, die sich in ihr angestaut hat, loswerden. Der Schrei, den sie ausstößt, wird von der Decke fast erstickt. Sie strampelt wütend mit den Beinen. Thomas und seine Schmetterlinge. Thomas und diese andere Frau. Es ist, als wären für ihn Frauen Schmetterlinge, die er sammelt und aufspannt – leblose, hübsche Gegenstände, die man sich anschaut. Wie dieser blaue, den er ihr geschenkt hat. Sie will sich nicht in seine verdammte Sammlung einreihen, nur damit er sie beachtet. Sie will keine Nebenrolle spielen neben dieser anderen Frau und wer weiß wie vielen noch.

Nun, gegen sie kann sie nichts unternehmen, aber die Schmetterlinge sitzen in ihrem eigenen Haus und quälen sie.

Ohne sich gewaschen zu haben, geht Sophie im Nachthemd mit festen Schritten zu Thomas' Arbeitszimmer hinunter. Die halb leeren Lattenkisten sind nicht mehr ganz so schwer; entschlossen zerrt sie die erste durch die Spülküche zur Hintertür hinaus. Sie kippt sie auf die Seite, und die vielen kleinen Schachteln fallen aufs Gras. Darüber ergießt sich das Sägemehl.

Sie muss mehrmals gehen. Erst kommen die restlichen Lattenkisten, auch die leeren, und dann die Brady-Kästen auf dem Schreibtisch. Die anderen sind noch verschlossen. Sie überlegt, ob sie den ganzen Satz hinausschleppen soll, aber ihr wird schnell klar, dass sie sie nicht wird hochheben können. Auf dem Boden und den Regalen liegen noch einzelne Schachteln mit Schmetterlingen. Einen Moment steigt in ihr ein Bedauern über das auf, was sie vorhat; das Gebilde im Garten sieht aus wie ein Schmetterlingstempel. Aber sie weiß, dass es so am besten ist.

An den Fuß des Stapels legt sie einen mit Kerosin getränkten Lappen – das Sägemehl wird leicht Feuer fangen, und die Lattenkisten sind knochentrocken. Mit zitternden Händen zündet sie ein Streichholz an. Das erste geht aus. Ein Gedanke schießt ihr durch den Kopf – sie hat mit Thomas geschlafen, aber er hat wahrscheinlich an die andere Frau gedacht, die Frau aus Brasilien. Es war dunkel. Er könnte sich vorgestellt haben, dass diese Frau auf ihm lag, nicht Sophie.

Sie zündet ein zweites Streichholz an. Diesmal entsteht eine Flamme, die sie gegen den Wind schützt, bis sie fast ihre Finger erreicht hat. Dann geht sie in die Hocke und hält das Streichholz an den Lappen.

Der erste Sonnenstrahl fällt auf den Garten, als die Flammen die erste Lattenkiste erreichen. Sie wird erst schwarz, als würde sich ein Tintenfleck auf ihr ausbreiten, dann fängt sie Feuer. Sophie steht mit dem Gesicht zum Haus und bemerkt eine rasche Bewegung an Thomas' Fenster. Ein heller Fleck im Dunkeln. Sie sieht, wie er den Mund aufreißt, aber man hört kein Wort. Von plötzlichen Schuldgefühlen überwältigt, beugt sich Sophie über das Feuer, das sich durch das am Boden verstreute Sägemehl frisst. Da stößt Thomas das Fenster auf. Sein Gesicht ist zu einer Maske verzerrt. Aus seinem aufgerissenen Mund dringt ein gellender Schrei.

»Nein!«

Das Wort hallt durch den Garten, prallt von der Backsteinmauer hinter den Rosen ab, erreicht den Pflaumenbaum und die alte Eiche. Es bohrt sich in Sophies Gehörgang und schickt Schockwellen durch ihr Gehirn. Sie starren sich an, minutenlang, wie es scheint. Sophie hört nichts außer dem Echo seiner Stimme. Dann ein neues Geräusch – ein Knacken, als die erste Kiste zerbirst. Es geht ihr durch Mark und Bein. Als sie wieder zum Fenster hochschaut, ist Thomas verschwunden.

Sie läuft zur anderen Seite des Feuers, wo die noch unbeschädigten Brady-Kästen liegen, stürzt sich auf sie und zieht sie ächzend aus dem Feuer. Dasselbe tut sie mit den rauchenden Schachteln, von denen Funken sprühen, und dann steht ihr Mann neben ihr, und sie mühen sich gemeinsam. Thomas stampft auf die Flammen, und Sophie versucht, es ihm gleichzutun, aber ihre Füße sind nackt. Die Brandblasen, von denen ihre Fußsohlen bald übersät sind, nimmt sie kaum wahr.

Sie ziehen alles heraus, was sich retten lässt, und Sophie laufen dabei dicke Tränen übers Gesicht. Ob sie durch Rauch oder Reue entstehen, weiß sie selbst nicht. Noch einmal will sie sich in die Flammen stürzen, aber Thomas packt sie an den Armen und zieht sie mit festem Griff zurück. Zusammen fallen sie zu Boden. Beide weinen, und ihr Gesicht liegt an seiner Brust.

»Warum, Thomas?« Sie weiß nicht einmal, wonach sie ihn fragt, aber es scheint die Frage auf alle Antworten zu sein, die sie braucht.

Thomas räuspert sich, dann bringt er mit erstickter Stimme die ersten Worte hervor.

»Er hat sie umgebracht.«

Das genügt vorläufig, und Sophie bleibt in seinen Armen liegen, bis sich der Rauch verflüchtigt hat und das Feuer, das keine Nahrung mehr hat, allmählich erlischt.

Kapitel 12

Rio Negro, März 1904

Thomas hatte Rodrigues auf dem Gewissen, wie auch schon Arturo. Es wäre besser gewesen, wenn er wie Manuel bei einem Unfall seine Zunge verloren hätte und verstummt wäre. Dann hätte er keinen der beiden Männer einer solchen Gefahr aussetzen können. Er beugte sich über die Schiffsreling und starrte in die brausenden schwarzen Wirbel. Der Brief an Roberts lag wie ein Bleigewicht in seiner Tasche. Er hatte keine Wahl mehr: Er musste die anderen vor Santos warnen und sie zur Abreise überreden. Er war nirgendwo mehr sicher. Wenn Antonio ihm am Tag zuvor gefolgt war, würde er ihn auch jetzt verfolgen lassen und wissen, dass er Rodrigues' Leichnam entdeckt hatte.

Thomas war blindlings aus dem Büro gestolpert und durch die Straßen hinunter zum Fluss gehetzt. Abwassergestank stieg ihm in die Nase, und Geier beschrieben Kreise am Himmel über ihm, wohl in der Erwartung, er würde tot umfallen und sie könnten seinen Kadaver ausweiden.

Passanten, die ihm entgegenkamen, verzogen das Gesicht beim Anblick seiner mit Erbrochenem besudelten Kleidung, die einen üblen Gestank verströmte. Schließlich fand er am Hafen jemanden, der ihn flussaufwärts zum Lager mitnahm. Er war ohne Geld aufgebrochen und hatte nichts bei sich als die Kleider, die er am Leib trug.

Wütend über sich selbst schlug er sich mit der Faust gegen die Stirn. Vor lauter Anspannung hatte er die Luft angehalten, und ihm war schwindlig. Was hatte er getan? Er holte tief Luft und überlegte, was er sagen würde, wenn er ohne Gepäck und ohne Antonio im Lager ankam.

Als er das Lager erreichte, war weit und breit niemand zu sehen. Der Boden gluckste unter seinen Füßen, und bei jedem Schritt roch es nach feuchter Rinde. Zwischen den Hütten hingen Rauschschwaden, die den Geruch nach verbranntem Fleisch zu ihm trugen. Unwillkürlich fühlte er sich an den Geruch in Arturos Dorf erinnert, nachdem das Feuer gewütet und ihn getötet hatte. Sein Magen drehte sich um, obwohl er seit langer Zeit nichts mehr gegessen hatte. Wenn Pedro das Abendessen hatte anbrennen lassen, würde es ihm schlecht ergehen.

Er rief ein paar Worte, um sich bemerkbar zu machen. Seine Stimme schreckte einen Vogel auf, der mit schwerem Flügelschlag davonrauschte. In der Tür zu Santos' Hütte erschien eine kleine Gestalt. Clara. Sie legte den Zeigefinger vor die Lippen, blickte nervös um sich und trippelte in ihrem dünnen Nachthemd auf ihn zu. Ihre Haare waren fettig, ihr Gesicht erschien ihm grau und fleckig. Dunkle Ringe lagen unter ihren Augen, und ihre Pupillen glänzten wie Stecknadelköpfe unter einem trüben Schleier. Sie packte ihn am Arm.

»Pssst«, zischelte sie. »Mein Mann schläft. Er ist krank.« Ihre Stimme klang seltsam, als habe sie den Mund voller Flüssigkeit. Wenn sie sich bewegte, ging ein unangenehmer Geruch wie nach saurer Milch von ihr aus.

»Was hat er? Wo sind die anderen?«

»Pssst«, wiederholte sie, obwohl er leise gesprochen hatte. Sie ist wahnsinnig geworden, dachte er. Ihr Gesicht hatte einen gequälten Ausdruck; sie konnte weder den Kopf stillhalten noch ihn ansehen. Ihre Augen schienen dem wirren Flug einer Hummel zu folgen oder das Dickicht nach Spionen abzusuchen.

»Sie werden bald zurück sein.«

»Mrs. Santos«, sagte Thomas. Er klammerte sich an den unpersönlichen Namen, schwang ihn wie eine Waffe. »Geht es Ihnen gut?«

Sie tippte sich gegen die Schläfe. »Ich habe nur immer diese Kopfschmerzen. Der Arzt will mir kein Laudanum geben. Er sagt, er hat keines mehr, aber ich glaube ihm nicht. Er versteht nicht, wie weh es tut. Ich kann nicht einmal mehr singen.«

Sie berührte seine Hand mit klammen Fingern. »Aber ich bin froh, dass du mich holen kommst.«

»Nicht, Clara.« Er zog die Hand weg. Ihm war bewusst, dass er nicht viel Zeit hatte und Clara ihm nicht helfen würde. Sie war weniger gefährdet als alle anderen, immerhin war sie Santos' Frau. Er hob das Gesicht in die feuchte Luft, die vor elektrischer Spannung knisterte. Bald würde sie sich in einem Regenguss entladen.

Er machte sich auf, um die anderen zu finden, bevor sie ins Lager zurückkehrten, ohne recht zu wissen, welche Richtung sie eingeschlagen haben könnten. Instinktiv hielt er sich südwärts. Schmetterlinge flatterten quer über den Pfad, als wollten sie ihn foppen. Sie bewegten sich träge durch die feuchtwarme Luft, und wenn er sein Netz mitgebracht hätte, hätte er beliebig viele einfangen können. Er versuchte, sich nicht ablenken zu lassen und sich auf die vor ihm liegende Aufgabe zu konzentrieren – und den Gedanken zu vertreiben, dass er zum letzten Mal inmitten dieser wunderschönen Kreaturen spazieren ging. Ihm war zumute, als würde er einer Geliebten Lebewohl sagen. Welch ein Kontrast, dachte er, zwischen seiner Stimmung an diesem Tag und der Spannung und Erregung, die er in der ersten Zeit hier empfunden hatte. Es war wie der Anfang einer Liebesgeschichte gewesen, wie damals mit Sophie, und wie in der Beziehung zu ihr waren Erwartungsfreude und Nervenkitzel einer dauerhaften Zuneigung gewichen.

Jenseits der *Lepidoptera* ragten die Baumstämme wie dunkle Säulen in die Dämmerung empor. Die Kautschukbäume, an denen er vorüberkam, wiesen Schnitte auf, aus denen weißer Saft rann. An einem der Bäume blieb er stehen, steckte den Finger in die klebrige Substanz und zog daran. Ja, sie war ganz frisch. Santos' Arbeiter mussten in der Nähe ihr Lager aufgeschlagen haben. Er dachte an die schrecklichen Lebensbedingungen der Arbeiter am Putumayo, und plötzlich erfasste ihn Panik. Er sollte einen Bogen um das Lager machen; wer weiß, was er dort zu sehen bekäme.

Während er so dastand, unschlüssig, in welche Richtung er gehen sollte, rannten zwei menschliche Gestalten durch die Bäume hindurch auf ihn zu. Es waren Indianer, ein Mann und eine Frau, deren nackte Füße auf dem Waldboden kein Geräusch machten. Als sie ihn bemerkten, erstarrten sie mit weit aufgerissenen Augen, wie damals im Urwald der Jaguar. Dann wichen sie langsam zurück.

Er streckte ihnen die Hand entgegen. »Keine Angst«, sagte er beschwichtigend, denn sie schienen Todesangst zu haben. Beide hatten eine hohe breite Stirn, weit auseinanderstehende Augen und starke Kinnpartien. Die bis zur Taille nackte Frau war jung und noch sehr schön. Thomas war aufgefallen, dass die Frauen mit zunehmendem Alter den Männern immer ähnlicher sahen. Der Mann hielt den Arm der Frau umklammert. Er war viel kleiner als Thomas, aber kräftig gebaut und stark.

Ein Schuss fiel. Die Frau löste den Blick nicht von Thomas, während sie auf die Knie sank. Ihre Hand fuhr zum Bauch, und er sah, dass sie in einem frühen Stadium schwanger war. Ihre Brustwarzen waren groß und dunkel. Schmerz und Entsetzen entstellten ihre Züge. Ihr Begleiter versuchte sie hochzuziehen und schrie sie an. Thomas war vergessen.

Dann waren die Männer da, vier Gummizapfer. Sie traten auf die beiden am Boden liegenden Gestalten ein. Sie hatten Thomas noch nicht gesehen, aber was konnte er machen? Die Hautfarbe der Männer erinnerte ihn an geronnenes Blut. Sie lächelten grausam, als wäre alles nur ein Spiel für sie, das sie im Begriff waren zu gewinnen. Thomas drückte sich enger an den Baumstamm und verbarg das Gesicht an der Rinde. Sein Herz raste, und das Blut pulste durch die Adern, bis seine Fingerspitzen kribbelten. Er bedeckte das Gesicht mit den Händen und zuckte bei jedem neuen dumpfen Schlag, Stiefel gegen Körper, zusammen. Dann war Stille. Die Männer nuschelten etwas; ob sie Englisch sprachen, konnte er nicht hören.

Nach einer Weile wagte er einen Blick hinter dem Baum hervor, wünschte sich aber gleich, er hätte es nicht getan, denn nun konnte er sich weder rühren noch wegschauen. Die Frau lag regungslos auf dem Boden, während einer der Männer mit heruntergezogenen Hosen zwischen ihren Beinen kniete. Die anderen beiden hielten lachend den Indianer fest, der sich mit letzter Kraft aufbäumte, während der Mann immer wieder brutal zustieß. Dann zerrten sie den Indianer auf die Füße und stellten ihn mit dem Rücken an einen Baum, an dem sie ihn festbanden. Der Dritte war fertig mit der Frau und half ihnen, die Arme und Beine des Indianers festzuhalten. Die Frau bewegte sich nicht, wahrscheinlich war sie tot.

Was als Nächstes geschah, würde Thomas bis zum Ende seiner Tage nicht mehr vergessen können. Der kleinste der drei Männer, der seine schmutzigen Hemdsärmel hochgerollt hatte, hob die Machete hoch über den Kopf und ließ sie auf den Oberarm des Mannes heruntersausen. Der Indianer schrie auf, aber sein Arm war noch nicht ganz abgetrennt. Die Gummizapfer lachten ihren O-beinigen Komplizen aus; dieser schüttelte grinsend den Kopf und griff in seine Hosentasche. Thomas sah, wie er ein paar Münzen in die ausgestreckten Hände der anderen legte, dann die Machete noch einmal hob und wieder zuschlug. Diesmal fiel der Arm des Indianers auf den Boden, und der Gefolterte sackte ohnmächtig in sich zusammen.

Auch Thomas war einer Ohnmacht nahe. Schwankend hielt er sich am Baumstamm fest; das Summen in seinen Ohren machte ihn taub für die nachhallenden Schreie des armen Mannes. Er begriff, dass die Gummizapfer tatsächlich eine Art Spiel spielten – sie hatten offenbar darum gewettet, wer einen Arm mit einem Hieb abtrennen konnte. Ihm wurde übel. Als er sich übergab, konnte er das keuchende Würgen nicht unterdrücken.

Er hatte keine Zeit wegzulaufen, denn während ihm diese Möglichkeit noch durch den Kopf schoss, hatte ihn einer der Männer – ein Breitschultriger mit einem großen Muttermal auf der Wange – grob am Arm gepackt und schrie ihn auf Portugiesisch an.

Ich bin erledigt, dachte Thomas, aber er war zu apathisch, um sich Sorgen zu machen, was mit ihm geschehen würde. Er hatte es schon lange kommen sehen.

Der mit dem Muttermal schüttelte ihn am Arm, bis sein ganzer Körper vibrierte. Schließlich raffte sich Thomas dazu auf, die Hand zu heben. »Bitte«, sagte er auf Portugiesisch. »Senhor Santos …«

Der Mann ließ seinen Arm los, und die anderen traten zu ihnen. Hinter ihnen hing der Indianer blutüberströmt in seinen Fesseln. Der O-Beinige stieß Thomas mit dem Gewehr gegen die Brust, als ob er ihm das Brustbein brechen wollte.

»Er kennt Santos«, erklärte der Breitschultrige auf Portugiesisch. »Woher kommst du?«, knurrte er Thomas grob an.

»Ich bin Engländer«, antwortete Thomas. »Ich bin mit Senhor Santos hier.«

Die Männer wechselten Blicke und senkten die Waffen. Sie wechselten ein paar Worte, die Thomas nicht verstand. Dann fragte ihn der Breitschultrige auf Englisch: »Freund?«

Thomas nickte. »Ja, Freund«, bestätigte er, innerlich vor Scham zerberstend, dass er diese Männer seine Freunde nannte. Daraufhin schüttelte ihm einer nach dem anderen die Hand, und keiner von ihnen beachtete mehr die verstümmelten Körper, die nur wenige Meter hinter ihnen lagen. Thomas zog sich langsam zurück. Der Wind war aufgefrischt, bald würde der Regen einsetzen und das Blut von den Körpern waschen.

»Ich gehe jetzt«, sagte er. Hatte er eine Chance, die Indianer zu retten? Was konnte er sagen? Die Stimme eines Einzelnen würde hier sicher kein Gewicht haben – warum sollten sie auch auf ihn hören? Er glich einem einsamen Schmetterling, dessen Flügelschlag nicht das geringste Geräusch verursacht. Er drehte sich um und machte sich auf den Rückweg. Bei jedem Schritt gab er sich den Befehl zur Umkehr, wenigstens zu einem Versuch, den beiden zu helfen, aber seine Füße trugen ihn ins Lager zurück. Minuten später öffneten sich die Schleusen des Himmels, und die ersten Regentropfen fielen.

Später hörte er, während das Wasser in Sturzbächen unter seiner Hütte hindurchrann und im Lampenschein glitzerte, auf einmal seinen Namen. In der Tür stand John. Thomas wusste nicht, wie lange er schon im Dunkeln gesessen hatte, die Hände zwischen die Knie geklemmt.

»Dann geht es dir also besser«, sagte John.

Thomas schüttelte traurig den Kopf. Besser? Es ging ihm schlechter, viel schlechter. Aber was sollte er sagen? Er winkte John in die Hütte. Die riesigen Hände des hochgewachsenen Mannes umschlossen Thomas' dünne Finger.

John zögerte einen Moment verlegen, bis Thomas ihn mit einer Handbewegung aufforderte, sich auf den einzigen Stuhl zu setzen. Thomas hockte in der Hängematte wie auf einer Schaukel.

»Geht es dir gut?«, fragte John. »Du bist sehr blass. Und du zitterst. Soll ich Ernie rufen?« Er stand auf, aber Thomas streckte die Hand aus, als wolle er ihn wieder auf den Stuhl hinunterdrücken.

»John«, flüsterte er. Seine Kehle war wie zugeschnürt, er musste die Worte förmlich aus sich herausquetschen. »Wir müssen hier weg. Wir müssen abreisen.«

»Was ist denn? Was ist passiert?«

Thomas ließ die Schultern hängen. Das Bild der gepeinigten Frau und des Mannes mit dem abgehackten Arm ließ ihn nicht los, und er kämpfte immer noch mit der Übelkeit.

»Santos. Er ist gefährlich.«

John beugte sich vor, um Thomas' Murmeln besser zu verstehen. »Wie ich erwartet habe. Du hast etwas gesehen, nicht?« Thomas nickte.

»Erzähl mir davon«.

»Das ... das kann ich nicht. Es war nicht Santos selbst, sondern ... diese Männer, die er beschäftigt. Aber Santos weiß, was sie tun.«

John nickte. »Hast du es den anderen gesagt?«

Thomas schüttelte den Kopf.

»Sie werden dir niemals glauben, Thomas. Sie stehen völlig im Bann dieses Mannes. Er hat sie so sehr in seiner Gewalt, als würde er sie mit Diamanten überschütten. Wir müssen etwas unternehmen. Wir werden ihn zur Rede stellen.«

Thomas wehrte erschrocken ab. »Nein!«, krächzte er. »Das ist zu riskant!«

»Dann gehen wir hier weg und informieren die Behörden in Manaus. Wir müssen etwas tun, Thomas, wir dürfen nicht untätig zusehen. Ich habe die Narben auf den Rücken der Gummizapfer gesehen. Und Manuel ... es war sicher kein Unfall, der ihn seine Zunge gekostet hat.«

»Es ist noch schlimmer«, sagte Thomas. »Viel schlimmer. Du hast keine Ahnung. Aber hier wird uns niemand helfen. Wir müssen nach England zurückkehren. Dort sind wir in Sicherheit.«

»Vielleicht hast du recht«, überlegte John. »Wir fahren morgen früh. Santos ist zu krank, um uns zu folgen.«

»Was hat er?«

»Harris meint … nun, er hat es Santos noch nicht gesagt, deshalb weiß ich nicht, ob ich es dir erzählen kann.«

»Aber du weißt Bescheid?«

John nickte. »Ernie kann keine Geheimnisse für sich behalten, nicht einmal in Bezug auf seine Patienten. Er scheint sich auch um sich selbst Sorgen zu machen. Wahrscheinlich schadet es nichts, wenn du es weißt.«

Thomas beugte sich gespannt vor. »Sprich weiter.«

»Thomas, er hat Syphilis.«

Pedro hatte schon früh am Morgen ein Feuer entzündet, und der Rauch zog durch das Lager. Thomas war die ganze Nacht in seiner Hütte geblieben und George und Ernie aus dem Weg gegangen, denn was sollte er ihnen sagen? Er versuchte, die widerwärtigen Erinnerungen des Tages abzuschütteln, aber sie verwoben sich mit seinen Träumen. Dazu gesellte sich eine weitere Angst – wenn Santos Syphilis hatte, konnte er sie nicht an seine Frau weitergegeben haben und somit auch an Thomas? Wie konnte er Sophie je wieder in die Augen schauen, wenn das der Fall war? Würde er einsam und in geistiger Umnachtung sterben?

Als er aus der Tür trat, erschien mit einem Mal Santos vor seiner Hütte und schlurfte in die Mitte des Hofs. Er trug seinen weißen Anzug, und sein Gesicht war dunkelrot angelaufen. Zum ersten Mal wirkte er nicht kühl und gefasst, und seine Haare waren schweißnass. Der Schnurrbart hing schlaff herunter. Hinter ihm tauchte mit hochgerollten Ärmeln Ernie auf, der sich die Hände an einem Tuch abwischte. Überrascht, aber wortlos nahm er Thomas' Anwesenheit zur Kenntnis - er hatte seine Rückkehr offenbar noch nicht bemerkt. Sein Gesicht war ernst.

»Clara!«, brüllte Santos. Er hielt sich am Tisch fest und starrte böse zu ihrer Hütte hinüber. Keine Antwort kam.

Thomas sah erschrocken zu Ernie, der wie zur Warnung den Kopf schüttelte. Im Türrahmen der Nachbarhütte erschien eine Gestalt. Es war George, der sich mit einem Handtuch den Nacken rieb. Wo blieb John? Santos marschierte auf die Hütte seiner Frau zu und verschwand im Inneren. Gleich darauf erschien er wieder im Freien und zerrte sie am Arm hinter sich her. Sie versuchte, sich aufrecht zu halten, aber sie rutschte auf dem Matsch aus, als ob sie Schlittschuhe trüge.

Thomas war schockiert. Er wollte zu ihr stürzen und ihr aufhelfen, aber etwas hielt ihn zurück. Angst. Oder Feigheit, dachte er unglücklich.

Santos zog Clara auf die Füße und durchbohrte sie mit wütenden Blicken. Ernie trat vor. »Ganz ruhig«, sagte er und hob begütigend die Hände. Daraufhin funkelte Santos auch ihn böse an. Ernie gab sich sofort geschlagen und kreuzte abwartend die Arme vor der Brust.

Nun nahm Santos wieder seine Frau ins Visier, die verwirrt in die Runde blickte. »Sieh mich an, du Hure!«, zischte Santos auf Portugiesisch durch zusammengebissene Zähne.

»Was sagt er?«, fragte George. »Versteht ihn jemand?«

Thomas schwieg und versuchte, seine Angst nicht zu zeigen.

»Syphilis«, sagte Santos jetzt auf Englisch. Er gebärdete sich wie ein Schauspieler vor Publikum. »Ich habe Syphilis. Hier!« Er zog sich den Ärmel hoch, um ihnen die Flecken auf seinem Arm zu zeigen – Flecken, die, wie Thomas schockartig begriff, genauso aussahen wie die auf Lillies Körper. Clara schüttelte den Kopf und antwortete ihm in ihrer Muttersprache. »Das tut mir leid. Aber warum bist du böse auf mich?«

»Auf dich? Von wem sollte ich mir Syphilis geholt haben, wenn nicht von dir?«

»Deine Huren ...«

»Du bist hier die einzige Hure! Ich weiß, was du machst, wenn du dein Opium nimmst und zum Karneval gehst. Meine Männer haben dich dabei gesehen, du mieses Weibsstück.« Thomas zuckte zusammen. »Hältst du mich für dumm?«, fuhr Santos fort. »Ich weiß genau, was du hier mit den Männern getrieben hast, wenn ich fort war! Habe ich nicht recht, Gentlemen?«, wandte er sich an sie. Niemand sagte etwas. Vor Thomas' Augen verschwamm alles. Ihm schoss ein Gedanke durch den Kopf: Santos hatte seine Frau in der Hoffnung hiergelassen, dass sie Ehebruch begehen würde. Und er hatte recht gehabt.

»Sie, Mr. Sebel. Sie sind mit meiner Frau im Wald gesehen worden.«

George schnappte nach Luft und schlug die Hand vor den Mund. Sein Blick huschte zwischen Santos und Clara hin und her und blieb schließlich auf Thomas haften.

»Na, los«, blaffte Santos. »Es ist nicht Ihre Schuld, ich mache Ihnen keinen Vorwurf. Den mache ich meiner Hure von Frau. Geben Sie es einfach zu, und es ist erledigt.«

George neigte den Kopf eine Winzigkeit: Er nickte. Thomas starrte ihn entgeistert an. Das konnte doch nicht wahr sein! Oder etwa doch?

»Und Sie auch, Dr. Harris, nehme ich an?«

Ernie stand ganz still. Dann ächzte er, als verstünde er jetzt endlich. Mit den Händen in den Hosentaschen wippte er auf und ab. »Ganz recht, mein Bester. Ja.«

»Das ist nicht wahr!« Clara sank auf die Knie. Ihr Arm steckte immer noch in Santos' Griff wie in einem Schraubstock.

»Und Sie, Mr. Edgar? Sie auch?«

Thomas sah Clara an. Sie war dabei, sich mühsam wieder aufzurichten. Ihr Nachthemd war schlammverschmiert und stand am Hals offen, wodurch mehr Haut zu sehen war als schicklich. Er war in die Falle gegangen, wie sie alle. Zuerst in Claras, die wie eine Vogelspinne in ihrem Netz gehockt und sie alle zu sich gelockt hatte. Und jetzt ihrem Mann. Thomas ließ den Kopf hängen.

»Es ist nicht wahr, Thomas!«, rief Clara, und Thomas zuckte beim Klang seines Namens zusammen.

»Halt den Mund«, herrschte Santos sie an.

Thomas brachte keinen Ton hervor. Er nickte.

»Sehen Sie!«, stieß Santos triumphierend hervor. »Und mit Gitchens treibst du es, wenn ihr in den Wald geht. Du hast es sogar fertiggebracht, dass sich der arme Mann in dich verliebt. Du bist eine Hure. Puta!« Er schlug sie mit dem Handrücken ins Gesicht. Ihr Körper beschrieb eine vollkommene Pirouette, blieb dann einen Moment aufrecht stehen und fiel zuletzt rücklings zu Boden. Dabei stieß ihr Kopf gegen die Tischkante. Thomas stand wie angewurzelt daneben und sah zu, wie sie fiel und nicht wieder aufstand.

»Himmel!«, rief Ernie und eilte zu der liegenden Frau. Er hockte sich neben sie. Thomas rührte sich nicht von der Stelle. Ernie legte einen Finger an Claras Hals.

»Ist sie tot?«, fragte Santos gleichgültig.

»Nein«, erwiderte Ernie. »Ihr Puls ist schwach, es war ein heftiger Aufprall. Helft mir, sie umzudrehen, damit ich die Wunde untersuchen kann.«

Schon bildete sich um Claras Kopf eine Blutlache wie ein dunkler Glorienschein.

»Bitte treten Sie zurück, Doktor«, sagte Santos in einem gereizten Ton, auf den Ernie sofort reagierte. Er stand abrupt auf.

»Sie sind ganz sicher, dass sie noch lebt?«

»Ja, aber wir müssen ...«

Während er noch sprach, drehte sich Santos um und griff nach einem Stuhl. Ernie wollte ihn daran hindern, aber er kam zu spät. Santos ließ den Stuhl mit aller Wucht auf den Kopf seiner Frau hinunterkrachen.

Thomas gab immer noch keinen Ton von sich. Sein Schrei blieb ihm in der Kehle stecken, weil sein Verstand nicht glauben konnte, was seine Augen sahen. George rannte los, aber nicht auf Clara zu, sondern von ihr weg in den Wald.

»Was haben Sie getan?«, schrie Ernie. »Sind Sie verrückt geworden, Mann?«

Santos hob den Zeigefinger und sagte mit leiser, monotoner Stimme: »Ich warne Sie, Dr. Harris.« Ernie sackte in sich zusammen. Er sah Thomas an, der unkontrolliert zitterte, und für einen Moment herrschte zwischen ihnen ein verzweifeltes Einverständnis.

»Ist sie jetzt tot?«

Ernie ließ sich auf die Knie sinken und fühlte noch einmal Claras Puls. In dieser Stellung verharrte er, während er mit blutverschmierten Fingern an verschiedenen Stellen tastete. Schließlich legte er den Kopf auf ihre Brust und lauschte.

Dann stand er auf und nickte. »Sie ist tot.« Er zog ein Taschentuch aus der Hosentasche und begann kopfschüttelnd, sich die Hände abzuwischen. Santos' Blick wich er aus.

Dieser nickte zufrieden und ging zu seiner Hütte zurück, als die ersten Tropfen des Morgenregens fielen. Innerhalb von Sekunden war der Hof von strömendem Regen überschwemmt und Claras Leichnam vollkommen durchnässt.

Thomas wachte im Schlamm liegend auf. Er musste ohnmächtig geworden sein – oder hatte er sich einfach hier hingelegt und war eingeschlafen? Sein Körper hatte sich vorübergehend verabschiedet, er konnte nicht mehr. Die Luft war schwül, und durch seine Träume waren Bilder von Clara gegeistert. Immer wieder sah er ihr Gesicht vor sich, als sie beteuert hatte: »Es ist nicht wahr, Thomas.« In anderen Träumen sah er sie auf den Knien vor George, in der Stellung, in der er George und Joaquim überrascht hatte, während Ernie sie von hinten nahm. Er verspürte einen Brechreiz. Wann hatte er zuletzt etwas gegessen? Sein Magen war leer, und er fühlte sich schwach. Und doch – was immer sie getan haben mochte, den Tod hatte sie nicht verdient, und ein Teil von ihm wusste, dass sie ihm jetzt schon fehlte.

Er überquerte den leeren Hof und betrat Johns Hütte. Der Regen hatte aufgehört, und Claras Leichnam lag nicht mehr auf der Erde, aber im Schlamm sah man immer noch den Abdruck ihres Körpers, der eine rubinrote Farbe angenommen hatte. Johns Hütte war leer, aber seine Sammelausrüstung– Machete und Tragetasche – stand in einer Ecke.

Thomas ging zu Ernie, der schnarchend auf dem Rücken lag, eine fast leere Schnapsflasche neben sich auf dem Fußboden. Der Raum stank nach Alkohol und schalem Tabak.

»Ernie.«Thomas rüttelte ihn an der Schulter. Ernie schlug die Augen auf, schloss sie rasch wieder und hielt sich den Kopf. Er stöhnte. »Geh weg. Es ist zu hell. Oh, mein Kopf!«

»Ich muss mit dir über das reden, was passiert ist.«

Ernie nickte seufzend. »Gut. Hol mir erst Wasser, ja?«

Thomas brachte ihm ein Glas Wasser, während sich Ernie eine Zigarette rollte. Er inhalierte tief und schloss dabei die blutunterlaufenen Augen. »So, jetzt«, meinte er.

Thomas konnte kaum noch an sich halten. »Was sollen wir nur machen? Er hat seine Frau ermordet, Ernie!«

Ernie schüttelte den Kopf. »Es ist besser, sich nicht einzumischen, Tom. Die Dinge werden ihren Lauf nehmen, du wirst schon sehen. Die Leute werden Fragen stellen, wenn er nach Manaus zurückkommt. Was können wir in der Zwischenzeit tun? Nichts. Vergiss es einfach.«

»Sie war ein Mensch, Ernie, ein lebendiges Wesen. Wie kannst du nur so gefühllos sein? Besonders nachdem du mit ihr …«

»Mach dich nicht lächerlich. Ich mit ihr! Als ob ich an die einen Gedanken verschwendet hätte.«

Thomas stieg bittere Galle in den Mund. Er starrte Ernie an, der ungerührt weiterrauchte. Er war verwirrt. »Was meinst du damit?« Er war sich nicht sicher, ob er eine Antwort hören wollte.

Ernie schwieg.

»Ich verstehe das nicht.«

Ernie schnaubte. Er rieb sich die Stirn und hob den Blick nicht. »Das ist nichts Neues.«

»Aber vorhin im Hof. Clara. Du hast gesagt …«

»Ich weiß, was ich gesagt habe.«

»Aber es hat nicht gestimmt?«

»Nein, hat es nicht.«

Thomas wusste nicht, ob Ernie beschämt oder amüsiert war.

»Und George?«

»George? Der interessiert sich doch nicht für Frauen. Ist dir das nie aufgefallen?«

Allmählich begann Thomas zu begreifen. Es war entsetzlich. »Ja, natürlich ist es mir aufgefallen«, gab er zu. »Aber warum hat er das dann gesagt? Warum habt ihr beide so getan als ob?«

Ernie sah ihn aus zusammengekniffenen Augen an. »Santos hat mir etwas gegeben, das ich mir selbst nie hätte leisten können. Ich bin nicht arm, aber das hätte meine Mittel gesprengt. Er sagte, als Gegenleistung verlange er eine Gefälligkeit von mir, und ich nehme an, dass es diese war. Ich bin nicht stolz darauf, Thomas, aber wir haben alle unsere Gründe. Warum hast du es gesagt? Ich hatte angenommen, dass du dich einfach nur der Mehrheit anschließt, wie üblich, aber vielleicht hattest du andere Motive.«

Thomas wandte den Blick ab. Das änderte alles. Santos hatte Ernie und George bestochen. Er musste vorsichtig sein. Er durfte sich keine Blöße geben. »Ich weiß nicht«, behauptete er mit brennenden Wangen.

Ohne ein weiteres Wort drehte er sich um und verließ die Hütte. Er musste in den Wald gehen und eine Weile allein sein. Ernie hatte es getan, um Santos für die Finanzierung seiner Hure gefällig zu sein, aber George? Er rief sich den Moment ins Gedächtnis, als Clara auf den Knien im Schlamm lag und sie alle anflehte. Was hatte Santos zu George gesagt? Sie sind mit meiner Frau im Wald gesehen worden. George hatte kaum ein Wort mit Clara gewechselt und war keinesfalls mit ihr in den Wald gegangen. Aber mit Joaquim. Vielleicht war Thomas nicht der Einzige, der gesehen hatte, wie George den Jungen missbrauchte; Santos hatte nur auf den richtigen Moment gewartet, in dem er die Information zu seinem Vorteil nutzen konnte. George hatte gelogen, um sich vor der drohenden Entlarvung zu schützen. Er war erpresst worden.

Thomas wurde klar, dass er diese Männer, mit denen er so viel Zeit im Urwald verbracht hatte, im Grunde überhaupt nicht kannte. Er kannte sie nicht besser als zu Beginn. Er hätte ebenso gut allein unterwegs sein können.

Und er selbst? Antonio hätte Clara und ihm jederzeit folgen können – schließlich hatte Santos auch von Georges Vergehen erfahren. Würde Santos glauben, dass Thomas tatsächlich mit Clara Ehebruch begangen hatte, oder glauben, dass er log wie die anderen? Vielleicht dachte er, Thomas hänge sein Mäntelchen in den Wind, wie Ernie behauptet hatte. Es fehle ihm an Mut zum Widerstand oder er habe Angst, außen vor gelassen zu werden. In diesem Augenblick begann Thomas, sich selbst zu hassen. Er war so leicht zu durchschauen! Und schwach. So schwach. Und als Clara gefallen war, hatte er es zugelassen. Er hätte aufbegehren können, alles leugnen, ihr helfen. Aber er hatte geschwiegen, und sein Schweigen hatte sie getötet.

Er stand am Flussufer, als der Regen wieder einsetzte. Es war kein Ende abzusehen. Warum war er immer noch hier? Er musste fort, John finden und abreisen. Die anderen würden ihm nicht zuhören – Ernie würde wegen Lillie bleiben wollen, und George war zu feige. Er stand im Regen, bis er völlig durchnässt war und ihm das Wasser über Gesicht und Kleider lief. Er hatte seit Manaus nicht mehr gebadet und empfand ein starkes Bedürfnis nach Reinigung. Wieder sah er Santos vor sich, der Clara den Stuhl auf den Kopf schlug, und er erinnerte sich, wie sich seine Beine angefühlt hatten, schwer wie Eisen, wie in den Boden gerammt. Er hatte nichts getan, um sie zu retten, und jetzt war sie tot. Ermordet, weil sie eine Ehebrecherin war, und mit wem hatte sie die Ehe gebrochen? Mit ihm. Und was Santos' wütende Anschuldigung betraf, sie habe ihn mit Syphilis angesteckt: Sie hatte selbst erzählt, dass er sie seit Monaten nicht angerührt hatte. Er wollte unbedingt Kinder, aber weil sie ihm keine schenken konnte, hatte er eine Möglichkeit gefunden, ihre Ermordung zu rechtfertigen. Jetzt war er frei und konnte wieder heiraten. Thomas wurde vom Schluchzen überwältigt. Er rutschte aus und landete schmerzhaft auf dem Steißbein, aber er stand nicht auf, sondern blieb im strömenden Regen im Schlamm sitzen und weinte um die tote Frau und um den Mann, der er hätte sein sollen.

Durch die Tränen, die wie heiße, wütende Stiche auf seiner Haut brannten, sah er im schwarzen Wasser des Rio Negro ein längliches Gebilde treiben. Zuerst hielt er es für einen Alligator, und seine Muskeln spannten sich fluchtbereit an. Doch es war nicht die richtige Form für einen Alligator.

Als der Regen etwas nachließ, stemmte sich Thomas mühsam hoch und patschte vorsichtig ans Wasser hinunter. Es war auch kein Holzstamm, es war ein Mensch. Kaum einen Meter von ihm entfernt trieb mit dem Gesicht nach unten ein massiger Körper. Thomas warf sich ins Wasser und zog ihn an einem kalten, bleichen Arm auf das lehmige Ufer. Lange, widerspenstige Haarsträhnen klebten an einem bärtigen Gesicht. Thomas schrie auf. Eine der Wangen war von einem Fisch angenagt worden, und eine der Augenhöhlen war leer. Die Haut schimmerte bläulich wie ein Entenei. Das war mehr, als Thomas ertragen konnte. Er nahm John in die Arme und wiegte ihn stumm hin und her.

Seine Arme zitterten heftig, und sein Rücken schmerzte höllisch, als er den Leichnam mit letzter Kraft ins Lager zurückschleifte. Er wollte um Hilfe rufen, aber er brachte kaum mehr als ein Flüstern zustande. Seine Stimme schien ihm abhandenzukommen.

Pedro sah ihn zuerst. Er rannte auf ihn zu und ergriff Johns zweiten Arm. Gemeinsam zogen sie weiter.

»Ist er ...«

»Tot.« Thomas' Stimme war nur noch ein heiseres Schnarren. Er war am Ende seiner Kraft, die Arme spürte er kaum noch. Pedro nickte. »Der Bouto, Senhor Edgar.«

Thomas blieb stehen und ließ Johns Arm fallen. Er hockte sich auf den Boden, um den schmerzenden Rücken zu entlasten und wieder zu Atem zu kommen. »Der Delphin? Was ist mit ihm?«

»Das ist ihre Art. Sie nehmen die Gestalt einer schönen Frau an und kommen an Land, um die Männer ins Wasser zu locken.«

Thomas erinnerte sich an die Schiffsreise nach Manaus. Was hatte John gesagt? *Kein schlechter Tod, von einem schönen Geist ertränkt zu werden.* Er schüttelte den Kopf. Lächerlich.

»Du glaubst doch nicht wirklich daran, oder?«

»Nein.« Pedro sah zum Lager hinüber. Antonio kam durch die Bäume auf sie zu.

»Senhor Edgar«, fragte er gedehnt, »was ist passiert?«

»Als ob Sie das nicht wüssten!« Thomas konnte sich kaum beherrschen, als Antonio sich über Johns Leichnam beugte. Er nutzte die Gelegenheit, um zu gehen. Seine Beine lenkten ihn ins Lager und in Johns Hütte, die beiden Männer und die Leiche seines Freundes hinter sich lassend. Er griff nach dem Gewehr, das an der Wand lehnte, und prüfte, ob es geladen war. Nur mit Schrot, aber das würde reichen müssen.

Ohne darüber nachzudenken, was er vorhatte, sprintete er mit großen Schritten durch den Hof auf Santos' Hütte zu.

»Aufstehen!«, schrie er ins Dunkle. Santos war hinter einem Moskitonetz verborgen und sagte nichts, deshalb nahm Thomas an, dass er schlief. Er blieb unschlüssig stehen, fast versucht, wieder umzukehren. Da zog Santos das Netz zur Seite.

»Mr. Edgar! Was haben Sie vor?«

»Sie haben ihn umgebracht!«

»Wen?«

»John, Sie verdammter Idiot. Leugnen Sie es nicht!«

»Aber ich liege doch krank im Bett und trauere um meine Frau«, erklärte Santos blasiert. Thomas, dem das Wasser aus den Haaren in die Augen tropfte, umklammerte das Gewehr fester und zielte auf ihn. Wenn er beim Abdrücken die Augen schloss, würde ihm der Anblick von noch mehr Blut erspart bleiben.

»Mr. Edgar, legen Sie die Waffe weg. Sie wollen doch keinen Mord auf Ihr Gewissen laden!«

»Wie Sie?«

»Das können Sie nicht beweisen.«

»Aber ich kann beweisen, dass Sie Ihre Frau umgebracht haben. Es gibt Zeugen.«

»Aber wer würde Ihnen glauben? Wo Sie doch alle gelogen haben, was den Ehebruch betrifft?«

Thomas zögerte und ließ das Gewehr sinken.

»Ja, ich stehe in Ihrer Schuld, werter Komplize!«

»Nein!« Thomas riss das Gewehr hoch und legte den Finger an den Abzug. Da hörte er ein Knirschen und spürte einen Schlag auf den Kopf. Ihm wurde schwarz vor Augen, und als er wieder zu sich kam, kniete er auf dem Boden der Hütte. Das Gewehr war ihm aus der Hand gefallen. Eine braune Hand erschien und hob es auf.

»Aber Mr. Edgar«, sagte Santos tadelnd. Er winkte ihn zu sich. Thomas begriff, dass alles vorbei war, und gehorchte. Seine Kehle war wie zugeschnürt. Er kroch auf die Hängematte zu; die nassen Kleider klebten ihm am Körper und verzögerten sein Vorwärtskommen.

»Wir müssen ein wenig miteinander plaudern, Sie und ich. Antonio hat sich erlaubt, eine Schiffspassage für Sie zu buchen, bevor er aus Manaus zurückkam. Sie reisen in zwei Tagen ab, was Ihnen genügend Zeit lässt, Ihre Habseligkeiten zu packen, die Sie in der Eile in meinem Haus zurückgelassen haben. Bitte sagen Sie nichts.« Er hob die Hand. Thomas hatte nicht die Absicht gehabt, etwas zu sagen. Es wäre ihm auch nicht möglich gewesen. »Antonio hat an Ihren Agenten geschrieben. Mr. Ridewell, nicht wahr? Er sollte bei Ihrer Ankunft zur Stelle sein, um Sie abzuholen.« Santos schwieg. Seine Haut hatte einen fahlen Ton, und die entzündete Stelle an seinem Hals glänzte wie eine Brandwunde. Thomas empfand bei ihrem Anblick eine gewisse Befriedigung; er hoffte sehr, dass Santos Schmerzen litt. Mit leiser, drohender Stimme fuhr dieser fort: »Ich mag Sie, Mr. Edgar. Sie erinnern mich an mein früheres Ich. Fahren Sie nach Hause zu Ihrer hübschen Frau, und gründen Sie eine Familie. Erzählen Sie Ihren Kindern Geschichten von Ihrem wundersamen Schmetterling. Es spielt keine Rolle, dass Sie ihn nicht gefunden haben – erfinden Sie Geschichten. Ich weiß nicht genau, was Sie hier glauben, gesehen zu haben, aber ich an Ihrer Stelle würde mich nach Ihrer Heimkehr nach England sehr ruhig verhalten. Schließlich haben sich Ihre Freunde entschieden, hierzubleiben. Sie wollen doch nicht, dass ihnen etwas zustößt.«

Antonio erschien in der Tür, und Santos nickte ihm zu.

»Es ist so weit. Zeit für Sie zu gehen. Meine besten Wünsche begleiten Sie.«

Antonio, der eine Tasche über der Schulter trug, ging hinter Thomas zum Fluss. Der Regen hatte wieder aufgehört. Thomas spürte die Blicke der anderen Männer. Neben Ernie stand in einem strahlend weißen Kleid, mit ihrem Sonnenschirm in der Hand, Mademoiselle Lillie, die mit Antonio aus Manaus gekommen sein musste. Er hatte die Hand um ihre Hüfte gelegt. Auch George und Pedro waren zur Stelle. Thomas ging mit gesenktem Kopf an ihnen vorbei; er konnte kaum glauben, dass er noch lebte, dass er mit heiler Haut davongekommen war und nur etwas verkrustetes Blut in seinen Haaren klebte. Als er stolperte, hielt Antonio ihn am Ellenbogen fest. Ein schwarz-gelber Schwalbenschwanz flatterte vor ihnen her, und Thomas schrie auf und wollte sich auf ihn stürzen. Aber es war nur ein weiblicher *Torquatas* mit gelben Punkten. Dieser Irrtum war ihm schon einmal unterlaufen. Etwas in ihm zerbrach. Sein Schmetterling. Sein *Papilio sophia*. Wie hatte er ihn verraten! Es war alles umsonst gewesen, und so viele Menschen waren seinetwegen gestorben. Sein Schweigen hatte Clara umgebracht. Und John. Aber jetzt konnte er mit seinem Schweigen zumindest seine Freunde retten.

Kapitel 13

Richmond, Juni 1904

Sophie erwacht mit einem pochenden Schmerz in den Füßen. Sie zieht die Decke weg, um sie sich im schwachen Licht der Morgendämmerung anzusehen. An Nachthemd und Beinen kleben Erde und Ruß, das Laken ist schwarz verschmiert und sandig. An den Fußsohlen haben sich Blasen gebildet, die Haut ist gerötet und spannt, aber es hätte viel schlimmer kommen können. Sie hat immerhin versucht, mit den Füßen ein Feuer auszutreten. Sie rollt sich wieder zusammen und schließt die Augen. Sie sieht die dunkle Gestalt ihres Mannes am Fenster, hört den Schrei, der durch den Garten hallt. In dieser Nacht hat sich alles verändert. Wenn sie aufsteht, wird nichts mehr sein, wie es war, und vorläufig weiß sie nicht, ob das ein Grund zum Feiern oder zum Fürchten ist. Je länger sie im Bett bleibt, desto länger kann sie sich davor drücken, es herauszufinden.

Seine ersten Worte nach diesem ersten Schrei hatten gelautet: *Er hat sie umgebracht.* Sie hatten einander weinend in den Armen gelegen, dann hatte er sie die Treppe hochgetragen und ins Bett gebracht. Hatte er anschließend noch mit ihr gesprochen? Sie erinnert sich vage an ein Gemurmel. Danach war er wieder nach unten gegangen, und sie hatte gehört, wie er die Lattenkisten ins Haus geschleift hatte.

Er hat sie umgebracht. Wer war er? Die Frau, die er meinte, konnte nur diese Frau sein, Mr. Santos' Frau. Von einer anderen Frau war nie die Rede gewesen. Aber wer hatte sie umgebracht? Und warum? Weil sie ein Verhältnis mit Thomas hatte? Das war möglich. War Thomas aus diesem Grund verstummt? Er musste sich schrecklich schuldig fühlen, wenn sein Handeln zu ihrem Tod geführt hatte.

Jemand klopft leise an die Tür.

»Thomas?« Sie setzt sich auf.

»Ich bin es nur, Ma'am«, sagt Mary, die ein Teetablett trägt. Sie stellt es auf das Nachttischchen. Und macht ein fröhliches Gesicht. »Sie werden es nicht glauben ... oder vielleicht doch. Der Herr ...«

»Er hat mit dir gesprochen?«

»Ja! Ich bin so erschrocken. Er ist gekommen und hat mich gebeten, Ihnen Tee ans Bett zu bringen. Hat gesagt, es geht Ihnen nicht gut.« Sie sieht Sophie voller Besorgnis an. »Geht es Ihnen gut?«

Sophie seufzt. »Ja. Ich habe nur etwas Dummes angestellt und mir dabei die Füße verbrannt.«

Mary ist sichtlich schockiert, aber zu höflich, sie nach Einzelheiten zu fragen. »Soll ich nach Dr. Dixon schicken?«

»Nein ... oder doch. Ich möchte, dass er auch nach Mr. Edgar sieht.«

Mary wirft ihr einen scheuen Blick zu. »Sind das nicht gute Neuigkeiten? Dass er wieder spricht?«

»Ja, Mary. Es ist wunderbar.« Sophie rafft sich zu einem matten Lächeln auf. Wenn sie sich nur darüber freuen könnte. Aber sie ahnt, dass noch ein langer Weg vor ihnen liegt, bis sie Grund zum Feiern haben werden.

Nachdem Dr. Dixon gegangen ist, wagt Sophie ein paar vorsichtige Schritte auf ihren bandagierten Füßen und merkt zufrieden, dass sie laufen kann. Aber der Arzt hat ihr verordnet, sich ein paar Tage zu schonen, und sie legt sich wieder ins Bett. Thomas hat seine Wunden in der Abgeschiedenheit seines Zimmers untersuchen lassen, und als der Arzt zu Sophie kam, lächelte er sie herzlich an.

»Sie müssen sehr froh sein, Mrs. Edgar. Seine Wunden sind sehr gut verheilt, und wir haben eine Unterhaltung geführt. Er wirkt jetzt viel wacher und interessierter. Man kann ihn nicht gerade redselig nennen, aber er hat meine Fragen beantwortet.«

»Und welchen Eindruck hatten Sie sonst?«

»Gut, gut. Es ist ein wunderbarer Anfang. Er ist immer noch sehr nervös, und ich würde ihn nicht als vollständig genesen bezeichnen, aber ich glaube, dass er auf dem besten Wege dazu ist. Und ich bin mir sicher, dass das Ihr Verdienst ist. Sie müssen ausgezeichnet für ihn gesorgt haben.«

Sophie hat genickt, aber nicht ausgesprochen, was sie dachte – dass es ihr eigener Akt des Wahnsinns und der Wut gewesen war, der ihn zurückgeholt hatte, nicht ihre Freundlichkeit.

Jetzt liegt sie im Bett und wartet darauf, dass Thomas kommt. Mary hat die Laken gewechselt, und sie genießt die kühle Frische an ihren Füßen. Es ist ein schwüler Tag, vor dem Fenster pfeift ein Star. Ein Automobil brummt vorüber, und auf dem Pflaster klappern Pferdehufe.

Schließlich hört sie ein Klopfen an der Tür.

»Ich dachte schon, du würdest gar nicht mehr kommen.«

Thomas tritt zögernd näher. »Fast wäre ich auch nicht gekommen.« Seine Stimme klingt heiser, und er fasst sich an den Hals, als ob diese wenigen Worte ihn schmerzten, als säße ihm etwas Unangenehmes in der Kehle.

»Komm her«, sagt sie und klopft einladend auf das Bett. »Wie fühlst du dich?«

»Furchtbar«, sagt er. »Was du meinetwegen erduldet hast. Es tut mir so leid.«

Sie weiß nicht, was sie darauf antworten soll. Sie will ihn nach der Frau fragen, sie will wissen, was sich ereignet hat, was diesen Zustand bei ihm ausgelöst hat. Aber sie hat bisher keine Antworten von ihm bekommen, wieso sollte es diesmal anders sein? Nur weil er jetzt spricht?

»Deine Schmetterlinge«, sagt sie endlich. »Das Feuer …«

»Nicht«, unterbricht er hastig. »Es ist kein Schaden entstanden. Gott, ich habe dich ja dazu getrieben! Es tut mir leid.«

Sie nickt mechanisch und beißt sich auf die Lippe. »Thomas … Liebling. Was um alles in der Welt ist dir durch den Kopf gegangen, als du nicht mit mir sprechen wolltest … mit niemandem?«

»Ich weiß es nicht. Es ist so schwer zu erklären. Ich wollte ja, oft. Oder alles aufschreiben. Du glaubst nicht, wie oft ich damit angefangen habe, wenn ich allein in meinem Arbeitszimmer saß. Aber ich konnte einfach nicht. Anders kann ich es nicht beschreiben. Es war, als wäre meine Zunge gelähmt, oder meine Hände, wenn ich schreiben wollte. Etwas in meinem Kopf hat mir gesagt, wenn ich den Mund aufmache, werde ich schreckliche Dinge sagen, Menschen werden verletzt werden, ich werde ein Verbrechen gestehen, das ich nicht begangen habe. Ich hatte solche Angst vor dem, was ich sagen würde, wenn ich einmal damit anfange …«

»Was denn? Was ist denn passiert?«

Er lässt den Kopf hängen. »Es geht immer noch nicht.« Dann steht er auf, entschuldigt sich noch einmal und geht auf die Tür zu.

»Thomas, geh nicht weg!« Sie kann nicht glauben, dass sie so weit gekommen sind und er jetzt wieder vor ihr davonläuft. Aber diesmal bleibt er stehen. Er wartet vor der Tür, die Hand am Türknauf.

»Bitte«, sagt sie »komm zurück.« Sie versucht, ihre Stimme nicht verzweifelt klingen zu lassen, aber sie hört selbst den flehentlichen Tonfall. »Du brauchst mir nicht alles zu erzählen. Nur das, was ohne Anstrengung geht.«

Er steht da wie ein Kind. Die verstrubbelten Haare hängen ihm in die Augen, während er ihr Angebot erwägt. Dann nickt er und kommt mit kleinen Schritten zu ihr zurück.

Und so erfährt Sophie von Clara Santos; von der Droge, die Mr. Santos ihm ohne sein Wissen verabreichte, und den Auswirkungen, die sie auf ihn hatte; von seinem letzten verzweifelten Versuch, den Schmetterling zu finden, und wie er aufgegeben hat. Von dem Verlust seines Freundes John und der Gefahr, in der seine anderen beiden Gefährten jetzt schweben. Er berichtet ihr auch von den Morden – an dem Zeitungsverleger, an Captain Arturo und den armen Indianern –, doch die Details erspart er ihr.

Sie verspürt den Wunsch, die Arme auszubreiten und ihn an sich zu ziehen, ihm zu sagen, das alles sei nicht seine Schuld gewesen, ihn zu trösten. Aber der Gedanke, dass er mit dieser Frau zusammen war, hält sie davon ab. Vorläufig.

Er sitzt mit abgewandtem Blick auf seinem Stuhl und spricht mit leiser, brüchiger Stimme. Manchmal muss er aufhören und schluchzt leise vor sich hin.

»Und dann?«, fragt sie immer wieder. Sie will ihn am Reden halten, denn sie befürchtet, wenn er einmal aufhört, wird er nie wieder anfangen. In gewisser Weise jubelt sie innerlich, weil er auf dem Weg der Besserung ist. Ihre Geduld und Ausdauer haben sich ausgezahlt. Sie hatte immer gewusst, dass sein Stummsein durch etwas verursacht sein könnte, über das sie lieber nicht so genau Bescheid wissen will. Und sie hat recht gehabt. Es tut weh, dieses Wissen, das er diese ganze Zeit mit sich herumgetragen hat. Es tut ihnen beiden weh.

Als er zu Ende gesprochen hat, ist es das Pflichtgefühl, das sie dazu bewegt, seine Hand zu nehmen.

»Warum hast du mir das nicht geschrieben?«

»Ich konnte nicht. Ich wollte dich nicht erschrecken, und was Santos anging, konnte ich meinen Verdacht doch nicht äußern. Es wäre zu gefährlich gewesen. Und …«, er blickt zu Boden, und seine Worte sind kaum noch zu verstehen, »ich habe mich so geschämt.«

Sophie nickt, ohne viel dabei zu empfinden. Und das ist ganz richtig so, denkt sie. Sie ist jetzt verhärtet; seine Geständnisse prallen an ihr ab wie Hagelkörner vom Straßenpflaster. Als seine Briefe aufhörten, hätte sie wissen müssen, dass etwas nicht stimmte. Der letzte war so dünn gewesen – die Selbstzensur hatte kaum noch etwas übrig gelassen, das er ihr hätte schreiben können.

Aber was kann sie tun? Sie kann ihn nicht verlassen – was wäre das für ein Skandal! Die Leute würden anfangen zu spekulieren, zu schnüffeln … Aber sie hat sich doch geschworen, nichts mehr auf die Meinung anderer zu geben, nur noch in ihrem und im Interesse ihres Mannes zu handeln. Viel von dem Schmerz rührt nicht von der Tatsache her, dass er sie betrogen hat, sondern dass er ein Mann ist, der dazu imstande ist, sie zu betrügen. In anderen Worten: Er ist nicht der Mann, den sie geheiratet hat. Sie weiß, wie Männer sind, und Frauen auch, aber sie hat eigentlich geglaubt, dass Thomas und sie anders wären, dass sie sich aufrichtig liebten und nie gegenseitig verletzen würden. Das ist es, worum sie jetzt trauern muss – um den Thomas, der nie existiert hat. Sie muss diesen neuen Thomas erst lieben lernen, der wie der alte Thomas aussieht, wenn auch gealtert und gezeichnet. Selbst seine Hände sind kälter, wenn er ihre ergreift, und seine Augen liegen tiefer in den Augenhöhlen. Er ist ein anderer geworden.

Zwei Tage später steht Charles Winterstone bei seiner Tochter vor der Tür. Er hat Sophie nicht vorgewarnt, dass er kommen würde, und weiß nicht, ob sie überhaupt zu Hause ist. Auf sein Klopfen hin öffnet das Mädchen, das ängstlich die Augen aufreißt. Als er über die Schwelle in den Flur tritt, knirschen unter seinen Füßen zersprungene Fliesen. Sie sollten sie reparieren lassen, denkt er, bevor die anderen auch Kratzer bekommen und nichts mehr taugen.

Mary führt ihn in den Salon, aber als sie verschwindet, um Sophie zu holen, geht er ins Wohnzimmer. Durch das Fenster sieht er seine Tochter im Garten stehen, am Arm einen Korb voller Rosen. Sie trägt einen Sonnenhut mit Schleier, der ihr halbes Gesicht verdeckt. Er sieht eine Hand, die in einem dicken Handschuh steckt und bei Marys Nachricht zum Mund fährt. Sophies Kopf fährt herum, als ob sie nach etwas Ausschau hielte. Er stöhnt leise auf. Etwas an dieser Geste erinnert ihn an Martha, die die Angewohnheit hatte, den Blick unruhig schweifen zu lassen, wenn sie durcheinander war, als läge die Lösung ihrer Probleme im Blumenbeet oder unter dem Tisch. Er kann es nicht verhindern: Jedes Mal, wenn er an seine Frau denkt, auch jetzt noch, zwanzig Jahre nach ihrem Tod, stellt sich in der Magengegend ein hohles, hungerähnliches Gefühl ein. Er war ihr immer zu nahe gewesen. Sie war ihm zu früh entrissen worden, bevor sie die Chance gehabt hatten, sich miteinander zu langweilen, bevor das Alter ihre Taille aus der Form gebracht hatte und ihr Gesicht spitz werden ließ, bevor sie einen Stall Kinder hatten, dem sie sich widmen musste, und bevor sie eine so routinierte Gastgeberin geworden war, dass sie die Freude am Einladen verlor. Bevor ihnen am Frühstückstisch die Gesprächsthemen ausgingen.

Als sie starb, hatte sich das Haus in eine Eishölle verwandelt. Das Kindermädchen und die Haushälterin waren auf Zehenspitzen um ihn herumgeschlichen und hatten nur noch im Flüsterton gesprochen, und er hatte sich an die Stille gewöhnt. Manchmal glaubte er sogar, seine Frau in der Stille zu hören, zwischen dem leisen Schließen einer Tür und den gedämpften Schritten der Kinderfrau auf der Treppe. Er stand oft in Marthas geliebtem Garten und lauschte in den Wind, der in den struppig gewordenen Rosen raschelte.

Vor seinem geistigen Auge entsteht ein Bild von Martha im Garten. Sie ist genauso gekleidet wie jetzt seine Tochter, und zu ihren Füßen kauert die kleine Sophie auf der Erde und macht sich so schmutzig, wie es einem anständigen kleinen Mädchen nicht ziemt. Martha lacht über sie, dann wendet sie ihr den Rücken zu und winkt mit einer roten Rose in der Hand ihrem Mann zu.

Er weiß, dass er Sophie beim Verlust ihrer Mutter allein gelassen hat; er hätte für sie da sein müssen. Aber sie musste lernen, unabhängig zu werden. Lieber wäre er Martha nie so nahe gewesen, als erleben zu müssen, wie sein Herz mit ihr zu Grabe getragen wurde. Dieses Gefühl wünschte er niemandem, schon gar nicht seinem eigen Fleisch und Blut. Niemand sollte so sehr lieben und diese Liebe dann verlieren.

»Vater?« Sophie steht vor ihm. Sie zieht die Nadeln aus dem Hut, nimmt ihn ab und drückt ihn an sich. Eine Welle von Zuneigung steigt in ihm hoch wie Luftbläschen in einer brodelnden Flüssigkeit, aber er unterdrückt sie.

»Hallo, Liebes«, sagt er. »Ich war gerade in der Nähe.«

Sie beäugt ihn misstrauisch, und er lässt den Kopf hängen. Sie wird ihrer Mutter immer ähnlicher.

»In Wahrheit …« Er deutet auf die Stühle am Fenster. »Es gibt etwas zu besprechen. Können wir uns setzen?«

»Natürlich. Mary?« Mary erscheint und nimmt ihr Hut und Handschuhe ab.

Sophie lässt sich auf der Stuhlkante nieder und streicht sich die Haare glatt.

»Es ist nicht leicht, dir das zu sagen.« Ihm wird plötzlich heiß, und er muss dem Impuls widerstehen, seine Krawatte zu lockern. »Ich weiß über Thomas Bescheid, Sophie.«

Sophie sinkt aufseufzend gegen die Rückenlehne. Sie ist erleichtert, nimmt er an, dass sie ihm das Geheimnis nicht länger vorenthalten muss. Die Lüge muss sie sehr belastet haben.

»Woher hast du es erfahren?«

»Es ist kein Geheimnis mehr, nicht wahr? Weiß nicht ganz Richmond darüber Bescheid?«

Sie zuckt die Achseln. »Und Kingston auch, wie ich sehe.« Ist sie wütend auf ihn?

»Wo ist Thomas jetzt? Liegt er im Bett?«

»Komm und sieh selbst.« Sie stemmt sich hoch und steht aufrecht vor ihm. Er hat keine andere Wahl, als ebenfalls aufzustehen und ihr in den Flur zu folgen.

Sie klopft zweimal an eine geschlossene Tür, wartet aber nicht auf die Antwort.

»Hier ist jemand, der dich sprechen will«, sagt sie ins Zimmer hinein, und als Charles eintritt, sieht er Thomas am Schreibtisch sitzen. In der Luft hängt ein beißender Geruch nach Chemikalien und Sägespänen, der ihn an seine Schulzeit erinnert. Thomas ist von Papierstapeln, mehreren Tintenfässern und kleinen Schachteln umgeben. Ein Farbklecks hellt das triste Zimmer auf – ein Schmetterling in Rosarot und Weiß, und daneben eine Palette und ein Glas mit trübem Wasser, in dem ein Pinsel steht.

In den Ecken des Zimmers liegen Staubflusen, die im Luftzug, der durch die offene Tür fegt, herumwirbeln wie Raubtiere auf dem Sprung. Thomas hat seine Gegenwart noch nicht zur Kenntnis genommen, und Charles wartet schweigend und streicht geistesabwesend über ein Buch auf dem Regal.

Endlich blickt Thomas von der Arbeit hoch, und Charles durchquert das Zimmer, um ihn zu begrüßen. Widerstrebend steht der junge Mann auf. Er starrt die Hand an, die Charles ihm hinstreckt, und ergreift sie fast unwillig. Seine Hand fühlt sich überraschend rau und trocken an, wie die eines

Gärtners. Charles versucht an seinem Gesicht zu erkennen, ob er gewalttätig sein könnte, wie Fale meint, aber Thomas wirkt eher ängstlich als gefährlich.

»Schön, dich wiederzusehen, Thomas«, sagt Charles. »Wir wollen dich nicht von deiner Arbeit abhalten.«

»Aber nicht doch«, erwidert Thomas, und Charles lässt verblüfft seine Hand los.

»Guter Gott. Aber ich dachte …«

Sophie legt ihrem Vater die Hand auf den Arm und lotst ihn sachte aus dem Zimmer.

»Ich weiß, was du gedacht hast, Vater. Wir lassen dich jetzt allein, Thomas.«

Auf dem Rückweg ins Wohnzimmer schwankt Sophie manchmal, als ginge sie auf heißen Kohlen.

»Ist alles in Ordnung? Hast du dich verletzt?«

»Es ist nichts.« Sie winkt ab und setzt sich. »Zu viel Gartenarbeit. Wie du siehst, Vater, geht es Thomas recht gut.«

»Dann sag mir den Grund. Sag mir, warum ich anderes gehört habe.«

»Wer hat dir davon erzählt?«

»Ein gewisser Captain Fale hat mich aufgesucht. Er ist ein Freund von Thomas, glaube ich. Er war sehr in Sorge um euch beide. Er hat gesagt, Thomas … ich weiß, das klingt höchst merkwürdig, aber er hat gesagt, er sei stumm. Er spräche nicht. Und sei gewalttätig. Er fürchte um deine Sicherheit. Er wollte mich davon überzeugen, dass er in einer … Anstalt besser aufgehoben wäre.«

»Ach wirklich?« Nachdenklich legt Sophie die Hand vor den Mund. »Ich verstehe. Nun, ich muss gestehen, Vater, dass er bei seiner Rückkehr krank war und ich mir tatsächlich Sorgen um ihn gemacht habe, aber wie du siehst, geht es ihm jetzt viel besser. Und gewalttätig – das ist lächerlich! Du kennst doch Thomas. Du weißt, wie sanft und freundlich er ist.«

»Warum hat dann Captain Fale mit mir darüber gesprochen und du nicht?«

»Ich wollte dich nicht beunruhigen. Das verstehst du doch, oder?«

»Ich möchte dich noch etwas anderes über Fale fragen. Könnte es sein, dass er sich zu Recht Hoffnungen macht, dass du und dein Mann, dass ihr euch trennt?«

»Oh nein, Vater! Ich liebe Thomas von ganzem Herzen. Die Dinge waren schwierig zwischen uns, ja, aber es wird immer besser.«

»Nun, ob du es weißt oder nicht – dieser Fale hat ganz offensichtlich etwas vor, mit dir und mit Thomas. Ich würde ihm unbedingt aus dem Weg gehen.«

»Und du … du findest nicht, dass ich Thomas einweisen lassen sollte? Du stimmst dem Captain nicht zu?«

»Meine Liebe, ich kenne den Mann ja kaum. Wenn ein völlig Fremder mit einer so ungewöhnlichen Bitte zu mir kommt, bin ich natürlich argwöhnisch. Zuerst war ich ärgerlich auf dich … wie konntest du mir das verschweigen!«

»Ich hatte Angst davor, wie du reagieren würdest. Ich weiß, dass du Thomas nie mochtest …«

»Das ist nicht wahr.«

Sophie beißt sich auf die Lippen. »Oh, entschuldige. Verzeih mir. Ich bin müde.« Tatsächlich hat sie dunkle Ringe unter den Augen und offensichtlich wenig geschlafen. Sie muss Kummer haben. Sie hat noch nie so freimütig mit ihm gesprochen. Er ist überrascht, dass es ihn nicht peinlich berührt.

»Ich konnte es dir nicht sagen. Du hättest gedacht, dass Thomas ein Versager ist. Du hättest vielleicht darauf bestanden, ihn ins Krankenhaus zu schicken.«

Wie gut sie ihn kennt. Genau das war ihm durch den Sinn gegangen – er hatte überlegt, wie er Thomas so weit wie möglich von ihr entfernen könnte. Aber jetzt sieht er selbst, dass Thomas auf dem Weg der Genesung ist. Wie ungestüm sie ihn verteidigt! Wieder fühlt er sich an Martha erinnert. Sie war auch stets loyal, obwohl er nicht immer der ideale Ehemann war. Er weiß, was es heißt, vom Gegenstand seiner Liebe getrennt zu sein. Wie hatte er ernsthaft erwägen können, seiner eigenen Tochter das anzutun?

»Ich hätte dich nie so allein lassen sollen.« Das ist nur eine kleine Lüge. »Verstehst du mich? Ja?«

Sophie nickt langsam, bemüht, die Tränen zurückzuhalten. Plötzlich hat Charles eine Idee. »Warum zieht ihr nicht beide für eine Weile zu mir? Nur bis es Thomas besser geht.«

Da fängt sie an zu weinen, und er gibt ihr sein Taschentuch. »Darf ich darüber nachdenken?«

»Natürlich.« Er wirft einen Blick auf seine Taschenuhr. »Und jetzt muss ich weiter.« Aber das ist ein Vorwand. Sie hat noch nie so offen vor ihm geweint, und dieser Anblick macht ihn nun doch nervös.

Aber als er auf die Straße tritt, fühlt er sich beschwingt. Er hat das Richtige getan. Bei ihrer Erziehung hat er darauf geachtet, dass sie lernt, sich nur auf sich selbst zu verlassen, damit sie nie so enttäuscht würde wie er, aber nun ist die Zeit gekommen, ihr die Hand zu reichen und sich zu ihr als seiner Tochter zu bekennen.

Sophie muss hinaus an die frische Luft. Nur daran kann sie jetzt denken: Sie muss aus diesem dunklen Haus heraus. Sie wartet ein paar Minuten, um sicher zu sein, dass ihr Vater fort ist, dann greift sie nach Hut und Sonnenschirm und tritt durch die Tür.

Beim ersten Versuch entgleitet der Haken am Tor ihren zitternden Fingern, und sie flucht leise. Ihre Brust schmerzt vom Druck zurückgehaltener Tränen, und als sie auf der Straße steht, muss sie ihnen freien Lauf lassen. Sie öffnet den Sonnenschirm und hält ihn sich tief vors Gesicht, während sie sich Schritt für Schritt auf ihren verbrannten Füßen vorwärtstastet.

Mit dem Handschuh wischt sie sich die Tränen vom Gesicht. Sie ist ungehalten über sich selbst: Warum hat sie sich nicht in der Gewalt? Der Sonnenschirm bietet ihr einen gewissen Schutz, aber trotzdem werfen ihr die Passanten neugierige Blicke zu.

Hat sie dem Captain Hoffnungen gemacht? Ja, höchstwahrscheinlich. Als er anfing, sie zu besuchen, hatte sie sich eingeredet, sie habe Mitleid mit ihm; er war einsam und würde ihr ein amüsanter Gesellschafter sein. Aber das Gespräch mit ihm war ermüdend – ständig drehte es sich um den Krieg und seine Verletzung, obwohl jedermann wusste, dass er im Park vom Pferd gefallen war.

Aber er sah so stark aus in seiner Uniform, und seine Gegenwart weckte in ihr ganz andere Gefühle als die, die sie für Thomas empfand. Thomas' Augen blickten in ihr Herz, Samuels unter ihr Korsett. Und so ertappte auch sie sich dabei, dass sie seine Körperformen musterte, wenn er vor ihr her ging. Breite Schultern, lange Oberschenkel, ein muskulöser Hintern. Sie stellte sich sogar seine nackte Brust mit all den dichten, gekräuselten Haaren vor und wie sie mit den Fingern hindurchfuhr und ihr Gesicht in ihnen verbarg. Ein aufregender Geruch ging von ihm aus – nach süßer Zitrone und ein wenig nach Schweiß. Sie hätte ihn abstoßend finden müssen, stattdessen zog er sie an. Sie war gefesselt von der Reaktion ihres eigenen Körpers, der so unabhängig vom Geist funktionierte. Die Tatsache, dass sie Samuel nicht besonders mochte, erleichterte die Sache, denn es würde nicht als Betrug zählen, wenn sie ihn nicht liebte, oder?

Als sie an jenem Tag Thomas' Tagebuch gelesen und zum Captain gegangen war, war sie bereit gewesen, sich ihm an den Hals zu werfen. Sie wollte auf ihn zugehen, sein Gesicht zwischen die Hände nehmen und sich an seinen Körper drücken. Wenn Thomas das getan hatte, warum nicht auch sie? Aber er hatte sich so abweisend verhalten, dass sie es letztlich nicht über sich gebracht hatte, eine Affäre anzufangen. Nicht, wenn sie ihren Mann so sehr liebte.

Und sie liebt Thomas immer noch. Obwohl sie auf ihn einschlagen möchte. Auf ihn einschlagen, bis ihr die Hände weh tun. Sie wird nicht zulassen, dass Samuel sie entzweit. Der Gedanke an den Körper des Captain ist ihr inzwischen zuwider, ebenso wie die Vorstellung, dass er glaubte, er könne Thomas loswerden und sie in Besitz nehmen.

Ihre brennenden Füße haben sie zum Park getragen. Sie geht durch den hohen Torbogen am Eingang und setzt sich auf eine Bank, um die Fassung wiederzuerlangen. Die Tränen sind versiegt, aber sie hat das Gefühl, als wäre ihr Bauch voller Steine.

Sie betrachtet die Menschen, die durch das Tor in den Park hinein und hinaus spazieren: eine junge Mutter mit Kinderwagen, die ein kleines Kind grob an der Hand hinter sich her zieht; ein ältliches Paar, das sich, wie für einen Kirchgang gekleidet, langsam, aber mit königlicher Würde bewegt; eine dicke Kinderfrau, die ein kleines Mädchen zu beruhigen versucht, das sein Eis fallen gelassen hat und es nun weinend wieder zusammenkratzen will. Und – oh, nein! – Captain Fale.

Sie senkt den Sonnenschirm über ihr Gesicht, aber es ist zu spät: Er hat sie gesehen. Sie hört das Tap-tap-tap seines Stocks. Es wird immer lauter. So schnell sie kann, steht sie auf, umrundet die Bank und betritt den Weg, auf dem sie gekommen ist. Den Sonnenschirm hält sie so tief, dass sie nur Fales Beine sehen kann.

»Mrs. Edgar.«

Sophie zaudert und bleibt stehen. Sie hebt den Schirm ein Stückchen und begegnet seinem Blick. Langsam faltet sie den Schirm zusammen und blickt ruhig in sein hoffnungsvolles Gesicht. Dann dreht sie sich wortlos um und geht. Sie spürt, wie er ihr mit seinen Blicken folgt.

Thomas lehnt an der Mauer am Tor, als habe er auf sie gewartet. Er nimmt schweigend ihren Arm und schiebt sie zurück in den Park. Sie leistet keinen Widerstand. Sie vermutet, dass er ihr hierher gefolgt ist, aber sie weiß nicht, ob er ihre Begegnung mit Captain Fale beobachtet hat.

Der Captain hat sich nicht von der Stelle gerührt – warum kann sich der dumme Kerl nicht aus dem Staub machen? Sophie fürchtet plötzlich eine Konfrontation, ob von Samuel oder von Thomas herbeigeführt. Aber Thomas führt sie geradewegs an Fale vorbei, und als sie den Blick abwendet, tippt ihr Mann grüßend an den Hutrand.

»Fale.«

Sophie gestattet sich einen kurzen Seitenblick und sieht, wie Samuel mit rotem Gesicht nickt und hinkend zurückweicht.

Thomas führt sie auf das Wäldchen zu – denselben Weg, den sie gegangen waren, als er gerade nach Hause zurückgekehrt war. Sie schweigen, aber es ist ein Schweigen, das entsteht, wenn Menschen ihren Gedanken nachhängen; hier sind sie oft spazieren gegangen, bevor Thomas seine Reise antrat und im Geiste schon mit den Schmetterlingen beschäftigt war, die er fangen wollte.

Im Wäldchen ist es kühl und dunkel. Runde Lichtflecken sprenkeln die Erde. Das einzige Geräusch verursachen die Eicheln, die unter ihren Füßen knirschen. Ein roter Admiral segelt über den Pfad, und Sophie schaut zu Thomas. Er folgt ihm mit dem Blick, aber dann bemerkt er ihre Unsicherheit und drückt ihr die Hand.

»Roter Admiral«, sagt sie und lächelt.

Er lächelt schüchtern zurück.

Als sie zu der Weggabelung kommen, schlagen sie, ohne zu zögern, den Weg zu ihrer geheimen Mulde ein. Der Pfad führt um eine Eiche herum in ein dicht bewachsenes Stück des Parks, wo man für Spaziergänger unsichtbar ist.

»Sollen wir uns setzen?« Thomas zieht seine Jacke aus und breitet sie für Sophie auf dem Boden aus.

Sie setzt sich und zieht vorsichtig einen Fuß zu sich heran. »Wie geht es ihnen?«, fragt er. »Deinen Füßen.«

»Viel besser, danke. Aber eine Pause tut gut.«

Er beugt sich zu ihr, nimmt ihre Hand und führt sie an seine Wange. Sein Atem streicht warm über ihre Finger. Sophie kann es kaum fassen – das ist die vertrauteste Geste, die sie seit seiner Rückkehr von ihm erlebt hat. Thomas küsst zärtlich ihre Hand. Wie lieb von ihm! Sie ist gerührt. Im Gegenzug streicht sie ihm über die Haare, die ziemlich lang geworden sind. Die weichen Locken fühlen sich an wie Kinderhaar. Unvermittelt kommt ihr die Frage, oh ihre Kinder wohl einmal Locken haben werden oder nicht – blond werden sie sicherlich sein.

»Meine Liebste«, flüstert Thomas und lehnt seine Wange an ihre Hand. »Wirst du – kannst du – mir jemals verzeihen? Was meinst du?«

Wird sie? Sie will sich eigentlich nicht eingestehen, dass sie die Lust versteht, die einen dazu bringen kann, gegen das eigene Gewissen zu handeln. Sie brauchen beide jetzt Zeit, um sich wieder kennenzulernen.

»Ja, ich glaube, das kann ich. Du hast so viel durchgemacht.« Er senkt den Blick.

»Mein Vater ... hat uns angeboten, eine Weile bei ihm zu wohnen. Nur bis es dir besser geht.«

»Sehr freundlich, aber wir werden zurechtkommen.«

Sie ist sich da nicht so sicher, aber sie möchte ihm gern glauben. »Ich habe Arbeit«, sagt er. »Und wir haben noch so viele Schmetterlinge, die Mr. Ridewell verkaufen kann.«

Eine Welle von Scham überkommt sie. Einige der Schmetterlinge sind im Feuer verbrannt. Die meisten konnten sie glücklicherweise retten.

Thomas kniet sich hin, so dass er etwas größer als sie ist, und schaut sie an. Dann beugt er sich über sie und nimmt ihr

Gesicht zwischen die Hände, um sie zu küssen. Es ist seit langer Zeit der erste Kuss, der von ihm ausgeht, und sie spürt ihn tief in ihrem Körper, zwischen ihren Beinen. Bereitwillig öffnet sie die Lippen. Er küsst sie leidenschaftlicher, doch dann zieht er sich, überrascht von der Intensität ihrer Erregung, vorsichtshalber zurück. Doch Sophie legt sich auf die Erde und zieht ihn zu sich hinunter. Trockene Erdkrumen rieseln in ihren Kragen, aber es kümmert sie nicht: Sie küsst ihren Mann, und er küsst sie wieder, und nichts anderes ist jetzt wichtig.

Er hebt ihren Rock und legt die Hand auf ihren Schenkel, aber dann hält er plötzlich inne und sieht sie an.

»Es tut mir leid«, sagt er und nimmt die Hand weg.

»Nein«, erwidert Sophie und führt seine Hand wieder zu sich zurück. Ihre Haut ist wie elektrisiert. Sie zieht Thomas zu sich hinunter, bis er auf ihr liegt.

In der Nähe knackt ein Ast. Entsetzt schiebt Sophie Thomas von sich und setzt sich auf. Was hat sie sich nur dabei gedacht? Sie wagt es gar nicht erst, in die Richtung zu schauen, aus der der unfreiwillige Voyeur kommen muss.

Thomas fängt an zu lachen. Sie hat vergessen, wie sich sein Lachen anhört. »Hallo«, sagt er. »Schau mal, Sophie.«

Sie dreht den Kopf. Wenige Meter von ihnen entfernt steht, bereit zur Flucht, ein Rehkitz. Sein Atem geht schnell und flach. Sophie ist so erleichtert, dass sie sich abstützen muss.

»Gott sei Dank«, flüstert sie. »Ich dachte, man hätte uns ertappt.«

Das Kitz macht einen Satz und ist verschwunden, aber Sophie ist noch nicht bereit, wieder in Thomas' Arme zurückzusinken.

»Ich habe hier einmal ein anderes Kitz gesehen«, erzählt sie. »Das war so eigenartig, Thomas. Ich hab an dich gedacht und wie sehr du mir fehlst, und dieses Kitz … Es hat mich angesehen und geweint. Es war furchtbar traurig.«

»Geweint?«

»Ja, echte Tränen. Ich wusste nicht, dass das möglich ist. Was glaubst du, warum es so traurig war?«

»Oh, mein Liebling, Tiere können nicht weinen. Aus den Augen von Rehen fließen ölige Sekrete, das ist alles. Es hat nichts mit Traurigkeit zu tun.«

Sie nickt. Er nimmt ihre Hand und zupft liebevoll kleine Zweige und Blätter aus ihren Haaren.

Schließlich gibt sich Sophie einen Ruck. »Thomas, ich muss dich etwas fragen ... du hast deinen Schmetterling nicht erwähnt. Hast du ihn gefunden?«

Er schüttelt den Kopf. »Ich dachte, ich hätte ihn. Es gab eine Zeit, da war ich mir sicher, dass ich ihn gefangen hätte. Aber der Urwald hat mir einen Streich gespielt. Ich glaube nicht, dass mein Schmetterling je existiert hat. Er war nur ein Traum.« Er wirkt so niedergeschlagen, als kämen ihm gleich die Tränen. »Er hat mich wahnsinnig gemacht, Sophie. Ich glaube wirklich, ich war nahe daran, wahnsinnig zu werden.«

Sophie sagt nichts.

»Ich bin froh, zu Hause zu sein«, sagt er. »Ich glaube, ich kann das alles wirklich hinter mir lassen.«

»Aber was ist mit diesem Santos? Was hast du vor?«

»Was kann ich denn tun? Meine Freunde sind noch bei ihm. Er wird sie umbringen. Oder Schlimmeres.«

»Du musst dich mit den britischen Direktoren in Verbindung setzen. Du musst. Sei tapfer, wenn es sein muss.«

»Tapfer?« Er lässt ihre Hand fallen und reibt sich verärgert das Gesicht. »Die Dinge sind nicht überall so einfach wie in Richmond, Sophie.«

Etwas stimmt nicht mit seiner Stimme. Sie ist leiser geworden, und Sophie wird plötzlich von der Angst ergriffen, dass er sie wieder verlieren könnte – dass die bloße Vorstellung, er würde die Wahrheit in Worte fassen müssen, wieder einen Rückzug ins Schweigen bewirken könnte.

»Wir werden einen Weg finden«, sagt sie, legt ihre Arme um ihn und zieht ihn an sich. Schmetterlingsflügel entfalten sich und flirren in ihrem Leib.

Epilog

Malayisches Archipel, 6. September 1912

Liebe Sophie,

ich werde mich sehr kurz fassen, da ich gleich zum Essen ausgehe, aber ich wollte noch rasch auf Deinen Brief antworten, den Du vor einigen Wochen geschickt haben musst. Es ist für mich beruhigend, Dir zu schreiben, denn es kommt mir so vor, als würdest Du im selben Raum sitzen und ich könnte ein richtiges Gespräch mit Dir führen.

Deinen Brief habe ich mit einiger Erheiterung gelesen. Dass Agatha sich zu einer so großartigen Gastgeberin gemausert hat, ist natürlich wunderbar, aber es amüsiert mich doch, wie sehr sie sich durch ihre Ehe und die Kinder verändert hat. Ich weiß, dass sie Deine Freundin ist, und ich will nicht herzlos sein, aber hat sie Dir nicht immer Vorträge über die sozialen Missstände und die Grillen der Gesellschaft gehalten? Manchmal frage ich mich, wie der arme Chapman mit ihr zurechtkommt, wo sie nun jeden Abend Partys für ihre neuen Freunde veranstalten will. Ich bin froh, nicht in Richmond zu sein, sonst hätte ich Ausreden erfinden müssen, warum ich nicht kommen kann – Dir fällt so etwas viel leichter als mir. Ich freue mich jedoch, dass Agathas Hutsalon so gut geht. Sage ihr, ich habe ein paar Schmetterlinge, für die sie sich sehr interessieren wird.

Die vielen neuen Spezies, die ich hier entdeckt habe, erinnern mich an den Papilio sophia, den ich am Amazonas nie fangen konnte. Was für ein Narr ich war – zweifellos haben Wallace und Spruce sich mit diesem Gerücht einen Scherz erlaubt. Vielleicht nicht sie, sondern irgendein Witzbold am Museum für Naturkunde. Und ich Idiot habe daran geglaubt, wo doch ein solcher Schmetterling ein Ding der Unmöglichkeit ist. Was ich seinetwegen fast verloren hätte! Und was ich Dir angetan habe! Und Du hast dennoch zu mir gehalten, hast mich sogar ermutigt, einen neuen Anlauf zu nehmen und Sammler von Berufs wegen zu werden. Du hast mein Wort, liebe Sophie, dass ich Dir das nie wieder antun werde, und ebenso wenig werde ich Dir je wieder etwas verschweigen.

Ich habe gestern von Mr. Roberts, dem Amerikaner, einen Brief erhalten, der mir von Mr. Ridewell weitergeleitet wurde. Roberts schreibt mir, dass Mr. Santos gestorben ist, bevor man ihn vor Gericht bringen konnte. Ich kann meine Gefühle bei dieser Nachricht schlecht beschreiben. Ein Teil von mir ist froh über seinen Tod – ist das sehr schlimm? –, der andere Teil ist enttäuscht darüber, dass er für seine Verbrechen nicht zur Rechenschaft gezogen wurde. Wäre nur alles etwas schneller gegangen! Doch da niemand Roberts glaubte – und schon gar nicht die britischen Direktoren von Santos' Kautschuk-Gesellschaft, diese verbohrten Narren –, verzögerte sich das Verfahren. Ich bin Dir sehr dankbar, dass Du mir geraten hast, Roberts zu schreiben, Sophie. Manche mögen mich schwach nennen, weil ich mich Deinem guten Rat so bereitwillig gebeugt habe, aber das ist mir gleichgültig. Du bist meine Stärke, und ich werde immer auf Dich hören. Dass Du Deine Meinung so entschieden vertrittst, erfüllt mich mit Stolz und Bewunderung.

Ich wünschte nur, George und Ernie hätten ausgesagt, bevor sie starben. Wenigstens hat ihr Verschwinden unsere Regierung endlich aufgerüttelt. Ich danke Gott, dass sie eines natürlichen Todes gestorben sind, obwohl wir das wohl nie mit Sicherheit wissen werden. Manchmal habe ich Albträume, in denen Santos von meiner Zeugenaussage erfahren und sie umgebracht hat, so wie er es angedroht hatte. Aber als ich wegfuhr, grassierte die Cholera, und Ernie sah schon damals krank aus. Ich hatte Glück, dass ich mich nicht angesteckt habe, obwohl ich durch die Malaria geschwächt war. In wie vielen qualvollen Fiebernächten Du mich gepflegt hast!

Roberts hat mir gerade erst berichtet, wie Santos versucht hat, ihn zu erpressen. Er hat in Brasilien einen seiner Handlanger auf ihn angesetzt, der ihm Geld bot, und die britischen Direktoren ließen sich fast übertölpeln, bis jemand sie auch zu bestechen versuchte. Dann begriffen sie, dass Roberts die Wahrheit sagte, und gaben nach. Sie schickten ihre Inspektoren nach Brasilien, die zahlreiche Beweise sammeln konnten. Die Direktoren glaubten wohl, sie könnten sich von aller Schuld reinwaschen, wenn sie Untersuchungen anstellten und ihre Gesellschaft der Korruption überführen, und sie scheinen recht zu behalten.

Mr. Ridewell hat mich ermutigt, meine Tagebücher durchzusehen und sie in eine druckreife Form zu bringen, aber ich bin so mit anderem beschäftigt – die Schmetterlinge im Archipel sitzen nicht still! –, dass ich mich dieser schwierigen Aufgabe ungern widme. Ich konnte mich kaum dazu überwinden, sie zu lesen und mir die Zeit am Amazonas wieder ins Gedächtnis zu rufen. Wenn es Dir nicht zu schwerfällt, wäre das vielleicht ein Vorhaben, bei dem Du mir nach meiner Rückkehr helfen kannst. Denke darüber nach, meine Liebste, und sag nein, wenn Du nicht willst.

Jetzt muss ich mich aber beeilen, denn Frederick, mein neuer Assistent – und was für ein enthusiastischer! Er hält mich ständig auf Trab, er würde Dir sehr gefallen – sagt mir gerade, dass man uns erwartet. Ich wünschte mir so sehr, ich könnte ihn ohne mich zum Essen schicken und mein Gespräch mit Dir fortsetzen. Ich sehne mich nach Dir und den Kindern, danach, wieder bei euch zu sein. Neun Monate ist zu lange, viel zu lange, und ich verspreche Dir, nicht wieder so lange fortzugehen. Küsse die Kinder von mir, und richte Deinem

Vater meine Grüße aus. Ich weiß es zu schätzen, wie viel Zeit er mit ihnen verbringt, wenn ich fort bin.

Meine nächste Reise wird mich im kommenden Jahr nach Australien führen. Ich hoffe, meine liebe Frau, dass Du und die Kinder mich dann begleiten werden. Du sagst, dass die Kinder wie wild durch den Park rennen; in Australien dürften sie sich wie die unerschrockenen Gören benehmen, die sie sind. Wäre das nicht ein Abenteuer?

Ich bin, wie immer, der Deine.
Thomas

Anmerkung der Autorin

Obwohl dies ein fiktives Werk ist, sind manche der Charaktere Menschen nachempfunden, die wirklich gelebt haben. So ist die Figur des *José Santos* von dem peruanischen Kautschuk-Baron *Julio Arana* inspiriert, der in Manaus lebte und in der Region Putumayo Tausende von Indianern foltern und versklaven ließ (seine Frau jedoch nicht umgebracht hat); der Amerikaner *Walter Hardenburg* ist das Modell für den hinter den Kulissen agierenden *Mr. Roberts.* Die Geschichte des Konflikts zwischen diesen beiden Männern würde es verdienen, in einem eigenständigen Buch behandelt zu werden, und ich möchte alle Leser ermutigen, ihr nachzugehen. Auch wenn ich mir alle Mühe gegeben habe, die historischen Details sorgfältig zu recherchieren, möchte ich noch einmal betonen, dass dies ein Werk der Imagination ist. Im Hinblick auf die Kunst des Fangens und Sammelns von Schmetterlingen habe ich auf die Informationen zurückgegriffen, die mir zugänglich waren; sicherlich gibt es inzwischen neue Erkenntnisse. Meines Wissens fand zu der beschriebenen Zeit keine Expedition ins Amazonasgebiet statt; es gab jedoch zahlreiche Expeditionen davor und danach.

Danksagung

Dieses Buch wäre ohne die folgenden Personen nicht zustande gekommen, deshalb gilt mein Dank:

Vivien Green, Harriet Allan, Rachel Scott und Elizabeth Knox für ihre Kommentare.

Jonathan King für zu vieles, als dass ich alles aufzählen könnte; er hat mein Interesse an den Kautschuk-Baronen geweckt und mich auf den Weg gebracht.

Dem *New Zealand Society of Authors (PEN NZ Inc) Mentor Programme*, das von *Creative New Zealand* unterstützt wird, und *Chris Else* für seine ungeheuer wertvollen Ratschläge.

Allen meinen Kumpels bei *Zoetrope*, besonders *Richard Lewis, Paul Cunningham, Hannah Holborn, Thea Atkinson, Joan Wilking, Judith Beck* und *Anna Sidak.* Ein spezieller Dank geht an *Mario Ribeiro* für seine Hilfe bei Übersetzungsfragen und Fragen zu Brasilien.

Susan Pearce, Kate Duignan, Katy Robinson, Tim Corbalis und *Mary Parker*, die aufmerksame Leser waren und mir immer ihren Beistand gewährten.

Den hilfreichen Mitarbeitern des Natural History Museum in London und der Stadtbibliothek von Richmond. Rob und Joan Marshall, die mich mit dem Richmond Park vertraut gemacht haben.

Sam und dem *Matterhorn*, weil sie mir eine geschützte, herzliche, bücherliebende und trinkfeste Umgebung boten.

Meinen Freunden und Verwandten für alle möglichen Arten von Unterstützung und enthusiastischer Begleitung: *Ros*

Henry, David Elworthy, Harriet Elworthy, Rebecca Priestley, Bill Manhire, Anna Smaill, Carl Shuker, Jason Hebron, Gemma Gracewood, Marianne Elliot, Tanya Fretz, Annette Cotter, Jon Bridges, Janelle Rodrigues, Paula Morris und vor allem *Peter Rutherford.*

»Spannung, die mich vom Stuhl gerissen hat? Mehr als das – ich habe darunter gekauert.«

Amy Myers

Lesley Thomson
TRÄUME SÜSS,
DORNRÖSCHEN
Roman
Aus dem Englischen von
Veronika Dünninger
BLT
464 Seiten
ISBN 978-3-404-92319-9

Ein Sommertag an der englischen Südküste. Zwei neunjährige Mädchen spielen in den Ruinen eines verlassenen Dorfes Verstecken. Die eine kommt nie mehr von diesem Ausflug zurück. Sie ist verschwunden. Ohne jede Spur. Nur schwer werden die Eltern mit dem ungeklärten Verlust fertig. Was sie nicht wissen: Vor ihrem Verschwinden hat ihre Tochter etwas herausgefunden, das nicht ans Licht kommen darf …

»Trosells bisher bestes Buch. Ergreifend, es brennt beim Lesen. Man betritt verschlossene Räume seiner selbst.«

DALA DEMOKRATEN

Aino Trosell
EINE GRENZENLOSE LIEBE
Aus dem Schwedischen von
Gisela Kosubek
Roman
BLT
400 Seiten
ISBN 978-3-404-92310-6

Wo ist die Zeit geblieben? Eben noch war Ainos Tochter ein Säugling, nun ist sie eine erwachsene Frau, selbstbewusst und lebenstüchtig. Die Welt steht ihr offen. Vieles hat sich geändert, seit Eli, ihre Großmutter, sich als Magd bis zur Selbstverleugnung unterordnen musste. Oder ihre Mutter einen Mann heiratete, den sie nicht liebte …

Ein Jahrhundert voll bewegender Frauenleben – von Bestsellerautorin Aino Trosell

BLT

Nach diesem Thriller werden Sie die Welt mit anderen Augen sehen. Selten war Hochspannung so beängstigend nah an der Realität …

Risto Isomäki
DIE SCHMELZE
Roman
Aus dem Finnischen von
Angela Plöger
BLT
384 Seiten
ISBN 978-3-404-92285-7

Die Knochen tausender von Menschen werden an der indischen Küste entdeckt. Für die Forscherin Amrita bezeugen sie die Folgen einer urzeitlichen Eisschmelze im Himalaja – und eine Naturkatastrophe, die sich heute zu wiederholen droht!

Die Eisexpertin Susan hat in Grönland das wegbrechende Eis direkt vor Augen und versucht, die dramatische Entwicklung aufzuhalten. Ein aussichtsloser Wettlauf gegen die Zeit?

Ausgezeichnet mit dem Finnischen Bookseller Award

»Das wohl wichtigste Buch dieses Jahres!«
VIIKKOLEHTI

BLT

WWW.LESEJURY.DE

WERDEN SIE LESEJURYMITGLIED!

Lesen Sie unter www.lesejury.de die exklusiven Leseproben ausgewählter Taschenbücher

Bewerten Sie die Bücher anhand der Leseproben

Gewinnen Sie tolle Überraschungen